MIRA®

Der Preis dieses Bandes versteht sich einschließlich der
gesetzlichen Mehrwertsteuer.

Umwelthinweis:
Dieses Buch wurde auf chlor- und säurefreiem Papier gedruckt.

Nora Roberts

Summer Dreams

MIRA® TASCHENBUCH
Band 25664
1. Auflage: Mai 2013

MIRA® TASCHENBÜCHER
erscheinen in der Harlequin Enterprises GmbH,
Valentinskamp 24, 20354 Hamburg
Geschäftsführer: Thomas Beckmann

Konzeption/Reihengestaltung: fredebold&partner gmbh, Köln
Umschlaggestaltung: pecher und soiron, Köln
Redaktion: Mareike Müller
Titelabbildung: Harlequin Enterprises S.A., Schweiz
Autorenfoto: © Harlequin Enterprises S.A., Schweiz
Satz: GGP Media GmbH, Pößneck
Druck und Bindearbeiten: CPI – Ebner & Spiegel, Ulm
Printed in Germany
Dieses Buch wurde auf FSC®-zertifiziertem Papier gedruckt.
ISBN 978-3-86278-720-3

www.mira-taschenbuch.de

Werden Sie Fan von MIRA Taschenbuch auf Facebook!

Nora Roberts

Sommer, Sonne und dein Lächeln

Roman

Aus dem Amerikanischen von
M. R. Heinze

MIRA®

1. KAPITEL

Der Raum war dunkel. Stockdunkel. Doch der Mann namens Sidney war an Dunkelheit gewöhnt. Manchmal zog er sie sogar vor. Es war nicht immer nötig, mit den Augen zu sehen. Seine Finger waren geschickt und erfahren, sein inneres Auge scharf durch jahrelange Übung. Selbst wenn er nicht arbeitete, saß er manchmal in einem dunklen Raum und ließ lediglich Bilder in seinen Gedanken entstehen. Formen, Stoffe, Farben. Sie kamen manchmal sogar noch klarer, wenn man die Augen schloss und die Gedanken treiben ließ. Sidney umwarb Dunkelheit, Schatten, genau wie er rastlos das Licht umwarb. All das war Teil des Lebens, und Leben, die Abbildung des Lebens, war sein Beruf.

Er betrachtete das Leben mit anderen Augen als die meisten Menschen. Manchmal war es rauer, kälter, als es das nackte Auge sehen konnte – oder sehen wollte. Dann wiederum war es sanfter, lieblicher, als die viel beschäftigte Welt es wahrnahm. Sidney beobachtete, gruppierte die einzelnen Bestandteile, manipulierte Zeit und Form und hielt das alles auf seine Weise fest. Immer auf seine Weise.

Jetzt, in dem dunklen Raum und zu den ruhigen, körperlosen Klängen von Jazz, die aus einer Ecke kamen, arbeitete Sidney mit seinen Händen und seinen Gedanken. Sorgfalt und Zeitgefühl. Er setzte beides bei seiner Arbeit in jeder Hinsicht ein. Langsam und geschmeidig öffnete er die Patrone und schob den noch nicht entwickelten Film auf die Spule. Als der lichtdichte Deckel auf dem Entwicklungstank festgeschraubt war, stellte er mit der freien Hand den Zeitmesser ein und zog an der Kette für das Rotlicht in der Dunkelkammer.

Sidney genoss das Entwickeln der Negative und das Vergrößern der Bilder genauso – manchmal sogar noch mehr – wie das Fotografieren selbst. Dunkelkammerarbeit erforderte Präzision und Detailgenauigkeit. Er brauchte beides in seinem Leben. Das Vergrößern bot Möglichkeiten für Kreativität und Experimente. Auch das brauchte er. Was er sah und was er beim Sehen fühlte, konnte exakt umgesetzt werden oder für immer ein Rätsel bleiben. Darüber hinaus brauchte er die Befriedigung, selbst etwas zu kreieren, er ganz allein. Er arbeitete stets allein.

Während er jetzt präzise einen Schritt des Entwickelns nach dem anderen tat – Temperatur, Chemikalien, Bewegen, Zeitbemessung – erzeugte die rote Lampe Helligkeit und Dunkelheit in seinem Gesicht. Hätte Sidney das Bild eines Fotografen bei der Arbeit kreieren wollen, er hätte kein passenderes Objekt als sich selbst gefunden.

Seine Augen waren dunkel und konzentriert, als er das Unterbrecherbad in den Tank füllte. Auch sein Haar war dunkel und zu lang, gemessen an den Konventionen, um die er sich allerdings nicht kümmerte. Es reichte über seine Ohren und im Nacken über den Halsausschnittsaum seines T-Shirts und hing ihm fast bis zu den Augenbrauen in die Stirn. Er verschwendete kaum einen Gedanken an Stil. Sein Stil war kühl, fast kalt, und ziemlich rau und kantig.

Sein Gesicht war dunkel gebräunt, schmal und hart, von kräftigem Knochenbau. Sein Mund war angespannt, als er sich konzentrierte. Feine Linien breiteten sich von seinen Augenwinkeln aus, eingegraben von dem, was er gesehen und was er dabei gefühlt hatte. Man hätte sagen können, dass er bereits zu viel gesehen und zu viel gefühlt hatte.

Seine Nase war ein wenig schief, eine Folge des Berufsrisikos. Nicht jeder mochte es, wenn er fotografiert wurde. Der kambodschanische Soldat hatte Sidney die Nase gebrochen, aber Sidney hatte ein bezeichnendes Foto von der Zerstörung der Stadt, von der absoluten Vernichtung bekommen. Er hielt das auch jetzt noch für einen gleichwertigen Tausch.

Seine Bewegungen in dem roten Licht waren knapp. Er besaß einen schlanken, athletischen Körper, das Ergebnis von jahrelangen Einsätzen im Feld – oft einem fremden, unfreundlichen Feld – von unzähligen Meilen zu Fuß und von verpassten Mahlzeiten.

Selbst jetzt nach seinem letzten Auftrag als Mitarbeiter von INTERNATIONAL VIEW blieb Sidney schlank und agil. Seine Arbeit war nicht mehr so zehrend wie in seinen Anfangsjahren im Libanon, in Laos oder Mittelamerika, aber sein Verhalten hatte sich nicht verändert. Er arbeitete viele Stunden, wartete manchmal endlos auf den exakt richtigen Schuss, verbrauchte dann wiederum eine Rolle Film innerhalb von Minuten. Wenn sein Stil und seine Art aggressiv waren, so konnte man sagen, dass ihn das am Leben und bei gesundem Verstand erhalten hatte während all der Kriege, die er festgehalten hatte.

Die Preise, die er gewonnen hatte, und die Honorare, die er jetzt verlangte, standen in ihrer Bedeutung hinter dem Bild selbst. Sogar wenn ihn niemand bezahlt, wenn niemand seine Arbeit anerkannt hätte, wäre Sidney in diesem Moment trotzdem in seiner Dunkelkammer gewesen und hätte seinen Film entwickelt. Er war respektiert, erfolgreich und reich. Trotzdem hatte er keinen Assistenten und arbeitete noch immer in derselben Dunkelkammer, die er sich vor zehn Jahren eingerichtet hatte.

Als Sidney seine Negative zum Trocknen aufhängte, hatte er schon eine Vorstellung, welche er vergrößern wollte. Dennoch sah er sie kaum an, sondern ließ sie da hängen, schloss die Tür auf und verließ die Dunkelkammer. Morgen war sein Blick bestimmt frischer. Warten können war ein Vorteil, den er nicht immer besessen hatte. Im Moment wollte er ein Bier. Er musste sich so einiges durch den Kopf gehen lassen.

Er ging direkt in die Küche und nahm sich eine kalte Flasche. Er machte den Verschluss ab und warf ihn in den Mülleimer, den seine einmal die Woche kommende Haushälterin mit einer Plastiktüte versehen hatte. Der Raum war sauber, nicht besonders heiter mit den scharfen Kontrasten von Weiß und Schwarz, aber auch nicht trübe.

Er setzte die Flasche an und ließ die Hälfte des Inhalts durch seine Kehle gluckern. Dann steckte er sich eine Zigarette an, ging mit dem Bier zum Küchentisch, setzte sich auf einen der

Stühle und legte die Füße auf die nackte Holzplatte.

Der Blick durch das Küchenfenster ging auf einen nicht so besonders glamourösen Teil von Los Angeles. Hier war alles ein wenig schäbig, rau, derb und hart. Auch das Licht des frühen Abends machte es nicht hübscher. Sidney hätte in eine bessere Nachbarschaft der Stadt umziehen können oder hinauf in die Berge, wo nachts die Lichter der Stadt wie aus einem Märchen wirkten. Doch Sidney zog das kleine Apartment vor, von dem man in die nicht so verwöhnten Straßen einer Stadt blickte, die für ihren Glanz und Glitzer bekannt war. Er brachte keine Geduld für Glanz und Glitzer auf.

Blanche Mitchell. Die war darauf spezialisiert.

Er konnte nicht abstreiten, dass ihre Porträts von den Reichen, Berühmten und Schönen gut gemacht waren – in ihrer Art sogar ausgezeichnet. In ihren Fotos lagen Mitgefühl, Humor und eine geschmeidige Sinnlichkeit. Er wollte nicht einmal abstreiten, dass es für ihre Art von Arbeit einen Platz in der Branche gab. Es war nur einfach nicht sein Blickwinkel. Blanche Mitchell spiegelte Kultur wider, er stürzte sich direkt auf das Leben.

Ihre Arbeit für das CELEBRITY MAGAZINE war professionell, perfekt und oft auf ganz eigene Weise sezierend gewesen. Die überlebensgroßen Leute, die sie fotografiert hatte, waren nicht selten auf eine Art zurückgestutzt worden, die bewirkte, dass sie menschlich und umgänglich wirkten. Da Blanche selbstständig arbeitete, kamen die Stars, die zukünftigen Stars und die Starmacher, die sie für das Magazin fotografierte, zu ihr. Im Laufe der Jahre hatte sie einen Ruf und einen Stil entwickelt, der sie zu einer der ihren machte, zu einem Teil des inneren, auserwählten Kreises der Reichen und Berühmten.

Sidney wusste, dass das mit einem Fotografen passieren konnte. Man konnte seinen Themen ähnlich werden, seinen eigenen Studienobjekten. Manchmal wurde das, was man abbilden wollte, ein Teil von einem selbst. Zu sehr ein Teil von einem selbst. Nein, er nahm Blanche Mitchell nicht ihren künstlerischen Standort übel. Sidney hatte lediglich seine Zweifel bezüglich der Zusammenarbeit mit ihr.

Er mochte keine Partnerschaften.

Doch das war die Abmachung. Als LIFE-STYLE mit dem Auftrag an ihn herangetreten war, eine Bilderstudie über Amerika zu liefern, war er fasziniert gewesen. Bildberichte konnten eine starke, bleibende Aussage haben, die aufzurütteln und aufzuschrecken oder zu besänftigen und zu amüsieren vermochte. Als Fotograf hatte er immer genau solche Aussagen angestrebt. LIFE-STYLE wollte ihn, wollte die starken, manchmal prägnanten, manchmal zwiespältigen Gefühle, die seine Bilder ausdrücken konnten. Aber sie wollten auch ein Gegengewicht. Die Sicht einer Frau.

Er war nicht so stur, dass er diesen Standpunkt und die damit verbundenen Möglichkeiten nicht begriffen hätte. Und doch passte es ihm nicht, dass der Auftrag von seiner Einwilligung abhing, den Sommer, seinen Campingbus und die Anerkennung mit einer Prominentenfotografin zu teilen. Und überhaupt – mit einer Frau … drei Monate unterwegs sein mit einem weiblichen Wesen, das Zeit darauf verwendete, Schnappschüsse von Rockstars und Persönlichkeiten zu perfektionieren. Für einen Mann, der sich seine professionellen Sporen im kriegszerrissenen Libanon erworben hatte, klang das nicht nach einem Picknick.

Aber er wollte es machen. Er wollte die Chance, einen amerikanischen Sommer von L. A. bis New York einzufangen, wollte die Freude zeigen, das Pathos, den Schweiß, den Jubel und die Enttäuschung. Er wollte zum Wesentlichen vordringen, indem er alles Oberflächliche gnadenlos wegließ.

Er brauchte nur Ja zu sagen und den Sommer mit Blanche Mitchell zu verbringen.

„Denken Sie nicht an die Kamera, Maria. Tanzen Sie!“ Blanche fing den vierzigjährigen Superstar des Balletts in ihrem Sucher ein. Sie mochte, was sie sah. Alter? Anzeichen davon, aber die

Jahre bedeuteten nichts. Härte, Stil, Eleganz. Ausdauer vor allem Ausdauer. Blanche verstand es, das alles einzufangen und zu verschmelzen.

Maria Natravidova war im Verlauf ihrer phänomenalen fünfundzwanzigjährigen Karriere unzählige Male fotografiert worden. Aber nie, wenn Schweiß an ihren Armen herunterfloss und ihren Bodystock durchnässte. Nie, wenn sich die Anstrengung zeigte. Blanche suchte nicht die Illusionen, mit denen Tänzer lebten, sondern die Erschöpfung und die Schmerzen, die den Preis des Triumphes darstellten.

Sie fing Maria in einem Sprung ein, die Beine parallel zum Boden gestreckt, die Arme weit in perfektem Winkel weggereckt. Schweißtropfen spritzten von ihrem Gesicht und ihren Schultern ... Muskeln zogen sich zusammen und erstarrten. Blanche drückte auf den Auslöser und schwenkte leicht die Kamera, um die Bewegung zu verwischen.

Das war es. Sie wusste es schon, noch während sie den Film zu Ende verschoss.

„Sie lassen mich ganz schön arbeiten", klagte die Tänzerin, als sie sich auf einen Stuhl sinken ließ und ihr schweißüberströmtes Gesicht mit einem Handtuch trocknete.

Blanche machte noch zwei Aufnahmen und senkte dann die Kamera. „Ich hätte Sie in ein Kostüm stecken, Sie von hinten anstrahlen und eine Arabeske halten lassen können. Das würde zeigen, dass Sie schön und anmutig sind. Ich werde aber stattdessen zeigen, dass Sie eine starke Frau sind."

„Und Sie sind eine kluge Frau." Maria ließ seufzend das Handtuch fallen. „Warum sonst komme ich zu Ihnen für die Fotos zu meinem Buch?"

„Weil ich die Beste bin." Blanche durchquerte das Studio und verschwand im Hinterzimmer. Maria arbeitete systematisch einen Krampf aus ihrer Wade. „Weil ich Sie verstehe und bewundere. Und ..." Blanche brachte ein Tablett mit zwei Gläsern und einem Glaskrug, in dem Eis klirrte, „... und weil ich Orangen für Sie auspresse."

„Sie sind ein Schatz." Lachend griff Maria nach dem ersten Glas. Einen Moment hielt sie es an ihre hohe Stirn, ehe sie einen tiefen Schluck nahm. Ihr dunkles Haar war streng zurückgenommen in einem Stil, den nur ein guter Knochenbau und makellose Haut erlaubten. Sie streckte ihren langen, hageren Körper auf dem Stuhl und betrachtete Blanche über den Rand ihres Glases hinweg.

Maria kannte Blanche seit sieben Jahren, seit die Fotografin bei CELEBRITY mit dem Auftrag begonnen hatte, Fotos der Tänzerin hinter der Bühne zu machen. Die Tänzerin war ein Star gewesen, doch Blanche hatte keine Ehrfurcht gezeigt. Maria erinnerte sich noch an die junge Frau mit dem dicken honigfarbenen Zopf und der Latzhose. Die elegante Primaballerina hatte sich einer fast nachlässig gekleideten jungen Frau mit offenen zinnfarbenen Augen, einem fein geschnittenen Gesicht mit hohen Wangenknochen und einem vollen Mund gegenübergesehen. Zu den Latzhosen hatte sie ausgetretene Laufschuhe und lange baumelnde Ohrringe getragen.

Maria warf einen Blick auf die schäbigen Laufschuhe an Blanches Füßen. Manche Dinge veränderten sich nie. Auf den ersten Blick würde man die gebräunte Blondine in Laufschuhen und Shorts als typisch kalifornisch einstufen. Doch das Aussehen konnte täuschen. Nichts an Blanche Mitchell war typisch.

Blanche akzeptierte den forschenden Blick, während sie trank. „Was sehen Sie, Maria?" Sie wollte es wissen. Meinungen und vorgefasste Meinungen waren Teil ihres Berufs.

„Eine starke, kluge Frau mit Talent und Ehrgeiz." Maria lehnte sich lächelnd auf dem Stuhl zurück. „Beinahe mich selbst."

Blanche lächelte. „Ein gewaltiges Kompliment."

Maria wehrte mit einer weit ausholenden Handbewegung ab. „Es gibt nicht viele Frauen, die ich mag. Mich selbst mag ich und Sie auch. Ich habe Gerüchte gehört, meine Liebe, über Sie und diesen hübschen jungen Schauspieler."

„Matt Perkins." Blanche hielt nichts von Ausweichen und Vortäuschen. Sie lebte freiwillig in einer Stadt, die sich von Gerüchten und Klatsch ernährte. „Ich habe ihn fotografiert und war mit ihm ein paar Mal zum Dinner aus."

„Nichts Ernstes?"

„Wie Sie schon sagten, er ist hübsch." Blanche lächelte und kaute auf einem Stückchen Eis. „Aber es ist nicht Platz genug in seinem Mercedes für sein Ego und für meines."

„Männer." Maria beugte sich vor und schenkte sich ein zweites Glas ein.

„Jetzt werden Sie tiefgründig."

„Wer wäre berufener?", entgegnete Maria. „Männer." Sie wiederholte das Wort, genoss es. „Ich finde sie lästig, kindisch, albern und unentbehrlich. Geliebt zu werden ... sexuell, verstehen Sie?"

Blanche unterdrückte ein Lächeln. „Ich verstehe."

„Geliebt zu werden, ist aufputschend und ermüdend. Wie Weihnachten. Manchmal komme ich mir vor wie ein Kind, das nicht versteht, warum Weihnachten vorbei ist. Aber es ist immer wieder vorbei. Und man wartet auf das nächste Mal."

Es faszinierte Blanche stets, wie Menschen über Liebe fühlten, wie sie damit umgingen, danach griffen und davor zurückschreckten. „Haben Sie deshalb nie geheiratet, Maria? Warten Sie auf das nächste Mal?"

„Ich bin mit dem Tanz verheiratet. Um einen Mann heiraten zu können, müsste ich mich vom Tanz scheiden lassen. Für eine Frau wie mich gibt es keinen Raum für zwei. Und Sie?", fragte Maria.

Blanche starrte in ihr Glas, nicht länger amüsiert. Sie verstand die Worte nur zu gut. „Kein Raum für zwei", murmelte sie. „Aber ich warte nicht auf das nächste Mal."

„Sie sind jung. Wenn Sie jeden Tag Weihnachten haben könnten, würden Sie darauf verzichten?"

Blanche zuckte die Schultern. „Ich bin zu faul für jeden Tag Weihnachten."

„Trotzdem ist es eine hübsche Vorstellung." Maria stand auf und reckte sich. „Sie haben mich lange genug arbeiten lassen.

Ich muss mich duschen und umziehen. Dinner mit meinem Choreografen."

Wieder allein, fuhr Blanche mit ihrem Finger über die Rückseite ihrer Kamera. Sie dachte nicht oft über Liebe und Heirat nach. Das hatte sie schon hinter sich. Sobald eine Fantasie der Wirklichkeit ausgesetzt war, verblasste sie wie ein nicht richtig fixiertes Foto. Feste Beziehungen funktionierten selten, und noch seltener funktionierten sie gut.

Sie dachte an Lee Radcliffe, seit fast einem Jahr mit Hunter Brown verheiratet, dem Lee half, seine Tochter großzuziehen und von dem sie ihr erstes Kind erwartete. Lee war glücklich, aber sie hatte auch einen außergewöhnlichen Mann gefunden, einen, der sie so haben wollte, wie sie war, der sie sogar ermutigte, sich selbst zu erforschen. Blanches eigene Erfahrung hatte sie gelehrt, dass es zweierlei war, was jemand sagte und fühlte.

„Deine Karriere ist für mich genauso wichtig wie für dich." Wie oft hatte Rob das gesagt, bevor sie geheiratet hatten? „Mach deinen Abschluss. Leg dich ins Zeug!"

Also hatten sie geheiratet, jung, energiegeladen, idealistisch. Innerhalb von sechs Monaten war er unglücklich gewesen, weil sie seiner Meinung nach zu viel Zeit in ihre Studien und in ihren Job in einem Fotostudio investierte. Er wollte sein Abendessen warm und seine Socken gewaschen haben. Keine allzu großen Ansprüche, dachte Blanche. Doch damals waren sie eben zu hoch.

Jeder hatte den anderen gemocht, und beide hatten versucht, sich anzupassen. Beide hatten entdeckt, dass sie unterschiedliche Dinge für sich selbst wollten – unterschiedliche Dinge auch voneinander, Dinge, die keiner von ihnen zu geben vermochte.

Man hätte es eine freundschaftliche Scheidung nennen können – kein Zorn, keine Bitterkeit. Keine Leidenschaft. Eine Unterschrift auf einem juristischen Papier, und der Traum war vorüber gewesen. Es hatte mehr geschmerzt als alles, was Blanche je zuvor erlebt hatte. Der Makel des Fehlschlags hatte sie lange, lange Zeit verfolgt.

Sie wusste, dass Rob wieder geheiratet hatte. Er lebte jetzt mit seiner Frau und ihren zwei Kindern in der Vorstadt. Er hatte bekommen, was er wollte.

Und sie selbst auch, sagte Blanche sich, als sie sich in ihrem Studio umsah. Sie wollte nicht nur eine Fotografin sein, sie war tatsächlich eine. Die Stunden, die sie draußen im Einsatz, in ihrem Studio und in ihrer Dunkelkammer verbrachte, waren für sie so wesentlich wie Schlaf. Und was sie in den sechs Jahren seit dem Ende ihrer Ehe getan hatte, hatte sie ganz allein getan. Sie musste es mit niemandem teilen. Sie musste ihre Zeit mit niemandem teilen. Vielleicht war sie weitgehend wie Maria. Sie war eine Frau, die ihr eigenes Leben führte, ihre eigenen Entscheidungen traf, privat und beruflich. Manche Menschen waren nicht für eine Partnerschaft geschaffen.

Sidney Colby. Blanche legte ihre Füße auf Marias Stuhl. Vielleicht musste sie da eine Konzession machen. Sie bewunderte seine Arbeit. Sogar so sehr, dass sie einen ordentlichen Batzen für sein Foto einer Los Angeles-Straßenszene hingeblättert hatte, und das zu einer Zeit, in der Geld ein großer Sorgenpunkt gewesen war. Sie hatte das Foto studiert und versucht, es zu analysieren und zu erraten, welche Techniken er für Aufnahme und Vergrößerung angewandt hatte. Es war ein trübsinniges Stück Arbeit, so viel Grau, so wenig Licht. Und dennoch hatte Blanche eine gewisse Härte darin erfühlt, keine Hoffnungslosigkeit, sondern Rücksichtslosigkeit. Nichtsdestotrotz waren es zwei Paar Schuhe, seine Arbeit zu bewundern und mit ihm zu arbeiten.

Sie waren in derselben Stadt beheimatet, bewegten sich jedoch in unterschiedlichen Kreisen. Wobei Sidney Colby sich so gut wie in gar keinen Kreisen bewegte. Er blieb für sich. Sie hatte ihn auf ein paar Veranstaltungen gesehen, die mit Fotografie zu tun hatten, war jedoch nie mit ihm bekannt gemacht worden.

Er wäre ein interessantes Objekt, fand sie. Bei genügend Zeit könnte sie diese Abgeschlossenheit und Bodenständigkeit auf

Film bannen. Vielleicht bekam sie ihre Chance, wenn sie beide den Auftrag annahmen.

Eine dreimonatige Reise. So viel von dem Land hatte sie noch nicht gesehen, so viele Fotos hatte sie noch nicht gemacht. Nachdenklich holte sie einen Schokoriegel aus ihrer Gesäßtasche und wickelte ihn aus. Die Idee gefiel ihr, einen Teil von Amerika aufzunehmen, eine Jahreszeit, und die Bilder dann zusammenzustellen.

Blanche genoss es, ihre Porträtfotos zu machen. Ein Gesicht festzuhalten, eine Persönlichkeit – vor allem eine gut bekannte – und herauszufinden, was dahinter lag, war faszinierend. Manche mochten das für begrenzt halten, aber sie fand, dass es endlose Variationen bot. Sie konnte bei dem weiblichen Rockstar die Verletzbarkeit zeigen oder einem coolen, erhabenen Megastar Humor entlocken. Das Unerwartete, das Frische einzufangen – das war für sie der Zweck der Fotografie.

Jetzt wurde ihr die Gelegenheit geboten, auf die gleiche Weise mit einem Land vorzugehen. Die Leute, dachte sie. So viele Leute.

Sie wollte es tun. Und wenn das bedeutete, dass sie die Arbeit, die Entdeckungen und das Vergnügen mit Sidney Colby teilen musste, wollte sie es trotzdem tun. Sie biss in die Schokolade. Was machte es, wenn er im Ruf stand, spröde und verschlossen zu sein? Sie konnte mit jedem drei Monate lang zurechtkommen.

„Schokolade macht Sie fett und hässlich."

Blanche blickte hoch, als Maria wieder in den Raum wirbelte. Der Schweiß war weg. Sie sah jetzt so aus, wie die Leute es von einer Primaballerina erwarteten. Gekleidet in Seide, geschmückt mit Diamanten.

„Sie macht mich glücklich", entgegnete Blanche. „Sie sehen fantastisch aus, Maria."

„Ja." Maria strich mit einer Hand über die Seide, die sich um ihre Hüfte schmiegte. „Aber es ist schließlich mein Job, so auszusehen. Werden Sie noch lange arbeiten?"

„Ich möchte den Film entwickeln. Morgen schicke ich Ihnen einige Testabzüge."

„Und das ist Ihr Abendessen?"

„Nur ein Anfang." Blanche nahm einen gewaltigen Bissen Schokolade. „Ich lasse mir eine Pizza bringen."

„Mit Peperoni?"

Blanche grinste. „Mit allem."

Maria presste eine Hand auf ihren Magen. „Und ich esse mit meinem Choreografen, dem Tyrannen, was bedeutet, dass ich so gut wie gar nichts essen werde."

„Und ich trinke ein Glas Soda anstelle von Taittinger. Jeder von uns muss seinen Preis bezahlen."

„Wenn mir Ihre Probeabzüge gefallen, schicke ich Ihnen eine Kiste."

„Taittinger?"

„Soda." Lachend fegte Maria hinaus.

Eine Stunde später hängte Blanche ihre Negative zum Trocknen auf. Sie brauchte noch die Probeabzüge, um sich ganz sicher zu sein, aber von mehr als vierzig Aufnahmen würde sie wahrscheinlich nicht mehr als fünf vergrößern.

Als ihr Magen knurrte, sah sie auf die Uhr und bestellte eine Pizza für halb acht. Der Zeitpunkt war gut gewählt, fand sie, als sie die Dunkelkammer verließ. Sie wollte essen und dann die Fotos von Matt durchsehen, die sie für das Layout eines Magazins geschossen hatte. Danach würde sie an dem ausgewählten Bild arbeiten, bis die Negative von Maria trocken waren. Sie begann, in den zwei Dutzend Aktendeckeln auf ihrem Schreibtisch herumzuwühlen – ihre persönliche Methode des Archivierens –, als jemand an die Studiotür klopfte.

„Pizza", flüsterte sie gierig. „Herein! Ich bin am Verhungern." Blanche knallte ihre riesige Segeltuchtasche auf den Schreibtisch und kramte nach ihrem Portemonnaie. „Großartiges Timing. Noch fünf Minuten, und ich wäre womöglich tot umgefallen. Man sollte das Mittagessen nicht ausfallen lassen." Sie warf ein dickes, zerschlissenes Notizbuch, diverse Kosmetika, einen Schlüsselring und fünf Schokoriegel auf den Schreibtisch. „Stellen Sie sie irgendwohin. Ich habe das Geld gleich." Sie grub tiefer in die Tasche. „Wie viel wollen Sie?"

„So viel ich bekommen kann."

„Geht es uns da nicht allen gleich?" Blanche zog ein abgegriffenes Herrenportemonnaie hervor. „Ich wäre ja hungrig genug, um für Sie den Safe zu plündern, aber ..." Sie verstummte, als sie aufblickte und Sidney Colby vor sich stehen sah.

Er warf einen raschen Blick in ihr Gesicht und konzentrierte sich auf ihre Augen. „Wofür wollen Sie mich bezahlen?"

„Pizza." Blanche ließ das Portemonnaie zu dem halben Inhalt ihrer Tasche auf dem Schreibtisch klatschen. „Ein Fall von Hungergefühlen und Verwechslung, Sidney Colby." Sie streckte ihm die Hand entgegen, neugierig und zu ihrer Überraschung auch nervös. Er wirkte angsteinflößender, wenn er sich nicht in einer Menschenmenge befand. „Ich kenne Sie", fuhr sie fort, „aber wir sind miteinander noch nicht bekannt gemacht worden."

„Nein." Er ergriff ihre Hand und hielt sie fest, während er ihr Gesicht zum zweiten Mal betrachtete. Stärker, als er erwartet hatte. Er suchte zuallererst immer die Stärke, dann die Schwächen. Und jünger. Obwohl er wusste, dass sie erst achtundzwanzig war, hatte Sidney erwartet, sie würde härter, aggressiver, aufgeputzter aussehen. Stattdessen sah sie aus, als wäre sie gerade vom Strand gekommen.

Ihr T-Shirt saß knapp, aber sie war schlank genug, dass es gut aussah. Ihr Zopf reichte fast bis zu ihrer Taille und ließ Sidney spekulieren, wie ihr Haar wirkte, wenn es lose und frei fiel. Ihre Augen interessierten ihn – grau, fast silbern, und mandelförmig. Das waren Augen, die er gern fotografiert hätte, während der Rest ihres Gesichts im Schatten lag. Sie mochte ein Täschchen mit Kosmetika bei sich haben, aber es sah nicht so aus, als würde sie welche verwenden.

Nicht eitel, wenn es um ihr Äußeres geht, entschied er. Das

würde die Sache vereinfachen, falls er sich entschloss, mit ihr zu arbeiten. Er hatte nicht die Geduld zu warten, während eine Frau sich bemalte und pflegte und an sich herumfummelte. Diese hier würde das nicht machen. Und sie musterte ihn, während er sie musterte.

„Störe ich Sie bei der Arbeit?"

„Nein, ich habe gerade eine Pause gemacht. Setzen Sie sich."

Sie waren beide vorsichtig. Er war aus einem Impuls hierhergekommen. Sie war nicht sicher, wie sie mit ihm umgehen sollte. Jeder wollte sich Zeit lassen, bevor sie über das höfliche, unpersönliche Stadium hinausgingen. Blanche blieb hinter ihrem Schreibtisch. Ihr Terrain, auf dem er den ersten Zug machen musste, entschied sie.

Sidney setzte sich nicht sofort. Stattdessen schob er die Hände in die Hosentaschen und sah sich in ihrem Studio um. Es war groß und gut durch die Fensterreihe erleuchtet. In einem Teil gab es kleine Spots und einen blauen Hintergrund, der noch von einem früheren Termin aufgespannt war. In einem anderen Teil standen Reflektoren und Schirme, zusammen mit einer Kamera auf einem Stativ. Er brauchte nicht genauer hinzusehen, um zu erkennen, dass die Ausrüstung erstklassig war. Andererseits machte eine erstklassige Ausrüstung noch keinen erstklassigen Fotografen.

Blanche mochte die Art, wie er dastand, nicht ganz entspannt, sondern bereit, abgesondert. Hätte sie sich jetzt entscheiden müssen, hätte sie ihn allein in den Schatten fotografiert. Doch Blanche bestand darauf, einen Menschen kennenzulernen, bevor sie ein Porträt machte.

Wie alt mag er sein, fragte sie sich. Dreiunddreißig, fünfunddreißig. Er war schon für einen Pulitzer-Preis nominiert worden, als sie noch auf dem College war.

„Hübsches Studio", bemerkte er, ehe er sich in den Sessel vor dem Schreibtisch fallen ließ.

„Danke." Sie kippte ihren Stuhl, sodass sie Sidney von einem anderen Blickpunkt aus betrachten konnte. „Sie benützen kein eigenes Studio?"

„Ich arbeite vor Ort." Er holte eine Zigarette hervor. „Wenn ich ein Studio brauche, was selten genug ist, kann ich mir eines leihen oder mieten. Ganz einfach."

Unwillkürlich suchte sie unter dem Chaos auf ihrem Schreibtisch nach einem Aschenbecher. „Sie machen alle Vergrößerungen selbst?"

„Genau."

Blanche nickte. Bei den wenigen Gelegenheiten bei CELEBRITY, wo sie ihren Film jemand anderem hatte anvertrauen müssen, war sie nicht zufrieden gewesen. Das war einer der Hauptgründe gewesen, weshalb sie ihre eigene Firma gegründet hatte. „Ich liebe Dunkelkammerarbeit."

Sie lächelte zum ersten Mal und brachte ihn dazu, die Augen zusammenzuziehen und sich auf ihr Gesicht zu konzentrieren. Was für eine Macht war das, fragte er sich. Ein Verziehen der Lippen zu einem Hauch von Lächeln, leicht und entspannt. Aber ihm war, als versetzte ihm jemand einen Stromschlag.

Blanche sprang beim Klopfen an der Tür auf. „Endlich."

Sidney beobachtete sie, während sie den Raum durchquerte. Er hatte nicht gewusst, dass sie so groß war. Einsfünfundsiebzig, schätzte er, und das meiste davon war Bein. Lange, schlanke, gebräunte Beine. Es war nicht leicht, ihr Lächeln zu übersehen, aber es war glattweg unmöglich, diese Beine zu übersehen.

Auch ihr Duft fiel ihm erst auf, als sie an ihm vorbeiging. Träger Sex. Er wusste keine andere Beschreibung. Es war kein blumiger, es war auch kein raffinierter Duft. Er war ursprünglich. Sidney zog an seiner Zigarette und beobachtete, wie sie mit dem Botenjungen lachte.

Fotografen waren für ihre vorgefassten Meinungen bekannt. Die gehörten zu ihrem Beruf. Er hatte erwartet, Blanche wäre glatt und cool. Er hatte sich fast schon darauf eingestellt, mit so jemandem zusammenzuarbeiten. Jetzt musste er seine Gedanken neu sortieren. Wollte er mit einer Frau arbeiten, die wie die Abenddämmerung duftete und wie ein Strandhäschen aussah?

Sidney wandte sich von ihr ab und öffnete wahllos einen der Aktendeckel. Er erkannte das Objekt – eine Königin der Kinokassen, die sich zwei Oscars und drei Ehemänner einverleibt hatte. Blanche hatte sie in Glanz und Glitzer gewandet. Ein Königsgewand für eine Königin. Aber sie hatte nicht das übliche Foto geschossen.

Die Schauspielerin saß vor einem Tisch, der von Töpfen und Tiegeln mit Lotions und Cremes überquoll, betrachtete ihr eigenes Spiegelbild und lachte. Nicht das gestellte, behutsame Lächeln, das keine Falten erzeugte, sondern ein volles, robustes Lachen, das man beinahe hören konnte. Es lag am Betrachter zu spekulieren, ob sie über ihr Spiegelbild lachte oder über ein Image, das sie im Laufe der Jahre kreiert hatte.

„Gefällt es Ihnen?" Mit einem Karton in der Hand blieb Blanche neben ihm stehen.

„Ja. Hat es ihr auch gefallen?"

Hungrig öffnete Blanche den Deckel und holte das erste Stück heraus. „Sie hat eine Vergrößerung für ihren Verlobten bestellt. Wollen Sie ein Stück?"

Sidney warf einen Blick in den Karton. „Gibt's auch etwas mit weniger drauf?"

„Nein." Blanche suchte in einer Schublade ihres Schreibtisches nach Servietten und fand einen Karton Papiertaschentücher. „Ich bin eine absolute Anhängerin von Maßlosigkeit. Also ..." Mit dem offenen Karton auf dem Schreibtisch zwischen ihnen, lehnte Blanche sich auf ihrem Stuhl zurück und stellte die Beine hoch. Sie fand es an der Zeit, über das erste Abtasten hinauszugehen. „Wollen Sie über den Auftrag sprechen?"

Sidney griff nach einem Stück Pizza und einer Handvoll Papiertaschentücher. „Haben Sie Bier?"

„Soda Diät oder normal." Blanche nahm einen gewaltigen Bissen. „Ich habe keinen Alkohol im Studio. Dann hat man letztlich nämlich nur beschwipste Kunden."

„Lassen wir es diesmal ausfallen." Sie aßen eine Weile schweigend und schätzten einander noch immer ab. „Ich habe viel über diesen Fotoauftrag nachgedacht."

„Es wäre eine Abwechslung für Sie." Als er nur eine Augenbraue hob, zerknüllte Blanche ein Papiertaschentuch und warf es in den Papierkorb. „Ihre Sachen in Übersee – haben hart getroffen. Da war Sensitivität und Mitgefühl, aber in der Hauptsache war es ziemlich grausam."

„Es war eine grausame Zeit. Nicht alles, was ich fotografiere, muss hübsch sein."

Diesmal hob sie eine Augenbraue. Offensichtlich hielt er nicht viel von dem Weg, den sie in ihrer Karriere eingeschlagen hatte. „Nicht alles, was ich fotografiere, muss roh sein. In der Kunst gibt es Raum für Vergnügen."

Er nahm dies mit einem Schulterzucken zur Kenntnis. „Wir würden verschiedene Dinge sehen, wenn wir durch dasselbe Objektiv blickten."

„Das macht jedes Bild einzigartig." Blanche beugte sich vor und nahm noch ein Stück.

„Ich arbeite gern allein."

Sie aß nachdenklich. Wenn er sie ärgern wollte, so war er auf dem richtigen Weg. Wie auch immer, sie wollte den Auftrag, und er war ein Teil davon. „Ich mag es selbst auch so lieber", sagte sie langsam. „Aber manchmal muss man einen Kompromiss schließen. Sie haben schon von Kompromissen gehört, Sidney? Sie geben nach, ich gebe nach. Wir treffen uns irgendwo in der Mitte."

Sie war nicht so lässig, wie sie wirkte. Gut. Das Letzte, was er brauchte, war, mit jemandem loszuziehen, der so weich war, dass er zu schmelzen drohte. Drei Monate, dachte er erneut. Vielleicht. Wenn erst einmal die Grundregeln festgelegt waren. „Ich bestimme die Route", begann er knapp. „Wir starten hier in L. A., in zwei Wochen. Jeder ist für seine eigene Ausrüstung verantwortlich. Sind wir erst einmal unterwegs, geht jeder seiner eigenen Wege. Sie schießen Ihre Fotos, ich schieße meine. Keine Fragen."

Blanche leckte Soße von ihren Fingern. „Hat Ihnen schon jemals jemand eine Frage gestellt, Colby?"

„Der springende Punkt ist, ob ich antworte." Es war so einfach gesagt, wie es gemeint war. „Der Herausgeber will beide Blickwinkel, so soll er sie bekommen. Ab und zu halten wir und mieten eine Dunkelkammer. Ich kontrolliere Ihre Negative."

Blanche zerknüllte noch mehr Papiertaschentücher. „Nein, das werden Sie nicht tun." Ihre Augen waren zu schmalen Schlitzen geworden, einziges äußeres Anzeichen für ihren wachsenden Ärger.

„Ich bin nicht daran interessiert, dass mein Name mit einer Serie von Popkultur-Schnappschüssen in Verbindung gebracht wird."

Um ihre Selbstbeherrschung aufrechtzuerhalten, aß Blanche weiter. Es gab so viele klare und präzise Dinge, die sie ihm sagen wollte. Doch Zornausbrüche kosteten eine Menge Energie. Und gewöhnlich brachten sie nichts ein. „Als Erstes verlange ich, dass in unseren Vertrag hineingeschrieben wird, dass jedes unserer Fotos unsere eigenen Unterzeilen bekommt. Auf diese Weise gerät keiner von uns durch die Arbeiten des anderen in Verlegenheit. Ich bin nicht daran interessiert, dass die Öffentlichkeit denkt, ich hätte keinen Humor. Möchten Sie noch ein Stück?"

„Nein." Sie war nicht weich. Die Haut in ihrer Armbeuge mochte weich wie Butter aussehen, aber die Lady selbst war es nicht. Es ärgerte ihn zwar, dass er so beiläufig beleidigt wurde, aber das war ihm noch lieber als rückgratlose Zustimmung. „Wir werden vom 15. Juni bis nach dem Labor Day – also dem ersten Montag im September – unterwegs sein." Er beobachtete sie dabei, wie sie nach einem dritten Stück Pizza griff. „Seit ich gesehen habe, wie Sie essen, wird jeder für seine eigenen Ausgaben aufkommen."

„Fein. Und sollten Sie auf irgendwelche komischen Gedanken kommen: Ich koche nicht, und ich werde nicht hinter Ihnen aufräumen. Ich werde meinen Anteil am Fahren übernehmen, aber ich fahre nicht mit Ihnen, wenn Sie getrunken haben und sich ans Steuer setzen. Wenn wir eine Dunkelkammer mieten, werden wir ausmachen, wer sie zuerst benützt. Vom 15. Juni bis nach dem Labor Day sind wir Partner. Fifty-fifty. Wenn Sie damit irgendwelche Probleme haben, klären wir das jetzt, bevor wir auf der gepunkteten Linie unterschreiben."

Er dachte darüber nach. Sie hatte eine gute Stimme, glatt, ruhig, beinahe besänftigend. Sie beide mochten auf engstem Raum ganz gut miteinander auskommen – solange sie ihn nicht zu oft anlächelte und er seine Gedanken von ihren Beinen fernhielt. Im Moment sah er das als das geringste seiner Probleme an. Der Auftrag kam an erster Stelle und was er dafür wollte und davon erwartete.

„Haben Sie einen Liebhaber?"

Blanche schaffte es, nicht an ihrer Pizza zu ersticken. „Wenn das ein Angebot ist", erwiderte sie glatt, „muss ich ablehnen. Unhöfliche Männer sind nicht mein Typ."

Innerlich gestand er ihr einen weiteren Treffer zu, äußerlich blieb sein Gesicht ausdruckslos. „Wir werden einander drei Monate auf der Pelle sitzen." Sie hatte ihn herausgefordert, ob sie es erkannte oder nicht. Und ob er es erkannte oder nicht, aber Sidney hatte angenommen. Er beugte sich näher zu ihr heran. „Ich möchte mich nicht mit einem eifersüchtigen Liebhaber herumschlagen, der ständig hinter uns herjagt oder dauernd anruft, während ich zu arbeiten versuche."

Wofür hielt er sie eigentlich? Für einen Trampel, der sein Privatleben nicht im Griff hatte? Sie zwang sich dazu, einen Moment abzuwarten. Vielleicht hatte er in seinen Beziehungen einige unangenehme Erfahrungen gehabt. Sein Problem, entschied Blanche.

„Ich kümmere mich selbst um meine Liebhaber, Sidney." Blanche biss kraftvoll in die Kruste. „Und Sie kümmern sich um Ihre Liebschaften." Sie wischte sich die Finger an dem letzten Papiertaschentuch ab und lächelte. „Tut mir leid, die Party zu beenden, aber ich muss wieder an die Arbeit."

Er stand auf und ließ seinen Blick über ihre Beine wandern,

ehe er ihn auf ihre Augen richtete. Er wollte den Auftrag annehmen. Und dann hatte er drei Monate Zeit, um herauszufinden, wie er über Blanche Mitchell dachte. „Ich melde mich."

„Tun Sie das."

Blanche wartete, bis er den Raum durchquert und die Studiotür hinter sich geschlossen hatte. Mit ungewohnter Energie und einer Geschwindigkeit, die sie normalerweise für ihre Arbeit reservierte, sprang sie auf und schleuderte den leeren Karton gegen die Tür.

2. KAPITEL

Blanche wusste genau, was sie wollte. Sie fing zwar unfairerweise schon etwas vor dem vorgesehenen Start des Projekts „Amerikanischer Sommer" von LIFE-STYLE an, aber sie genoss die Vorstellung, Sidney Colby einen Schritt voraus zu sein. Kleinlich vielleicht, aber sie genoss es wirklich.

Auf jeden Fall bezweifelte sie, dass ein Mann wie er die zeitlose Freude des letzten Schultages schätzen konnte. Wann sonst begann der Sommer tatsächlich, wenn nicht mit diesem einen wilden Ausbruch von Freiheit?

Sie wählte eine Volksschule, weil sie Unschuld suchte. Sie wählte eine Innenstadtschule, weil sie Realismus suchte. Kinder, die aus der Schultür traten und in einer Limousine verschwanden, waren nicht das Bild, das sie zeigen wollte. Diese Schule hier hätte in jeder Stadt irgendwo im Land stehen können. Die Kinder, die gleich zur Tür herausschießen würden, standen für alle Kinder. Leute, die dieses Foto betrachteten, würden unabhängig von ihrem Alter in diesen Kindern etwas von sich selbst sehen.

Blanche ließ sich sehr viel Zeit mit dem Aufstellen, wählte und verwarf ein halbes Dutzend Beobachtungsposten, bevor sie sich für einen entschied. Es war nicht möglich und nicht einmal ratsam, den Schnappschuss zu stellen. Nur ein zufälliges Bild konnte ihr geben, was sie wollte – die Spontaneität und das Tempo.

Als die Klingel ertönte und die Türen aufflogen, bekam sie genau das. Und das war es wert, fast unter trappelnden Turnschuhen umgetrampelt zu werden. Schreiend und kreischend strömten die Kinder in den Sonnenschein hinaus.

Stampede. Das war der Gedanke, der ihr durch den Kopf ging. Blanche duckte sich hastig, schoss von unten nach oben und erwischte die erste Flut von Kindern in einem Winkel, der Schnelligkeit, Menge und totale Verwirrung herüberbrachte.

Vorwärts, vorwärts! Es ist Sommer, und jeder Tag ist ein Samstag. Der September war Jahre entfernt. Sie konnte es im Gesicht jedes der Kinder lesen.

Sie wandte sich um und schoss die nächste Gruppe Kinder von vorn. In der Ausfertigung würde es so aussehen, als ob sie direkt aus der Seite des Magazins herauspreschten. Aus einem Impuls heraus drehte Blanche ihre Kamera für ein Bild im Hochformat. Und sie bekam es. Ein Junge von acht oder neun sprang die Treppe herunter, die Hände hochgerissen, ein breites Grinsen im Gesicht. Blanche erwischte ihn mitten in der Luft, als sein Kopf und seine Schultern über die sich in alle Winde zerstreuenden Kinder herausragten. Sie hatte den Jungen eingefangen, erfüllt von dem Triumph dieser magischen goldenen Straße der Freiheit, die in alle Richtungen führte.

Obwohl sie absolut sicher war, welches Foto sie für den Auftrag vergrößern würde, fuhr Blanche mit der Arbeit fort. Innerhalb von zehn Minuten war es vorbei.

Zufrieden tauschte sie Objektive und Blickwinkel aus. Die Schule war jetzt leer, und Blanche wollte sie so festhalten. Dabei wollte sie nicht den Eindruck des strahlenden Sonnenlichts und setzte deshalb einen Filter für geringe Kontraste vor. Beim Vergrößern wollte sie dann das Licht im Himmel verringern, indem sie etwas über diesen Teil des Fotopapiers hielt, damit es nicht überbelichtet wurde. Sie wollte das Gefühl der Leere und des Wartens als Kontrast zu dem Leben und der Energie, die soeben aus dem Gebäude geströmt waren. Sie hatte den Film zu Ende fotografiert, ehe sie sich aufrichtete und die Kamera am Riemen baumeln ließ.

Die Schule ist aus, dachte sie mit einem Lächeln. Sie selbst empfand diesen ganz besonderen Drang der Freiheit in sich. Der Sommer hatte soeben begonnen.

Seit sie aus dem festen Mitarbeiterstab von CELEBRITY ausgeschieden war, hatte sich Blanches Arbeitslast nicht verringert. Sie hatte festgestellt, dass sie selbst eine härtere Arbeitgeberin war als das Magazin. Sie liebte ihre Arbeit und widmete ihr den gesamten Tag und die meisten ihrer Abende. Ihr Exmann hatte ihr einmal vorgeworfen, nicht sie besitze die Kamera, sondern die Kamera sie. Das war etwas, das sie weder abstreiten noch rechtfertigen konnte. Nach zwei Tagen Arbeit mit Sidney entdeckte Blanche, dass sie darin nicht allein war.

Sie hatte sich stets für eine gewissenhafte Handwerkerin gehalten. Verglichen mit Sidney war sie schlampig. Er brachte bei seiner Arbeit eine Geduld auf, die sie bewunderte, obwohl sie ihr auf die Nerven ging. Sie arbeiteten von völlig verschiedenen Perspektiven aus. Blanche schoss eine Szene und brachte ihren persönlichen Blickpunkt ein, ihre Emotionen, ihre Gefühle über das Bild. Sidney suchte die Vieldeutigkeit. Während seine Fotos ein Dutzend verschiedener Reaktionen hervorrufen mochten, blieb seine persönliche Sicht fast immer sein Geheimnis. Genau wie alles an ihm halb im Dunkeln blieb.

Er redete nicht viel, aber Blanche machte es nichts aus, schweigend zu arbeiten. Es war fast so, als würde man allein arbeiten. Seine langen ruhigen Blicke konnten allerdings entnervend sein. Sie wollte nicht wie in einem Sucher seziert werden.

Seit ihrer ersten Begegnung in Blanches Studio waren sie zweimal zusammengekommen, um über die Route und die Themen für den Auftrag zu sprechen. Blanche hatte Sidney nicht einfacher im Umgang gefunden, dafür aber voll engagiert. Das Projekt bedeutete für sie beide so viel, dass sie es möglich machen würden, Blanches Vorschlag zu folgen: sich irgendwo in der Mitte zu treffen.

Nachdem Blanches anfänglicher Ärger auf Sidney abgeklungen war, fand sie, dass sie in den nächsten Monaten Freunde werden konnten – zumindest auf beruflichem Gebiet. Nach zwei Tagen Arbeit mit ihm wusste sie jedoch, dass es nie dazu kommen würde. Sidney rief keine einfachen Emotionen wie Freundschaft hervor. Entweder war er faszinierend, oder er verärgerte. Sie beschloss, sich nicht faszinieren zu lassen.

Blanche hatte genaue Nachforschungen über ihn angestellt,

was sie sich selbst gegenüber als reine Routine ausgab. Man trat schließlich nicht mit einem Mann eine Reise an, von dem man praktisch nichts wusste. Doch je mehr sie herausgefunden hatte – das heißt, je mehr sie nicht herausgefunden hatte –, desto größer war ihre Neugierde geworden.

Mit Anfang zwanzig hatte er geheiratet und war wieder geschieden worden. Und das war es auch schon – keine Anekdoten, keine Gerüchte, nichts Positives und nichts Negatives. Er verwischte seine Spuren sehr sorgfältig. Als Fotograf für INTERNATIONAL VIEW hatte er insgesamt fünf Jahre in Übersee verbracht. Nicht im schönen Paris, London oder Madrid, sondern in Laos, Libanon, Kambodscha. Seine Arbeit dort hatte ihm eine Nominierung für den Pulitzer-Preis und den Overseas Press Club Award eingetragen.

Seine Fotos standen zu Studienzwecken und zum Analysieren zur Verfügung, sein Privatleben blieb jedoch undurchsichtig. Er zeigte sich wenig in der Öffentlichkeit. Seine Freunde waren unbeugsam loyal und frustrierend verschwiegen. Wollte sie mehr über Sidney herausfinden, musste Blanche es während ihrer gemeinsamen Arbeit versuchen.

Blanche betrachtete es als gutes Zeichen, dass sie sich darauf geeinigt hatten, an ihrem letzten Tag in L. A. am Strand zu arbeiten. Ohne Streit. Strandszenen würden sich als ständiges Thema durch den Bildbericht ziehen – von Kalifornien bis Cape Cod.

Zuerst gingen sie zusammen über den Sand, wie Freunde oder Liebende, berührten einander nicht, hielten aber gleichen Schritt. Sie sprachen nicht miteinander, doch Blanche hatte schon herausgefunden, dass Sidney sich einfach nicht unterhielt, wenn er nicht dazu in Stimmung war.

Es war knapp zehn, aber die Sonne war schon hell und heiß. Weil es ein Wochentag war, waren die meisten Sonnenanbeter und Wasserratten sehr jung oder sehr alt. Als Blanche anhielt, ging Sidney weiter, ohne dass einer von ihnen ein Wort sagte.

Es war der Kontrast, der ihren Blick eingefangen hatte. Die

alte Frau mit dem breiten flatterigen Sonnenhut war in ein langes Strandkleid und einen gehäkelten Schal gehüllt. Sie saß unter einem Schirm und beobachtete ihre Enkelin, die – nur mit einem rosa Rüschenhöschen bekleidet – neben ihr ein Loch in den Sand grub. Sonne überströmte das kleine Mädchen. Schatten schirmte die alte Frau ab.

Blanche musste die Frau eine Genehmigung zur Veröffentlichung unterschreiben lassen. Bat man jemanden, ihn fotografieren zu dürfen, verkrampfte sich der Betreffende unweigerlich, und Blanche vermied das, wo es nur ging. In diesem Fall ging es nicht. Also wartete sie geduldig, bis die Frau sich wieder entspannte.

Ihr Name war Sadie, und die Enkelin hieß auch so. Noch bevor Blanche das erste Mal auf den Auslöser drückte, wusste sie, dass sie das Bild „Zwei Sadies" nennen würde. Sie musste nur noch diesen träumerischen, weit entrückten Blick zurück in die Augen der Frau bringen.

Es dauerte zwanzig Minuten. Blanche vergaß, dass ihr unangenehm heiß war, während sie zuhörte, nachdachte und Blickwinkel überlegte. Sie wusste, was sie wollte. Die sorgfältige Abschirmung der alten Frau und das völlige Fehlen jeglicher Abschirmung bei dem Kind und das Band zwischen den beiden, das durch Verwandtschaft und Zeit entstanden war.

In Erinnerungen verloren, vergaß Sadie die Kamera und bemerkte es nicht, als Blanche auf den Auslöser zu drücken begann. Blanche wollte die Schärfe – das war es, was sie gesehen hatte. Beim Vergrößern wollte Blanche erbarmungslos mit den Linien und Falten im Gesicht der Großmutter umgehen, während sie gleichzeitig die Makellosigkeit der Haut des Kleinkindes unterstreichen würde.

Dankbar unterhielt Blanche sich noch ein paar Minuten und notierte sich dann die Adresse der Frau mit dem Versprechen, einen Abzug zu schicken. Sie ging weiter und wartete auf die nächste Szene.

Sidney hatte ebenfalls sein erstes Objekt gefunden, aber er

unterhielt sich nicht. Der Mann lag mit dem Gesicht nach unten auf einem ausgebleichten Strandtuch. Er war rot, schwammig und anonym. Ein Geschäftsmann, der sich den Vormittag freinahm, ein Vertreter aus Iowa – es spielte keine Rolle. Anders als Blanche suchte Sidney nicht Persönlichkeit, sondern die Gleichheit derer, die ihre Körper in der Sonne grillten.

Sidney wählte zwei Blickpunkte und schoss sechs Fotos, ohne ein einziges Wort mit dem schnarchenden Sonnenanbeter zu wechseln. Zufrieden wanderte er weiter über den Strand. Drei Meter entfernt streifte Blanche beiläufig ihre Shorts und ihr T-Shirt ab. Der eng anliegende rote Badeanzug war an den Schenkeln aufreizend hoch geschnitten. Ihr Profil war ihm zugewandt, als sie aus ihren Shorts stieg. Es war scharf, gut ausgeprägt, als wäre es von einer geschickten Hand gemeißelt worden.

Sidney zögerte nicht. Er stellte Schärfe und Blende ein, korrigierte den Bildausschnitt um eine Winzigkeit und wartete. In dem Moment, in dem sie nach dem Saum ihres T-Shirts griff, begann er zu schießen.

Sie war so schlicht, so unaffektiert. Er hatte nicht gewusst, dass jemand so total selbstvergessen sein konnte in einer Welt, in der Selbstverliebtheit zur Religion erhoben worden war. Ihr Körper war eine lange schlanke Linie, wurde mehr und mehr enthüllt, als sie das T-Shirt über den Kopf zog. Für einen Moment hob sie ihr Gesicht der Sonne entgegen, hieß die Hitze willkommen.

Etwas kribbelte in seinem Magen. Verlangen. Er erkannte die ersten Anzeichen. Er mochte es nicht.

Es war, sagte er sich selbst, was in seinem Beruf ein entscheidender Moment genannt wurde. Der Fotograf denkt, dann schießt er, während er zusieht, wie eine Szene abläuft. Wenn die visuellen und die emotionalen Elemente zusammentreffen – wie sie das in diesem Fall mit einem Schlag getan hatten – kam es zum Erfolg. Es gab keine Wiederholung, keine nochmalige Aufnahme. „Entscheidender Moment" war wörtlich zu nehmen. Alles oder nichts. Wenn es ihn für einen Augenblick aufgerüttelt hatte, bewies das nur, dass er erfolgreich diesen lässigen, lasziven Sex eingefangen hatte.

Vor Jahren hatte er sich selbst darauf trainiert, sich mit seinen Objekten nicht sonderlich gefühlsmäßig einzulassen. Sie konnten einen sonst bei lebendigem Leib auffressen. Blanche Mitchell sah zwar nicht so aus, als würde sie einen Menschen vereinnahmen, aber Sidney ging kein Risiko ein. Er wandte sich von ihr ab und vergaß sie. Fast.

Mehr als vier Stunden später kreuzten sich ihre Wege erneut. Blanche saß in der Sonne neben einem Verkaufsstand und aß einen Hotdog, der unter Bergen von Senf und Relish begraben war. Auf der einen Seite hatte sie ihre Kameratasche, auf der anderen eine Dose Limo abgestellt. Ihre schmale rote Sonnenbrille warf Sidney sein Spiegelbild zurück.

„Wie ist's gelaufen?", fragte sie mit vollem Mund.

„Gut. Ist da drunter ein Hotdog?"

„Mmm." Sie schluckte und deutete auf den Strand. „Großartig."

„Ich passe." Sidney bückte sich, griff nach ihrer warm werdenden Limo und nahm einen tiefen Schluck. Es war Orange und sehr süß. „Wie, zum Teufel, können Sie dieses Zeug trinken?"

„Ich brauche eine Menge Zucker. Ich habe ein paar Aufnahmen, mit denen ich recht zufrieden bin." Sie streckte die Hand nach der Dose aus. „Ich möchte Abzüge machen, bevor wir morgen losfahren."

„Meinetwegen, wenn Sie um sieben bereit sind."

Blanche zog die Nase kraus, während sie ihren Hotdog wegputzte. Lieber hätte sie bis sieben Uhr morgens gearbeitet, als so zeitig aufzustehen. Einer der ersten Punkte, den sie unterwegs ausgleichen mussten, war der Unterschied in ihren biologischen Zeitabläufen. Blanche begriff die Schönheit und Gewaltigkeit der Aufnahme von einem Sonnenaufgang. Sie bevorzugte nur eben das Geheimnisvolle und die Farben eines Sonnenuntergangs.

„Ich werde bereit sein." Sie stand auf, klopfte sich den Sand ab und zog das T-Shirt über ihren Badeanzug. Sidney hätte ihr sagen können, dass sie ohne das T-Shirt bedeckter aussah. Wie der Saum ihre Schenkel berührte und die Blicke darauf lenkte, das war geradezu kriminell. „Sofern Sie die erste Schicht fahren", fuhr sie fort. „Gegen zehn werde ich dann auch wieder funktionieren."

Er wusste nicht, warum er es tat. Sidney war ein Mann, der jede Bewegung analysierte, jede Oberfläche, Form, Farbe. Er teilte alles in Muster ein und setzte es wieder zusammen. Das war seine Art. Impulse waren nicht seine Art. Dennoch streckte er die Hand aus und umfasste ihren Zopf, ohne über die Handlung oder die Folgen nachzudenken. Er wollte ihn nur einfach berühren.

Sie war überrascht, das sah er. Aber sie zog sich nicht zurück. Und sie zeigte ihm auch nicht dieses halbe Lächeln, das Frauen benutzten, wenn ein Mann nicht widerstehen konnte zu berühren, was ihn anzog.

Ihr Haar war weich. Seine Augen hatten es ihm bereits gesagt, aber jetzt bestätigten es seine Finger. Dennoch war es frustrierend, es nicht lose und frei zu fühlen, es nicht zwischen seinen Fingern spielen zu lassen.

Er verstand sie nicht. Noch nicht. Sie verdiente ihren Lebensunterhalt, indem sie die Elite, die Glamourösen, die Protzer abbildete, und doch schien sie selbst keinen Dünkel zu haben. Ihr einziger Schmuck war ein dünnes Goldkettchen, das bis zum Ansatz ihrer Brüste reichte, daran ein winziger Anhänger. Auch heute trug sie kein Make-up, aber ihr Duft lockte. Sie hätte sich mit ein paar grundlegenden weiblichen Mitteln in eine atemberaubende Erscheinung verwandeln können, schien diese Möglichkeit jedoch zu ignorieren und sich stattdessen auf Schlichtheit zu verlassen. Allein das war schon verblüffend.

Vor Stunden hatte Blanche beschlossen, sich nicht faszinieren zu lassen. Sidney beschloss in diesem Moment, dass er sich nicht überwältigen lassen wollte. Wortlos ließ er ihren Zopf wieder auf ihre Schulter fallen.

„Soll ich Sie zurück in Ihr Apartment oder Ihr Studio bringen?"

Das war alles? Innerhalb von Sekunden hatte er es geschafft, dass sich ihr Innerstes verkrampfte, und jetzt wollte er bloß wissen, wo er sie absetzen sollte. „Ins Studio." Blanche bückte sich und hob ihre Kameratasche auf. Ihre Kehle war trocken, aber sie warf die halb volle Limodose in den Abfall. Bevor sie Sidneys Wagen erreichten, war sie überzeugt davon zu explodieren, wenn sie nicht irgendetwas sagte.

„Genießen Sie dieses coole, entrückte Image, das Sie dermaßen perfektioniert haben, Sidney?"

Er sah sie nicht an, aber er hätte um ein Haar gelächelt. „Es ist bequem."

„Ausgenommen für Leute, die näher als zwei Meter an Sie herankommen." Der Teufel sollte sie holen, wenn sie ihm keine Gemütsregung entlockte. „Vielleicht nehmen Sie die Presseberichte über sich selbst zu ernst", meinte sie. „Sidney ‚Shade' Colby, so geheimnisvoll und faszinierend wie sein Name, so gefährlich und beeindruckend wie seine Fotos."

Diesmal lächelte er und überraschte sie damit. Plötzlich sah er wie jemand aus, mit dem sie Hand in Hand gehen, mit dem sie lachen wollte. „Wo, zum Teufel, haben Sie das gelesen?"

„CELEBRITY", murmelte sie. „April, vor fünf Jahren. Sie haben einen Artikel gebracht über den Verkauf von Fotos in New York. Eines Ihrer Bilder ist bei Sotheby's für siebentausendfünfhundert Dollar weggegangen."

„Tatsächlich?" Sein Blick glitt über ihr Profil. „Sie haben ein besseres Gedächtnis als ich."

Sie blieb stehen und wandte sich ihm zu. „Verdammt, ich habe es gekauft! Es ist eine schwermütige, deprimierende, faszinierende Straßenszene, für die ich keine zehn Cents bezahlt hätte, wenn ich Sie vorher kennengelernt hätte. Und wenn ich darin nicht so vernarrt wäre, würde ich das Bild rausschmeißen, sobald ich nach Hause komme. Wahrscheinlich werde ich es verkehrt herum hängen müssen, und zwar für die nächsten sechs Monate, bis ich vergesse, dass der Künstler, der es gemacht hat, ein Trottel ist."

Sidney betrachtete sie sachlich. Dann nickte er. „Wenn Sie erst einmal angefangen haben, können Sie ganz schön reden."

Mit einem knappen groben Wort wandte Blanche sich ab und ging erneut auf den Wagen zu. Als sie die Seite des Beifahrers erreichte und die Tür aufriss, hielt Sidney sie zurück. „Da wir in den nächsten drei Monaten praktisch zusammenleben werden, möchten Sie vielleicht auch noch den Rest ausspucken."

Obwohl sie einen beiläufigen Ton anschlagen wollte, kamen die Worte zwischen ihren Zähnen heraus. „Den Rest wovon?"

„Von allem, woran Sie etwas auszusetzen haben."

Sie holte zuerst tief Luft. Sie hasste es, wütend zu sein. Es erschöpfte sie stets völlig. Dennoch überließ sie sich ihren Gefühlen, krampfte die Hände um den oberen Rand der Tür und beugte sich zu Sidney. „Ich mag Sie nicht. So einfach ist das. Und es gibt sonst niemanden, den ich nicht mag."

„Niemanden?"

„Niemanden."

Aus irgendeinem Grund glaubte er ihr. Er nickte und legte seine Hände auf die ihren auf dem Türrand. „Ist mir ohnedies lieber, nicht mit vielen anderen in einen Topf geworfen zu werden. Warum sollten wir einander denn überhaupt mögen?"

„Es würde die Arbeit einfacher machen."

Er dachte darüber nach, während er ihre Hände unter den seinen festhielt. Ihre Handrücken waren weich, seine Handflächen hart. Er mochte den Kontrast, vielleicht sogar zu sehr. „Sie haben alles gern einfach?"

Er ließ es wie eine Beleidigung klingen, und sie straffte sich. Ihre Augen befanden sich mit seinem Mund auf gleicher Höhe, und sie veränderte leicht die Haltung. „Ja. Komplikationen sind nichts weiter als kompliziert, sie kommen einem in die Quere und verderben alles. Ich räume sie lieber beiseite und beschäftige mich mit dem wirklich Wichtigen."

„Wir hatten schon eine wesentliche Komplikation, bevor wir

überhaupt angefangen haben."

Sie hätte sich allein darauf konzentrieren können, ihren Blick auf seine Augen gerichtet zu halten, aber das hätte nicht verhindern können, den leichten Druck seiner Hände zu spüren. Und es hätte nicht verhindern können, zu verstehen, was er meinte. Nachdem sie beide von Anfang an peinlichst vermieden hatten, es auch nur zu erwähnen, stürzte Blanche sich jetzt kopfüber darauf.

„Sie sind ein Mann, und ich bin eine Frau."

Er konnte nicht anders, als es zu genießen, wie sie es ihm entgegenfauchte. „Genau. Wir könnten sagen, dass wir beide Fotografen sind, und das wäre ein geschlechtsloser Begriff." Er schenkte ihr ein angedeutetes Lächeln. „Das wäre außerdem auch Mist."

„Kann sein", sagte sie gleichmütig. „Aber ich habe vor, mit dem Problem fertig zu werden, weil dieser Auftrag an erster Stelle kommt. Es hilft sehr, dass ich Sie nicht mag."

„Ob man jemanden mag, hat nichts mit Anziehungskraft zu tun."

Sie lächelte ihn leichthin an, obwohl ihr Pulse zu hämmern begann. „Ist das ein höfliches Wort für Wollust?"

Sie tanzte nicht um ein Thema herum, wenn sie es erst einmal angeschnitten hatte. Sehr anständig, fand er. „Wie auch immer Sie es nennen, es ist eine der von Ihnen erwähnten Komplikationen. Wir sollten uns das Problem sehr genau ansehen, ehe wir es beiseite räumen."

Als seine Finger sich um ihre Hände anspannten, senkte sie ihren Blick darauf. Sie verstand, was er meinte, aber nicht sein Motiv.

„Sobald wir uns fragen, wie es sein würde, wird es uns beide ablenken", fuhr Sidney fort. Sie blickte wachsam hoch. Er fühlte ihren Puls an ihrem Handgelenk unter seinen Fingern, aber sie zog sich nicht zurück. Falls sie ... Es hatte keinen Sinn zu spekulieren; es war besser vorzupreschen. „Wir werden herausfinden, wie es ist. Dann werden wir es in unserem Gedächtnis abspeichern, es vergessen und mit unserem Job weitermachen."

Es klang logisch. Blanche misstraute grundsätzlich allem, was so logisch klang. Allerdings hatte er genau richtig gelegen, als er behauptete, es würde sie beide ablenken, wenn sie sich fragten, wie es sein würde. Sie fragte sich das schon seit Tagen. Sein Mund schien die weichste Stelle an ihm zu sein, und doch wirkte er hart, fest und unnachgiebig. Wie würde er sich anfühlen? Wie würde er schmecken?

Sie ließ ihren Blick zu seinem Mund wandern, und er verzog die Lippen. Sie wusste nicht, ob es Belustigung oder Sarkasmus war, aber es half ihr, eine Entscheidung zu treffen.

„Einverstanden." Wie intim konnte ein Kuss sein, wenn eine Autotür sie voneinander trennte?

Sie neigten sich einander zu, langsam, so als erwartete jeder von ihnen, dass der andere sich im letzten Moment zurückzog. Ihre Lippen berührten sich, leicht, leidenschaftslos. Es hätte in diesem Moment damit enden können, dass jeder von ihnen desinteressiert die Schultern zuckte. Es war lediglich das Grundelement eines Kusses. Zwei Lippenpaare tasteten einander ab. Nicht mehr.

Keiner von beiden konnte sagen, wer die Änderung einleitete, und ob es berechnet oder zufällig geschah. Sie waren beide neugierige Menschen, und die Neugierde mochte der auslösende Faktor gewesen sein. Vielleicht war es aber auch unvermeidlich gewesen. Die Beschaffenheit des Kusses veränderte sich so langsam, dass ein Aufhören nicht möglich war, bis es zu spät für Reue war.

Lippen öffneten sich, luden ein, akzeptierten. Ihre Finger klammerten sich aneinander, vertieften den Kuss. Blanche wurde gegen die harte Tür gepresst, verlangte nach mehr, während sie mit den Zähnen an seiner Unterlippe knabberte. Sie hatte recht gehabt. Sein Mund war das Weichste an ihm. Unglaublich weich, unbeschreiblich köstlich, als er sich heiß auf ihren Mund presste.

Sie war nicht an heftige Stimmungsumschwünge gewöhnt. Sie hatte nie etwas Ähnliches erfahren. Es war ihr unmöglich, sich einfach zurückzulehnen und zu genießen. Aber waren Küsse denn nicht dafür da? Bisher hatte sie daran geglaubt. Dieser Kuss verlangte all ihre Kraft, all ihre Energie. Noch während er andauerte, wusste Blanche, dass sie hinterher ausgelaugt sein würde. Wundervoll und total ausgelaugt. Während sie in der Erregung schwelgte, freute sie sich schon auf den herrlichen Genuss des Nachspürens.

Er hätte es wissen müssen. Verdammt, er hätte wissen müssen, dass sie nicht so lässig und unkompliziert war, wie sie aussah. Hatte er sich nicht schmerzhaft nach ihr gesehnt? Sie zu schmecken, brachte keine Linderung, ganz im Gegenteil. Blanche konnte seine Kontrolle außer Kraft setzen, und Kontrolle war unentbehrlich für seine Kunst, sein Leben, seinen klaren Verstand. Er hatte diese Kontrolle über Jahre von Schweiß, Angst und Erwartungen hinweg entwickelt und perfektioniert. Sidney hatte gelernt, dass die gleiche berechnete Kontrolle, die er in der Dunkelkammer einsetzte, die gleiche sorgfältige Logik, die er für eine Aufnahme brauchte, sich erfolgreich auch auf Frauen anwenden ließ. Erfolgreich und schmerzlos. Einmal von Blanche kosten, und er erkannte, wie zerbrechlich Kontrolle sein konnte.

Um sich selbst und vielleicht auch ihr zu beweisen, dass er damit umgehen konnte, ließ er zu, dass der Kuss tiefer, heißer, feuchter wurde. Gefahr drohte, und vielleicht lockte er sie sogar an.

Sie schmeckte heiß und süß. Sie setzte ihn in Flammen. Er musste sich zurückhalten, sonst hinterließ die Verbrennung eine Narbe. Er hatte genug Narben. Das Leben war nicht so schön wie ein erster Kuss an einem heißen Nachmittag. Er wusste das besser als die meisten anderen.

Sidney zog sich zurück und gab sich damit zufrieden, dass er die Kontrolle nicht verloren hatte. Vielleicht war sein Puls nicht gleichmäßig, vielleicht funktionierte sein Verstand nicht ganz klar, aber er besaß seine Kontrolle noch.

Für Blanche drehte sich alles. Hätte er ihr jetzt eine Frage gestellt, irgendeine, sie hätte keine Antwort gewusst. Sie lehnte sich gegen die Wagentür und wartete darauf, dass ihr Gleichgewicht zurückkehrte. Sie hatte gewusst, dass der Kuss sie auslaugen würde. Sogar jetzt fühlte sie noch ihre Energie schwinden.

Er sah den Blick in ihren Augen, jenen sanften Blick, dem jeder Mann nur schwer widerstehen konnte. Sidney wandte sich ab. „Ich setze Sie am Studio ab."

Während er um den Wagen auf seine Seite ging, ließ Blanche sich auf ihren Sitz fallen. Es im Gedächtnis abspeichern und es vergessen, dachte sie. Von wegen!

Sie versuchte es. Blanche bemühte sich so sehr zu vergessen, was Sidney sie hatte empfinden lassen, dass sie bis drei Uhr nachts arbeitete. Als sie sich endlich in ihr Apartment schleppte, hatte sie den Film von der Schule und dem Strand entwickelt, die Negative ausgesucht, die sie vergrößern wollte, und sie hatte von zweien Abzüge gemacht, die sie mit zu ihren besten Arbeiten zählte.

Jetzt hatte sie vier Stunden, um zu essen, zu packen und zu schlafen. Nachdem sie sich ein gewaltiges Sandwich hergerichtet hatte, holte sie den einen Koffer hervor und warf die wichtigsten Sachen hinein. Benommen von Müdigkeit, spülte sie Brot, Fleisch und Käse mit einem großen Schluck Milch hinunter. Nichts davon fühlte sich in ihrem Magen besonders bekömmlich an, weshalb sie ihr halb gegessenes Abendessen auf dem Nachttischchen stehen ließ und sich wieder ans Packen machte.

Sie durchwühlte das oberste Fach ihres Schranks nach der Schachtel mit dem schlichten Pyjama im Herrenschnitt, den ihre Mutter ihr zu Weihnachten geschenkt hatte. Eindeutig eines der wichtigsten Dinge. Der Pyjama war sexlos. Sie konnte nur hoffen, dass sie sich darin auch sexlos fühlte. An diesem Nachmittag war sie nachhaltig daran erinnert worden, dass sie eine Frau war …

Sie wollte sich in Sidneys Nähe kein zweites Mal als Frau fühlen. Es war zu gefährlich, und sie vermied gefährliche Situationen. Da sie jedoch nicht der Typ war, der seine Femininität betonte, sollte das kein Problem sein.

Sagte sie sich wenigstens …

Wenn sie beide erst einmal mit ihrem Auftrag begonnen hatten, würden sie so beschäftigt sein, dass sie es nicht einmal bemerken würden, wenn der andere zwei Köpfe und vier Daumen hätte.

Sagte sie sich wenigstens …

Was an diesem Nachmittag geschehen war, war lediglich einer jener flüchtigen Momente gewesen, denen ein Fotograf manchmal begegnete, wenn der Augenblick das Handeln bestimmte. Es würde nie wieder geschehen, weil die Umstände nie wieder die gleichen sein würden.

Sagte sie sich wenigstens …

Und dann hatte sie genug an Sidney Colby gedacht. Es war fast vier Uhr, und die nächsten drei Stunden gehörten ganz ihr, die letzten, die ihr für lange Zeit bleiben würden. Blanche wollte sie auf die Art verbringen, die ihr am liebsten war. Schlafend. Sie zog sich aus, ließ ihre Kleider auf einen Haufen fallen, kroch ins Bett und vergaß, das Licht auszumachen.

Auf der anderen Seite der Stadt lag Sidney in der Dunkelheit. Er hatte noch nicht geschlafen, obwohl er schon vor Stunden gepackt hatte. Seine Tasche und seine Ausrüstung waren säuberlich neben der Tür aufgebaut. Er war gut organisiert, vorbereitet und hellwach.

Er hatte schon früher Schlaf versäumt. Dieser Umstand beunruhigte ihn nicht, der Grund dafür aber schon. Blanche Mitchell. Obwohl es ihm im Lauf des Abends gelungen war, sie auf die Seite zu schieben, in den Hintergrund, in einen Winkel seines Gehirns zu verbannen, hatte er sie nicht ganz aus seinem Schädel hinausbekommen.

Er konnte Punkt für Punkt alles, was an diesem Nachmittag

zwischen ihnen passiert war, analysieren, aber das hätte einen wesentlichen Punkt nicht geändert. Er war verletzbar gewesen. Vielleicht nur für einen Moment, einen Herzschlag, aber er war verletzbar gewesen. Und das konnte er sich nicht leisten. Das würde er auch kein zweites Mal zulassen.

Blanche Mitchell war eine jener Komplikationen, die sie angeblich vermeiden wollte. Er dagegen war daran gewöhnt. Er hatte nie irgendwelche Probleme gehabt, mit Komplikationen fertig zu werden. Blanche würde da keine Ausnahme machen.

Sagte er sich wenigstens …

In den nächsten drei Monaten waren sie beide tief in ein Unternehmen verstrickt, das ihre ganze Zeit und Energie in Anspruch nehmen würde. Wenn er arbeitete, konnte er sehr gut seine ganze Konzentration auf einen Punkt richten und alles andere ignorieren. Das war kein Problem.

Sagte er sich wenigstens …

Aber er konnte nicht schlafen. Der Druck in seinem Magen hatte nichts mit dem Abendessen zu tun, das unberührt auf seinem Teller kalt geworden war.

3. KAPITEL

Pünktlich um sieben Uhr am anderen Morgen hatte ihre Reise begonnen. Sidney hatte Blanche abgeholt. Noch halb im Schlaf, hatte sie ihr Gepäck in den Campingbus gestellt.

Da Sidney die ersten Stunden fahren wollte, hatte sie sich auf den Beifahrersitz gehockt und war prompt eingeschlafen.

Sidney hatte eine Route ausgesucht, die leicht abgeändert werden konnte, und keinen Zeitplan gemacht. Ihr einziger Termin war der Labor Day, an dem sie an der Ostküste sein sollten. Er stellte das Radio leise ein und fand flotte Countrymusic, während er in einem gleichmäßigen Tempo den Highway unter die Räder nahm. Neben ihm schlief Blanche.

Wenn das ihre Routine war, dachte er, würden sie keine Probleme haben. Solange sie schlief, konnten sie einander nicht auf die Nerven gehen. Oder gegenseitig Leidenschaft wecken. Selbst jetzt fragte er sich noch, weshalb ihm Gedanken an sie während der Nacht die Ruhe geraubt hatten. Was hatte sie an sich, das ihm Sorgen bereitete? Er wusste es nicht, und das allein schon bereitete ihm Sorgen.

Nach seiner Entscheidung, den Auftrag zu übernehmen, hatte er sich zur Aufgabe gemacht, mehr über sie herauszufinden. Sidney mochte sein Privatleben abschirmen, aber es fehlte ihm nicht an Kontakten. Er hatte von ihrer Arbeit für CELEBRITY gewusst, auch von ihrer kreativeren und persönlicheren Arbeit für Magazine wie VANITY und IN TOUCH. Sie hatte sich im Lauf der Jahre mit ihren ungewöhnlichen, oftmals radikalen Fotos der Berühmten zu einer Kultfotografin entwickelt.

Was er nicht gewusst hatte, war, dass sie die Tochter eines Malers und einer Dichterin war, beide exzentrische und halbwegs erfolgreiche Einwohner von Carmel. Bevor Blanche zwanzig war, hatte sie einen Finanzberater geheiratet und hatte sich drei Jahre später wieder von ihm scheiden lassen. Sie verabredete sich mit Männern mit einer geradezu einstudierten Lässigkeit, und sie hatte vage Pläne über den Ankauf eines Strandhauses in Malibu. Sie war beliebt, respektiert und in jeder Hinsicht zuverlässig. Sie war oft langsam, wenn sie etwas tat – aus einer Kombination ihres Verlangens nach Perfektion und ihrer Überzeugung heraus, dass Eile eine Verschwendung von Energie war.

Er hatte bei seinen Nachforschungen nichts Überraschendes gefunden, aber auch keinen Anhaltspunkt für die Anziehung, die sie auf ihn ausübte. Doch ein erfolgreicher Fotograf war geduldig. Manchmal war es nötig, immer wieder auf ein Objekt zurückzukommen, bis man seine eigenen Gefühle ihm gegenüber verstand.

Als sie die Grenze nach Nevada überquerten, zündete Sidney eine Zigarette an und kurbelte sein Fenster herunter. Blanche bewegte sich, murmelte etwas und tastete nach ihrer Tasche.

„Guten Morgen." Sidney warf ihr einen kurzen Seitenblick zu.

„Mmm-hmm." Blanche wühlte in ihrer Tasche herum und holte erleichtert den Schokoriegel heraus, riss die Verpackung mit zwei raschen Bewegungen auf und warf das Papier in ihre Tasche. Normalerweise räumte sie die Tasche immer aus, kurz bevor sie überquoll.

„Essen Sie immer etwas Süßes zum Frühstück?"

„Da ist Koffein drin." Sie nahm einen riesigen Bissen und seufzte. „Ich bevorzuge es auf diese Weise." Langsam streckte sie Oberkörper, Schultern und Arme in einer langen, wellenförmigen Bewegung, die gänzlich ungeplant war. Das war ein eindeutiger Hinweis auf den Grund ihrer Anziehungskraft, dachte Sidney ironisch. „Wo sind wir denn?"

„Nevada." Er blies Zigarettenrauch aus der Nase, der sich zum Fenster hinaus verflüchtete. „Gerade eben."

Blanche schlug ihre Beine unter, während sie an ihrem Schokoriegel knabberte. „Ich müsste bald mit meiner Schicht dran sein."

„Ich sage es schon."

„Okay.“ Sie war zufrieden, Beifahrerin zu sein, solange er den Fahrer spielen wollte. Sie warf jedoch einen bedeutungsvollen Blick auf das Radio. Countrymusic war nicht ihr Stil. „Der Fahrer sucht die Musik aus.“

Er nickte. „Wenn Sie die Schokolade hinunterspülen wollen, hinten in einer Thermosflasche ist Saft.“

„Ja?“ Immer daran interessiert, ihren Magen zu füllen, rappelte Blanche sich auf und schob sich nach hinten.

Sie hatte dem Campingbus an diesem Morgen nicht viel Aufmerksamkeit geschenkt, abgesehen von einem verschwommenen Blick, der ihr gezeigt hatte, dass er schwarz und gut in Schuss war. An den Seiten gab es gepolsterte Bänke, die man als Betten benützen konnte, wenn man nicht zu wählerisch war. Blanche fand, dass der graue Teppich wahrscheinlich bequemer zum Liegen war.

Sidneys Ausrüstung war säuberlich verstaut, während ihre schlampig in einer Ecke lag. In glänzenden Hängeschränkchen waren ein paar wichtige Dinge verstaut. Kaffee, eine Kochplatte, ein kleiner Teekessel. Praktische Dinge, wenn sie auf einen Campingplatz mit elektrischen Anschlüssen kamen. In der Zwischenzeit begnügte sie sich mit der Isolierkanne mit Saft.

„Möchten Sie welchen?“

Er sah im Rückspiegel, wie sie da stand, die Beine gespreizt wegen des Gleichgewichts, mit einer Hand an den Schrank gestützt. „Ja.“

Blanche brachte zwei große Plastikbecher und die Kanne zu ihrem Sitz mit. „Alle Bequemlichkeiten wie zu Hause“, kommentierte sie mit einem Kopfnicken nach hinten. „Reisen Sie viel mit dem Wagen?“

„Wenn es nötig ist.“ Er hörte das Eis gegen das Plastik klicken und streckte die Hand aus. „Ich fliege nicht gern. Man verliert die Gelegenheit, unterwegs zu fotografieren.“ Nachdem er seine Zigarette aus dem Fenster geschnippt hatte, trank er seinen Saft. „Wenn es ein Auftrag im Umkreis von ungefähr fünfhundert Meilen ist, fahre ich.“

„Ich hasse es zu fliegen.“ Blanche lehnte sich in die Ecke zwischen Sitz und Tür. „Ich muss ständig nach New York fliegen, weil jemand, den ich fotografieren soll, nicht zu mir kommen kann oder will. Ich nehme eine Packung Beruhigungstabletten mit, einen Vorrat an Schokoriegeln, ein Hufeisen und ein sozial bedeutungsvolles, erzieherisches Buch. Damit habe ich mich nach allen Seiten abgesichert.“

„Mit den Beruhigungstabletten und dem Hufeisen vielleicht.“

„Die Schokolade ist für meine Nerven. Ich esse gern, wenn ich unter Anspannung stehe. Das Buch ist ein Pluspunkt bei meinen Verhandlungen.“ Sie schüttelte ihren Becher, dass das Eis klickte. „Das ist, als würde ich sagen: Sieh her, ich tue hier etwas Wertvolles. Mach das nicht kaputt, indem du das Flugzeug abstürzen lässt. Außerdem lässt mich das Buch normalerweise innerhalb von zwanzig Minuten einschlafen.“

Sidney hob einen Mundwinkel, was Blanche als hoffnungsvolles Vorzeichen für die paar tausend Meilen auslegte, die noch vor ihnen lagen. „Das erklärt alles.“

„Ich habe eine Phobie davor, in zehntausend Metern Höhe in einer schweren Metallröhre mit zweihundert Fremden zu fliegen, von denen es viele mögen, die intimsten Details ihres Lebens der Person neben sich zu erzählen.“ Grinsend stützte sie ihre Füße gegen das Armaturenbrett. „Da fahre ich lieber quer durch das Land mit einem grimmigen Fotografen, der es sich zur Aufgabe gemacht hat, mir so wenig wie möglich zu erzählen.“

Sidney warf ihr einen Seitenblick zu und fand, dass es nichts schaden könnte, das Spiel weiterzuspielen, solange sie beide die Regeln kannten. „Sie haben mich nichts gefragt.“

„Na schön, fangen wir mit etwas Grundsätzlichem an. Woher kommt Ihr zweiter Name Shade?“

Er fuhr langsamer und bog auf einen Parkplatz ein. „Shadrach.“

Ihre Augen weiteten sich anerkennend. „Wie Meshach und Abednego aus dem Buch Daniels?“

„Stimmt. Meine Mutter beschloss, jedem ihrer Sprösslinge einen ungewöhnlichen zweiten Namen zu geben. Ich habe eine Schwester namens Cassiopeia."

„Noch ungewöhnlicher als mein zweiter Name. Blanche ‚Bryan' Mitchell."

„Wieso Bryan?"

„Meine Eltern wollten zeigen, dass sie nicht sexistisch eingestellt waren."

In dem Moment, in dem der Campingbus auf dem Parkplatz anhielt, sprang Blanche ins Freie, streckte sich und beugte sich dann bis zum Boden, bis ihre Handflächen den Asphalt berührten – sehr zum Interesse des Mannes, der gerade in den Pontiac neben ihr stieg. Mit dem seine Konzentration störenden Ausblick brauchte er fast eine halbe Minute, um den Schlüssel ins Zündschloss zu schieben.

„Himmel, werde ich steif!" Sie streckte sich, stellte sich auf die Zehen, ließ sich wieder nach vorn fallen. „Sehen Sie nur, da drüben ist eine Snackbar. Ich hole mir Pommes frites. Wollen Sie auch welche?"

„Es ist zehn Uhr vormittags."

„Fast halb elf", korrigierte sie. „Außerdem essen die Leute Würstchen zum Frühstück. Wo liegt da der Unterschied?"

Er war sicher, dass es einen gab, war jedoch nicht zu einer Diskussion aufgelegt. „Gehen Sie schon vor. Ich möchte eine Zeitung kaufen."

„Fein." Blanche überlegte es sich, kletterte noch einmal in den Wagen und griff nach ihrer Kamera. „Wir treffen uns wieder hier in zehn Minuten."

Blanches Absichten waren gut, aber sie brauchte fast zwanzig Minuten. Schon als sie sich der Snackbar näherte, entzündete die Warteschlange vor dem Fast Food ihre Vorstellungskraft.

Etwa zehn Personen hatten sich angestellt, bekleidet mit weiten Bermudas, zerknitterten Sommerkleidern und langen Baumwollhosen. Ein kurvenreicher Teenager hatte eine knallenge Ledershorts an, die wie aufgemalt wirkte. Eine Frau, die sechste in der Schlange, fächelte sich mit einem breitkrempigen Hut mit flatterndem Hutband Luft zu.

Sie alle waren irgendwohin unterwegs, im Augenblick hatten sie alle dasselbe Ziel: essen. Und keiner kümmerte sich um den anderen. Jeder war für sich allein. Blanche konnte nicht widerstehen. Sie ging die Warteschlange rauf und auf der einen Seite runter, bis sie ihren Blickwinkel gefunden hatte.

Sie schoss die Leute von hinten, sodass die Schlange verlängert und losgelöst wirkte und das Schild der Snackbar vielversprechend über ihr hing. Der Mann hinter der Essenausgabe war nicht mehr als ein vager Schatten, der da sein konnte oder auch nicht. Sie hatte schon mehr als die vereinbarten zehn Minuten aufgebraucht, ehe sie sich selbst anstellte.

Sidney lehnte am Campingbus und las Zeitung, als sie zurückkam. Er hatte schon drei wohlüberlegte Aufnahmen des Parkplatzes gemacht, wobei er sich auf eine Reihe von Wagen mit Kennzeichen aus fünf verschiedenen Staaten konzentriert hatte. Als er hochblickte, hatte Blanche ihre Kamera über die Schulter gehängt, einen Riesen-Schokoshake in der einen, eine Riesenportion Pommes frites in Ketchup gebadet in der anderen Hand.

„Tut mir leid.“ Sie fischte im Gehen Fritten aus dem Karton. „Ich habe ein paar gute Aufnahmen von der Schlange vor der Snackbar bekommen. Die Hälfte des Sommers besteht aus Hetzen und Warten, nicht wahr?“

„Können Sie mit dem ganzen Zeug steuern?“

„Sicher.“ Sie schwang sich auf den Fahrersitz. „Ich bin daran gewöhnt.“ Sie balancierte den Shake zwischen ihren Schenkeln, stellte die Fritten genau davor und streckte die Hand nach den Schlüsseln aus.

Sidney blickte auf das Frühstück hinunter, das zwischen glatten, sehr braunen Beinen eingeklemmt war. „Wollen Sie noch immer teilen?“

Blanche verdrehte den Kopf, um nach hinten zu sehen, während sie rückwärtsfuhr. „Nein." Sie kurbelte am Lenkrad und steuerte die Ausfahrt an. „Sie hatten Ihre Chance." Während sie mit einer Hand geschickt steuerte, fischte sie mit der anderen nach den Pommes frites.

„Wenn Sie solches Zeug essen, sollten Sie Akne bis zum Bauchnabel hinunter haben."

„Märchen", verkündete sie und zischte an einem langsameren Pkw vorbei. Nach einer kurzen Suche kam ein altes Lied von Simon und Garfunkel aus dem Radio. „Das ist Musik", erklärte sie ihm. „Ich mag Songs, die in mir ein Bild erzeugen. Countrymusic dreht sich doch nur um Schmerzen und Betrug und Saufen."

„Und Leben."

Blanche griff nach ihrem Shake und sog am Strohhalm. „Vielleicht. Ich schätze, zu viel Realität ermüdet mich. Ihre Arbeit dagegen hängt davon ab."

Sie zog die Augenbrauen zusammen und entspannte sich dann bewusst. In gewisser Weise hatte er recht. „Meine Arbeit bietet freie Wahl. Warum haben Sie diesen Auftrag angenommen, Sidney?", fragte sie plötzlich. „Sommer in Amerika illustriert Vergnügen. Das ist nicht Ihr Stil."

„Es bedeutet auch Schweiß, Ernte, die von zu viel Sonne verdorrt, und überstrapazierte Nerven." Er steckte sich wieder eine Zigarette an. „Schon mehr mein Stil?"

„Das haben Sie gesagt, nicht ich." Sie ließ die Schokolade in ihrem Mund kreisen. „Wenn Sie so viel rauchen, werden Sie sterben."

„Früher oder später." Sidney schlug wieder die Zeitung auf und beendete die Unterhaltung.

Wer zum Teufel ist er? fragte Blanche sich, während sie die Geschwindigkeit bei sechzig Meilen in der Stunde einpendelte. Welche Faktoren in seinem Leben hatten sowohl den Zyniker als auch das Genie in ihm entwickelt? Er hatte Sinn für Humor – sie hatte es ein- oder zweimal bemerkt. Aber er schien sich davon nur ein gewisses Maß zuzugestehen und nicht mehr.

Leidenschaft? Sie konnte aus erster Hand bezeugen, dass in ihm ein Pulverfass schlummerte. Was konnte dieses Pulverfass zünden? Wenn sie sich bei Sidney Colby in einer Sache ganz sicher war, dann darin, dass er sich unter strengster Kontrolle hielt. Die Leidenschaft, die Macht, die Wut – wie immer man es bezeichnen wollte – floss in seine Arbeit ein, aber nicht – dessen war sie sicher – in sein Privatleben. Zumindest nicht oft.

Sie hatte ihm die Wahrheit gesagt, als sie behauptete, es gebe niemanden, den sie nicht mochte, außer ihm. Das ging Hand in Hand mit ihrer Kunst – sie blickte in eine Person hinein und fand Qualitäten, nicht alle bewundernswert, nicht alle liebenswert, aber etwas, immer etwas, das sie verstehen konnte. Sie musste das auch mit Sidney machen, um ihrer selbst willen. Und weil sie ihn unbedingt fotografieren wollte. Aber damit würde sie erst viel später herausrücken.

„Sidney, ich möchte Sie etwas anderes fragen."

Er blickte nicht von der Zeitung auf. „Hmm?"

„Welcher ist Ihr Lieblingsfilm?"

Halb verärgert über die Unterbrechung, halb verwirrt über die Frage, blickte er auf und fragte sich wieder einmal, wie ihr Haar aussehen mochte, wenn es aus diesem dicken, unordentlichen Zopf entlassen wurde. „Was?"

„Ihr Lieblingsfilm", wiederholte sie. „Ich brauche einen Anhaltspunkt, einen Ansatz."

„Wofür?"

„Um herauszufinden, warum ich Sie interessant, attraktiv und nicht liebenswert finde."

„Sie sind eine seltsame Frau, Blanche ‚Bryan'."

„Nein, eigentlich gar nicht, obwohl es mein gutes Recht wäre." Sie unterbrach sich einen Moment, während sie die Spur wechselte. „Kommen Sie schon, Sidney, es ist eine lange Reise. Kommen wir einander doch in Kleinigkeiten entgegen. Nennen Sie mir einen Film."

„‚To Have and Have Not'."

„Bogarts und Bacalls erster gemeinsamer Film." Es brachte

sie dazu, ihn auf die Art anzulächeln, die er schon als gefährlich eingestuft hatte. „Gut. Hätten Sie irgendeinen obskuren französischen Film genannt, hätte ich etwas anderes finden müssen. Warum dieser?"

Er legte die Zeitung beiseite. Also wollte sie Spielchen spielen. Harmlos, entschied er. Und sie hatten noch einen langen Tag vor sich. „Anziehungskraft auf der Leinwand, dichte Handlung und eine Kameraarbeit, die Bogart als perfekten Helden erscheinen lässt und Bacall als die einzige Frau, die an ihn heranreicht."

Sie nickte zufrieden. Er war sich also nicht zu schade, Helden zu genießen, Fantasien und brodelnde Beziehungen. Das mochte nur ein kleiner Punkt sein, aber sie könnte ihn dafür mögen. „Filme faszinieren mich genau wie die Leute, die sie machen. Ich glaube, das war einer der Gründe, warum ich die Gelegenheit ergriffen habe, für CELEBRITY zu arbeiten. Ich kann nicht mehr zählen, wie viele Schauspieler ich fotografiert habe, aber wenn ich sie auf der Leinwand sehe, bin ich noch immer fasziniert."

Er wusste, dass es gefährlich war, Fragen zu stellen, nicht wegen der Antworten, sondern wegen der Fragen, die einem im Gegenzug gestellt wurden. Dennoch wollte er etwas erfahren. „Fotografieren Sie deshalb die schönen Leute? Weil Sie dem Glamour nahekommen wollen?"

Weil sie es für eine faire Frage hielt, beschloss Blanche, sich nicht zu ärgern. Außerdem brachte es sie dazu, über etwas nachzudenken, das sich fast ungeplant entwickelt hatte. „Vielleicht hatte ich anfangs so etwas im Sinn. Man sieht sie jedoch sehr schnell als gewöhnliche Menschen mit außergewöhnlichen Berufen. Ich liebe es, diesen Funken zu finden, der sie zu den wenigen Auserwählten macht."

„Trotzdem werden Sie in den nächsten drei Monaten das Alltägliche fotografieren. Warum?"

„Weil in jedem von uns ein Funke ist. Ich möchte ihn auch in einem Farmer in Iowa finden."

Da hatte er also seine Antwort. „Sie sind eine Idealistin, Blanche."

„Ja." Sie warf ihm einen offen interessierten Blick zu. „Sollte ich mich dafür schämen?"

Es gefiel ihm nicht, wie ihn die ruhige, vernünftige Frage berührte. Er selbst hatte auch einmal Ideale gehabt, und er wusste, wie sehr es schmerzte, wenn sie einem brutal weggenommen wurden. „Nicht dafür schämen", sagte er nach einem Moment. „Sie sollten vorsichtig sein."

Sie fuhren stundenlang. Im Laufe des Nachmittags tauschten sie die Plätze, und Blanche blätterte in Sidneys Zeitung. Nach gegenseitiger Absprache verließen sie den Freeway und begannen, über Nebenstraßen zu fahren. Es spielte sich so ein, dass sie die meiste Zeit schwiegen und sich nur gelegentlich unterhielten. Am frühen Abend überquerten sie die Grenze nach Idaho.

„Skifahren und Kartoffeln", bemerkte Blanche. „Das ist alles, was mir bei Idaho einfällt." Fröstelnd kurbelte sie ihr Fenster hoch. Der Sommer kam im Norden langsamer, besonders wenn die Sonne tief stand. Durch die Scheibe blickte sie in das dunkler werdende Zwielicht hinaus.

Hunderte von Schafen, die wie auf viele Meilen verteilte graue oder weiße Wollbündel aussahen, grasten träge auf dem harten Gras neben der Straße.

Blanche war eine Frau der Stadt, der Freeways und Bürogebäude. Es mochte Sidney überraschen, dass sie noch nie so weit nördlich gewesen war, auch nicht so weit östlich, ausgenommen per Flugzeug.

Die Unmengen ruhiger Schafe faszinierten sie. Sie griff gerade nach ihrer Kamera, als Sidney fluchte und den Fuß auf die Bremse rammte. Blanche landete mit einem Aufschrei auf dem Fußboden.

„Was sollte das denn?"

Er sah mit einem Blick, dass sie nicht verletzt war, nicht einmal verärgert, sondern einfach neugierig. Er dachte nicht daran, sich zu entschuldigen. „Verdammte Schafe auf der Straße."

Blanche zog sich hoch und spähte durch die Windschutzscheibe. Drei Schafe standen unbekümmert quer über die Straße aufgereiht. Eines von ihnen drehte den Kopf, blickte zu dem Campingbus hoch und sah wieder weg.

„Sie sehen aus, als würden sie auf einen Bus warten", fand sie und packte Sidney am Handgelenk, bevor er auf die Hupe drücken konnte. „Nein, warten Sie. Ich habe noch nie eines angefasst."

Bevor Sidney etwas dazu sagen konnte, war sie aus dem Campingbus ausgestiegen und ging auf die Schafe zu. Eines scheute ein paar Zentimeter zurück, als sie sich ihm näherte, aber im Großen und Ganzen kümmerten sich die Tiere überhaupt nicht um sie. Sidneys Ärger schwand, als Blanche sich vorbeugte und eines berührte. Er dachte, dass eine andere Frau so angetan blicken würde, wenn sie einen Zobel bei einem Pelzhändler streichelte. Erfreut, zögernd und seltsam erotisch. Und das Licht war gut. Er nahm seine Kamera und wählte einen Filter. „Wie fühlen sie sich an?"

„Weich – nicht so weich, wie ich dachte. Lebendig. Gar nicht wie ein Schafwollmantel." Noch immer vorgebeugt, eine Hand auf dem Schaf, blickte Blanche hoch. Es überraschte sie, in eine Kamera zu sehen. „Wofür soll das stehen?"

„Entdeckung." Er hatte schon zwei Aufnahmen gemacht, wollte jedoch noch mehr. „Entdeckung hat viel mit Sommer zu tun. Wie riechen die Tiere?"

Fasziniert beugte Blanche sich tiefer über das Schaf. Sidney hielt sie fest, als ihr Gesicht fast in der Wolle vergraben war. „Nach Schaf", rief sie lachend und richtete sich auf. „Wollen Sie mit dem Schaf spielen, und ich fotografiere Sie?"

„Vielleicht das nächste Mal."

Sie sah aus, als gehörte sie dorthin, auf diese endlose verlassene Straße, inmitten menschenleeren Landes, und es verwirrte ihn. Er hatte gedacht, sie passe mitten nach L. A., ins Zentrum des Glanzes und der Illusionen.

„Stimmt etwas nicht?“ Sie wusste, dass er an sie dachte, nur an sie, wenn er sie so ansah. Sie wünschte, sie könnte es einen Schritt weiterführen, und war dennoch seltsam erleichtert, dass sie es nicht konnte.

„Sie passen sich gut an.“

Ihr Lächeln kam zögernd. „So ist es einfacher. Ich habe Ihnen gesagt, dass ich keine Komplikationen mag.“

Er wandte sich wieder dem Campingbus zu und fand, dass er zu viel an sie dachte. „Wollen mal sehen, ob wir diese Schafe dazu bringen, sich zu bewegen.“

„Aber, Sidney, Sie können die Tiere nicht einfach am Straßenrand zurücklassen.“ Sie lief zu dem Wagen zurück. „Sie werden sofort wieder auf die Fahrbahn trotten, wo sie überfahren werden können.“

Er warf ihr einen Blick zu, der klar ausdrückte, wie wenig ihn das interessierte. „Was erwarten Sie denn von mir? Soll ich sie zusammentreiben?“

„Das Mindeste, was wir tun können, ist, sie wieder über den Zaun zu bringen.“ Als hätte er bereits aus vollem Herzen zugestimmt, drehte Blanche sich um und ging zu den Schafen zurück. Er beobachtete sie dabei, wie sie sich bückte, eines hochhob und fast vornüber kippte. Die beiden anderen blökten und liefen davon.

„Schwerer, als sie aussehen“, brachte sie hervor und taumelte auf den Zaun entlang der Straße zu, während das Schaf in ihren Armen blökte, strampelte und sich entwinden wollte. Es war nicht einfach, aber nach einem Test von Willensstärke und Kraft ließ sie das Schaf auf die andere Seite des Zauns herab. Mit einer Hand wischte sie sich den Schweiß von der Stirn und wandte sich mit finsterem Gesicht an Sidney. „Nun, helfen Sie mir oder nicht?“

Das Spektakel hatte ihm gefallen, aber er lächelte nicht, als er sich gegen den Wagen lehnte. „Wahrscheinlich finden sie das Loch im Zaun und sind in zehn Minuten wieder auf der Straße.“

„Vielleicht“, stieß Blanche zwischen zusammengebissenen Zähnen hervor und ging auf das zweite Schaf zu. „Aber dann habe ich getan, was getan werden sollte.“

„Idealist“, sagte er erneut.

Die Hände in die Hüften gestützt, wirbelte sie herum. „Zyniker!“

„Hauptsache, wir verstehen uns.“ Sidney straffte sich. „Ich helfe Ihnen.“

Die beiden anderen ließen sich nicht so einfach übertölpeln wie das erste. Es kostete Sidney mehrere anstrengende Minuten, um Nummer zwei zu fangen, wobei Blanche Hirtenhund spielte. Zweimal verlor er seine Konzentration und seine Beute, weil ihn ihr plötzliches heiseres Lachen ablenkte.

„Zwei erledigt, eines ausständig“, verkündete er, als er das Schaf auf der Weide freiließ.

„Das da sieht aber dickköpfig drein.“ Retter und Objekt der Rettung musterten einander von gegenüberliegenden Straßenrändern aus. „Unruhige Augen“, murmelte Blanche. „Ich glaube, er ist der Anführer.“

„Sie.“

„Wie auch immer. Hören Sie, geben Sie sich nonchalant. Sie nähern sich von der einen Seite, ich von der anderen. Wenn wir es dann in der Mitte haben – zack!“

Sidney warf ihr einen vorsichtigen Blick zu. „Zack?“

„Folgen Sie einfach meinem Beispiel.“ Sie hakte die Daumen in ihre Gesäßtaschen und schlenderte pfeifend über die Straße.

„Blanche, Sie versuchen, ein Schaf zu überlisten.“

Sie warf ihm einen gelassenen Blick über die Schulter zu. „Vielleicht schaffen wir es zu zweit.“

Er war sich nicht sicher, ob sie scherzte. Zuerst wollte er in den Campingbus zurückkehren und warten, bis sie damit fertig war, sich zum Narren zu machen. Andererseits hatten sie schon genug Zeit verschwendet. Sidney schlug einen Bogen auf der linken Seite, während Blanche das Gleiche auf der rechten

Seite tat. Das Schaf beäugte sie beide, drehte den Kopf von einer Seite zur anderen.

„Jetzt!", rief Blanche und schnellte los.

Ohne über die Absurdität nachzudenken, machte Sidney von der anderen Seite einen Satz. Das Schaf tänzelte anmutig davon. Vom eigenen Schwung mitgerissen, prallten Sidney und Blanche aufeinander und rollten zusammen über das weiche Bankett neben der Straße. Sidney verspürte den Luftstrom, als sie aufeinanderprallten, und das sanfte Nachgeben ihres Körpers, als sie miteinander herumrollten.

Alle Luft aus den Lungen gepresst, lag Blanche auf dem Rücken, halb unter Sidney begraben. Sein Körper war sehr hart und sehr männlich. Blanche mochte keine Atemluft haben, aber noch hatte sie ihren klaren Verstand. Sie wusste, wenn sie beide so liegen blieben, würde es kompliziert werden. Sie holte tief Luft und starrte in sein Gesicht unmittelbar über dem ihren.

Sein Blick war nachdenklich, abschätzend und nicht besonders freundlich. Sidney würde kein freundlicher Liebhaber sein, das wusste Blanche instinktiv. Es stand in seinen Augen – in diesen dunklen, tief liegenden Augen. Er war eindeutig ein Mann, mit dem man eine persönliche Beziehung am besten vermied. Er würde sie rasch und vollständig überwältigen, und dann gab es keine Umkehr. Sie musste sich selbst daran erinnern, dass sie einfache Beziehungen vorzog, während ihr Herz bereits in einem kräftigen, gleichmäßigen Rhythmus schlug.

„Verfehlt", brachte sie hervor, versuchte jedoch nicht auszuweichen.

„Ja." Sie hatte ein umwerfendes Gesicht, klare Linien und weiche Haut. Sidney konnte sich fast selbst davon überzeugen, dass sein Interesse nur rein beruflich sei. Sie musste sich wundervoll fotografieren lassen, aus jedem Blickwinkel, mit jedem Licht.

Er konnte sie wie eine Königin oder wie eine Bäuerin aussehen lassen, aber sie würde immer wie eine Frau aussehen, die ein

Mann begehrte. Die träge Sexualität, die er in ihr fühlte, würde in dem Foto rüberkommen.

Alleine dadurch, dass er sie ansah, fielen ihm Ideen zu einem halben Dutzend Hintergründe ein, vor denen er sie gerne fotografiert hätte. Und er konnte sich Dutzende von Arten ausmalen, in denen er sie lieben wollte. Hier war schon die erste, auf dem kühlen Gras am Straßenrand, während hinter ihnen die Sonne versank und alles still war.

Sie sah die Entscheidung in seinen Augen. Und sie hätte nur wegzurutschen brauchen, nur mit einem einzigen Wort oder einer abwehrenden Bewegung zu protestieren. Aber sie tat es nicht. Ihr Verstand drängte sie dazu. Später würde Blanche sich fragen, warum sie nicht darauf gehört hatte. Doch jetzt, während die Luft kühler und der Himmel dunkler wurde, wollte sie die Erfahrung. Sie konnte sich nicht eingestehen, dass sie Sidney wollte.

Als er seinen Mund auf ihre Lippen senkte, war nichts von dem leichten Ausprobieren des ersten Mals vorhanden. Jetzt kannte er sie bereits und wollte die volle Wirkung ihrer Leidenschaft. Ihre Lippen trafen sich begierig, als wollte einer den anderen ins Delirium treiben.

Blanches Körper erhitzte sich so schnell, dass das Gras darunter wie Eis zu schimmern schien. Sie wunderte sich, dass es nicht schmolz. Es war ein Schock, der sie in Verwirrung stürzte. Mit einem leisen Stöhnen tief in der Kehle verlangte sie nach mehr. Seine Finger schoben sich in ihr Haar, in ihren Zopf, als wollte oder wagte er es noch nicht, sie zu berühren. Sie bewegte sich unter ihm, nicht um sich zurückzuziehen, sondern um vorzudringen. Halte mich, schien sie zu verlangen. Gib mir mehr! Er jedoch liebte auch weiterhin nur ihren Mund. Überwältigend.

Sie konnte seinen Atem hören, er strich durch das Gras neben ihrem Ohr und reizte sie. Sidney würde nur wenig von sich geben. Sie fühlte es in der Verspannung seines Körpers. Er würde sich zurückhalten. Während sein Mund ihren Selbstschutz nach und nach beiseitefegte, blieb er ganz bei sich. Frustriert strich Blanche mit ihren Händen über seinen Rücken. Sie würde ihn verführen.

Sidney war nicht an den Drang gewöhnt, zu geben oder an die Sehnsucht danach. Blanche entlockte ihm das Verlangen, sich zu vereinigen, das er bereits vor Jahren unterdrückt zu haben glaubte. An ihr schien nichts falsch zu sein – ihr Mund war warm und begierig und schmeckte nach Großzügigkeit. Ihr Körper war weich und beweglich und verführerisch. Ihr Duft umwehte ihn, erotisch, unkompliziert. Als sie seinen Namen flüsterte, schien es keine verborgenen Bedeutungen zu geben. Er konnte sich nicht mehr erinnern, wann er das letzte Mal wie jetzt uneingeschränkt und grenzenlos hatte geben wollen.

Er hielt sich zurück. Falschheit konnte gut versteckt sein, das wusste er. Aber er verlor bei Blanche. Obwohl Sidney sich dessen voll bewusst war, konnte er es nicht aufhalten. Sie fesselte ihn an sich mit einer Schlichtheit, die sich nicht verhindern ließ. Er hätte darüber fluchen können, hätte sie und sich selbst verwünschen können, aber seine Gedanken begannen zu verschwimmen. Sein Körper pulsierte.

Sie fühlten beide den Boden erzittern, kamen jedoch nicht auf die Idee, es könnte etwas anderes sein als ihre Leidenschaft. Sie hörten den Lärm, das lauter und lauter werdende Donnern, und jeder von ihnen dachte, es nur in seinem Kopf zu hören. Dann wurden sie von einem Windstoß erfasst, und der Fahrer des Trucks gab ein langes, ohrenbetäubendes Hupsignal. Es reichte aus, um sie beide mit einem Ruck wieder zur Vernunft zu bringen. Blanche verspürte zum ersten Mal echte Panik, als sie sich aufraffte.

„Wir sollten uns lieber um das Schaf kümmern und weiterfahren." Sie verwünschte die Atemlosigkeit in ihrer Stimme. Es liegt nur an der kalten Luft, dachte sie verzweifelt. Das war alles. „Es ist schon fast dunkel."

Sidney hatte nicht bemerkt, wie weit die Dämmerung fortgeschritten war. Er hatte nicht auf seine Umgebung geachtet –

etwas, das er sonst nie zuließ. Er hatte vergessen, dass sie sich neben der Straße im Gras gewälzt hatten wie zwei hirnlose Teenager. Er fühlte Ärger aufkeimen, unterdrückte ihn jedoch. Dieses eine Mal hatte er beinahe die Kontrolle verloren. Das würde kein zweites Mal passieren.

Blanche fing das Schaf auf der anderen Straßenseite, wo es in der Überzeugung graste, dass die beiden Menschen das Interesse verloren hatten. Es blökte in überraschtem Protest, als Blanche es hochhob. Leise fluchend ging Sidney ihr entgegen, nahm ihr das Schaf ab und verfrachtete es ohne weitere Umstände auf die Weide.

„Zufrieden?“, fragte er.

Sie erkannte seinen Ärger, mochte er ihn auch noch so zügeln. Auch in ihr kochte Ärger hoch. Sie hatte ihren Anteil an Frust abbekommen. Ihr Körper pulsierte, ihre Knie waren weich. Der Zorn half ihr, es zu vergessen.

„Nein“, entgegnete sie kurz angebunden. „Und Sie auch nicht. Ich finde, das war ein Beweis dafür, dass wir besser auf klare Distanz gehen sollten.“

Er packte sie am Arm, als sie an ihm vorbeistürmen wollte. „Ich habe Sie zu nichts gezwungen, Blanche.“

„Ich Sie auch nicht“, erinnerte sie ihn. „Ich bin für meine Handlungen selbst verantwortlich, Sidney.“ Sie blickte auf seine um ihren Arm gelegte Hand hinunter. „Und für meine Fehler. Wenn Sie die Schuld abwälzen wollen, ist das Ihre Angelegenheit.“

Seine Finger spannten sich an ihrem Arm an, kurz nur, aber lang genug, dass ihre Augen sich vor Überraschung über die Stärke und Tiefe seines Zorns weiteten. Nein, sie war nicht an heftige Stimmungsumschwünge gewöhnt, weder an ihre eigenen noch an die, die sie bei anderen hervorrief.

Langsam und mit sichtlicher Anstrengung lockerte Sidney den Griff. Sie hatte genau den Punkt getroffen. Er konnte nicht gegen Ehrlichkeit ankämpfen.

„Nein“, sagte er wesentlich ruhiger. „Ich übernehme meinen

Anteil, Blanche. Es wird einfacher für uns beide sein, wenn wir auf diese klare Distanz achten."

Sie nickte gefasster. Ihre Lippen verzogen sich zu einem kleinen Lächeln. „Okay." Halte die Stimmung leicht, mahnte sie sich selbst, um unser beider willen. „Es wäre von Anfang an leichter gewesen, wenn Sie fett und hässlich wären."

Er grinste, bevor es ihm bewusst wurde. „Sie auch."

„Nun, da ich nicht annehme, dass einer von uns etwas gegen dieses gewisse Problem unternehmen will, müssen wir es einfach vermeiden. Einverstanden?" Sie streckte ihm die Hand entgegen.

„Einverstanden."

Ihre Hände schoben sich ineinander. Ein Fehler. Keiner von ihnen hatte sich von dem Schock erholt. Sogar die flüchtige Berührung unterstrich ihn noch. Blanche verschränkte die Hände hinter ihrem Rücken. Sidney schob seine Hände in die Hosentaschen.

„Also ...", begann Blanche und hatte keine Ahnung, was sie sagen sollte.

„Suchen wir uns einen Platz zum Essen, bevor wir auf einen Campingplatz fahren. Morgen müssen wir früh los."

Sie rümpfte darüber die Nase, ging jedoch auf ihre Seite des Campingbusses. „Ich bin am Verhungern", verkündete sie und tat so, als habe sie alles unter Kontrolle, indem sie die Füße gegen das Armaturenbrett stemmte. „Meinen Sie, wir finden bald was Anständiges zum Essen, oder soll ich mich mit einem Schokoriegel stärken?"

„Etwa zehn Meilen vor uns liegt eine Stadt." Sidney schaltete die Zündung ein. Seine Hand war ruhig, sagte er sich selbst. Oder fast ruhig. „Die müssen irgendein Restaurant haben. Wahrscheinlich machen sie großartige Lammkoteletts."

Blanche betrachtete die neben ihnen grasenden Schafe und schoss Sidney aus schmalen Augen einen Blick zu. „Das war abscheulich."

„Ja, und es wird Sie von Ihrem Magen ablenken, bis wir etwas zu essen kriegen."

Sie holperten zurück auf die Straße und fuhren schweigend weiter. Sie hatten eine Anhöhe überwunden, aber beide wussten, dass sie noch Berge vor sich hatten, über die sie sich hinwegquälen mussten. Steile, steinige Berge.

4. KAPITEL

Fahrten durch große Städte und saubere Vorstädte verbrauchten rollenweise Film. Es gab Sommergärten, heiße schweißtreibende Verkehrsstaus, junge Mädchen in dünnen Kleidern, hemdlose Männer und Babys, die in Kinderwagen über Bürgersteige und durch Einkaufszentren geschoben wurden.

Die Route durch Idaho und Utah war gewunden, lief jedoch gleichmäßig zügig ab.

Sie hatten schon Hunderte von Fotos aufgenommen, von denen nur ein Bruchteil vergrößert und ein noch kleinerer Teil auch veröffentlicht werden würde. Irgendwann einmal kam es Blanche in den Sinn, dass sie wesentlich mehr Fotos gemacht als Worte miteinander gewechselt hatten.

Sie fuhren täglich bis zu acht Stunden und hielten unterwegs, wann immer es nötig oder lohnenswert für ihre Arbeit war. Und sie arbeiteten so viel, wie sie fuhren. Von jeweils vierundzwanzig Stunden waren sie im Schnitt zwanzig zusammen. Aber sie kamen einander nicht näher. Dabei hätte jeder von ihnen es wahrscheinlich leicht mit einer freundlichen Geste oder ein paar beiläufigen Worten erreichen können. Doch jeder von ihnen vermied das.

Als sie am Ende der ersten Woche die Grenze nach Arizona überschritten, fand Blanche bereits, dass es ziemlich unbequem wurde, so zu arbeiten.

Es war heiß. Die Sonne war erbarmungslos. Die Klimaanlage des Campingbusses half, aber man bekam schon einen trockenen Mund, wenn man bloß auf die endlose Wüste und das verdorrte Wüstengras hinausblickte. Blanche hatte einen Riesenbecher mit Limo und Eis gefüllt. Sidney trank Eistee aus Flaschen, während er fuhr.

„Waren Sie jemals in Arizona?“

Sidney warf seine leere Flasche in den Plastikeimer, den sie für Abfälle benutzten. „Nein.“

Blanche schob den einen Turnschuh mit der Spitze des anderen vom Fuß. „Sie haben ‚Outcast' in Sedona gedreht. Das war vielleicht ein harter Western für denkende Menschen", überlegte sie laut und bekam keine Antwort. „Ich war drei Tage lang da und habe Fotos von den Dreharbeiten für CELEBRITY gemacht." Nachdem sie ihre Sonnenblende richtig eingestellt hatte, lehnte sie sich wieder zurück. „Ich hatte das Glück, mein Flugzeug zu verpassen. Dadurch hatte ich noch einen Tag. Ich habe ihn im Oak Creek Canyon verbracht. Das habe ich nie vergessen – die Farben, die Felsformationen."

Es war die längste Rede, die sie seit Tagen gehalten hatte. Sidney steuerte den Wagen um eine Kurve und wartete auf den Rest.

Na schön, dachte sie, sie würde mehr als ein Wort aus ihm herausbekommen, und wenn sie ein Brecheisen benützen musste. „Eine Freundin von mir hat sich dort niedergelassen. Lee hat früher für CELEBRITY gearbeitet. Jetzt ist sie Romanautorin, und ihr erstes Buch wird im Herbst herauskommen. Sie hat letztes Jahr Hunter Brown geheiratet."

„Den Schriftsteller?"

Zwei Wörter, dachte sie selbstzufrieden. „Ja. Haben Sie sein Zeug gelesen?"

Diesmal nickte Sidney nur und zog eine Zigarette aus seiner Tasche. Blanche fing an, Mitgefühl für Zahnärzte zu entwickeln, die einen Patienten dazu bringen mussten, seinen Mund weit zu öffnen.

„Ich habe alles gelesen, was er geschrieben hat, aber ich ärgere mich jedes Mal über mich selbst, weil ich mir von seinen Büchern Albträume verschaffen lasse."

„Gute Horrorromane sollen einen dazu bringen, dass man um drei Uhr nachts aufwacht und sich fragt, ob man die Türen fest verschlossen hat."

Diesmal grinste sie. „Das klingt, als hätte Hunter es gesagt. Sie werden ihn mögen."

Sidney zuckte bloß die Schultern. Er hatte bereits dem Zwischenaufenthalt in Sedona zugestimmt, war jedoch nicht daran interessiert, schmeichelnde, kommerzielle Fotos von dem König des Okkulten und seiner Familie zu machen. Es würde ihm jedoch die Pause verschaffen, die er brauchte. Wenn er Blanche für einen oder zwei Tage bei ihren Freunden absetzen konnte, hatte er genug Zeit, um wieder in Form zu kommen.

Seit der Abfahrt von Los Angeles hatte er keinen einzigen einfachen Moment gehabt. Jeder Tag, der verstrich, spannte seine Nerven noch stärker an und versetzte seine Libido in Aufruhr. Er hatte es versucht, aber er konnte nicht vergessen, dass Blanche da war, nachts, in Reichweite, von ihm nur durch die Breite des Campingbusses und die Dunkelheit getrennt.

Ja, er konnte einen Tag fern von ihr gebrauchen, von ihr und von dieser natürlichen, einfachen Sexualität, deren sie sich nicht einmal bewusst zu sein schien.

„Sie haben Ihre Freunde eine Weile nicht gesehen?“, fragte er.

„Seit Monaten.“ Blanche entspannte sich und fühlte sich wohler, nachdem sie jetzt eine fast normale Unterhaltung begonnen hatten. „Lee ist eine gute Freundin. Sie hat mir gefehlt. Sie bekommt ein Baby ungefähr gleichzeitig mit dem Erscheinen ihres Buches.“

Die Veränderung in ihrer Stimme brachte ihn dazu, ihr einen Blick zuzuwerfen. Sie hatte jetzt etwas Sanfteres an sich. Beinahe etwas Wehmütiges.

„Vor einem Jahr waren wir beide noch bei CELEBRITY, und jetzt ...“ Sie wandte sich ihm zu, aber die Sonnenbrille verdeckte ihre Augen. „Es ist seltsam sich vorzustellen, dass Lee sich mit einer Familie niedergelassen hat. Sie war immer ehrgeiziger als ich. Es hat sie immer wahnsinnig gemacht, dass ich bei allem einen solchen Mangel an Intensität entwickle.“

„Tun Sie das?“

„So ziemlich bei allem“, murmelte sie. Nicht bei dir, fügte sie in Gedanken hinzu. Dich scheine ich nicht leicht nehmen zu können. „Es ist einfacher, sich zu entspannen und zu leben“, fuhr sie fort, „anstatt sich zu sorgen, wie man im nächsten Monat leben wird."

„Manche Leute müssen sich sorgen, ob sie nächsten Monat überhaupt noch leben werden."

„Glauben Sie, dass sich durch Sorgen irgendetwas ändert?" Blanche vergaß ihren Plan, Kontakt herzustellen, vergaß den Umstand, dass sie Sidney zu irgendeinem Kompromiss hatte bewegen wollen. Er hatte mehr gesehen als sie, von der Welt, vom Leben. Sie musste zugeben, dass er mehr gesehen hatte, als sie sehen wollte. Aber was empfand er dabei?

„Sich seiner bewusst zu sein, kann die Dinge ändern. Die Fähigkeit, auf sich selbst aufzupassen, ist ein Vorzug, den einige von uns nicht haben."

Einige von uns. Die Formulierung fiel ihr auf, aber sie entschied, nicht darauf einzugehen. Wenn er Narben hatte, war es sein gutes Recht, sie bedeckt zu halten, bis sie etwas mehr verblasst waren.

„Jeder macht sich von Zeit zu Zeit Sorgen", erklärte sie. „Ich bin nur nicht sehr gut darin. Ich glaube, das kommt von meinen Eltern. Sie sind ..." Sie verstummte und lachte. Jetzt fiel ihm auf, dass er sie seit Tagen nicht lachen gehört hatte und dass es ihm gefehlt hatte. „Ich glaube, man könnte sie Bohemiens nennen. Wir haben in einem kleinen Haus in Carmel gelebt, das sich ständig in unterschiedlichen Stadien des Verfalls befunden hat. Mein Vater kam gelegentlich auf die Idee, eine Wand herauszunehmen oder ein Fenster einzusetzen, und dann mitten in dem Projekt hatte er eine Inspiration und kehrte an seine Leinwand zurück und ließ alles andere liegen und stehen."

Sie lehnte sich zurück, war sich nicht länger dessen bewusst, dass sie das Sprechen und Sidney das Zuhören übernommen hatte. „Meine Mutter kochte gern. Das Problem dabei war, dass man nie wusste, in welcher Stimmung sie sich befand. Den einen Tag gab es gegrillte Klapperschlange, den nächsten Cheeseburgers. Und wenn man es am wenigsten erwartete, gab es Gänsehalseintopf."

„Gänsehalseintopf?"

„Ich habe oft bei den Nachbarn gegessen." Die Erinnerung brachte ihren Appetit zurück. Sie holte zwei Schokoriegel hervor und bot Sidney einen an. „Was ist mit Ihren Eltern?"

Er wickelte gedankenverloren den Riegel aus, während er sein Tempo dem Wagen der State Police in der benachbarten Spur anpasste. „Sie haben sich in Florida zur Ruhe gesetzt. Mein Vater angelt, und meine Mutter betreibt einen Heimwerkerladen. Nicht so farbenfroh wie Ihre Eltern, fürchte ich."

„Farbenfroh." Sie dachte darüber nach und stimmte zu. „Mir war nie bewusst, dass sie ungewöhnlich waren, bis ich auf das College kam und erkannte, dass die meisten Kinder erwachsene und vernünftige Eltern hatten. Mir war auch nie klar, wie sehr sie mich beeinflusst hatten, bis Rob mich auf ein paar Dinge aufmerksam machte, zum Beispiel darauf, dass die meisten Menschen es vorziehen, abends um sechs zu essen, anstatt um zehn herum Popcorn oder Erdnussbutter zu organisieren."

„Rob?"

Sie warf ihm einen schnellen Blick zu und starrte dann geradeaus. Sidney hörte zu genau zu, fand sie. Dadurch sagte man leicht mehr, als man eigentlich wollte. „Mein Exmann." Sie wusste, dass sie das ‚Ex' nicht mehr als Makel betrachten sollte. Heutzutage war es beinahe schon ein Statussymbol. Für Blanche war es ein Symbol, dass sie nicht alles getan hatte, das notwendig gewesen war, um ein Versprechen zu erfüllen.

„Schmerzt es noch?" Er hatte es gefragt, bevor er sich zurückhalten konnte. Sie brachte ihn dazu, Trost anbieten zu wollen, nachdem er sich darauf trainiert hatte, sich nicht in anderer Leute Leben, anderer Leute Probleme verwickeln zu lassen.

„Nein, das ist schon Jahre her." Nach einem knappen Schulterzucken knabberte sie an ihrem Schokoriegel. Schmerzt es noch? dachte sie. Nein, nicht schmerzen, aber sie würde in diesem Punkt wohl immer ein wenig empfindlich bleiben. „Es tut mir nur leid, dass es nicht geklappt hat."

„Bedauern ist eine noch größere Zeitverschwendung als Sorgen."

„Vielleicht. Sie waren auch einmal verheiratet."

„Das stimmt." Sein Ton hätte nicht abweisender sein können.

„Tabuzone?"

„Ich halte nichts davon, die Vergangenheit wiederzukäuen."

Diese Wunde war mit Narbenhaut bedeckt. Blanche fragte sich, ob es Sidney sehr störte, oder ob er es wirklich weggesteckt hatte. In jedem Fall ging es sie nichts an, noch würde es das Gespräch in Gang halten.

„Wann haben Sie beschlossen, Fotograf zu werden?" Das war ein sicheres Thema, fand sie. Da sollte es eigentlich keine wunden Punkte geben.

„Als ich fünf war und die neue Kamera meines Vaters in die Hände bekam. Nachdem er den Film entwickeln ließ, entdeckte er drei Nahaufnahmen von unserem Hund. Man hat mir erzählt, er habe nicht gewusst, ob er mich beglückwünschen oder Ausgangssperre geben sollte, als sich herausstellte, dass sie besser waren als alle seine Schnappschüsse."

Blanche grinste. „Was hat er getan?"

„Er hat mir eine eigene Kamera gekauft."

„Da hatten Sie einen großen Vorsprung vor mir", bemerkte sie. „Ich hatte bis zur Highschool kein Interesse an Kameras. Irgendwie bin ich darüber gestolpert. Bis dahin wollte ich ein Star sein."

„Eine Schauspielerin?"

„Nein." Sie grinste wieder. „Ein Star. Irgendeine Art von Star, solange ich nur einen Rolls, ein Paillettenkleid und einen großen protzigen Diamanten hatte."

Er musste grinsen. Sie schien das Talent zu besitzen, es aus ihm herauszulocken. „Ein bescheidenes Kind."

„Nein, materialistisch." Sie bot ihm ihren Drink an, aber er schüttelte den Kopf. „Diese Phase fiel mit der Zurück-zur-Erde-Periode meiner Eltern zusammen. Ich schätze, das war meine Art, gegen Menschen zu rebellieren, gegen die man praktisch gar nicht rebellieren konnte."

Er betrachtete ihre ringlose Hand und ihre ausgebleichte Jeans. „Schätze, Sie haben diese Phase hinter sich."

„Ich war nicht dafür geschaffen, ein Star zu sein. Wie auch immer, die brauchten jemanden, der das Footballteam fotografierte." Blanche aß das letzte Stück Schokoriegel und fragte sich, wie bald sie für das Mittagessen halten konnten. „Ich habe mich freiwillig gemeldet, weil ich ein Auge auf einen der Spieler geworfen hatte." Sie trank ihre Limo aus und warf den Becher zu Sidneys Flasche. „Nach dem ersten Tag verliebte ich mich in die Kamera und vergaß den Verteidiger."

„Sein Verlust."

Blanche sah ihn wegen des beiläufigen Kompliments überrascht an. „Das war nett, dass Sie das gesagt haben, Colby. Ich hätte nicht gedacht, dass so was in Ihnen steckt."

Er konnte nicht ganz das Lächeln unterdrücken. „Gewöhnen Sie sich bloß nicht daran."

„Der Himmel bewahre!" Aber sie war viel erfreuter, als seine dahingesagten Worte es rechtfertigten. „Wie auch immer, meine Eltern waren begeistert, als ich mich zu einer leidenschaftlichen Fotografin entwickelte. Sie hatten mit der Todesangst gelebt, ich könnte keine kreative Ader besitzen und eine erfolgreiche Geschäftsfrau anstelle einer Künstlerin werden."

„Und nun sind Sie beides."

Sie dachte einen Moment darüber nach. Seltsam, wie leicht sie einen Aspekt ihrer Arbeit vergessen konnte, wenn sie sich so sehr auf den anderen konzentrierte. „Wahrscheinlich haben Sie recht. Erwähnen Sie es aber nie bei Mom und Dad."

„Sie werden es von mir nicht erfahren."

Sie erblickten beide gleichzeitig das Schild, das Bauarbeiten ankündigte. Ob sie sich dessen bewusst waren oder auch nicht, ihre Gedanken nahmen den gleichen Weg. Blanche griff bereits nach ihrer Kamera, als Sidney bremste und von der Straße herunterfuhr. Vor ihnen schuftete und schwitzte ein Trupp Straßenarbeiter unter Arizonas hoch stehender Sonne.

Sidney ging ein Stück weg, um sich einen Blickpunkt zu suchen, der das Team und die Maschinen im Kampf gegen die Erosion der Straße zeigte. In einem Kampf, der auf Straßen quer durch das Land jeden Sommer geführt werden würde, solange Straßen existierten. Blanche nahm sich automatisch einen Mann zum Zielobjekt.

Er war kahlköpfig und hatte eine gelbe Bandana über seine empfindliche Kopfhaut gebunden. Sein Gesicht und sein Hals waren gerötet und feucht, sein Bauch hing über den Gürtel seiner Arbeitshose. Er trug ein schlichtes weißes T-Shirt, geradezu jungfräulich im Vergleich zu den farbenfrohen, mit Sprüchen und Bildern versehenen, die seine Kollegen um ihn herum gewählt hatten.

Um nahe an ihn heranzukommen, musste sie mit ihm sprechen und sich mit den Kommentaren und dem Grinsen der restlichen Mannschaft abfinden. Sie schaffte es mit einem Geschick und einem Charme, über den sich ein PR-Fachmann die Hände gerieben hätte. Blanche glaubte fest daran, dass sich die Beziehung zwischen dem Fotografen und dem Objekt letztlich im fertigen Bild zeigte. Darum musste sie erst einmal auf ihre Weise eine Beziehung herstellen.

Sidney blieb auf Distanz. Er sah die Männer als Team – das sonnenverbrannte, gesichtslose Team, das überall im Land an Straßen arbeitete und das bereits seit Jahrzehnten getan hatte. Er wollte keine Beziehung zu irgendjemandem von ihnen, nichts, das etwas von dem, was er sah – wie sie da gebeugt standen und arbeiteten –, beschönigen würde.

Er machte eine aussagekräftige Aufnahme von Schmutz, Staub und Schweiß. Blanche erfuhr, dass der Vorarbeiter Al hieß und seit zweiundzwanzig Jahren im Straßenbau arbeitete.

Es dauerte eine Weile, bis sie seine Befangenheit überwunden hatte, aber als sie ihn erst einmal dazu gebracht hatte zu schildern, was der elende Winter seiner Straße angetan hatte, klickte es. Schweiß tröpfelte über seine Schläfe. Als er ihn sich mit seinem fleischigen Arm wegwischte, hatte sie ihr Foto.

Der spontane Aufenthalt hatte dreißig Minuten gekostet. Als sie in den Campingbus zurückkletterten, schwitzten sie genauso heftig wie die Arbeiter.

„Gehen Sie mit Fremden immer so persönlich um?“, fragte Sidney, als er den Motor und die Klimaanlage einschaltete.

„Sicher, wenn ich ihr Foto haben will.“ Blanche öffnete die Kühltasche und holte eine der kalten Dosen heraus, die sie darin verstaut hatte, und noch eine Flasche Eistee für Sidney. „Haben Sie gekriegt, was Sie wollten?“

„Ja, hab ich.“

Er hatte ihr bei der Arbeit zugesehen. Normalerweise gingen sie getrennte Wege, aber diesmal war er nahe genug gewesen, um zu sehen, wie sie an ihren Job heranging. Sie hatte den Straßenarbeiter mit mehr Respekt und Freundlichkeit behandelt, als die meisten Fotografen ihren Hundert-Dollar-pro-Stunde-Models entgegenbrachten. Und sie hatte es nicht bloß wegen des Fotos gemacht, obwohl Sidney nicht sicher war, ob ihr das bewusst war. Sie war an dem Mann interessiert gewesen; wer er war, was er war und warum.

Einmal vor langer Zeit hatte auch Sidney diese Neugierde besessen. Jetzt erstickte er sie. Wissen verstrickte einen. Aber er machte die Erfahrung, dass es nicht leicht war, seine Neugierde zu ersticken, wenn es um Blanche ging. Sie hatte ihm bereits mehr erzählt, als er überhaupt gefragt hätte. Nicht mehr, als er wissen wollte, sondern mehr, als er gefragt hätte. Das war noch immer nicht genug.

Er hatte sich selbst verschlossen, aber jetzt war sie dabei, ihn wieder zu öffnen.

Er hatte es zugelassen, dass Emotionen seine Logik und seine Wahrnehmung durcheinanderbrachten. In Kambodscha hatten ihn ein süßes Gesicht und ein wundervolles Lächeln gegen Verrat blind gemacht. Sidneys Finger spannten sich am Lenkrad an, ohne dass er es bemerkte. Damals hatte er seine Lektion über Vertrauen gelernt … Vertrauen war bloß die Kehrseite von Verrat.

„Wo sind Sie jetzt mit Ihren Gedanken?“, fragte Blanche ruhig. In seine Augen war ein Ausdruck getreten, den sie nicht verstand und von dem sie nicht wusste, ob sie ihn verstehen wollte.

Er wandte den Kopf. Für einen Moment war sie in dem Aufruhr gefangen, in dem finsteren Ort, an den er sich nur zu gut erinnerte und von dem sie nichts wusste. Dann war es vorbei. Seine Augen blickten wieder distanziert und ruhig. Seine Finger am Lenkrad lockerten sich.

„Wir halten in Page“, sagte er knapp. „Wir machen ein paar Aufnahmen von den Booten und Touristen auf dem Lake Powell, bevor wir zum Canyon weiterfahren.“

„In Ordnung.“

Er hatte nicht an sie gedacht. Blanche konnte sich damit trösten. Sie hoffte, dass dieser Ausdruck in seinen Augen niemals ihr gelten würde. Aber selbst wenn das nicht geschah, war sie entschlossen, früher oder später die Ursache dafür herauszufinden.

Blanche hätte ein paar gute technische Fotos von dem Damm machen können. Doch als sie durch die winzige Stadt Page in Richtung Stausee fuhren, sah sie die hohen goldenen Bögen hinter wabernder heißer Luft schimmern. Es entlockte ihr ein Lächeln. Cheeseburgers und Pommes frites waren nicht bloß eine Köstlichkeit des Sommers. Sie waren zu einer Lebensart geworden. Essen für alle Jahreszeiten. Sie konnte dem Reklamezeichen des vertrauten Gebäudes nicht widerstehen, das abseits der Stadt errichtet worden war, fast wie eine Fata Morgana mitten in der Wüste.

Sie kurbelte ihr Fenster herunter und wartete auf den richtigen Blickwinkel. „Ich muss etwas essen“, sagte sie, während sie das Gebäude aufs Korn nahm. „Ich muss ganz einfach.“ Sie ließ den Verschluss klicken.

Resigniert schwenkte Sidney auf den Parkplatz ein. „Holen Sie sich was zum Mitnehmen“, befahl er, als Blanche ins Freie hüpfte. „Ich möchte zum Bootshafen hinunter.“

Sie schwang die Umhängetasche über ihre Schulter und verschwand im Fast Food. Sidney hatte gar keine Gelegenheit, ungeduldig zu werden, bis sie schon wieder mit zwei weißen Tüten herauskam. „Billig, schnell und wundervoll", erklärte sie, während sie auf ihren Sitz glitt. „Ich weiß nicht, wie ich durchs Leben kommen sollte, wenn ich nicht jederzeit einen Cheeseburger haben könnte."

Sie holte einen eingewickelten Burger heraus und reichte ihn Sidney.

„Ich habe Salz extra mitgebracht", sagte sie, während sie die Pommes frites kostete. „Mhmm, ich bin am Verhungern."

„Sie wären es nicht, wenn Sie zum Frühstück mehr als einen Schokoriegel essen würden."

„Ich bin gern wach, wenn ich esse", murmelte sie, mit dem Auswickeln ihres Burgers beschäftigt.

Sidney wickelte seinen aus. Er hatte sie nicht gebeten, ihm etwas mitzubringen. Er hatte schon erfahren, dass es für sie typisch war, sorglos fürsorglich zu sein. Vielleicht war „natürlich" ein besseres Wort. Aber es war nicht typisch für ihn, von einem so schlichten Geschenk wie einem Stück Fleisch in einem Milchbrötchen gerührt zu sein. Er griff in eine der Tüten und holte eine Serviette heraus. „Die werden Sie brauchen."

Blanche lächelte, nahm die Serviette, schlug ihre Beine unter und begann zu schlingen. Amüsiert fuhr Sidney lässig zum Strand.

Sie mieteten ein Boot, das Blanche ein Tuckerboot nannte. Es war schmal, offen und ungefähr so groß wie ein Kanu. Aber es würde sie und ihre Ausrüstung auf den See hinaustragen.

Blanche mochte den kleinen Pier mit seinen Imbissständen und Läden mit ihrer Auswahl an Sonnenöl und Badekleidung. Die Saison war in vollem Schwung. Leute schlenderten in Shorts und T-Shirts an den Geschäften vorbei, mit Hüten und Sonnenbrillen. Blanche entdeckte ein Teenagerpärchen, braun gebrannt und glänzend, auf einer Bank, an tropfenden Eistüten leckend. Weil die beiden so ineinander versunken waren, konnte Blanche ein paar heimliche Aufnahmen schießen, bevor der Papierkram wegen der Bootsmiete erledigt war.

Eiscreme und Sonnenöl. Es war eine einfache, fröhliche Art, den Sommer zu betrachten. Zufrieden verstaute sie die Kamera in der Tasche und ging zu Sidney zurück.

„Können Sie ein Boot steuern?“

Er warf ihr einen nachsichtigen Blick zu, als sie zu der Anlegestelle hinuntergingen. „Ich werde es schaffen.“

Eine Frau in einem makellos sauberen weißen T-Shirt und Shorts wies sie ein, zeigte ihnen die Schwimmwesten und erklärte den Motor, ehe sie ihnen eine Hochglanzkarte des Sees übergab. Blanche ließ sich im Bug nieder und stellte sich auf das bevorstehende Vergnügen ein.

„Das Hübsche daran ist“, rief sie über den Lärm des Motors, „dass alles hier so unerwartet ist.“ Sie machte mit einem Arm einen weiten Bogen, um auf die gewaltige blaue Wasserfläche zu zeigen.

Rötliche Felsen und blanke Steinwände umschlossen den See, der sich friedlich da erstreckte, wo Menschenhand ihn geschaffen hatte. Die Kombination war für sie faszinierend. Bei einer anderen Gelegenheit hätte sie vielleicht eine Studie über die Harmonie und Kraft gemacht, die aus einer funktionierenden Beziehung zwischen menschlicher Einfallskraft und Natur entstehen konnte.

Es war nicht nötig, alle technischen Details über den Damm und die Arbeitskraft zu wissen, die ihn geschaffen hatte. Es reichte, dass der Damm existierte, dass sie beide hier waren – durch Wasser pflügten, wo einst nur Wüste war, Gischt hochspritzte, wo einst nur Sand gewesen war.

Sidney entdeckte einen schönen Kabinenkreuzer und steuerte ihn an. Im Moment wollte er das Boot führen und Blanche die Kameraarbeit überlassen. Es war schon lange her, dass er einen heißen Nachmittag auf dem Wasser verbracht hatte. Seine Muskeln begannen sich zu entspannen, während seine Aufnahmefähigkeit größer wurde.

Er musste unbedingt einige Fotos von den Felsen machen. Ihre Zeichnung war unglaublich, sogar in der Wasserspiegelung. Ihre Farben gegen den blauen See ließ sie surreal aussehen. Er wollte die Vergrößerungen scharf und spröde halten, um den Gegensatz zu betonen. Er fuhr ein Stück näher an den Kabinenkreuzer heran, während er die Aufnahme für später plante.

Blanche holte ihre Kamera ohne festen Plan hervor. Sie hoffte auf eine Gruppe von Leuten, möglichst gegen die Sonne eingeölt. Vielleicht Kinder, schwindelig von Wind und Wasser. Während Sidney steuerte, warf sie einen Blick zum Heck und hob hastig die Kamera. Es war zu schön, um wahr zu sein.

Im Heck stand ein Köter – Blanche fiel keine andere Bezeichnung für den zerzausten Hund ein. Seine großen Ohren wurden vom Fahrtwind nach hinten geweht, seine Zunge hing ihm aus der Schnauze, während er in das Wasser hinunterstarrte. Über seinem braunen Fell war eine grell orangefarbene Schwimmweste befestigt.

„Fahren Sie noch einmal einen Bogen!", rief sie Sidney zu.

Sie wartete ungeduldig darauf, dass sie erneut in die richtige Position kam. Es waren Leute auf dem Boot, mindestens fünf, aber sie interessierten Blanche nicht mehr. Nur der Hund, dachte sie, während sie an ihrer Unterlippe nagte und wartete. Sie wollte nur den Hund mit der Schwimmweste, wie er sich über Bord beugte und in das Wasser hinunterstarrte.

Hinter dem Boot ragten Felsen auf. Blanche musste sich schnell entscheiden, ob sie sie in das Bild einarbeiten oder sie ausgrenzen sollte. Hätte sie doch bloß mehr Zeit zum Nachdenken gehabt ... Sie entschied sich gegen das Dramatische und für das Vergnügen. Sidney hatte den schlanken kleinen Kreuzer dreimal umrundet, bevor sie zufrieden war.

„Wundervoll!" Lachend senkte Blanche ihre Kamera. „Allein dieses eine Bild lohnt schon die ganze Reise."

Sidney schwenkte nach rechts. „Sehen wir doch nach, was wir anderswo entdecken."

Sie arbeiteten zwei Stunden, wobei sie nach Ablauf der ersten Stunde die Plätze tauschten. Bis zur Taille nackt wegen der Hitze, kniete Sidney im Bug und richtete seine Kamera auf ein Ausflugsboot. Die Felswand erhob sich im Hintergrund, das Wasser schimmerte kühl und blau. Entlang der Reling waren die Menschen nicht mehr als ein bunter Streifen. Genau das wollte er. Die Anonymität von Ausflugstouren und die Macht, die sie auf die Massen ausübten.

Während Sidney arbeitete, drosselte Blanche die Geschwindigkeit und achtete auf alles in ihrer Umgebung. Nach einem Blick auf seinen schlanken, gebräunten Oberkörper hatte sie entschieden, dass es für sie klüger wäre, sich auf die Szenerie zu konzentrieren. Sie hätte sonst die kleine Bucht und die Felsinsel, die sich darüber wölbte, übersehen können.

„Sehen Sie nur." Ohne zu zögern, steuerte sie darauf zu und stellte den Motor ab, bis das treibende Boot zum Stillstand kam. „Kommen Sie, wir schwimmen." Bevor er etwas dazu sagen konnte, war sie schon in das knöcheltiefe Wasser gesprungen und befestigte die Bootsleine mit Steinen.

In T-Shirts und Shorts lief Blanche hinunter zu der Bucht und versank bis über den Kopf im Wasser. Lachend kam sie wieder an die Oberfläche. Sidney stand auf der Insel über ihr. „Herrlich", rief sie. „Kommen Sie, Sidney, wir haben uns seit dem Start noch keine einzige Stunde für Vergnügen freigenommen."

Da hatte sie recht. Er hatte darauf geachtet. Nicht, dass er sich nicht auch hätte entspannen müssen, aber er hatte es für das Beste gehalten, es nicht in Blanches Nähe zu tun. Während er jetzt beobachtete, wie sie geschmeidig in dem von Felsen beschatteten Wasser auf der Stelle trat, wusste er, dass es ein Fehler war. Doch er hatte sich eingeredet, dass es logisch sei, sich nicht mehr gegen etwas zu wehren, das zwischen ihnen passieren würde. Er ging zum Wasser hinunter.

„Es ist, als würde man ein Geschenk öffnen", fand sie, rollte sich auf den Rücken und ließ sich kurz treiben. „Ich hatte keine Ahnung, dass ich langsam geröstet wurde, bis ich ins Wasser getaucht bin." Mit einem wohligen Seufzer glitt sie unter die

Oberfläche und kam wieder hoch. Wasser floss von ihrem Gesicht. „Als ich Kind war, gab es ein paar Meilen von unserem Haus entfernt einen Teich. Im Sommer habe ich da praktisch gelebt."

Das Wasser war verführerisch. Als Sidney sich hineinsinken ließ, fühlte er, wie die Hitze aus ihm wich, nicht jedoch die Spannung. Früher oder später, das wusste er, musste er dafür ein Ventil finden.

„Wir haben uns viel besser gehalten, als ich angenommen habe." Träge ließ sie das Wasser durch ihre Finger spielen. „Ich kann es gar nicht erwarten, nach Sedona zu kommen und mit dem Entwickeln anzufangen." Sie warf ihren tropfenden Zopf nach hinten. „Und in einem richtigen Bett zu schlafen."

„Sie scheinen mit dem Schlafen keine Schwierigkeiten zu haben." Gleich zu Beginn hatte er festgestellt, dass sie überall, jederzeit und innerhalb von Sekunden nach Schließen der Augen sofort einschlafen konnte.

„Oh, es ist nicht das Schlafen, es ist das Aufwachen." Und nur einen Meter von ihm entfernt aufzuwachen, einen Morgen nach dem anderen – den dunklen Schatten seines Bartwuchses auf dem Gesicht zu sehen, gefährlich attraktiv, zu sehen, wie sich seine Muskeln spannten, wenn er sich streckte, gefährlich stark. Nein, sie konnte nicht abstreiten, dass ihr diese Form der Unterbringung gelegentlich einen schmerzlichen Stich versetzte.

„Wissen Sie", begann sie beiläufig, „unser Budget würde zwei Motelzimmer so ungefähr einmal die Woche erlauben – nichts besonders Tolles vielleicht. Aber eine richtige Matratze und eine eigene Dusche. Auf manchen Campingplätzen, auf denen wir gehalten haben, war die angepriesene Vergünstigung von heißem Wasser wohl nur ironisch gemeint."

Er musste lächeln. Es hatte ihm auch keinen Spaß gemacht, sich nach einem langen Tag auf der Straße mit lauwarmem Wasser zufriedenzugeben. Es gab aber keinen Grund, es ihr zu leicht zu machen. „Halten Sie ein wenig Unbequemlichkeit nicht aus, Blanche?"

Sie streckte sich wieder auf ihrem Rücken aus und bespritzte Sidney absichtlich mit Wasser. „Ach, die Unbequemlichkeit macht mir nichts aus", sagte sie sanft. „Ich mag es nur lieber, wenn ich mich ihr freiwillig aussetze. Und ich gebe gern zu, dass ich das Wochenende lieber im BEVERLY WILSHIRE HOTEL verbringen würde, als irgendwo in der Wildnis zwei Holzstöcke aneinander zu reiben." Sie schloss die Augen und ließ sich treiben. „Sie nicht auch?"

„Ja." Nach diesem Eingeständnis packte er ihren Zopf und drückte ihren Kopf unter Wasser. Es überraschte sie, freute sie jedoch auch, selbst als sie spuckend hochkam. Also war er gelegentlich zu einer leichtfertigen Handlung fähig. Das war auch etwas, wofür sie ihn mögen könnte.

„Ich bin Expertin für Spiele im Wasser", warnte sie ihn, während sie wieder auf der Stelle trat.

„Wasser passt zu Ihnen." Wann hatte er sich entspannt? Er konnte sich an dem Moment nicht mehr erinnern, in dem ihn die Spannung verlassen hatte. Blanche hatte etwas an sich ... War es Trägheit? Nein, das war es nicht. Sie arbeitete genauso hart wie er, wenn auch auf ihre eigene Art. „Unbekümmertheit" war ein besseres Wort, fand er. Sie war eine unbekümmerte Frau, die mit sich selbst und ihrer jeweiligen Umgebung zufrieden war.

„Wasser sieht auch an Ihnen ganz gut aus." Blanche kniff die Augen zusammen und betrachtete ihn – etwas, das sie seit Tagen vermieden hatte. Es zu vermeiden half ihr, die Gefühle nicht aufkommen zu lassen, die er in ihr auslöste. Viele davon waren nicht angenehm, und Sidney hatte recht gehabt: Sie war eine Frau, die das Angenehme mochte. Doch während jetzt das Wasser um sie herum kühl plätscherte und die einzigen Geräusche von Booten stammten, die in der Ferne vorbeituckerten, wollte sie sich an ihm freuen.

Sein Haar lag nass und zerzaust um sein Gesicht, das sie noch nie so entspannt gesehen hatte. Im Moment schien es in seinen Augen keine Geheimnisse zu geben. Er war fast zu schlank, aber er hatte Muskeln an Unterarmen und am Rücken. Sie wusste bereits, wie stark seine Hände waren. Sie lächelte ihn an, weil sie nicht sicher war, wie viele ruhige Momente sie miteinander teilen würden.

„Sie lassen nicht genug von sich heraus, Sidney."

„Nein?"

„Nein. Wissen Sie ..." Sie ließ sich wieder treiben, weil Wassertreten zu viel Anstrengung kostete. „Ich glaube, tief, wirklich tief in Ihnen verbirgt sich ein netter Mensch."

„Nein, da ist keiner."

Doch sie hörte den Humor in seiner Stimme. „Oh, der ist irgendwo da drinnen vergraben. Wenn Sie es mir erlauben, von Ihnen ein Porträt zu machen, finde ich ihn."

Er mochte es, wie sie im Wasser trieb, dabei wurde absolut keine Energie verschwendet. Sie lag da und vertraute auf die Tragkraft. Er war fast sicher, dass sie innerhalb von fünf Minuten einschlafen würde, wenn sie ruhig auf dem Wasser liegen blieb. „Würden Sie ihn finden?", murmelte er. „Ich glaube, wir beide können darauf verzichten."

Sie öffnete wieder die Augen, musste jedoch gegen die Sonne blinzeln, um ihn zu sehen. „Vielleicht können Sie darauf verzichten, aber ich habe schon beschlossen, Ihr Porträt zu machen – sobald ich Sie besser kennengelernt habe."

Er umschloss leicht ihren Knöchel mit seinen Fingern. „Sie brauchen aber für beides meine Mitarbeit."

„Die werde ich bekommen." Der Kontakt besaß mehr Macht, als sie verkraften konnte. Sie hatte sich schon verspannt, bevor sie es verhindern konnte. Und ihm war es genauso ergangen, wie sie nach endlos langen zehn Sekunden erkannte. Beiläufig ließ sie ihre Beine sinken. „Das Wasser wird kühl." Sie schwamm mit geschmeidigen Bewegungen und jagendem Herzen zum Boot.

Sidney wartete einen Moment. Ganz gleich, welche Richtung er mit ihr einschlug, es landete immer wieder am selben Punkt. Er wollte sie, war jedoch nicht sicher, ob er mit den Folgen fertig würde, wenn er diesem Verlangen nachgab. Und was noch schlimmer war: Blanche war gefährlich nahe daran, seine Freundin zu werden. Das würde für keinen von ihnen die Sache leichter machen.

Langsam schwamm er aus der Bucht und in Richtung Boot, aber Blanche war nicht da. Verwirrt sah er sich um und wollte sie schon rufen, als er sie hoch oben auf dem Felsen sah.

Sie hatte ihren Zopf gelöst und bürstete ihr Haar in der Sonne. Die Beine hatte sie untergeschlagen, das Gesicht der Sonne entgegengehoben. Ihre dünne Sommerbekleidung klebte klatschnass an jeder Kurve. Es machte ihr offenbar nichts aus. Es war die Sonne, die sie suchte, die Hitze, genau wie sie vor wenigen Minuten das kühle Wasser gesucht hatte.

Sidney griff in seine Kameratasche und setzte ein Teleobjektiv ein. Er wollte, dass Blanche das Bildformat füllte. Zum zweiten Mal versetzte ihm ihre lässige Sexualität einen vernichtenden Stoß. Er war ein Profi, ermahnte Sidney sich, während er die Tiefenschärfe einstellte. Er schoss ein Objekt, das war alles.

Doch als sie den Kopf wandte und ihre Augen durch das Objektiv den seinen begegneten, fühlte er die Leidenschaft sieden, seine eigene und ihre. Sie hielten einander einen Moment fest, trennten sich, blieben jedoch unwiderruflich miteinander verbunden. Er machte das Foto, und noch während er es tat, wusste Sidney, dass er viel mehr als nur ein Objekt aufnahm.

Etwas gefasster stand Blanche auf und suchte sich ihren Weg über den Felsen hinunter. Sie musste sich daran erinnern, alles ganz harmlos zu halten; etwas, das ihr stets leicht gefallen war. „Sie haben von mir keine Veröffentlichungsgenehmigung bekommen, Colby", erinnerte sie ihn, als sie ihre Bürste in ihre große Tasche fallen ließ.

Er streckte die Hand aus und berührte ihr Haar. Es war feucht und hing voll und schwer bis zu ihrer Taille. Seine Finger schoben sich hinein, ihre Augen trafen sich, ließen einander nicht los. „Ich will dich."

Sie fühlte, wie ihre Knie weich wurden, und Hitze entstand

in ihrer Magengrube und breitete sich bis in ihre Fingerspitzen aus. Er ist ein harter Mann, ermahnte Blanche sich. Er würde nicht geben, sondern nehmen. Letztlich hätte sie aber beides von ihm gebraucht.

„Das reicht mir nicht", sagte sie fest. „Menschen wollen ständig etwas – einen neuen Wagen, einen Farbfernseher. Ich brauche mehr als das."

Sie stieg an ihm vorbei ins Boot. Ohne ein weiteres Wort stieg Sidney zu, und sie trieben von der Bucht weg. Während das Boot beschleunigte, fragten sich beide, ob Sidney mehr geben konnte, als er angeboten hatte.

5. KAPITEL

Blanche hatte all die Jahre den Oak Creek Canyon romantisch verklärt, seit sie das erste Mal da gewesen war. Als sie ihn jetzt wieder sah, war sie nicht enttäuscht. Er besaß die volle Kraft und alle Farben, an die sie sich erinnerte.

Camper hausten an den verschiedensten Stellen, wie sie wusste. Sie waren Zeit und Film wert. Amateure und ernsthafte Angler am Fluss, mit ihren angespannten Gesichtern und bunten Ködern. Abendliche Lagerfeuer mit gerösteten Marshmallows. Kaffee in Zinnbechern. Ja, es würde den Aufenthalt lohnen.

Sie wollten drei Tage bleiben, arbeiten, entwickeln und vergrößern. Blanche wartete schon ungeduldig darauf. Doch sie hatten sich darauf geeinigt, bevor sie in die Stadt fuhren, um sich um die Details zu kümmern, im Canyon bei Lee und ihrer Familie anzuhalten.

„Nach der Wegbeschreibung sollte eine kleine Sandstraße direkt hinter einer Handelsstation nach rechts abzweigen."

Sidney hielt danach Ausschau. Auch er sehnte sich schon danach, mit der Arbeit anzufangen. Manche der Aufnahmen, die er gemacht hatte, drängten ihn, sie zum Leben zu erwecken. Er brauchte die Konzentration und die Ruhe der Dunkelkammer und die Einsamkeit darin. Er musste seine Kreativität fließen lassen und die Ergebnisse in seinen Händen halten.

Das Foto von Blanche, wie sie auf der Felsinsel saß. Er wollte nicht darüber nachdenken, aber er wusste, dass es die erste Spule sein würde, die er entwickelte.

Wichtig war, dass er die Zeit und den Abstand haben würde, die er sich selbst versprochen hatte. Sobald er Blanche bei ihren Freunden abgesetzt hatte – und er war sicher, dass sie Blanche bei sich haben wollten –, konnte er nach Sedona fahren, eine Dunkelkammer und ein Motelzimmer für sich mieten. Nachdem er mit ihr vierundzwanzig Stunden am Tag gelebt hatte, brauchte er einfach ein paar Tage ohne sie, um sein inneres Gleichgewicht zurückzubekommen.

Jeder von ihnen konnte arbeiten, woran er gerade Lust hatte – in der Stadt, im Canyon, in der Umgebung. Das verschaffte ihm Raum. Für die Dunkelkammer wollte er einen Zeitplan erstellen. Mit etwas Glück würden sie in den nächsten Tagen nur wenig voneinander sehen.

„Da ist es", sagte Blanche, obwohl er schon die schmale Straße gesehen hatte und langsamer gefahren war. Sie betrachtete die steile, von Bäumen begrenzte Straße und schüttelte den Kopf. „Lieber Himmel, ich hätte mir Lee nie hier vorgestellt. Hier ist es so wild und rau, und sie ist ... nun ja, elegant."

Er hatte ein paar elegante Frauen in seinem Leben gekannt. Er hatte mit einer zusammengelebt. Sidney betrachtete das Gelände. „Was sucht sie dann hier?"

„Sie hat sich verliebt", sagte Blanche einfach und beugte sich vor. „Da ist das Haus. Großartig."

Glas und Stil. Das war ihr erster Gedanke. Es war nicht das noble Stadthaus, das sie sich für Lee ausgemalt hätte, aber Blanche konnte sehen, dass es zu ihrer Freundin passte. Überall blühten Blumen, hellrote und orangefarbene Blüten, die sie nicht kannte. Das Gras war dicht, die Bäume stark belaubt.

In der Einfahrt standen zwei Wagen, ein staubiger Jeep neuesten Modells und ein schimmernder cremefarbener Sedan. Als sie hinter dem Jeep hielten, jagte ein riesiger silbergrauer Hund um die Ecke des Hauses. Sidney fluchte in purer Verblüffung.

„Das muss Santanas sein." Blanche lachte, musterte den Hund jedoch gründlich und hielt ihre Tür fest geschlossen.

Fasziniert beobachtete Sidney, wie sich die Muskeln spannten, während der Hund sich bewegte. Aber der Schwanz wippte, die Zunge hing heraus. Ein Schmusetier, entschied er. „Sieht wie ein Wolf aus."

„Ja." Sie blickte weiterhin aus dem Seitenfenster, während der Hund neben dem Campingbus auf und ab lief. „Lee behauptet, dass er freundlich ist."

„Fein. Du steigst zuerst aus."

Blanche schoss ihm einen Blick zu, den er mit einem lässigen Lächeln erwiderte. Sie stieß den Atem aus und öffnete die Tür. „Braver Hund", erzählte sie ihm, während sie ausstieg, eine Hand am Türgriff. „Braver Santanas."

„Irgendwo habe ich gelesen, dass Brown Wölfe züchtet", sagte Sidney sorglos, während er auf der anderen Seite ausstieg.

„Niedlich", murmelte Blanche und bot ihre Hand vorsichtig dem Hund zum Schnüffeln an.

Das tat er auch, und offenbar mochte er sie, weil er sie mit einem Sprung umrannte. Sidney war schon um den Wagen, bevor Blanche überhaupt Luft holen konnte. Angst und Wut hatten ihn vorangetrieben, aber was immer er vorhatte zu tun, wurde aufgehalten von einem hohen Pfiff.

„Santanas!" Ein Mädchen fegte mit fliegenden Zöpfen um die Hausecke. „Hör damit sofort auf! Du darfst doch niemanden umrennen!" Der ertappte Riesenhund ließ sich flach auf seinen Bauch fallen und brachte es irgendwie zustande, unschuldig dreinzublicken.

„Es tut ihm leid." Das Mädchen betrachtete den Mann, der angespannt über dem Hund stand, und die atemlose Frau, die neben ihm auf dem Rücken lag. „Er freut sich nur, wenn Besuch kommt. Sind Sie Bryan?"

Blanche schaffte ein Nicken, während der Hund seinen Kopf auf ihren Arm legte und zu ihr aufblickte.

„Bryan ist ein komischer Name. Ich dachte, Sie würden auch komisch aussehen, aber das tun Sie nicht. Ich bin Sarah."

„Hallo, Sarah." Wieder zu Atem kommend, blickte Blanche zu Sidney hoch. „Das ist Sidney Shade Colby."

„Shade? Ist das ein richtiger Name?", fragte Sarah.

„Ja." Sidney blickte auf das Mädchen hinunter. Er wollte mit ihr schimpfen, weil sie nicht auf ihren Hund aufgepasst hatte, konnte es jedoch nicht. Sie hatte dunkle, ernste Augen, die in ihm den Wunsch weckten, sich vor ihr hinzukauern. Eine Herzensbrecherin. Noch zehn Jahre, dann würde sie alle brechen.

„Ihr Name klingt wie aus einem Buch von meinem Dad. Wahrscheinlich ist er o. k.“ Grinsend blickte sie auf Blanche hinunter und scharrte mit ihren Tennisschuhen im Sand. Sie und ihr Hund wirkten verlegen. „Tut mir wirklich leid, dass Santanas Sie umgerannt hat. Sie haben sich doch nicht wehgetan?“

Da sich erst jetzt jemand die Mühe machte, danach zu fragen, musste Blanche überlegen. „Nein.“

„Also, vielleicht sagen Sie meinem Dad nichts davon.“ Sarah zeigte in einem raschen Lächeln ihre Zahnspangen. „Er wird böse, wenn Santanas seine Manieren vergisst.“

Santanas wischte mit einer gewaltigen rosigen Zunge über Blanches Schulter.

„Es ist nichts passiert“, entschied sie.

„Großartig. Wir sagen Bescheid, dass Sie hier sind.“ Sie jagte davon. Der Hund rappelte sich hoch und hetzte hinter ihr her, ohne Blanche noch eines Blickes zu würdigen.

„Nun, sieht nicht so aus, als würde Lee ein langweiliges Leben führen“, kommentierte Blanche.

Sidney half ihr auf die Beine. Er hatte Angst gehabt. Zum ersten Mal seit Jahren hatte er wirklich Angst gehabt, und das nur, weil der Schmusehund eines kleinen Mädchens seine Partnerin umgerannt hatte.

„Alles in Ordnung mit dir?“

„Ja.“ Sie begann, mit raschen Bewegungen den Staub von ihrer Jeans zu klopfen. Sidney fuhr mit seinen Händen an ihren Armen hoch und ließ sie erstarren.

„Ganz sicher?“

„Ja, ich …“ Sie verstummte, als ihre Gedanken unzusammenhängend wurden. Er durfte sie nicht so ansehen, dachte sie. Als ob ihm wirklich an ihr gelegen wäre. Sie wünschte sich, er würde sie immer und immer wieder so ansehen. Seine Finger berührten kaum ihre Arme. Sie wünschte sich, er würde sie immer und immer wieder so berühren.

„Es geht mir gut“, brachte sie endlich hervor. Aber es war kaum mehr als ein Flüstern, und ihr Blick konnte sich nicht von seinen Augen lösen.

Er behielt seine Hände an ihren Armen. „Dieser Hund muss mindestens hundertzwanzig Pfund gewogen haben."

„Er wollte mir nichts antun." Warum, so fragte sie sich vage, sprachen sie über einen Hund, wenn nur sie beide wichtig waren?

„Tut mir leid." Sein Daumen strich über ihre Armbeuge, wo die Haut tatsächlich so weich war, wie er sich das einmal ausgemalt hatte. Ihr Puls hämmerte wie eine Maschine. „Ich hätte als Erster aussteigen sollen, anstatt Unfug zu machen." Wenn sie verletzt worden wäre … Er wollte sie jetzt küssen, jetzt sofort, solange er nur an sie dachte und nicht an die Gründe, weshalb er sie nicht küssen sollte.

„Macht nichts", murmelte sie und entdeckte, dass ihre Hände auf seinen Schultern lagen. Ihre Körper waren einander nahe, berührten sich ganz leicht. Wer hatte sich bewegt? „Macht nichts", sagte sie noch einmal, halb zu sich selbst, während sie sich näher an ihn lehnte. Ihre Lippen verharrten, zögerten, berührten einander dann kaum. Vom Haus her ertönte tiefes, hektisches Bellen. Mit einem leichten Ruck zogen sie sich voneinander zurück.

„Blanche!" Lee ließ hinter sich die Tür zufallen, als sie auf die Veranda heraustrat. Erst nachdem sie den Namen gerufen hatte, bemerkte sie, wie eindringlich die beiden Menschen in ihrer Einfahrt ineinander versunken waren.

Mit einem kurzen Schaudern tat Blanche noch einen Schritt zurück, ehe sie sich umdrehte. Zu viele Gefühle – das war alles, was sie denken konnte. Zu viele Gefühle, zu schnell.

„Lee!" Blanche lief ihr entgegen – oder lief vielleicht davon –, sie war sich nicht sicher. In diesem Moment wusste sie nur, dass sie jemanden brauchte. Dankbar fühlte sie sich von Lees Armen umschlungen. „Oh Himmel, ist das schön, dich zu sehen!"

Die Begrüßung fiel eine Spur zu überschwänglich aus. Lee warf einen langen Blick über Blanches Schulter auf den Mann, der ein paar Schritte entfernt stand. Ihr erster Eindruck war, dass er so bleiben wollte. Abgerückt. Worauf hatte Blanche sich da bloß eingelassen? Sie presste ihre Freundin heftig an sich.

„Ich muss dich ansehen", verlangte Blanche und lachte, nachdem die Spannung nachgelassen hatte. Das elegante Gesicht, die sorgfältig gestylten Haare – das war gleich geblieben. Aber Lee selbst war es nicht. Blanche fühlte es schon, bevor sie auf die Rundung unter Lees Sommerkleid herunterblickte. „Du bist glücklich." Blanche packte Lees Hände. „Man sieht es. Kein Bedauern?"

„Kein Bedauern." Lee unterzog sie einer langen, eingehenden Musterung. Blanche sah noch genauso aus, fand sie. Gesund, unbekümmert, zauberhaft in einer Art, die einzig und allein ihr vorbehalten schien. Unverändert, abgesehen von dem Ausdruck in ihren Augen, der auf Schwierigkeiten in ihrem Leben hindeutete. „Und du?"

„Alles läuft gut. Du hast mir gefehlt, aber jetzt fühle ich mich besser, wo du hier bist."

Lachend legte Lee den Arm um Blanches Taille. Wenn es Schwierigkeiten gab, würde sie die Ursache herausfinden. Blanche schaffte es nie, irgendetwas lange zu verbergen. „Komm ins Haus. Sarah und Hunter machen Eistee." Sie warf einen bezeichnenden Blick in Sidneys Richtung und fühlte, wie Blanche sich anspannte. Nur ein wenig, aber Lee fühlte es und wusste, dass sie bereits die Ursache gefunden hatte.

Blanche räusperte sich. „Sidney."

Er kam auf sie zu, und Lee fand, dass er sich wie ein Mann bewegte, der gewohnt war, das Terrain zu sondieren.

„Lee Radcliffe – Lee Radcliffe Brown", verbesserte Blanche sich und entspannte sich ein wenig. „Sidney Colby. Du erinnerst dich daran, wie ich das Geld, das ich für ein neues Auto gespart hatte, für eines seiner Fotos ausgab."

„Ja, ich sagte dir, du wärst verrückt." Lee streckte lächelnd die Hand aus, aber ihre Stimme klang kühl. „Freut mich, Sie kennenzulernen. Blanche hat Ihre Arbeit immer bewundert."

„Aber Sie haben es nicht“, erwiderte er mit mehr Interesse und Respekt, als er eigentlich empfinden wollte.

„Ich finde den Stil oft sehr schroff, aber immer zwingend“, sagte Lee schlicht. „Blanche ist die Expertin, nicht ich.“

„Dann sollte sie Ihnen erklären, dass wir keine Fotos für Experten machen.“

Lee nickte. Sein Händedruck war fest gewesen – nicht sanft, aber auch absolut nicht schmerzhaft. Sie musste wohl ihr Urteil revidieren. „Kommen Sie ins Haus, Mr Colby.“

Er hatte Blanche lediglich absetzen und weiterfahren wollen, aber jetzt nahm er die Einladung an. Es konnte nicht schaden, fand er, sich ein wenig abzukühlen, bevor er in die Stadt fuhr. Er folgte den Frauen nach drinnen.

„Dad, wenn du nicht mehr Zucker hineintust, schmeckt er schrecklich.“

Als sie die Küche betraten, sahen sie Sarah, die Hände in die Hüften gestützt, wie sie ihren Vater dabei beobachtete, wie er rings um einen Krug den verschütteten Tee aufwischte.

„Nicht jedermann schüttet Zucker in sich hinein wie du.“

„Ich schon.“ Blanche grinste, als Hunter sich umdrehte. Sie fand seine Arbeiten brillant, hatte ihn schon oft verwünscht, wenn sie seinetwegen nicht schlafen konnte. Er sah wie ein Mann aus, über den eine der Bronte-Schwestern hätte schreiben können – stark, dunkel, schwerblütig. Doch darüber hinaus war er der Mann, der ihre beste Freundin liebte. Blanche breitete für ihn die Arme aus.

„Schön, dich wiederzusehen.“ Hunter drückte sie fest an sich und lachte in sich hinein, als er fühlte, wie sie an ihm vorbei nach dem Teller mit Keksen tastete, den Sarah hingestellt hatte. „Wieso nimmst du nicht zu?“

„Ich versuche es ja“, behauptete Blanche und biss in ein Schokoplätzchen. „Mhmm, noch warm. Hunter, das ist Sidney Shade Colby.“

Hunter legte das Geschirrtuch beiseite. „Ich habe Ihre Arbeiten verfolgt“, sagte er zu Sidney, als sie sich die Hände schüttelten. „Sehr überzeugend."

„Mit dem Wort würde ich Ihre Arbeit beschreiben."

„Dein letztes Buch hat mich so in Angst und Schrecken versetzt, dass ich wochenlang nicht in die Waschküche im Keller gegangen bin", warf Blanche Hunter vor. „Ich hatte schon fast nichts mehr anzuziehen."

Hunter grinste zufrieden. „Danke."

Sie sah sich in der sonnigen Küche um. „Ich habe eigentlich in eurem Haus Spinnweben und knarrende Dielenbretter erwartet."

„Enttäuscht?", fragte Lee.

„Erleichtert."

Lachend setzte Lee sich an den Küchentisch, Sarah zu ihrer Linken, Blanche ihr gegenüber. „Und wie läuft das Projekt?"

„Gut." Aber Lee bemerkte, dass Blanche Sidney nicht ansah, während sie sprach. „Vielleicht sogar großartig. Wir werden mehr wissen, wenn wir die Filme entwickelt haben. Wir haben mit einer der ortsansässigen Zeitungen vereinbart, dass wir eine Dunkelkammer benützen können. Wir müssen nur nach Sedona fahren, uns melden und uns Zimmer nehmen. Morgen geht es an die Arbeit."

„Zimmer?" Lee stellte das Glas ab, das Hunter ihr reichte. „Aber du bleibst hier."

„Lee." Blanche lächelte Hunter kurz zu, als er ihr den Teller mit den Keksen anbot. „Ich wollte dich wiedersehen, nicht mich bei dir einquartieren. Ich weiß, dass ihr beide, du und Hunter, an neuen Büchern arbeitet. Sidney und ich werden bis zu den Ohren in Entwickler baden."

„Was soll denn das für ein Besuch sein, wenn du in Sedona bist?", entgegnete Lee. „Verdammt, Blanche, du hast mir gefehlt. Du wohnst hier." Sie legte eine Hand auf ihren rundlichen Bauch. „Schwangere Frauen müssen verwöhnt werden."

„Du solltest hier bleiben", warf Sidney ein, bevor Blanche etwas sagen konnte. „Das könnte für eine ganze Weile die letzte Chance für etwas freie Zeit sein."

„Wir haben eine Menge Arbeit“, erinnerte Blanche ihn.

„Von hier aus ist es nur eine kurze Fahrt in die Stadt. Das spielt also keine Rolle. Wir müssen ohnedies einen Wagen mieten, damit wir beide beweglich sind.“

Hunter betrachtete den Mann auf der anderen Seite des Raums. Gespannt, dachte er. Angespannt. Nicht der Typ Mann, den er für die sorglose, gemächliche Blanche ausgesucht hätte, aber es war nicht seine Sache, das zu beurteilen. Es war seine Sache – und sein Talent – zu beobachten. Was zwischen den beiden war, konnte man leicht sehen. Genauso offensichtlich war, wie sehr sie zögerten, das zu akzeptieren. Ruhig griff er nach seinem Tee und trank.

„Die Einladung gilt für euch beide.“

Sidney sah mit einer automatischen höflichen Ablehnung auf den Lippen zu ihm hinüber. Sein Blick und Hunters Blick trafen sich. Sie waren beide angespannte, verinnerlichte Männer. Vielleicht verstanden sie einander deshalb so schnell.

Ich habe das alles schon durchgemacht, schien Hunter ihm mit einem angedeuteten Lächeln zu sagen. Du kannst schnell laufen, aber nur so weit.

Sidney gewahrte etwas von dem Verstehen und auch die Herausforderung. Er wandte sich Blanche zu und sah, dass sie ihn mit einem langen, kühlen Blick betrachtete.

„Ich bleibe gern hier“, hörte Sidney sich selbst sagen. Er ging an den Tisch und setzte sich.

Lee betrachtete die Vergrößerungen in ihrer präzisen, abwägenden Art. Blanche lief auf der Terrasse auf und ab, war nahe am Explodieren vor Anspannung.

„Nun?“, fragte sie. „Was hältst du davon?“

„Ich habe sie noch nicht zu Ende angesehen.“

Blanche öffnete den Mund und schloss ihn wieder. Es sah ihr nicht ähnlich, wegen ihrer Arbeit nervös zu sein. Sie wusste, dass ihre Vergrößerungen gut waren. Hatte sie nicht in jede einzelne ihren Schweiß und ihr Herz gelegt?

Mehr als gut, sagte sie sich selbst, während sie einen Schokoriegel aus ihrer Tasche zerrte. Diese Vergrößerungen gehörten zu ihren besten Arbeiten. Vielleicht hatte der Wettbewerb mit Sidney sie dazu getrieben. Vielleicht war es der Wunsch gewesen, ein wenig satte Selbstzufriedenheit zu verspüren nach einigen seiner Bemerkungen über ihren besonderen Arbeitsstil. Blanche akzeptierte nicht gern, dass sie primitiv genug war, um zu kleinlichem Konkurrenzdenken Zuflucht zu nehmen, aber sie musste sich eingestehen, dass das jetzt der Fall war. Und sie wollte gewinnen.

Sie und Sidney hatten seit Tagen in demselben Haus gewohnt, in derselben Dunkelkammer gearbeitet, und doch hatten sie es geschafft, so gut wie nichts voneinander zu sehen. Ein sauberer Trick, dachte Blanche bedauernd. Vielleicht hatte es so gut geklappt, weil sie beide das gleiche Spielchen gespielt hatten. Verstecken, aber nicht suchen. Morgen würden sie wieder auf der Straße unterwegs sein.

Blanche sehnte sich danach aufzubrechen, obwohl sie gleichzeitig Angst davor hatte. Und dabei war sie keine widersprüchliche Persönlichkeit, wie sie sich geradezu heftig ermahnte. Sie war grundsätzlich völlig geradlinig und ... ja, doch, sie war liebenswert. Das war einfach ihre Natur. Warum war sie dann nicht mit Sidney zusammen?

„Also."

Blanche wirbelte herum, sobald sie Lees Stimme hörte. „Also?", wiederholte sie abwartend.

„Ich habe deine Arbeit stets bewundert, Blanche. Du weißt das." Lee verschränkte die Hände auf dem Tisch.

„Aber?", drängte Blanche.

„Aber das sind die besten." Lee lächelte. „Das sind die allerbesten Fotos, die du je gemacht hast."

Blanche stieß den angehaltenen Atem aus und ging zu dem Tisch. Nerven? Ja, sie hatte welche, auch wenn sie sich nicht darum kümmerte. „Warum?"

„Ich bin sicher, es gibt eine Menge technischer Gründe; das

Licht und die Verteilung der Schatten und der Bildausschnitt."

Ungeduldig schüttelte Blanche den Kopf. „Warum?"

Lee wählte ein Foto aus. „Dieses hier von der alten Frau und dem kleinen Mädchen am Strand. Vielleicht liegt es an meinem Zustand", sagte sie nachdenklich und betrachtete es erneut, „aber ich denke dabei an das Kind, das ich haben werde. Es erinnert mich auch daran, dass ich alt sein werde, aber nicht zu alt, um zu träumen. Dieses Bild ist so kraftvoll in der Aussage, weil es so grundlegend einfach ist, so geradeheraus und so unglaublich voll von Emotionen. Und dieses hier …" Sie wühlte in den Vergrößerungen und holte das Bild des Straßenarbeiters hervor. „Schweiß, Entschlossenheit, Ehrlichkeit. Wenn man in dieses Gesicht sieht, weiß man, dass der Mann an harte Arbeit glaubt und seine Rechnungen pünktlich bezahlt. Und hier, diese Teenager. Ich sehe Jugend, kurz vor diesen unvermeidlichen Veränderungen des Erwachsenwerdens. Und dieser Hund." Lee lachte, als sie ihn betrachtete. „Beim ersten Ansehen kam er mir nur niedlich und lustig vor, aber er sieht so stolz drein, so … also … menschlich. Man könnte fast glauben, das Boot gehört ihm." Während Blanche schwieg, ordnete Lee die Bilder wieder. „Ich könnte jedes Einzelne mit dir durchgehen, aber der Punkt ist, dass jedes eine Geschichte erzählt. Es ist nur eine Szene, ein winziger Teil der Zeit, aber die Geschichte ist da. Die Gefühle sind da. Ist das nicht Sinn und Zweck der Sache?"

„Ja." Blanche lächelte, während ihre Schultern sich entspannten. „Das ist Sinn und Zweck."

„Wenn Sidneys Bilder nur halb so gut sind, bekommt ihr einen wunderbaren Bildbericht zusammen."

„Sie werden es sein. Ich habe ein paar von seinen Negativen in der Dunkelkammer gesehen. Sie sind unglaublich."

Lee hob eine Augenbraue und sah zu, wie Blanche die Schokolade verschlang. „Stört dich das?"

„Was? Oh, nein, nein, natürlich nicht. Seine Arbeit ist seine Arbeit … und in diesem Fall wird sie auch Teil meiner Arbeit sein. Ich hätte nie einer Zusammenarbeit mit ihm zugestimmt, würde ich ihn nicht bewundern."

„Aber?" Diesmal drängte Lee mit einer hochgezogenen Augenbraue und einem leichten Lächeln.

„Ich weiß nicht, Lee, er ist so – so perfekt."

„Wirklich?"

„Er fummelt nie herum", klagte Blanche. „Er weiß immer genau, was er will. Wenn er morgens aufwacht, ist er völlig klar. Er verpasst nie eine Abzweigung. Er macht sogar anständigen Kaffee."

„Dafür muss man ihn ganz einfach verabscheuen", sagte Lee.

„Es ist frustrierend, das ist alles."

„Das ist Liebe oft. Du bist in ihn verliebt, nicht wahr?"

„Nein." Blanche starrte Lee ehrlich überrascht an. „Gütiger Himmel, es fällt mir schon schwer, ihn überhaupt zu mögen."

„Blanche, du bist meine Freundin. Andernfalls würde es Neugierde genannt werden, was ich als Sorge bezeichne."

„Was bedeutet, dass du mich ausfragen wirst."

„Genau. Ich habe gesehen, wie ihr zwei auf Zehenspitzen umeinander herumschleicht, als hättet ihr Angst, einander zu streifen, weil es sonst auf der Stelle eine Verbrennung gäbe."

„So ungefähr."

Lee berührte Blanches Hand. „Blanche, erzähl es mir."

Ausflüchte waren unmöglich. Blanche blickte auf ihre miteinander verschlungenen Hände und seufzte. „Ich fühle mich zu ihm hingezogen", gab sie zögernd zu. „Er ist anders als alle, die ich je kennengelernt habe, hauptsächlich weil er nicht der Typ Mann ist, mit dem ich normalerweise zusammenkommen würde. Er ist sehr verschlossen, sehr ernst. Ich habe gern Spaß. Einfach Spaß."

„Beziehungen müssen auf mehr als Spaß gegründet sein."

„Ich suche keine Beziehung." In diesem Punkt war sie ganz klar. „Ich verabrede mich, damit ich tanzen gehen kann oder auf eine Party, Musik hören oder einen Film sehen. Mehr nicht. Am allerwenigsten will ich die Spannungen und die Mühe, die eine Beziehung kostet."

„Wenn man dich nicht kennen würde, könnte man behaupten, das sei eine reichlich oberflächliche Einstellung.“

„Vielleicht ist es das. Vielleicht bin ich oberflächlich.“

Lee sagte nichts, sondern tippte nur mit einem Finger auf die Vergrößerungen.

„Das ist meine Arbeit“, setzte Blanche an und gab auf. Eine Menge Leute würden ihre Worte für bare Münze nehmen, nicht Lee. „Ich will keine Beziehung“, wiederholte sie, allerdings ruhiger. „Lee, ich habe schon einmal eine gehabt, und ich war lausig schlecht darin.“

„Zu einer Beziehung gehören zwei“, wies Lee sie zurecht. „Gibst du dir noch immer die ganze Schuld?“

„Die meiste Schuld traf auf mich zu. Ich war nicht gut als Ehefrau.“

„Als eine ganz bestimmte Art von Ehefrau“, verbesserte Lee.

„Ich schätze, im Lexikon gibt es nicht so viele Definitionen von diesem Begriff.“

Lee hob lediglich eine Augenbraue. „Sarah hat eine Freundin, deren Mutter wundervoll ist. Sie hat nicht nur ein sauberes, sondern auch ein interessantes Haus. Sie kocht Marmelade, führt das Protokoll im Elternrat und leitet eine Pfadfinderinnentruppe. Die Frau kann aus einem Stück Buntpapier und Klebstoff ein Kunstwerk machen. Sie ist hübsch und bleibt es, indem sie dreimal die Woche in einen Gymnastikkurs geht. Ich bewundere sie sehr, aber hätte Hunter diese Dinge von mir gewollt, hätte ich jetzt nicht seinen Ring an meinem Finger.“

„Hunter ist etwas Besonderes“, murmelte Blanche.

„Da kann ich dir nicht widersprechen. Und du weißt, warum ich das zwischen uns beinahe ruiniert hätte: weil ich Angst hatte, ich könnte im Aufbauen und Erhalten einer Beziehung versagen.“

„Es hat nichts mit Angst haben zu tun.“ Blanche zuckte die Schultern. „Es geht mehr darum, dass ich nicht die Energie dafür habe.“

„Erinnere dich daran, mit wem du sprichst“, sagte Lee milde.

Mit einem halben Lachen schüttelte Blanche den Kopf. „Na

gut, vielleicht hat es etwas mit Vorsicht zu tun. Beziehung ist ein schwergewichtiges Wort. Affäre ist leichter", sagte sie nachdenklich. „Aber eine Affäre mit einem Mann wie Sidney muss gewaltige Auswirkungen haben." Das klingt so kühl, dachte Blanche. Wann hatte sie angefangen, in dermaßen logischen Begriffen zu denken? „Er ist kein einfacher Mann, Lee. Er hat seine eigenen Dämonen und seine eigene Art, mit ihnen umzugehen. Ich weiß nicht, ob er sie mit mir teilen würde und ob ich das überhaupt wollte."

„Er bemüht sich, kalt zu sein", bemerkte Lee. „Aber ich habe ihn mit Sarah gesehen. Ich muss zugeben, dass mich die grundlegende Freundlichkeit in ihm überrascht hat, aber sie ist vorhanden."

„Sie ist vorhanden", stimmte Blanche zu. „Es ist nur schwer, zu ihr vorzustoßen."

„Abendessen ist fertig!" Sarah riss die Fliegengittertür auf und ließ sie gegen die Wand knallen. „Sidney und ich haben Spaghetti gemacht, und sie sind großartig."

Das waren die Spaghetti tatsächlich. Blanche beobachtete Sidney während des Essens. Genau wie Lee hatte sie seine problemlose Beziehung zu Sarah bemerkt. Das war mehr als Toleranz, fand sie, während sie beobachtete, wie er mit dem kleinen Mädchen lachte. Das war Zuneigung. Es wäre ihr nicht in den Sinn gekommen, dass Sidney seine Zuneigung so rasch und mit so wenig Beschränkungen verschenken konnte.

Vielleicht sollte ich zwölf Jahre alt sein und Zöpfe haben, dachte sie und schüttelte den Kopf über ihre eigenen Gedanken. Sie wollte nicht Sidneys Zuneigung. Seinen Respekt, ja.

Erst nach dem Abendessen erkannte sie, dass sie sich getäuscht hatte. Sie wollte wesentlich mehr.

Es war der letzte gemütliche Abend, bevor die Gruppe sich trennte. Auf der vorderen Veranda betrachteten sie den Himmel, an dem die ersten Sterne erschienen, und lauschten den Geräuschen der Nacht.

Lee und Hunter saßen auf der Schaukel auf der Veranda, Sarah zwischen ihnen. Sidney hatte es sich gleich daneben auf einem Stuhl bequem gemacht, entspannt, ein wenig müde und geistig befriedigt nach seinen langen Stunden in der Dunkelkammer. Während er dasaß und mit den Browns plauderte, erkannte er, dass er diesen Besuch genauso sehr wie Blanche gebraucht hatte, vielleicht sogar noch mehr.

Er hatte eine einfache Kindheit gehabt. Bis zu diesen letzten Tagen hatte er fast vergessen, wie einfach und wie solide. Die Dinge, die mit ihm als Erwachsener passiert waren, hatten einen Großteil von seinen Erinnerungen verschüttet. Ohne dass es ihm bewusst wurde, holte Sidney einiges davon wieder in die Gegenwart zurück.

Blanche saß auf der ersten Stufe, gegen einen Pfosten zurückgelehnt. Je nach Stimmung beteiligte sie sich an der Unterhaltung oder hielt sich heraus. Es wurde nichts Wichtiges gesagt, und die Schlichtheit der Unterhaltung machte die Atmosphäre wunderbar angenehm. Ein Nachtfalter flatterte gegen die Lampe auf der Veranda, Grillen zirpten, und ein Lufthauch raschelte in den Blättern der umstehenden Bäume. Die Geräusche erzeugten ihre eigene besänftigende Unterhaltung.

Sie mochte es, wie Hunter seinen Arm über die Rückenlehne der Schaukel gelegt hatte. Obwohl er zu Sidney sprach, strichen seine Finger leicht über das Haar seiner Frau. Der Kopf seiner Tochter ruhte an seiner Brust, aber von Zeit zu Zeit legte sie eine Hand auf Lees Bauch, als wollte sie prüfen, ob es eine Bewegung gab. Obwohl Blanche die Szene nicht arrangiert hatte, entstand sie einfach vor ihren Augen. Unfähig zu widerstehen, schlüpfte sie ins Haus.

Als sie kurz darauf zurückkehrte, hatte sie ihre Kamera, ihr Stativ und die Fotoleuchte bei sich.

„Oh Mann." Sarah warf einen Blick auf sie und richtete sich kerzengerade auf. „Blanche will uns fotografieren."

„Nicht posieren", sagte Blanche lächelnd zu ihr. „Redet einfach weiter", fuhr sie fort, bevor irgendjemand protestieren konnte. „Tut so, als wäre ich gar nicht hier. Es ist so perfekt“, murmelte sie zu sich selbst, während sie ihre Geräte aufbaute. „Wieso habe ich das nicht sofort gesehen?“

„Lass mich dir helfen.“

Blanche blickte überrascht zu Sidney auf und wollte schon ablehnen, hielt jedoch die Worte zurück. Es war das erste Mal, dass er versuchte, mit ihr zusammenzuarbeiten. Ob die Geste nun ihr galt oder der Zuneigung, die er für ihre Freunde entwickelt hatte, sie würde ihn nicht zurückweisen. Stattdessen reichte sie ihm lächelnd ihren Belichtungsmesser.

„Gibst du mir die Werte, ja?“

Sie arbeiteten zusammen, als hätten sie das schon seit Jahren getan. Wieder eine Überraschung für sie beide. Blanche richtete ihre Leuchte aus, und Sidney nannte ihr die Belichtungswerte. Zufrieden überprüfte Blanche den Blickwinkel und den Bildausschnitt im Sucher, trat zurück und ließ Sidney ihren Platz einnehmen.

„Perfekt.“ Wenn sie einen behaglichen Sommerabend gesucht und eine Familie, die mit dem Abend und mit sich selbst zufrieden war, hätte sie es nicht besser machen können. Sidney wich zurück und lehnte sich gegen die Hauswand. Ohne darüber nachzudenken, half er auch weiterhin, indem er das Trio auf der Schaukel ablenkte.

„Was wünschst du dir, Sarah?“, begann er, als Blanche sich wieder hinter ihre Kamera stellte. „Ein Brüderchen oder ein Schwesterchen?“

Während sie überlegte, vergaß Sarah, davon gefesselt zu sein, dass sie fotografiert wurde. „Na ja …“ Ihre Hand wanderte wieder zu Lees Bauch. Lees Hand schloss sich spontan um ihre Finger. Blanche drückte auf den Auslöser. „Vielleicht ein Brüderchen“, entschied Sarah. „Meine Cousine sagt, eine kleine Schwester kann fürchterlich sein.“

Während Sarah sprach, lehnte Lee den Kopf zurück, nur leicht, bis er auf Hunters Arm ruhte. Seine Finger strichen erneut über ihr Haar. Blanche fühlte die Emotion in sich hochsteigen und ihren Blick sich verschleiern.

Habe ich mir das immer schon gewünscht? fragte sie sich, während sie weiterschoss. Die Nähe, die Zufriedenheit, die mit Bindung und Vertrautheit kamen? Warum hatte diese Erkenntnis mit ihrer aufwühlenden Wirkung bis jetzt gewartet, wo ihre Gefühle gegenüber Sidney ohnedies schon verworren und viel zu kompliziert waren? Sie blinzelte, bis ihre Augen wieder klar waren, und öffnete den Verschluss, als Lee gerade den Kopf wandte und über etwas lachte, das Hunter sagte.

Beziehung, dachte sie, als das Sehnen in ihr hochstieg. Nicht die einfachen, sorglosen Freundschaften, die sie sich selbst erlaubt hatte, sondern eine solide, fordernde, teilende Beziehung. Genau das sah sie durch den Sucher. Genau das, entdeckte sie, brauchte sie für sich selbst. Als sie sich von der Kamera aufrichtete, war Sidney neben ihr.

„Stimmt was nicht?“

Sie schüttelte den Kopf und schaltete das Licht aus. „Perfekt“, verkündete sie mit einer Lässigkeit, die sie viel Kraft kostete. Sie schenkte der Familie auf der Schaukel ein Lächeln. „Ich schicke euch eine Vergrößerung, sobald wir wieder irgendwo anhalten und entwickeln.“

Sie zitterte. Sidney war nahe genug, um es zu sehen. Er wandte sich ab und kümmerte sich um die Kamera und das Stativ. „Ich nehme das für dich.“

Sie drehte sich um und wollte Nein sagen, aber er trug die Sachen schon ins Haus. „Ich packe besser mein Zeug zusammen“, sagte sie zu Hunter und Lee. „Sidney bricht gern zu unzivilisierten Zeiten auf.“

Als sie hineinging, lehnte Lee den Kopf wieder gegen Hunters Arm. „Es wird gut mit ihnen gehen“, sagte er. „Es wird gut mit ihr gehen.“

Lee blickte zu der Tür. „Vielleicht.“

Sidney trug Blanches Ausrüstung in ihr Schlafzimmer und wartete. Sobald sie mit der Leuchte hereinkam, wandte er sich ihr zu. „Was stimmt nicht?“

Blanche öffnete den Koffer und packte das Stativ und die Leuchte weg. „Nichts. Warum?“

„Du hast gezittert.“ Ungeduldig ergriff Sidney ihren Arm und drehte sie herum. „Du zitterst noch immer.“

„Ich bin müde.“ Auf gewisse Weise stimmte das. Sie war ihrer Emotionen müde, die sich ihr aufdrängten.

„Spiel keine Spielchen mit mir, Blanche. Darin bin ich besser als du.“

Himmel, ob er eine Ahnung hatte, wie sehr sie sich in diesem Moment wünschte, festgehalten zu werden? Konnte er auch nur annähernd verstehen, was sie alles dafür gegeben hätte, wenn er sie jetzt in die Arme genommen hätte? „Dräng mich nicht, Sidney.“

Sie hätte wissen müssen, dass er nicht auf sie hören würde. Mit einer Hand umschloss er ihr Kinn und hielt ihr Gesicht ruhig. Die Augen, die viel mehr sahen, als ihm zustand, blickten in ihre Augen. „Sag es mir.“

„Nein.“ Sie sprach es ruhig aus. Wäre sie wütend gewesen, beleidigt, kalt, hätte er gegraben, bis er alles aus ihr herausgebracht hätte. Aber so konnte er nicht gegen sie kämpfen.

„Na schön.“ Er trat zurück und schob seine Hände in die Hosentaschen. Er hatte draußen auf der Veranda etwas gefühlt, etwas, das ihn bedrängt hatte, sich ihm angeboten hatte. Hätte Blanche bloß eine Geste gemacht, auch nur die allerkleinste Geste, hätte er ihr in diesem Moment vielleicht mehr gegeben, als einer von ihnen beiden sich vorstellen konnte. „Vielleicht solltest du ein wenig schlafen. Wir brechen um sieben auf.“

„Okay.“ Sie wandte sich ab, um ihre restliche Ausrüstung wegzupacken. „Ich werde bereit sein.“

6. KAPITEL

Weizenfelder. Blanche fand ihre vorgefasste Meinung nicht zerstört, als sie durch den Mittleren Westen fuhren, sondern bekräftigt. Kansas bestand aus Weizenfeldern, unendlich vielen Weizenfeldern.

Was immer Blanche auch bei der Durchquerung des Staates sah, die endlosen, sich wiegenden goldenen Ähren nahmen sie zuallererst gefangen. Farbe, Oberfläche, Gestalt und Form. Emotion. Es gab auch Ansiedlungen, natürlich, Städte mit modernen Gebäuden und vornehmen Häusern, aber dies zu sehen – weite Kornfelder gegen den Himmel – war für Blanche der Inbegriff von Amerika.

Manche mochten die endlose Ausbreitung sonnengereiften, sich wiegenden Korns eintönig finden. Nicht so Blanche. Das war eine neue Erfahrung für eine Stadtbewohnerin. Es gab keine herausragenden Berge, keine schimmernden Wolkenkratzer, keine geschwungenen Freeways, um die Konturen einer Landschaft zu unterbrechen. Hier war Weite genauso beeindruckend wie das Gebiet von Arizona, nur üppiger und irgendwie ruhiger. Sie konnte es betrachten und sich wundern.

In den Weizenfeldern und den weiten Flächen von Mais sah Blanche das Herz und den Schweiß des Landes. Es war nicht immer eine idyllische Szene. Es gab Insekten, Schmutz, lehmige Maschinen. Die Menschen arbeiteten hier mit ihren Händen, mit ihren Rücken.

In den Städten sah sie das Tempo und die Energie. Auf den Farmen sah sie einen Zeitplan, der einen leitenden Angestellten eines Unternehmens schlappmachen ließe. Jahr um Jahr gab sich der Farmer dem Land und wartete darauf, dass das Land ihm zurückgab.

Mit dem richtigen Blickwinkel und dem passenden Licht konnte sie ein Weizenfeld fotografieren und es endlos erscheinen lassen, machtvoll. Mit abendlichen Schatten konnte sie ein Gefühl von heiterer Ruhe und Beständigkeit erzeugen. Im

Grunde war es nur Gras, nur Halme, die wuchsen, geschnitten, bearbeitet, genutzt wurden. Doch das Korn besaß ein eigenes Leben und eine eigene Schönheit. Blanche wollte es so zeigen, wie sie es sah.

Sidney sah die harte, unausweichliche Abhängigkeit des Menschen von der Natur. Der Pflanzer, Bewahrer und Schnitter von Weizen war unwiderruflich an das Land gebunden. Es war gleichzeitig seine Freiheit und sein Gefängnis. Der Mann, der im Sonnenschein von Kansas auf seinem Traktor fuhr, schweißnass, hager von Jahren voll Arbeit, war von dem Land genauso abhängig wie das Land von ihm. Ohne den Menschen würde der Weizen zwar wild wachsen und gedeihen, dann jedoch verwelken und absterben. Es war dieses Band, das Sidney erfühlte, und das Band wollte er festhalten.

Vielleicht zum ersten Mal seit ihrem Aufbruch von L. A. fotografierten er und Blanche nicht als getrennte Personen. Sie mochten es noch nicht erkannt haben, aber ihre Gefühle, ihre Intuition und ihre Sehnsüchte zogen sie beide näher zu demselben Ziel.

Einer brachte den anderen zum Nachdenken. Wie sah sie diese Szene? Was empfand er bei diesem Motiv? Während sie zuvor ihre Fotos voneinander getrennt gesehen hatten, begannen sie nun behutsam, unbewusst zwei Dinge zu tun, die das Endergebnis verbessern würden: konkurrieren und konsultieren.

Sie hatten einen Tag und eine Nacht zur Feier des Unabhängigkeitstages am 4. Juli in Dodge City verbracht, einer ehemaligen Wildweststadt. Blanche dachte an Wyatt Earp, an Doc Holliday und die Desperados, die einst durch die Stadt geritten waren, doch sie war von dem Straßenumzug angelockt worden, der in jeder x-beliebigen Stadt in den USA hätte stattfinden können.

Es war hier gewesen, bei all dem Prunk und dem Gepränge, dass sie Sidney um seine Meinung über den richtigen Blickwinkel bei der Aufnahme eines Pferdes mit seinem Reiter fragte, und er wiederum hatte ihren Rat befolgt, als er eine kleine goldbetresste Majorette fotografierte.

Der Schritt, den sie damit taten, war ihnen beiden durch die Hast der Arbeit entgangen. Aber sie hatten Seite an Seite am Randstein gestanden, als die Parade mit schmetternder Musik und wirbelnden Taktstöcken vorbeimarschierte. Ihre Bilder waren unterschiedlich gewesen. Sidney hatte nach dem Gesamteindruck von Festtagsparaden gesucht, während Blanche individuelle Reaktionen wollte. Aber sie hatten Seite an Seite gestanden.

Blanches Gefühle für Sidney waren komplexer, persönlicher geworden. Wann die Veränderung begonnen hatte und wie, konnte sie nicht sagen. Doch weil ihre Arbeit meistens ein direktes Ergebnis ihrer Gefühle war, reflektierten ihre Fotos sowohl die Komplexität als auch die Intimität. Sie beide mochten von demselben Weizenfeld eine völlig andere Sicht haben, aber Blanche war entschlossen, dass am Ende, wenn die Fotos von ihnen aneinandergereiht wurden, ihre Aufnahmen die gleiche Wirkung erzielen würden wie seine.

Sie war nie ein aggressiver Mensch gewesen. Das war einfach nicht ihr Stil. Doch Sidney hatte in ihr den Drang geweckt, sich zu messen – als Fotograf und als Frau. Wenn sie gezwungen war, wochenlang auf engstem Raum mit einem Mann zu reisen, der sie beruflich aufgerüttelt und ihre weiblichen Sehnsüchte geweckt hatte, musste sie sich direkt mit ihm auseinandersetzen – auf beiden Ebenen. Direkt, entschied sie, aber auf ihre eigene Art und zu dem von ihr gewählten Zeitpunkt. Als die Tage vorbeigingen, fragte Blanche sich, ob es wohl möglich wäre, beides zu haben, Erfolg und Sidney, ohne etwas Lebenswichtiges zu verlieren.

Sie war so verdammt ruhig! Es machte ihn wahnsinnig. Jeder Tag, jede Stunde, die sie zusammen verbrachten, trieb Sidney näher zur Verzweiflung. Er war nicht daran gewöhnt, jemanden so heftig zu wollen. Es bereitete ihm kein Vergnügen herauszufinden, dass er dazu in der Lage war und dass er nichts dagegen tun konnte. Blanche brachte ihn dazu, sich nach ihr zu sehnen und Selbstverleugnung zu üben. Manchmal glaubte er fast, dass sie es absichtlich tat. Aber er hatte nie jemanden kennengelernt, der weniger zu derartigen Spielchen neigte als Blanche. Bestimmt dachte sie gar nicht daran – und falls sie es doch tat, hielt sie es garantiert für zu mühevoll, um sich groß darum zu kümmern.

Auch jetzt, während sie durch die Abenddämmerung von Kansas fuhren, war sie neben ihm auf dem Sitz ausgestreckt und fest eingeschlafen. Es war eine der seltenen Gelegenheiten, dass sie ihr Haar frei fallen ließ. Voll, wellig und üppig, schimmerte es in dem abnehmenden Licht wie dunkles Gold. Die Sonne hatte ihrer Haut alle Farbe geschenkt, die sie brauchte. Ihr Körper war entspannt, gelöst wie ihr Haar. Sidney fragte sich, ob er jemals fähig sein würde, seinen Geist und seinen Körper so beneidenswert zu entspannen. War es das, was ihn lockte, was ihn antrieb? Fühlte er sich einfach gedrängt, diesen Energiefunken zu finden, den sie auf Befehl ein- und ausschalten konnte? Den er zum Leben erwecken wollte. Für sich selbst.

Versuchung. Je länger er sich zurückhielt, desto heftiger wurde sie. Blanche zu bekommen. Sie zu erforschen. Sie in sich aufzunehmen. Wenn er das tat – er benützte nicht mehr das Wort „falls" – was würde ihn das kosten? Nichts gab es umsonst.

Einmal, dachte er, als sie im Schlaf seufzte. Nur einmal. Auf seine Art. Vielleicht würde der Preis hoch sein, aber er würde nicht derjenige sein, der bezahlte. Seine Gefühle waren trainiert und diszipliniert, sie konnten nicht berührt werden. Es gab keine Frau, die ihm Schmerz zufügen könnte.

Sein Körper und sein Geist spannten sich an, als Blanche langsam erwachte. Benommen und zufrieden mit dieser Benommenheit gähnte sie. Der Geruch von Rauch und Tabak hing in der Luft. Aus dem Radio kam leiser, sanfter Jazz. Die Fenster waren halb offen, sodass sie bei der Veränderung ihrer Haltung von einem Windstoß schneller geweckt wurde, als ihr angenehm war.

Es war jetzt vollständig dunkel. Überrascht streckte Blanche sich und blickte aus dem Fenster auf den halb von Wolken verdeckten Mond. „Es ist spät", sagte sie mit einem zweiten Gähnen. Das Erste, was ihr einfiel, sobald ihre Gedanken sich vom Schlaf klärten, war, dass sie nichts gegessen hatten. Sie presste eine Hand auf ihren Magen. „Abendessen?"

Er sah sie lange genug an, um zu beobachten, wie sie ihr Haar aus dem Gesicht schüttelte. Es fiel wellig über ihre Schultern und auf ihren Rücken. Während er beobachtete, musste er den Drang unterdrücken, ihr Haar zu berühren. „Ich möchte noch heute Abend über die Grenze."

Sie hörte es in seiner Stimme – die Spannung, die Verärgerung. Blanche wusste nicht, wodurch es ausgelöst worden war, und wollte es im Moment auch gar nicht wissen. Stattdessen hob sie eine Augenbraue. Wenn er es eilig hatte, nach Oklahoma zu kommen, und gewillt war, dafür bis in die Nacht hinein zu fahren, war das seine Sache. Sie hatte einen der Schränke hinten im Campingbus für solche Situationen mit einigen unentbehrlichen Dingen ausgestattet.

Es war fast drei Uhr nachts. Sidney hatte bereits die Erfahrung, dass in diesen frühen Morgenstunden der Verstand am hilflosesten war. Der Campingbus war dunkel und still, auf einem kleinen Campingplatz gleich hinter der Grenze von Oklahoma abgestellt.

Während der ersten Monate nach seiner Rückkehr aus Kambodscha hatte Sidney den Traum regelmäßig gehabt. Im Laufe der Jahre war er dann immer seltener gekommen. Oft konnte Sidney sich selbst wecken und gegen den Traum ankämpfen, bevor er voll einsetzte. Aber jetzt, auf diesem winzigen Campingplatz in Oklahoma, war er machtlos.

Er wusste, dass er träumte. In dem Moment, als die Gestalten begannen, Form anzunehmen, begriff Sidney, dass es nicht wirklich war – dass es nicht mehr länger wirklich war. Das hielt jedoch nicht die Panik oder den Schmerz auf. Der Sidney Colby im Traum würde genau das alles durchexerzieren, was er vor vielen Jahren durchlitten hatte und zu dem gleichen Ende gelangen. Und in dem Traum gab es keine weichen Linien, keine Nebelschleier, die die Wirkung milderten.

Er sah es genauso, wie es passierte, bei kräftigem Sonnenschein:

Sidney kam aus dem Hotel und trat zusammen mit Dave, seinem Assistenten, auf die Straße. Zwischen ihnen trugen sie ihr gesamtes Gepäck und die Ausrüstung. Sie kehrten heim. Nach vier Monaten harter, oftmals gefährlicher Arbeit in einer zerrissenen Stadt, verwüstet und rauchend, kehrten sie heim. Sidney dachte, dass sie jetzt Schluss machten – aber er hatte schon früher Schluss machen wollen. Jeder zusätzliche Tag vergrößerte das Risiko, nicht mehr rauszukommen. Doch es hatte immer noch ein Foto gegeben, das sie machen mussten. Und es hatte Sung Lee gegeben.

Sie war so jung, so begeistert, so klug gewesen. Als Kontaktperson in der Stadt war sie unschätzbar gewesen. Und privat war sie für Sidney genauso unschätzbar gewesen. Nach einer rauen, hässlichen Scheidung von seiner Frau, die mehr Glamour und weniger Realität wollte, hatte Sidney den langen, fordernden Auftrag gebraucht. Und er hatte Sung Lee gebraucht.

Sie war hingebungsvoll und süß und stellte keine Forderungen. Als er mit ihr ins Bett ging, hatte Sidney endlich den Rest der Welt abblocken und sich entspannen können. Das einzige Bedauern, das in seiner Heimkehr lag, war, dass Sung Lee ihr Land nicht verlassen wollte.

Als sie auf die Straße traten, dachte Sidney an sie. Sie hatten sich schon am Vorabend voneinander verabschiedet, aber er dachte an sie. Hätte er es nicht getan, würde er etwas geahnt haben? Das hatte er sich in den folgenden Monaten Hunderte Male gefragt.

Die Stadt war ruhig, aber es war nicht friedlich. Die in der Luft liegende Spannung konnte jederzeit ausbrechen. Wer immer die Stadt verlassen wollte, tat es in Eile. Morgen oder übermorgen konnten die Tore bereits geschlossen sein. Sidney sah sich noch ein letztes Mal um, als sie auf ihren Wagen zugingen. Ein letztes Foto, dachte er, von der Ruhe vor dem Sturm.

Ein paar sorglose Worte zu Dave, und er war allein, stand am Randstein und zog seine Kamera aus der Tasche. Er lachte, als Dave fluchte und sich auf dem Weg zu dem Wagen mit dem Gepäck abmühte. Nur noch ein letztes Foto. Wenn er das nächste Mal seine Kamera hob, um auf den Auslöser zu drücken, sollte das auf amerikanischem Boden sein.

„Hey, Colby!" Jung, grinsend, stand Dave neben dem Wagen. Er sah wie ein Collegestudent auf Frühjahrsferien aus. „Wie wäre es mit einem Foto eines zukünftigen preisgekrönten Fotografen auf seinem Weg raus aus Kambodscha?"

Lachend hob Sidney seine Kamera und erfasste seinen Assistenten im Sucher. Er erinnerte sich genau, wie Dave ausgesehen hatte. Blond, sonnengebräunt, mit einem schiefen Schneidezahn und einem ausgebleichten USC-T-Shirt.

Er machte die Aufnahme. Dave drehte den Schlüssel im Schloss.

„Auf nach Hause!", rief sein Assistent in dem Augenblick, bevor der Wagen explodierte.

„Sidney, Sidney!" Mit hämmerndem Herzen schüttelte Blanche ihn. „Sidney, wach auf! Es ist nur ein Traum!" Er packte sie, hart genug, dass es blaue Flecken geben würde, aber sie sprach weiter auf ihn ein. „Sidney, ich bin es, Blanche. Du hast nur geträumt. Nur geträumt. Wir sind in Oklahoma, in deinem Campingbus. Sidney!" Sie legte ihre Hände an sein Gesicht und fühlte, wie kalt und feucht die Haut war. „Nur ein Traum", sagte sie ruhig. „Versuch dich zu entspannen. Ich bin ja da."

Er atmete zu schnell. Sidney fühlte, wie er nach Luft rang, und zwang sich zur Ruhe. Himmel, war ihm kalt! Er fühlte die Wärme von Blanches Haut unter seinen Händen, hörte ihre Stimme, ruhig, leise, besänftigend. Mit einem Fluch ließ er sich wieder fallen und wartete darauf, dass das Zittern aufhörte.

„Ich bringe dir Wasser."

„Scotch."

„Nun gut." Das Mondlicht war hell genug. Sie fand einen Plastikbecher und die Flasche und schenkte ein. Hinter sich hörte sie das Zischen seines Feuerzeugs und das Knistern, als Papier und Tabak Feuer fingen. Als Blanche sich umdrehte, saß er auf der Pritsche, den Rücken gegen die Seitenwand des Campingbusses gelehnt. Sie hatte keine Erfahrung mit dem Trauma, das Sidney verfolgte, aber sie wusste, wie man Nerven beruhigte. Sie reichte ihm den Drink und setzte sich neben ihn, ohne zu fragen. Sie wartete, bis er den ersten Schluck genommen hatte.

„Besser?"

Er nahm noch einen Schluck, einen größeren. „Ja."

Sie berührte seinen Arm nur leicht, aber der Kontakt war hergestellt. „Erzähl es mir."

Er wollte nicht darüber sprechen, nicht mit irgendjemandem, nicht mit ihr. Noch während sich die Ablehnung in seinem Kopf formte, verstärkte sie den Griff an seinem Arm.

„Wir werden uns beide besser fühlen, wenn du es tust, Sidney …" Sie musste erneut warten, diesmal darauf, dass er sich umwandte und sie ansah. Ihr Herzschlag war jetzt ruhiger, und wie ihre Finger so an seinem Handgelenk lagen, auch der seine. Aber auf seiner Haut lag noch immer ein dünner Schweißfilm. „Nichts wird besser oder vergeht, wenn du es zurückhältst."

Er hatte es jahrelang zurückgehalten. Es war nie verschwunden. Vielleicht würde es das auch nie. Möglicherweise lag es an dem ruhigen Verständnis in ihrer Stimme oder an der späten Stunde, jedenfalls ertappte er sich beim Reden.

Er erzählte ihr von Kambodscha, und obwohl seine Stimme flach klang, sah sie es genau wie er. Dieses Land, reif für die Explosion, zerbröckelnd, zornig. Lange, monotone Tage, von Momenten des Schreckens unterbrochen. Er erzählte ihr, wie er widerstrebend einen Assistenten angenommen und dann gelernt hatte, den jungen, frisch vom College kommenden Mann zu mögen und zu schätzen. Und Sung Lee.

„Wir trafen sie in einer Bar, in der sich die meisten Journalisten aufhielten. Erst viel später ging mir auf, wie passend das Zusammentreffen war. Sie war zwanzig, schön, traurig. Fast drei Monate lang gab sie uns Tipps, die sie angeblich von einer Cousine erhielt, die in der Botschaft arbeitete."

„Warst du in sie verliebt?"

„Nein." Er zog an seiner Zigarette, bis nur noch der Filter übrig war. „Aber sie bedeutete mir etwas. Ich wollte ihr helfen. Und ich vertraute ihr."

Er ließ seine Zigarette in einen Aschenbecher fallen und konzentrierte sich auf seinen Drink. Die Panik war verschwunden. Er hatte es nie für möglich gehalten, darüber ruhig zu sprechen, ruhig denken zu können. „Die Lage verschärfte sich, und das Magazin beschloss, seine Leute abzuziehen. Wir wollten nach Hause. Wir kamen aus dem Hotel, und ich blieb stehen, um noch ein paar Aufnahmen zu machen. Wie ein Tourist." Er fluchte und trank den Rest von seinem Scotch. „Dave war als Erster am Wagen, in dem eine Bombe versteckt war."

„Wie schrecklich." Sie rückte näher zu ihm.

„Er war dreiundzwanzig. Hatte ein Foto von dem Mädchen bei sich, das er heiraten wollte."

„Es tut mir leid." Sie lehnte den Kopf gegen seine Schulter, schlang den Arm um ihn. „Es tut mir so leid."

Er wappnete sich gegen die Flut von Mitgefühl. Er war nicht dafür bereit. „Ich versuchte, Sung Lee zu finden. Sie war fort, ihr Apartment war leer. Es stellte sich heraus, dass ich ihr Auftrag gewesen war. Die Gruppe, für die sie arbeitete, hatte Informationen durchsickern lassen, damit ich nachlässig wurde und ihr vertraute. Sie wollten eine Erklärung abgeben, indem sie einen wichtigen amerikanischen Reporter in die Luft jagten. Sie haben mich verfehlt. Ein Assistent auf seinem ersten Überseeauftrag erzeugte nicht genug Aufsehen durch seinen Tod. Der Junge starb für nichts."

„Du gibst dir die Schuld. Das darfst du nicht."

„Er war noch ein Kind. Ich hätte auf ihn aufpassen müssen."

„Wie?“ Sie drehte sich so, dass sie einander ansehen konnten. Seine Augen waren dunkel, kalte Wut und Frustration spiegelten sich in ihnen. Sie würde nie den Ausdruck seiner Augen in diesem Moment vergessen. „Wie?“, wiederholte sie. „Wärst du nicht stehen geblieben, um diese Fotos zu machen, wärst du mit ihm zusammen in den Wagen gestiegen. Er wäre trotzdem tot.“

„Ja.“ Plötzlich überdrüssig, strich Sidney sich mit den Händen über das Gesicht. Die Spannung war abgeflaut, nicht jedoch die Bitterkeit. Vielleicht war er der Bitterkeit überdrüssig.

„Sidney …“

Diesmal hatte sie seine Hand in der ihren gefangen. „Du hast getan, was du tun musstest.“

Er wollte nicht, dass sie ihn reinwusch, aber sie spülte seine Schuld weg. Er hatte so viel gesehen – zu viel – von der dunklen Seite der menschlichen Natur. Sie bot ihm das Licht. Es lockte ihn, und es erschreckte ihn.

„Ich werde die Dinge nie so sehen wie du“, murmelte er. Nach kurzem Zögern verschlang er seine Finger mit den ihren. „Ich werde nie so tolerant sein.“

Verwirrt runzelte sie die Stirn, während sie einander ansahen. „Nein, das wirst du wirklich nicht sein. Ich glaube auch nicht, dass du es sein musst.“

„Ich habe keine Geduld und nur sehr wenig Mitgefühl.“

Sah er sich denn seine eigenen Fotos nicht an? Sah er in ihnen nicht die sorgfältig abgeschirmten Gefühle? Aber sie sagte nichts, sondern ließ ihn behaupten, was immer er für nötig fand.

„Ich habe aufgehört, an Vertrautheit zu glauben, an echte Vertrautheit und Beständigkeit zwischen zwei Menschen. Schon vor langer Zeit. Aber ich glaube an Ehrlichkeit.“

Sie hätte sich vor ihm zurückziehen sollen. Etwas in seiner Stimme warnte sie, aber sie blieb, wo sie war. Ihre Körper waren einander nahe. Sie fühlte seinen stetigen Herzschlag, während der ihre zu rasen begann. „Ich glaube, dass Beständigkeit bei manchen Menschen funktioniert.“ War das ihre Stimme, fragte sie sich. So ruhig, so praktisch. „Ich habe nur aufgehört, für mich selbst danach zu suchen."

Hatte er das nicht hören wollen? Sidney blickte auf ihre miteinander verschlungenen Hände hinunter und fragte sich, wieso ihre Worte ihn nicht befriedigten. „Dann ist es also klar, dass keiner von uns irgendwelche Versprechungen will oder braucht."

Blanche öffnete den Mund und staunte, dass sie widersprechen wollte. Sie schluckte. „Keine Versprechungen", brachte sie hervor. Sie musste nachdenken, brauchte Abstand, um das zu schaffen. Sie lächelte bewusst. „Ich glaube, wir beide könnten Schlaf brauchen."

Er verstärkte den Griff an ihrer Hand, als sie sich von ihm lösen wollte. Ehrlichkeit, hatte er gesagt. Obwohl ihm die Worte nicht leicht fielen, hatte er gesagt, was er meinte. Er sah sie eine Weile an. Das Mondlicht übergoss ihr Gesicht und warf einen Schatten auf ihre Augen. Ihre Hand in seiner war ruhig. Ihr Puls war es nicht.

„Ich brauche dich, Blanche."

Es gab so viele Dinge, die er hätte sagen können, und auf alle hätte sie eine Antwort gehabt. Begehren … nein, Begehren war nicht genug. Das hatte sie ihm schon erklärt. Forderungen konnte man zurückweisen oder abtun.

Brauchen. Brauchen war tiefer, wärmer, stärker. Brauchen war genug.

Er bewegte sich nicht. Er wartete. Während sie ihn ansah, erkannte Blanche, dass er es ihr überließ, ob sie den nächsten Schritt auf ihn zu oder weg von ihm machte. Die Möglichkeit zu wählen. Er war ein Mann, der selbst wählen wollte, aber auch fähig war, es anderen zuzugestehen. Wie konnte er wissen, dass sie keine Möglichkeit zu wählen mehr hatte, nicht von dem Moment an, als er gesprochen hatte.

Langsam entzog sie ihm die Hand. Genauso langsam hob sie beide Hände an sein Gesicht und senkte ihren Mund auf den seinen. Mit offenen Augen teilten sie einen langen, ruhigen Kuss, der gleichzeitig anbot und nahm.

Sie bot an, mit ihren Händen leicht auf seiner Haut. Sie nahm, mit ihrem Mund, warm und bestimmt. Sidney akzeptierte. Und gab. Und dann vergaßen sie beide die Regeln.

Ihre Lider senkten sich flatternd, ihre Lippen öffneten sich. Ohne zu überlegen, zog Sidney sie an sich, bis ihre Körper sich aneinander drängten. Sie widerstrebte ihm nicht, sondern folgte ihm, als er von der Pritsche auf den Teppich glitt.

Das hatte sie gewollt – den Triumph und die Schwäche, von ihm berührt zu werden. Sie hatte die Freude erleben wollen, sich selbst gehen zu lassen, ihren Sehnsüchten die Freiheit zu schenken. Mit seinem verlangenden Mund an ihren Lippen brauchte sie nicht nachzudenken, brauchte sie nicht zurückzuhalten, was sie ihm so verzweifelt hatte schenken wollen. Nur ihm.

Nimm mehr. Die Forderungen ihres Körpers beeinflussten das Denken. Nimm alles. Sie fühlte, wie Sidney den weiten Ausschnitt ihres Nachthemdes herunterzog, bis ihre Schulter nackt und seinem Mund ausgeliefert war. Noch mehr. Sie strich mit den Händen seinen Rücken hinauf, der warm war von der Nachtluft, die durch die Fenster hereinstrich.

Sidney war kein unkomplizierter Liebhaber. Aber hatte sie das nicht gewusst? Er kannte keine Geduld. Hatte er ihr das nicht gesagt? Sie hatte es vorher gewusst, aber jetzt spürte sie, dass sie bei Sidney nie zum Entspannen kommen würde. Er trieb sie voran, schnell, gründlich. Während sie all das erfuhr, hatte sie keine Zeit, Empfindungen zu genießen. Und die verschiedensten Empfindungen bestürmten sie.

Vielleicht war es ihr Stöhnen, das ihn verharren ließ, obwohl er zur Eile angetrieben wurde. Sie war so schlank, so glatt. Das Mondlicht strömte herein, sodass er sehen konnte, wo ihre Sonnenbräune in blassere, verletzbarere Haut überging. Früher hätte er sich von Verletzbarkeit abgewandt, da er die Gefahren kannte. Jetzt zog sie ihn an, Verletzbarkeit und Sanftheit. Ihr Duft war da, haftete an der Unterseite ihrer Brust, wo er ihn nicht nur riechen, sondern auch schmecken konnte. Sexy, verlockend, zart. Der Duft war genau wie sie, und Sidney war verloren.

Er fühlte, wie seine Kontrolle nachgab, wie sie ihm entglitt. Gnadenlos holte er sie sich wieder. Sie mochten sich in dieser Nacht einmal lieben oder auch hundert Mal, aber er würde die Kontrolle behalten. Genau wie jetzt, dachte er, als sie sich ihm entgegenbog. Wie er sich selbst versprochen hatte, die Kontrolle immer zu behalten. Er wollte Blanche antreiben, aber er wollte sich nicht, konnte sich nicht von ihr treiben lassen.

Er zog das Nachthemd weiter herunter und erforschte erbarmungslos jeden Zentimeter von ihr. Er wollte für keinen von ihnen Erbarmen zeigen. Blanche konnte schon nicht mehr denken, und er wusste es. Ihre Haut war heiß und wurde durch die Hitze irgendwie weicher, ihr Duft verstärkte sich. Er konnte seine hungrigen Küsse mit weit offenem Mund überallhin wandern lassen, wohin er nur wollte.

Ihre Hände waren frei. Energie und Leidenschaft tobten gemeinsam in ihr. Sie taumelte über den ersten Gipfel, atemlos und stark. Jetzt konnte sie berühren, jetzt konnte sie ihn in Raserei versetzen, ihn aufreizen, ihn schwachmachen. Sie bewegte sich rasch und forderte, während er Hingabe erwartet hatte. Es passierte zu plötzlich, zu hektisch, als dass er sich dagegen hätte wappnen können. Sogar während sie auf den nächsten Gipfel zujagte, fühlte sie die Veränderung in ihm.

Er konnte es nicht aufhalten. Sie erlaubte ihm nicht, nur zu nehmen, ohne zu geben. Seine Gedanken verschwammen. Obwohl er versuchte, sie zu klären, darum kämpfte, sich selbst zurückzuhalten, verführte sie ihn. Nicht seinen Körper. Den hätte er ihr rückhaltlos gegeben. Sie verführte seinen Verstand, bis er völlig von ihr erfüllt war. Emotion durchströmte ihn. Sauber, heiß, stark.

7. KAPITEL

Sie waren beide sehr vorsichtig. Weder Blanche noch Sidney wollten etwas sagen, das der andere missverstehen könnte. Sie hatten sich geliebt, und für jeden von ihnen war es intensiver, bedeutungsvoller gewesen als alles, was sie je zuvor erfahren hatten. Sie hatten Regeln aufgestellt, und für jeden von ihnen war die Notwendigkeit, sich daran zu halten, bestimmend.

Was zwischen ihnen geschehen war, hatte sie beide mehr als nur ein wenig überwältigt und wachsamer gemacht als je zuvor.

Für eine Frau wie Blanche, die gewöhnt war zu sagen, was sie wollte, und zu tun, was ihr gefiel, war es nicht einfach, vierundzwanzig Stunden am Tag wie auf rohen Eiern zu gehen. Aber sie beide hatten sich ganz klar festgelegt, bevor sie sich liebten, ermahnte sie sich. Keine Komplikationen, keine Bindungen. Keine Versprechungen. Beide hatten sie einmal in der wichtigsten aller Beziehungen versagt, der Ehe. Warum sollte einer von ihnen einen erneuten Fehlschlag riskieren?

Sie reisten durch Oklahoma und widmeten einen ganzen Tag einem Kleinstadt-Rodeo. Blanche hatte nichts so sehr genossen seit den Feiern zum 4. Juli, die sie in Kansas gesehen hatten. Sie genoss es, den heißen Wettbewerb zu beobachten, den Kampf Mann gegen Tier und Mann gegen Mann und die Uhr. Dann fuhren sie weiter.

Blanche hatte von sogenannten Ein-Pferd-Städten gehört, aber auf nichts passte diese Bezeichnung besser als auf die Ansammlung von Häusern direkt hinter der Grenze zwischen Oklahoma und Texas. Alles wirkte staubig und von der Hitze ausgebleicht. Selbst die Gebäude sahen müde aus. Vielleicht war der Staat durch Öl und Wachstum reich geworden, aber diese kleine Ecke hatte es verschlafen.

Gewohnheitsmäßig nahm Blanche ihre Kamera mit, als sie aus dem Campingbus stieg, um ihre Beine zu strecken. Während sie um den Bus herumging, gaffte der dünne junge Tankwart sie an. Sidney sah den Jungen starren und Blanche lächeln, bevor er in den kleinen, von Ventilatoren gekühlten Laden hinter den Zapfsäulen ging.

Blanche fand einen winzigen eingezäunten Garten auf der anderen Straßenseite. Eine Frau in einem baumwollenen Hauskleid und einer ausgebleichten Schürze begoss den einzigen farbenfrohen Fleck ein Beet mit Stiefmütterchen entlang des Hauses. Das Gras war gelb, von der Sonne verbrannt, aber die Blumen waren saftig und üppig. Vielleicht waren sie alles, was die Frau brauchte, um zufrieden zu sein. Der Zaun brauchte dringend einen Anstrich, und die Fliegengittertür des Hauses hatte mehrere kleine Löcher, aber die Blumen waren ein leuchtender, fröhlicher Kontrast. Die Frau lächelte, während sie sie begoss.

Dankbar hob Blanche die Kamera, in die sie einen Farbfilm eingelegt hatte. Sie wollte das sonnengebleichte Holz des Hauses und den verdorrten Rasen einfangen, beides als Gegensatz zu diesem Beet der Hoffnung.

Unzufrieden veränderte sie erneut ihren Standpunkt. Das Licht war gut, die Farben perfekt, aber das Bild war falsch. Warum? Sie trat zurück, nahm noch einmal alles in sich auf und stellte sich die einzig wichtige Frage. Was fühle ich?

Dann hatte sie es. Die Frau war nicht nötig, nur die Illusion von ihr. Ihre Hand mit der Gießkanne, nicht mehr. Sie konnte irgendeine Frau sein, irgendwo, die Blumen brauchte, um ihr Heim zu vervollständigen. Es waren die Blumen und die Hoffnung, die sie symbolisierten, die wichtig waren, und das war es, was Blanche letztlich aufnahm.

Sidney kam mit einer Papiertüte aus dem Laden heraus. Er sah, wie Blanche auf der anderen Straßenseite mit Blickwinkeln experimentierte. Er hatte nichts dagegen zu warten, stellte die Tüte in den Campingbus, holte die erste kalte Dose heraus, ehe er sich an den Tankwart wandte, um das Benzin zu bezahlen. Der Tankwart war so damit beschäftigt, Blanche zu beobachten, dass er kaum den Tankverschluss aufsetzen konnte.

„Hübscher Campingbus“, bemerkte er, aber Sidney glaubte nicht, dass er ihn auch nur eines Blickes gewürdigt hatte.

„Danke.“ Er ließ seinen eigenen Blick dem des Jungen folgen, bis er auf Blanche gerichtet war. Er musste lächeln. Sie war schon eine große Ablenkung in diesem Hauch von Stoff, den sie Shorts nannte. Diese Beine, dachte er. Sie schienen an der Taille zu beginnen und nicht aufzuhören. Jetzt wusste er, wie empfindsam sie sein konnten – in der Kniekehle, gleich oberhalb des Knöchels, an der warmen glatten Haut am Ansatz des Schenkels.

„Fahren Sie und Ihre Frau noch weit?“

„Hmm?“ Sidney hatte den Tankwart nicht mehr beachtet, so fasziniert war er von Blanche.

„Sie und die Gattin“, wiederholte der Junge und zählte das Wechselgeld. „Fahren Sie weit?“

„Dallas“, murmelte Sidney. „Sie ist nicht …“ Er wollte den Fehler des Jungen über ihre Beziehung korrigieren, stockte jedoch. Die Gattin. Es war ein altmodisches Wort und irgendwie ansprechend. Es spielte kaum eine Rolle, ob ein Junge in einer Grenzstadt glaubte, Blanche würde zu ihm gehören. „Danke“, sagte er abwesend, stopfte das Wechselgeld in seine Tasche und ging zu ihr.

„Gutes Timing“, erklärte sie ihm, als sie ihm entgegenkam. Sie trafen sich in der Mitte der Straße.

„Etwas gefunden?“

„Blumen.“ Sie lächelte und vergaß die gnadenlose Sonne. Wenn sie tief genug einatmete, konnte sie die Blumen über dem Staub riechen. „Blumen, wo sie eigentlich nicht hingehörten. Ich glaube, es ist …“ Der Rest der Worte blieb ihr in der Kehle stecken, als er die Hand ausstreckte und ihr Haar berührte.

Er berührte sie sonst nie, nicht einmal auf eine völlig beiläufige Weise. Es sei denn, sie liebten sich, und dann geschah es nie beiläufig. Es gab nie ein leichtes Aneinanderstreichen von Händen, nie einen sanften Druck. Nichts. Bis jetzt, mitten auf der

Straße zwischen einem verdorrten Garten und einer schmutzigen Tankstelle.

„Du bist so schön. Manchmal überwältigt es mich."

Was konnte sie sagen? Er sprach nie sanfte Worte aus. Jetzt waren sie wie eine zärtliche Berührung. Seine Augen waren so dunkel, als er die Finger an ihre Wange legte. Sie hatte keine Ahnung, was er sah, während er sie betrachtete, was er fühlte. Sie hätte niemals gefragt. Vielleicht gab er ihr zum ersten Mal die Gelegenheit, aber sie konnte nicht sprechen, konnte ihn nur anstarren.

Er hätte ihr vielleicht gesagt, dass er Ehrlichkeit sah, Freundlichkeit, Stärke. Er hätte ihr vielleicht gesagt, dass er Verlangen verspürte, das weit über die Grenzen hinausging, die er zwischen sich und dem Rest der Welt errichtet hatte. Hätte Blanche ihn gefragt, hätte er ihr vielleicht gesagt, dass sie in seinem Leben eine Veränderung bewirkte, die er nun nicht mehr aufhalten konnte.

Zum ersten Mal beugte er sich zu ihr herunter und küsste sie mit untypischer Zärtlichkeit. Der Moment erforderte es, obwohl er nicht sicher war, warum. Die Sonne war heiß und sengend, die Straße staubig, und der Geruch von Benzin war durchdringend. Aber der Moment erforderte Zärtlichkeit von ihm. Er gab sie und war überrascht, dass er es in sich hatte, etwas anzubieten.

„Ich fahre", murmelte er, als er seine Hand in die ihre schob. „Es ist ein weiter Weg nach Dallas."

Seine Gefühle hatten sich verändert. Nicht für die Stadt, in die sie fuhren, sondern für die Frau neben ihm. Dallas hatte sich verändert, seit er hier gelebt hatte, aber Sidney wusste aus Erfahrung, dass die Stadt sich ständig zu verändern schien. Obwohl er nur kurz hier gelebt hatte, war scheinbar täglich ein neues Gebäude über Nacht gewachsen. Hotels, Bürogebäude schossen hoch, wo immer sie Platz fanden, und es schien unerschöpflich viel Platz in Dallas zu geben. Die Architektur neigte sich dem Futuristischen zu Glas, Spiralen, Spitztürme. Aber man brauchte nie lange zu suchen, um diese einzigartige Atmosphäre des Südwestens zu finden. Männer trugen Cowboyhüte genauso lässig wie dreiteilige Anzüge.

Sie hatten sich auf ein Innenstadthotel geeinigt, weil man von dort aus zu Fuß die Dunkelkammer erreichen konnte, die sie für zwei Tage gemietet hatten. Während der eine mit der Kamera unterwegs war, stand dem anderen die Ausrüstung zum Entwickeln und Vergrößern zur Verfügung. Dann wollten sie sich abwechseln.

Blanche blickte beinahe ehrfürchtig an dem Hotel hoch, vor dem sie vorfuhren. Fließendes Warmwasser, Daunenkissen. Room Service. Sie stieg aus und begann, ihren Anteil an Gepäck und Ausrüstung auszuladen.

„Ich kann es kaum erwarten", sagte sie, während sie noch einen Koffer ins Freie hob und Schweiß über ihren Rücken laufen fühlte. „Ich werde in der Badewanne versinken. Ich werde vielleicht sogar darin schlafen."

Sidney holte sein Stativ aus dem Wagen, dann das ihre. „Willst du deine eigene?"

„Meine eigene?" Sie schlang den Riemen der ersten Kameratasche über ihre Schulter.

„Wanne."

Sie blickte auf und begegnete seinem ruhigen, fragenden Blick. Er nahm wohl kaum an, dass sie ein Hotelzimmer miteinander teilten, wie sie den Campingbus geteilt hatten. Sie mochten ein Liebespaar sein, aber das Fehlen von Bindung zwischen ihnen war noch immer sehr, sehr deutlich. Ja, sie waren übereingekommen, dass es keine Versprechungen geben würde, aber vielleicht war es Zeit, dass sie den ersten Schritt tat. Sie lächelte.

„Kommt darauf an."

„Worauf?"

„Ob du einverstanden bist, mir den Rücken zu waschen."

Er schenkte ihr eines seiner seltenen, spontanen Lächeln, als er den Rest ihres Gepäcks ergriff. „Klingt vernünftig."

Fünfzehn Minuten später ließ Blanche ihre Koffer in ihrem Hotelzimmer fallen. Genauso nachlässig warf sie ihre Schuhe dazu. Sie machte sich nicht die Mühe, zum Fenster zu gehen und nach draußen zu sehen. Das hatte Zeit bis später. Es gab einen anderen vitalen Aspekt des Zimmers, der sofortige Aufmerksamkeit erforderte. Sie ließ sich der Länge nach auf das Bett fallen.

„Himmlisch“, seufzte sie und schloss wohlig die Augen. „Absolut himmlisch.“

„Stimmt was nicht mit deiner Pritsche im Campingbus?“ Sidney verstaute seine Ausrüstung in einer Ecke, bevor er die Vorhänge aufzog.

„Überhaupt nicht. Aber es liegen Welten zwischen einer Pritsche und einem Bett.“ Sie rollte sich auf den Rücken und streckte sich diagonal auf der Überdecke aus. „Siehst du? So was kann man einfach nicht auf einer Pritsche machen.“

Er warf ihr einen nachsichtigen Blick zu, während er seinen Koffer öffnete. „Und du wirst es auch nicht auf einem Bett machen können, wenn du es mit mir teilst.“

Wie wahr, dachte sie, während sie zusah, wie er methodisch auspackte. Sie warf ihrem eigenen Koffer einen abwesenden Blick zu. Er konnte warten. Mit der gleichen Begeisterung, mit der sie sich hatte fallen lassen, sprang Blanche wieder auf. „Ein heißes Bad“, sagte sie und verschwand im Badezimmer.

Sidney legte sein Rasierzeug auf die Kommode, als er das Wasser laufen hörte. Er hielt einen Moment inne und lauschte. Blanche begann schon zu summen. Die Verbindung dieser Geräusche war seltsam intim – die leise Stimme einer Frau, das Plätschern von Wasser. Merkwürdig, dass ihn etwas so Schlichtes zum Brennen brachte.

Vielleicht war es ein Fehler gewesen, nur ein Zimmer zu nehmen. Das war nicht das Gleiche wie der Campingbus. Hier hätten sie die Wahl gehabt, eine Chance auf Abgeschiedenheit und Abstand. Noch bevor der Tag vorüber war, würden Blanches Sachen überall im Zimmer verstreut sein. Es sah ihm nicht ähnlich, Unordnung zuzulassen. Dennoch hatte er es getan.

Er blickte auf und sah sich selbst im Spiegel, ein dunkler Mann mit einem schlanken Körper und einem schmalen Gesicht. Augen ein wenig zu hart, Mund ein wenig zu empfindsam. Er war zu sehr an sein eigenes Spiegelbild gewöhnt, um sich zu fragen, was Blanche sah, wenn sie ihn betrachtete. Er sah einen Mann, der ein wenig müde wirkte und eine Rasur brauchte. Und er wollte sich nicht fragen, obwohl er sich selbst betrachtete wie ein Künstler sein Objekt –, ob er einen Mann sah, der bereits einen unwiderruflichen Schritt in Richtung Veränderung getan hatte.

Sidney betrachtete sein Gesicht, das vor dem Hintergrund des Hotelzimmers reflektiert wurde. Gleich neben der Tür standen Blanches Sachen und ihre Schuhe. Flüchtig fragte er sich, falls er jetzt seine Kamera nahm und sein Spiegelbild und das des Zimmers und der Koffer hinter ihm aufnahm, was für ein Foto er dann bekommen würde. Und ob er fähig sein würde, es zu verstehen. Er schüttelte die Stimmung ab, durchquerte den Raum und betrat das Bad.

Sie wandte ihm den Kopf zu, aber das war alles. Obwohl ihr der Atem stockte, als er hereinkam, hielt Blanche sich still. Diese Art von Intimität war neu und machte sie verletzbar. Es war dumm, aber sie wünschte sich eine Schaumschicht, um etwas Geheimnisvolles an sich zu haben.

Sidney lehnte sich gegen das Waschbecken und betrachtete sie. Falls sie vorhatte, sich zu waschen, ließ sie sich damit Zeit. Das kleine Seifenstück lag eingewickelt in der Schale, während sie nackt in der Wanne lag. Ihm wurde bewusst, dass er sie zum ersten Mal richtig bei Licht nackt sah. Ihr Körper war eine einzige lange ansprechende Linie. Das Bad war klein und von Dampf vernebelt. Er wollte sie. Sidney fragte sich, ob ein Mann an Verlangen sterben konnte.

„Wie ist das Wasser?“, fragte er sie.

„Heiß.“ Blanche ermahnte sich, entspannt und natürlich zu

sein. Das Wasser, das sie besänftigt hatte, fing an, sie jetzt zu erregen.

„Gut." Ruhig begann er, sich auszuziehen.

Blanche hatte nie gesehen, wie er sich auszog. Sie hatten sich stets an ihre unausgesprochenen strengen Regeln gehalten. Wenn sie campierten, zog sich jeder von ihnen in den Duschen um. Seit sie zum Liebespaar geworden waren, waren sie am Ende des Tages dem Drang erlegen, sich selbst und einander in dem dunklen Campingbus auszuziehen, während sie sich bereits liebten. Jetzt konnte sie zum ersten Mal zusehen, wie ihr Liebhaber lässig seinen Körper vor ihr entblößte.

Sie wusste, wie er aussah. Ihre Hände hatten es erfühlt. Aber es war eine ganz andere Erfahrung, die Formen und Umrisse zu sehen. Athletisch, dachte sie, in der Art eines Läufers. Eines Hürdenläufers. Das passte wohl noch besser. Sidney wartete stets auf die nächste Hürde und war bereit, sie zu überspringen.

Er legte seine Kleider ordentlich auf das Waschbecken, sagte jedoch nichts, als er über ihre Kleider steigen musste, die Blanche einfach hatte fallen lassen.

„Du hast etwas davon gesagt, dass ich dir den Rücken waschen soll", bemerkte er, während er sich hinter ihr in die Wanne gleiten ließ. Dann fluchte er etwas über die Temperatur des Wassers. „Kochst du gern beim Baden ein paar Lagen Haut weg?"

Sie lachte, entspannte sich und rückte sich zurecht, um sich ihm anzupassen. Als sein Körper sich an ihrem rieb und Haut über Haut glitt, fand sie, dass kleine Wannen schon etwas für sich hatten. Zufrieden schmiegte sie sich an ihn zurück, was ihn zuerst überraschte, dann freute.

„Wir sind beide etwas lang geraten", sagte sie, während sie ihre Beine neu ordnete. „Aber es hilft, dass wir beide schlank sind."

„Iss ruhig weiter." Er gab dem Verlangen nach, einen Kuss auf ihren Kopf zu drücken. „Früher oder später muss es ansetzen."

„Hat es noch nie." Sie strich mit ihrer Hand an seinem Schenkel hoch, vom Knie beginnend. Es war ein Leichtes, lässiges Streicheln, bei dem sich sein Innerstes zusammenzog.

Sidney griff nach der Seife und wickelte sie aus. „Willst du morgen in der Dunkelkammer die erste Schicht, Blanche?“, wollte er wissen.

„Mhmm.“ Sie beugte sich vor und streckte sich, während er die schäumende Seife über ihren Rücken gleiten ließ.

„Du kannst sie von acht bis zwölf haben.“

Sie wollte gegen die frühe Stunde protestieren, gab dann aber nach. Manche Dinge änderten sich nie. „Was wirst du …“ Die Frage ging in ein Seufzen über, als er mit der Seife um ihre Taille herum und zu ihrem Hals hinauf strich. „Ich lasse mich gern verwöhnen.“

Ihre Stimme war schläfrig, doch dann fuhr er mit einem seifigen Finger über ihre Brustspitze und fühlte das rasche Schaudern. Er strich mit der Seife in ständigem Kreisen über sie, tiefer, noch tiefer, bis jeder Gedanke an Entspannen vorbei war. Abrupt drehte sie sich um, sodass er unter ihr gefangen war, ihren Mund auf den seinen gepresst. Ihre Hände streichelten ihn, trieben ihn an den Abgrund, bevor er eine Chance hatte, sich dagegen zu wappnen.

„Blanche …“

„Ich liebe es, dich zu berühren.“ Sie glitt tiefer, bis ihr Mund über seine Brust streichen konnte, Haut und Wasser schmeckte. Sie knabberte, lauschte auf das Hämmern seines Herzens, rieb dann ihre Wange an seiner feuchten Haut, nur um zu fühlen, nur um zu erforschen. Sie fühlte, wie er bebte und einen Moment still lag. Wann hatte er sich das letzte Mal lieben lassen, fragte sie sich. Vielleicht ließ sie ihm diesmal keine andere Wahl.

„Sidney.“ Sie ließ die Hände wandern, um ihm Lust zu schenken. „Komm mit mir ins Bett.“ Bevor er antworten konnte, erhob sie sich. Während das Wasser von ihr strömte, lächelte sie auf ihn herunter und zog langsam die Klammern aus ihrem Haar. Als es frei fiel, schüttelte sie es nach hinten, dann griff sie nach einem Handtuch.

Sie wartete, bis er aus der Wanne gestiegen war, dann nahm sie ein anderes Handtuch und rieb ihn damit ab. Er erhob keinen Einwand, aber sie fühlte, wie er eine emotionale Abwehr aufbaute. Nicht dieses Mal, dachte sie. Dieses Mal sollte es anders sein.

Während sie ihn abtrocknete, beobachtete sie seine Augen. Sie konnte seine Gedanken nicht lesen, sie konnte nicht wissen, was er hinter dem offensichtlichen Verlangen noch an Gefühlen verbarg. Für jetzt war es genug. Sie ergriff seine Hand und ging zum Bett.

Diesmal würde sie ihn lieben. Ganz gleich wie stark, wie drängend das Begehren war, sie wollte ihm zeigen, was er sie fühlen ließ. Langsam, ihre Arme bereits um ihn geschlungen, ließ sie sich auf das Bett sinken. Als die Matratze nachgab, fand ihr Mund den seinen.

Das Verlangen brannte in ihm. Doch diesmal war Sidney unfähig zu fordern, unfähig, das Tempo zu bestimmen. Sie verwöhnte ihn. Ihre Lippen liebkosten ihn auf eine träge, sinnliche Weise. Er erfuhr, dass mit ihr die Leidenschaft Schicht um Schicht aufgebaut werden konnte, bis es nichts anderes mehr gab. Sie dufteten beide nach dem gemeinsamen Bad, nach der Seife, mit der er sie eingeschäumt hatte. Sie atmete diesen Duft genießerisch ein, während sie ihn langsam zum Wahnsinn trieb.

Es war Genuss genug, Sidney in dem Sonnenschein des späten Nachmittags zu sehen. Keine Dunkelheit jetzt, keine Schatten. Sie hatte nicht einmal gewusst, dass sie Liebe bei Licht, frei und ohne Schranken, mochte. Seine Schultern waren noch feucht. Sie sah den Wasserfilm auf ihnen, konnte ihn schmecken. Als ihre Lippen sich trafen, konnte sie den Ausdruck seiner Augen beobachten und dort das Verlangen sehen, das widerspiegelte, was in ihr pulsierte. Darin waren sie gleich, sagte sie sich. Darin, wenn schon in sonst nichts, verstanden sie einander.

Und als er sie berührte, als sie sah, wie sein Blick dem Pfad seiner Hand folgte, erbebte sie. Verlangen, seines und ihres, prallten aufeinander, ließen sie erschauern.

Sidney holte sie näher an sich, brauchte sie. Dich, dachte er benommen, als ihre Körper verschmolzen und ihre Gedanken sich miteinander verbanden.

8. KAPITEL

In Malibu waren sie am Strand getrennte Wege gegangen. In Galveston waren sie nach zwei Stunden Arbeit Hand in Hand an der Küste entlanggeschlendert. Eine Kleinigkeit für viele Leute, überlegte Blanche, jedoch nicht für sie beide.

Jedes Mal, wenn sie sich liebten, schien es dabei mehr zu geben. Sie wusste nicht, was es war, aber sie stellte es nicht infrage. Es war Sidney, mit dem sie zusammen sein wollte, mit dem sie lachen, mit dem sie sprechen wollte. Täglich entdeckte sie etwas Neues, etwas anderes an dem Land und seinen Leuten. Sie entdeckte es zusammen mit Sidney. Vielleicht war das die ganze Antwort, die sie brauchte.

Sie waren im lauten, rauen New Orleans gewesen. Schwitzende Trompeter auf der Bourbon Street, Händler, die sich auf dem Farmers Market Kühlung zufächelten, Künstler und Touristen auf dem Jackson Square.

Von da aus reisten sie nördlich nach Mississippi für einen Hauch von Juli im tiefen Süden. Hitze und Feuchtigkeit. Große kühle Drinks und kostbarer Schatten. Das Leben war anders hier. In den Städten schwitzten Männer in weißen Hemden und mit gelockerten Krawatten. In den ländlichen Gegenden arbeiteten Farmer unter der drückenden Sonne. Aber sie bewegten sich langsamer als die Farmer im Norden oder Westen. Vielleicht kam es von den Temperaturen über vierzig Grad, vielleicht war es auch nur die Lebensweise.

Kinder nahmen ihr Privileg für sich in Anspruch und trugen so gut wie gar nichts am Leib. Ihre Körper waren gebräunt und feucht und staubig. In einem Stadtpark machte Blanche eine Nahaufnahme von einem grinsenden Jungen mit mahagonifarbener Haut, der sich in einem Brunnen abkühlte.

Die Kamera hatte ihn nicht eingeschüchtert. Als Blanche ihn anpeilte, lachte er und kreischte, während das Wasser über ihn strömte, weiß und kühl.

In einer Kleinstadt nordwestlich von Jackson stolperten sie über ein Baseballspiel der Jugendliga. Es war kein besonderes Spielfeld, und die Zuschauertribüne sah aus, als würde sie nicht mehr als fünfzig Leute gleichzeitig aufnehmen, aber Blanche und Sidney fuhren von der Straße und parkten zwischen einem Pick-up und einem rostigen Pkw.

„Das ist großartig.“ Blanche griff nach ihrer Kameratasche.

„Du riechst doch nur die Hotdogs.“

„Das auch“, stimmte sie bereitwillig zu. „Aber das hier ist der Sommer. Vielleicht gehen wir in New York zu einem Spiel der Yankees, aber hier und heute bekommen wir bessere Bilder.“ Sie hakte sich bei ihm unter, bevor er zu weit weggehen konnte. „Ich behalte mir die Beurteilung der Hotdogs vor.“

Sidney machte einen langen, weiten Rundblick. Die Leute hatten sich verteilt, saßen auf dem Gras, auf Klappstühlen, auf den Zuschauerbänken. Sie jubelten, beschwerten sich, tratschten und schütteten kalte Drinks in sich hinein. Er war ziemlich sicher, dass hier alle einander beim Namen oder vom Sehen kannten. Er beobachtete einen alten Mann mit einer Baseballmütze, der lässig eine Prise Tabak ausspuckte, ehe er den Schiedsrichter beschimpfte.

„Ich werde ein wenig herumwandern“, entschied Sidney, weil er einen Platz auf den Zuschauerbänken für den Moment zu einengend fand.

„Okay.“ Blanche hatte sich ebenfalls umgesehen und fand, dass die Zuschauerbänke der Punkt waren, auf den sich ihre Aufmerksamkeit richten musste.

Sie trennten sich, und Sidney näherte sich dem alten Mann, der bereits seine Aufmerksamkeit erregt hatte. Blanche ging zu den Bänken, von denen sie und die Zuschauer einen guten Blick auf das Spiel hatten.

Die Spieler trugen weiße Hosen, schon staubig und mit Grasflecken, dazu hellrote oder blaue Hemden mit den aufgestickten Namen der Teams. Viele Spieler waren zu klein für die Kleidung, und die Handschuhe wirkten riesengroß. Manche trugen Noppenschuhe, andere Turnschuhe. Einige ließen wie wahre Profis Baseballhandschuhe aus ihren Gesäßtaschen baumeln.

Es waren die Mützen, fand Blanche, die etwas über die Persönlichkeit der Einzelnen aussagten. Der eine trug sie fest sitzend oder nach hinten geschoben, der andere verwegen ins Gesicht gezogen. Sie wollte eine Aufnahme der Action, etwas, das die Farbe und die Persönlichkeiten mit dem Sport an sich zusammenbrachte. Solange sich nichts für sie anbot, begnügte Blanche sich damit, einen Schnappschuss von einem der Spieler zu machen, der sich die Zeit damit vertrieb, mit seinem Kaugummi Blasen zu machen.

Sie rutschte auf der Tribüne eine Stufe höher und versuchte es mit ihrem Teleobjektiv. Besser, fand sie, und freute sich darüber, dass der Spieler ein Gesicht voller Sommersprossen hatte. Über ihr ließ jemand seinen Kaugummi schnalzen und pfiff, während der Schiedsrichter für einen Schlag entschied.

Blanche senkte ihre Kamera und ließ sich von dem Spiel fesseln. Wenn sie die Atmosphäre darstellen wollte, musste sie sie zuerst fühlen. Es war mehr als das Spiel, fand sie. Es war das Gefühl der Gemeinschaft. Als die Spieler mit den Schlägern aufmarschierten, riefen die Leute in der Menge sie beim Namen und machten beiläufige Bemerkungen, die von persönlicher Bekanntschaft zeugten.

Eltern waren zu dem Spiel von der Arbeit gekommen, Großeltern hatten auf ein frühes Abendessen verzichtet, und Nachbarn zogen das Spiel einem Abend mit Fernsehen vor. Sie hatten ihre Favoriten und scheuten sich nicht, für sie Stimmung zu machen.

Die nächste Spielerin interessierte Blanche hauptsächlich, weil sie ein ausnehmend hübsches Mädchen von etwa zwölf Jahren war. Auf den ersten Blick hätte Blanche sie viel eher an eine Ballettstange als auf ein Spielfeld gestellt. Als das Mädchen jedoch den Schläger packte und in Position ging, hob Blanche ihre Kamera. Das war sehenswert.

Blanche fing sie beim ersten Schwung eines Schlages ein. Obwohl die Menge stöhnte, war Blanche von dem Fluss der Bewegung begeistert. Sie mochte nur ein Spiel der Jugendliga in einer halbwegs vergessenen Stadt in Mississippi fotografieren, aber sie dachte an ihre Studioarbeit mit der Primaballerina. Die Spielerin ging in Position für den nächsten Schlag, und Blanche ging in Position für das nächste Foto. Sie wurde ungeduldig, als sie zwei Bälle abwarten musste.

„Niedrig und draußen", hörte sie jemanden neben sich murmeln. Sie konnte nur daran denken, dass sie das Bild verlor, wenn das Mädchen jetzt ging.

Dann kam der Ball, zu schnell für Blanche, um seine Platzierung zu beurteilen, aber das Mädchen tat einen festen Schlag und jagte los, und unter Einsatz des Filmtransportmotors folgte Blanche ihr auf ihrem Lauf um das Feld. Als sie die Runde vollendete, zielte Blanche auf ihr Gesicht. Ja, Maria würde diesen Gesichtsausdruck verstehen, dachte Blanche. Anspannung, Entschlossenheit und purer Wille zu siegen. Blanche fing sie ein, wie sie in einer Staubwolke ihr Ziel erreichte.

„Wundervoll!" Sie senkte so begeistert die Kamera, dass sie nicht einmal merkte, dass sie laut gesprochen hatte. „Einfach wundervoll!"

„Ja, das ist unser Mädchen."

Abwesend blickte Blanche zu dem Paar neben ihr. Die Frau war in ihrem Alter, vielleicht ein oder zwei Jahre älter. Sie strahlte. Der Mann neben ihr grinste mit einem Kaugummi im Mund.

Vielleicht hatte sie nicht richtig gehört. Die beiden waren so jung. „Sie ist Ihre Tochter?"

„Unsere Älteste." Die Frau schob ihre Hand in die ihres Mannes. Blanche sah die beiden schlichten Eheringe. „Hier laufen noch drei von uns herum, aber die interessieren sich mehr für den Imbissstand als für das Spiel."

„Nicht unsere Carey." Der Vater blickte zu seiner Tochter hinüber. „Sie ist voll dabei."

„Sie haben hoffentlich nichts dagegen, dass ich sie fotografiere."

„Nein." Die Frau lächelte erneut. „Wohnen Sie in der Stadt?"

Das war eine höfliche Art herauszufinden, wer sie war. Blanche zweifelte nicht daran, dass die Frau jeden im Umkreis von zehn Meilen kannte. „Nein, ich bin auf Reisen. Ich bin freischaffende Fotografin, im Auftrag von LIFE-STYLE unterwegs. Vielleicht haben Sie schon von dem Magazin gehört."

„Sicher." Der Mann deutete mit einem Kopfnicken auf seine Frau, während er den Blick auf das Spiel gerichtet hielt. „Sie kauft es jeden Monat."

Blanche holte eine Veröffentlichungsgenehmigung aus ihrer Tasche und erklärte ihr Interesse daran, Careys Foto zu benützen. Obwohl sie sich kurz hielt und leise sprach, verbreitete sich die Nachricht auf der Tribüne. Blanche musste Fragen beantworten und mit der Neugierde fertig werden. Um alles auf die einfachste Weise zu lösen, kletterte sie von der Tribüne, wechselte zu einem Weitwinkelobjektiv und machte ein Gruppenbild. Keine schlechte Studie, fand sie, aber sie wollte nicht die nächste Stunde damit verbringen, dass Leute für sie posierten. Um den Baseballfans Gelegenheit zu geben, ihre Aufmerksamkeit wieder auf das Spiel zu lenken, wanderte sie zu dem Imbissstand.

„Glück gehabt?"

Sie drehte den Kopf und sah Sidney, der sich zu ihr gesellte. „Ja. Und du?"

Er nickte und lehnte sich gegen die Theke des Standes. Es gab keine Erleichterung von der Hitze, obwohl die Sonne sich senkte. Die Nacht versprach, genauso schwül zu werden wie der Tag. Sidney bestellte zwei große Drinks und zwei Hotdogs.

„Weißt du, was ich jetzt möchte?", fragte sie und begann, ihren Hotdog unter Relish zu begraben.

„Eine Schaufel?"

Sie ignorierte ihn und häufte Senf obenauf. „Ein langes kühles Bad in einem gewaltigen Pool und danach einen eisgekühlten Margarita."

„Erst einmal musst du dich mit dem Fahrersitz des Campingbusses zufriedengeben. Du bist dran."

Sie zuckte die Schultern. Ein Job war ein Job. „Hast du vorhin dieses Mädchen gesehen?" Sie gingen über die unebene Wiese zu dem Bus.

„Das Kind, das wie ein Geschoss gerannt ist?"

„Ja. Ich saß neben den Eltern auf der Tribüne. Sie haben vier Kinder."

„Und?"

„Vier Kinder", wiederholte sie. „Und ich würde schwören, die Frau war nicht älter als dreißig. Wie machen die Leute das?"

„Frag mich das später, und ich zeige es dir."

Lachend rammte sie ihm den Ellbogen in die Seite. „Das habe ich nicht gemeint – obwohl mir die Idee gefällt. Was ich meine, da ist dieses Paar – jung, attraktiv. Man merkte, dass sie einander sogar mögen."

„Erstaunlich."

„Sei nicht zynisch", befahl sie, als sie die Tür des Campingbusses öffnete. „Eine Menge Paare mögen einander nicht, besonders mit vier Kindern, einer Hypothek und zehn oder zwölf Ehejahren auf dem Buckel."

„Und wer ist jetzt zynisch?"

Sie setzte zum Sprechen an und runzelte stattdessen die Stirn. „Ich bin es wahrscheinlich", überlegte sie und startete den Motor. „Vielleicht habe ich mir eine Welt ausgesucht, die meinen Blickwinkel verzerrt hat, aber wenn ich ein glücklich verheiratetes Paar mit etlichen vorweisbaren Erfolgen sehe, bin ich beeindruckt."

„Es ist auch beeindruckend." Sorgfältig verstaute er seine Kameratasche unter dem Armaturenbrett. „Und nun fahr los!"

9. KAPITEL

Sie nahmen eine Scheibe von Tennessee mit – Nashville, Chattanooga –, fingen die östliche Ecke von Arkansas ein – Berge und Legenden, und fuhren durch Twains Missouri nach Kentucky hinauf. Dort fanden sie Tabakblätter, Berglorbeer, Fort Knox und die Mammoth Cave, doch wenn Blanche an Kentucky dachte, dachte sie an Pferde. Kentucky, das waren schlanke, schimmernde Vollblüter, die auf saftigem Gras weideten. Sie dachte an langbeinige Fohlen, die über weite Wiesen liefen, und kraftvolle Rennpferde auf der Strecke von Churchill Downs.

Als sie den Staat Richtung Louisville durchquerten, sah sie viel mehr. Saubere Vorstadthäuser umgaben die größeren und die kleineren Städte, wie sie das in jedem Staat des ganzen Landes taten. Farmen erstreckten sich über viele Morgen – Tabak, Pferde, Getreide. Großstädte ragten auf mit ihren geschäftigen Bürogebäuden und ihren viel befahrenen Straßen. So viel war gleich wie im Westen und im Süden, und doch war so viel anders.

„Daniel Boone und die Cherokees", murmelte Blanche, als sie wieder einen langen, monotonen Highway befuhren.

„Was?" Sidney blickte von der Landkarte auf, die er gerade überprüfte. Wenn Blanche fuhr, schadete es nicht, die Richtung im Auge zu behalten.

„Daniel Boone und die Cherokees", wiederholte Blanche. Sie beschleunigte, um ein Wohnmobil zu überholen, das am Heck mit Fahrrädern und an der Front mit Angelruten zusätzlich beladen war. Wohin fahren sie, fragte sie sich. Woher kommen sie? „Mir kam der Gedanke, dass es vielleicht die Geschichte eines Ortes ist, die ihn von anderen unterscheidet. Vielleicht ist es auch das Klima oder die Topografie."

Sidney betrachtete wieder die Landkarte und überschlug die Zeit und die Entfernung. Er schenkte dem hinter ihnen dahinrollenden Wohnmobil nicht mehr als einen flüchtigen Gedanken. „Ja."

Blanche lächelte genervt. Eins und eins ergab für Sidney immer zwei. „Aber die Menschen sind grundsätzlich gleich, findest du nicht? Wenn du einen Querschnitt durch das Land nimmst und eine Umfrage veranstaltest, würdest du herausfinden, dass die meisten Menschen das Gleiche wollen. Ein Dach über dem Kopf, einen guten Job, ein paar Wochen Urlaub im Jahr."

„Blumen im Garten?"

„Na schön, ja." Sie zuckte sorglos die Schultern. „Ich glaube, die Wünsche der meisten Menschen sind reichlich einfach. Italienische Schuhe und eine Reise nach Barbados kommen vielleicht noch dazu, aber die grundsätzlichen Dinge berühren doch jedermann. Gesunde Kinder, Ersparnisse, ein Steak auf dem Grill."

„Du hast so eine Art, die Dinge zu vereinfachen, Blanche."

„Vielleicht, aber ich sehe auch keinen Grund, sie zu komplizieren."

Interessiert legte er die Landkarte weg und wandte sich ihr zu. Vielleicht hatte er vermieden, tiefer in sie vorzudringen aus Angst, was er entdecken könnte. Aber jetzt, hinter seiner Sonnenbrille, waren seine Augen direkt. Genau wie seine Frage. „Was willst du?"

„Ich ..." Sie zögerte einen Moment und runzelte die Stirn, während sie den Campingbus um eine lange Kurve zog. „Ich weiß nicht, was du meinst."

Er glaubte, dass sie es wusste, aber letztlich machte sie doch immer wieder Ausflüchte. „Ein Dach über dem Kopf, ein guter Job? Sind das für dich die wichtigsten Dinge?"

Vor zwei Monaten hätte sie vielleicht die Schultern gezuckt und zugestimmt. Ihr Job kam an erster Stelle und gab ihr alles, was sie brauchte. So hatte sie es geplant, so hatte sie es gewollt. Jetzt war sie sich dessen nicht mehr sicher. Seit sie L A. verlassen hatte, hatte sie zu viel gesehen, zu viel gefühlt. „Ich habe diese Dinge", sagte sie ausweichend. „Natürlich will ich sie."

„Und?"

Sie rutschte unbehaglich auf ihrem Sitz. Sie hatte nicht gewollt, dass sich ihre müßigen Spekulationen über den Sinn des Lebens gegen sie richteten. „Ich würde eine Reise nach Barbados nicht ablehnen."

Er lächelte nicht, wie sie das gehofft hatte, sondern betrachtete sie weiterhin hinter dem Schutz der dunklen Gläser. „Du vereinfachst noch immer."

„Ich bin ein einfacher Mensch."

Ihre Hände lagen leicht und sicher am Lenkrad, ihr Haar war zu dem üblichen Zopf geflochten. Sie trug kein Make-up, eine ausgebleichte abgeschnittene Jeans und ein zwei Nummern zu großes T-Shirt. „Nein", entschied er nach einem Moment. „Du bist kein einfacher Mensch. Du tust nur so."

Sofort vorsichtig, schüttelte sie den Kopf. Seit ihrem Ausbruch in Mississippi hatte Blanche es geschafft, kühlen Kopf zu bewahren und sich davor zu bewahren, zu tief nachzudenken. „Du bist ein komplizierter Mensch, Sidney, und du siehst Komplikationen, wo keine sind."

Sie wünschte sich, sie könnte seine Augen sehen. Sie wünschte sich, sie könnte die Gedanken hinter ihnen sehen.

„Ich weiß, was ich sehe, wenn ich dich betrachte, und das ist nicht einfach."

Sie zuckte sorglos die Schultern, aber ihr Körper hatte begonnen, sich zu verkrampfen. „Ich bin leicht zu durchschauen."

Er korrigierte sie mit einem kurzen präzisen Wort, das er ruhig aussprach. Blanche blinzelte einmal und richtete dann ihre ganze Aufmerksamkeit auf die Straße. „Nun, ich stecke sicher nicht voller Geheimnisse."

Tatsächlich nicht? Sidney beobachtete, wie die dünnen Goldringe an ihren Ohren baumelten. „Ich frage mich, was du denkst, wenn du neben mir liegst, nachdem wir uns geliebt haben – in diesen Minuten nach der Leidenschaft und vor dem Schlaf. Ich frage mich das oft."

Sie fragte sich das auch. „Nachdem wir uns geliebt haben", erwiderte sie mit einer leidlich sicheren Stimme, „habe ich Schwierigkeiten, überhaupt zu denken."

Diesmal lächelte er. „Du bist immer weich und schläfrig“, murmelte er und brachte sie zum Beben. „Und ich frage mich, was ich zu hören bekäme, wenn du deine Gedanken laut aussprächest.“

Dass ich mich in dich verlieben könnte. Dass uns jeder Tag zusammen einen Tag näher an das Ende heranbringt. Dass ich mir nicht vorstellen kann, wie mein Leben sein wird, wenn ich dich nicht habe, um dich zu berühren, um mit dir zu sprechen. Das waren ihre Gedanken, aber sie sagte nichts.

Sie hat ihre Geheimnisse, dachte Sidney. Genau wie er. „Eines Tages, bevor das alles vorbei ist, wirst du sie mir sagen.“

Er drängte sie in eine Ecke ... Blanche fühlte es, wusste aber nicht, warum. „Habe ich dir nicht schon genug gesagt?“

„Nein.“ Er gab dem Wunsch nach, der ihn immer häufiger heimsuchte, und berührte ihre Wange. „Bei Weitem nicht.“

Sie versuchte zu lächeln, musste sich jedoch räuspern, um zu sprechen. „Das ist eine gefährliche Unterhaltung, wenn ich mit sechzig Meilen in der Stunde auf einem Interstate Highway fahre.“

„Das ist eine gefährliche Unterhaltung in jedem Fall.“ Langsam zog er seine Hand zurück. „Ich will dich, Blanche. Ich kann dich nicht ansehen, ohne dich zu wollen.“

Sie verfiel in Schweigen, nicht weil er Dinge sagte, die sie nicht hören wollte, sondern weil sie nicht mehr wusste, wie sie damit fertig werden sollte – und mit ihm. Hätte sie gesprochen, hätte sie vielleicht zu viel gesagt und das Band zerrissen, das begonnen hatte, sich zwischen ihnen zu formen. Sie konnte es ihm nicht sagen, aber es war ein Band, das sie wollte.

Er wartete darauf, dass sie sprach, sehnte sich danach, dass sie etwas sagte, nachdem er so gut wie die Grenze überschritten hatte, die sie zu Beginn gezogen hatten. Risiko. Er war eines eingegangen. Konnte sie das nicht erkennen? Sehnsucht. Er sehnte sich nach ihr. Konnte sie das nicht fühlen? Doch sie schwieg, und der Schritt nach vorn wurde zu einem Schritt zurück.

„Deine Ausfahrt kommt gleich“, sagte er, griff nach der Karte und faltete sie sorgfältig. Blanche wechselte die Spur, verlangsamte das Tempo und verließ den Highway.

Kentucky hatte Blanche an Pferde denken lassen. Pferde führten sie beide nach Louisville und von Louisville nach Churchill Downs. Das Derby war schon lange vorbei, aber es gab Rennen, und es gab Menschenmengen. Wenn sie in ihre Betrachtung über den Sommer in Amerika auch die Menschen einbeziehen wollten, die einen Nachmittag bei Rennen und Wetten verbrachten, wohin sonst sollten sie fahren?

Sobald Blanche die Rennstrecke erblickte, sah sie Dutzende von Motiven. Kathedralartige Gewölbe und saubere weiße Gebäude verliehen der Hektik eine ruhige Eleganz. Die Rennbahn war der Mittelpunkt, ein langes Oval aus festgepacktem Sand. Um sie herum erhoben sich Tribünen. Blanche wanderte herum und fragte sich, was für eine Art von Mensch hierher – oder auf irgendeine andere Rennstrecke – kommen würde, um zwei Dollar oder zweihundert auf ein Rennen zu setzen, das nur Minuten dauerte. Erneut fand sie Vielfalt.

Da war der Mann mit geröteten Armen und verschwitztem T-Shirt, der sich eifrig über einen Wettschein beugte, und ein anderer in lässig eleganter Anzughose, der an irgendetwas Kühlem in einem Kelchglas nippte. Sie sah Frauen in unaufdringlich teuren Kleidern mit Feldstechern in den Händen und Familien, die ihre Kinder zum Sport der Könige ausführten. Da war ein Mann mit grauem Hut und Tätowierungen auf beiden Armen und ein Junge, der auf den Schultern seines Vaters lachte.

Sie und Sidney waren bei Baseballspielen, Tennismatches und Rennen querfeldein im Land gewesen. Stets sah sie Gesichter in der Menge, die nichts miteinander gemeinsam hatten als das Spiel. Die Spiele waren erfunden und in Industrien verwandelt worden. Das war ein interessanter Aspekt der menschlichen Natur. Aber Menschen hielten die Spiele am Leben, sie wollten unterhalten werden, sie wollten am Wettkampf teilnehmen.

Sie entdeckte einen Mann, der gegen die Brüstung lehnte und

ein Rennen verfolgte, als hinge sein Leben vom Ausgang ab. Sein Körper war angespannt, sein Gesicht feucht. Sie erwischte ihn im Profil.

Bei einem raschen Rundblick entdeckte sie eine Frau in einem blassrosa Kleid und mit Sommerhut, die das Rennen beiläufig verfolgte, distanziert wie eine Kaiserin bei einem Wettbewerb im Kolosseum. Blanche hielt sie im Bild fest, während die Menge beim Zieleinlauf tobte.

Sidney lehnte mit einer Hüfte an der Brüstung, er schoss die Pferde in verschiedenen Positionen rings um die Rennstrecke und schloss mit dem letzten Satz über die Ziellinie ab. Davor hatte er die Tafel mit den Quoten aufgenommen, auf der Zahlen aufblitzten und lockten. Jetzt wartete er darauf, bis die Ergebnisse angezeigt wurden, und richtete seine Kamera erneut darauf.

Bevor die Rennen vorüber waren, erblickte Sidney Blanche an dem Zwei-Dollar-Schalter. Mit ihrer um den Hals hängenden Kamera und ihrem Wettschein in der Hand kehrte sie zu den Tribünen zurück.

„Hast du denn gar keine Willenskraft?“, fragte er sie.

„Nein.“ Sie fand einen Automaten und bot Sidney einen Schokoriegel an, der in der Hitze bereits weich wurde. „Außerdem, im nächsten Rennen gibt es ein Pferd namens ‚Shade‘.“ Als Sidney die Augenbrauen hob, grinste sie. „Wie konnte ich da widerstehen?“

Er wollte ihr sagen, dass sie albern war. Er wollte ihr sagen, dass sie unerträglich süß war. Stattdessen zog er ihre Sonnenbrille über ihre Nase herunter, bis er ihre Augen sehen konnte. „Welche Nummer hat das Pferd?“

„Sieben.“

Sidney warf einen Blick auf die Tafel mit den Quoten und schüttelte den Kopf. „Fünfunddreißig zu eins. Wie hast du gewettet?“

„Auf Sieg natürlich.“

Er ergriff sie am Arm und führte sie wieder zur Brüstung.

„Deinen zwei Dollar kannst du Lebewohl winken, Hitzkopf."

„Oder ich kann siebzig gewinnen." Blanche schob ihre Brille wieder an ihren Platz. „Dann führe ich dich zum Dinner aus. Wenn ich verliere", fuhr sie fort, während die Pferde in die Startboxen geführt wurden, „habe ich immer noch eine Kreditkarte. Ich kann dich trotzdem zum Dinner ausführen."

„Abgemacht", erklärte Sidney, als die Glocke erklang.

Blanche beobachtete, wie die Pferde losjagten. Sie waren fast schon an der ersten Kurve, als sie Nummer sieben an dritter Stelle von hinten entdeckte. Sie blickte auf und sah Sidney den Kopf schütteln.

„Gib ihn noch nicht auf."

„Wenn du auf einen Außenseiter setzt, Liebste, musst du bereit sein zu verlieren."

Ein wenig verlegen über seinen beiläufigen Gebrauch des Kosewortes, wandte sie sich wieder dem Rennen zu. Sidney sprach sie selten mit ihrem Namen an, noch seltener mit einer dieser reizend intimen Bezeichnungen. Ein Außenseiter, stellte sie im Stillen fest. Aber sie war absolut nicht sicher, ob sie bereit war zu verlieren, wie sie das hätte sein sollen. „Er holt auf", sagte sie hastig, als Nummer sieben drei Pferde mit langen, harten Sätzen überholte. Selbstvergessen beugte sie sich über die Brüstung und lachte. „Schau es dir an! Er holt auf."

Sie hob ihre Kamera und benützte das Teleobjektiv wie einen Feldstecher. „Himmel, ist das Pferd schön", murmelte sie. „Ich wusste nicht, dass es so schön ist."

Während sie das Pferd beobachtete, vergaß sie das Rennen, den Wettbewerb. Es war schön. Sie sah den Jockey tief gebeugt reiten, ein verwischter Farbfleck mit einem eigenen Stil, aber es war das Pferd mit seinen angespannten Muskeln und den trommelnden Beinen, das sie faszinierte. Es wollte gewinnen, sie konnte es fühlen. Ganz gleich, wie viele Rennen es verloren hatte, wie oft es schwitzend in die Ställe zurückgeführt worden war, es wollte gewinnen.

Hoffnung. Sie fühlte es, hörte jedoch nicht mehr den Aufschrei der Menge um sie herum. Das Pferd, das sich anstrengte, um die Anführer des Feldes zu überholen, hatte die Hoffnung nicht verloren. Es glaubte, dass es gewinnen konnte, und wenn man nur fest genug glaubte … In einem letzten Spurt ging es an dem führenden Pferd vorbei und überquerte die Ziellinie wie ein Champion.

„Hol mich der Teufel“, murmelte Sidney. Er bemerkte plötzlich, dass er seinen Arm um Blanches Schultern gelegt hatte, während sie zusahen, wie der Sieger seine Siegesrunde mit langen, gleichmäßigen Bewegungen drehte.

„Schön.“ Ihre Stimme war leise und belegt.

„Hey.“ Sidney hob ihr Kinn an, als er die Tränen in ihrer Stimme hörte. „Es war nur eine Zwei-Dollar-Wette.“

Sie schüttelte den Kopf. „Das Pferd hat es geschafft. Es wollte gewinnen, und es hat einfach nicht aufgegeben, bis es gewonnen hat.“

Sidney fuhr behutsam mit einem Finger über ihre Nase. „Hast du schon einmal etwas von einem Glückstreffer gehört?“

„Ja.“ Schon etwas gefasster, nahm sie seine Hand in ihre Hände. „Und das hier hatte nichts damit zu tun.“

Für einen Moment betrachtete er sie, senkte dann mit einem Kopfschütteln seinen Mund auf den ihren, leicht, süß. „Und das von einer Frau, die behauptet, einfach zu sein.“

Und glücklich, dachte sie, während ihre Finger sich mit den seinen verschlangen. Lächerlich glücklich. „Holen wir meinen Gewinn ab.“

„Es hat da ein Gerücht gegeben“, begann er, während sie sich ihren Weg über die Tribüne bahnten, „dass du mich zum Dinner einlädst.“

„Ja, davon habe ich auch gehört.“

Blanche war eine Frau, die Wort hielt. An diesem Abend, als die Blitze eines Sommergewitters über den Himmel zuckten und der Donner grollte, betraten sie ein ruhiges, gedämpft erleuchtetes Restaurant.

„Leinenservietten“, murmelte Blanche Sidney zu, während sie an einen Tisch geführt wurden.

Er lachte an ihrem Ohr, als er ihr den Stuhl zurechtrückte. „Du lässt dich leicht beeindrucken.“

„Wie wahr“, stimmte sie zu, „aber ich habe seit Juni keine Leinenserviette mehr gesehen.“ Sie nahm ihre Serviette von dem Teller und ließ sie durch ihre Hände gleiten. Das Leinen war glatt und schwer. „Hier drinnen gibt es keinen Vinylstuhl und keine Kunststofflampe. Es wird auch keine kleinen Plastikbehälter mit Ketchup geben.“ Augenzwinkernd klopfte sie mit einem Finger gegen den Teller und ließ ihn erklingen. „Versuch das mit Pappe.“

Sidney beobachtete, wie sie als Nächstes das Wasserglas ausprobierte. „Und das alles höre ich von der Königin des Fast Foods?“

„Eine beständige Diät mit Hamburgern ist in Ordnung, aber ich mag auch mal Abwechslung. Nehmen wir Champagner“, entschied sie, als der Kellner an den Tisch kam. Sie warf einen Blick auf die Karte, traf ihre Wahl und wandte sich wieder an Sidney.

„Du hast soeben deinen Gewinn für eine Flasche zum Fenster hinausgeworfen.“

„Wie gewonnen, so zerronnen.“ Sie stützte ihr Kinn auf ihre Hände und lächelte ihn an. „Habe ich schon gesagt, dass du bei Kerzenschein wunderbar aussiehst?“

„Nein.“ Amüsiert beugte auch er sich vor. „Sollte das nicht ich sagen?“

„Vielleicht, aber du hattest es offenbar nicht eilig, damit herauszurücken. Außerdem habe ich dich eingeladen. Allerdings …“ Sie warf ihm einen trägen Blick zu. „Falls du irgendetwas Schmeichelhaftes sagen willst, wäre ich bestimmt nicht beleidigt.“

Lässig fuhr sie mit einem Finger über seinen Handrücken, worauf er sich fragte, wieso sich auch nur ein einziger Mann über die Segnungen der Emanzipation der Frau beschwerte. Es war bestimmt nichts Schlimmes, mit Speis und Trank versorgt zu werden. Es würde auch nicht schlimm sein, sich zu entspannen und sich verführen zu lassen. Desgleichen, fand Sidney, als er ihre Hand an seine Lippen hob, konnte man nichts gegen Partnerschaft einwenden.

„Ich könnte sagen, dass du immer zauberhaft aussiehst, aber heute Abend …" Er ließ seinen Blick über ihr Gesicht wandern. „Heute Abend raubst du mir den Atem."

Für einen Moment verlegen, ließ sie ihre Hand in der seinen liegen. Wie konnte er so etwas so ruhig, so unerwartet sagen? Und wie konnte sie, die an lässige, folgenlose Komplimente von Männern gewöhnt war, mit einem fertig werden, das so ernsthaft wirkte? Vorsichtig, warnte sie sich. Sehr vorsichtig.

„Wenn das so ist, muss ich öfters Lippenstift benützen."

Mit einem raschen Lächeln küsste er erneut ihre Finger. „Du hast vergessen, welchen aufzulegen."

„Oh." Sprachlos starrte Blanche ihn an.

„Madam?" Der Weinkellner hielt ihr die Champagnerflasche hin, Etikett nach oben.

„Ja." Sie atmete ruhig aus. „Ja, sehr gut."

Während sie Sidney unverwandt ansah, hörte sie, wie der Korken dem Druck nachgab und der Champagner in ihr Glas sprudelte. Sie nippte, schloss die Augen, um zu genießen. Dann nickte sie und wartete, bis der Kellner beide Gläser gefüllt hatte. Gefasster hob Blanche ihr Glas und lächelte Sidney zu.

„Worauf?"

„Auf einen Sommer", sagte er und ließ die Gläser klingen. „Auf einen faszinierenden Sommer."

Ihre Lippen lächelten, und ihre Augen reflektierten das Lächeln, während sie nippte. „Ich hatte eigentlich erwartet, dass es schrecklich langweilig sein würde, mit dir zu arbeiten."

„Tatsächlich." Sidney ließ den Champagner einen Moment auf seiner Zunge ruhen. „Und ich habe erwartet, dass du eine richtige Nervensä…"

„Wie auch immer", unterbrach sie ihn trocken. „Ich war froh, dass mein Vorurteil sich nicht bestätigt hat.“ Sie wartete einen Moment. „Und deines?“

„Meines hat sich bestätigt“, sagte er leichthin und lachte, als sie die Augen schmal zusammenzog. „Aber ich hätte dich bei Weitem nicht so genossen, wäre es anders gewesen.“

„Dein anderes Kompliment hat mir besser gefallen“, murmelte sie und griff nach der Speisekarte. „Aber da du mit Komplimenten sehr knauserig umgehst, muss ich wohl nehmen, was ich bekomme.“

„Ich sage nur, was ich meine.“

„Ich weiß.“ Sie schob ihren Stuhl zurück, während sie die Speisekarte überflog. „Aber ich … oh, sieh nur, sie haben Schokoladenmousse.“

„Die meisten Leute fangen mit der Vorspeise an.“

„Ich arbeite lieber verkehrt herum. Dann kann ich abschätzen, wie viel ich essen will, und immer noch Platz für Dessert haben.“

„Ich kann mir nicht vorstellen, dass du irgendetwas mit Schokolade ablehnst.“

„Recht hast du.“

„Ich verstehe allerdings immer noch nicht, wie du dermaßen in dich hineinschaufeln kannst, ohne fett zu werden.“

„Ich habe einfach Glück.“ Sie lächelte ihn über die offene Speisekarte hinweg an. „Hast du denn keine Schwächen, Sidney?“

„Doch.“ Er sah sie an, bis sie erneut verlegen wurde. „Ein paar.“ Und eine dieser Schwächen, dachte er, während er ihre Augen beobachtete, wird immer akuter.

„Möchten Sie jetzt bestellen?“

Zerstreut blickte Blanche zu dem höflichen Kellner auf. „Wie bitte?“

„Möchten Sie jetzt bestellen?“, wiederholte er. „Oder wollen Sie noch etwas warten?“

„Die Lady nimmt Schokoladenmousse“, sagte Sidney ruhig.

„Ja, Sir.“ Ungerührt notierte es der Kellner. „Ist das alles?“

„Noch lange nicht“, erklärte Sidney und griff erneut nach seinem Glas. Lachend arbeitete Blanche sich durch die Speisekarte.

„Ich bin voll bis oben hin", entschied Blanche über eine Stunde später, während sie durch den hart peitschenden Regen fuhren. „Absolut voll."

Sidney fuhr über eine gelbe Ampel. „Dir beim Essen zuzusehen, ist ein erstaunlicher Zeitvertreib."

„Wir sind hier, um uns zu unterhalten", sagte sie leicht. In ihren Sitz zurückgekuschelt, mit Champagner, der sich in ihrem Kopf drehte, und Donner, der an einem übellaunigen Himmel grollte, wäre sie mit Sidney an ihrer Seite überallhin gefahren. „Es war süß von dir, dass du mir einen Bissen von deinem Käsekuchen abgegeben hast."

„Die Hälfte", verbesserte Sidney sie. Bewusst fuhr er an dem Campingplatz vorbei, den sie am Nachmittag ausgesucht hatten. Die Wischer erzeugten schnelle zischende Geräusche an der Windschutzscheibe. „Aber es war gern geschehen."

„Es war herrlich." Sie stieß einen ruhigen, schläfrigen Seufzer aus. „Ich liebe es, verwöhnt zu werden. Der heutige Abend wird mir über einen weiteren Monat von Fast-Food-Ketten und Abendessen mit altbackenen Donuts hinweghelfen." Zufrieden blickte sie auf die dunklen, nassen Straßen und die Pfützen am Straßenrand hinaus. Sie mochte Regen, besonders nachts, wenn er alles zum Glänzen brachte. Vom Hinsehen versank sie in Träumen und schrak erst hoch, als Sidney auf den Parkplatz eines kleinen Motels fuhr.

„Kein Campingplatz heute Nacht", sagte er, bevor sie fragen konnte. „Warte hier, während ich ein Zimmer besorge."

Er war schon aus dem Wagen und jagte durch den Regen. Kein Campingplatz, dachte sie und blickte über ihre Schulter auf die beiden schmalen Pritschen zu beiden Seiten des Campingbusses. Keine dürftigen behelfsmäßigen Betten und tröpfelnde Duschen.

Lächelnd sprang sie auf und begann, seine und ihre Ausrüstung zusammenzusuchen. Auf die Koffer verschwendete sie keinen Gedanken.

„Champagner, Leinenservietten und jetzt ein Bett." Sie lachte, als Sidney klatschnass in den Wagen kletterte. „Ich werde restlos verwöhnt."

Er wollte sie verwöhnen. Es war nicht logisch, lediglich eine Tatsache. Heute Nacht, und wenn es auch nur für diese Nacht war, wollte er sie verwöhnen. „Das Zimmer liegt nach hinten hinaus." Während Blanche die Ausrüstung nach vorne zog, fuhr er langsam um das Gebäude herum und las die Nummern an der Reihe der Türen ab. „Hier." Er hängte die Kamerataschen über seine Schulter. „Warte einen Moment." Sie hatte nach einer weiteren Tasche und nach ihrer Handtasche gegriffen, bis er die Tür von außen öffnete. Zu ihrem Erstaunen fand sie sich auf seinen Armen wieder.

„Sidney!" Doch der Regen klatschte ihr ins Gesicht und ließ sie nach Atem ringen, während Sidney mit ihr im Arm über den Parkplatz zu einer Außentür hetzte.

„Das Mindeste, was ich tun konnte, nachdem du für das Dinner bezahlt hast", erklärte er, während er den übergroßen Schlüssel ins Schloss schob. Blanche lachte, als er mit der Tür kämpfte, wobei er sie, die Kamerataschen und die Stative hielt.

Er stieß die Tür mit seinem Fuß zu und presste seinen Mund auf Blanches Lippen. Noch immer lachend, klammerte Blanche sich an ihn.

„Jetzt sind wir beide nass", murmelte sie und fuhr mit ihren Fingern durch seine Haare.

„Wir werden im Bett trocknen." Bevor sie seine Absichten erkannte, fiel Blanche durch die Luft und landete federnd auf der Matratze.

„Wie romantisch", sagte sie trocken, aber ihr Körper blieb locker. Sie lag da, lächelnd, weil Sidney einem seiner seltenen unbekümmerten Impulse nachgegeben hatte und sie das genießen wollte.

Das Kleid klebte an ihr, ihr Haar lag auf dem Bett ausgefächert. Sidney hatte gesehen, wie sie sich für das Dinner umgezogen hatte, und wusste, dass sie ein dünnes Shirty trug, an den

Schenkeln hoch und über ihren Brüsten tief geschnitten, und dünne, hauchdünne Strümpfe. Er hätte sie jetzt lieben können, stundenlang lieben können – es wäre nicht genug gewesen. Er wusste, wie entspannt, wie nachgiebig ihr Körper sein konnte. Wie voll von Feuer, Stärke, Lebenskraft. Er hätte alles begehren, alles haben können – es wäre nicht genug gewesen.

Er war Experte darin, den Moment einzufangen, die Emotionen, die Botschaft. Er ließ seine eigenen Gefühle brodeln, während er nach seiner Kameratasche griff.

„Was machst du da?"

Als sie sich aufsetzen wollte, drehte Sidney sich wieder zu ihr. „Bleib einen Moment so."

Fasziniert und vorsichtig beobachtete sie, wie er die Kamera einstellte. „Nicht, ich …"

„Leg dich einfach zurück wie vorhin", unterbrach er sie. „Entspannt und ganz zufrieden mit dir selbst."

Seine Absicht war jetzt offensichtlich. Blanche hob eine Augenbraue. Besessenheit, dachte sie amüsiert. Die Kamera war eine Besessenheit für sie beide. „Sidney, ich bin Fotografin, nicht Model."

„Tu mir den Gefallen." Sanft drückte er sie zurück auf das Bett.

„Ich habe zu viel Champagner in meinem Kreislauf, um mit dir zu streiten." Sie lächelte zu ihm hoch, als er die Kamera über ihr Gesicht hielt. „Du kannst spielen, wenn du willst, oder ernsthafte Fotos machen, wenn du musst, solange ich nichts tun muss."

Sie tat nichts anderes als zu lächeln, und er begann zu pulsieren. So oft hatte er die Kamera als Barriere zwischen ihm und seinem Objekt benützt, bei anderen Gelegenheiten als Ventil für seine Emotion, eine Emotion, die er auf keine andere Art freisetzen wollte. Jetzt war keines von beidem der Fall. Die Emotion war bereits in ihm, und Barrieren waren nicht möglich.

Er schoss mehrere Bilder von ihr, war jedoch nicht zufrieden. „Das ist es nicht." Er war so professionell, dass Blanche es nicht als Abwehr, sondern als seine Art ansah. Doch als er zu ihr kam, sie in sitzende Position zog und den Reißverschluss ihres Kleides öffnete, blieb ihr der Mund offen stehen.

„Sidney!"

„Es ist dieser träge Sex", murmelte er, während er das Kleid über ihre eine Schulter herunterschob. „Diese unglaublichen Wellen der Sinnlichkeit, die überhaupt keine Mühe erfordern, sondern einfach da sind. Es ist die Art, wie deine Augen blicken." Als seine Augen sich wieder auf die ihren richteten, vergaß sie den Scherz, den sie gerade hatte machen wollen. „Wie deine Augen blicken, wenn ich dich berühre – genau so." Langsam strich er mit einer Hand über ihre nackte Schulter. „Wie sie blicken, wenn ich dich küsse – genau so." Er küsste sie, ließ sich dabei Zeit, während sie aufhörte zu denken und nur empfand. „Genau so", flüsterte er, entschlossener als je zuvor, diesen Moment einzufangen, ihn greifbar zu machen, sodass er ihn in seinen Händen halten und sehen konnte. „Ganz genau so", sagte er erneut, trat einen Schritt zurück, dann einen zweiten. „Genau so, wie du aussiehst, bevor wir uns lieben. Genau, wie du hinterher aussiehst."

Hilflos erregt starrte Blanche in die Linse, als er die Kamera hob. Er fing sie ein, wie eine Beute im Fadenkreuz eines Zielfernrohrs, leer von Gedanken, angefüllt mit Empfindungen. Gleichzeitig fing er sich selbst ein.

Für einen Moment war ihr Herz in ihren Augen. Der Kameraverschluss öffnete sich, schloss sich und fing es ein. Wenn er das Foto vergrößerte, dachte er, während er behutsam die Kamera wegstellte, würde er dann sehen, was sie fühlte? Würde er dann seiner eigenen Gefühle sicher sein?

Jetzt saß sie auf dem Bett, ihr Kleid in Unordnung, ihr Haar zerzaust, ihre Augen verschleiert. Geheimnisse, dachte Sidney erneut. Sie beide hatten welche. War es möglich, dass er einen Teil der Geheimnisse von ihnen beiden auf den Film in seiner Kamera gebannt hatte?

Als er Blanche jetzt anblickte, sah er eine Frau, die erregt war, eine Frau, die erregte. Er sah Leidenschaft und Nachgiebigkeit und Aufnahmebereitschaft. Er sah eine Frau, die er besser kennengelernt hatte als sonst irgendjemanden. Dennoch sah er auch eine Frau, in deren Innerstes er erst noch eindringen musste – weil er bisher vermieden hatte, in ihr Innerstes einzudringen.

Er ging stumm zu ihr. Ihre Haut war feucht, aber warm, wie er es erwartet hatte. Viele kleine Regentropfen hingen in ihren Haaren. Er berührte einen, und der Tropfen verschwand. Ihre Arme hoben sich. Während draußen das Gewitter tobte, brachte er Blanche und sich selbst an einen Ort, an dem man keine Antworten brauchte.

10. KAPITEL

Wenn sie mehr Zeit hätten …

Als der August vorbeizugleiten begann, war das der Gedanke, der Blanche immer wieder durch den Kopf ging. Mit mehr Zeit hätten sie sich an jeder Station länger aufhalten können. Mit mehr Zeit hätten sie mehr Staaten durchqueren können, mehr Städte, mehr Gemeinden. Es gab so viel zu sehen, so viel aufzunehmen, aber die Zeit neigte sich ihrem Ende zu.

In weniger als einem Monat würde die Schule, die sie leer und wartend im Nachmittagslicht fotografiert hatte, wieder gefüllt sein. Blätter, die jetzt saftig und grün waren, würden diese leuchtenden Farben annehmen, bevor sie abfielen. Sie selbst würde zurück in Los Angeles sein, zurück in ihrem Studio, zurück in dem Alltag, den sie sich eingerichtet hatte. Zum ersten Mal in all den Jahren hatte das Wort „allein" einen hohlen Klang.

Wie war das geschehen? Sidney Colby war ihr Partner geworden, ihr Liebhaber, ihr Freund. Er war – obwohl das Eingeständnis erschreckend war – zum wichtigsten Menschen in ihrem Leben geworden. Irgendwie war sie von ihm abhängig geworden, von seiner Meinung, seiner Gesellschaft, von den Nächten, in denen sie sich nur miteinander beschäftigten.

Sie konnte es sich vorstellen, wie es sein würde, wenn sie nach L. A. zurückkehrten und getrennte Wege gingen. Getrennte Teile der Stadt, dachte sie, getrennte Leben, getrennte Ausblicke.

Die Nähe, die sich so langsam, fast schmerzhaft zwischen ihnen entwickelt hatte, würde sich auflösen. Hatten sie das nicht beide von Anfang an angestrebt? Sie waren darin übereingekommen, genau wie sie übereingekommen waren, zusammenzuarbeiten. Wenn ihre eigenen Gefühle sich geändert hatten, war sie dafür verantwortlich und musste mit ihnen fertig werden. Während der Kilometerzähler weiterlief, während sie den nächsten Staat hinter sich ließen, fragte sie sich, wie sie es anstellen sollte.

Sidney hatte seine eigenen Gedanken, mit denen er sich herumschlagen musste. Als sie in Maryland ankamen, hatten sie den Osten der U.S.A. erreicht. Der Atlantik war nahe, so nahe wie das Ende des Sommers. Es war das Ende, das ihn störte. Das Wort bedeutete nicht länger mehr: ‚Auftrag abgeschlossen', sondern ‚vorbei'. Er begann zu erkennen, dass er absolut nicht bereit war, diesen Schlussstrich zu ziehen. Es gab dafür vernünftige Begründungen, die er alle ausprobierte.

Sie hatten zu viel verpasst. Wenn sie sich auf der Rückfahrt Zeit ließen, anstatt sich an ihren ursprünglichen Plan zu halten, schnurgerade durch das Land zu fahren, könnten sie einen Umweg machen, um all die Orte aufzusuchen, die sie auf der Herfahrt ausgeklammert hatten. Das machte Sinn. Sie könnten eine Woche in New England bleiben, zwei Wochen nach dem Labor Day. Nach den langen Tagen im Campingbus und der intensiven Arbeit, die sie beide geleistet hatten, verdienten sie etwas Urlaub. Das war vernünftig.

Sie sollten langsam zurückfahren und sich nicht abhetzen. Wenn sie nicht darauf achteten, schnell voranzukommen, wie viele Fotos würden dabei noch herausspringen? Wenn auch nur ein einziges Foto etwas Besonderes wurde, hätte es sich schon gelohnt. Das war professionell.

Wenn sie nach L. A. zurückkehrten, könnte Blanche vielleicht zu ihm ziehen, sein Apartment mit ihm teilen, wie sie den Campingbus geteilt hatten. Das war unmöglich. Oder?

Sie wollte ihre Beziehung nicht komplizieren. Hatte sie das nicht gesagt? Er wollte nicht die Verantwortung, die die Bindung an eine Person mit sich brachte. Hatte er sich nicht klar ausgedrückt? Vielleicht brauchte er mittlerweile ihre Gesellschaft auf einer gewissen Ebene. Und es stimmte schon, er hatte es schätzen gelernt, wie sie alles betrachtete und den Spaß und die Schönheit in den Dingen sah. Das wog jedoch nicht Versprechungen, Bindungen und Komplikationen auf.

Mit etwas Zeit und etwas Abstand musste die Sehnsucht verblassen. Er war sich nur dessen sicher, dass er diesen Punkt so lange wie möglich hinausschieben wollte.

Blanche entdeckte ein Cabrio – rot, todschick. Die Fahrerin hatte einen Arm über die Lehne des weißen Ledersitzes gelegt, während ihr blondes Haar im Wind flatterte. Blanche packte ihre Kamera und beugte sich aus dem offenen Fenster. Halb auf dem Sitz kniend, halb kauernd, regulierte sie die Tiefenschärfe.

Sie wollte von hinten schießen und den Wagen in einen verwischten Farbfleck verwandeln. Sie wollte aber auch nicht den arroganten Winkel des Arms der Fahrerin verlieren oder die lässige Art, in der ihr Haar nach hinten wehte. Sie wusste auch schon, dass sie den schlichten grauen Highway und die anderen Wagen in der Dunkelkammer weglassen würde. Nur das rote Cabrio, dachte sie, während sie ihre Kamera einstellte.

„Versuch, genau den Abstand zu halten", rief sie Sidney zu. Sie machte eine Aufnahme, war nicht zufrieden, beugte sich noch weiter hinaus. Obwohl Sidney schimpfte, schoss Blanche noch eine Aufnahme, ehe sie sich lachend wieder auf ihren Sitz fallen ließ.

Er wusste, dass er genauso war. Hatte man die Kamera erst einmal vor das suchende Auge gedrückt, hielt man sie für eine Art Schutzschild. Nichts konnte einem passieren – man war einfach nicht mehr Teil des Geschehens. Obwohl er es besser wusste, war es ihm doch oft genug so ergangen, selbst nach seinem ersten Einsatz in Übersee. Vielleicht war es dieses Verstehen, dass seine Stimme sanft klang, obwohl er wütend war.

„Bist du noch bei Verstand, dich so weit aus dem Fenster eines fahrenden Wagens zu lehnen?"

„Ich konnte nicht widerstehen. Nichts kommt einem Cabrio auf einem offenen Highway im August gleich. Ich spiele immer mit der Idee, mir selbst eins zu kaufen."

„Warum tust du es nicht?"

„Einen neuen Wagen zu kaufen, ist harte Arbeit." Sie blickte auf die grünen und weißen Straßenschilder, wie sie das so oft in diesem Sommer getan hatte. Es gab Städte, Straßen und Routen, von denen sie nie gehört hatte. „Ich kann es kaum glauben, dass wir in Maryland sind. Wir sind so weit gekommen, und doch … ich weiß nicht … irgendwie kommt es mir nicht so vor wie zwei Monate."

„Zwei Jahre?"

Sie lachte. „Manchmal. Bei anderen Gelegenheiten wirkt es wie Tage. Nicht genug Zeit", sagte sie. „Nie genug." Sidney ließ sich keine Zeit für Überlegungen, ehe er den ersten Schritt tat. „Wir mussten viel auslassen."

„Ich weiß."

„Wir sind durch Kansas gefahren, aber nicht durch Nebraska, durch Mississippi, aber nicht durch North und South Carolina. Wir waren nicht in Michigan oder Wisconsin", bemerkte er.

„Auch nicht in Florida, Washington State, North und South Dakota." Sie zuckte die Schultern und versuchte, nicht daran zu denken, was sie hinter sich gelassen hatten. Nur das Heute, mahnte Blanche sich. Nimm nur das Heute.

„Ich habe mir überlegt, ob wir das alles auf der Rückfahrt einbauen sollen."

„Auf der Rückfahrt?" Blanche wandte sich ihm zu, als er nach einer Zigarette griff.

„Wir wären dann auf eigene Faust unterwegs." Der Zigarettenanzünder glühte rot an der Spitze der Zigarette. „Ich denke, wir könnten uns beide so ungefähr einen Monat nehmen, um den Job abzuschließen."

Mehr Zeit. Blanche verspürte das rasche Aufkeimen von Hoffnung und unterdrückte es sofort unbarmherzig. Er wollte den Job auf seine Art zu Ende bringen. Es war seine Art, erinnerte sie sich selbst, alles gründlich zu machen. Aber spielte der Grund wirklich eine Rolle? Sie hätten dann mehr Zeit. Ja, erkannte sie, während sie aus dem Seitenfenster starrte. Der Grund spielte eine viel zu große Rolle.

„Der Job ist in New England erledigt", sagte sie leichthin. „Der Sommer ist vorüber, und es geht wieder an die normale

Arbeit. Meine Arbeit im Studio wird zwar noch für einen Monat zurückgestellt bleiben, aber …“ Sie fühlte, wie sie weich zu werden anfing, obwohl er gar nichts sagte, nichts tat, um sie zu überreden. „Ich hätte nichts gegen ein paar Umwege auf der Rückfahrt.“

Sidney hielt seine Hände locker am Steuer, seine Stimme klang beiläufig. „Wir denken noch darüber nach“, sagte er und ließ das Thema vorerst fallen.

Des Highways müde, wichen sie auf Seitenstraßen aus. Blanche machte Aufnahmen von Kindern, die sich gegenseitig mit Gartenschläuchen abspritzten, von Wäsche, die im Wind trocknete, von einem alten Paar, das auf einer offenen Veranda in Schaukelstühlen saß. Sidney machte seine Fotos von schwitzenden Arbeitern, die Teer auf Dächern auftrugen, von Pfirsichpflückern und – überraschenderweise – von zwei zehnjährigen Geschäftsleuten, die Limonade in ihrem Vorgarten feilboten.

Gerührt nahm Blanche den Pappbecher, den Sidney ihr reichte. „Das ist süß.“

„Du hast noch nicht gekostet“, bemerkte er und kletterte auf den Beifahrersitz. „Um die Unkosten niedrig zu halten, sind sie mit Zucker sehr sparsam umgegangen.“

„Ich habe dich gemeint.“ Impulsiv beugte sie sich zu ihm herunter und küsste ihn, leicht, wohlig. „Du kannst ein sehr süßer Mann sein.“

Wie immer rührte sie ihn, und er konnte es nicht verhindern. „Ich kann dir eine Liste von Leuten geben, die dir widersprechen würden.“

„Was wissen die schon?“ Mit einem Lächeln berührte sie erneut seinen Mund mit ihren Lippen. Sie fuhr die saubere, schattige Straße entlang und betrachtete wohlgefällig die gemähten Wiesen, die Blumengärten und die in den Höfen bellenden Hunde. „Ich mag die Vorstädte“, sagte sie lässig. „Jedenfalls zum Ansehen. Ich habe nie in einer gelebt. Sie sind so ordentlich.“ Mit einem Seufzer bog sie an der Ecke rechts ab. „Hätte ich hier ein Haus, würde ich wahrscheinlich vergessen, den Rasen zu düngen, und würde mit Unkraut und Löwenzahn dastehen. Meine Nachbarn würden eine Petition unterschreiben, und am Schluss müsste ich mein Haus verkaufen und in eine Eigentumswohnung ziehen."

„Und so endet Blanche Bryan Mitchells Karriere als Vorstadtbewohnerin."

Sie zog ihm eine Grimasse. „Manche Leute sind eben nicht für Lattenzäune gemacht."

„Wie wahr."

Sie wartete, aber er sagte nichts, das ihr das Gefühl gab, unzulänglich zu sein. Sie lachte begeistert, ergriff seine Hand und drückte sie. „Du bist gut für mich, Sidney. Das bist du wirklich."

Er wollte ihre Hand nicht loslassen und gab sie nur zögernd frei. Er war gut für sie! Sie sagte es so leicht und lachte dabei. Dass sie das tat, zeigte ihm, dass sie keine Ahnung hatte, was ihm diese Worte bedeuteten. Vielleicht war es an der Zeit, dass er es ihr sagte. „Blanche …"

„Was ist das?", fragte sie plötzlich und fuhr an den Straßenrand. Erregt ließ sie den Wagen ein Stück weiterrollen, bis sie das farbenfrohe Plakat lesen konnte, das an einer Telegrafenstange befestigt war. „Nightingale's Wanderjahrmarkt". Sie zog die Handbremse an und kletterte fast über Sidney, um besser sehen zu können. „Voltara, die elektrische Frau." Mit einem Jauchzer drückte sie sich näher an Sidney. „Großartig, einfach großartig! Sampson, der tanzende Elefant. Madame Zoltar, Wahrsagerin. Sidney, sieh nur, sie sind den letzten Abend in der Stadt. Das dürfen wir nicht verpassen. Was ist schon ein Sommer ohne Jahrmarkt? Aufregende Karussellfahrten, Geschicklichkeitsspiele und Glücksspiele."

„Und Dr. Wren, der Feuerschlucker."

Es war leicht, seinen trockenen Tonfall zu ignorieren. „Schicksal." Sie kletterte auf ihren eigenen Sitz zurück. „Es muss Schicksal sein, dass wir in diese Straße eingebogen sind. Wir hätten das sonst verpasst."

Sidney blickte zu dem Schild zurück, als Blanche losfuhr.

„Man stelle sich vor“, murmelte er. „Da hätten wir diese ganze Strecke von Küste zu Küste zurückgelegt, ohne einen einzigen tanzenden Elefanten gesehen zu haben.“

Eine halbe Stunde später lehnte Sidney auf seinem Sitz, rauchte gelassen, die Füße gegen das Armaturenbrett gestützt. Genervt zog Blanche den Campingbus um die nächste Ecke.

„Ich habe mich nicht verfahren.“

Sidney blies träge den Rauch aus. „Ich habe kein Wort gesagt.“

„Ich weiß, was du denkst.“

„Den Satz sagt Madame Zoltar.“

„Und du kannst aufhören, so selbstgefällig vor dich in zu grinsen.“

„Tue ich das?“

„Du siehst immer selbstgefällig drein, wenn ich mich verfahre.“

„Du hast gesagt, du hättest dich nicht verfahren.“

Blanche biss die Zähne zusammen und schoss ihm einen vernichtenden Blick zu. „Warum nimmst du nicht einfach diese Karte und sagst mir, wo wir sind?“

„Ich wollte sie vor zehn Minuten nehmen, und du hast mich angefaucht.“

Blanche stieß den Atem aus. „Das lag an der Art, wie du die Karte genommen hast. Du hast gegrient, und ich konnte förmlich deine Gedanken hören, wie du ...“

„Du brichst schon wieder in Madame Zoltars Territorium ein.“

„Verdammt, Sidney!“ Aber sie musste ein Lachen unterdrücken, während sie die endlose, unbeleuchtete Landstraße entlang fuhr. „Es macht mir nichts aus, wenn ich mich zum Narren mache, aber ich hasse es, wenn jemand darüber die Augenbraue hochzieht.“

„Habe ich das getan?“

„Du weißt, dass du es getan hast. Also, wenn du jetzt einfach …" In dem Moment erhaschte sie das erste Schimmern von flackernden roten, blauen, grünen Lichtern. Ein Riesenrad, dachte sie. Das musste es sein. Blecherne Musikfetzen trieben durch die sommerliche Abenddämmerung. Eine Jahrmarktsorgel. Jetzt war es Blanche, die selbstgefällig dreinsah. „Ich wusste, dass ich es finde."

„Ich habe nie daran gezweifelt."

Ihr wäre bestimmt etwas Vernichtendes eingefallen, aber die in der frühen Abenddämmerung leuchtenden Lichter und die ulkig pfeifende Musik lenkten sie ab. „Es ist Jahre her", murmelte sie. „Es ist wirklich Jahre her, seit ich so etwas gesehen habe. Ich muss auf den Feuerschlucker achten."

„Und auf dein Portemonnaie."

Sie schüttelte den Kopf, während sie von der Straße auf das holperige Feld bog, auf dem die Autos parkten. „Zyniker."

„Realist." Er wartete, bis sie den Campingbus neben einen Pick-up neuesten Datums gesteuert hatte. „Verschließ den Wagen." Sidney griff nach seiner Tasche und wartete vor dem Bus, bis Blanche ihre Tasche hatte. „Wohin zuerst?"

Sie dachte an rosa Zuckerwatte, hielt sich jedoch zurück. „Warum wandern wir nicht zuerst ein wenig herum? Vielleicht machen wir jetzt schon ein paar Aufnahmen, aber in der Dunkelheit haben sie dann noch mehr Wirkung."

Ohne Dunkelheit und ohne hell leuchtende, bunte Lichter sah der Jahrmarkt zu sehr so aus, wie er wirklich war: ein wenig matt, mehr als nur ein wenig schäbig. Seine Illusionen ließen sich jetzt zu leicht demaskieren, und Blanche war nicht deshalb hergekommen. Jahrmärkte hatten, genau wie Santa Claus, ein Recht auf ihren geheimnisvollen Zauber. Wenn in einer Stunde die Sonne vollständig hinter diesen rollenden blau gefärbten Hügeln im Westen untergegangen sein würde, war der Jahrmarkt in seinem Element. Dann fiel auch die abblätternde Farbe nicht mehr auf.

„Sieh nur, da ist Voltara." Blanche packte Sidney am Arm und drehte ihn so herum, dass er ein lebensgroßes Poster sehen konnte, das ihre üppigen Kurven und spärliche Bekleidung zeigte, während sie auf etwas festgeschnallt war, das wie ein selbst gebastelter elektrischer Stuhl aussah.

Sidney betrachtete den gemalten Flitter über einem großzügigen Dekolleté. „Das Ansehen könnte sich sogar lohnen."

Mit einem abfälligen Schnauben zog Blanche ihn zu dem Riesenrad. „Machen wir eine Fahrt. Von da oben können wir die ganze Anlage überblicken."

Sidney holte einen Geldschein aus seiner Brieftasche. „Das ist der einzige Grund, warum du fahren willst."

„Mach dich nicht lächerlich." Sie gingen hin und warteten, während der Helfer ein Paar aussteigen ließ. „Es ist eine gute Methode, um einen Überblick zu gewinnen und dabei gleichzeitig zu sitzen", begann sie, als sie den frei gewordenen Sitz einnahm. „Es bietet einen ausgezeichneten Blickpunkt für ein paar Luftaufnahmen, und ..." Sie schob ihre Hand in die seine, als sie mit dem langsamen Aufstieg begannen. „Es ist der allerbeste Platz, um auf einem Jahrmarkt zu schmusen."

Als er lachte, schlang sie die Arme um ihn und brachte ihn mit ihren Lippen zum Verstummen. Sie erreichten den höchsten Punkt, an dem der Abendwind klar vorbeistrich, hingen dort einen Moment – oder zwei – nur ineinander versunken. Beim Abstieg erhöhte sich die Geschwindigkeit und ließ Blanches Magen erbeben und ihre Gedanken verschwimmen. Dieses Gefühl glich dem, wenn Sidney sie hielt, wenn er sie liebte. Sie hielten einander während zweier Umdrehungen eng umschlungen.

Während er Blanche dicht an sich gepresst hielt, überfielen ihn die seltsamsten Gedanken. Es war schon Jahre her, dass er ein weibliches Wesen auf einem Riesenrad im Arm gehalten hatte. Highschool? Er konnte sich kaum noch erinnern. Jetzt erkannte er, dass er sich seine Jugend hatte entgehen lassen, weil ihm während jener Zeit so viele andere Dinge wichtiger erschienen waren. Er hatte sie sich freiwillig entgehen lassen, und obwohl er sie nicht ganz zurückverlangen wollte und es auch nicht konnte, zeigte ihm vielleicht Blanche, wie er Teile davon wieder einfangen konnte.

„Das gefällt mir", murmelte sie. Die Sonne ging in einer letzten großartigen Explosion unter, Musikfetzen trieben herauf, Stimmen verebbten und schwanden, als das Rad sich erneut drehte. Blanche konnte hinunterblicken und gerade so weit von dem Geschehen abgerückt sein, um es zu genießen, gerade so weit davon getrennt sein, dass sie es verstand. „Eine Fahrt auf dem Riesenrad sollte einmal im Jahr vorgesehen sein, genau wie eine routinemäßige Untersuchung beim Arzt."

Den Kopf gegen Sidneys Schulter gelehnt, betrachtete sie die Szenerie unter ihr, den Mittelgang, die Stände, die Buden für die Geschicklichkeitsspiele. Sie wollte alles aus der Nähe sehen. Sie roch Popcorn, gegrilltes Fleisch, das aufdringliche Aftershave des Helfers, als die Gondel an ihm vorbeiglitt. Sie bekam einen Gesamtüberblick. Das war Leben, ein Seitenblick darauf. Das war die kleine Nische des Lebens, wo Kinder noch Wunder sehen und Erwachsene sich für eine Weile etwas vormachen konnten.

Sie griff nach ihrer Kamera und richtete sie zwischen den Gondeln und Drähten hindurch auf den Helfer. Er wirkte ein wenig gelangweilt, als er den Sicherheitsriegel für ein Paar hob und ihn für das nächste senkte. Bloß ein Job für ihn, dachte Blanche, ein kleiner Nervenkitzel für die anderen. Sie lehnte sich zurück und war zufrieden, sich einfach fahren zu lassen.

Als es dunkel war, gingen Blanche und Sidney an die Arbeit. Menschen scharten sich um das Glücksrad und legten einen Dollar für eine Chance auf mehr hin. Teenager spielten sich vor ihren Mädchen oder ihren Eltern auf, indem sie mit Bällen nach übereinander getürmten Flaschen warfen. Kleine Kinder beugten sich über das Seil und warfen Tischtennisbälle nach Fischgläsern in der Hoffnung, einen Goldfisch zu gewinnen, dessen Lebenserwartung reichlich kurz war. Junge Mädchen quietschten auf dem sich schnell drehenden Kraken, während Jungen die

Plakate entlang des Mittelganges begafften.

Blanche machte einen wirkungsvollen Schnappschuss von einer Frau, die ein Baby auf ihrer Hüfte trug, während ein Dreijähriger sie gnadenlos weiterzog. Sidney machte eine Aufnahme von einem Trio von Jungen in Muskelshirts, die ein Stück abseits standen und ihr Bestes taten, um cool und selbstbewusst zu wirken.

Sie aßen Pizza mit Gummikrusten, während sie zusammen mit der übrigen Menge zusahen, wie Dr. Wren, Feuerschlucker, aus seinem Zelt trat und eine kurze, aufreizende Demonstration seiner Kunst bot. Genau wie der zehnjährige Junge, der neben ihr zusah, war Blanche begeistert.

Mit der Übereinkunft, einander in dreißig Minuten wieder am Anfang des Mittelganges zu treffen, trennten sie sich. Vertieft in das Geschehen um sie herum, begann Blanche zu wandern. Sie konnte Voltara nicht widerstehen und schlich sich in einen Teil der Vorführung, um die etwas überdrüssig dreinblickende Frau mit dem grell geschminkten Gesicht auf einen Stuhl geschnallt zu sehen, der sie angeblich unter zweitausend Volt setzte.

Sie machte es ganz gut, fand Blanche, als Voltara die Augen schloss und mit einem königlichen Nicken das Zeichen gab, den Hebel zu senken. Die Spezialeffekte waren nicht gerade Spitzenklasse, aber sie funktionierten. Blaues Licht züngelte an dem Stuhl hoch und um Voltaras Kopf und tauchte ihre Haut in die Farbe von sommerlichem Wetterleuchten. Für fünfzig Cents bekam das Publikum etwas für sein Geld, entschied Blanche, als sie wieder ins Freie trat.

Interessiert wanderte sie vom Mittelgang hinten herum, wo die Schausteller ihre Wohnwagen parkten. Hier gab es keine bunten Lichter. Keine hübschen Illusionen, dachte sie, während sie die kleine Karawane betrachtete. Heute Nacht würden sie ihre Ausrüstung zusammenpacken, die Plakate abnehmen und weiterfahren.

Helles Mondlicht fiel auf einen Wohnwagen und enthüllte

die Kratzer und Dellen. Die Vorhänge waren an den kleinen Fenstern zugezogen, und auf der Außenwand stand in verblassenden Buchstaben NIGHTINGALE'S.

Blanche fand es anrührend und kauerte sich für eine Aufnahme hin.

„Haben Sie sich verlaufen, kleine Lady?"

Überrascht sprang Blanche auf und stieß beinahe mit einem gedrungenen, untersetzten Mann in T-Shirt und Arbeitshose zusammen. Wenn er für den Jahrmarkt arbeitete, dachte Blanche hastig, hatte er eine lange Pause gemacht. Wenn er hergekommen war, um sich umzusehen, hatten die Lichter und die Darbietungen nicht sein Interesse geweckt. Der Geruch von Bier, warm und schal, haftete ihm an.

„Nein." Sie lächelte vorsichtig und hielt sicherheitshalber Abstand zu ihm. Furcht hatte nichts damit zu tun. Die Bewegung war automatisch gekommen. Lichter und Menschen waren nur wenige Meter entfernt. Und sie dachte, dass er ihr vielleicht einen neuen Blickpunkt für ihre Fotos verschaffen konnte. „Arbeiten Sie hier?"

„Eine Frau sollte nicht allein in der Dunkelheit herumlaufen. Es sei denn, sie sucht etwas Bestimmtes."

Nein, Furcht war nicht ihre erste Reaktion gewesen und war es auch jetzt nicht. Ärger war es. Und er zeigte sich jetzt auch in ihren Augen, ehe sie sich abwandte. „Entschuldigen Sie."

Aber da hatte er sie am Arm, und jetzt wurde ihr bewusst, dass die Lichter doch wesentlich weiter entfernt waren, als ihr lieb sein konnte. Frechheit siegt, sagte sie sich. „Hören Sie, meine Leute warten auf mich."

„Sie sind recht groß, wie?" Seine Finger waren sehr fest, auch wenn seine Standfestigkeit es nicht war. Er wankte leicht, als er Blanche musterte. „Macht mir nichts aus, eine Frau Auge in Auge anzusehen. Trinken wir was."

„Ein anderes Mal." Blanche legte ihre Hand an seinen Arm, um ihn wegzuschieben, und fand ihn hart wie Beton. Da erst setzte die Furcht ein. „Ich bin hier nach hinten gekommen, um ein paar Fotos zu machen“, sagte sie so ruhig, wie sie konnte. „Mein Partner wartet auf mich.“ Sie stieß erneut gegen den Arm. „Sie tun mir weh.“

„Ich hab’ noch mehr Bier in meinem Truck“, murmelte er, während er sie weiter von den Lichtern wegzerrte.

„Nein.“ Ihre Stimme wurde mit der ersten Welle von Panik lauter. „Ich will kein Bier.“

Er blieb einen Moment schwankend stehen. Als Blanche einen Blick in seine Augen warf, erkannte sie, dass er so betrunken war, wie ein Mann überhaupt sein konnte, wenn er sich noch auf den Beinen zu halten vermochte. Angst schnürte ihr heiß die Kehle zu. „Vielleicht willst du etwas anderes.“ Er ließ den Blick über ihre dünne Sommerbluse und die kurzen Shorts gleiten. „Gewöhnlich will eine Frau etwas ganz Bestimmtes, wenn sie halb nackt rumläuft.“

Ihre Angst klang ab, als kalter Zorn sie überkam. Blanche starrte ihn wütend an. Er grinste.

„Du Schwachkopf“, zischte sie, genau in dem Moment, als sie ihr Knie hochbrachte, hart. Er stieß keuchend den Atem aus und ließ die Hand sinken. Blanche wartete nicht ab, bis er sich nach vorne krümmte. Sie rannte.

Aus vollem Lauf prallte sie mit Sidney zusammen.

„Du kommst zehn Minuten zu spät“, begann er. „Aber ich habe dich noch nie so schnell bewegen sehen.“

„Ich war nur … ich musste …“ Atemlos verstummte sie und lehnte sich gegen ihn. Solide, zuverlässig, sicher. Sie hätte so bleiben können, bis die Sonne wieder aufging.

„Was ist los?“ Er spürte die Spannung, noch bevor er Blanche von sich schob und in ihr Gesicht blickte. „Was ist passiert?“

„Eigentlich gar nichts.“ Ärgerlich über sich selbst, strich Blanche das Haar aus dem Gesicht. „Ich bin nur mit einem Blödmann zusammengetroffen, der mir einen Drink spendieren wollte, ganz gleich, ob ich wollte oder nicht.“

Seine Finger spannten sich an ihren Armen an, und sie zuckte zusammen, als er genau die Stelle traf, die bereits schmerzte.

„Wo?“

„Es war nichts“, sagte sie erneut und war wütend auf sich selbst, weil sie sich nicht die Zeit genommen hatte, sich erst zu fassen, ehe sie mit ihm zusammentraf. „Ich bin hinten herum gegangen, um einen Blick auf die Wohnwagen zu werfen.“

„Allein?“ Er schüttelte sie einmal. „Wie idiotisch kann man sein? Weißt du denn nicht, dass es auf Jahrmärkten nicht nur Zuckerwatte und bunte Lichter gibt? Hat er dir wehgetan?“

Es war nicht Sorge, die sie in seiner Stimme hörte, sondern Zorn. Ihr Rücken drückte sich durch. „Nein, aber du tust es.“

Sidney ignorierte ihre Worte und zog sie durch die Menschenmenge zum Parkplatz. „Wenn du endlich aufhören würdest, alles durch eine rosarote Brille zu betrachten, würdest du wesentlich klarer sehen. Hast du überhaupt eine Vorstellung, was hätte passieren können?“

„Ich kann auf mich selbst aufpassen. Ich habe auf mich selbst aufgepasst.“ Als sie den Campingbus erreichten, riss sie sich von Sidney los. „Ich betrachte das Leben so, wie es mir passt. Ich habe es nicht nötig, mir von dir eine Predigt anzuhören, Sidney.“

„Und ob du es nötig hast.“ Er riss ihr die Schlüssel aus der Hand und schloss den Bus auf. „Es ist hirnlos, allein in der Dunkelheit an so einem Ort herumzulaufen“, murmelte er, während er auf den Fahrersitz kletterte.

„Du klingst bemerkenswert ähnlich wie der Idiot, den ich da hinten im Gras liegen ließ mit seinen Händen zwischen seinen Beinen.“

Er schoss ihr einen Blick zu. Später, wenn er sich beruhigt hatte, mochte er es bewundern, wie sie mit einem aufdringlichen Betrunkenen fertig geworden war. Aber im Moment konnte er nicht hinter ihre Sorglosigkeit sehen. Bei aller Selbstständigkeit, eine Frau war nun einmal verletzbar. „Ich hätte dich nicht allein losziehen lassen dürfen.“

„Also, jetzt mal langsam.“ Sie wirbelte auf ihrem Sitz zu ihm herum. „Du lässt mich gar nichts tun, Colby. Falls du es dir in den Kopf gesetzt hast, dass du mein Aufpasser oder so was Ähnliches bist, dann schlag es dir ganz schnell wieder aus dem Kopf. Ich habe mich nur mir gegenüber zu verantworten. Ausschließlich mir gegenüber."

„Für die nächsten paar Wochen hast du dich auch mir gegenüber zu verantworten."

Sie versuchte, ihre Gereiztheit zu zügeln, aber es war unmöglich. „Ich arbeite vielleicht mit dir", sagte sie und betonte jedes Wort. „Ich schlafe vielleicht auch mit dir. Aber ich habe mich dir gegenüber nicht zu verantworten. Nicht jetzt. Niemals."

Sidney drückte den Zigarettenanzünder ein. „Das werden wir ja noch sehen."

„Erinnere dich bloß an den Vertrag." Vor Wut zitternd, wandte sie sich ab. „Wir sind Partner bei diesem Auftrag, fifty-fifty."

Er sagte ihr, was sie mit dem Vertrag machen konnte. Blanche verschränkte die Arme, schloss die Augen und zwang sich selbst in den Schlaf.

Sidney fuhr stundenlang. Blanche mochte schlafen, aber zu viel tobte in ihm, als dass er die gleiche Entspannung hätte finden können. Also fuhr er ostwärts weiter auf den Atlantik zu.

Sie hatte recht gehabt, als sie behauptete, dass sie ihm keine Rechenschaft schuldig war. Das war eine der ersten Regeln, die sie beide festgelegt hatten. Er war dieser Regeln verdammt überdrüssig. Sie war eine selbstständige Frau. Er war mit ihr genauso wenig verstrickt wie sie mit ihm. Sie waren zwei intelligente, unabhängige Menschen, die es auch so haben wollten.

Aber er hatte sie beschützen wollen. Abgesehen von allem anderen, hatte er sie beschützen wollen. War sie so begriffsstutzig, um es nicht zu sehen, dass er nicht auf sie wütend gewesen war, sondern auf sich selbst, weil er nicht zur Stelle gewesen war, als sie ihn gebraucht hatte?

Sie hat es mir gegeben, dachte Sidney grimmig, während er sich mit der Hand über die brennenden Augen fuhr. Sie hatte ihn sehr klar, sehr präzise auf seinen Platz verwiesen. Und sein

Platz war, daran erinnerte er sich selbst, ganz gleich, wie intim sie auch miteinander geworden waren, noch immer auf Armeslänge entfernt. Das war für sie beide das Beste.

Durch das offene Fenster konnte er das Meer riechen. Sie hatten das Land durchquert. Sie hatten mehr Grenzen überschritten, als ihm lieb war. Aber sie waren noch weit davon entfernt, die letzte Grenze zu überschreiten.

Was empfand er für Blanche? Er hatte sich diese Frage immer und immer wieder gestellt, aber er hatte es stets geschafft, die Antwort abzublocken. Wollte er sie wirklich hören? Aber es war drei Uhr nachts, die Stunde, die er nur zu gut kannte. Abwehr brach leicht um drei Uhr nachts zusammen. Die Wahrheit schlich sich leicht ein.

Er liebte sie. Es war zu spät, einen Schritt zurück zu machen und „Nein, danke!“ zu sagen. Er liebte sie auf eine Weise, die ihm völlig fremd war. Selbstlos. Grenzenlos.

Zurückblickend konnte er beinahe den Punkt festlegen, an dem es passiert war, obwohl er es damals anders bezeichnet hatte. Als er in Arizona auf der Felseninsel in dem künstlichen See gestanden hatte, hatte er sie begehrt, mehr begehrt als irgendetwas oder irgendjemanden jemals zuvor. Als er aus dem Albtraum erwacht war und sie neben sich gefunden hatte, warm und solide, hatte er sie gebraucht, wiederum mehr als irgendetwas anderes oder irgendjemand anderen.

Doch als er über die staubige Straße an der Grenze von Oklahoma geblickt und sie vor einem traurigen kleinen Haus mit einem Beet voller Stiefmütterchen stehen gesehen hatte, da hatte er sich verliebt.

Sie waren jetzt weit von Oklahoma entfernt, weit von diesem Moment entfernt. Liebe war gewachsen, hatte ihn überwältigt. Damals hatte er damit nicht umgehen können. Jetzt hatte er keine Ahnung, was er damit machen sollte.

Er fuhr auf das Meer zu, wo die Luft feucht war. Als er den Campingbus zwischen zwei flache Dünen steuerte, konnte er so gerade das Wasser sehen, ein Schatten mit Geräuschen in der

Ferne. Während er auf das Wasser hinausblickte, während er lauschte, schlief er ein.

Blanche wachte auf, als sie die Seemöwen hörte. Steif, desorientiert, öffnete sie die Augen. Sie sah den Ozean, blau und still in dem frühen Licht, das noch nicht ganz Morgendämmerung war. Am Horizont war der Himmel rosig und heiter. Neblig. Langsam erwachend, beobachtete sie, wie die Möwen in weitem Bogen über die Küste glitten und sich wieder über die See hinausschwangen.

Sidney schlief neben ihr, leicht auf dem Sitz gedreht, sodass sein Kopf an der Tür ruhte. Er war stundenlang gefahren, erkannte sie. Aber was hatte ihn angetrieben?

Sie dachte an ihren Streit mit einer Art müder Nachsicht.

Ruhig glitt sie aus dem Campingbus. Sie wollte den Geruch des Meeres.

War es erst zwei Monate her, dass sie an der Küste des Pazifiks gestanden hatten? War das hier wirklich so anders? Sie schlüpfte aus ihren Schuhen und fühlte den Sand kühl und rau unter ihren Füßen. Sidney war durch die Nacht gefahren, um hierher zu kommen, überlegte sie. Um hierherzukommen, einen Schritt näher an das Ende heran. Sie brauchten jetzt nur noch an der Küste hinaufzufahren, ihren Weg durch New England zu winden. Ein kurzer Aufenthalt in New York für Fotos und Arbeit in einer Dunkelkammer und dann zum Cape Cod, wo für sie beide der Sommer enden würde.

Am besten wäre, dachte sie, wenn sie dort auseinandergingen. Die gemeinsame Rückfahrt und das Wiedersehen mit Orten, die sie gemeinsam als Team entdeckt hatten, konnten nicht leicht zu handhaben sein. Vielleicht sollte sie, wenn es soweit war, eine Entschuldigung finden und nach L. A. zurückfliegen. Es war wohl am besten, überlegte sie, wenn nach diesem Sommer jeder sein eigenes Leben wieder aufnahm.

Der Kreis schloss sich. Von der Spannung und dem Ärger am Anfang über die vorsichtige Freundschaft zur heftigen Leidenschaft und wieder zurück zur Spannung.

Blanche bückte sich und hob eine Muschel auf, die klein genug war, um ganz in ihre Handfläche zu passen.

Spannung zerbrach Dinge, oder etwa nicht? Durch Druck konnte etwas Ganzes in kleine Stücke brechen. Dann war das verloren, was man besessen hatte. Sie wollte das nicht für Sidney. Seufzend blickte sie auf den Ozean hinaus, wo das Wasser grün, dann blau war. Der Nebel hob sich.

Nein, das wollte sie nicht für ihn. Wenn sie sich voneinander abwandten, sollten sie das tun, was sie getan haben, bevor sie sich einander zugewandt hatten. Als vollwertige, selbstbestimmende Menschen, die unabhängig für sich standen.

Sie behielt die Muschel in der Hand, als sie zu dem Campingbus zurückging. Die Erschöpfung war jetzt verflogen. Als sie Sidney neben dem Bus stehen sah, wie er sie beobachtete, die Haare vom Wind zerzaust, das Gesicht überschattet, die Augen schwer, krampfte sich ihr Herz zusammen.

Der Bruch kommt noch früh genug, sagte sie sich. Im Moment sollte es keinen Druck geben.

Lächelnd ging sie zu ihm. Sie nahm seine Hand und drückte die Muschel hinein. „Du kannst das Meer darin hören."

Er sagte nichts, sondern legte den Arm um sie und hielt sie fest. Gemeinsam sahen sie zu, wie die Sonne langsam im Osten aufging.

11. KAPITEL

An einer Straßenecke in Chelsea, New York City, lösten fünf unternehmungslustige Kids die Bolzen an einem Feuerhydranten und ließen das Wasser herausschießen. Blanche gefiel es, wie sie unter dem Wasserstrom hinwegtauchten, mit durchweichten Turnschuhen, klatschnassen Haaren. Blanche brauchte nicht lange darüber nachzudenken, was sie bei dieser Szene fühlte. Als sie die Kamera hob und einstellte, war ihr überwiegendes Gefühl Neid, purer und schlichter Neid.

Diese Kinder hatten sich nicht nur abgekühlt und waren herrlich nass, wohingegen sie schlaff von Hitze war, sondern sie hatten auch keine einzige Sorge auf der ganzen Welt. Sie brauchten sich nicht den Kopf darüber zu zerbrechen, ob ihr Leben in der richtigen Richtung verlief oder überhaupt in irgendeiner Richtung. Es war ihr Vorrecht, während dieser letzten atemlosen Wochen des Sommers zu genießen – ihre Jugend, ihre Freiheit und eine kühle Dusche des Wassers der City.

Wenn sie neidisch war, so gab es andere, die genauso empfanden. Blanche machte die beste Aufnahme von einem Passanten, einem zufälligen Augenzeugen dieser Szene. Der nicht mehr junge Bote in dem verschwitzten blauen Hemd und den staubigen Arbeitsschuhen blickte über seine Schulter, als eines der Kinder seine Arme hob, um einen Wasserstrahl einzufangen. Auf dem einen Gesicht zeichnete sich Vergnügen ab, pur und überschäumend. Auf dem anderen mischte sich Belustigung mit Bedauern über etwas, das sich nicht wiederbringen ließ.

Blanche ging durch Straßen voll von übellaunigem Verkehr, über Bürgersteige, die einem Hitze wie Beleidigungen entgegenschleuderten. New York überstand den Sommer nicht immer mit einem fröhlichen Lächeln und einem charmanten Winken.

Sidney war in der gemieteten Dunkelkammer, während Blanche zuerst die Arbeit im Freien auf sich genommen hatte.

Sie schob es hinaus, gestand sie sich ein, während sie einem Straßenverkäufer und seinem Angebot an bunten Plastiksonnenbrillen auswich. Sie schob die letzte Runde in der Dunkelkammer hinaus, die sie vor ihrer Rückkehr nach Kalifornien haben würde. Nach diesem kurzen Aufenthalt in New York würden sie nach Norden für das letzte Wochenende des Sommers auf Cape Cod fahren.

Sie und Sidney gingen jetzt wieder fast unerträglich vorsichtig miteinander um. Seit dem Morgen, an dem sie am Strand erwacht waren, hatte Blanche einen Schritt zurück gemacht. Ganz bewusst, wie sie zugab. Sie hatte nur zu deutlich festgestellt, dass Sidney ihr wehtun konnte. Vielleicht stimmte es, dass sie sich selbst überhaupt nicht abgeschirmt hatte. Blanche wollte nicht abstreiten, dass sie irgendwann ihre Entschlossenheit aufgegeben hatte, einen gewissen Abstand einzuhalten. Es war aber noch nicht zu spät, sich so weit zurückzuziehen, dass sie nicht verletzt wurde. Sie musste akzeptieren, dass der Sommer fast vorbei war, und zusammen mit ihm endete ihre Beziehung zu Sidney.

Mit diesen Gedanken ging sie langsam und im Zickzack zurück zu der gemieteten Dunkelkammer.

Sidney hatte bereits zehn Streifen Probeabzüge gemacht. Er legte einen Streifen unter den Vergrößerungsapparat und begann, methodisch auszuwählen und auszusortieren. Wie stets war er mit seiner Arbeit gnadenloser und kritischer als mit der von irgendjemandem sonst. Er wusste, dass Blanche bald zurückkommen würde, sodass er mit dem Vergrößern bis morgen warten musste. Dennoch wollte er ein Bild jetzt für sich selbst betrachten.

Er erinnerte sich an das kleine Motelzimmer, das sie in jener regnerischen Nacht gleich außerhalb von Louisville genommen hatten. Er erinnerte sich daran, wie er sich damals gefühlt hatte – an sie gebunden und ein wenig wagemutig. Diese Nacht war ihm zur quälenden Erinnerung geworden, seitdem er und Blanche ein jeder um sich selbst wieder Mauern errichteten. In jener Nacht hatte es zwischen ihnen keine Grenzen gegeben.

Er fand den Abzug, den er suchte, und hielt das Vergrößerungsglas darüber. Blanche saß auf dem Bett, Regentropfen hingen in ihrem Haar, ihr Kleid am Ausschnitt so verrutscht, dass ihre Schultern entblößt waren. Weich, leidenschaftlich, zögernd. All das war da in der Art, wie sie sich hielt, in der Art, wie sie in die Kamera blickte. Aber ihre Augen …

Frustriert zog er seine eigenen Augen zusammen. Was war in ihren Augen? Er wollte das Bild jetzt vergrößern, wollte es so stark vergrößern, dass er sehen und betrachten und verstehen konnte.

Sie hielt sich jetzt zurück. Jeden Tag konnte er es fühlen, konnte er es spüren. Jeden Tag ein wenig mehr Abstand. Aber was war in jener regnerischen Nacht in ihren Augen gewesen? Er musste es wissen. Bevor er das nicht wusste, konnte er keinen Schritt tun, weder auf sie zu noch von ihr weg.

Als es an der Tür klopfte, fluchte er. Er wollte noch eine Stunde. In einer Stunde würde er den Abzug und vielleicht auch seine Antwort haben. Er wollte einfach das Klopfen ignorieren.

„Sidney, komm schon. Zeit zum Wechseln."

„Komm in einer Stunde wieder."

„In einer Stunde!" Blanche hämmerte erneut gegen die Tür. „Hör mal, ich schmelze hier draußen. Außerdem habe ich dir schon zwanzig Minuten mehr als deinen Anteil zugestanden."

In dem Moment, als er die Tür aufriss, fühlte Blanche die Wellen der Ungeduld. Weil sie nicht in der Stimmung war, sich damit auseinanderzusetzen, hob sie bloß eine Augenbraue und schob sich an ihm vorbei. Wenn er schlecht gelaunt sein wollte, fein. Er sollte nur seine schlechte Laune mit nach draußen nehmen. Lässig stellte sie ihre Kamera und einen Pappbecher mit Limonade und Eis ab.

„Na, wie ist es gelaufen?"

„Ich bin noch nicht fertig."

Mit einem Schulterzucken begann sie, die Patronen mit unentwickeltem Film aufzureihen, die sie in ihrer Tasche mit sich getragen hatte. „Du hast morgen noch Zeit."

Er wollte nicht bis morgen warten, nicht einmal eine Minute, wie er jetzt herausfand. „Wenn du mir noch die Zeit zugestehst, die ich brauche, kann ich auf morgen verzichten."

Blanche begann, Wasser in eine flache Plastikwanne einlaufen zu lassen. „Tut mir leid, Sidney, aber da draußen ist mir die Puste ausgegangen. Wenn ich jetzt nicht hier drinnen anfange, wäre es das Beste, ich würde ins Hotel zurückgehen und den Rest des Nachmittags verschlafen. Dann würde ich in Rückstand kommen. Was ist denn so wichtig?"

Er schob die Hände in die Hosentaschen. „Nichts. Ich möchte einfach fertig werden."

„Und ich muss anfangen", murmelte sie abweisend, während sie die Temperatur des Wassers überprüfte.

Er sah ihr einen Moment zu, wie sie fachkundig alles aufbaute und die Flaschen mit Chemikalien nach ihren Wünschen ordnete. Kleine Löckchen kräuselten sich feucht von der Schwüle um ihr Gesicht. Noch während sie alles für die Arbeit aufbaute, schlüpfte sie aus ihren Schuhen. Er fühlte eine Woge von Liebe, von Verlangen, von Verwirrung, und er streckte die Hand aus, um ihre Schulter zu berühren. „Blanche …"

„Hmm?"

Er wollte näher treten, hielt sich jedoch zurück. „Wann wirst du fertig sein?"

Ein Hauch von Belustigung und Ärger schwang in ihrer Stimme mit. „Sidney, hörst du endlich auf, mich zu drängen?"

„Ich will dich abholen."

Sie unterbrach sich und warf einen Blick über ihre Schulter. „Warum?"

„Weil ich nicht will, dass du in der Dunkelheit da draußen allein herumläufst."

„Um Himmels willen." Genervt drehte sie sich ganz um. „Hast du eine Ahnung, wie oft ich allein in New York war? Sehe ich dumm aus?"

„Nein."

Etwas in der Art, wie er es sagte, ließ sie die Augen zusammenziehen. „Hör mal …"
„Ich will dich abholen", wiederholte er und berührte diesmal ihre Wange. „Tu mir den Gefallen."
Sie stieß den Atem aus, versuchte ärgerlich zu sein und hob letztlich ihre Hand zu der seinen. „Acht, halb neun."
„Okay. Auf dem Rückweg können wir eine Kleinigkeit essen."
„Das ist etwas, worauf wir uns einigen können." Sie lächelte und senkte die Hand, bevor sie dem Wunsch nachgeben konnte, sie um sein Gesicht zu schmiegen. „Und jetzt geh und mach ein paar Fotos, ja? Ich muss mit der Arbeit anfangen."
Er nahm seine Kameratasche und ging zur Tür. „Nach halb neun bezahlst du das Dinner."
Blanche schloss die Tür hinter ihm mit einem entschiedenen Klicken.

Blanche verlor nicht die Zeit aus den Augen, während sie arbeitete. Zeit war zu wesentlich. In der Dunkelheit ging ihr die Arbeit gut von der Hand. Dann, in dem roten Licht, behielt sie den Rhythmus bei. Als ein Satz Negative entwickelt und zum Trocknen aufgehängt war, ging sie an den nächsten, danach an den nächsten. Als sie zuletzt die Deckenlampe einschalten konnte, drückte sie den Rücken durch, streckte die Schultern und entspannte sich.
Ein flüchtiger Blick zeigte ihr, dass sie den Drink vergessen hatte, den sie sich unterwegs gekauft hatte. Gleichmütig nahm sie einen Schluck von der lauwarmen, abgestandenen Limo.
Die Arbeit befriedigte sie – die Präzision, die dafür erforderlich war. Jetzt schweiften ihre Gedanken bereits zu den Vergrößerungen hin. Erst dann würde sie kreativ voll befriedigt sein. Sie hatte Zeit, stellte sie mit einem raschen Blick auf ihre Uhr fest, und konnte sich eine Weile mit den Negativen beschäftigen, bevor Sidney zurückkam. Dann allerdings würde es ihr so ergehen wie vorhin ihm – irgendetwas würde halb fertig liegen bleiben. Doch erst einmal ging sie ein wenig neugie-

rig an seine Probeabzüge.

Beeindruckend, entschied sie, aber weniger hatte sie gar nicht erwartet. Vielleicht würde sie ihn sogar um eine Vergrößerung bitten von dem alten Mann mit der Baseballmütze. Nicht Sidneys üblicher Stil, überlegte sie, während sie sich über den Streifen beugte. Es war so selten, dass er sich auf eine Person konzentrierte und die Emotionen frei fließen ließ. Der Mann, der dieses Foto geschossen hatte, hatte ihr einmal erzählt, er habe kein Mitgefühl. Blanche schüttelte den Kopf, während sie die Probeabzüge überflog. Glaubte Sidney das wirklich, oder wollte er nur, dass der Rest der Welt es glaubte?

Dann sah sie sich selbst und hielt erstaunt und verwundert inne. Natürlich erinnerte sie sich daran, wie Sidney dieses Foto arrangiert hatte, zuerst amüsant, dann erregend, während er Blickwinkel und Entfernung verändert hatte. Die Art, wie er sie berührt hatte ... Das war etwas, das sie nicht vergessen würde. Also sollte es sie nicht überraschen, davon den Beweis zu sehen. Dennoch war es für sie mehr als überraschend.

Mit leicht zitternden Händen griff Blanche nach einer Lupe und hielt sie über das kleine Viereck. Sie wirkte ... nachgiebig. Sie hörte, wie sie nervös schluckte, als sie tiefer blickte. Sie wirkte ... weich. Es konnte ihre Einbildung, wahrscheinlicher aber das Geschick des Fotografen sein. Sie wirkte ... verliebt.

Langsam legte Blanche die Lupe weg und richtete sich auf. Das Geschick des Fotografen, wiederholte sie und kämpfte darum, es zu glauben. Ein Trick des Blickwinkels, von Licht und Schatten. Was ein Fotograf auf Film bannte, war nicht immer die Wahrheit. Oft war es Illusion, oft dieser verschwommene Schleier zwischen Wahrheit und Illusion.

Eine Frau wusste, wann sie liebte. Das sagte Blanche sich selbst. Eine Frau wusste, wann sie ihr Herz verschenkt hatte. Es war nicht etwas, das passieren konnte, ohne dass man es fühlte.

Sie schloss für einen Moment die Augen und lauschte auf die Stille. Gab es etwas, das sie nicht gefühlt hatte, wenn es um

Sidney ging? Wie lange wollte sie noch so tun, als könnten Leidenschaft, Sehnen und Verlangen getrennt voneinander existieren? Liebe hatte sie miteinander verbunden. Liebe hatte sie zu etwas Solidem und Starkem und Unleugbarem zusammengefügt.

Sie wandte sich zu den aufgehängten Negativen um. Es gab da eines, das sie bisher hatte ignorieren können. Da war ein winziges Stückchen Film, das sie impulsiv aufgenommen und dann vergessen hatte, weil sie vor der Antwort, die sie darin finden konnte, Angst bekommen hatte. Jetzt, da sie die Antwort schon hatte, starrte Blanche darauf.

Es war ein Negativ, also waren Sidneys Haare hell, sein Gesicht war dunkel. Der kleine Abschnitt des Flusses in der Ecke war weiß, wie die Ruder in seinen Händen. Aber sie sah ihn deutlich.

Seine Augen waren zu intensiv, obwohl sein Körper entspannt wirkte. Würde er seinem Geist jemals wirkliche Ruhe gönnen? Sein Gesicht war hart, schmal, die einzige greifbare Empfindsamkeit um seinen Mund herum. Er war ein Mann mit wenig Geduld für Fehler – seine eigenen und die von anderen. Er war ein Mann mit einem ausgeprägten Empfinden für das Wichtige. Und er war ein Mann, der seine eigenen Emotionen zügeln und vor anderen verleugnen konnte. Was er gab, wann er gab, das richtete sich nach seinen Regeln.

Sie wusste und verstand und liebte trotzdem.

Sie hatte schon früher geliebt, und die Liebe hatte damals mehr Sinn ergeben. Zumindest hatte es so geschienen. Dennoch hatte letztlich Liebe nicht genügt. Was wusste sie schon darüber, wie man Liebe zum Funktionieren brachte? Wenn sie schon einmal gescheitert war, konnte sie dann wirklich glauben, bei einem Mann wie Sidney Erfolg zu haben?

Sie liebte jetzt, und sie sagte sich, dass sie klug genug sei, stark genug, um ihn fortzulassen.

Regel Nummer eins, rief Blanche sich ins Gedächtnis, während sie die Dunkelkammer aufräumte. Keine Komplikationen.

Sie ließ es wie eine Litanei immer wieder durch ihren Kopf laufen, bis Sidney an die Tür klopfte. Als sie ihm öffnete, glaubte sie beinahe daran.

Sie hatten die letzte Station erreicht, den letzten Tag. Der Sommer war nicht, wie sich so mancher wünschen mochte, endlos. Vielleicht blieb das Wetter noch ein paar Wochen lang mild. Blumen mochten auch weiterhin beharrlich blühen, doch wie Blanche den letzten Schultag als Anfang des Sommers betrachtet hatte, so betrachtete sie das Wochenende des Labor Days als seinen Abschluss.

Gebackene Muscheln, Strandpartys, Freudenfeuer. Heiße Strände und kühles Wasser. Das war Cape Cod. Volleyballspiele im Sand und plärrende tragbare Radios. Teenager perfektionierten die Sonnenbräune, die sie in den ersten Wochen der Schule herumzeigen würden. Familien stürzten sich noch ein letztes Mal hektisch ins Wasser, bevor der Herbst das Ende signalisierte. In den Gärten rauchten die Grills. Noch hatte Baseball die Nase vorn, bevor Football sich behaupten konnte. Als wüsste der Sommer, dass seine Zeit begrenzt war, verströmte er Hitze.

Blanche störte es nicht. Sie wollte, dass dieses letzte Wochenende alles war, was der Sommer bieten konnte – heiß, dunstig, sengend. Sie wollte, dass ihr letztes Wochenende mit Sidney das alles reflektierte. Liebe konnte mit Leidenschaft getarnt werden. Blanche konnte sich treiben lassen. Lange feuchtheiße Tage führten zu langen feuchtheißen Nächten, und Blanche klammerte sich an ihnen fest.

Wenn ihre Leidenschaft etwas hektisch, ihr Verlangen etwas verzweifelt war, konnte sie es auf die Hitze schieben. Während Blanche aggressiver wurde, wurde Sidney sanfter.

Er hatte die Veränderung bemerkt. Obwohl er nichts gesagt hatte, war es ihm an dem Abend aufgefallen, an dem er sie von der Dunkelkammer abgeholt hatte. Vielleicht weil sie sonst nur selten nervös war, glaubte Blanche, ihre Nervosität gut verbergen zu können. Sidney konnte jedoch förmlich sehen, wie ihre Nerven jedes Mal zuckten, wenn er sie ansah.

Blanche hatte in der Dunkelkammer eine Entscheidung getroffen – eine Entscheidung, die sie für das Beste hielt, sowohl für sich selbst als auch für Sidney. Auch Sidney hatte in der Dunkelkammer eine Entscheidung getroffen, einen Tag später, als er beobachtete, wie die Vergrößerung von Blanche langsam sichtbar wurde.

Auf der Fahrt von Westen nach Osten waren sie ein Liebespaar geworden. Jetzt musste er auf der Fahrt von Osten nach Westen Blanche so umwerben, wie ein Mann das mit einer Frau tat, mit der er sein Leben verbringen wollte.

Zuerst kam Sanftheit, obwohl er darin kein Experte war. Druck, falls nötig, konnte er später anwenden. Darin war er schon erfahrener.

„Was für ein Tag." Nach langen Stunden des Wanderns, Beobachtens und Fotografierens ließ Blanche sich im Heck des Campingbusses, dessen Türen für frische Luft geöffnet waren, auf den Boden sinken. „Ich weiß gar nicht mehr, wie viele halb nackte Menschen ich gesehen habe." Sie lächelte Sidney zu und drückte ihren Rücken durch. Sie trug nichts außer ihrem eng anliegenden roten Badeanzug und einem lockeren weißen Umhang, der von einer Schulter schlaff herabhing.

„Du passt sehr gut dazu."

Träge hob sie ein Bein an und untersuchte es. „Na ja, es ist jedenfalls hübsch zu wissen, dass dieser Auftrag nicht meine Sonnenbräune ruiniert hat." Gähnend streckte sie sich. „Wir haben noch etwa zwei Stunden Sonne. Warum ziehst du nicht etwas Unanständiges an und gehst mit mir an den Strand hinunter?" Sie stand auf und hob die Arme, sodass sie sich mühelos um seinen Hals schlingen konnten. „Wir könnten uns im Wasser abkühlen." Sie drückte aufreizend verlockend ihre Lippen auf seinen Mund. „Dann könnten wir hierher zurückkommen und uns wieder aufwärmen."

„Mir gefällt der zweite Teil." Er verwandelte den Kuss durch wachsenden Druck und veränderten Angriffswinkel zu etwas Atemberaubendem. Er fühlte förmlich, wie sie unter seinen Händen weich und nachgiebig wurde. „Geh doch du hinunter und kühl dich ab. Ich habe noch etwas zu tun."

Blanche lehnte den Kopf an seine Schulter und kämpfte mit sich, ihn nicht noch einmal zu bitten. Sie wollte, dass er mit ihr ging, in jeder Sekunde bei ihr war, die ihnen noch blieb. Morgen musste sie ihm sagen, dass sie schon für ihren Rückflug an die Westküste Vorsorge getroffen hatte. Heute war ihre letzte gemeinsame Nacht, aber das wusste nur sie.

„Na schön." Sie schaffte ein Lächeln, als sie sich von ihm löste. „Ich kann dem Strand nicht widerstehen, wenn wir so nahe campen. Ich bin in zwei Stunden wieder da."

„Viel Spaß." Er gab ihr einen raschen, geistesabwesenden Kuss und sah ihr nicht nach, als sie wegging. Hätte er es getan, hätte er gesehen, wie sie zögerte und sogar ansetzte, wieder zurückzugehen, sich dann aber doch umdrehte und ihren Weg fortsetzte.

Die Luft hatte sich abgekühlt, als Blanche zu dem Campingbus zurückging, und fühlte sich kalt auf ihrer Haut an, ein sicheres Zeichen, dass der Sommer in den letzten Zügen lag. Freudenfeuer waren aufgetürmt worden, bereit, auf den Strand hinunterzuleuchten. In der Ferne hörte Blanche ein paar zögernde, amateurhafte Akkorde auf einer Gitarre. Es würde keine ruhige Nacht werden, fand sie, während sie auf ihrem Weg zum Bus an zwei anderen Campingplätzen vorbeiging.

Sie blieb einen Moment stehen, um auf das Wasser zu sehen, wobei sie ihr Haar nach hinten warf. Diesmal trug sie keinen Zopf, es fiel ihr frei auf die Schultern und war feucht vom Schwimmen im Atlantik. Beiläufig überlegte sie, ob sie ihr Shampoo aus dem Campingbus holen und rasch zu den Duschen laufen sollte. Das konnte sie noch machen, bevor sie sich ein Sandwich bereitete. In ein oder zwei Stunden, wenn die Freudenfeuer richtig brannten und die Musik ihren Höhepunkt erreichte, würden sie und Sidney wieder an den Strand gehen und arbeiten.

Zum letzten Mal, dachte sie, als sie die Hand nach der Tür des Campingbusses ausstreckte.

Zuerst stand sie nur da und blinzelte, verwirrt von dem schwachen flackernden Licht. Kerzen, stellte sie verblüfft fest. Kerzen und weißes Leinen. Auf dem kleinen Klapptisch, den sie manchmal zwischen den Pritschen aufstellten, lag ein schneeweißes Tischtuch und standen zwei schlanke rote Kerzen in Glashaltern. Rote Leinenservietten lagen gefaltet daneben. Eine Rosenknospe steckte in einer schmalen durchsichtigen Glasvase. In dem kleinen Radio hinten im Wagen spielte sanfte, leise Musik.

An der schmalen behelfsmäßigen Küchentheke stand Sidney, die Beine gespreizt, während er noch einige Pinienkerne über einen Salat streute.

„War das Schwimmen schön?", fragte er lässig, als hätte sie jeden Abend beim Betreten des Kleinbusses einen solchen Anblick vorgefunden.

„Ja, ich … Sidney, wo hast du das alles her?"

„Bin schnell in die Stadt gefahren. Hoffentlich magst du deine Krabben gut gewürzt. Ich habe sie nach meinem Geschmack gemacht."

Sie konnte es riechen. Über dem Geruch von Kerzenwachs und dem Duft der einzelnen Rose hing das volle Aroma von gewürzten Krabben. Lachend schob Blanche sich zu dem Tisch und strich mit einem Finger an einer der Kerzen entlang. „Wie hast du das alles geschafft?"

„Man hat mich gelegentlich schon als tüchtig bezeichnet." Sie blickte von der Kerze zu ihm auf. Ihr Gesicht war zauberhaft mit seinen klaren Linien. In dem weichen Licht waren ihre Augen dunkel, geheimnisvoll. Aber vor allem sah er, wie ihre Lippen zögernd lächelten, als sie die Hand nach ihm ausstreckte.

„Du hast das für mich getan."

Er berührte sie leicht, nur mit der Hand am Haar. Beide fühlten, wie etwas zwischen ihnen schimmerte. „Ich möchte auch essen."

„Ich weiß nicht, was ich sagen soll." Sie spürte, wie ihre Augen feucht wurden, versuchte aber nicht, die Tränen zurückzuhalten. „Ich weiß es wirklich nicht."

Er hob ihre Hand und küsste mit einer Einfachheit, die er noch nie gezeigt hatte, ihre Finger, einen nach dem anderen. „Versuch es mit ‚danke'."

Sie schluckte und flüsterte: „Danke."

„Hungrig?"

„Immer. Aber ..." In einer Geste, die ihn jedes Mal berührte, hob sie die Hände an sein Gesicht. „Einige Dinge sind wichtiger."

Blanche senkte die Lippen auf seinen Mund. Es war ein Geschmack, in dem er hätte versinken können – ein Geschmack, von dem er jetzt zugeben konnte, dass er darin versinken wollte. Langsam und sanft zog er sie in die Arme.

Ihre Körper passten zusammen. Blanche wusste es, und allein schon das Wissen erzeugte schmerzliche Sehnsucht. Sogar ihrer beider Atem schien sich zu vermengen, bis sie sicher war, dass ihre Herzen in exakt dem gleichen Rhythmus schlugen. Er schob die Hände unter ihr T-Shirt auf ihren Rücken, auf dem ihre Haut noch feucht vom Meer war.

Berühre mich. Sie zog ihn näher, als könnte ihr Körper ihm die Worte entgegenschreien.

Genieße mich. Ihr Mund war plötzlich gierig, heiß und offen, als könnte sie allein mit den Lippen das herauslocken, was sie von ihm brauchte.

Liebe mich. Ihre Hände glitten über ihn, als könnte sie die Empfindungen berühren, die sie wollte. Sie berühren, halten, bewahren – wenn auch nur für eine Nacht.

Er konnte das Meer an ihr riechen und den Sommer und den Abend. Er konnte die Leidenschaft fühlen, als ihr Körper sich gegen ihn presste. Verlangen, Forderungen, Begehren – er konnte sie schmecken, konnte sie von ihrem Mund trinken.

Doch heute Abend musste er auch die Worte hören. Zu früh, warnte sein Verstand, als er begann, sich selbst zu verlieren. Es war zu früh, um zu fragen, zu früh, um etwas zu sagen. Sie brauchte Zeit, dachte er, Zeit und mehr Finesse, als er für gewöhnlich aufbrachte.

Doch selbst als er sie ein wenig von sich schob, konnte er sie nicht loslassen. Er blickte auf sie herunter und sah seinen eigenen Neubeginn. Was immer er in der Vergangenheit gesehen oder getan hatte, welche Erinnerungen auch immer er besaß, es war unwichtig. Es gab in seinem Leben nur etwas Wichtiges, und das hielt er in den Armen.

„Ich will dich lieben."

Ihr Atem war bereits ungleichmäßig, ihr Körper zitterte. „Ja."

Seine Hände umfassten sie fester, als er versuchte, logisch zu denken. „Der Platz ist knapp."

Sie lächelte und holte ihn näher. „Wir haben den Fußboden." Sie zog ihn mit sich hinunter.

Später, wenn ihr Verstand klarer und ihr Blut kühler war, würde Blanche sich nur an den Aufruhr der Gefühle, an die Flut der Empfindungen erinnern. Sie konnte nicht mehr zwischen dem berauschenden Gefühl seines Mundes auf ihrer Haut und dem intensiven Geschmack seiner Haut unter ihrem Mund unterscheiden.

Sie hatte gewusst, dass seine Leidenschaft nie zuvor intensiver, ruheloser gewesen war, aber sie konnte nicht sagen, woher sie es gewusst hatte. Lag es an der hektischen Art, wie er ihren Namen aussprach? Lag es an der verzweifelten Art, wie er ihren knappen Badeanzug herunterzog, ihren Körper erforschte, eroberte?

Ihre eigenen Gefühle hatten einen Höhepunkt erreicht, den sie nicht mehr mit Worten auszudrücken vermochte. Worte waren unvollkommen. Sie konnte es ihm nur noch zeigen. Liebe, Bedauern, Verlangen, Wünsche – all das hatte sich in ihr aufgetürmt und war in Aufruhr geraten, bis sie sich an ihn klammerte. Und nachdem sie einander alles gegeben hatten, wozu sie fähig waren, klammerten sie sich noch immer aneinander, hielten den Moment an sich gedrückt, wie sie das mit einem Foto machen würden, das nach Jahren des Betrachtens vergilbt war.

Als sie sich an ihn schmiegte und ihr Kopf auf seiner Brust ruhte, lächelte sie. Sie hatten einander alles gegeben, was sie nur geben konnten. Was konnte irgendjemand noch mehr verlangen? Die Augen noch immer geschlossen, presste sie die Lippen auf seine Brust. Nichts würde diese Nacht verderben. In dieser Nacht würden sie Kerzenschein und Lachen genießen. Diese Nacht würde sie nie vergessen.

„Hoffentlich hast du viele Krabben gekauft", murmelte sie. „Ich bin am Verhungern."

„Ich habe genug gekauft, um einen durchschnittlichen Menschen und einen gierigen zu sättigen."

Grinsend setzte sie sich auf. „Gut." Mit einem seltenen Aufflackern von Energie kämpfte sie sich wieder in den weit fallenden Umhang und sprang auf. Sie beugte sich über den Topf mit den Krabben und atmete tief ein. „Wunderbar. Ich wusste gar nicht, dass du so talentiert bist."

„Ich fand es an der Zeit, dir einige meiner bewunderungswürdigeren Qualitäten vorzuführen."

Mit einem halben Lächeln warf sie ihm einen Blick zu, während er in seine Shorts schlüpfte. „Ach?"

„Ja. Immerhin haben wir noch einen langen gemeinsamen Weg vor uns." Er warf ihr einen ruhigen, rätselhaften Blick zu. „Einen sehr langen Weg."

„Ich werde nicht …" Sie unterbrach sich selbst und wandte sich dem Salat zu. „Das sieht gut aus", meinte sie zu fröhlich.

„Blanche." Er hielt sie zurück, ehe sie aus dem Hängeschrank Schüsseln holen konnte. „Was ist los?"

„Nichts." Musste er immer alles sehen? Konnte sie nichts vor ihm verbergen?

Er ergriff sie an den Armen und hielt sie fest, um ihr in die Augen sehen zu können. „Was ist los?"

„Sprechen wir morgen darüber, ja?" Die Fröhlichkeit war

noch immer vorhanden, wenn auch bemüht. „Ich bin wirklich hungrig. Diese Krabben kühlen schon aus und …"

„Jetzt." Mit einem kurzen Schütteln erinnerte er sie beide daran, dass seine Geduld nur knapp bemessen war.

„Ich habe beschlossen zurückzufliegen", platzte sie heraus. „Ich kann einen Flug morgen Nachmittag bekommen."

Sidney wurde sehr still, aber sie war zu sehr damit beschäftigt, ihre Erklärung auszuarbeiten, als dass sie bemerkt hätte, wie gefährlich still. „Warum?"

„Ich musste meine Termine wie verrückt umstellen, um diesen Auftrag einzuschieben. Wenn ich jetzt etwas Zeit einspare, würde das die Dinge leichter machen." Es klang schwach. Es war schwach.

„Warum?"

Sie öffnete schon den Mund, um ihm eine Variation desselben Themas zu bieten. Ein Blick von ihm hielt sie davon ab. „Ich will einfach zurück", brachte sie hervor. „Ich weiß, dass du gern Gesellschaft auf der Fahrt hättest, aber der Auftrag ist beendet. Es ist sogar sehr wahrscheinlich, dass du ohne mich schneller vorankommst."

Er drängte seinen Zorn zurück. Zorn war nicht der richtige Weg. Hätte er diesem Zorn nachgegeben, hätte er geschrien, getobt, gedroht. Das war nicht der richtige Weg. „Nein", sagte er einfach und beließ es dabei.

„Nein?"

„Du fliegst morgen nicht zurück." Seine Stimme war ruhig, aber seine Augen drückten wesentlich mehr aus. „Wir fahren zusammen, Blanche."

Sie wappnete sich innerlich. Ein Streit, entschied sie, würde leicht sein. „Jetzt hör mir einmal …"

„Setz dich."

Hochmut überkam sie sehr selten, aber wenn, dann in einer sehr ausgeprägten Form. „Wie darf ich das bitte verstehen?"

Als Antwort beförderte Sidney sie mit einem leichten Schubs

auf die Bank. Wortlos zog er eine Schublade auf und holte den großen Umschlag heraus, der seine zuletzt angefertigten Vergrößerungen enthielt. Er warf sie auf den Tisch und fischte das Bild von Blanche heraus.

„Was siehst du?“, fragte er.

„Mich selbst.“ Sie räusperte sich. „Mich selbst, natürlich.“

„Reicht nicht.“

„Das sehe ich aber“, warf sie zurück, blickte jedoch nicht noch einmal auf das Bild hinunter. „Mehr ist da nicht.“

Vielleicht spielte Angst eine Rolle in seinem Verhalten. Er wollte es nicht zugeben, aber die Angst war da, Angst, er könnte sich etwas nur eingebildet haben, was gar nicht vorhanden war. „Du siehst dich selbst, ja. Eine schöne Frau, eine begehrenswerte Frau. Eine Frau“, fuhr er langsam fort, „die den Mann ansieht, den sie liebt.“

Er hatte sie entblößt. Blanche kam es so vor, als hätte er tatsächlich Lage um Lage von Vortäuschung, Abwehr, Tarnung entfernt. Sie hatte das Gleiche wie er auf dem Abbild gesehen, das er auf Film eingefroren hatte. Sie hatte es gesehen, aber was gab ihm das Recht, sie zu entblößen?

„Du nimmst zu viel“, sagte sie mit ruhiger Stimme, stand auf und wandte sich von ihm ab. „Verdammt zu viel.“

Erleichterung durchflutete ihn. Er musste seine Augen für einen Moment schließen. Keine Einbildung, keine Illusion, sondern Wahrheit. Liebe war vorhanden und mit ihr sein eigener Neubeginn. „Du hast es bereits gegeben.“

„Nein.“ Blanche drehte sich wieder um und klammerte sich an das, was ihr noch übrig blieb. „Ich habe es nicht gegeben. Was ich fühle, ist allein meine Sache. Ich habe dich um nichts gebeten, und ich werde es auch nicht tun.“ Sie holte tief Luft. „Wir waren uns einig, Sidney. Keine Komplikationen.“

„Dann sieht es so aus, als hätten wir beide uns um jeweils hundertachtzig Grad gedreht, nicht wahr?“ Er packte ihre Hand, ehe sie außer Reichweite zurückweichen konnte. „Sieh mich an.“ Sein Gesicht war nahe, Kerzenschein tanzte darüber. Das sanfte Licht erleuchtete irgendwie das, was er gesehen, was er durchlebt, was er überwunden hatte. „Siehst du denn gar nichts, wenn du mich anblickst? Siehst du denn mehr in einem Fremden am Strand, in einer Frau in einer Menschenmenge, in einem Kind an einer Straßenecke, als du in mir siehst?"

„Nicht ...", setzte sie an, wurde jedoch unterbrochen.

„Was siehst du?"

„Ich sehe einen Mann", sagte sie hastig und leidenschaftlich. „Einen Mann, der mehr gesehen hat, als er sollte. Ich sehe einen Mann, der gelernt hat, seine Gefühle sorgfältig zu kontrollieren, weil er nicht ganz sicher ist, was passieren würde, falls er sie freilässt. Ich sehe einen Zyniker, der es nicht geschafft hat, seine eigene Empfindsamkeit vollständig zu zerstören."

„Stimmt", erwiderte er ruhig, obwohl es sowohl mehr als auch weniger als das war, was er hatte hören wollen. „Was noch?"

„Nichts", erklärte sie am Rand einer Panik. „Nichts."

Es war nicht genug. Die Frustration brach durch. Blanche konnte es in seinen Händen fühlen. „Wo ist denn jetzt dein Einfühlungsvermögen? Wo ist denn dein Scharfblick, der dich bei irgendeinem launenhaften Star unter all dem Glitzer den Kernpunkt erkennen lässt? Ich will, dass du in mich hineinblickst, Blanche."

„Ich kann nicht." Die Worte kamen mit einem Schaudern heraus. „Ich habe Angst davor."

Angst? Daran hatte er überhaupt nicht gedacht. Sie wurde doch im Handumdrehen mit Emotionen fertig, suchte sie, grub nach ihnen. Er lockerte seinen Griff und sagte die Worte, die für ihn am schwierigsten auszusprechen waren. „Ich liebe dich."

Sie fühlte, wie die Worte ihr den Atem aus den Lungen pressten. Wenn er die Worte aussprach, meinte er sie auch, dessen konnte sie sicher sein. War sie so in ihren eigenen Gefühlen gefangen gewesen, dass sie die seinen nicht gesehen hatte? Es war verlockend, es wäre einfach gewesen, sich schlicht in seine Arme zu schmiegen und das Risiko einzugehen. Aber sie erinnerte sich daran, dass sie beide schon früher ein Risiko eingegangen waren und versagt hatten.

„Sidney …“ Sie versuchte, ruhig zu denken, aber seine Liebeserklärung dröhnte noch in ihrem Kopf. „Ich will … du kannst nicht …“

„Ich will, dass du es sagst.“ Er hielt sie wieder an sich gedrückt. Sie konnte nicht ausweichen. „Ich will, dass du mich ansiehst. Du weißt, dass alles, was du über mich gesagt hast, wahr ist. Und ich will, dass du es mir sagst.“

„Es würde nicht gut gehen“, begann sie hastig, weil ihre Knie zitterten. „Siehst du das nicht ein? Ich würde es mir wünschen, weil ich einfach dumm genug bin zu glauben, dass es vielleicht dieses Mal … mit dir … Aber Ehe, Kinder, das ist es nicht, was du willst, und ich verstehe das. Ich dachte ja auch nicht, dass ich es mir wünschen könnte, bis alles so außer Kontrolle geriet.“

Er war jetzt ruhiger, während sie erschöpfter wurde. „Du hast es mir noch nicht gesagt.“

„Also schön.“ Sie schrie fast. „Na gut, ich liebe dich, aber ich …“

Er verschloss ihren Mund mit seinen Lippen, sodass es keine Ausreden geben konnte. Im Moment konnte er einfach die Worte tief in sich aufnehmen und alles, was sie für ihn bedeuteten. Rettung. Er konnte daran glauben.

„Du hast verdammt viel Mut“, murmelte er an ihren Lippen, „mir zu sagen, was ich hören will.“

„Sidney, bitte.“ Sie gab der Schwäche nach und ließ den Kopf auf seine Schulter sinken. „Ich wollte nichts komplizieren. Ich will es auch jetzt nicht. Wenn ich zurückfliege, gibt das uns beiden die Zeit, die Dinge wieder in die richtige Perspektive zu bringen. Meine Arbeit, deine Arbeit …“

„Sind wichtig“, beendete er den Satz. „Aber nicht so wichtig wie das hier.“ Er wartete, bis sich ihre Augen langsam zu seinen hoben. Seine Stimme war jetzt wieder ruhig. Sein Griff lockerte sich. Er hielt sie noch immer fest, aber ohne Verzweiflung. „Nichts ist so wichtig, Blanche. Du wolltest es nicht, ich glaubte, dass ich es nicht wollte, aber ich weiß es jetzt besser. Alles hat mit dir angefangen. Alles Wichtige. Du machst mich rein.“ Er fuhr mit seinen Fingern durch ihr Haar. „Himmel, du lässt mich wieder hoffen, wieder glauben. Denkst du denn, ich lasse zu, dass du mir das alles wieder wegnimmst?“

Die Zweifel begannen zu schwinden, ruhig, langsam. Zweite Chance? Hatte sie nicht immer daran geglaubt? Risikofreudigkeit. Man musste nur fest genug gewinnen wollen.

„Nein“, murmelte sie. „Aber ich brauche ein Versprechen. Ich brauche dieses Versprechen, Sidney, und dann, glaube ich, könnten wir alles machen.“

Das glaubte er auch. „Ich verspreche, dich zu lieben und zu ehren, mich um dich zu kümmern, ob es dir gefällt oder nicht. Und ich verspreche, dass alles, was ich bin, dir gehört.“ Er griff nach oben und öffnete die Tür eines Hängeschranks. Sprachlos sah Blanche zu, wie er einen winzigen Plastiktopf mit Stiefmütterchen herausholte. Der Duft war leicht und süß und beständig.

„Pflanze sie mit mir ein, Blanche.“

Ihre Hände schlossen sich um die seinen. Hatte sie nicht immer daran geglaubt, dass das Leben so einfach war, wie man es sich machte? „Sobald wir zu Hause sind.“

EPILOG

„Arbeitest du jetzt mit?"

„Nein." Amüsiert, aber keineswegs erfreut, beobachtete Sidney, wie Blanche die Schirme neben und hinter ihm einrichtete. Ihm erschien es, als würde sie mit der Beleuchtung viel länger herumtrödeln, als nötig war.

„Du hast gesagt, ich könnte zu Weihnachten alles bekommen, was ich mir wünsche", erinnerte sie ihn, während sie den Belichtungsmesser an sein Gesicht hielt. „Und ich will dieses Bild."

„Das war ein schwacher Moment", murmelte er.

„Wie hart." Ohne jedes Mitgefühl trat Blanche zurück, um die Blickwinkel zu studieren. Die Beleuchtung war perfekt, die Schatten waren da, wo sie sein sollten. Aber … Sie stieß einen langen, leidvollen Seufzer aus. „Sidney, hörst du bitte auf, so finster dreinzusehen?"

„Ich sagte, du könntest das Foto machen. Ich habe nicht gesagt, dass es hübsch sein würde."

„Da besteht auch gar keine Gefahr", sagte sie halblaut.

Genervt fuhr sie sich über ihre Haare, und der dünne Goldring an ihrer linken Hand fing das Licht ein. Sidney betrachtete das Schimmern mit dem gleichen seltsamen Genuss, den er jedes Mal verspürte, wenn ihm klar wurde, dass sie ein Team waren, in jeder Hinsicht. Mit einem Lächeln verschlang er die Finger seiner linken Hand mit ihren, sodass die Zwillingsringe sich leicht berührten.

„Willst du sicher dieses Foto für Weihnachten? Ich dachte daran, dir zehn Pfund französische Schokolade zu kaufen."

Sie blickte finster drein, aber sie entzog ihm nicht die Hand. „Ein Tiefschlag, Colby. Verdammt unfair." Sie ließ sich jedoch nicht ablenken und machte einen Schritt zurück. „Ich kriege mein Foto", erklärte sie ihm. „Und wenn du eklig bist, kaufe ich mir meine Schokolade selbst. Manche Ehemänner", fuhr sie fort, während sie zu der Kamera auf einem Stativ zurückging,

„würden jeder Laune ihrer Ehefrau nachgeben, wenn sie in anderen Umständen ist."

Er blickte auf ihren flachen Bauch unter dem weiten Overall. Es verblüffte ihn noch immer, dass da neues Leben wuchs. Neues Leben von ihnen beiden. Wenn der Sommer wieder kam, würden sie ihr erstes Kind haben. Es wäre nicht gut gewesen, sie wissen zu lassen, dass er den Wunsch unterdrücken musste, sie zu verwöhnen und zu verhätscheln. Stattdessen zuckte Sidney die Schultern und schob die Hände in die Hosentaschen.

„Ich bin eben nicht so ein Ehemann", sagte er leichthin. „Du hast gewusst, was du kriegst, als du mich geheiratet hast."

Sie sah ihn durch den Sucher. Seine Hände steckten in den Hosentaschen, aber er war nicht entspannt. Wie immer war sein Körper bereit, sich zu bewegen, wobei seine Gedanken sich bereits bewegten. Doch in seinen Augen sah sie die Freude, die Freundlichkeit und die Liebe. Gemeinsam sorgten sie dafür, dass es dabei blieb.

Er lächelte nicht, aber Blanche tat es, als sie auf den Auslöser drückte.

„Und ob ich gewusst habe, was ich kriege", murmelte sie.

– ENDE –

Nora Roberts

Ein Meer von Leidenschaft

Roman

Aus dem Amerikanischen von
Claire Marcks

MIRA®

1. KAPITEL

Ein versunkener Schatz vor der Küste von Ocracoke. Kathleen Hardesty ließ den vergoldeten Füllfederhalter sinken und faltete ihre schlanken Hände über dem Notizbuch, das geöffnet vor ihr auf dem großen Schreibtisch aus massivem Eichenholz lag. Das Licht der Schreibtischlampe fiel auf ihre ineinander verschränkten Finger, an denen weder Brillantringe noch Nagellack von der zarten weißen Haut ablenkten.

Kate seufzte und blickte über die vielen Seekarten und Aufzeichnungen, die sie vor sich ausgebreitet hatte. Jeder Buchstabe der steilen klaren Handschrift ihres Vaters verriet die feste Überzeugung, die Edwin J. Hardesty dazu getrieben hatte, einem Schatz nachzuspüren.

Nichts an dem ruhigen, zurückgezogenen Leben ihres Vaters hätte Kate jemals auch nur vermuten lassen, dass er von versunkenem Gold träumte. Fantastereien von Schiffen, die vor zwei-, dreihundert Jahren mit ihrer ganzen wertvollen Ladung im Meer untergegangen waren, passten nicht zu seinem ernsthaften Wesen.

Nachdenklich schaute Kate vor sich hin.

Sie hatte ihrem Vater nachgeeifert und ebenfalls den Beruf des Erziehers gewählt. Mit Leib und Seele war sie Lehrerin und konnte sich nichts vorstellen, was sie mehr ausfüllte, als heranwachsende Menschen mit der Schönheit der englischen Literatur vertraut zu machen. Ihr Vater impfte ihr einst die Bedeutung von Erziehung und Bildung ein. Für ihn schien es nichts Wichtigeres im Leben gegeben zu haben. Bildung hatte Edwin Hardesty stets als unabdingbare Voraussetzung für eine zivilisierte Gesellschaft betrachtet.

Und so war Kate inmitten von Büchern aufgewachsen und in der sanften, aber bestimmten Art eines engagierten Pädagogen erzogen worden. Er erwartete von ihr, dass sie außergewöhnliche Leistungen in der Schule erbrachte. Sie enttäuschte diese

Erwartungen nie. Und später folgte sie in beruflicher Hinsicht dem Beispiel ihres Vaters. Jetzt war sie achtundzwanzig Jahre alt und hatte gerade ihr erstes Jahr als Dozentin am renommierten Yale College abgeschlossen.

Äußerlich entsprach Kate dem althergebrachten Klischee einer Lehrerin. Sie trug ihr langes hellbraunes Haar aufgesteckt. Ihre Lesebrille aus Horn hob sich stark von dem hellen Teint ihres Gesichtes ab. Hohe Wangenknochen verliehen ihr ein etwas hochmütiges Aussehen, das jedoch von ihren sanften rehbraunen Augen gemildert wurde. Kate hatte ihre Kostümjacke über den Stuhl gehängt und die Manschetten der adretten weißen Bluse hochgeschlagen. Außer einer schmalen Armbanduhr und geschmackvollen goldenen Ohrsteckern trug sie keinen Schmuck. Die Ohrstecker, ein Geschenk ihres Vaters zu ihrem einundzwanzigsten Geburtstag, waren das einzige Zeichen persönlicher Zuneigung, das sie je von ihm erhalten hatte.

Seit jenem Tag waren sieben Jahre vergangen. Und heute, eine Woche nach dem Begräbnis ihres Vaters, saß Kate an seinem Schreibtisch. Im Raum hingen noch der milde Duft seines Rasierwassers und der Geruch des würzigen Pfeifentabaks, den er nur hier in seiner Bibliothek zu rauchen pflegte.

Kate hatte nichts von der Krankheit ihres Vaters gewusst, nichts von den regelmäßigen Arztbesuchen, den Untersuchungen, den EKG-Befunden oder den kleinen Tabletten, die er stets bei sich trug. Erst nach dem tödlich verlaufenen Herzanfall hatte Kate sie in der Innentasche seines Jacketts gefunden.

Nein, ich brauche mir keine Vorwürfe zu machen, sagte sie sich. Er wollte nicht, dass jemand von seiner Krankheit erfuhr – oder von der Existenz der Seekarten und Forschungsunterlagen.

Jetzt habe ich unvermittelt von beidem erfahren, und mit einem Mal ist das Bild, das ich mir von Vater gemacht habe, ins Wanken geraten, grübelte sie weiter. Sie war sich nicht mehr sicher, den Mann jemals richtig gekannt zu haben, der sie nach dem frühen Tod ihrer Mutter allein aufgezogen hatte.

Kate lehnte sich in dem Sessel zurück und schob ihre schwache Lesebrille auf der Nase zurecht. Mit Daumen und Zeigefinger rieb sie ihre Nasenspitze und versuchte sich ihren Vater vorzustellen.

Edwin Hardesty war ein großer Mann gewesen, mit einem schmalen Gesicht und sorgfältig geschnittenem Haar. Stets hatte er den Eindruck eines drahtigen, gesunden Menschen gemacht. Am liebsten trug er dunkle Anzüge und weiße Hemden. Nur einen einzigen Luxus gönnte er sich: den wöchentlichen Gang zur Maniküre.

Kate hatte ihren Vater nie böse oder zornig erlebt. Nie hatte er sie angeschrien oder gar geschlagen. Dessen bedurfte es auch niemals. Er brauchte nur mit Blicken oder Gesten seine Unzufriedenheit, seine Enttäuschung auszudrücken. Das genügte, um Kate ein schlechtes Gewissen zu bereiten und sie zur sofortigen Änderung ihres Verhaltens zu bewegen.

Jedermann hatte Edwin Hardesty als unermüdlichen und eifrigen Menschen gekannt. Doch all sein Streben galt seinem Beruf.

Es versetzte Kate einen Stich, dass sie im Nachhinein von ihrem Vater lediglich sagen konnte, er sei ihr gegenüber niemals böse oder zornig gewesen. Ein unerklärliches Schuldgefühl bemächtigte sich ihrer.

Nein, sie hatte ihn niemals enttäuscht. Er hatte es ihr selbst gesagt, nachdem sie die Aufnahme in den Fachbereich für Englisch im Yale College geschafft hatte. Kate war sich des nächsten unausgesprochenen Wunsches ihres Vaters durchaus bewusst. Er hätte es als Krönung ihrer Karriere und seiner Erziehung angesehen, wenn sie innerhalb der kommenden zehn Jahre zur Leiterin dieses Bereiches aufsteigen würde.

Ob er sich jemals klargemacht hat, wie sehr ich ihn geliebt und wie sehr ich mich bemüht habe, seinen Idealen zu entsprechen? überlegte Kate und schloss einen Augenblick lang die Augen. Es hatte keine Gelegenheit mehr gegeben, Antwort auf diese quälenden Fragen zu erhalten. Als sie im Krankenhaus angekommen war, war ihr Vater bereits tot gewesen.

Jetzt saß sie allein in dem kleinen Haus auf Cape Cod, in dem sie so lange mit ihrem Vater gewohnt hatte. Die Reinemachefrau kam mittwochmorgens, der Gärtner kümmerte sich samstags um den Garten. Ihr, Kate, blieb die Aufgabe überlassen, sich mit den Dokumenten zu befassen, sie zu sortieren und auszuwählen.

Das würde nicht schwierig sein. Kate lehnte sich weiter zurück. Praktische Dinge bereiteten ihr keinerlei Probleme. Was aber sollte mit diesen Karten geschehen? Und was sollte sie mit den sorgfältig gezeichneten Plänen und den Notizbüchern beginnen, in denen viele Hinweise, Anleitungen und Informationen standen?

Einerseits neigte Kate dazu, sie irgendwo abzulegen und zu vergessen, andererseits spürte sie, wie ihre Fantasie angeregt wurde, wie sie sich in Träumereien verlor. So wie sie die Schönheit eines Gedichtes gefangen nahm, fesselten sie auch die Aufzeichnungen ihres Vaters.

Und er musste von der Richtigkeit seines Tuns, vom späteren Erfolg seiner Nachforschungen überzeugt gewesen sein. Kate beugte sich erneut über den Schreibtisch. Ja, zweifellos hatte ihr Vater an einen Sinn seiner Arbeit geglaubt, sonst hätte er kaum Zeit damit verschwendet zu suchen, zu kommentieren und Theorien aufzustellen. Dem Umfang der Unterlagen nach zu urteilen musste er Monate, ja Jahre damit verbracht haben, Informationen über den Verbleib eines englischen Handelsschiffes zu sammeln, das vor mehr als zweihundert Jahren vor der Küste von North Carolina untergegangen war.

Versunkene Schätze! Ein Thema für Hollywood-Filme oder Romane. Unwillkürlich tauchte vor Kates geistigem Auge das Bild des einbeinigen Piraten aus Stevensons Roman „Schatzinsel" auf, der besessen nach der sagenumwobenen Insel suchte.

Insel. Diese Vorstellung zog eine weitere Erinnerung nach sich. Ocracoke. Kate hatte alle Gedanken an jenen Sommer vor vier Jahren verdrängt. Jetzt, da sie eine Entscheidung über das Erbe ihres Vaters treffen musste, kehrten Bilder aus dieser Zeit auf der Insel vor der Küste von North Carolina mit schmerzhafter Deutlichkeit zurück.

Sie hatte gerade mit ihrer Doktorarbeit begonnen, als ihr Vater zu ihrer Überraschung ankündigte, dass er den Sommer auf Ocracoke verbringen wolle. Natürlich folgte Kate seiner Aufforderung, ihn zu begleiten. In ihrem Gepäck befanden sich eine tragbare Schreibmaschine, unzählige Bücher und stapelweise Schreibpapier. Kate hatte nicht damit gerechnet, dass weiße Sandstrände und der Ruf der Möwen sie ablenken würden. Außerdem war sie nicht darauf gefasst gewesen, sich Hals über Kopf zu verlieben.

Kate schüttelte leicht den Kopf, während sie an ihre hoffnungslose Liebe zu Dominic Silver dachte. Sie waren so verschieden wie Tag und Nacht. Dennoch hatte sie sich, jung und unerfahren, ganz dem Zauber jenes Sommers mit ihm hingegeben.

Sie sah Dominic wieder vor sich, wie er am Steuer des von ihrem Vater gemieteten Bootes gestanden hatte. Sie glaubte sein Lachen zu hören, sein schwarzes, vom Wind zerzaustes Haar zu fühlen. Auch erinnerte sie sich an das unbeschreiblich schöne Gefühl der Schwerelosigkeit, das sie beim gemeinsamen Tauchen in den warmen Küstengewässern genossen hatte.

Ich bin zu sehr von dem gefesselt gewesen, was in mir vorgegangen ist, um das plötzliche Interesse Vaters am Bootfahren und Tauchen befremdlich zu finden, dachte sie. Ich habe mich hinreißen lassen von meinen Empfindungen für Dominic. Die Verwunderung darüber, dass ein Mann wie er sich zu mir hingezogen fühlte, hatte mich nicht stutzig werden lassen, als Vater sich währenddessen intensiv mit Ebbe und Flut beschäftigte, anstatt wie andere Urlauber zu angeln oder zu baden.

Jetzt lagen diese jugendlichen Träumereien hinter Kate. Sie wusste nun, dass ihr Vater in den vielen Stunden, in denen er sich in sein Hotelzimmer zurückgezogen hatte, Nachforschungen betrieb. Auch in den folgenden Sommern war er nach Ocracoke zurückgekehrt. Ohne Kate, die diese Insel nie wieder betreten hatte – wegen Dominic Silver.

Dominic hatte verlangt, dass sie sich von ihrem Vater löste. Das konnte sie trotz aller Verliebtheit nicht, und daran war ihre Beziehung gescheitert.

Kate schloss das Notizbuch ihres Vaters, faltete die Seekarten zusammen und schob sie zur Seite. Sie würde wieder nach Ocracoke fahren, um zu vollenden, was ihr Vater begonnen hatte. Mehr als das Haus und den antiken Schmuck ihrer Mutter empfand sie diese Aufzeichnungen nun als das wirkliche Erbe ihres Vaters. Mit ihnen hatte er ihr die Aufgabe übertragen, sein Werk fortzuführen.

Entschlossen nahm Kate ihre Brille ab und legte sie auf das Notizbuch. Ja, sie würde zu der Insel zurückkehren und sich an Dominic Silver wenden. Die Vorstellungen und Erwartungen ihres Vaters hatten sie damals von ihm fortgetrieben, nun führten sie sie wieder zu ihm.

Kate öffnete die obere Schublade des Schreibtisches und entnahm ihr ein blütenweißes Blatt Leinenpapier. Sie schraubte die Schutzkappe von ihrem Füllfederhalter und begann zu schreiben.

Dominic beschleunigte seine Fahrt und hielt sein Gesicht dem Wind entgegen. Er liebte den Rausch der Geschwindigkeit, so wie er auch einen ganzen Nachmittag faul in der Hängematte liegend verbringen konnte. Diese Ungezwungenheit und Freiheit machte ihm das Leben lebenswert.

Obwohl am Meer aufgewachsen, atmete er den Geruch des salzigen Meerwassers dennoch ganz bewusst ein. Die Bewegung des Bootes unter seinen Füßen war ihm vertraut, doch er spürte sie jedes Mal wieder. Für Dominic galt nichts als selbstverständlich. Mit allen Sinnen nahm er jede Einzelheit in seiner Umgebung wahr.

Die kleine, ruhige Inselstadt betrachtete er seit jeher als sein Zuhause. Zwar war er schon weit gereist und wollte sich auch weiterhin die Welt anschauen, aber er vermochte sich keinen anderen Wohnort vorzustellen. Ihm sagte das Leben hier zu – die Freiheit des Meeres und die Vertrautheit der kleinen Inselgemeinschaft.

An die Anwesenheit von Touristen im Sommer hatte sich Dominic gewöhnt. Sie bildeten eine neue Einnahmequelle, halfen den Bewohnern, ihren Lebensunterhalt zu verdienen. Er zog allerdings die Wintermonate auf der Insel vor, wenn heftige, kalte Stürme bliesen und nur ganz Mutige die Überfahrt mit der Fähre nach Ocracoke wagten.

Dominic ging häufig fischen. Er entnahm dem Meer jedoch nur das, was er selbst verzehren konnte. Wenn er tauchte, nach Muscheln zum Beispiel, geschah es zu seinem Vergnügen. Im Sommer lud er hin und wieder Touristen auf sein Boot ein und fuhr sie hinaus zum Fischen oder Tauchen, weil er sich zuweilen nach Gesellschaft sehnte. An anderen Tagen wiederum stand ihm der Sinn nicht danach. Dann wollte er das Meer ganz für sich allein haben. Wie an dem heutigen sonnigen Nachmittag.

Im Frühjahr war Dominic zweiunddreißig Jahre alt geworden, aber er war alles andere als ein gesetzter Mensch. Er lebte frei und ungebunden, ohne Rücksichten und Verpflichtungen. Und er hatte vor, auch in Zukunft zu tun, wonach ihm der Sinn stand.

Nur über die Richtung, die sein Leben nehmen sollte, war er sich noch nicht ganz klar.

Im Augenblick hatte er sich für den blauen Himmel über ihm und für das endlose Meer entschieden. Die Sonne brannte heiß, und der Wind verschaffte angenehme Kühlung. Der Motor des Bootes lief einwandfrei, und die Kühltasche enthielt einige Fische, die er sich zum Abendessen zubereiten wollte.

Von der Küste aus mochte es aussehen, als nähere sich ein Pirat dem Ufer. Das Haar reichte Dominic über die Ohren und hing etwas im Nacken herab. Es hatte eine tiefschwarze Färbung, die Dominics Abstammung von sizilianischen Einwanderern verriet. Seine Augen waren dunkelgrün, so wie sich das Meer an einem bewölkten Tag darbot. Durch die ständige Bewegung im Freien war seine sonnengebräunte Haut fest und straff.

Wenn Dominic lächelte, nahm sein Gesicht den verwegenen Ausdruck eines Abenteurers an, den Frauen unwiderstehlich fanden. Aber selbst wenn er nicht lächelte oder seine Augen kalt und hart wirkten, wie die eines Raubtiers vor dem Sprung, fühlten sich die Frauen zu ihm hingezogen, wie er schon früh festgestellt hatte.

Dominic drosselte die Geschwindigkeit und ließ das Boot langsam an seinen Platz im Silver Lake Hafen gleiten. Er schaltete den Motor ab, sprang auf den Anlegesteg und machte die Leinen mit den geschickten erfahrenen Bewegungen eines Mannes fest, der am Meer aufgewachsen ist.

„Hast du etwas gefangen?"

Dominic richtete sich auf und wandte sich dem Sprecher zu. „Es reicht. Ist nicht viel los im Restaurant?", fragte er dann und sah seinen Bruder abwartend an.

Marsh lächelte, und flüchtig wurde die Familienähnlichkeit besonders deutlich, obgleich Marshs Augen braun waren und er sein Haar adrett geschnitten trug.

„Fürchtest du um deine Geldanlage?", scherzte er.

„Das brauche ich nicht, weil du dich um sie kümmerst."

Marsh erwiderte nichts. Die beiden Brüder verstanden sich auch ohne viele Worte. Ihre gegensätzlichen Charaktere, die Tatsache, dass der eine von ihnen ruhelos, der andere ausgeglichen war, hatte dieses Einverständnis niemals getrübt.

„Linda möchte, dass du heute Abend zum Essen ins ‚Roost' kommst. Sie macht sich Sorgen um dich."

Wie kann es auch anders sein, dachte Dominic belustigt. Seine Schwägerin kümmerte sich mit Hingabe um die Familie und ließ sich auch nicht durch die Tatsache, dass sie fünf Jahre jünger als Dominic war, davon abhalten, ihn zu bemuttern. Ihre Fürsorglichkeit, Marshs Geschäftssinn sowie Dominics Kapital und geschmackvolle Renovierungen hatten das „Roost" innerhalb kürzester Zeit zu einem sehr beliebten Restaurant werden lassen. Dominic überließ die Geschäftsführung seinem Bruder und seiner Schwägerin. Er hatte zwar nichts dagegen, sich hin und wieder mit der Gewinn- und Verlustsituation zu befassen, aber tagtäglich im „Roost“ nach dem Rechten zu schauen kam für ihn nicht infrage.

Nachdem alle Leinen festgezurrt waren, rieb Dominic die Handflächen an seiner Jeans ab. „Was gibt es denn zum Abendessen?“, erkundigte er sich.

„Seezunge.“ Marsh steckte seine Hände in die Hosentaschen und wiegte sich auf seinen Fußsohlen leicht vor und zurück.

Dominic lachte, holte die Kühltasche aus seinem Boot und zeigte seinem Bruder den Fang. „Linda kann ganz beruhigt sein. Ich werde schon genug essen.“

„Damit wird sie sich nicht zufriedengeben.“ Marsh warf Dominic einen raschen Seitenblick zu. „Sie meint, du seist zu viel allein.“

„So kann nur jemand empfinden, der nicht gern allein ist.“ Dominic wollte nicht streiten, da noch die schöne Erinnerung an die Bootsfahrt und das weite Meer in ihm lebendig waren. Aber er hatte noch nie mit seiner Meinung hinterm Berg gehalten. „Vielleicht solltet ihr beide euch ein weiteres Baby anschaffen, dann wäre Linda zu beschäftigt, um sich um deinen großen Bruder zu sorgen.“

„Gönn mir bitte eine Pause. Joy ist gerade erst achtzehn Monate alt.“

„Du musst noch neun Monate hinzuzählen“, erinnerte Dominic ihn leichthin. Er vergötterte seine Nichte, obwohl – oder gerade weil – sie ein kleiner Teufel war. „Jedenfalls sieht es so aus, als liege der Erhalt unserer Familie in deinen Händen.“

„Hm.“ Marsh kreuzte die Füße, räusperte sich und schwieg.

Diese Haltung war eine Angewohnheit aus seiner Kinderzeit, und Dominic amüsierte sich meistens darüber. Heute jedoch nicht. Es schien etwas Außergewöhnliches vorgefallen zu sein. Dominic spürte förmlich, dass irgendetwas in der Luft lag.

„Warum verrätst du mir nicht endlich, was du auf dem Herzen hast?", sagte er schließlich. „Ich möchte nach Hause gehen und den Fisch säubern."

„Du hast Post bekommen. Der Brief wurde irrtümlich in unseren Briefkasten geworfen."

Das geschah häufig, und es bestand eigentlich kein Grund für Marshs geheimnisvolles Verhalten. Ohne ein Wort zu erwidern, streckte Dominic die Hand aus.

„Dominic ..." Hilflos brach Marsh ab, zog den Brief aus der Hosentasche und reichte ihn seinem Bruder.

Genau wie vier Jahre zuvor wusste er nicht, was er Dominic sagen sollte.

Dominic erkannte die Handschrift sofort. Er brauchte den Briefumschlag nicht umzudrehen, um nachzuschauen, wer der Absender war. Unvermittelt stürmten Erinnerungen auf ihn ein, und er starrte auf das Papier.

Sein Gesicht wirkte wie versteinert, als er den Umschlag schließlich in die Gesäßtasche seiner Jeans steckte. „Danke." Er nickte Marsh kurz zu und nahm die Kühltasche und sein Angelzeug vom Boden auf.

„Dominic ..." Erneut hielt Marsh inne. Dominic hatte ihm den Kopf zugewandt und blickte ihn fast ungeduldig an. „Wenn du deine Meinung wegen des Abendessens ändern solltest ..."

„Dann sage ich euch Bescheid", vollendete Dominic den Satz und ging über den Anlegesteg an Land.

Auf dem Weg zu seinem Haus versuchte Dominic, Ordnung in seine Gedanken zu bringen und die Bilder der Vergangenheit zu verarbeiten, die ihn nie ganz losgelassen hatten.

Kate. Vor vier Jahren war sie in ihrer kühlen, beherrschten Art aus seinem Leben gegangen. Sie hatte ihn an eine zerbrechliche Porzellanpuppe erinnert – ein wenig geziert und hochmütig. Dominic mochte keine gekünstelten Manieren, dennoch hatte er Kate vom ersten Augenblick an begehrt.

Zunächst hatte er sich eingeredet, dass ihn ihr Anderssein fesselte. Es war wie eine Herausforderung erschienen, sie zu erobern. Es bereitete ihm Spaß, ihr das Tauchen beizubringen und zu verfolgen, wie sie sich in ihrer gewissenhaften Art Schritt für Schritt mit der Materie vertraut machte. Ihren Anblick in dem eng anliegenden Taucheranzug würde er nie vergessen – ihre schlanke, fast knabenhafte Figur und ihr herrliches Haar.

Als sie zum ersten Mal den Knoten im Nacken löste und Dominic ihr dichtes langes Haar sah, hatte er sie fasziniert angestarrt. Wie gern hätte er damals die Hand nach den weichen Locken ausgestreckt und sie berührt. Doch die Gegenwart von Kates Vater ließ ihn davor zurückschrecken.

Doch seit jenem Moment hatte er nach Gelegenheiten gesucht, mit Kate allein sein zu können.

Die boten sich ihm dann. Kate fand großen Gefallen am Tauchen. Während ihr Vater sich mit seinen Büchern zurückzog, fuhren Dominic und sie aufs Meer hinaus. Er führte sie in die stille, traumhafte Welt unter Wasser ein, die sie wie ihn verzauberte.

Dominic erinnerte sich noch deutlich daran, wie er Kate zum ersten Mal geküsst hatte. Sie standen auf dem Deck seines Bootes, nass und erfrischt vom Tauchen. Hinter ihr konnte er den Leuchtturm und die Küste von Ocracoke sehen. Kates dichtes Haar war tropfnass, und er streckte die Hand aus und strich leicht über ihren Kopf.

„Was soll das?"

Heute noch, vier Jahre später, glaubte Dominic ihre klare, reine Stimme zu hören. Mit ihren sanften braunen Augen hatte sie ihn verwundert angeschaut.

„Ich werde Sie jetzt küssen."

„Warum?"

„Weil ich Lust dazu habe."

So einfach war das für ihn. Er hatte diesen Kuss eben gewollt.

Als er Kate in seine Arme zog, spürte er die Steifheit ihres Körpers. Bevor sie widersprechen konnte, verschloss Dominic ihren Mund mit seinen Lippen. Wenig später wich jegliche Zurückhaltung von ihr. Sie erwiderte seinen Kuss mit all der in ihr angestauten Leidenschaft. Dominic war erfahren genug, um ihre Unschuld zu erkennen, was ihn ebenfalls faszinierte. Er verliebte sich mit Haut und Haaren in Kate.

Sie blieb ihm stets ein Rätsel, trotz der vielen Stunden, die sie miteinander verbrachten, und trotz ihrer langen Gespräche. Dominic bewunderte ihren Wissensdurst und ihre Art, jede Erfahrung gründlich zu erforschen und zu verarbeiten.

So war es auch mit dem Tauchen gewesen. Es genügte Kate nicht, frei und schwerelos im Wasser zu schweben. Sie wollte wissen, wie die Sauerstoffflaschen funktionierten, weshalb sie so und nicht anders gebaut waren. Dominic beobachtete, wie sie alle seine Antworten in sich aufnahm, und glaubte fest daran, dass sie keine einzige jemals vergessen würde.

Oft gingen sie nachts am Ufer spazieren, und Kate trug aus dem Gedächtnis Gedichte vor, wundervolle Verse von Byron, Shelley und Keats, Dichter, für die sich Dominic vorher nie sonderlich interessiert hatte, deren Werke jedoch plötzlich eine ganz besondere Bedeutung für ihn annahmen.

Wenn Kate begann, über Satzstellung, Hexameter und Pentameter zu dozieren, fand er rasch Mittel und Wege, sie von dem Thema abzubringen.

In jenen drei Sommermonaten drehten sich all seine Gedanken nur um Kate. Damals zog er sogar in Erwägung, sein Leben zu ändern. Seine kleine Behausung am Strand wollte er richtig ausbauen, neu möblieren. Kate würde sich auch nicht wie er mit Fisch, Eiern und Schinken begnügen. Jung und zum ersten Mal richtig verliebt, schmiedete Dominic euphorisch Pläne für eine gemeinsame Zukunft und dachte, sie würden in Erfüllung gehen.

Aber Kate hatte seine Träume zunichtegemacht. Sie hatte eigene Pläne und Dominic darin keinen Platz eingeräumt.

Ihr Vater war im folgenden Sommer nach Ocracoke zurückgekehrt, dann jedes Jahr wieder. Kate war nie mehr gekommen. Dominic hatte erfahren, dass sie ihren Doktortitel erlangt hatte und an einer vornehmen Schule unterrichtete, an der auch ihr Vater beschäftigt war. Sie hatte also genau das erreicht, was sie sich wünschte …

Dominic stieß die Tür zu seinem Haus auf. Hier hatte er mit Kate leben wollen.

Was soll's? dachte er. Wahrscheinlich wäre es mit uns beiden auf die Dauer ohnehin nicht gut gegangen.

Dominic stellte die Kühltasche auf den Boden in der Küche und öffnete den Kühlschrank. Er holte eine Dose Bier heraus, zog den Verschluss ab und trank einen großen Schluck von der kalten Flüssigkeit. Sie spülte etwas von der Bitterkeit hinunter, die er empfand.

Er fühlte sich jetzt ruhiger und nahm neugierig den Brief aus der Tasche seiner Jeans. Rasch öffnete er den Umschlag. Dann hielt er ein säuberlich beschriebenes Blatt in der Hand und las:

Lieber Dominic,
vielleicht ist dir schon bekannt, dass mein Vater vor zwei Wochen einem Herzanfall erlegen ist. Es kam sehr plötzlich, und ich versuche im Augenblick alle Dinge, die mit seinem Tod verbunden sind, zu erledigen.

Bei der Durchsicht der Unterlagen meines Vaters habe ich festgestellt, dass er Vorbereitungen getroffen hat, auch in diesem Sommer nach Ocracoke zu reisen und deine Dienste in Anspruch zu nehmen. Ich sehe mich nun genötigt, an seiner Stelle zu kommen. Aus Gründen, die ich dir lieber persönlich mitteilen möchte, benötige ich deine Hilfe.

Du hast bereits eine Vorschusszahlung meines Vaters erhalten. Ich werde am fünfzehnten auf der Insel ankommen, dann können wir uns über die geschäftlichen Bedingungen unterhalten. Suche mich bitte im Hotel auf oder hinterlasse eine Nachricht. Ich hoffe, dass wir eine für beide Seiten angenehme Einigung finden werden.

Richte bitte Marsh herzliche Grüße aus. Vielleicht habe ich Gelegenheit, ihn während meines Aufenthaltes zu sehen.
Bis bald!
Kathleen Hardesty

Der alte Mann war also tot. Dominic legte den Brief auf den Küchentisch und führte die Bierdose wieder zum Mund. Er hatte keine besondere Sympathie für Edwin Hardesty gehegt. Kates Vater war ein strenger, humorloser Mann gewesen. Aber Dominic hatte auch keine Abneigung gegen ihn empfunden und sich seltsamerweise irgendwie an seine Gesellschaft während der vergangenen Sommer gewöhnt. Dieses Mal würde Kate kommen …

Dominic überflog nochmals ihre Zeilen und schaute auf den Kalender.

In zwei Tagen, dachte er, in zwei Tagen wird sie da sein … um sich über geschäftliche Bedingungen zu unterhalten.

Ein Lächeln umspielte seine Lippen, ein ziemlich freudloses, bitteres Lächeln. Also gut, sie würden geschäftliche Dinge besprechen. Kate wollte die Stelle ihres Vaters einnehmen. Dominic fragte sich, ob ihr bewusst war, dass ihre Worte voller Ironie steckten. Zeit ihres Lebens war sie gehorsam in die Fußstapfen ihres Vaters getreten. Nun ja, warum sollte sich daran nach dessen Tod etwas geändert haben?

Ob Kate sich wohl verändert hatte? Würde sie noch diese faszinierende Aura aus Unschuld und Zurückhaltung umgeben? Vielleicht hatte sie sie im Laufe der Jahre verloren. Vielleicht hatte sich der leichte Anflug von Hochmut in Härte verwandelt. Bald würde er es feststellen können.

Dominic stützte die Hände auf die Spüle und schaute durch das Fenster in Richtung Meer, das er hören und riechen konnte. Kate beabsichtigte seine Dienste in Anspruch zu nehmen, ein Geschäft mit ihm abzuschließen. Sie wollte sein Boot mieten, seine Ausrüstung und seine Zeit beanspruchen. Ein eigenartiges Gefühl stieg in ihm auf, er verdrängte es rasch. Kate sollte ihren Willen bekommen. Sie sollte aber dafür bezahlen. Dafür würde er sorgen.

Dominic verließ die Küche. Die Kühltasche mit seinem Fang stand unangetastet auf dem Boden. Der Appetit war ihm vergangen.

2. KAPITEL

Kate fuhr ihren Wagen auf die Fähre nach Ocracoke und zog die Handbremse an. Es war ein kühler und sehr klarer Morgen. Sie konnte sich allerdings nicht an ihm erfreuen, verspürte nur das Bedürfnis, sich zurückzulehnen und die Augen zu schließen. Aus irgendeinem unerklärlichen Grund hatte sie es vorgezogen, von Connecticut aus mit ihrem eigenen Wagen zu fahren, anstatt zu fliegen.

Auf dem Beifahrersitz lag ihre Aktentasche, in der sich alle Aufzeichnungen ihres Vaters befanden. Im Hotel der Insel wollte Kate sie erneut durchsehen. Vielleicht würde sich dann wieder das Gefühl der Gewissheit einstellen, dass sie den richtigen Entschluss gefasst hatte.

Je näher sie der Insel kam, desto quälender wurde die Frage, ob sie nicht einen großen Fehler beging. Es war aber nicht die Nähe zur Insel, die sie unsicher werden ließ, sondern die bevorstehende Begegnung mit Dominic.

Kate blieb nur noch wenig Zeit, ruhiger und ihrer Gefühle Herr zu werden, die bei ihrer Reise in Richtung Süden in Aufruhr geraten waren. Sie sagte sich, dass ihre Aufregung dumm sei. Sie würde nicht zu einem Liebhaber zurückkehren, sondern einen erfahrenen Taucher für eine ganz bestimmte Aufgabe engagieren. Mehr nicht. Frühere persönliche Empfindungen durften keine Rolle spielen. Sie gehörten der Vergangenheit an.

Die Kate Hardesty, die vor vier Jahren auf Ocracoke angekommen war, hatte wenig mit der Frau Doktor Kathleen Hardesty gemein, die heute mit der Fähre auf die Insel übersetzte. Sie war nicht mehr jung und unerfahren. Dominics ungezügeltes wildes Wesen konnte sie nicht mehr beeindrucken, sie würden lediglich Geschäftspartner sein.

Kate spürte die Bewegung der Fähre unter sich, während sie durch die Windschutzscheibe ihres Autos aufs Meer schaute.

Wenn Dominic sich nicht sehr verändert hat, wird ihn die Aussicht, nach einem Schatz zu suchen, faszinieren, dachte sie.

Es war ihr klar, dass sie keinen besseren Taucher finden würde. Dominic verfügte über große Erfahrung und die richtige Ausrüstung. Es schien ratsam, für einen solchen Auftrag den Besten zu wählen.

Etwas entspannter stieg Kate aus ihrem Wagen und stellte sich an die Reling. Sie beobachtete den Flug der Möwen, die die winzigen unbewohnten Inseln bevölkerten. Sie hatte das Gefühl, nach Hause zurückzukehren.

So ein Unsinn! Unwillkürlich schüttelte sie den Kopf. Connecticut war ihr Zuhause. Dorthin würde sie zurückkehren, sobald sie ihre Aufgabe hier erfüllt hatte.

Der Motor der Fähre war zu laut, um irgendwelche anderen Geräusche aus der Umgebung hören zu können. Kate beugte sich vor und betrachtete das Kielwasser. Dann entdeckte sie eine Insel, auf der sich etliche große braune Pelikane tummelten. Sie lächelte, froh, diese an Land so tollpatschig wirkenden Vögel wieder zu sehen.

Die Fähre passierte die spitz zulaufende Landzunge, auf der viele Angler ihre Wagen abstellten und ihr Glück versuchten. Die Wellen schlugen heftig gegen diesen schmalen Landstreifen. An den Stellen, wo das Land tiefer lag als das Meer, trafen die Wellen auf das Wasser der Bucht und bildeten weiße Schaumkronen. All diese Eindrücke hatte Kate nicht vergessen. Auch an die Heimtücke der Strömung erinnerte sie sich.

Tief atmete Kate die salzige Luft ein, bevor sie sich wieder in ihren Wagen setzte. Es war eine aufregende Welt, in der Schönheit und Gefahr dicht beieinander lagen.

Nachdem die Fähre angelegt hatte, dauerte es nicht lange, bis Kate auf die schmale asphaltierte Inselstraße fahren konnte. Auf dieser einzigen Straße auf Ocracoke würde sie bald zu der kleinen Stadt gelangen.

Kate fühlte sich ruhig und ausgeglichen, zumindest redete sie es sich ein. Sie hatte eine ganz normale, völlig verständliche Aufregung verspürt. Nun war sie bereit, Dominic entgegenzutreten, mit ihm zu sprechen, mit ihm zusammenzuarbeiten, wenn er sich mit ihren Bedingungen einverstanden erklärte.

Kate kurbelte die Fensterscheibe herunter und ließ die warme, feuchte Luft herein. Sie tat ihr gut. Wie lange hatte sie die wohltuende Wirkung von würziger Meeresluft und dem beständigen, gleichmäßigen Rauschen des Meeres entbehrt! Es war richtig gewesen, herzukommen. Beim Anblick der ersten Häuser der Ortschaft lächelte sie zufrieden. Sie hatte ihr Ziel erreicht.

Das Hotel, in dem sie bereits mit ihrem Vater gewohnt hatte, lag auf der dem Meer zugewandten Seite des Ortes. Es war klein und ruhig. Zwar fand Kate die Bedienung manchmal ein wenig langsam, dafür hatte man aber einen unvergleichlich schönen Blick auf das Meer.

Kate parkte den Wagen vor dem Hotel und drehte den Zündschlüssel herum. Leise seufzte sie auf.

Als sie aus dem Wagen stieg, sah sie Dominic sofort. Einen Moment lang war sie nicht mehr die selbstbewusste Lehrerin für englische Literatur, sondern nur eine hilflos ihren Empfindungen ausgelieferte Frau.

Dominic hatte sich kein bisschen verändert. Während Kate ihn musterte, kamen ihr jeder Kuss, jedes Streicheln, jeder köstliche Augenblick ihres Zusammenseins ins Bewusstsein. Der Wind blies Dominic das Haar aus dem Gesicht. Sie sah die vertrauten Züge. Die Sonne erwärmte ihre Haut, und es war Kate, als lägen keine vier Jahre zwischen heute und ihrer letzten Begegnung.

Für Dominic kam dieses Zusammentreffen überraschend. Er hatte damit gerechnet, dass Kate erst am Nachmittag eintreffen würde. Soeben hatte er kurz im „Roost“ vorbeigeschaut. Das Restaurant befand sich genau gegenüber dem Hotel, in dem Kate wohnen würde.

Sie sah adrett und etwas zu dünn in ihrer maßgeschneiderten Hose und der kurzärmeligen Bluse aus. Ihr Haar war hochgesteckt und gab so den Blick frei auf die zarte Haut ihres Halses. Durch ihren hellen Teint wirkten ihre Augen noch größer und dunkler, als sie in Wirklichkeit waren.

Sie schien dieselbe geblieben zu sein. Sanft, ein wenig spröde, ruhig. Dominic ignorierte das Pochen seines Herzens. Während er näher trat, begutachtete er Kate offen und ungehemmt. Er lächelte auf seine typisch arrogant-verwegene Art, um Distanz wahren zu können.

„Kate! Da komme ich ja gerade rechtzeitig zu deiner Begrüßung."

Kate glaubte, dass der Kloß in ihrem Hals sie am Sprechen hindern würde, und bemühte sich um Fassung. Sie schluckte. „Dominic. Wie schön, dich wieder zu sehen."

„Tatsächlich?"

Sie überhörte seine ironische Frage absichtlich und ging zum Kofferraum, um ihr Gepäck herauszuholen. „Ich möchte dich so bald wie möglich sprechen. Ich will dir einiges zeigen und Geschäftliches mit dir bereden."

„Einverstanden. Für geschäftliche Dinge habe ich immer ein offenes Ohr."

Dominic sah zu, wie Kate zwei Koffer neben den Wagen stellte, ohne ihr seine Hilfe anzubieten. Er bemerkte, dass sie keinen Ring trug. Diese Feststellung erleichterte ihn, was er sich jedoch nicht wirklich eingestand.

„Vielleicht könnten wir uns heute Mittag treffen, nachdem ich mich ein wenig eingerichtet habe." Kate wollte das Unvermeidliche gleich in Angriff nehmen. „Wir könnten zusammen im Hotel zu Mittag essen."

„Nein, danke." Dominic lehnte sich gegen ihren Wagen und verschränkte die Arme vor der Brust. „Du willst etwas von mir, und du weißt, wo ich zu finden bin. Es ist keine allzu große Insel."

Er steckte die Hände in die Taschen seiner Jeans und verließ Kate, ohne ein weiteres Wort hinzuzufügen.

Obwohl sie sich gegen die Erinnerung wehrte, sah sie Dominic vor sich, wie er das letzte Mal von ihr gegangen war. Sie hatten fast an derselben Stelle gestanden.

Kate nahm ihre Koffer auf und schritt gemessen ins Hotel.

Natürlich wusste Kate, wo sie Dominic finden würde. Wenn er nicht mit seinem Boot über das Meer brauste, war er in seiner kleinen, etwas vernachlässigten Behausung in der Nähe des Strandes. Kate ließ sich Zeit für das Auspacken ihrer Koffer, sie hielt es für unklug, Dominic zu rasch zu folgen.

Auch hier im Hotelzimmer ließen die Erinnerungen sie nicht los. Hier hatte sie eine wundervolle Liebesnacht mit Dominic verbracht. Es war das einzige Mal gewesen, dass sie die ganze Nacht über zusammenbleiben konnten, bis die ersten schwachen Lichtstrahlen den Tag angekündigt hatten.

Wie unbekümmert habe ich diese gemeinsamen Stunden genossen, und wie trist ist mir der Morgen vorgekommen, weil er unserem Zusammensein ein Ende bereitet hat, dachte Kate.

Jetzt stand sie an demselben Fenster wie einst und schaute in dieselbe Richtung.

Die aufgehende Sonne hatte den Himmel damals rosa gefärbt, während sie beobachtete, wie ihr Geliebter davonging.

Noch ganz erfüllt von dem Beisammensein mit Dominic und voller jugendlicher Leidenschaft, hatte sie geglaubt, dass der herrliche Zustand andauern würde. Das war natürlich völlig unrealistisch gewesen. Nur wenige Wochen später war ihr das klar geworden. Sie hatte die sorglosen Wonnen ihren Verpflichtungen, ihrer Verantwortung geopfert.

Kate seufzte.

Nach jenem Sommer war niemand an Dominics Stelle getreten. Sie hatte ihre Karriere, ihre Berufung zur Lehrerin und ihre Bücher. Diese heftige und leidenschaftlich zügellose Liebe gehörte jetzt endgültig der Vergangenheit an.

Abrupt wandte Kate sich vom Fenster ab und beschäftigte sich damit, ihre Sachen in Schrank und Kommode zu räumen.

Schließlich gab es nichts mehr zu tun. Sie hielt es nun nicht länger im Hotelzimmer aus, ergriff ihre Aktentasche und verließ den Raum. Kate fuhr nicht mit dem Wagen. Sie wollte zu Fuß gehen. Sie war immer zu Fuß zu Dominic gegangen.

Den ersten Schock des Wiedersehens hoffte sie überstanden zu haben. Sie sagte sich, es sei nur natürlich gewesen, aufgeregt und verlegen zu reagieren. Außerdem war sie ehrlich genug, sich einzugestehen, dass sie zudem Freude empfunden hatte.

Dominic Silver schien sich nicht im Geringsten verändert zu haben. Er war noch immer arrogant, selbstbewusst und anmaßend. Diese Eigenschaften hatten sie einmal fasziniert. Damals war sie so jung gewesen. Heute wollte sie sich klug verhalten und die Kenntnis seines Wesens dazu benutzen, ihn zur Mithilfe zu überreden. Die Jagd nach einem versunkenen Schatz würde Dominics Abenteuerlust wecken.

Ihre Aktentasche in der Hand, schlenderte Kate durch das Städtchen. Sie stellte fest, dass alles beim Alten geblieben war. Das freute sie. Die Einfachheit und Beschaulichkeit des Ortes hatten ihr von Anfang an gefallen. Es gab viele kleine Geschäfte, Restaurants und Bars, alle irgendwie auf den Hafen als Zentrum ausgerichtet.

Kate kam zum Hafen und hielt unwillkürlich nach Dominics Boot Ausschau. Es lag an derselben Stelle wie einst. Die Leinen waren ordentlich vertäut, das Deck war sauber geschrubbt, und die Armaturen glänzten in der Sonne. Das Boot schien frisch gestrichen worden zu sein, und an den Scheiben ließ sich keine einzige Spur von getrocknetem Meerwasser entdecken. Mochte Dominic auch sein eigenes Äußeres oder sein Haus vernachlässigen, seinem Boot widmete er jede erdenkliche Pflege.

Wirbelwind. Kate betrachtete die leuchtenden Buchstaben am Heck des Kabinenkreuzers. Dominic hatte ihn aus zweiter Hand erworben und liebevoll renoviert.

Wie oft habe ich neben Dominic am Steuer gestanden, wenn er lachend schneller und immer schneller gefahren ist, dachte Kate. Der Wind hatte das Haar aus ihrem Gesicht geweht, während sie mit laut pochendem Herzen und rasendem Pulsschlag neben Dominic ausgeharrt hatte.

Er liebte die Herausforderung, den Nervenkitzel. Das wusste Kate, und dies war mit ein Grund für ihr Kommen. Sie umfasste den Griff ihrer Aktentasche fester. Es mochte zwar viele erfahrene Taucher geben, aber es gab nur einen Dominic Silver.

„Kate? Kate Hardesty?“

Als Kate ihren Namen hörte, wandte sie sich um. „Linda!“, rief sie aus. Dieses Mal legte sie sich bei der Begegnung mit der Vergangenheit keinerlei Zurückhaltung auf. Nur wenigen Menschen gegenüber zeigte sich Kate so offen wie der jungen Frau, die nun auf sie zueilte. „Wie schön, dich zu sehen!“

Lachend umarmte Kate Linda und hielt sie dann an den Schultern zurück, um sie anschauen zu können. Strahlende braune Augen blickten ihr aus dem von kurz geschnittenen kastanienbraunen Haaren umgebenen Gesicht entgegen. Auch Linda schien noch wie früher zu sein.

„Als ich aus dem Fenster schaute und dich sah, konnte ich es gar nicht fassen. Kate, du hast dich kaum verändert.“ Linda musterte Kate rasch. Sie tat es schnell, weil sie alle Dinge mit großer Schnelligkeit erledigte, nicht weil sie oberflächlich war. „Du bist ein wenig zu dünn“, stellte sie fest. „Vielleicht kommt es mir aber auch nur so vor, weil ich auf deine Figur neidisch bin.“

„Du siehst noch genauso fantastisch aus wie früher. Und aus mir spricht ganz gewiss der Neid.“

Linda lachte, doch gleich darauf wurde sie ernst. „Es tut mir leid, dass dein Vater tot ist, Kate. Die letzten Wochen müssen schlimm für dich gewesen sein.“

Kate tat Lindas Mitgefühl gut, obwohl sie ihren Schmerz inzwischen überwunden und etwas Abstand gefunden hatte. „Hat Dominic es dir erzählt?“, fragte sie.

„Von Dominic erfahre ich nie etwas“, erwiderte Linda. „Ich weiß es von Marsh. Wie lange wirst du bleiben?“

„Das kann ich nicht genau sagen. Es gibt für mich einiges auf der Insel zu erledigen.“

„Auf keinen Fall solltest du versäumen, ab und zu im ‚Roost‘ zu essen. Es ist das Restaurant gleich gegenüber von deinem Hotel.“

Kate schaute zurück zu dem Holzschild über dem Eingang des Restaurants. „Ja, ich habe es schon gesehen. Ist es neu?"

Linda nickte stolz und zufrieden. „Ja. Und es gehört uns."

„Uns?"

„Marsh und mir." Mit einem strahlenden Lächeln hob Linda ihre linke Hand und deutete auf den Ring. „Wir sind seit drei Jahren verheiratet." Dann verdrehte sie die Augen und fügte hinzu: „Es hat mich zehn Jahre meines Lebens gekostet, ihn davon zu überzeugen, dass er ohne mich nicht leben kann."

„Ich freue mich für dich", sagte Kate. „Du hast einen Mann, ein Restaurant! Mein Vater hat mir nie Neuigkeiten von der Insel berichtet."

„Und wir haben eine kleine Tochter. Joy ist anderthalb Jahre alt. Komischerweise ist sie nach Dominic geraten." Linda schaute nun wieder ernst drein. Sie legte die Hand leicht auf Kates Arm. „Du gehst zu ihm."

Es war keine Frage, sondern eine Feststellung. Der Weg, den Kate eingeschlagen hatte, führte zu Dominics Haus.

„Ja." Kate bemühte sich um Gelassenheit. Sie durfte sich nicht von der Besorgnis in Lindas Blick beeindrucken lassen. Sie wusste, dass es zwischen Linda und Dominic außer der verwandtschaftlichen Beziehung das Gefühl der Zugehörigkeit zu einer festen Gemeinschaft auf Ocracoke gab. „Mein Vater arbeitete an einer bestimmten Sache, für die ich nun Dominics Hilfe brauche."

Linda betrachtete Kates Gesicht prüfend. „Weißt du, was du tust?"

„Ja", antwortete Kate und verbarg ihr Unbehagen. „Ja, ich weiß es", bekräftigte sie.

„Dann ist es ja gut." Linda zog ihre Hand zurück. „Bitte schau irgendwann mal bei uns rein, entweder im Restaurant oder bei uns zu Hause. Wir wohnen nicht weit von Dominic entfernt. Marsh wird mit dir plaudern wollen, und ich möchte dir gern Joy vorstellen – und unsere Speisekarte", fügte sie lächelnd hinzu. „Beide sind ganz außergewöhnlich."

„Natürlich werde ich kommen." Impulsiv ergriff Kate Lindas Rechte. „Es ist wirklich schön, dich wieder zu sehen. Es war nicht nett von mir, nichts mehr von mir hören zu lassen, aber …" Sie biss sich auf die Lippe.

„Ich verstehe dich", versicherte Linda. „So, jetzt muss ich aber schleunigst zurück. Während der Saison drängeln sich mittags bei uns die Sommergäste." Sie seufzte und überlegte, ob Kate tatsächlich so gelassen war, wie sie vorgab. „Viel Glück", wünschte sie, bevor sie zum Restaurant eilte.

„Danke." Kate würde es brauchen können.

Kate setzte ihren Weg an den kleinen Läden vorbei fort. Heute hatte sie keine Muße, sich die kunsthandwerklichen Gegenstände oder die Antiquitäten anzuschauen. Sie kam an den blau und weiß gestrichenen Holzhäusern am Rande der Stadt vorbei, die wie früher die Straße säumten, umgeben von grünem Rasen und Schatten spendenden Bäumen.

Ein Hund rannte kläffend auf Kate zu, so weit seine Kette reichte. Da jedoch weder sie noch sein Herrchen eine Reaktion zeigten, hielt er seine Pflicht für getan und trottete zu seiner Hütte zurück. Schließlich hatte Kate die Stadt hinter sich und befand sich auf dem schmalen Pfad zu Dominics Haus.

Ihr Herz begann schneller zu klopfen, und erneut stürmten Erinnerungen auf sie ein. Sie bemühte sich, jeden Gedanken an ihre frühere Beziehung zu Dominic zu verdrängen. Nur die Gegenwart zählte! Die Tatsachen …

Die Tatsachen: Der mit Kies bestreute Weg war kaum breit genug für ein Auto. Büsche rechts und links engten ihn ein. Sie machten den Eindruck eines wild wachsenden Gestrüpps, das zur Landschaft passte. Und zu Dominic.

Dominic hatte Kate einmal gesagt, dass ihm an Besuchern nichts gelegen sei. Suche er Gesellschaft, brauche er nur in die Stadt zu gehen, wo ihm alle Bewohner von Kind an vertraut waren. Diese Einstellung war typisch für Dominic Silver. Er legte Wert auf Abstand zu seinen Mitmenschen und überbrückte die Distanz nur, wenn ihm der Sinn danach stand, wenn er es wollte.

Damals hatte er einen Schritt auf sie, Kate, zugetan. Nervös nahm sie ihre Aktentasche in die andere Hand.

In der Nähe des Hauses blieb Kate stehen. Es wirkte nicht mehr so, als könne es vom nächsten stürmischen Windstoß umgeblasen werden.

Das Dach war neu gedeckt worden. Dominic brauchte also keine Töpfe zum Auffangen der Tropfen mehr aufzustellen, wenn es regnete. Eine Veranda verlief nun an der gesamten Front des Gebäudes. Die ehemals mehrfach geflickte Gittertür hatte Dominic durch eine neue ersetzt.

Kate kam aus dem Staunen nicht mehr heraus. Selbst die Fenster waren geputzt, und an einer Ecke des Hauses entdeckte sie einen Efeustock, der mithilfe eines robusten Spaliers begann, eine Hauswand für sich zu erobern.

Ich habe mich also getäuscht, es ist doch eine Veränderung in Dominic vorgegangen, dachte Kate.

Gerade hatte sie den Fuß auf die erste Stufe zur Veranda gesetzt, als sie Geräusche hörte. Sie kamen aus dem Schuppen hinter dem Haus, in dem sich Werkzeuge und Gerümpel befanden, zumindest war das früher so gewesen. Erleichtert darüber, dass sie Dominic nicht in der vertrauten Umgebung seines Hauses entgegentreten musste, ging Kate zu dem kleinen Hinterhof. Deutlich vernahm sie das Rauschen des Meeres, das man in zwei, drei Minuten erreichen konnte.

Ob Dominic wohl noch immer abends den Weg durch hohes Gras und Sanddünen zum Meer ging wie früher? Zum Schauen, zum Riechen, hatte er erklärt.

Manchmal hatte er Treibholz gesammelt oder Muscheln oder sonstige kleine Schätze, die das Meer an den Strand spülte. Einmal hatte er ihr eine strahlend weiße Muschel mit rosafarbenem Innern gegeben, die gerade in ihre Handfläche passte. Nie wieder hatte Kate ein solches Glück, eine solche Freude über ein Geschenk empfunden …

Energisch schob Kate die Gedanken an die Vergangenheit beiseite und betrat den Schuppen. Er war so hoch und halb so breit wie das Haus. Das Gerümpel war verschwunden, und Kate blickte auf den Rumpf eines Bootes. Mit dem Rücken zu ihr stand Dominic an einem Arbeitstisch und schliff den Mast.

„Du hast es tatsächlich gebaut." Wie von selbst kamen die Worte über ihre Lippen. Interessiert betrachtete Kate den Bootsrumpf. Wie oft hatte Dominic ihr das Boot beschrieben, das er eines Tages bauen wollte? Es schien sein einziger wirklicher Ehrgeiz zu sein. Mahagoni auf Eiche. Eine fünf Meter lange Schaluppe sollte es werden, die leicht wie ein Pfeil über die Wellen schießen würde. Mit diesem Boot wollte er von Ocracoke an der Küste entlang nach New England segeln. Die Beschreibungen seines Traumes waren so detailliert, so lebhaft gewesen, dass Kate sich das Boot deutlich hatte vorstellen können. Und nun war es Wirklichkeit geworden.

„Ich sagte es dir doch." Dominic wandte sich von seiner Arbeit ab und sah Kate an.

„Ja." Sie kam sich dumm vor und umfasste den Griff ihrer Aktentasche fester.

„Aber du hast mir nie geglaubt." Er warf das Schleifpapier auf den Tisch. „Es ist dir immer schwergefallen, über die Gegenwart hinauszuschauen." Ihre adrette, kühle Art verfehlte ihre Wirkung auf Dominic nicht. Er wollte diese Wand durchbrechen.

„Und dir ist es immer schwergefallen, mit der Gegenwart fertig zu werden."

Dominics Gesicht verriet nichts über seine Gefühle. „Wir hatten beide Probleme." Er trat auf sie zu. „Aber nicht immer miteinander."

Er konnte nicht länger widerstehen, streckte die Hand aus und legte sie auf ihre Wange. Ihre Haut hatte nichts von ihrer Weichheit verloren. Kate bewegte sich nicht. „Du siehst müde aus, Kate."

Sie verspürte ein nervöses Kribbeln in ihrem Magen, doch ihre Stimme blieb ruhig. „Es war eine lange Fahrt."

Mit dem Daumen strich Dominic über ihre Wange. „Du solltest hier ein wenig ausspannen."

„Das habe ich vor." Kate wich einen Schritt zurück.

„Und was sonst noch?" Mit vor der Brust verschränkten Armen lehnte sich Dominic gegen den Türrahmen. „In diesem Brief schreibst du, dass du mir etwas persönlich mitteilen möchtest. Jetzt bist du da. Was hast du mir zu sagen?"

Das arrogante Lächeln auf seinen Lippen bestärkte Kate in ihrem Vorhaben, gelassen und unpersönlich zu bleiben. „Mein Vater hat Nachforschungen betrieben, die ich zu Ende führen will."

„So, so. Und?"

„Dafür benötige ich deine Hilfe."

Dominic lachte auf und ging ins Freie. Die frische Luft würde vielleicht den dringenden Wunsch vertreiben, Kate zu berühren. „Deinem Tonfall nach zu urteilen, ist dir nichts verhasster, als mich darum zu bitten."

„Allerdings." Kate straffte die Schultern.

Abrupt wandte Dominic sich zu ihr um. Sein Blick war ausdruckslos. „Eines sollten wir von vornherein klarstellen, Kate. Du hast die Insel und mich verlassen. Du hast mir vorenthalten, was ich ersehnte."

Sie ließ sich von seinem Vorwurf nicht beeinflussen. „Was vor vier Jahren geschehen ist, hat nichts mit der Gegenwart zu tun."

„Oh doch." Als er wieder auf Kate zutrat, wich sie erneut einen Schritt zurück. „Hast du Angst vor mir?", fragte er.

Leiser Zorn regte sich in ihr. „Nein", erwiderte sie mit fester Stimme. „Ich fürchte mich nicht vor dir, Dominic. Und ich habe nicht die Absicht, über Vergangenes zu diskutieren. Ich gebe zu, dass ich Ocracoke und dich verlassen habe. Jetzt bin ich geschäftlich hier. Ich möchte, dass du dir anhörst, was ich zu sagen habe. Wenn es dich interessiert, können wir über die Bedingungen reden. Weiter nichts."

„Ich bin nicht einer deiner Studenten, Frau Dozentin." Dominics Stimme klang kühl. „Du brauchst mir keine

Anweisungen zu erteilen."

„Im Geschäftsleben gibt es gewisse Grundregeln", entgegnete Kate so ruhig wie möglich.

„Niemand will, dass du sie hier anwendest."

„Ich sehe, es war falsch von mir, zu dir zu kommen", sagte Kate. „Verlass dich darauf, ich werde auch einen anderen finden."

Sie strebte fort, doch Dominic hielt sie am Arm zurück. „Nein, das wirst du nicht. Niemals." Sein Blick war finster.

Kate verstand sofort, was er meinte. Und sie musste ihm insgeheim recht geben. Sie würde keinen anderen Mann finden, der ihre innersten Gefühle derart in Aufruhr versetzen konnte, der in ihr das Verlangen nach Liebe und Leidenschaft zu erwecken vermochte.

Mit scheinbar unerschütterlicher Ruhe befreite sie sich aus Dominics Griff. „Ich bin geschäftlich hier und habe keine Lust, mit dir über etwas zu streiten, das nicht mehr existiert."

„Wir werden noch darauf zurückkommen." Es schmerzte Dominic, dass sich Kate mit jeder Minute mehr von ihm zu entfernen schien. Doch er zeigte es nicht. „Wie wäre es, wenn du mir jetzt verrietest, was du in deiner so wichtig aussehenden Mappe mit dir herumträgst, Frau Lehrerin."

Kate holte tief Luft. „Seekarten", erwiderte sie. „Notizbücher mit Informationen, sorgfältig zusammengetragenen Tatsachen und überzeugenden Theorien. Meiner Meinung nach stand mein Vater kurz davor, die genaue Lage der ‚Liberty' zu bestimmen, einem englischen Handelsschiff, das mit unversehrtem Laderaum vor etwa zweihundertfünfzig Jahren vor der Küste von North Carolina gesunken ist."

Dominic hörte ihr aufmerksam zu. Als sie geendet hatte, betrachtete er prüfend ihr Gesicht, ohne eine Regung zu zeigen. „Gehen wir ins Haus", sagte er schließlich und wandte sich dem kleinen Gebäude zu. „Ich bin gespannt, was du zu bieten hast."

Kate zögerte. Sie hatte das Bedürfnis, diesem arroganten

Menschen den Rücken zu kehren und in die Stadt zurückzumarschieren. Aber sie würde wirklich keinen besseren Taucher finden als ihn.

„Nun?“

„Okay.“ Langsam folgte sie Dominic ins Haus.

3. KAPITEL

Dominic führte Kate in die Küche, die ebenfalls renoviert worden war. Kate kannte sie als vernachlässigten Raum mit einem wackligen Regal, einem Holztisch und zwei Stühlen als einzigen Möbelstücken. Der Boden war nun gefliest, und es gab ordentliche Wandschränke. Ein blankes Fenster ließ den Sonnenschein herein, der geradewegs auf den frisch gestrichenen Holztisch fiel. Vor den beiden Längsseiten des Tisches standen jetzt massive Bänke aus Holz.

„Hast du das selbst gemacht?", erkundigte sich Kate.

„Ja." Dominic nickte. „Überrascht es dich?"

Es lag Kate fern, höflich Konversation zu betreiben. Sie legte ihre Aktentasche auf den Tisch.

„Ja", erwiderte sie. „Ich hatte den Eindruck, du wärst mit einer primitiven Unterkunft und einem Dach über dem Kopf zufrieden gewesen."

„Ich habe mich einmal mit einer Menge mangelhafter Dinge zufriedengeben müssen. Möchtest du ein Bier?"

„Nein." Kate setzte sich und zog die Notizbücher ihres Vaters aus der Tasche. „Bitte, hier. Die Aufzeichnungen sind sehr interessant. Aber du brauchst nicht alles zu lesen. Ich habe das Wesentliche markiert. Wenn du dir das anschaust, kannst du dir gewiss schon ein Urteil bilden."

„Hm … vielleicht." Dominic schloss die Tür des Kühlschranks, aus dem er sich eine Flasche Bier genommen hatte. Er öffnete sie und ließ sich Kate gegenüber nieder. Während er die ersten Schlucke aus der Flasche trank, fixierte er Kate ziemlich ungeniert. Schließlich griff er nach dem ersten Notizbuch und schlug es auf.

Edwin Hardestys Handschrift war sehr klar und deutlich. Er schrieb nüchtern, ohne irgendwelche romantischen Ausmalungen. Was für andere ein aufregendes Abenteuer gewesen wäre, wurde durch seine Ausdrucksweise zu einer Ansammlung trockener Tatsachen. Trocken, aber verlässlich. Daran bestand für

Dominic nicht der geringste Zweifel.

Die „Liberty“ war mitsamt ihrer Ladung, bestehend aus Zucker, Tee, Wein, Stoffen und anderen Waren für die Kolonien untergegangen. Hardesty hatte die Ladeliste bis auf den letzten Zwieback nachvollzogen. Beim Verlassen des Heimathafens in England hatte das Schiff ebenfalls Gold an Bord. Fünfundzwanzigtausend Goldmünzen des Königreiches.

Dominic hob den Kopf und bemerkte, dass Kate ihn beobachtete.

„Interessant“, lautete sein Kommentar, bevor er nach dem nächsten Notizbuch griff.

Es hatte drei Überlebende des Unglücks gegeben, die sich auf eine Insel retten konnten. Einer von ihnen, ein Besatzungsmitglied, hatte einen ausführlichen Bericht über das Unwetter hinterlassen, das der „Liberty“ zum Verhängnis geworden war. Es handelte sich um eine schauerliche Geschichte. Es sollten fünf Meter hohe Wellen über dem Schiff zusammengeschlagen sein. Die grausige Erzählung von zerberstendem Holz und eindringenden Wassermassen hatte Hardesty mit sachlichen Fußnoten kommentiert.

Der Berichterstatter konnte ebenfalls die zuletzt bekannte Position des Schiffes vor dem Untergang nennen.

Dominic brauchte Hardestys Berechnungen nicht erst nachzuprüfen, um zu wissen, dass das Schiff demnach vier Kilometer vor der Küste von Ocracoke versunken war.

Er überflog die fundierten Theorien, die einleuchtenden Ausführungen, die Kates Vater mit der Aufzählung unzähliger Tatsachen bekräftigt hatte, und schaute sich die Seekarten mit den Markierungen an. Flüchtig erinnerte er sich an Hardestys großes Interesse an den Gezeiten und am Tauchen. Nun wunderte er sich nicht mehr darüber.

Er ist also auf der Suche nach Gold gewesen und hat die ganzen vergangenen Jahre über Forschungen betrieben, überlegte Dominic. Bei jedem anderen hätte er die Unterlagen als Hirngespinst abgetan. Hier auf der Insel und in den Städtchen entlang der Küste erzählte man sich unzählige Geschichten von versunkenen Schätzen. Die Existenz von Piraten, die die Küstengewässer in früheren Jahrhunderten unsicher gemacht hatten, nährte derartige abenteuerliche Schilderungen zusätzlich.

Diese Unterlagen aber stammten von Doktor Edwin J. Hardesty, einem fantasielosen und humorlosen Mann, der keine Zeit mit unsinnigen Träumereien vertan hätte. Und dessen Tochter Kate saß ihm, Dominic, gegenüber und wollte seine Unterstützung. Er spürte, wie seine Neugier und seine Abenteuerlust wuchsen.

Dominic schloss das letzte Notizbuch und griff nach seiner Bierflasche. „Du möchtest also auf Schatzsuche gehen."

Kate ignorierte den ironischen Tonfall. Sie stützte ihre Unterarme auf den Tisch und beugte sich vor. „Ich habe die Absicht, das zu vollenden, was mein Vater begonnen hat."

„Glaubst du an einen Schatz?"

Kate überlegte einen Augenblick. „Ich glaube jedenfalls nicht, dass all die Arbeit und Mühe meines Vaters umsonst gewesen sein sollten", antwortete sie dann. „Ich möchte zumindest versuchen, die ‚Liberty' zu finden. Dazu benötige ich deine Hilfe. Du wirst entsprechend entlohnt werden."

„Was du nicht sagst." Dominic betrachtete die restliche Flüssigkeit in der Flasche.

„Ich brauche dich, dein Boot und deine Ausrüstung für einen Monat, vielleicht auch zwei. Ich kann nicht allein tauchen, weil ich die Gewässer nicht gut genug kenne. Ein Risiko möchte ich keinesfalls eingehen. Außerdem darf ich keine Zeit verlieren. Ich muss Ende August wieder in Connecticut sein."

„Um neuen Kreidestaub an die Finger zu bekommen?"

Kate lehnte sich zurück. „Du hast kein Recht, meinen Beruf zu kritisieren."

„Ich bin sicher, dass die Kreide in Yale ganz hervorragend ist", entgegnete Dominic. „Du willst also in ungefähr sechs Wochen diesen Goldschatz bergen?"

„Falls die Berechnungen meines Vaters stimmen, dürfte es

nicht so lange dauern.“

„Falls“, gab Dominic zu bedenken. Langsam stellte er die Bierflasche auf den Tisch. „Ich habe keinen Stundenplan, der mich verpflichtet. Du möchtest sechs Wochen von meiner Zeit, und du kannst sie haben. Zu einem bestimmten Preis.“

„Der wäre?“

„Einhundert Dollar pro Tag und fünfzig Prozent des Fundes.“

Kate bedachte Dominic mit einem kühlen Blick und begann die Notizbücher in ihre Aktentasche zu schieben. „Vor vier Jahren mag ich dumm gewesen sein, heute bin ich es nicht mehr. Einhundert Dollar pro Tag sind viel zu viel für einen solch langen Zeitraum. Und fünfzig Prozent kommen überhaupt nicht infrage.“ Es war ihr recht, mit Dominic verhandeln zu müssen. So wurde ihre Beziehung eindeutig auf das Geschäftliche beschränkt. „Ich zahle dir fünfzig Dollar und zehn Prozent.“

Mit einem aufreizend verächtlichen Lächeln auf den Lippen schüttelte Dominic den Kopf. „Für fünfzig Dollar pro Tag werfe ich nicht einmal den Motor meines Bootes an.“

Kate neigte ihren Kopf etwas zur Seite und kniff die Augen leicht zusammen. Das hatte sie auch früher oft getan, wenn Dominic etwas gesagt hatte, worüber sie nachdenken wollte. „Du bist gewinnsüchtiger als damals“, meinte sie schließlich.

„Wir müssen alle zusehen, dass wir über die Runden kommen, Frau Lehrerin.“ Dominic verbarg seinen Frust darüber, dass es Kate so offensichtlich gleichgültig ließ, in dem Haus zu sein, wo sie sich einst geliebt hatten. „Du willst eine besondere Dienstleistung“, fuhr er fort, „also musst du sie auch entsprechend bezahlen. Fünfundsiebzig pro Tag und fünfundzwanzig Prozent. Sagen wir, der Vergangenheit zuliebe.“

„Nein, dem Geschäft zuliebe.“ Kate streckte die Hand aus. Als Dominic sie ergriff, bereute sie die impulsive Geste. Seine Hand war fest und stark. Sie wusste genau, wie es war, wenn seine Finger ihre Haut berührten …

„Abgemacht.“ Dominic ahnte, dass Kate ihre Impulsivität bereute. Deswegen hielt er ihre Rechte fest. „Es gibt keinerlei Ga-

rantie dafür, dass wir den Schatz finden werden."
„Selbstverständlich nicht."
„Gut. Ich werde den Vorschuss deines Vaters von der Gesamtsumme abziehen."
„Einverstanden." Mit der Linken umklammerte Kate ihre Aktentasche. „Wann fangen wir an?"
„Sei morgen um acht Uhr im Hafen." Dominic legte seine andere Hand auf die Kates, die die Tasche hielt. „Lass die Mappe hier. Ich möchte noch einen Blick auf die Unterlagen werfen."
„Das ist nicht nötig."
Der Griff seiner Hände wurde etwas fester. „Wenn du kein Vertrauen zu mir hast, kannst du unsere Abmachung sofort vergessen." Dominics Stimme klang ruhig, gefährlich ruhig. „Und dir einen anderen Taucher suchen", setzte er hinzu.
Sie sahen einander in die Augen.
Kate wurde klar, dass sie Zugeständnisse machen musste. „Na gut, ich lasse dir die Tasche hier. Ich komme dann also um acht zum Hafen."
Er gab ihre Hände frei und setzte sich bequem zurück. „Okay."
Es gab nichts weiter zu sagen. Kate erhob sich. „Bis morgen."
„Bis morgen."
Dominic hob die Flasche hoch und trank den Rest Bier, während die Gittertür hinter Kate zufiel. Er wartete, bis er sicher sein konnte, sie vom Fenster aus nicht mehr zu sehen, sprang dann auf und öffnete es. Die frische Seeluft würde den Duft ihres Parfüms vertreiben. Versunkene Schiffe. Schätze auf dem Meeresboden. Diese Vorstellungen hätten Dominic fasziniert und begeistert, wenn er nicht den unbändigen Wunsch verspürt hätte, in sein Boot zu steigen und hinaus aufs Meer zu fahren – weit fort von Kate. Er hatte nicht gewusst, wie stark sie ihn noch fesseln konnte.

Allerdings hatte er sie nie vergessen, so sehr er sich auch bemüht hatte, die schlanke, intellektuelle Frau mit dem hochmütigen Gesicht und den braunen Rehaugen aus seinem

Gedächtnis zu verbannen.

Er betrachtete die zierlichen goldenen Anfangsbuchstaben ihres Namens neben dem Griff der Aktentasche und knirschte mit den Zähnen.

In den vergangenen vier Jahren war es ihm irgendwie gelungen, sich selbst zu täuschen.

Ihr Anblick hat mir bewusst gemacht, dass es reiner Selbstbetrug gewesen ist, dachte er. Ich habe mir eingeredet, dieser Abschnitt meines Lebens gehöre der Vergangenheit an, um nicht zu verzweifeln.

Dominic fluchte leise vor sich hin.

Jetzt war Kate wieder da. Doch sie war nicht zu ihm zurückgekehrt, nein, es ging ihr um etwas anderes. Er strich mit den Fingern über das glatte Leder der Aktentasche. Kate wollte lediglich den besten Taucher und war bereit zu zahlen. Honorar gegen Leistung. Nicht mehr, nicht weniger. Ihre einstige Beziehung bedeutete ihr wenig oder gar nichts mehr.

Zornig ballte Dominic die Hände, bis die Knöchel weiß hervortraten. Gut, er würde die Dienste erbringen, für die Kate zahlte.

Aber wenn sie dieses Mal die Insel verließ, wollte er nicht wieder wie ein Dummkopf zurückbleiben. Sie sollte dann diejenige sein, die sich mit ihren Selbsttäuschungen quälen musste!

Kate rutschte tiefer in das heiße Bad und atmete den süßen Rosenduft der Badelotion ein. Den Raum erfüllte dichter Wasserdampf, und der ovale Spiegel über dem Waschbecken war beschlagen.

Kate hätte nicht sagen können, wie lange sie schon in der Badewanne lag und versuchte, eine vorläufige Bilanz zu ziehen. Sie hatte nun auch den zweiten Schritt getan – und überstanden. Während der Unterredung mit Dominic in seiner Küche musste sie die Erinnerungen an Ausgelassenheit, Glück und Leidenschaft zurückdrängen. Der Anblick der zwar renovierten, aber vertrauten Umgebung hatte sie an die vielen Gelegenheiten denken lassen, bei denen sie früher den Fang des Tages vor seinem Haus gegrillt und ihn sich bei einer Flasche Wein hatten schmecken lassen.

Auf dem Rückweg ins Hotel war die Spannung langsam von Kate gewichen. Morgen würde ihr das Zusammensein mit Dominic leichter fallen.

Mit jedem Tag würde der Abstand zu jenem Sommer, der hier auf Ocracoke wieder so lebendig geworden war, größer werden. Dominics Feindseligkeit würde ihr dabei helfen. Sein Verhalten ließ bei Kate erst gar nicht die romantische Vorstellung aufkommen, dass er versuchen könnte, an ehemalige Gefühle anzuknüpfen. Und was sie selbst anging … nun, was sich vor vier Jahren ereignet hatte, war die Sommerliebelei einer jungen, unerfahrenen Frau gewesen und gehörte endgültig der Vergangenheit an.

Dominic und sie, Kate, verband nur noch die Suche nach dem Schatz, der auf dem Meeresboden lag. Zumindest redete Kate sich das ein.

Zweihundertfünfzig Jahre. Kate blies in den weißen Schaum, der sich hoch über dem Wasser türmte. Der Zucker und die kostbaren Stoffe, die zur Ladung der „Liberty" gehörten, hatten sich in der Zwischenzeit zweifellos aufgelöst. Würden sie die Messingarmaturen noch finden, oder hatte das Meerwasser sie rosten und zerfallen lassen? Der Schiffsrumpf war gewiss von Schwämmen und Muscheln überwuchert, das Eichenholz morsch. Ob das Logbuch wohl noch existierte? Möglicherweise hatte man es in einem wasserfesten Behältnis untergebracht.

Sie könnte es einem Museum zum Geschenk machen – im Namen ihres Vaters.

Ja, das könnte sie wirklich noch für ihren Vater tun. Vielleicht würde sie anschließend Ruhe vor ihren zwiespältigen Gefühlen ihm gegenüber haben.

Kate stieg aus der Wanne und rubbelte sich trocken. Das Gold hatte sicherlich unversehrt die Jahre überdauert. Die Vorstellung von einer Kiste mit wertvollen Goldmünzen reizte sie.

Dennoch, die Suche nach diesem Schatz war das eigentlich Aufregende. Wenn sie ihn finden würde, dann …

Ja, was dann?

Kate legte das flauschige Badetuch über die Haltestange, schlüpfte in ihren Morgenmantel und band den Gürtel fest um ihre Taille. Der Spiegel war immer noch beschlagen, obwohl das Wasser langsam abfloss.

Sollte sie ihren neu gewonnenen Reichtum in Aktien anlegen? Oder eine ausgedehnte Ferienreise in die griechische Inselwelt machen, um zu sehen, was Byron seinerzeit faszinierte?

Mit einem Lächeln auf den Lippen trat Kate aus dem Badezimmer. Sie löste den Knoten in ihrem Nacken und bürstete ihr Haar. Seltsam, dass sie bisher noch nie darüber nachgedacht hatte, was nach der Schatzsuche sein würde. Aber es war wohl auch besser, nicht zu weit in die Zukunft zu planen.

„Es ist dir immer schwergefallen, über die Gegenwart hinauszuschauen."

Fast glaubte Kate, Dominics Stimme zu hören, so deutlich traten ihr seine Worte ins Bewusstsein. Wütend warf sie die Bürste auf das Bett. Sie hatte sehr wohl einmal über die Gegenwart hinausgeschaut und erkannt, dass Dominic ihr nicht mehr als eine unsichere Zukunft in einem heruntergekommenen Haus zu bieten hatte. Keine Garantie, keine Verpflichtungen. Welch ein Glück, dass ihr dies rechtzeitig bewusst geworden und sie fortgegangen war!

Dominic sollte niemals erfahren, wie sehr es sie geschmerzt hatte, von ihm zu gehen.

Ich muss Vater für seine vernünftigen Worte dankbar sein, sagte sie sich. Er hatte sie damals auf Dominics Schwächen aufmerksam gemacht, sie an ihre Verpflichtung sich selbst gegenüber, an ihre Zukunft und an ihren Beruf erinnert. Dominics mangelnder Ehrgeiz, seine sorglose Einstellung zum Leben waren keine liebenswerten Eigenschaften eines Sonderlings, sondern Mängel.

Kate nickte, wie um sich selbst davon zu überzeugen, dass

sie richtig gehandelt hatte. Sie nahm die Bürste wieder auf und schalt sich selbst, weil sie zu viel über Vergangenes grübelte. Das musste ein Ende haben.

Mit raschen, geschickten Bewegungen schlang sie ihr Haar im Nacken zusammen und steckte es fest.

Ab jetzt wollte sie nur nach vorn schauen, nicht zurück auf das, was war oder was hätte sein können.

Kate sehnte sich nach Abwechslung, und es drängte sie aus dem Zimmer. Entschlossen ging sie zum Schrank und holte ein Kleid hervor. Ihre Erschöpfung spielte keine Rolle mehr.

Kate beschloss, hinüberzugehen zu Linda und Marsh. Sie wollte Marsh begrüßen und ein ausgedehntes Abendessen einnehmen. Nach ihrer Rückkehr ins Hotel würde sie gewiss zu müde sein, um zu denken oder zu träumen.

Und morgen erwartete sie Arbeit.

Rasch und entschlossen kleidete Kate sich an.

Es war kurz nach sechs, als Kate im „Roost“ eintraf. Das Restaurant gefiel ihr auf Anhieb. Es machte keinen eleganten, aber einen sehr gemütlichen Eindruck. Hier herrschte eine andere Atmosphäre als in den vornehmen Restaurants, in denen sie mit ihrem Vater oder mit Kollegen in Connecticut gespeist hatte. Dieser Raum wirkte einladend und anheimelnd.

Gemälde und Drucke von Schiffen aller Art zierten die weiß verputzten Wände. Weiteres Schiffszubehör fand sich als Dekoration im ganzen Restaurant. Ein Kompass, dessen Messingarmaturen glänzten. Ein großes, buntes Dreiecksegel war hinter der Bar drapiert. Unter der Decke hing ein Ausguck, aus dem üppiger Farn wucherte.

Trotz der frühen Stunde waren bereits viele Paare und Familien anwesend, von denen Kate die meisten unschwer als Sommergäste identifizieren konnte. Es roch gut und verlockend, und das leise Geräusch von Stimmen übte eine beruhigende Wirkung auf Kate aus.

Während sie sich umschaute, stellte sie fest, dass hinter der gemütlichen Atmosphäre ein gut organisierter Betrieb funktionierte. Die Kellner und Kellnerinnen waren flink, ohne allerdings zwischen den Tischen zu hetzen. Die Fenster ermöglichten einen herrlichen Ausblick auf den Hafen. Abrupt wandte Kate sich ab, weil sie sich dabei ertappte, wie sie unwillkürlich Ausschau nach der „Wirbelwind“ oder ihrem leeren Anlegeplatz hielt.

„Kate!“

Sie erkannte die Stimme sofort. Lächelnd drehte sie sich um. „Marsh, ich freue mich, dich zu sehen“, begrüßte sie Dominics Bruder.

Auf seine ruhige, überlegte Art betrachtete Marsh sein Gegenüber. „Schön wie eh und je“, meinte er dann. „Linda hat es mir zwar gesagt, aber es gefällt mir natürlich sehr viel besser, es mit eigenen Augen festzustellen.“

Kate lachte. In Marshs Gegenwart fiel es ihr leicht, sich zu entspannen und ausgelassen und fröhlich zu sein, wohingegen die Nähe seines Bruders alle ihre Sinne gefangen nahm. „Wie ich hörte, muss man dir gleich zu mehreren Anlässen gratulieren. Zu deiner Hochzeit, deiner Tochter und deinem Restaurant.“

„Ich nehme alle Glückwünsche dankend entgegen. Darf ich dir als Gegenleistung den besten Tisch des Hauses anbieten?“

„Mit weniger habe ich nicht gerechnet.“ Kate hakte sich bei Marsh ein. „Du machst einen zufriedenen Eindruck“, bemerkte sie, während Marsh sie zu einem Tisch am Fenster führte. „Und einen glücklichen.“

„Das bin ich auch.“ Marsh strich mit den Fingern leicht über Kates Hand. „Es tut mir leid ... die Sache mit deinem Vater, Kate.“

„Ich weiß. Danke, Marsh.“

Marsh nahm Kate gegenüber Platz. Seine Augen hatten einen viel sanfteren und weicheren Ausdruck als die seines Bruders. Es war Kate immer ein Rätsel geblieben, warum Marsh mit dem verträumten Blick ein praktisch veranlagter Kaufmann war und Dominic die großen Träume hegte.

„Schön, dass du wieder hier bist", sagte Marsh. „Wir haben dich vermisst – wir alle."

„Alle?"

„Ja, alle."

Kate faltete die rot-weiß karierte Stoffserviette auseinander und wieder zusammen. „Es ändert sich vieles im Laufe der Zeit", meinte sie. „Du und Linda gebt dafür das beste Beispiel ab. Als ich damals fortging, hatte ich den Eindruck, dass du Linda für so etwas wie eine lästige Plage hieltest."

„Daran hat sich nichts geändert", behauptete Marsh und lachte. Er schaute zu der jungen Kellnerin mit dem blonden Pferdeschwanz auf, die an ihren Tisch getreten war. „Das ist Cindy, sie wird sich gut um dich kümmern. Cindy, das ist Miss Hardesty." Er warf Kate einen schelmischen Blick zu. „Oder sollte ich dich lieber als Frau Doktor Hardesty vorstellen?"

„Nein, nein", antwortete Kate. „Ich habe Urlaub."

„Miss Hardesty ist unser Gast, ein ganz besonderer Gast", erklärte Marsh der Kellnerin. „Wie wäre es mit einem Aperitif vor dem Essen, Kate? Oder mit einer Flasche Wein?"

„Weißen Bordeaux", ertönte eine tiefe männliche Stimme. Unwillkürlich zuckte Kate zusammen. Dann zwang sie sich, gelassen zu Dominic zu blicken, der neben dem Tisch aufgetaucht war. „Die Frau Lehrerin hat eine Vorliebe für weißen Bordeaux, Cindy."

„Jawohl, Mr Silver", antwortete Cindy ehrerbietig.

Bevor Kate Ja oder Nein sagen konnte, war die Kellnerin davongeeilt.

„Hallo, Dominic", begrüßte Marsh seinen Bruder. „Es ist jedes Mal von Neuem erstaunlich, wie du die Bedienung auf Trab bringen kannst."

Dominic zuckte mit den Schultern und legte die Hand auf die Stuhllehne seines Bruders. „Ich habe Appetit auf Scampi."

Die Atmosphäre war seit Dominics Erscheinen gespannter geworden, aber die drei Menschen bemühten sich, darüber hinwegzugehen.

„Die kann ich wärmstens empfehlen“, sagte Marsh eifrig zu Kate. „Linda und der Koch haben das Rezept lang und breit diskutiert und sind schließlich zu wahrer Meisterschaft in der Zubereitung der Scampi gelangt.“

„Ich werde sie probieren. Leistest du mir dabei Gesellschaft?“ Sie lächelte Marsh an, als spüre sie den düsteren Blick des Mannes an seiner Seite nicht.

„Das kann ich leider nicht. Linda musste nach Hause, um irgendeine mittelschwere Katastrophe zu verhindern. Joy ist darauf spezialisiert, den Babysitter zur Verzweiflung zu bringen. Deshalb muss ich mich allein um den Betrieb kümmern. Vielleicht schaffe ich es, mich später noch ein Weilchen zu dir zu setzen. Ich wünsche einen guten Appetit.“ Marsh warf seinem Bruder einen warnenden Blick zu, bevor er ging.

4. KAPITEL

Nachdem Marsh verschwunden war, nahm Dominic unaufgefordert den Platz seines Bruders ein. Kate setzte sich kerzengerade hin.

„Was soll das, Dominic? Du hast zwar das Recht, dich im Restaurant deines Bruders aufzuhalten, aber ich bin sicher, dass du meine Gesellschaft zum Abendessen so wenig möchtest wie ich die deine", sagte sie steif.

„Mit dieser Vermutung irrst du, liebe Kate." Er lächelte der Kellnerin zu, die den Wein brachte, und machte sich nicht die Mühe, Kate über die Besitzverhältnisse hinsichtlich des Lokals aufzuklären.

Während Cindy die Weinflasche öffnete und den ersten Schluck in Dominics Glas goss, saß Kate stumm und mit unbeweglicher Miene am Tisch. Sie hielt es für unschicklich, die Diskussion in Gegenwart der Bedienung fortzuführen.

Dominic hob das Glas an die Lippen. „Er ist gut", befand er dann. „Danke, Cindy, ich werde selbst eingießen."

Die Kellnerin nickte und stellte die Flasche auf den Tisch. Danach legte sie zwei Speisekarten daneben und zog sich zurück.

Dominic ergriff die Flasche und füllte Kates Glas. „Da wir uns beide für dasselbe Restaurant entschieden haben, können wir uns einem kleinen Test unterziehen."

Kate antwortete nicht. Sie trank von ihrem Wein. Er war kühl und trocken. Sie erinnerte sich noch genau daran, wie sie zum ersten Mal eine Flasche Bordeaux mit Dominic geteilt hatte. Damals hatten sie auf dem Boden im Wohnzimmer seines Hauses gesessen. Es war die Nacht gewesen, in der sie sich zum ersten Mal geliebt hatten. Kate nahm einen zweiten Schluck.

„Was für einem Test?", fragte sie schließlich.

„Wir haben heute Gelegenheit festzustellen, ob wir beide es schaffen, ein zivilisiertes Mahl zu uns zu nehmen. In der Öffentlichkeit zu speisen gehört zu den Dingen, zu denen wir früher nie kamen.“

Kate runzelte die Stirn und beobachtete, wie Dominic sein Glas hob. Sie hatte ihn niemals Wein aus einem Weinglas trinken sehen. In seinem Haus hatte es nur Becher gegeben. Das Kristallglas wirkte in seiner Hand sehr zerbrechlich, die Farbe des Weines hell und rein, ganz anders als der unergründliche Ausdruck der dunkelgrünen Augen Dominics.

Ihr Vater hätte es damals nicht gut geheißen, wenn sie mit einem Mann ausgegangen wäre, den er als eine Art Angestellten betrachtete. Kate hatte das gewusst und sich danach gerichtet. In gewisser Weise war jetzt vieles anders. Dominic war ihr Angestellter, wenn man so wollte. Sie konnte selbst entscheiden, was sie für gut und richtig hielt.

Impulsiv hob auch sie ihr Glas und prostete Dominic zu. „Auf eine erfolgreiche Zusammenarbeit, also.“

„Ich hätte es nicht besser ausdrücken können.“ Dominic stieß leicht mit ihr an und ließ sie keine Sekunde lang aus den Augen. „Blau steht dir ausgezeichnet“, sagte er und meinte die Farbe ihres Kleides. „Es ist das Tiefblau einer sternenklaren Nacht, die deine Haut so weiß, so zart wirken lässt wie etwas, das man sehr, sehr vorsichtig berühren muss.“

Kate starrte ihn an. Der leise, vertraute Ton seiner Stimme hatte sie immer eigenartig berührt. Nun hatte er mit seinen Worten eine geheimnisvolle Atmosphäre geschaffen, der sie sich nicht entziehen konnte. Daran hatte sich nichts geändert.

„Haben Sie schon gewählt?“, erkundigte sich Cindy in diesem Augenblick.

Kate schwieg.

Dominic lächelte und nickte. „Wir nehmen Scampi und für den Salat das Kräuterdressing.“

Cindy notierte die Bestellung und verschwand wieder.

Dominic lehnte sich zurück. „Wie schmeckt dir der Wein, Kate? Vielleicht hätte ich mich vorher erkundigen sollen, ob sich dein Geschmack gewandelt hat.“

„Der Wein ist hervorragend.“ Kate nahm erneut einen Schluck

und legte anschließend beide Hände um den hohen Stiel, als könne sie an ihm Halt finden. „Marsh sieht gut aus", bemerkte sie. „Es freut mich, dass er und Linda ein Paar geworden sind. So habe ich es mir damals schon vorgestellt."

„Wirklich?" Dominic hob sein Glas gegen das Licht und ließ die flach einfallenden Strahlen der Sonne hindurchscheinen. Er betrachtete das Spiel der Farben. „Er nicht. Aber …" Dominic brach ab und blickte Kate in die Augen. „Marsh hat immer länger für seine Entscheidungen gebraucht als ich."

„Leichtsinn passt tatsächlich mehr zu dir als zu deinem Bruder", meinte Kate.

„Aber du bist mit deinen Seekarten und Notizen nicht zu meinem Bruder gegangen", brummte Dominic.

„Nein." Sie bemühte sich um einen gelassenen Tonfall. „Das bin ich nicht. Vielleicht habe ich mir gedacht, dass eine gewisse Portion Leichtsinn zuweilen nützlich sein kann."

„Du findest mich also nützlich."

„Dreh mir nicht die Worte im Mund herum", wies Kate ihn zurecht.

Cindy brachte den Salat und stellte die beiden Schüsseln vor Kate und Dominic hin, ohne etwas zu sagen. Dominics düsterer Blick mochte sie davon abgehalten haben, irgendetwas zu äußern.

„Du findest mich also nicht nützlich?"

„Ich habe die Erfahrung gemacht, dass es ganz erheblich Zeit und Ärger erspart, wenn man die am besten geeignete Person mit einer bestimmten Aufgabe beauftragt", wich Kate aus, ließ das Weinglas los und nahm ihre Gabel. „Es gab keinen anderen Grund für mich, nach Ocracoke zurückzukommen." Sie hob den Kopf und fügte hinzu: „Vieles wird für uns einfacher sein, wenn das von vornherein klar ist."

Dominic spürte, wie Zorn in ihm aufstieg. Doch er beherrschte sich. Wenn er sich auf Diskussionen mit Kate einließ, musste er wachsam bleiben. Sie war stets scharfsinnig gewesen, aber in der Zwischenzeit hatte ihre Schlagfertigkeit an Schärfe hinzugewonnen. Sein Herz krampfte sich zusammen, als er an die frühere, auf alles neugierige Kate zurückdachte.

„Soweit ich mich erinnere, neigst du dazu, die Dinge zu komplizieren, anstatt sie zu vereinfachen“, sagte er. „Ich musste dir Sinn und Zweck, Entstehungsgeschichte und Funktionsweise jedes einzelnen Teiles erklären, bevor du zum ersten Mal getaucht bist.“

„Ich nenne es Vorsicht, nicht Kompliziertheit.“

„Nenn es, wie du willst. Du zählst jedenfalls zu den Menschen, die ihr halbes Leben damit verbringen, die Windrichtung zu bestimmen.“ Dominic trank einen großen Schluck. „Ich ziehe es vor, mich vom Wind treiben zu lassen.“

„Allerdings“, bestätigte Kate. „Keine Pläne, keine Bindungen. Morgen schon könnte sich der Wind drehen.“

„Wenn man zu lange an einer Stelle verharrt, ergeht es einem wie den Bäumen da draußen.“ Er wies mit dem Kopf aus dem Fenster auf eine Gruppe von Zedern, die der beständige Wind vom Meer zu einer Seite gebogen hatte. „Man verkümmert.“

„Trotzdem lebst du auf der Insel, auf der du geboren und aufgewachsen bist.“

Langsam schenkte Dominic Kate und sich selbst Wein nach. „Vielen ist die Insel zu einsam, das Leben hier zu einfach. Ich ziehe sie all den wohlgeordneten Gesellschaften mit Partys und Landhäusern vor.“

Nachdenklich betrachtete er Kate. Sie schien hervorragend in eine solche Gesellschaft zu passen, die er gerade verächtlich erwähnt hatte. Vor seinem geistigen Auge sah er Kate in einem kostbaren Abendkleid, mit einem überkandidelten Intellektuellen über englische Dichter des achtzehnten Jahrhunderts diskutierend. Gemessen an ihrer kühlen, abweisenden Art kam Dominic sich plötzlich rau, impulsiv und seinen Gefühlen und Launen zu leicht nachgebend vor.

Das Hauptgericht wurde aufgetragen, und Dominic versuchte, sich auf die köstlich zubereiteten Scampi zu konzentrieren.

„Ich habe mir die Unterlagen – die Notizbücher und Seekarten – genauer angeschaut, bevor ich herkam", bemerkte er nach einer Weile.

„So?" Kate unterdrückte die Aufregung, die sich ihrer bemächtigte.

„Dein Vater hat sehr gründlich recherchiert."

„Selbstverständlich."

Dominic lachte kurz auf. „Selbstverständlich", wiederholte er sarkastisch. „Na ja! Ich meine, dass er auf der richtigen Fährte gewesen sein könnte. Du bist dir im Klaren darüber, dass das Gebiet, in dem er das Wrack vermutete, ziemlich gefährlich ist?"

Kate runzelte die Stirn und ließ die Gabel sinken, blickte aber nicht von ihrem Teller auf. „Haie?", fragte sie.

„Haie kann man nicht auf ein bestimmtes Gebiet festlegen. Sie sind überall und nirgends", antwortete Dominic. „Ich meine etwas anderes. Die meisten Menschen haben vergessen, dass sich der Krieg in den Vierzigerjahren bis hier unten hin auswirkte. An der ganzen Küste entlang liegen noch Minen. Wenn wir bis auf den Meeresboden tauchen, dürfen wir das nicht außer Acht lassen."

„Da hast du recht."

„Danke."

„Bitte."

„Oh Kate ..." Dominic verstummte und griff nach seinem Glas. Er brachte kaum einen Bissen hinunter. Mit allen Sinnen nahm er Kates Nähe auf. Wie früher verspürte er den Wunsch, die Nadeln aus ihrem Haar zu ziehen und die Hände in der weichen Fülle zu vergraben. Er erinnerte sich an das Gefühl von Glück und Zufriedenheit, wenn er Kate in die Arme geschlossen und ihren Körper an seinem gespürt hatte.

Er dachte daran, wie sie ihn ernst angeschaut hatte, bevor die Lust die Oberhand in ihr gewann und sie sich frei und ungehemmt dem letzten ekstatischen Augenblick überließ.

Sollte das, was ihm damals so natürlich erschienen war, verkehrt gewesen sein? Unmöglich!

Aber würde sie sich je wieder wie einst an ihn schmiegen?

Wenn sie einander geliebt hatten, flüsterte Kate seinen Namen, als genüge ihr der Klang, um sich zu vergewissern, dass ihre Wonnen, ihre Glückseligkeit kein Traum waren. Wie gerne würde er seinen Namen nochmals aus ihrem Mund hören, während sie eng umschlungen nebeneinander lagen und langsam in die Wirklichkeit zurückfanden!

Schweigend beendeten Dominic und Kate ihr Mahl. Anschließend tranken sie Kaffee.

Dominic beschloss, sich keine Mühe zu geben, dem Verlangen zu widerstehen, Kate erneut zu besitzen. Er brauchte sie. Und inzwischen glaubte er festgestellt zu haben, dass er ihr auch nicht gleichgültig war. Gewiss würde der Augenblick kommen, in dem er seine brennende Begierde nach ihr stillen konnte. Und dann musste er sie für immer stillen. Noch einmal würde das Schicksal sie gewiss nicht zusammenführen.

Kate musterte Dominic verstohlen. Seine Miene verriet nichts. Dennoch spürte Kate, dass er irgendeine Entscheidung getroffen hatte, die sie betraf.

„Ich werde also um acht Uhr am Hafen sein“, sagte sie sachlich, um Dominic zu verstehen zu geben, dass sie nur an ihrer Abmachung interessiert war. „Ich werde Sauerstoffflaschen benötigen, Tauchermaske und Flossen. Meinen Taucheranzug habe ich mitgebracht. Nimm bitte meine Aktentasche und die Unterlagen mit an Bord. Es wird wohl das Beste sein, wenn wir zwischen sechs und acht Stunden täglich auf dem Meer verbringen.“

„Hast du noch Übung im Tauchen?“

„Ich weiß, was ich zu tun habe“, antwortete sie bestimmt.

„Das bezweifle ich nicht, da du einen sehr guten Lehrer hattest.“ Mit der für ihn typischen schnellen und ungeduldigen Geste trank Dominic den restlichen Kaffee. „Wenn du aber untrainiert bist, sollten wir ein, zwei Tage lang kürzertreten.“

„Ich kenne mich aus.“

„Ich verlange von einem Partner mehr als Kenntnisse.“

Dominic bemerkte, dass Kates Augen zornig aufblitzten. Es verstärkte seine Sehnsucht nach ihr. Er hätte gern gesehen, wie sie ihre Beherrschung verlor.

„Wir sind keine Partner“, berichtigte sie ihn. „Du arbeitest für mich.“

„Das ist Ansichtssache“, erwiderte Dominic leichthin und stand auf. „Wir werden morgen den ganzen Tag über auf dem Meer sein. Es wäre gut, wenn du den Schlaf nachholen würdest, den du in der letzten Zeit versäumt hast.“

„Mach dir nur keine Gedanken um meine Gesundheit, Dominic.“

„Ich denke eher an mich“, entgegnete er. „Solange du nicht ausgeruht und hellwach bist, gehe ich nicht mit dir unter die Wasseroberfläche. Solltest du morgen mit Schatten unter den Augen zum Hafen kommen, wirst du nicht tauchen. Es wäre zu gefährlich.“

Kate schluckte ihren Ärger hinunter. Es hatte keinen Sinn, mit ihm zu streiten, denn er hatte recht.

„Wenn du müde bist, begehst du Fehler“, fuhr Dominic fort. „Jeden Fehler, den du machst, muss ich ausbügeln. Ist das verständlich, Frau Lehrerin?“

„Absolut.“ Nun erhob sich auch Kate.

„Ich begleite dich zum Hotel.“

„Das ist nicht nötig.“

Sie spürte den Griff seiner langen Finger um ihr Handgelenk. „Es gehört sich so“, sagte er. Sein Tonfall ließ keinen Widerspruch zu. „Du legst doch großen Wert auf gute Manieren.“

„Das schon. Nur …“ Sie verstummte und schaute sich um. „Ich möchte mich bei Marsh bedanken.“

„Das kannst du morgen tun.“ Dominic legte ein Trinkgeld für die Kellnerin auf den Tisch. „Er ist sehr beschäftigt.“

Kate wollte protestieren, da sah sie, dass Marsh gerade hinter einer Tür verschwand, die vermutlich zur Küche führte.

An Dominics Seite verließ Kate das Restaurant und trat hinaus in die milde Abendluft. Die Sonne stand sehr tief und verlieh den Wolken im Westen eine rosige Färbung. Die Straße wirkte wie ausgestorben. Viele Touristen kehrten mit der letzten Fähre zurück aufs Festland.

Jetzt wäre es schön, aufs Meer hinauszufahren, dachte Kate. Das Licht wirkte weich, und es war fast windstill. Die meisten Boote lagen bereits im Hafen. Man würde das endlos wirkende, weite Meer fast für sich allein haben …

Kate wandte den Blick vom Hafen ab und ging auf das Hotel zu. Wie töricht, sich solchen Träumen hinzugeben! Der morgige Tag war wichtig, und sie benötigte dringend Schlaf.

Dominic schaute an der Hausfront des Hotels hinauf zu Kates Zimmer. Er wusste, dass sie in demselben Zimmer wie vor vier Jahren wohnte. Damals hatte er sie oft zum Hotel gebracht. Im Gegensatz zu heute hatte sie sich dann bei ihm eingehängt, über die Ereignisse des Tages gesprochen und gelacht. Und bevor sie in das Gebäude geschlüpft war, hatte sie ihn geküsst, lange und hingebungsvoll.

Ähnliche Gedanken mussten auch Kate beschäftigt haben, er sah es ihr an.

„Vielen Dank, Dominic", sagte sie und schob umständlich den Riemen ihrer Handtasche auf ihrer Schulter zurecht. „Es ist nicht nötig, dass du dir weitere Umstände machst."

„Nein?" Dominic betrachtete sie prüfend. „Hm … wir hatten immer schon andere Vorstellungen davon, was nötig ist und was nicht." Er legte die Hand in ihren Nacken.

„Nicht", sagte Kate, wich ihm jedoch nicht aus. Sie wollte nicht verletzlich erscheinen, sondern zeigen, dass Empfindungen für ihn nicht mehr existierten. Aber bereits die Berührung seiner Finger weckte sehnsüchtige Gefühle in ihr.

„Da ist noch etwas, das du mir schuldest, Kate." Dominic ließ sich nicht beirren. Er hatte das Bedürfnis, sie zu bestrafen für die langen Jahre der Einsamkeit und der Qual.

Sein Kuss war nicht sanft. Hart und verlangend presste er seinen Mund auf ihre Lippen. Dann zog er Kate fest an sich. Ihre Arme waren zwischen ihren Körpern gefangen, und Dominic spürte, dass sie die Hände zu Fäusten ballte.

Gut. Sollte sie ihn hassen. Mit ihrer Verachtung konnte er

eher fertig werden als mit ihrer zurückhaltenden Höflichkeit.

Doch es fiel ihm schwer, sich nicht von seiner Begierde überwältigen zu lassen. Der vertraute Duft von Kates Haut, der süße Geschmack ihrer Lippen hatten nichts von ihrem Reiz eingebüßt.

Kate hoffte, dass mit dieser Umarmung endlich ein Schlussstrich unter die Vergangenheit gezogen würde. Aber schon bald musste sie feststellen, dass die Erinnerungen übermächtig wurden.

Dominics Küsse hatten stets ein prickelndes Gefühl in ihr hervorgerufen. Sein muskulöser Körper, der so gut zu ihrem zu passen schien, übte immer noch eine elektrisierende Wirkung auf sie aus. Und den Geschmack von Meer und Salz, der unzertrennlich mit Dominic verbunden war, nahm sie auch dieses Mal wahr.

Kate leistete keinen Widerstand, wollte ihm nicht die Genugtuung geben und sich wehren. So sehr sie sich dann aber bemühte, ihre Empfindungen unter Kontrolle zu halten – es gelang ihr nicht.

Leidenschaftlich erwiderte sie Dominics Kuss. Langsam öffnete sie die Fäuste und legte die Hände flach auf seine Brust. Dominic hatte mit seiner Zunge nun ein zärtliches und zugleich ungeduldiges Spiel begonnen.

Er küsste Kate mit ganzer Konzentration. Sie fühlte sich plötzlich um vier Jahre zurückversetzt …

Heiße Wellen stiegen in Dominic auf, und ihm wurde klar, dass er ihnen Einhalt gebieten musste. Leise stöhnend gab er Kates Mund frei und schaute auf sie hinab. Wie damals nach ihrem ersten Kuss sah sie ihn überrascht und forschend, abwartend an. Das brachte ihn aus dem Konzept.

Wie wenig hatte sie sich verändert, und trotzdem sollte alles nicht mehr so sein wie früher? Er löste seine Umarmung, nickte leicht mit dem Kopf und wandte sich ab.

„Du brauchst mindestens zehn Stunden Schlaf“, sagte er bewusst forsch, ohne sich noch einmal nach Kate umzublicken.

An manchen Morgen schien die Sonne langsamer aufzugehen als an anderen, gerade so, als wolle sie ganz bewusst auf dieses alltägliche und trotzdem faszinierende Schauspiel aufmerksam machen. Kate hatte die Vorhänge am Abend nicht vor die Fenster gezogen, um sich von den Sonnenstrahlen und nicht von dem schrillen Klingeln ihres Reiseweckers wecken zu lassen.

Nun stand sie am Fenster und empfand das Farbenspiel des Sonnenaufganges über dem Meer als persönliches Geschenk der Natur. Der kühle Morgenwind strich über ihre Haut und erfrischte sie. Kate genoss die Stille und die Muße, mit der sie diesen Tag beginnen konnte. In dem engen Zeitplan, nach dem sie sich in den vergangenen Jahren gerichtet hatte, war jede Minute kostbar gewesen. Die kurze Frist zwischen Aufstehen und Schulbeginn wurde ausgefüllt mit hastigem Ankleiden und Frühstücken, wobei sie ihre Notizen für den bevorstehenden Unterricht durchlas.

Nach einem tiefen, festen Schlaf fühlte sich Kate heute ausgeruht und gestärkt. Die letzten Tage – seit sie die Aufzeichnungen ihres Vaters gefunden hatte bis zu dem Wiedersehen mit Dominic – waren nur das Vorspiel zu dem eigentlichen Abenteuer, das heute seinen Anfang nahm. Kate wusch sich, kleidete sich an und verließ das Hotel.

Ans Frühstücken dachte sie nicht. Die Aufregung, mit der Schatzsuche beginnen zu können, hielt sie davon ab. Sie musste nach dem Gold suchen, von dem ihr Vater geträumt hatte. Fand sie es nicht, würde sie wenigstens die Genugtuung haben, den Versuch unternommen zu haben. Es würden sie keine Selbstvorwürfe mehr quälen.

Je näher Kate dem Hafen kam, desto klarer wurde die Erinnerung an Dominics gestrigen Kuss. Sie hatte Dominics Verlangen, seinen Schmerz und seinen Zorn gespürt. Er hatte ihr nicht verziehen. Sie hatte seinen Stolz verletzt, als sie in ihre Welt zurückgekehrt war. Wie leicht war es ihm gestern gelungen, die Zeit zurückzudrehen, ihre Sehnsucht wieder aufflammen zu lassen!

Kate steckte die Hände tief in die Taschen ihrer weißen Hose und beschleunigte den Schritt. Dabei nahm sie sich fest vor, Dominic nicht ein zweites Mal zu verfallen. Nein, sie wollte die Insel nicht wieder mit schmerzendem Herzen verlassen müssen.

Dominic stand bereits an Bord der „Wirbelwind". Von Weitem konnte Kate sehen, wie er die Ausrüstung verstaute. Er trug zu Shorts abgeschnittene Jeans und lose darüber ein T-Shirt, das seine breiten Schultern betonte und das Spiel seiner Muskeln erkennen ließ.

Kate hielt den Atem an. Ist es nicht völlig natürlich, dass sich beim Anblick eines gut gewachsenen Mannes ein Kribbeln auf der Haut einstellt? fragte sie sich. Es handelte sich um eine Empfindung, die ganz unabhängig von einem bestimmten Mann war und nicht das Geringste mit Dominic persönlich zu tun hatte, oder?

Wie um sich selbst immun gegen derartige „Schwächeanfälle" zu machen, ließ sie Dominic nicht aus den Augen, während sie über den Anlegesteg auf sein Boot zuging. Er stand nun an der Reling, sah einem Fischerboot nach, das leise tuckernd aufs Meer hinausfuhr. Es war gewiss kein ungewöhnliches Ereignis. Dennoch konnte Kate seiner konzentrierten Haltung entnehmen, dass er jede Einzelheit dieses Anblicks genau verfolgte. Er stand ganz aufrecht, hatte die Hände leicht in die Hüften gestützt. Der Wind spielte mit seinem schwarzen Haar.

Obwohl Dominic sich nicht bewegte, war es Kate, als strahle er Ruhelosigkeit und Ungeduld aus, als sei er sprungbereit. Sie wusste, dass er lange am Meer sitzen und den Wellen zuschauen konnte, als gäbe es nichts Wichtigeres als das endlose Auf und Ab des Wassers. Selbst dann schien er aber noch in Bewegung zu sein.

Nun blickte auch Kate in die Richtung des Fischerbootes. Sie fragte sich, welche Gedanken Dominic durch den Kopf gehen mochten, wenn er auf das Meer hinausschaute. Sah er in ihm eine ständige Herausforderung? Bedeutete es Romantik für ihn?

Kates Schritte waren wegen ihrer leichten Tennisschuhe unhörbar. Doch kaum hatte sie das Boot erreicht, wandte sich Dominic nach ihr um, als hätte er ihr Kommen gespürt.

„Du bist früh“, sagte er, trat näher und hielt ihr die Hand hin, um ihr an Bord zu helfen.

„Ich dachte mir, dass du es genauso wenig erwarten kannst hinauszufahren wie ich.“ Kate ergriff die dargebotene Hand, doch als sie an Deck stand, zog sie sie sofort zurück.

„Es dürfte eine angenehme Fahrt werden“, verkündete Dominic und ließ den Blick über den Horizont schweifen. „Der Wind weht aus nördlicher Richtung. Nicht stärker als zehn Knoten.“

„Fein.“

Kate half ihm, die Leinen loszumachen, und ging anschließend zum Heck. Dies war der größtmögliche Abstand zu Dominic auf der begrenzten Fläche des Bootes.

Dominic ließ den Motor an und manövrierte das Boot aus dem Hafen. Obwohl er zunächst nur langsam fuhr, warf das Kielwasser kleine Wellen gegen die Holzpfähle des Landungsstegs.

Während das Boot mit gleich bleibender Geschwindigkeit das flache Gewässer vor Ocracoke durchquerte, stand Kate am Heck und beobachtete, wie die Entfernung zur Insel immer größer wurde. Das Letzte, was sie deutlich erkennen konnte, war ein kleiner Junge, der mit einer Angel über der Schulter unternehmungslustig auf den Hafen zusteuerte.

Kate wandte sich um und setzte sich auf die Bank. Die Sonne brannte nun schon heiß, und der Wind war warm. Kate schloss die Augen, sodass sie die Sonne hinter ihren Lidern lediglich als hellen Lichtpunkt gewahrte. Sie empfand das gleiche aufregende Gefühl der Freiheit, des Ungebundenseins, das sie bereits vor vier Jahren in seinen Bann geschlagen hatte. Diese Erinnerung hieß sie gern willkommen.

Völlig ruhig saß Kate. Sie merkte, dass Dominic die Fahrt allmählich beschleunigte. Leicht wie ein Pfeil schoss das Boot über das Wasser. Kate genoss den Nervenkitzel, den Rausch der Geschwindigkeit. Es war der richtige Auftakt für das Abenteuer einer Schatzsuche.

Eigentlich wollte sich Dominic nicht nach Kate umschauen. Aber dann konnte er nicht widerstehen und sah zum Heck. Ein Lächeln umspielte Kates Mund. Sie hatte die Augen geschlossen und das Gesicht zur Sonne emporgehoben. Der Wind wehte einzelne Strähnen ihres aufgesteckten Haares um ihren Kopf. Genauso hatte Dominic sie vor vier Jahren gesehen, und da war ihm bewusst geworden, dass er sich in sie verliebt hatte.

Er wandte sich wieder dem Meer zu, doch das Bild der regungslos und friedlich auf der Heckbank sitzenden Kate blieb vor seinem geistigen Auge. Um sich abzulenken, versuchte er, sie sich im Hörsaal vorzustellen, wie sie zum wiederholten Male geduldig die Besonderheiten dieses oder jenes Gedichtes erklärte.

Es gelang ihm nicht. Er sah sie immer nur, wie sie Sonne und Wind in sich aufnahm.

Kate wünschte, dass dieser Zauber ewig dauern würde. Durch ihre Reise nach Ocracoke hatte sie sich nicht nur räumlich von dem College und ihrem Beruf entfernt. Sie empfand auch deutlich den seelischen Abstand zu ihrem bisherigen Leben. Die Lehrerin, die Kate gern und unter vollem Einsatz war, machte der unbekümmerten Träumerin Platz, die sie in jenem ersten Sommer auf der Insel Ocracoke in sich entdeckt, dann aber verbannt hatte.

Kate öffnete die Augen, und ihr Blick fiel auf den Mann am Steuer. Er hatte ihr damals diese Welt eröffnet und sie geführt. Selbst wenn sie sich einredete, auch ohne Abenteuer leben zu können, musste sich Kate ehrlicherweise eingestehen, dass sie diese Freiheit vermisst hatte. Und Dominic ebenfalls. Sein Kuss hatte ihr bewusst gemacht, wie groß ihre Sehnsucht war. Es mochte, vernünftig betrachtet, eine verrückte, vielleicht sogar gefährliche Sehnsucht sein, aber dieses eine Mal wollte sie sie nicht verdrängen.

Sie passierten das Fischerboot, das vor ihnen den Hafen verlassen hatte. Es hatte seinen Anker und seine Netze ausgeworfen. Es waren Beutelnetze. Kate erinnerte sich an Dominics Erklärungen zu diesen breiten, mit Gewichten beschwerten Netzen, die für den Fang von Heringsfischen benutzt wurden.

Sowohl auf dem Meer als auch an Land bildeten Fischer eine besondere Gemeinschaft.

Vielleicht würde es Dominic gefallen, Tag für Tag auf dem Wasser zu arbeiten, überlegte Kate. Aber nein, er bevorzugte die Einsamkeit und suchte nur selten das Zusammensein mit anderen. Bei manchen Gelegenheiten, so wie der jetzigen, verstand Kate ihn sehr gut.

5. KAPITEL

Etwa eine Stunde nach ihrem Aufbruch ging Kate nach vorn zu Dominic. Sie glaubte, sich nun ganz in der Gewalt zu haben.

„Das Meer ist so wundervoll wie früher“, sagte sie.

„Es ändert sich kaum“, erwiderte Dominic.

Gemeinsam beobachteten sie die Möwen, die in der Hoffnung auf leichte Beute um das Fischerboot kreisten.

„In diesem Jahr haben die Fischer keinen Grund zur Klage“, bemerkte Dominic.

„Bist du häufig auf Fischfang gewesen?“

„Hin und wieder.“

„Auf Muschelsuche?“

Dominic lächelte. Er sah Kate vor sich, wie sie mit bis zu den Knien aufgerollten Jeans im Wasser stand und nach seiner Anleitung den Sand nach Muscheln umgrub. „Ja, auch.“

„Ich habe oft versucht, mir vorzustellen, wie die Insel im Winter sein mag.“

„Ruhig.“

Kate akzeptierte seine knappe Antwort mit einem Kopfnicken. „Ich habe mich auch oft gefragt, was du im Winter treibst.“

Dominic warf ihr einen forschenden Seitenblick zu. „Tatsächlich?“

Vielleicht war es nicht richtig gewesen, dieses Thema anzuschneiden. Nun blieb Kate nichts anderes übrig, als zu antworten. „Es wäre dumm von mir zu behaupten, dass ich in all den Jahren nicht an die Insel oder an dich gedacht hätte, Dominic. Du hast immer meine Neugierde erweckt.“

Dominic lachte. Es war typisch für Kate, die Dinge so auszudrücken. „Du warst neugierig, weil fast alle deine Fragen unbeantwortet blieben. Du denkst zu sehr in den Kategorien einer Lehrerin, Kate.“

„Bietet das Leben nicht mehrere Antworten auf eine Frage?“, konterte Kate. „Vielleicht sind zwei oder drei Antworten möglich, aber nur eine einzige ist richtig.“

„Nein, nur eine einzige ist falsch“, behauptete Dominic.

Er bemerkte den nachdenklichen Ausdruck in ihren Augen. Sie wog jetzt das Für und Wider seiner Behauptung gegeneinander ab. Bevor sie ihre Meinung kundtat, würde sie das Problem aus allen möglichen Blickwinkeln betrachten.

„Du hast dich nicht verändert“, sagte er leise.

„Das habe ich anfangs auch von dir gedacht. Wir haben beide unrecht. Keiner von uns ist der Alte geblieben. Das ist auch ganz natürlich.“ Sie wich seinem Blick aus und schaute über das Meer. „Oh, sieh mal!“, rief sie plötzlich aus und legte impulsiv die Hand auf seinen Arm. „Delfine.“

Es waren ein Dutzend oder mehr dieser Tiere, die aus dem Wasser schossen und wieder untertauchten. Fasziniert sah Kate ihnen zu. Sie beneidete die Tiere um ihre Freiheit.

„Ist es nicht wundervoll?“, flüsterte sie. „Teil zu sein von Luft und Meer. Fast hätte ich es vergessen.“

„Was?“ Dominic ließ sie nicht aus den Augen. „Was hättest du beinahe vergessen?“

Kate wandte ihm das Gesicht voll zu. Erst jetzt bemerkte sie, wie dicht sie nebeneinander standen. Sie war Dominic unwillkürlich näher gekommen, als sie die Delfine entdeckt hatte. Sein Gesicht, sein Mund befanden sich nur wenige Zentimeter von ihr entfernt. Sie spürte die Wärme seiner Haut unter ihren Fingerspitzen. Die Bedeutung seiner Worte lastete schwer auf ihr.

Kate zog ihre Hand zurück und trat einen Schritt zur Seite. „Alles, was nötig war“, erwiderte sie und fügte dann hinzu: „Ich würde mir gern die Seekarten meines Vaters noch mal anschauen. Hast du sie mitgebracht?“

„Deine Aktentasche ist in der Kabine.“ Dominic blickte nun starr geradeaus und hielt das Steuerruder fest umkrampft. „Ich nehme an, dass du allein hinunterfindest.“

Ohne zu antworten, ging Kate zu der kurzen, steilen Treppe, die hinabführte.

In der Kabine befanden sich zwei schmale Liegen, deren Decken ordentlich und straff gespannt waren. Außerdem gab es eine Kombüse, und obwohl Kate wusste, dass sie die komplette Einrichtung säuberlich geordnet vorfinden würde, schaute sie nach. Der schmale Raum war rationell ausgenutzt worden.

Auch die Kabine weckte Erinnerungen. Kate sah sich und Dominic in enger Umarmung auf einer der Liegen, während das Boot sanft schaukelte und leise Jazzmusik aus dem Radio erklang.

Hastig griff Kate nach ihrer Aktentasche und öffnete sie. Sie holte vorsichtig eine Karte heraus, breitete sie auf einer der Liegen aus und vertiefte sich in die von ihrem Vater exakt angefertigte Zeichnung. Obwohl es keineswegs sein Metier gewesen war, hatte Hardesty eine derart präzise Seekarte gezeichnet, dass sich jeder Seemann nach ihr hätte richten können. Zusätzlich zu den Linien der Längen- und Breitengrade fanden sich fein gestrichelte Linien, die unterschiedliche Meerestiefen markierten.

„Sechsundsiebzig Grad Nord und fünfunddreißig Grad Ost", murmelte Kate vor sich hin. „Das ist das Gebiet, in dem nach den Recherchen Vaters die ‚Liberty' untergegangen sein muss. Also südöstlich von Ocracoke."

Die Wassertiefe in diesem Bereich würde keine mit Blei beschwerten Stiefel und Helme erforderlich machen. Eine normale Ausrüstung reichte also durchaus.

Kate warf einen letzten Blick auf das große schwarze X, mit dem ihr Vater die Stelle gekennzeichnet hatte, bevor sie die Karte sorgfältig wieder zusammenfaltete. Sie verspürte Aufregung und Abenteuerlust.

In diesem Moment hörte sie am Geräusch des Motors, dass die Geschwindigkeit des Bootes gedrosselt wurde. Gleich darauf schaltete Dominic den Motor ganz ab. Kate stand auf und stieg die Treppe hoch.

Dominic überprüfte die Sauerstoffflaschen, obwohl er das jedes Mal auch schon vor dem Verlassen des Hafens tat.

„Wir gehen hier hinunter", sagte er zu Kate und erhob sich

aus seiner gebückten Stellung. „Wir befinden uns etwa eine halbe Meile von der Stelle entfernt, an der dein Vater im letzten Sommer getaucht ist."

Mit einer raschen, geschickten Bewegung zog er sein T-Shirt über den Kopf. Sekundenlang konnte Kate ihren Blick nicht von seinem muskulösen, braun gebrannten Oberkörper lösen. Als Dominic nun seine Jeans abstreifte, unter der eine knappe Badehose zum Vorschein kam, wandte sie sich abrupt um und bereitete sich ebenfalls auf das Tauchen vor.

Ihr Herz klopfte wild, und ihr Hals war völlig ausgetrocknet. Kate sagte sich, dass es die Vorfreude auf das Tauchen sein müsse, die sie derart nervös machte, und nicht Dominics fester schlanker Körper. Sie interessierte sich nur für Dominics Kenntnisse und seine Erfahrung. Und er dachte nur an sein Honorar und an seinen Anteil am Fund. So sollte es jedenfalls sein.

Kate entledigte sich ihrer Hose und ihrer Bluse. Darunter trug sie bereits den eng anliegenden Taucheranzug, der ihre langen Beine gut zur Geltung brachte.

Dominic zwang sich, nicht zu ihr hinüberzuschauen. Sie waren auf Schatzsuche, nur das zählte. Während er in seinen Taucheranzug schlüpfte, ging ihm der Gedanke durch den Kopf, dass manche Schätze unwiederbringlich verloren waren. Er presste seine Lippen fest aufeinander und sah nun doch zu Kate, die gerade die Nadeln aus ihrem Haar zog. Weich und schwer fiel es ihr über die Schultern. Dominics Herz krampfte sich zusammen. Mit einem energischen Ruck verschloss er den Reißverschluss seines Anzuges.

„Wir gehen heute eine Stunde lang hinunter", bestimmte er.

„Aber ..."

„Eine Stunde ist mehr als genug", unterbrach er ihren Einwand und hob eine Sauerstoffflasche hoch. „Du bist seit vier Jahren nicht mehr getaucht."

Er half Kate beim Anlegen der Gurte. Sie zog sie stramm, jedoch nicht zu fest.

„Das habe ich dir doch gar nicht gesagt", bemerkte sie verwundert.

„Nein, aber du hättest mir ganz bestimmt erzählt, wenn es nicht so wäre."

Als Kate schwieg, lächelte Dominic in sich hinein und befestigte das Gurtwerk seiner eigenen Ausrüstung. Danach kletterte er auf die Leiter und stieg hinab.

Er reinigte seine Tauchermaske und spülte sie mit Meerwasser aus. Anschließend setzte er sie auf und ließ sich ins Meer fallen.

Es dauerte nicht lange, bis Kate neben ihm im Wasser war. Er wartete einen Augenblick, um sich zu vergewissern, dass ihr nicht schwindlig wurde und sie nicht vergaß zu atmen. Dann schwamm er voran in größere Tiefen.

Während Kate durch das Wasser glitt, erfüllte sie die gleiche Begeisterung wie beim ersten Mal. Welch unglaubliches Gefühl der Freiheit, im Meer tauchen zu können und dabei normal zu atmen!

Sie schaute zu den Sonnenstrahlen auf, die durch die Wasseroberfläche drangen, und hielt eine Hand hoch, um das Spiel von Licht und Schatten zu beobachten. Es faszinierte sie sehr, und fast hätte ihr dieses Erlebnis der Wiederbegegnung mit dem Meer genügt. Doch dann besann sie sich und schwamm weiter hinter Dominic her.

Dominic blickte einem Schwarm Heringsfische entgegen und überlegte, ob dieser wohl in den Netzen des Fischerbootes landen würde, an dem sie vorbeigefahren waren. Die Fische wichen Dominic aus und schwammen eilig an ihm vorbei. Er sah sich nach Kate um und konnte beruhigt sein. Sie schien keine seiner Anweisungen vergessen zu haben. Ihre Bewegungen waren sauber und akkurat.

Sie hatten sich bisher noch nicht über die Methode unterhalten, wie sie nach dem Schiff suchen sollten. Solange Kate keinen Einspruch erhob, wollte Dominic vorgehen, wie er es für richtig erachtete. Am sinnvollsten schien es ihm, im Halbkreis um die Stelle herumzuschwimmen, an der Hardesty zuletzt getaucht war, und den Halbkreis langsam immer größer zu ziehen. Auf diese Weise würden sie die „Liberty“ am leichtesten finden. Vorausgesetzt, Hardesty hatte mit seinen Vermutungen recht.

Die Sauerstoffflaschen auf ihrem Rücken erinnerten Kate daran, dass sie den Aufenthalt auf dem Meeresboden nicht frei und unbegrenzt genießen konnte. Am liebsten wäre sie stundenlang hier unten geblieben, so herrlich fand sie das Seegras und den weichen, sandigen Boden. Übermütig streckte sie die Hand nach einem Schwarm kleiner Fische aus, die erschrocken auseinander stoben, um sich danach wieder zu einer Gruppe zu formieren.

Welch fantastische Welt! Schade, dass sie sie nicht eingehender erforschen konnte. Aber vielleicht hatte Dominic recht mit seiner Anordnung, nur eine Stunde zu tauchen. Die zahlreichen neuen Eindrücke hätte sie sonst nicht zu verarbeiten vermocht.

Dominic entdeckte die flache, scheibenförmige Gestalt als Erster. Instinktiv griff er nach Kates Arm, um sie am Weiterschwimmen zu hindern. Es mochte zwar schön sein, den Stachelrochen dabei zu beobachten, wie er dicht über dem Boden nach Nahrung suchte, doch die Berührung mit seinem Schwanz konnte tödlich sein. Dominic schätzte die Größe dieses Rochens auf fast zwei Meter. Vorsichtig schwammen sie in großem Bogen um den imposanten Meeresbewohner herum.

Der Anblick des Rochens brachte Kate zu Bewusstsein, dass nicht alles in dieser Welt unter der Meeresoberfläche schön und traumhaft war. Es gab auch Leid und Tod. In dem Augenblick, da sie den Rochen deutlich sah, schlug das Tier mit seinem Schwanz wie mit einer Peitsche nach einem kleinen Fisch. Ein Mal, dann ein zweites Mal. Ein ganz natürlicher Vorgang. So war das Leben. Trotzdem wandte Kate sich rasch ab.

Nach einer Weile begegnete ihr Blick durch die Schutzmaske dem Dominics. Kate hatte erwartet, Verachtung oder sogar Belustigung über den Moment der Schwäche in Dominics Augen zu lesen. Stattdessen drückten seine Augen Wärme und Verständnis aus. Er hob die Hand und strich mit seinen Fingerspitzen zärtlich über ihre Wange, wie er es früher getan hatte, um Trost zu spenden und Kate seine Liebe zu zeigen.

Dann allerdings war der Augenblick der Vertrautheit schlagartig vorüber. Dominic drehte sich um und schwamm fort. Mit einer Handbewegung bedeutete er Kate, ihm zu folgen.

Es fiel Dominic schwer, gleichgültig zu bleiben, wenn Kate hinter ihrer Maske aus Tüchtigkeit und Förmlichkeit Anzeichen von Verletzlichkeit offenbarte. Er durfte nicht zulassen, dass sie seine Gefühle und ihn beherrschte. Was immer geschah, er musste Herr der Lage bleiben.

Dominic und Kate entdeckten keinerlei Hinweise auf ein englisches Handelsschiff. Lediglich Wrackteile eines anderen Schiffes fielen Dominic auf. Die verrosteten und mit Muscheln übersäten Metallteile stammten vermutlich von einem Unterseeboot oder einem Kriegsschiff aus dem Zweiten Weltkrieg.

Dominic beschloss weiterzusuchen, obwohl sie allein zwanzig Minuten für die Rückkehr zum Boot brauchen würden. Er wollte das Gebiet, das sie gerade untersucht hatten, ein zweites Mal auf Wracks prüfen und dann erst umkehren.

Es kam ihm vor, als suchten sie die Nadel im Heuhaufen. In den zweieinhalb Jahrhunderten, die seit dem Untergang der „Liberty" verstrichen waren, hatte es unzählige Stürme gegeben, und auch die Meeresströmungen sowie Seebeben hatten die Lage des Wracks verändern können. Selbst wenn die Position des Schiffes zum Zeitpunkt seines Untergangs bekannt war, gehörte eine große Portion Glück neben den Berechnungen und Vermutungen dazu, das Wrack in einem Umkreis von dreißig Kilometern zu finden.

Dominic verließ sich auf sein Glück, so wie Hardesty sich wohl auf seine Berechnungen verlassen hatte. Eine Mischung aus beidem würden ihn und Kate vielleicht zur „Liberty" führen.

Dominic schaute sich nach Kate um. Sie zeigte die gleiche Neugierde und das gleiche Interesse am Meer und an dem Leben unter seiner Oberfläche wie damals vor vier Jahren.

Ob sie sich noch an all die Informationen erinnerte, die er, Dominic, ihr gegeben hatte? Sie hatte nach den Auswirkungen des Druckwechsels gefragt, nach der physiologischen Anpassung des Körpers. Dominic war sicher, dass Kate ihm seine Antworten wortwörtlich wiederholen könnte.

Er gab das Zeichen zur Rückkehr und schließlich das zum Aufstieg. Langsam schwammen sie nach oben. Dominic beobachtete, wie die Sonnenstrahlen auf Kate fielen, sich in ihrem offenen Haar verfingen und sie wie eine Nixe wirken ließen. Im Volksmund hieß es, dass man eine Nixe nur dann besitzen könne, wenn man die Welt, in der sie lebte, als seine eigene anerkannte.

Kate bewegte ihre Füße leicht und hielt ihr Gesicht entspannt der Sonne entgegen. Dominic verspürte den Wunsch, ihren schlanken Leib zu umfassen und festzuhalten. Er streckte die Hand aus und berührte ihr Haar, kurz bevor sie gemeinsam die Wasseroberfläche erreichten.

Dort nahm Kate das Mundstück aus dem Mund und schob die Maske hoch. „Oh, es ist wunderschön. Genau wie damals." Sie lachte übermütig.

Zum ersten Mal nach vier Jahren hörte Dominic wieder diesen hellen Klang ihres Lachens. „Ich hatte den Eindruck, dass du nur spielen wolltest und nicht auf Schatzsuche warst." Er lächelte sie an, froh über ihre gute Laune und ihre Ausgelassenheit, die er vermisst hatte.

„Du hast recht." Nur widerstrebend griff Kate nach der Leiter, um an Bord zu klettern. „Ich habe nicht damit gerechnet, dass wir gleich beim ersten Mal etwas entdecken würden. Es war einfach herrlich, wieder zu tauchen."

Sie nahm ihre Sauerstoffflaschen ab und überprüfte die Ventile, bevor sie die Flaschen auf die Planken stellte. „Wenn ich am Meeresgrund bin, glaube ich ohne Sonne auskommen zu können, bin ich aber wieder oben, kommt es mir vor, als schiene sie wärmer und heller als je zuvor." Sie streifte die Gummiflossen und die Schutzmaske ab und ließ ihr Gesicht von der Sonne bescheinen. „Es ist ein tolles Gefühl. Unübertrefflich."

„Schnorcheltauchen ist auch fantastisch." Dominic öffnete den Reißverschluss seines Taucheranzuges. „Ich habe es letztes Jahr auf Tahiti ausprobiert und fand es wundervoll, in dem klaren Gewässer zu schwimmen, nur mit Tauchermaske und Gummiflossen."

„Tahiti?" Überrascht schaute Kate zu ihm hin. „Du bist auf Tahiti gewesen?"

„Ja, einige Wochen im Herbst letzten Jahres." Er zog den Anzug aus und legte ihn in den großen Plastikbehälter, in dem er die Ausrüstungsstücke unterbrachte, die gesäubert werden mussten.

„Weil du eine Vorliebe für Inseln hast?"

„Ja – und für Baströckchen", meinte er schmunzelnd.

Kate brach in lautes Gelächter aus. „Ich bin sicher, dass dir ein Bastrock ausgezeichnet steht."

Dominic genoss die ungezwungene und fröhliche Stimmung, die ihn an frühere Zeiten erinnerte. Ausgelassen griff er nach ihrem Haar und zog leicht daran. „Schade, dass ich keine Schnappschüsse gemacht habe." Er drehte sich um und ging die Treppe hinab in die Kabine.

„Warst du zu sehr damit beschäftigt, die Eingeborenen zu bestaunen, statt sie für die Nachwelt auf Zelluloid zu bannen?", rief Kate ihm nach, während sie sich auf die schmale Bank am Steuerbord des Bootes setzte.

„So ähnlich. Und natürlich habe ich so getan, als hätte ich nicht bemerkt, dass die Eingeborenen mich bestaunten."

„Eingeborene in Baströcken …" Bevor Kate weitersprechen konnte, erschien Dominic wieder und warf ihr einen Pfirsich zu. Sie fing ihn auf und lächelte Dominic an, bevor sie in die Frucht biss.

„Deine Reflexe sind noch genauso ausgezeichnet wie früher", lobte Dominic Kate.

„Besonders, wenn ich hungrig bin." Kate leckte mit der Zunge

Saft auf, der auf ihre Handfläche getropft war. „Heute Morgen habe ich nichts gegessen. Ich war viel zu aufgeregt."

„Wegen des Tauchens?"

„Einmal das und …" Kate hielt inne. Ihr wurde bewusst, dass sie sich miteinander unterhielten, als hätte es nie eine Trennung gegeben.

„Und?", forschte Dominic. Er sprach beiläufig, doch sein aufmerksamer Blick verriet deutlich, wie gespannt er auf ihre Antwort war.

Kate bemerkte es und stand auf, um auf das Meer hinauszuschauen. „Die Morgendämmerung", sagte sie leise. „Die Sonne ging über dem Wasser auf in den herrlichsten Farben." Sie holte tief Luft und fügte hinzu: „Ich habe schon sehr lange keinen Sonnenaufgang mehr gesehen."

Dominic lehnte sich an die Reling und biss in seinen Pfirsich. „Warum nicht?", wollte er wissen.

„Keine Zeit. Kein Bedürfnis."

„Bedeutet dir beides das Gleiche?"

Kate überlegte einen Augenblick. „Wenn sich dein Leben um Unterrichtspläne und Schülerklassen dreht, läuft es wohl auf das Gleiche hinaus, denke ich."

„Und das magst du? Einen täglichen Stundenplan?"

Kate schaute ihm über ihre Schulter hinweg in die Augen. Plötzlich spürte sie die tiefe Kluft zwischen ihnen wieder ganz deutlich. Ihre Welt war ihm so fremd wie ihr seine. „Ich habe dieses Leben gewählt."

„Eine von deinen vielen möglichen Antworten auf die Frage nach dem Sinn des Lebens?", konterte Dominic.

„Kann sein. Vielleicht gibt es in manchen Bereichen des Lebens aber auch nur eine Antwort." Sie setzte sich wieder auf die Bank. Sie wollte sich ihre gute Laune nicht durch derartige Gespräche verderben lassen. „Erzähl mir von Tahiti, Dominic", bat sie. „Wie ist die Insel?"

„Milde Luft, weiches Wasser. Die Farben Blau, Grün und Weiß überwiegen in der Landschaft. Und natürlich gibt es rot, orange, gelb und violett leuchtende Streifen bei Sonnenauf- und -untergang."

„Wie ein Gemälde von Gauguin."

„Mag sein, nur würde er sich heute über all die Hotels und Ferienanlagen wundern. Es ist keine unberührte Insel mehr."

„So etwas findet man heute kaum noch." Unter Dominics intensivem Blick fiel es Kate zunehmend schwer, ein unverfängliches Gespräch zu führen. Sie biss in ihren Pfirsich und sann nach weiteren Fragen. „Bist du auch in tieferen Gewässern getaucht?", erkundigte sie sich.

„Ja, manchmal. Dort gibt es Muscheln und Korallen in unvorstellbarer Vielfalt. Ich hätte ein ganzes Boot füllen können, wenn ich gewollt hätte. Die Fische waren so exotisch, wie man sie nur aus Aquarien kennt. Und Haie gab es auch." Er erinnerte sich, wie er nur einen Kilometer von der Küste entfernt einem Hai knapp entkommen war. „Das Meer um Tahiti ist alles andere als langweilig."

Kate kannte den übermütigen, sorglosen Ausdruck seiner Augen. Dominic mochte zwar nicht gerade das Abenteuer suchen, aber er würde niemals versuchen, ihm auszuweichen. Er stellte sich der Gefahr, und dies schien ein weiterer Punkt zu sein, in dem sie sich gewiss niemals verstehen würden. „Hast du auch eine Kette aus Haifischzähnen mitgebracht?"

Dominic nickte. „Ich habe sie Joy geschenkt. Aber Linda will sie ihr nicht geben. Sie sei noch zu jung dazu, meinte sie."

„Da hat sie recht. Ist es eigentlich ein schönes Gefühl, Onkel zu sein?"

„Ja. Joy ähnelt mir."

„Aha, die männliche Eitelkeit."

Dominic zuckte mit den Schultern. Es freute ihn tatsächlich, dass seine Nichte, auch was ihr Wesen anbelangte, nach ihm geraten war. „Es macht mir ungeheuren Spaß zu beobachten, wie sie Marsh und Linda tyrannisiert. Es gibt sonst nicht viel Unterhaltung auf der Insel."

Kate vermochte sich beim besten Willen nicht vorzustellen,

dass Dominic von einem Baby fasziniert sein konnte. „Es ist schon seltsam“, sagte sie nach einer Weile, „wiederzukommen und zu sehen, dass Marsh und Linda verheiratet sind. Als ich ging, behandelte Marsh Linda wie seine kleine Schwester.“

„Hat dir dein Vater nicht berichtet, was sich auf der Insel ereignete?“

Kate schaute auf ihre Hände. „Nein.“

„Hast du dich danach erkundigt?“

„Nein.“

Dominic warf den Stein seines Pfirsichs über Bord. „Er hat dir auch nie von dem Schiff erzählt und gesagt, warum er Jahr für Jahr nach Ocracoke kam.“

Kate strich sich das Haar aus der Stirn. Dominic hatte keine Frage gestellt. Es war eine klare Feststellung gewesen. Doch es schien ihr am besten, darauf zu reagieren, damit es nicht aussah, als wolle sie dieses Thema meiden. „Stimmt“, erwiderte sie mit fester Stimme, „er hat die ‚Liberty‘ mir gegenüber nie erwähnt.“

„Quält dich dieser Gedanke nicht?“

„Warum sollte er?“, fragte Kate ein wenig schnippisch zurück. „Er hatte ein Recht auf ein eigenes Leben, auf eine Privatsphäre.“

„Aber du nicht.“

Kate warf ihren Pfirsichstein ebenfalls ins Wasser. Sie streckte die Hand nach ihrer Bluse aus, weil ihr plötzlich kalt war. „Ich weiß nicht, worauf du hinauswillst.“

„Das weißt du sehr gut, Kate.“ Dominic ergriff ihre Hände, bevor sie sie zurückziehen konnte. „Du weißt es“, wiederholte er ruhig und sah ihr in die Augen. „Du bist nur noch nicht soweit, es dir einzugestehen.“

„Lass mich in Ruhe, Dominic.“ Ihre Stimme zitterte leicht, sie konnte es nicht verhindern. „Lass mich in Ruhe“, bat sie noch einmal.

Dominic musste sich überwinden, Kate nicht zu schütteln, sie nicht zu drängen, endlich zu gestehen, dass sie vor vier Jahren gegangen war, weil ihr Vater es so gewollt hatte. Sie sollte ihm sagen, dass sie nicht die Kraft gehabt hatte, sich gegen den

Mann aufzulehnen, von dem sie nach seinen Vorstellungen geformt worden war.

Er ließ ihre Hände los und wandte sich ab. „Also gut", meinte er leichthin und ging zum Steuer. „Der Sommer fängt erst an." Er warf den Motor an und schaute Kate in die Augen. „Wir wissen beide, was solch ein Sommer bringen kann."

6. KAPITEL

Das Wichtigste, was du beim Umgang mit Joy beachten musst, ist die Tatsache, dass sie einen ausgeprägten eigenen Willen besitzt“, erklärte Linda und fing in letzter Minute eine Vase auf, die nach einem Stoß von Joy umzufallen drohte.

Kate beobachtete, wie die pausbäckige, schwarzhaarige Joy auf einen Ohrensessel kletterte, um ihr Spiegelbild in einem ovalen Spiegel zu bewundern. In den vergangenen fünfzehn Minuten, seit Kate Lindas Haus betreten hatte, war Joy keine Sekunde lang ruhig geblieben. Sie war flink und erstaunlich behände. In ihren Augen lag eine wilde Entschlossenheit, ihren Dickkopf auf die eine oder andere Weise durchzusetzen. Dominic hatte recht gehabt. Seine Nichte war ihm tatsächlich in vielerlei Hinsicht ähnlich.

„Ja, das ist unverkennbar“, antwortete Kate. „Wo nimmst du nur die Energie her, ein Restaurant und einen Haushalt zu führen und nebenbei diesen Wirbelwind zu beaufsichtigen?“

„Von Vitaminen“, offenbarte Linda. „Von unzähligen Vitaminen. Joy, lass die Finger vom Spiegel!“

„Joy!“, rief das Kind aus und schnitt sich Gesichter im Spiegel. „Schön, schön, schön.“

„Das Selbstbewusstsein der Silvers“, meinte Linda trocken. „Es kommt immer wieder durch.“

Kate lachte und sah zu, wie Joy rückwärts von dem Sessel herunterkletterte und auf ihrem mit Windeln gepolsterten Hosenboden landete. Mit wenigen Handstreichen zerstörte die Kleine einen Turm aus Holzklötzen, den sie erst vor wenigen Minuten aufgebaut hatte.

„Sie ist wirklich hübsch“, sagte Kate. „Und wenn sie es selber weiß, zeigt das nur, wie klug sie obendrein ist.“

„An dieser Klugheit zweifle ich besonders dann, wenn sie Zahnpasta nicht zum Zähneputzen benutzt, sondern eine ganze Tube auf dem Boden des Badezimmers verteilt.“ Seufzend lehnte sich Linda im Sofa zurück. Sie genoss es, die Montagnachmittage mit ihrer Tochter verbringen zu können. Es waren die einzigen Stunden, in denen das Restaurant nicht ihre Zeit beanspruchte. „Du bist jetzt schon seit einer Woche auf Ocracoke, und wir hatten noch keine Gelegenheit, ausführlich miteinander zu reden."

„Du bist sehr beschäftigt." Kate beugte sich vor, um über Joys schwarzes Haar zu streichen.

„Du auch ..."

Kate hörte die Frage aus Lindas Worten heraus und lächelte. „Du vermutest, dass ich nicht zum Fischen und Sonnenbaden auf die Insel gekommen bin, stimmt's?"

„Also gut, warum soll ich länger taktvoll um den heißen Brei herumschleichen, wenn ich vor Neugierde platze", gestand Linda. „Was machst du mit Dominic denn den lieben langen Tag draußen auf dem Meer?"

„Wir suchen nach einem Schatz", entgegnete Kate wahrheitsgemäß.

„Ach so." Ohne sonderlich erstaunt zu sein, nahm Linda diese Mitteilung zur Kenntnis. „Den Piratenschatz." Sie rettete die aufkeimenden Blüten eines Veilchens vor den neugierigen Tastversuchen ihrer Tochter und gab Joy eine Gummi-Ente. „Mein Großvater weiß noch Geschichten von diesem sagenumwobenen Schatz zu erzählen. Er sollte angeblich das Lösegeld für einen König sein. Ich habe mir immer vorgestellt, dass er irgendwo an Land vergraben ist."

„Wir suchen nicht den Piratenschatz", sagte Kate. Sie kannte die unzähligen Geschichten, die entlang der Küste kursierten und besonders hier auf Ocracoke, die als Pirateninsel aus früheren Zeiten bekannt war. Im Gegensatz zu den Recherchen ihres Vaters hielt sie die Geschichten für Hirngespinste. „Mein Vater hat Nachforschungen nach dem Verbleib eines englischen Handelsschiffes angestellt, das im achtzehnten Jahrhundert vor der Küste gesunken ist."

„Dein Vater?" Linda staunte. Den Edwin Hardesty, den sie in

den vergangenen Jahren auf der Insel gesehen hatte, konnte sie sich beim besten Willen nicht als Schatzsucher vorstellen. „Das ist also der Grund, weshalb er Sommer für Sommer herkam." Sie hielt inne, lachte verlegen und fuhr dann fort: „Du musst entschuldigen, Kate, aber dein Vater schien nicht der Typ zu sein, der solche Abenteuer ... na, du weißt schon. Nun, man muss ihm lassen, dass er es verstand, sein Geheimnis zu hüten."

„Ja, sogar vor mir."

„Du hast nichts gewusst?" Lindas Augen weiteten sich.

In diesem Moment ertönte ein unregelmäßiges Trommeln, und sie warf einen Blick auf ihre Tochter, die mit einem ihrer Bauklötze auf den Boden eines Plastikeimers einschlug.

„Ich habe es erst aus den Unterlagen erfahren, die ich nach seinem Tod in seinem Schreibtisch vorfand", sagte Kate. „Ich entschloss mich dann, sein Werk fortzuführen."

„Und zu Dominic zu kommen?"

„Ja." Kate strich den dünnen Baumwollstoff ihres Rockes über den Knien glatt. „Ich brauche ein Boot", fügte sie sachlich hinzu, „und einen Taucher, möglichst von dieser Insel. Er ist der Beste."

Linda schenkte ihr ihre ungeteilte Aufmerksamkeit. Kates Worte klangen logisch, aber ihre Stimme hatte Linda verraten, dass Kate sich diese Logik nicht nur für andere, sondern vor allem für sich selbst zurechtgelegt hatte. „Ist das der einzige Grund, weshalb du Dominic gebeten hast, dir zu helfen?", forschte sie.

Unruhig zupfte Kate an ihrer Bluse und erwiderte leicht gereizt: „Ja, das ist der einzige Grund."

Linda schwieg einen Augenblick. Es betrübte sie, dass ihre Freundin sich offensichtlich selbst betrog. „Kate, er hat dich nie vergessen."

„Nein! Nein, das glaube ich nicht", entfuhr es Kate. Sie schüttelte heftig den Kopf.

„Es stimmt aber. Kate, ich kenne ihn gut und habe ihn sehr gern." Linda stand auf, um Joy abzulenken, denn die Kleine hatte gerade festgestellt, dass es ihr viel mehr Spaß bereitete, die Holzklötze umherzuwerfen, als sie aufeinander zu setzen. „Obwohl er manchmal schwierig sein kann. Er ist Marshs Bruder." Sie platzierte ihre Tochter vor eine Reihe von Plüschtieren und nahm dann wieder neben Kate Platz. „Dominic ist auch für mich wie ein Bruder. Und du bist der erste Mensch vom Festland, zu dem ich ein enges Verhältnis habe. Deshalb möchte ich ..."

„Ich verstehe", unterbrach Kate sie. Die Versuchung war groß, ihr Herz auszuschütten, über ihre Gefühle zu sprechen. Doch sie wich aus. „Glaub mir, Linda, was zwischen mir und Dominic war, ist längst vorüber. Das Leben geht weiter."

Linda räusperte sich. An Kate stellte sie den gleichen Unwillen fest, über sich selbst zu reden, der auch Dominic auszeichnete. So verschieden die beiden in vielen Dingen sein mochten, diese Verschlossenheit war ihnen gemein. „Wie du meinst", gab sie schließlich nach. „Du siehst selbst, was mir in den letzten vier Jahren zugestoßen ist." Sie schaute mit gespieltem Entsetzen auf Joy. „Jetzt erzähle mir, wie es dir ergangen ist. Wie war dein Leben?"

„Ruhiger."

Linda lachte. „Manchmal habe ich tatsächlich den Eindruck, dass es in jedem Zirkus beschaulicher zugeht als in diesem Haus."

„Es war nicht leicht, meinen Doktortitel zu erlangen. Ich habe mich ganz auf dieses Ziel konzentrieren müssen", sagte Kate. „Und wenn man anschließend Lehrerin ist, bleibt auch nicht viel Zeit für irgendetwas anderes."

Sie stand auf und ging im Zimmer umher, unzufrieden darüber, dass ihre Beschreibung so leer und uninteressant klang. Es war damals ihr fester Wille gewesen zu lernen, weiterzukommen, und sie hatte Freude an ihrer Arbeit mit den Studenten. Jetzt, da sie zu Linda darüber sprach, hörte es sich so an, als sei ihr Leben unerfüllt und hohl.

Kate betrachtete die vielen Spielsachen, die im Raum verstreut lagen. Eine Krawatte war achtlos über die Lehne eines Stuhles gehängt worden, auf dem Lindas Handtasche stand. So unbedeutend diese Gegenstände auch sein mochten, sie wirkten wie Symbole für Familie und Zusammengehörigkeit. Eine eigenartige Furcht vor der Rückkehr in das große Haus in Connecticut erfüllte Kate plötzlich. Abrupt wandte sie sich zu Linda um.

„Dieses Jahr in Yale war faszinierend und schwierig zugleich", sagte sie und verdrängte den Gedanken, dass ihre Worte wie eine Verteidigung anmuten könnten. „Komisch, obwohl mein Vater ja auch Lehrer war, habe ich bis dahin nicht gewusst, dass dieser Beruf so hart und anstrengend ist wie das Studentendasein."

„Härter", meinte Linda nach einer kurzen Pause, „denn du musst die Antworten kennen."

„Ja." Kate ging in die Hocke, um sich Joys Sammlung an Plüschtieren anzuschauen. „Ich betrachte es als ständige Herausforderung. Entweder ich weiß die Antwort auf eine Frage, oder ich ergründe sie, und dann warte ich darauf, dass meine Erklärung verstanden wird."

„Was nicht immer der Fall ist", vermutete Linda.

„Richtig." Kate lachte. „Aber wenn der Groschen fällt, gehört dies zu den Augenblicken, die mich für die Mühe belohnen. Mutter zu sein stelle ich mir ähnlich vor. Du erteilst tagtäglich Unterricht."

„Zumindest mache ich den Versuch", entgegnete Linda trocken.

„Wie bei mir."

„Hm …" Linda legte den Kopf schief. „Sag mal, bist du mit deinem Leben zufrieden, bist du glücklich?"

Joy drückte einen rosafarbenen Plüschdrachen an sich und hielt ihn dann Kate hin. Gehorsam kam Kate der unausgesprochenen Aufforderung nach und liebkoste das weiche Stofftier. Dies gab ihr Zeit, über Lindas Frage nachzudenken. Sie hatte stets ihr Ziel im Auge gehabt, ohne an Glück und an Erfüllung zu denken. Ihr Vater hatte ihr diese einfache, im Grunde selbstverständliche Frage nie gestellt.

„Ich bin gern Lehrerin“, antwortete Kate schließlich. „Ich wäre unglücklich, wenn ich es nicht sein könnte.“

„Du weichst dem eigentlichen Thema aus, Kate.“

„Manchmal kann man nicht mit Ja oder Nein antworten.“

„Dominic!“

Bei Joys Ausruf zuckte Kate unwillkürlich zusammen und fuhr herum.

„Nein, sie meint den Drachen“, erklärte Linda, ohne auf Kates heftige Reaktion einzugehen. „Er hat ihn ihr geschenkt, also heißt er Dominic.“

„Ach so.“ Kate sah sich das Tier an, das mit seinem weit geöffneten Maul und den weichen, eckigen Plüschzähnen aussah, als lache es den Betrachter an. Sie gab Joy ihr Lieblingsspielzeug zurück und richtete sich auf. „Es passt zu Dominic, dass er nicht wie alle anderen gewöhnliche Puppen verschenkt.“

„Allerdings.“ Linda blickte Kate fest in die Augen. „Er hat in allem einen ganz besonderen Geschmack.“

Kate musste lächeln. „Du gibst nie auf, stimmt's?“

„Nicht, wenn es um eine Sache geht, an die ich fest glaube.“ Lindas Antwort verriet ihren Trotz und ihre Ausdauer, die Eigenschaften, die ihr geholfen hatten, so lange zu warten, bis Marsh ihr endlich seine Liebe gestand. „Ich bin fest davon überzeugt, dass du und Dominic … dass ihr zusammengehört“, fuhr sie fort. „Ihr könnt es noch so kompliziert machen, mich täuscht ihr nicht.“

„Du hast dich nicht verändert. Vier Jahre sind vergangen, du bist Ehefrau, Mutter und Besitzerin eines Restaurants geworden, aber du hast dich kein bisschen verändert.“

„Die Tatsache, dass ich Ehefrau und Mutter geworden bin, bestärkt mich darin, dass meine Einschätzungen richtig sind.“ Linda verstand es, ihr Selbstbewusstsein einzusetzen, wenn sie es für angemessen hielt. „Aber das Restaurant gehört uns nicht“, fügte sie erklärend hinzu.

„Nein?“ Überrascht schaute Kate sie an.

„Wir führen das Restaurant und besitzen einen Anteil von zwanzig Prozent.“ Linda lehnte sich zurück und lächelte Kate an. Sie genoss es, Kate etwas mitzuteilen, das sie vermutlich nie für möglich gehalten hätte. „Das ‚Roost‘ gehört Dominic.“

„Dominic?“ Kate vermochte ihre Verblüffung nicht zu verbergen. Der Dominic Silver, den sie zu kennen glaubte, hatte nie etwas anderes besessen als ein Boot und ein wackliges Haus am Strand. Ein Restaurant zu kaufen, selbst ein kleines auf einer abgelegenen Insel, erforderte mehr als Kapital. Es erforderte Ehrgeiz.

„Er hat es dir offensichtlich nicht gesagt.“

„Nein, das hat er nicht.“ Obwohl er Gelegenheit dazu gehabt hätte, erinnerte sich Kate. An dem Abend, an dem sie gemeinsam in seinem Restaurant gespeist hatten, hätte er es ihr erzählen können. „Es passt irgendwie nicht zu ihm“, fügte sie leise hinzu. „Ich meine, es wäre nicht überraschend, wenn er sich ein neues Boot gekauft hätte, ein schnelleres oder ein größeres. Aber ein Restaurant ... nicht zu fassen.“

„Wir waren alle überrascht, abgesehen von Marsh. Nun, er kennt seinen Bruder besser als jeder andere. Wenige Wochen vor unserer Hochzeit erzählte Dominic uns, dass er das Restaurant gekauft habe und es renovieren wolle. Marsh musste damals jeden Tag mit der Fähre nach Hatteras zur Arbeit fahren, und ich habe während der Saison im Kunsthandwerksladen meiner Tante geholfen. Als Dominic den Vorschlag machte, dass wir uns mit zwanzig Prozent an dem Geschäft beteiligen und das Restaurant als Geschäftsführer übernehmen sollten, erschien es uns als wahres Himmelsgeschenk. Im Nachhinein muss man sagen, dass wir alle wirklich gut mit dieser Lösung gefahren sind.“

Kate dachte an die anheimelnde Atmosphäre, das hervorragende Essen und die flotte Bedienung. „Ihr habt etwas Tolles zustande gebracht“, lobte sie. „Allerdings kann ich mir Dominic nicht als Geschäftsmann vorstellen.“

„Dominic weiß, was er will“, entgegnete Linda. „Meines Erachtens weiß er bloß nicht immer, wie er es erreichen soll."

Kate wollte sich nicht länger mit diesem Thema befassen. „Ich habe große Lust, am Strand spazieren zu gehen. Kommst du mit?", fragte sie.

„Nichts lieber als das, aber ..." Linda wies mit einer Handbewegung auf ihre Tochter, die in den letzten Minuten sehr ruhig gewesen war. Joy hielt den rosafarbenen Drachen mit beiden Händen fest umschlungen und lag in tiefem Schlummer inmitten der übrigen Plüschtiere.

Kate lachte leise. „Sie hat sich völlig verausgabt."

„Ja, sie ist oft anstrengend, aber wenn sie schläft, habe ich auch meine Ruhe." Vorsichtig hob sie Joy auf und wiegte sie in ihrem Arm. „Ich wünsche dir viel Spaß bei deinem Spaziergang. Wenn du Lust hast, könntest du heute Abend im ‚Roost' vorbeischauen."

„Ja, ich komme", versicherte Kate und strich Joy über den Kopf, über das dichte schwarze Haar, das so sehr dem ihres Onkels glich. „Sie ist wunderhübsch, Linda. Du kannst dich glücklich schätzen."

Kate verließ Lindas Haus und ging durch die ruhige Stadt. Die Wolken hingen tief, wodurch die Umgebung düster und unheimlich wirkte. Doch der Regen ließ auf sich warten. Kate konnte ihn förmlich schmecken. Der Wind würde die reinen frischen Tropfen vom Meer herübertragen. Es war die Richtung, in die Kate ging.

Auf einer Insel fühlte man sich unwillkürlich mehr zum Meer hingezogen als zum Land. In diesem Punkt hatte Kate volles Verständnis für Dominics Vorliebe.

Es war ihr in Connecticut leichter gefallen, den Erinnerungen auszuweichen, die für sie mit dem Meer verknüpft waren. Obwohl sie die felsige raue Küste von New England liebte, war sie nie hingefahren, um sich nicht den schmerzvollen Bildern der Vergangenheit auszusetzen. Hier auf der Insel ließen sie sich nicht verdrängen. Vielleicht hätte sie zur landzugewandten Seite der Insel gehen sollen, doch sie bevorzugte den Blick aufs offene Meer und konnte nicht widerstehen.

Die Luft war warm, und der Wind spielte mit dem dünnen Stoff ihres Rockes und ihrer Bluse. Kate kam an zwei Anglern vorbei, die mit tief ins Gesicht gezogenen Mützen auf der Mole saßen und darauf warteten, dass ein Fisch anbiss. Die beiden Männer unterhielten sich, aber die Brandung übertönte ihre Worte. Kate konnte sich allerdings sehr gut ausmalen, um welche Themen ihr Gespräch kreiste. Um Köder und vielleicht um den Fang vom gestrigen Tag.

Kate störte die beiden nicht, und auch die Angler sprachen sie nicht an. Die Bewohner der Insel waren nicht unfreundlich oder unhöflich, doch sie drängten sich auch niemandem auf.

Die Farbe des Wassers war so grau wie die des Himmels. Kate faszinierten die unterschiedlichen Launen der Witterung. Wenn sich das Meer so rau und aufgewühlt wie heute zeigte, empfand sie es als Spiegel ihrer eigenen inneren Unruhe, die sie sich selbst allerdings nur selten eingestand.

Höher und höher hinauf schienen die Wellen ihre schäumenden Kronen zu tragen, um sie mit lautem Getöse an den Strand zu werfen. Der Schrei der Möwen klang nicht einsam und klagend, sondern wild und herausfordernd. Das Meer bot bei jedem Wetter ein überwältigendes Schauspiel.

Kate ging bis zum Meeresufer. Ungeschützt dem Wind ausgesetzt, der einzelne Strähnen ihres Haares löste, stand sie am Strand, hob ihr Gesicht und starrte mit weit geöffneten Augen auf die kaum erkennbare Linie des Horizontes.

Es tat ihr gut, die Urgewalt der Natur zu spüren. Das düstere, bedrohliche Licht kurz vor einem Sturm, der beständige Wind aus Osten passten zu ihren Gefühlen. So vieles hatte sie erlebt und erfahren, was sie aus dem Gleichgewicht warf, und sie wollte mit sich selbst ins Reine kommen.

Dominic. Seine Gegenwart wühlte sie auf und machte sie wehrlos und verletzlich. Vor vier Jahren hatte sie sich von ihm in einen Strudel ziehen lassen. Sie war überwältigt gewesen von seiner Art. Später hatte sie erkannt, dass seine Freiheitsliebe niemals auf ihren Lebensstil übertragbar sein würde, weil er sich vom Leben treiben ließ, während sie auf ein festes Ziel zustrebte, ohne nach rechts und links zu schauen.

Vielleicht war er mit dem Kauf des Restaurants nun eine Bindung eingegangen. Offenbar scheute er Verantwortung nicht mehr. Das freute Kate, doch an der Tatsache, dass sie aus zwei verschiedenen Welten stammten, änderte es nichts.

Sie, Kate, hatte sich für ein geordnetes Leben entschieden. Erfolg war ihr Genugtuung. Ohne ihren Beruf konnte sie nicht leben. Er bedeutete nicht nur Arbeit oder Beschäftigung. Als sie mit Linda gesprochen hatte, war ihre Schilderung vielleicht nicht überzeugend gewesen. Wie auch immer, Kate glaubte zu wissen, dass man am Ende mit leeren Händen dastehen würde, wenn man zu viel erhoffte und verlangte. Im Übrigen musste sie sich damit abfinden, dass man das Rad der Zeit nicht zurückzudrehen vermochte. Sie hatte ihrem Leben vor vier Jahren eine bestimmte Richtung gegeben, die es weiterzuverfolgen galt.

Mittlerweile hatte draußen auf dem Meer der Regen eingesetzt. Kate sah den dunklen Vorhang, der allmählich weiter vorrückte.

Dominic verspürte das Bedürfnis, das Meer kurz vor dem Sturm zu sehen, und strebte dem Strand zu. Er hatte nicht vorgehabt, seine Arbeit an dem neuen Boot zu einer bestimmten Zeit zu unterbrechen. Es war eine Laune, die ihn ans Meer führte, eine von jenen Stimmungen, denen er sich hingab, ohne sie rational zu ergründen.

Dominic hörte das Tosen der Brandung. Langsam wanderte er über eine Düne. Er würde den Weg auch bei stockfinsterer Nacht finden. Unzählige Male war er ihn schon gegangen. Oftmals, so wie heute, um die aufgewühlte See zu beobachten.

Er hatte schon zahlreiche tropische Stürme und Orkane erlebt, aber er wusste auch einen relativ friedlichen Sommerregen zu schätzen. Gern ließ er die Tropfen auf sich herabklatschen und beobachtete dabei das Auf und Ab der Wellen. Heute war er dankbar für den angekündigten Regen. So hatte er einen Tag für sich – einen Tag ohne Kate.

Sie hatten sich wortlos auf ein möglichst unpersönliches Miteinander geeinigt, das es ihnen vereinfachen sollte, auf engem Raum zusammen zu sein.

Ihm kam der Zustand vor wie die Ruhe vor dem Sturm. Und die ständige Anspannung zerrte an seinen Nerven. Kate zu sehen, in ihrer Nähe zu sein in dem Bewusstsein, dass sie sich von ihm zurückgezogen hatte, war ungleich schwieriger, als Tausende von Kilometern von ihr entfernt zu leben.

Für Kate bin ich lediglich Mittel zum Zweck, ein Werkzeug, das sie so einzusetzen versteht wie ihre Bücher, dachte Dominic bitter. Dennoch konnte er ihr im Grunde keine Vorwürfe machen. Er selbst hatte ihren Bedingungen zugestimmt und musste sich mit ihnen abfinden.

Seit jenem Tag, an dem sie zum ersten Mal getaucht waren, hatte Kate nicht mehr gelacht. Er vermisste den hellen Klang, so wie er auch den Geschmack ihrer Lippen und die Berührung ihres Körpers vermisste. Trotz seiner Bemühungen, sich selbst davon zu überzeugen, dass er auch ohne sie leben konnte, lag er nachts oft lange wach und sehnte sich nach ihr. Ja, zuweilen glaubte er dann sogar, keine Sekunde länger ohne sie sein zu können.

In den vergangenen Jahren hatte Dominic Möglichkeiten gefunden, gegen solche Gefühle anzukämpfen. Kates Fortgang hatte ihm hart zugesetzt und war schließlich der Grund für eine gewisse Veränderung in ihm gewesen. Er wollte sich selbst beweisen. Deshalb hatte er jeden Pfennig, über den er verfügte, in den Erwerb des Restaurants gesteckt.

Der Schritt hatte sich als richtig erwiesen. Ebenso wie der Kauf des Bootes, das er an Sommergäste vermietete. Der Besitz verlieh ihm ein bisher unbekanntes Gefühl von Wert, von Beständigkeit.

Er besaß also ein Restaurant, das Gewinne erzielte, und ein Boot, das bestimmt auch die Investition lohnen würde. Ihm lag aber nichts am Geld. Ihn hatte das Risiko gereizt, der ungewisse Ausgang seiner Käufe. Ganz ähnlich empfand er die Schatzsuche, in die er jetzt verwickelt war.

Was mochte Kate bewegen? Wollte sie das Gold? Oder fand sie diese ungewöhnliche Art, ihre Ferien zu verbringen, reizvoll? Vielleicht war der Grund auch nur ihr blinder Gehorsam ihrem Vater gegenüber, den dieser stets von ihr erwartet hatte.

Während Dominic der langsam heranrückenden Regenwand entgegensah, hoffte er inständig, dass es die Abenteuerlust sei, die Kate nach Ocracoke geführt hatte.

Nur hundert Meter voneinander entfernt standen Dominic und Kate am Strand und schauten auf das Meer. Er dachte an sie, sie an ihn, aber sie wussten nicht, wie nahe sie einander waren.

Der Wind wurde stürmischer. Die aufgewühlte See spiegelte die innere Unrast der beiden Menschen wider. Doch sie wollten sich beide nicht eingestehen, dass Einsamkeit die Ursache dafür war.

Schließlich wandten sich beide dem Weg über die Dünen zu – und sahen einander.

Kate durchzuckte der Gedanke, wie es möglich sein konnte, dass sie so intensiv an Dominic hatte denken können, ohne zu spüren, wie nah er ihr war. Seit wann mochte er wohl am Strand gestanden haben?

Mit aller Macht zog es sie zu Dominic. Sie vermochte ihre Sehnsucht nach ihm nicht zu leugnen, nicht zu bekämpfen. Sie wusste, wie zerstörerisch ihr Verlangen für sie selbst war, und dennoch konnte sie es nicht unterdrücken. Kate dachte an Flucht, sagte sich dann jedoch, dass sie nicht davonlaufen dürfe, weil diese Reaktion sie verraten würde.

Also ging sie langsam durch den weichen Sand auf Dominic zu.

Ihr dünner weißer Rock wurde vom Wind aufgebläht und dann eng an ihre schlanken Beine gepresst. Kates Gesicht war blass, und ihre Augen wirkten groß und dunkel. Wieder musste

Dominic an Wassernixen, an Illusionen und Traumvorstellungen denken.

„Du hast dich immer gern vor einem Sturm am Strand aufgehalten", bemerkte Kate, als sie vor ihm stand.

„Der Regen wird nicht lange auf sich warten lassen." Dominic steckte die Hände in die Taschen seiner Jeans. „Wenn du deinen Wagen nicht dabei hast, wirst du nass werden."

„Ich habe Linda besucht", erklärte Kate und schaute nach dem grauen Regenvorhang. „Der Regen macht mir nichts aus. Solche Unwetter sind so schnell vorüber, wie sie kommen." Sie strich sich einige lose Strähnen ihres Haares aus dem Gesicht. „Ich habe Joy kennengelernt. Du hattest recht."

„Womit?"

„Sie gleicht dir." Kate lächelte, obwohl ihr nicht danach zumute war. „Weißt du, dass sie eines ihrer Kuscheltiere nach dir benannt hat?"

„Den Drachen." Dominic nickte und lächelte ebenfalls. Er hatte gelernt, sich zu verschließen. Wenn es aber um seine Nichte ging, trat seine Zuneigung deutlich zutage. „Sie ist ein lieber Kerl. Und sie fährt gern Boot."

„Du nimmst sie mit auf deinem Boot hinaus?"

Dominic entging der überraschte Tonfall in Kates Stimme nicht. „Warum nicht? Sie mag das Meer."

„Ich kann mir nicht vorstellen, wie du ..." Abrupt hielt Kate inne und schaute aufs Meer zurück. Dominic, der einem Kleinkind Spielzeugdrachen schenkte und mit ihm Bootsfahrten unternahm, war ihr genauso unvorstellbar wie Dominic, der mit Grundstücksmaklern und Steuerberatern verhandelte. „Du überraschst mich", gestand sie leichthin. „In vielerlei Hinsicht."

„Zum Beispiel?"

„Linda erzählte, dass du der Besitzer des ‚Roost' bist."

„Das stimmt, der größte Teil gehört mir", bestätigte Dominic.

Kates Gesicht nahm einen nachdenklichen Ausdruck an. „Du hast es mir nicht gesagt, als wir dort zusammen gegessen haben", warf sie ihm vor.

„Warum sollte ich es dir erzählen? Die meisten Menschen interessiert es nicht, wem das Restaurant gehört, solange das Essen gut und die Bedienung freundlich ist."

„Ich denke nicht, dass ich zu den meisten Menschen gehöre", sagte Kate leise.

Ihre Worte durchbrachen Dominics aufgesetzte Gleichgültigkeit, und er schaute sie forschend an. „Wieso bedeutet es dir etwas, dass das ‚Roost' mir gehört?"

Kate biss sich auf die Lippe. „Weil alles von Bedeutung ist. Fragen nach dem Warum und Wieso. Weil sich so vieles verändert hat und so vieles gleich geblieben ist. Weil ich ... ich möchte ..."

Dominic kniff die Augen leicht zusammen. „Was?", fragte er und ergriff ihren Arm. „Was möchtest du?"

„Ich weiß es nicht!", fuhr Kate ihn an. Ungestüm brach sich ihre Verzweiflung Bahn. „Ich weiß nicht, was ich will. Und ich begreife nicht, warum ich es nicht weiß."

„Versuch nicht immer, alles zu verstehen." Dominic zog sie näher zu sich heran. „Vergiss, was nichts mit dem Hier und dem Jetzt zu tun hat." Er konnte seine Empfindungen nicht länger verbergen. Zu stark war die Anspannung der letzten Tage gewesen. „Du bist damals von mir fortgegangen, aber ich laufe dir nicht nach, Kate. Trotzdem", fügte er hinzu und neigte langsam den Kopf, „trotzdem wirst du dieses Mal nicht so leicht gehen können. Dieses Mal nicht, Kate."

Wie mit Eisenbändern hielt er sie in seinen Armen gefangen. Sein Mund war nur wenige Zentimeter von ihrem entfernt. Kates Gedanken wirbelten durcheinander. Verstand und Gefühle lagen miteinander im Wettstreit.

Ihre Gefühle trugen den Sieg davon. Nur noch Nähe zählte, sie sehnte sich nach ihm, wollte, dass er sie küsste und liebkoste. Plötzlich war ihr die Zukunft gleichgültig, wollte sie nur für den Moment leben.

„Sag mir, was du möchtest, Kate", wiederholte Dominic. „Sag mir, was du jetzt möchtest."

Jetzt, dachte Kate. Wenn doch immer nur der Augenblick genügen würde! Sie spürte, wie Dominics Atem ihre Haut streifte, und warf alle Vorsicht über Bord.

„Dich“, flüsterte sie. „Nur dich.“ Mit beiden Händen zog sie seinen Kopf noch tiefer zu sich herab.

Sie nahm die Härte und Stärke seines Körpers wahr, den leidenschaftlichen, drängenden Druck seines Mundes. Leise stöhnend gab sie sich ihrer Sehnsucht hin. Sie begehrte Dominic und hatte nicht länger die Kraft, sich zu wehren.

Während Kate Dominics Kuss voller Hingabe erwiderte, strich sie mit den Fingerspitzen über sein Gesicht. Sie hatte in den vergangenen Jahren nicht vergessen, wie sich sein Kinn und seine Wangen anfühlten. Höher glitten ihre Finger, berührten sein vom Wind zerzaustes Haar. Dann schlang sie die Arme fest um seinen Nacken.

Dominic spürte, wie das Verlangen Oberhand in ihm gewann. Er drückte Kate an sich. Durch den dünnen Stoff ihrer Bluse hindurch fühlte er ihre warme Haut. Er wusste, dass sie so zart und weich wie das Blütenblatt einer Rose war. Erinnerungen vermischten sich mit der Gegenwart und brachten ihn fast um den Verstand. Er hatte nur noch den einen Wunsch – Kate zu besitzen.

„Ich begehre dich“, flüsterte er und vergrub sein Gesicht an ihrem Hals. „Du weißt, wie sehr ich dich brauche. Du hast es immer gewusst. Willst du mich ebenfalls?“

„Ja, ja.“ Auch ihr Verlangen wuchs.

„Oh Kate …“

Sie hatte das Gefühl, in einem Strudel zu versinken. Mit rasender Geschwindigkeit würde dieser Strudel sie hinabziehen, und am Ende erwarteten sie höchste Lust und Glückseligkeit …

Doch Dominic hatte recht. Sie würde sich danach nicht leicht von ihm trennen können. Durfte sie sich dann zu Dingen hinreißen lassen, die ihr den unvermeidlichen Abschied noch erschwerten?

„Nein, Dominic.“ Kate versuchte, sich aus seinen Armen zu

winden. „Nein." Sie legte die Hände um sein Gesicht und schob seinen Kopf fort. „Es wäre nicht richtig."

Dominics Leidenschaft schlug in Zorn um. Sie erkannte es an seinem Blick und an der Art, wie er jetzt ihre Schultern umklammerte. „Es ist richtig, Kate, und es war damals schon richtig."

„Nein", widersprach sie. „Das ist es nicht. Ich habe mich immer zu dir hingezogen gefühlt. Es stimmt, und es wäre lächerlich, etwas anderes zu behaupten. Aber es ist nicht das, was ich für mich möchte."

Sein Griff wurde noch härter, schmerzte. „Ich habe dich vorhin gefragt, ob du mich willst, und du hast Ja gesagt."

In diesem Moment erreichte sie die Regenwand. Große schwere Tropfen prasselten auf Dominic und Kate herab. Im Nu waren sie durchnässt. Doch sie beachteten den Regen nicht. Sie standen regungslos und schauten einander in die Augen.

„Vorhin hätte ich beinahe nicht widerstehen können. Ich gebe es zu."

„Und jetzt?", fragte Dominic.

„Ich gehe zurück ins Hotel."

„Verflixt, Kate, weißt du überhaupt, was du willst?"

Kate sah den wütenden, unbeherrschten Ausdruck seines Gesichts. Ihr innerer Konflikt brachte sie zur Verzweiflung. Sie musste Dominics Anziehungskraft bekämpfen. Ihre Beziehung hatte keine Zukunft.

„Ja. Etwas, das du mir nicht geben kannst", antwortete sie leise. „Etwas, das wir beide einander nicht geben können."

„Kate …"

„Ich möchte jetzt gehen."

„Du wirst zu mir zurückkommen", sagte Dominic und nahm die Hände von ihren Schultern. „Früher oder später kommst du zu mir zurück, Kate."

Schweigend wandte sie sich ab und nahm den Weg zur Stadt.

7. KAPITEL

Der Sturm ging vorüber. Am nächsten Morgen war das Meer ruhig, und auf seiner glatten, tiefblauen Oberfläche spiegelte sich das strahlende Sonnenlicht wider. Der Himmel war wolkenlos und die Luft so klar, dass Kate die Redeweise bestätigt fand, der Regen wasche alles rein.

Die Tatsache allerdings, dass sich ein solcher fast windstiller Tag hervorragend zum Tauchen eignete, machte Kate nicht froh. Sie musste sich zwingen, zum Hafen zu gehen und an Bord der „Wirbelwind" zu steigen. Nur der Gedanke an ihren verstorbenen Vater bewog sie dazu, weiterzumachen.

Dominic mochte ihre Anspannung spüren, aber er verlor kein Wort darüber. Er begrüßte Kate knapp und gab beim Ablegen die notwendigen Anweisungen, danach herrschte Stille zwischen ihnen.

Er stand am Ruder und Kate am Heck, während das Boot aufs offene Meer hinausfuhr. Schließlich hatten sie ihr Ziel erreicht. Dominic kontrollierte die Position des Bootes und schaltete den Motor ab.

Schweigend bereiteten sie sich aufs Tauchen vor. Sie legten ihre Taucheranzüge an, schnallten Gürtel mit Gewichten um und setzten die Lampen und Tauchermasken auf. Während Dominic den Tiefenmesser und den Kompass an seinem rechten Handgelenk prüfte und anschließend die Armbanduhr mit den Leuchtziffern an seinem linken Handgelenk befestigte, band Kate die Scheide mit ihrem Tauchermesser wenig unterhalb des Knies an ihr Bein.

Dann vergewisserten sie sich, dass der Druck in den Sauerstoffflaschen ausreichte, streiften die Gurte über und zogen sie fest. Wie gewöhnlich sprang Dominic als Erster ins Wasser und wartete, bis Kate die Leiter hinabgestiegen war. Gemeinsam glitten sie in die Tiefe hinab.

Erneut verzauberte Kate die Welt unter Wasser. Sie hatte erwartet, dass das Tauchen für sie irgendwann einmal zur Routine und das Leben unter Wasser zum gewohnten Anblick werden würde, aber es begeisterte sie immer wieder. Sie fand sich damit ab, dass sich der Mensch mit Technik und Hilfswerk ausstatten musste, um den Geschöpfen im Meer für begrenzte Zeit Gesellschaft leisten zu können. Das Mundstück, der Schlauch zu der Sauerstoffflasche auf ihrem Rücken, die verschiedenen Ventile – all dies war notwendig. Sie wusste, wie die Ausrüstung funktionierte, und bewahrte dieses Wissen in ihrem Gedächtnis auf, um sich ganz auf die sie umgebende Schönheit konzentrieren zu können.

Sie schwammen tiefer, blieben stets in Sichtweite. Kate konnte sich ganz auf Dominic verlassen. Er tauchte häufig auch allein, obwohl das mit einem großen Risiko verbunden war. Seine Erfahrung und sein Gespür leiteten sie, vielleicht in größerem Maße als die Berechnungen ihres Vaters. Sie hatten fast das gesamte von Hardesty gekennzeichnete Gebiet durchgekämmt, ohne das Wrack der „Liberty" zu finden. Kate fühlte sich trotzdem nicht entmutigt. Unbewusst vertraute sie darauf, dass Dominic sie doch irgendwann ans Ziel bringen würde.

Heute tauchten sie tiefer als sonst. Kate glich den Druck aus, indem sie ein wenig Luft aus ihrem Taucheranzug abließ. Sie spürte den Druckwechsel sofort auf ihren Ohren. Vorsichtig regulierte sie den Druck erneut. Ein defektes Trommelfell würde bedeuten, dass sie viele Wochen lang nicht tauchen könnte.

Dominic schaltete die Lampe auf seinem Kopf ein, und Kate folgte seinem Beispiel. Allmählich wuchs ihre Aufregung. Bis hier unten fiel niemals ein Strahl Sonnenlicht. In dem Lichtkegel der Lampe sah sie, wie das Seegras in der Strömung hin und her wogte. Manchmal wagte sich ein Fisch in die Nähe der beiden Eindringlinge. Eine plötzliche Bewegung aber ließ all seinen Mut und seine Neugierde zunichtewerden, und er verschwand im Nu.

Mit konzentrierten, gleichmäßigen Zügen schwamm Dominic voraus. Die beiden Lampen erhellten das Dunkel und überraschten manchen Fisch. Sie beleuchteten Felsgebilde, die Kates

Fantasie anregten, und sie glaubte Gesichter und Gegenstände in dem toten Gestein zu erkennen.

Ich dürfte niemals allein tauchen, dachte Kate, als Dominic sein Tempo verringerte und sich ihrem Rhythmus anpasste. Die Welt unter Wasser nahm sie so gefangen, dass für sie die Gefahr bestand, den Sinn für Zeit und Richtung zu verlieren. Gut, dass Dominic alle wichtigen Dinge beachtete. Sie vermochte normal zu atmen und sich relativ frei zu bewegen. Das ließ sie schnell die Messgeräte an ihrem Handgelenk vergessen.

Kates Gedanken an die Gefährlichkeit des Tauchens wurden von dem Zauber verdrängt. Sie gab sich ihm völlig hin und verließ sich ganz auf Dominics Umsicht, während sie fast schwerelos dahinglitt. Wie einmalig, wie herrlich!

Es gab so vieles zu sehen, zu berühren. Unzählige Krustentiere und Muscheln in den verschiedensten Formen und Größen türmten sich vor ihr auf. Sie wirkten hier unten in ihrem Lebensraum ganz anders, als wenn sie an den Strand gespült und von Kindern zu Dutzenden gesammelt wurden. Auch das wogende Seegras wäre an Land stumpf und schlaff. Nur hier in seinem Element konnte es seine ganze Schönheit entfalten.

Der Lichtstrahl von Kates Lampe fiel auf ein weiteres Gebilde aus Muscheln und Meerestieren. Neugierig näherte sie sich diesem merkwürdig aussehenden Fels und ließ den Lichtstrahl ein zweites Mal über ihn gleiten. Es mutete sie seltsam an, dass manche Felsen derart ausgeprägte Formen hatten. Fast hätte man annehmen können …

Aufgeregt griff Kate nach Dominics Arm und zog kräftig daran. Dominic erschrak und suchte nach einem Defekt in ihrer Ausrüstung. Kate schüttelte den Kopf und deutete mit dem Finger auf den Fund.

Gemeinsam strahlten sie die Stelle an, und je näher sie sich vortasteten, desto deutlicher wurde, dass es sich nicht um einen Felsen handelte, sondern um eine zwar arg verrostete und überwucherte, aber noch erkennbare Kanone.

Dominic berührte mit beiden Händen das Kanonenrohr.

Dann zog er sein Messer aus der Scheide unterhalb seines Knies und klopfte mit dem Rücken des Messers auf das Rohr. Der dumpfe metallische Klang erschien Kate wie die schönste Melodie. Glücklich lachte sie auf, und eine Kette von Luftblasen stieg empor.

Dominic schaute zu ihr hinüber und freute sich mit ihr. Sie hatte eine alte Kanone entdeckt. Das Besondere und Wertvolle an dem Fund war, dass er mehr als zwei Jahrhunderte lang unberührt auf dem Meeresboden lag.

Nach einer Weile bedeutete Dominic Kate, sie möge ihm folgen, und entfernte sich langsam in östlicher Richtung. Sicherlich würden sie bald noch mehr finden.

Nur widerstrebend trennte sich Kate von ihrer Entdeckung. Sie hätte ihr Glück laut hinausrufen mögen. Es schien ihr unfassbar, ein Geheimnis gelüftet zu haben, das das Meer zweihundertfünfzig Jahre gehütet hatte. Wer konnte ihr Gefühl wohl am besten nachvollziehen – ihre Kollegen in Yale oder Dominic? Die Kollegen würden wahrscheinlich den Wert der Kanone für Forschung und Wissenschaft bewundern, aber den Nervenkitzel vermochten sie bestimmt nicht nachzuempfinden. Intellektuelle Freude machte sie nicht so übermütig, dass sie am liebsten Purzelbäume schlagen würden.

Und wie hätte ihr Vater empfunden? Kate bedauerte, dass sie es nicht wusste, dass sie nicht die Gelegenheit hatte, diesen Augenblick des Triumphs mit ihm zu teilen. Sie hatten so wenig wirklich gemeinsam erfahren. Er hatte die Pläne geschmiedet, die theoretische Arbeit geleistet. Und ihr war es vergönnt, diese alte Waffe zu entdecken, die Erfüllung seines Traums zu erleben.

In diesem Moment berührte Dominic ihre Schulter und schaute Kate in die Augen. So verworren waren ihre Gedanken und ihre Gefühle, dass sie sich danach sehnte, in seinen Armen zu liegen und sich dort fangen zu können. Sie war innerlich schrecklich aufgewühlt und kämpfte mit den gegensätzlichen Empfindungen von unbändiger Freude und von Trauer über etwas, das sie verloren hatte und niemals wieder finden würde.

Dominic verstand sie auch ohne Worte und Erklärungen. Er hob die Hand und strich leicht über ihre Wange. Diese zärtliche Berührung tat Kate unendlich gut.

Plötzlich wurde ihr klar, dass sie Dominic immer noch liebte. Die langen Jahre und die vielen Kilometer der Trennung hatten daran nichts geändert. In der Zeit seit jenem Sommer hatte sie, Kate, existiert, mit einer Leere gelebt. Liebe und Glück hatte sie mit Dominic auf Ocracoke zurückgelassen. Kate akzeptierte diese Erkenntnis als unabänderlich und wünschte sich, dass die Zeit sie lehren würde, mit ihrer hoffnungslosen Liebe fertig zu werden.

Dominic sah am Ausdruck von Kates Augen, dass sie irgendwelche besonderen Gedanken und Empfindungen verarbeitete. Er hätte sie gern gefragt, was in ihr vorging, aber das war auf dem Meeresboden nicht möglich.

Behutsam legte er die Hand wieder auf Kates Wange und hoffte auf ein Lächeln von ihr. Als sie ihn tatsächlich anlächelte, war er beruhigt und zeigte mit dem Finger auf etwas, das er vor wenigen Minuten hinter ihr aufgespürt hatte.

Es handelte sich um ein Stück Holz. Dominic holte erneut sein Messer hervor und begann das Holz vom Untergrund zu lösen. Sand wurde dabei aufgewirbelt und behinderte die Sicht. Schließlich hatte er das Holz befreit und steckte sein Messer zurück in die Scheide. Dann machte er mit dem Daumen das Zeichen zum Aufstieg.

Kate schüttelte den Kopf und wollte weitersuchen. Daraufhin wiederholte Dominic beharrlich das Zeichen und deutete auf seine Uhr. Kate blieb nichts anderes übrig, als sich zu fügen. Die Technik gab ihr zwar die Möglichkeit, sich auf dem Meeresboden zu bewegen, aber nur für begrenzte Zeit. Das musste sie nun einmal akzeptieren.

Dominic und Kate schwammen zum Boot zurück, Richtung Westen. Dabei kamen sie an der Kanone vorbei. Stolz betrachtete Kate nochmals ihre Entdeckung und folgte Dominic dann zur Wasseroberfläche.

Sobald ihr Kopf über Wasser war, lachte sie übermütig auf. „Wir haben sie gefunden.“ Sie hielt sich mit einer Hand an der Leiter fest, während Dominic ins Boot kletterte und das Holzstück sowie seine Sauerstoffflasche auf den Boden des Bootes legte. „Ich kann es überhaupt nicht fassen. Nach gut einer Woche! Unglaublich, dass all das so lange Zeit dort unten verborgen war.“ Sie löste die Gurte ihrer Sauerstoffflaschen und reichte sie Dominic, bevor sie selbst an Bord kam. „Wir müssen den Schiffsrumpf finden, Dominic.“

„Unsere Chancen sind gut, endlich.“

„Endlich?“ Kate strich ihr nasses Haar aus der Stirn. „Wir suchen erst seit einer Woche.“ Sie beugte sich über das Holzbrett und untersuchte es. „Wir haben die ‚Liberty‘ gefunden.“

„Wir haben ein Stück Holz gefunden“, berichtigte Dominic sie sachlich. „Es muss nicht von der ‚Liberty‘ sein.“

„Es ist von der ‚Liberty‘“, beharrte Kate. „Die Kanone und dieses Holz befanden sich innerhalb des Bereiches, den mein Vater markiert hat. Es passt alles genau zusammen.“

„Gleichgültig, um was für ein Wrack es sich handelt, jedenfalls hat es noch niemand vor uns entdeckt. Dein Name wird in die Geschichtsbücher eingehen, Frau Lehrerin.“

Kate konnte seine Ironie nicht vertragen. Zu unsicher war noch der innere Friede, zu dem sie an diesem Morgen gefunden hatte. Verärgert richtete sie sich auf.

Sie standen einander gegenüber, zwischen ihren Füßen lag das Brett, das sie aus dem Meer geholt hatten. „Ich lege keinen Wert darauf, meinen Namen verewigt zu sehen.“

„Dann den deines Vaters.“ Dominic öffnete den Reißverschluss seines Taucheranzuges.

Kate erinnerte sich an ihre Gedanken kurz nach dem Auffinden der Kanone. Dort unten schien Dominic sie verstanden zu haben. Konnten sie nur metertief unter dem Meeresspiegel liebevoll und freundlich zueinander sein?

„Ist das etwa nicht in Ordnung?“, forschte sie ungehalten.

„Doch, solange es nicht zur Besessenheit wird. Du hattest immer ein Problem mit deinem Vater."

„Weil er nicht wollte, dass du mit mir zusammen bist?", konterte Kate.

Dominics Augen waren ausdruckslos, ein Zeichen dafür, dass er seinen Zorn bezähmen musste. „Weil es dir zu viel bedeutet hat, was er wollte."

Kate holte Luft, schwieg aber. Dominic hatte die Wahrheit gesagt, mit der sie selbst nicht fertig wurde.

„Ich kam her, um die Pläne meines Vaters weiterzuführen", erklärte sie nach einer Weile. „Daran habe ich von Anfang an keinen Zweifel gelassen. Du erhältst noch dein Honorar."

„Und du befolgst noch immer Anweisungen. Seine Anweisungen." Bevor Kate antworten konnte, wandte sich Dominic zur Kabine um. „Wir werden etwas essen und uns ausruhen, bevor wir wieder tauchen."

Kate schluckte ihren Ärger hinunter. Sie wollte so gern wieder auf den Grund des Meeres hinab und nach dem Schiff suchen. Nicht um ihres Vaters willen, sondern für sich. Energisch zog sie den Reißverschluss ihres Taucheranzuges auf und stieg die Stufen hinab in die Kabine.

Sie würde essen und ausruhen, weil sie Kraft brauchte. Anschließend würde sie zum Wrack zurückkehren und den Beweis dafür erbringen, dass es sich tatsächlich um die „Liberty" handelte. Dieser Entschluss lenkte sie von ihrem Zorn auf Dominic ab.

Kate beobachtete, wie Dominic etwas in einem kleinen Schrank suchte und schließlich ein Glas hervorholte.

„Erdnussbutter?", fragte sie.

„Genau. Sie enthält viel Eiweiß."

Amüsiert lachte Kate auf. „Isst du vielleicht auch immer noch Bananen dazu?"

„Ja, und dir würde es auch nicht schaden."

Kate rümpfte die Nase über die absonderliche Kombination. „Wenn wir den Schatz finden, kaufe ich dir eine Flasche Champagner", versprach sie.

Ihre Finger berührten sich leicht, als Dominic ihr ein bestrichenes Brot reichte. „Ich werde dich an dein Versprechen erinnern." Er nahm sein Brot und eine Flasche Milch. „Lass uns an Deck essen." Er wollte Kates Nähe in der engen Kabine entfliehen, und er brauchte frische Luft.

Kate folgte ihm. „Es mag zwar gesund sein", befand sie nach dem ersten Bissen, „aber es schmeckt wie etwas, das man fünfjährigen Kindern gibt, um sie zu trösten, wenn sie hingefallen sind."

„Fünfjährige brauchen auch viel Eiweiß."

Kate gab die Diskussion auf und setzte sich im Schneidersitz auf den Boden. Neckereien und Seitenhiebe würden sie nicht an ihr Ziel bringen. Sie blinzelte in die strahlende Sonne und spürte die sanfte Bewegung des Bootes unter sich.

„Es ist die ‚Liberty', Dominic", sagte sie leise und betrachtete das Holzbrett. „Ich weiß es."

„Schon möglich." Dominic streckte sich. „Aber es gibt etliche Wracks in dieser Gegend. Diamond Shoals ist ein richtiger Schiffsfriedhof."

„Aber Diamond Shoals liegt fünfzig Kilometer nördlich von hier."

„Und an der gesamten Küste, entlang der vorgelagerten Inselkette, verlaufen Strömungen. Außerdem besaß man vor zweihundertfünfzig Jahren noch nicht die genauen Navigationssysteme und Instrumente. Es gab ja noch nicht einmal Leuchttürme. Sie sind eine Erfindung des neunzehnten Jahrhunderts. Niemandem wird es auch nur annähernd gelingen zu sagen, wie viele Schiffe seit Kolumbus' Zeiten vor dieser Küste untergegangen sind."

„Mich interessiert nur ein einziges Schiff." Kate biss wieder in ihr Brot.

„Eines zu finden, das ist nicht schwierig", erwiderte Dominic. „Schwierig wird es erst, wenn man ein ganz bestimmtes sucht. Im vergangenen Jahr wurden nach einer Reihe von Stürmen am Strand von Hatteras viele Wrackteile angespült. Die meisten

Häuser auf der Insel sind aus solchen Überresten gebaut." Dominic drehte das Brett prüfend in der Hand.

„Warum soll es nicht von der ‚Liberty' sein?", fragte Kate hartnäckig.

Dominic lächelte über ihre Beharrlichkeit. „Wie dem auch sei, es ist ein richtiger Schatz. Wenn man eine solche Entdeckung macht, gehört der Schatz dem Finder."

Kate betonte nicht, dass sie nicht nach irgendeinem Schatz Ausschau hielt. Sie interessierte sich allein für die „Liberty". Dominic wusste, dass sie ein besonderes Verhältnis zu diesem Schiff hatte.

Kate trank von ihrer Milch. „Was hast du mit deinem Anteil vor?", erkundigte sie sich.

Dominic zuckte mit den Schultern. „Noch ein Boot kaufen, vielleicht", antwortete er.

„Wenn man bedenkt, welchen Wert uralte Goldmünzen heute haben, kannst du mit deinem Anteil ein ganz tolles Boot kaufen."

„Das habe ich auch vor." Dominic lächelte leicht, blieb aber reserviert. „Und du?"

„Oh, ich weiß es noch nicht." Kate konnte nichts Konkretes nennen. Irgendwie war es ihr nicht möglich, darüber nachzudenken, was nach der Suche sein würde. „Ich werde wohl verreisen."

„Wohin?"

„Vielleicht nach Griechenland. Zu den Inseln."

„Allein?"

Das Essen und die stete Bewegung des Bootes hatten Kate schläfrig gemacht. „Hm", antwortete sie nur und schloss die Augen.

„Gibt es da keinen engagierten Lehrer, den du mitnehmen würdest? Jemanden, mit dem du über den Trojanischen Krieg diskutieren könntest?"

„Ich möchte nicht mit einem engagierten Lehrer nach Griechenland."

„Mit jemand anders?"

„Es gibt niemanden."

Kate saß gegen die Reling gelehnt und hatte den Kopf zurückgelegt, um die warmen Sonnenstrahlen auf ihr Gesicht scheinen zu lassen. Der Wind spielte mit ihrem langen Haar, und ihre feinen, ebenmäßigen Gesichtszüge ließen sie unnahbar erscheinen wie eine wunderschöne Porzellanfigur, die man nicht berühren darf.

Es versetzte Dominic einen Stich, Kate so ruhig und entrückt zu sehen. Er dachte daran, wie ihre Augen einst gestrahlt und ihre Wangen sich vor Leidenschaft gerötet hatten, wenn sie in seinen Armen lag.

„Warum nicht?", wollte er wissen.

„Hm?"

„Warum gibt es niemanden?"

Träge öffnete Kate die Augen. „Niemanden?" Sie war nicht bei der Sache.

„Warum hast du keinen Liebhaber?"

Schlagartig wich die Schläfrigkeit von ihr. Sie verschränkte ihre Finger ineinander, so fest, dass die Knöchel weiß hervortraten. „Es geht dich nichts an, ob ich einen Liebhaber habe oder nicht."

„Gerade hast du mir gesagt, du hättest keinen."

„Ich habe lediglich gesagt, dass ich mit niemandem verreisen möchte", widersprach Kate.

Als sie aufstehen wollte, legte Dominic die Hand auf ihre Schulter und hielt sie zurück. „Das ist das Gleiche."

„Nein, das ist es nicht. Aber es geht dich wirklich nichts an, Dominic, genauso wenig wie mich dein Privatleben etwas angeht."

„Ich war mit Frauen zusammen", entgegnete Dominic leichthin, „aber seit du von der Insel fortgegangen bist, hatte ich keine Geliebte mehr."

Kate verspürte Freude über seine Worte, obwohl sie sich sagte, dass es ihr gleichgültig sein müsste. Abwehrend hob sie die Hand, um seine von ihrer Schulter zu schieben. „Bitte nicht.

Es wäre für uns beide nicht gut."

„Unsinn." Dominic verschränkte seine Finger mit ihren. „Wir fühlen uns zueinander hingezogen. Und dieses Mal kennen wir die Regeln."

Die Regeln lauteten: keine Verpflichtung, kein Versprechen. Kate kannte sie, aber wie leicht konnte sie sie vergessen! Allein schon die Berührung seiner Finger, der Blick seiner Augen banden sie stärker an Dominic, als gut für sie war. Sie wusste, dass die Regeln für sie nicht akzeptabel waren. Sie würde nicht mit Dominic zusammen sein und sich danach, ohne einen Blick zurückzuwerfen, von ihm trennen können. Der Abschied würde zu sehr schmerzen.

„Dominic, bitte, ich bin nicht dazu bereit." Ihre Stimme war leise, nicht flehend, aber sie zeigte Kates Verletzlichkeit.

Dominic zog Kate hoch. Trotz ihrer Größe wirkte Kate neben ihm klein und zerbrechlich. Sie hatte den Kopf gehoben und sah Dominic in die Augen. Ihr Gesichtsausdruck verbot es ihm, sie zu drängen. Er hatte sich vorgenommen, Kate zu besitzen. Ungeachtet ihrer Gefühle wollte er sich nehmen, was sie ihm verweigerte. Doch der gequälte Ausdruck in ihren Augen ließ ihn zurückschrecken.

„Ich habe nicht viel Geduld, Kate."

„Ich weiß."

Dominic gab sie frei. „Denk daran", warnte er sie, bevor er sich dem Ruder zuwandte. „Wir fahren jetzt in östliche Richtung und tauchen noch einmal."

Eine Stunde später fanden Dominic und Kate nur dreißig Meter von der Kanone entfernt ein Stück Takelage.

Mit Handzeichen signalisierte Dominic, ihre Funde aufzustapeln, um sie später mit den geeigneten Mitteln an Bord des Bootes zu bringen. In der Nähe lagen viele Holzbretter. Einige von ihnen waren zu groß, um von einer Person transportiert werden zu können. Andere konnte Kate in die Hand nehmen.

Als Kate eine kleine Steingutschüssel entdeckte, die auf wunderbare Weise nicht zerbrochen war, erfüllte sie ein solches

Glück, wie es Archäologen empfinden mussten, die nach langen Stunden mühsamen Grabens eine Tonscherbe aus einem früheren Zeitalter in Händen hielten.

Aufmerksam betrachtete sie ihren Fund. Es handelte sich um einen einfachen Gebrauchsgegenstand. Kate stellte sich vor, wie ein Seemann aus dieser Schüssel gegessen hatte, während einer kurzen Verschnaufpause unter Deck. Es mochte womöglich seine erste Reise über den Atlantik in die Neue Welt gewesen sein. Auf jeden Fall war es seine letzte gewesen.

Kate brachte die Schüssel zu den übrigen Gegenständen, die Dominic und sie inzwischen zusammengetragen hatten. Sie wollte sie später mit aufs Boot nehmen und für sich behalten. Alle übrigen Dinge gedachte sie einem Museum zur Verfügung zu stellen.

Danach sammelte Kate Glasstücke und Keramikscherben ein, Bruchstücke von Flaschen und Geschirr, die den Untergang des Schiffes nicht heil überstanden hatten.

Es muss die Kombüse gewesen sein, dachte Kate. In all den Jahren hatte der Wasserdruck das Schiff in seine Einzelteile zerfallen lassen. Sie lagen verstreut auf dem Meeresboden. Das Meer hatte sich diese Fremdkörper einverleibt und sie zur Heimat der Tiere und Pflanzen gemacht.

Kate benutzte ihr Messer zum Graben und suchte emsig den Meeresboden ab. Es mochte keine allzu sinnvolle Methode sein, aber sie wollte ihr Glück im Umkreis der letzten Funde versuchen. Einmal schaute sie zu Dominic, der gerade einen Gegenstand untersuchte, der die Hälfte eines Tellers hätte sein können.

Schließlich hatte Kate wieder Erfolg. Sie stieß auf einen langen Schöpflöffel. Also tatsächlich die Kombüse! Hoffentlich fand sie bald einen Gegenstand, auf dem der Name des Schiffes stand. Dann konnte sie Dominic beweisen, dass es wirklich die „Liberty" war.

Begeistert von ihrer Entdeckung, nahm sie den Schöpflöffel hoch und wandte sich zu Dominic um. Dabei kam sie direkt in den Weg eines Stachelrochens.

Dominic sah ihn sofort. Er befand sich knapp zwei Meter von Kate entfernt, als sich der flache graue Rochen durch die Schicht aus Sand und feinem Schlamm, die den Boden bedeckte, hocharbeitete.

Dominic reagierte blitzschnell. Er handelte, ohne nachzudenken. Er schoss auf Kate zu, um sie fortzuziehen, doch es war zu spät. Der Rochen schlug mit dem tückischen Schwanz aus und erwischte Kate.

Ihr Schrei wurde vom Wasser gedämpft. Dominic erkannte, dass der Rochen Kate trotz seines Rettungsversuches getroffen hatte und dass sein Gift bereits zu wirken begann. Ihr Körper versteifte sich vor Schmerz und Schock. Der Schöpflöffel entglitt ihrer Hand und sank in Zeitlupe auf den Grund des Meeres zurück.

Dominic wusste, was er zu tun hatte, wie er sich in einem derartigen Notfall verhalten musste. Dennoch war ihm der Schreck in alle Glieder gefahren. Es handelte sich nicht um irgendeinen Taucher, der sich in Lebensgefahr befand, sondern um Kate. Plötzlich spürte er, wie ihr Körper erschlaffte und wie leblos in seinen Armen hing.

Hastig legte er Kates Kopf zurück, um so die Atemwege frei zu halten. Mit einer Hand hob er ihr Kinn hoch. Den anderen Arm schlang er von hinten um sie und presste die Hand unterhalb ihres Busens auf ihren Oberkörper. Auf diese Weise hatte er Kate fest und sicher im Griff. Dann begann er, mithilfe seiner Flossen an die Oberfläche zu schwimmen.

Es war gut, dass Kate das Bewusstsein verloren hatte. Womöglich hätte sie sich sonst vor Schmerzen gekrümmt und Widerstand geleistet.

Während Dominic mit ihr der Oberfläche zustrebte, drückte er in regelmäßigen Abständen auf Kates Brustkasten, um die Luft hinauszupressen. Es bestand die Gefahr einer Embolie. Eigentlich hätten sie langsamer hochsteigen müssen, um sich den veränderten Druckverhältnissen anpassen zu können.

Dominic bewegte seine Beine gleichmäßig und schaute sich

hin und wieder um. Blutete Kate? Blut zog Haie an …

Beim Boot angekommen, entfernte Dominic den Gürtel mit den Gewichten von Kates Taille. Er stützte ihren Körper mit einem Arm und befreite sich mit der anderen Hand von seinen Sauerstoffflaschen, die er danach an Bord hievte. Anschließend löste er Kates Gurte und hob ihre Sauerstoffflaschen ebenfalls über den Bootsrand.

Er sah ihr wächsernes Gesicht, als er die Maske von ihrem Kopf streifte. Kate stöhnte leise, und dieser Laut trieb ihn zur Eile an. Ihren reglosen Körper über der Schulter, kletterte Dominic die Leiter hinauf, um an Bord der „Wirbelwind“ zu gelangen.

Vorsichtig legte er Kate auf den Boden und begann ohne Zögern, ihr den Taucheranzug auszuziehen. Während er den festen blauen Gummistoff über die Wunde zog, die sich oberhalb des rechten Fußes befand, untersuchte Dominic die Verletzung, die der Rochen verursacht hatte. Der Stachel am Schwanz hatte eine Wunde in ihr Fleisch geschlagen.

Nach einem letzten Blick in das bleiche Gesicht der immer noch ohnmächtigen Kate eilte Dominic hinab unter Deck, um den Erste-Hilfe-Kasten zu holen. Als er zurückkehrte, bewegte sich Kate.

Mit dem Bewusstsein kam der Schmerz. Kate spürte die Stiche in ihrem Knöchel, die alle anderen Empfindungen in ihr auslöschten. Sie rang nach Luft und versuchte sich aufzurichten. Als könne sie davonlaufen und auf diese Weise der Qual entfliehen.

„Bleib ruhig liegen“, sagte Dominic mit sanfter Stimme.

Kate ballte die Hände zu Fäusten und gehorchte. Sie öffnete die Augen und blickte in den wolkenlosen blauen Himmel. Gedanken jagten ihr durch den Kopf, doch der Schmerz war so stark, dass sie sie nicht entwirren konnte. Während sie in das endlose Blau über ihr schaute, bemühte sie sich angestrengt, sich zu konzentrieren und zu erinnern.

Der Schöpflöffel. Kate bewegte ihre Hand und merkte, dass

sie ihn verloren hatte. Der Verlust dieses Gegenstandes schien plötzlich das Einzige zu sein, was sie wirklich bedrückte.

„Wir haben die Kombüse entdeckt.“ Ihre Stimme klang rau und schwach. „Ich habe einen Löffel gefunden. Wahrscheinlich haben sie mit ihm früher Suppe in die Steingutschüssel gefüllt. Die Schüssel ... ganz ... kein Riss. Dominic ...“ Kate hatte immer leiser gesprochen, bis ihre Stimme schließlich völlig versagte.

Nach einer Weile drehte Kate den Kopf zu Dominic. „Es war ein Rochen, stimmt's? Ich habe nicht aufgepasst. Er musste sich dort eingegraben haben. Werde ich durch sein Gift sterben?“

„Nein“, erwiderte Dominic. Er beugte sich über sie und legte die Hände auf ihre Schultern. Aufmerksam schaute er in ihre Augen, um festzustellen, ob sie ihn verstand. „Ja, es war ein Stachelrochen. Ein Teil des Stachels ist abgebrochen und steckt in deinem Bein, am Knöchel.“ Er bemerkte die Angst, die Qual in Kates Blick und drückte zuversichtlich ihre Schultern. „Er steckt nicht allzu tief. Ich könnte ihn herausholen. Aber es wird sehr wehtun.“

Kate begriff. Sie hatte die Wahl zwischen zwei Möglichkeiten. Entweder würde Dominic sie so, wie sie war, zu einem Arzt auf Ocracoke bringen, oder er würde ihr hier auf dem Boot Hilfe leisten. Ihre Lippen zitterten, doch sie sah Dominic fest und entschlossen an.

„Tu es!“

„In Ordnung. Versuch nicht, tapfer zu sein, Kate. Schrei so viel und so laut du kannst. Ich werde mich beeilen.“ Er beugte sich tiefer über sie und küsste sie hart auf den Mund. „Ich verspreche es dir.“

Kate nickte und schloss die Augen.

Dominic beeilte sich tatsächlich. Sekunden später schoss der Schmerz wie ein Blitz durch Kate hindurch. Sie holte tief Luft, um ihre Pein hinauszuschreien. Im selben Augenblick aber versank sie erneut in Ohnmacht.

Blut schoss aus der Wunde. Dominic ließ es eine Weile ungehindert laufen, weil es einen Teil des Giftes aus der Verletzung spülen würde. Er hatte ruhig und überlegt gehandelt, als er den Fremdkörper aus der Wunde gezogen hatte. Jetzt lief Kates Blut über seine Hände, und die Angst um sie schnürte ihm im Nachhinein fast die Kehle zu. Er riss sich zusammen, desinfizierte die Verletzung und verband Kates Bein.

Dann kontrollierte er ihren Pulsschlag. Er war nicht stark, aber wenigstens gleichmäßig. Mit dem Daumen schob er vorsichtig ein Augenlid hoch und betrachtete die Pupille. Kate hatte wohl keinen Schock erlitten, sondern war durch ihre Bewusstlosigkeit den Schmerzen entflohen. Das war auch das Beste.

Sekundenlang schaute er noch auf sie hinab, sanft strich er mit den Fingerspitzen über ihre Wange. Hoffentlich blieb sie bewusstlos und damit ohne Qual, bis sich ein Arzt ihrer annehmen konnte.

Dominic nahm sich nicht die Zeit, das Blut von seinen Händen zu waschen. Er stellte sich ans Steuerruder, warf den Motor an und fuhr mit voller Geschwindigkeit nach Ocracoke zurück.

8. KAPITEL

Allmählich kehrte Kates Bewusstsein zurück. Langsam öffnete sie die Augen und schaute gegen eine weiße Zimmerdecke. Der wolkenlose blaue Himmel war verschwunden. Erschöpft schloss sie die Augen wieder. Sie erinnerte sich an den Schmerz, den sie zuletzt gespürt hatte, und presste ihre Augenlider fester zusammen, als könne sie auf diese Weise weiteren Qualen entgehen.

Da legte sich eine kühle Hand auf ihre Stirn, und Dominics Stimme drang leise und liebevoll zu ihr. „Es ist alles gut, Kate. Alles ist vorüber."

Seine Worte machten ihr Mut, und sie hob erneut die Lider. Der befürchtete Schmerz blieb aus. Sie spürte allein die wohltuende Kühle von Dominics Hand.

„Dominic", flüsterte Kate und tastete mit den Fingern über seine Hand. Ihre eigene schwache Stimme flößte ihr Angst ein.

„Es wird dir bald besser gehen, Kate. Der Arzt war hier." Während er sprach, strich Dominic mit dem Daumen über ihre Finger und legte seine andere Hand auf ihr Haar. Es würde ihr gut tun, seine Nähe zu fühlen. Es beruhigte ihn, dass sie endlich die Augen aufgeschlagen hatte. „Doktor Bailey hat dich behandelt. Erinnerst du dich an ihn?"

Kate gab sich Mühe. Sie sah einen hageren alten Mann vor sich, der eher auf ein Fischerboot als in ein Untersuchungszimmer zu passen schien. „Ja. Er mag so gern … Bier und Scholle."

Dominic musste lächeln. „Dein Gedächtnis hat offenbar nicht gelitten", bemerkte er. Dann wurde er wieder ernst. „Bailey hat gesagt, dass du noch ein paar Tage das Bett hüten musst."

„Ich fühle mich … komisch."

„Doktor Bailey hat dir eine Spritze gegeben. Daher rührt deine Benommenheit. Verstehst du mich?"

„Ja." Langsam drehte Kate den Kopf und versuchte ihre Umgebung zu identifizieren. Die Wände waren in einem warmen Beigeton gestrichen, nicht in dem sterilen Weiß eines Krankenhauszimmers. Die Fußleiste aus Eichenholz glänzte matt. Auf dem Holzfußboden vor dem Bett lag ein Teppich, dessen Farben ein wenig verblichen waren. Kate erkannte ihn wieder. Ansonsten entdeckte sie keinen vertrauten Gegenstand. Als sie zuletzt in Dominics Schlafzimmer gewesen war, hatte weder die Wand einen ordentlichen Anstrich gehabt noch der Fußboden einen solchen Glanz. „Ich bin nicht im Krankenhaus", murmelte sie. „Ich bin in deinem ... deinem Haus."

„Richtig", bestätigte Dominic. „Ich hielt es für das Beste, dich herzubringen, nachdem Doktor Bailey dich versorgt hatte. Es war nicht nötig, dich ins Krankenhaus einzuliefern, aber es muss sich jemand um dich kümmern, was im Hotel nicht möglich ist."

„Dein Schlafzimmer", flüsterte sie. „Dies ist dein Schlafzimmer. Ich erkenne den Teppich wieder."

Dominic nickte. „Hast du Hunger?"

„Ich weiß nicht." Eigentlich empfand Kate nichts. Als sie versuchte, sich aufzurichten, wurde ihr schwindlig. Die Spritze wirkte noch und trennte das Zimmer und die Wirklichkeit durch eine Nebelwand. Kate wartete, bis der Schwindelanfall langsam vorüberging. Sie wollte lieber die Schmerzen erdulden, als länger in diesem Zustand zu bleiben, der sie so völlig hilflos machte.

Dominic richtete Kate ein Stückchen auf und stapelte fürsorglich mehrere Kissen in ihrem Rücken. „Der Arzt sagte, dass du essen musst, sobald du aufwachst. Nur ein wenig Suppe." Er stand auf und schaute auf sie hinab. „Ich werde sie zubereiten. Bleib ganz ruhig liegen", fügte er hinzu, während er zur Tür ging. „Du bist noch nicht kräftig genug, um aufzustehen."

Nein, sie ist nicht bei Kräften, dachte Dominic und stieg die Treppe hinab. Er sah Kates bleiches Gesicht vor sich, dessen Farbe sich nicht von den weißen Bettlaken unterschied.

Keine Widerstandskräfte, lautete Doktor Baileys Befund. Kate hatte nicht genügend gegessen, geschlafen und sich zu sehr angestrengt. Dominic betrat die Küche und öffnete den Vorratsschrank. Wenn er auch sonst nichts tun konnte – er würde dafür sorgen, dass Kate sich richtig erholte. Bis der Arzt sie für gesund erklärte, sollte sie nichts als essen und sich ausruhen.

Dominic machte sich Vorwürfe. Er hatte gewusst, dass Kate übermüdet war, hatte ihr die Anstrengung von den Augen ablesen können und die Schatten unter ihren Augen gesehen. Aber er war zu sehr mit seinen eigenen Empfindungen, seiner Sehnsucht beschäftigt gewesen.

Unmutig legte Dominic den Dosenöffner beiseite und füllte den Inhalt der Dose in einen Topf. Dann schaltete er den Herd ein und stellte den Topf auf die Platte. Anschließend setzte er auch den Wasserkessel auf, um für sich Kaffee zu kochen.

Er brauchte eine Stärkung, und das Getränk würde ihn beleben. Einen Moment lang stand Dominic vor dem Herd und presste die Zeigefinger gegen die Schläfen. Er konnte sich nicht erinnern, jemals solch nervenaufreibende Stunden erlebt zu haben wie die vergangenen vierundzwanzig. Die Anspannung war nicht von ihm gewichen, selbst nachdem der Arzt sich um die Verletzung gekümmert und Kate, betäubt von der Spritze, regungslos in seinem Bett gelegen hatte. Er war zu besorgt gewesen, um das Zimmer auch nur für mehr als fünf Minuten zu verlassen. Das Fieber hatte unentwegt Schweiß auf Kates Stirn getrieben. Und Dominic hatte den größten Teil der Nacht damit zugebracht, neben ihr zu sitzen, sorgsam den Schweiß abzutupfen und mit Kate zu sprechen, obwohl sie ihn nicht hören konnte.

Dominic holte eine Tasse aus dem Hängeschrank und füllte einen Löffel Kaffeepulver hinein. Wahrscheinlich würde er wohl noch längere Zeit keine Ruhe finden. Er goss kochendes Wasser auf das Pulver und beobachtete, wie die hellen Schaumblasen auf der Oberfläche nach und nach zerplatzten.

In dieser Nacht hatte er Muße gehabt, über sich und Kate nachzudenken. Er hatte geglaubt, dass er sich von seiner Verbitterung und seinem Zorn befreien könnte, wenn er sie erneut besitzen würde. Als sie aber ohnmächtig auf seinem Boot gelegen hatte und ihr warmes Blut über seine Hände geströmt war, hatte er erkannt, dass er sie noch liebte.

Die Intensität dieses Gefühls verwirrte ihn. Er sah die Unterschiede zwischen sich und Kate. Es schien ihm unmöglich, einen Menschen ihrer Art zu lieben. Dennoch konnte er seine Liebe zu ihr nicht leugnen. Sie war zur Gewissheit geworden.

Dominic rührte die Suppe um und schaltete die Herdplatte aus. Im Augenblick war es das Wichtigste, dass Kate zu Kräften kam und gesund wurde. Auf diese Aufgabe wollte er sich konzentrieren.

Kate brauchte all ihre Willensstärke, um gegen die Müdigkeit anzukämpfen, die das Medikament verursachte. Während sie auf Dominic wartete, beschäftigte sie sich damit, sein Zimmer anzuschauen. Hier hatte sich manches verändert.

Die Fensterrahmen waren neu, und das Eichenholz kontrastierte gut mit der hellbeige gestrichenen Wand. Auf dem breiten Fensterbrett hatte Dominic einige schöne Muscheln verteilt, und in einer Ecke stand ein seltsam geformtes Stück Treibholz, das wie eine Skulptur wirkte. Die frühere Kleiderstange war durch einen Schrank aus dunklem Holz ersetzt worden, und die Apfelsinenkisten hatten einem Rattansessel mit ovaler Lehne Platz gemacht.

Das Bett war noch dasselbe. Das breite Bett mit dem hohen verzierten Kopfteil hatte seinen Eltern gehört. Den Rest der Wohnungseinrichtung der Eltern besaß Marsh. Nur das Bett hatte Dominic für sich behalten wollen. Er selbst war hier geboren worden, mitten in der Nacht, als die Insel von einem heftigen Sturm heimgesucht worden war.

Und er und sie, Kate, hatten sich in diesem Bett geliebt. Leicht strich sie über das Laken.

Sie hielt mitten in der Bewegung inne, als Dominic mit einem Tablett ins Zimmer trat. „Du hast dir eine Menge Arbeit mit diesem Raum gemacht", sagte sie.

„Nur ein bisschen." Er stellte das Tablett auf ihren Schoß und setzte sich auf den Rand des Bettes.

Der Duft der Suppe stieg Kate in die Nase, und sie schnupperte. „Riecht wundervoll."

„Mag sein, aber vom Riechen allein wirst du weder satt noch gesund."

Kate lächelte. Bevor sie Einwände erheben konnte, hielt Dominic ihr den ersten Löffel vor den Mund.

„Sie schmeckt genauso gut, wie sie duftet", sagte sie wenig später und wollte den Löffel selbst in die Hand nehmen, aber Dominic ließ das nicht zu. „Ich mache es schon selbst", begann Kate. Weiter kam sie nicht, denn schon fütterte Dominic sie weiter.

„Du brauchst nur zu essen", sagte er kurz angebunden. „Du siehst fürchterlich aus."

„Das kann ich mir denken", antwortete Kate. „Ich nehme an, dass niemand wie aus dem Ei gepellt aussieht, der erst vor wenigen Stunden von einem Rochen geschlagen wurde."

„Vierundzwanzig", berichtigte Dominic sie und schob einen weiteren Löffel Suppe zwischen ihre Lippen.

„Vierundzwanzig was?"

„Stunden." Dominic beachtete ihre geweiteten Augen nicht.

„Ich war vierundzwanzig Stunden ohnmächtig?" Kate schaute zum Fenster hinaus in die helle Sonne, als könne sie dort einen Hinweis darauf finden, dass Dominic unrecht hatte.

„Bevor Doktor Bailey dir die Spritze gab, war es ein ständiges Auf und Ab. Er meinte, dass du dich später an nichts mehr erinnern würdest."

„Ich erinnere mich wirklich an nichts."

Das war gut, fand Dominic. Denn jedes Mal, wenn Kate für wenige Augenblicke das Bewusstsein wiedererlangt hatte, hatte sie wahre Höllenqualen ausstehen müssen. Er glaubte noch ihr Stöhnen zu hören und ihre Finger zu spüren, die sich fest um seine gekrampft hatten. Die ganze Zeit über hatte er mit ihr gelitten.

„Es muss ein sehr starkes Mittel gewesen sein, das er mir injiziert hat", meinte Kate.

„Er hat getan, was nötig war."

Ihre Blicke trafen sich. Zum ersten Mal bemerkte Kate die Spuren der Müdigkeit und Erschöpfung in Dominics Gesicht.

„Du bist die ganze Nacht über wach gewesen", flüsterte sie. „Hast du dich gar nicht ausgeruht?"

„Jemand musste auf dich aufpassen", erwiderte er. „Doktor Bailey meinte, du solltest schlafen, bis die schlimmsten Schmerzen vorüber seien. Deshalb hat er dir das Medikament gespritzt." Obwohl Dominic sich um einen beiläufigen Tonfall bemühte, schwang Besorgnis in seiner Stimme mit. Er konnte auch nicht verhindern, dass seine nächsten Worte vorwurfsvoll klangen. „Die Verletzung ist eigentlich nicht so schlimm, begreifst du das? Du wärst nur nicht in der Lage gewesen, allein damit fertig zu werden. Bailey sagte, du hättest dich selbst bis an den Rand der Erschöpfung getrieben."

„Das ist lächerlich. Ich …"

Dominic ließ Kate nicht ausreden, sondern gab ihr einen weiteren Löffel Suppe. „Das ist überhaupt nicht lächerlich. Ich brauchte dich nur anzusehen, um festzustellen, dass Bailey recht hatte. Du hast zu wenig gegessen, zu wenig geschlafen und dich überanstrengt. Kein Wunder, dass du auf die Nase gefallen bist."

Die Beruhigungsspritze bewirkte, dass Kates Widerspruch gedämpft wurde. Ihre Stimme klang nicht zornig, als sie leise erwiderte: „Ich bin nicht auf die Nase gefallen."

„Das wäre nur noch eine Frage der Zeit gewesen." Dominic bezähmte seinen Ärger über ihre Dickköpfigkeit, ihren Unverstand. „Es ist mir gleichgültig, wie sehr du auf den Schatz erpicht bist. Du hast jedenfalls keine Freude an ihm, wenn du flach ausgestreckt liegst."

Die Suppe tat ihre Wirkung. Sie wärmte Kate. „Das werde ich nicht." Kate bemerkte nicht, dass ihre Worte undeutlicher wurden. „Morgen werden wir tauchen, und ich werde beweisen, dass es sich um die ‚Liberty' handelt."

Dominic genügte ein Blick auf Kates erschöpfte rote Augenlider und ihre blassen Wangen. „Natürlich", sagte er und schob rasch noch einen Löffel Suppe in Kates Mund.

„Ich werde den Schöpflöffel, die Takelage und alles andere einem Museum stiften." Kate schloss die Augen. „Meinem Vater zuliebe."

Dominic setzte das Tablett auf den Boden. „Ja, das wirst du tun."

„Es war ihm wichtig. Ich muss ... ich muss es für ihn tun." Sie öffnete für einen kurzen Moment die Augen. „Ich wusste nicht, dass er krank war. Er hat nie von seinen Herzbeschwerden, von den Medikamenten gesprochen. Wenn ich es gewusst hätte ..."

„Du hättest nicht mehr tun können, als du ohnehin getan hast." Dominic räumte die Kissen beiseite und bettete Kates Kopf sanft auf ein einziges Kissen.

„Ich habe ihn geliebt."

„Ja, ich weiß."

„Ich habe es nie geschafft, den Menschen, die ich liebte, zu sagen, was ich wollte. Ich weiß nicht, weshalb."

„Schlaf jetzt. Wenn du gesund bist, werden wir den Schatz finden."

Kate versank tiefer in Wärme und Dunkelheit. „Dominic ..." Sie hob die Hand, und nachdem er sie umfasst hatte, schien sie beruhigt zu sein.

„Ich werde bei dir bleiben. Schlaf."

„All die Jahre ..." Sie entspannte ihre Finger. „Ich habe dich nie vergessen. Ich habe mich immer nach dir gesehnt. Immer. Ich wollte es allerdings nicht wahrhaben. Es ..." Kates Stimme erstarb.

Dominic starrte auf die schlafende Kate herab. Ihr Gesicht hatte einen absolut friedlichen Ausdruck angenommen, war jedoch noch so bleich wie Marmor. Vorsichtig löste er seine Hand und führte sie an ihre Wange. Er wollte nicht darüber nachsinnen, was Kate gesagt hatte. Er brauchte auch Ruhe. Die Anstrengung des letzten Tages war nicht spurlos an ihm vorübergegangen. Er musste Kräfte sammeln, um Kate pflegen zu können.

Dominic stand auf und zog die Jalousien herunter. Dann streifte er sein Hemd ab, legte sich neben Kate auf das breite Bett und hoffte, nun endlich auch ein wenig Schlaf zu finden.

Ein dumpfer, klopfender Schmerz weckte Kate. Sie öffnete die Augen, blieb dann regungslos liegen und versuchte sich in ihrer Umgebung zurechtzufinden.

Sie konnte nun klare Gedanken fassen. Die Wirkung des Betäubungsmittels hatte aufgehört, und sie spürte die Verletzung. Die Dunkelheit um sie herum wurde von silbernem Mondlicht durchbrochen, das seitlich an den Jalousien vorbei ins Zimmer drang.

Es war Nacht. Kate hoffte, dass nur wenige Stunden seit ihrem letzten Aufwachen vergangen sein mochten und nicht wieder ein ganzer Tag.

Es erfüllte sie mit Unruhe, auf diese Weise Zeit zu verlieren. Um sich Klarheit zu verschaffen, bemühte sie sich, die Bruchstücke ihrer Erinnerung in die richtige Folge zu bringen.

Da waren zunächst die Steingutschüssel, der Schöpflöffel … und der Stachelrochen. Sie presste die Zähne fest zusammen, als spüre sie erneut den stechenden Schmerz, den der Hieb des peitschenartigen Schwanzes hervorgerufen hatte. Anschließend war sie an Bord der „Wirbelwind“ aufgewacht. Sie sah den blauen Himmel über sich und hörte Dominics Worte. Sie spürte den Kuss auf ihren Lippen, den er ihr gegeben hatte, kurz bevor er den Stachel aus ihrem Fleisch zog. An die Qual dieses Augenblickes hatte sie auch noch eine sehr deutliche Erinnerung. Danach war es dunkel um sie herum geworden.

Die Fahrt zurück zur Insel, Doktor Baileys Untersuchung und die Spritze … nein, das entzog sich ihrem Bewusstsein. Das nächste Bild in ihrem Gedächtnis zeigte Dominics Schlafzimmer – die hellen Wände, den blanken Fußboden, den Teppich.

Später hatte Dominic ihr Suppe zu essen gegeben. Die nachfolgenden Ereignisse verschwanden wieder in einem Dunstschleier. Irgendetwas musste Dominic geärgert haben. Er hatte ihr Vorwürfe gemacht, oder? Ja, seine Stimme hatte vorwurfsvoll geklungen. Doch weswegen?

Sie grübelte noch darüber nach, als ihr bewusst wurde, dass jemand an ihrer Seite ruhig und gleichmäßig atmete. Sie drehte den Kopf. Dominic?

Ja, Dominic. Wer denn sonst? In dem schwachen Mondlicht sah sie ihn nur schemenhaft, doch es konnte einfach nur Dominic sein.

Er hatte ihr versprochen, in ihrer Nähe zu bleiben. Die Müdigkeit hatte ihn übermannt. Seine Fürsorge berührte Kate tief. Sie verspürte Dankbarkeit und Liebe. Sanft strich sie über seine Wange.

Obwohl Kates Berührung so leicht wie der Flügelschlag eines Schmetterlings war, weckte sie Dominic sofort. Er hatte geschlafen, tief genug, um sich zu erholen, dennoch immer bereit, auf das leiseste Anzeichen hin aus seinem Schlummer aufzuwachen, um für Kate da zu sein. Er richtete sich auf und rieb sich die Augen.

Diese Geste wirkte jungenhaft und rührend. „Ich wollte dich nicht wecken“, flüsterte Kate.

Dominic streckte die Hand aus und schaltete die Lampe auf dem Nachttisch ein. Dann wandte er sich Kate zu. „Hast du Schmerzen?“, erkundigte er sich. „Tut dir dein Bein weh?“

„Nein.“

Prüfend betrachtete er ihr Gesicht. Der matte Ausdruck, den das Betäubungsmittel verursacht hatte, war aus ihren Augen gewichen, aber nun lag ein schmerzvoller Zug um ihre Lippen. „Kate?“

Stille.

„Kate!“

„Also gut. Ein bisschen.“

„Doktor Bailey hat Tabletten dagelassen.“

Dominic wollte aufstehen, doch Kate hielt ihn zurück. „Nein, keine Tabletten. Sie machen mich gewiss auch benommen.“

„Sie lindern Schmerzen.“

„Mag sein, aber … Dominic, nicht jetzt, bitte. Ich verspreche dir, ich schlucke das Zeug, wenn ich es vor Schmerzen nicht mehr aushalten kann."

Ihre Stimme klang so flehentlich, dass Dominic nachgab. „Na schön." Nach einer kurzen Pause fragte er: „Bist du hungrig?"

Kate schüttelte den Kopf. „Nein." Dann: „Es ist bestimmt mitten in der Nacht. Ich habe vorhin versucht, mich nach all dem, was geschehen ist, zurechtzufinden." Sie berührte seine Schulter. „Du solltest weiterschlafen."

„Ich hatte genügend Schlaf. Außerdem bist du die Patientin." Dominic legte die Hand auf ihre Stirn, um zu prüfen, ob Kate Fieber hatte. Sie bedeckte seine Finger mit ihren.

„Vielen Dank, Dominic." Er wollte die Hand zurückziehen, aber Kate hielt sie fest. „Du hast mich sehr gut gepflegt."

„Irgendjemand musste es tun", entgegnete er. Die Antwort kam ein wenig zu schnell, was verriet, dass er gegen die Gefühle ankämpfte, die Kates Nähe in ihm hervorrief, und gegen die Erinnerungen, die mit dem großen weichen Bett verbunden waren, auf dem sie lagen.

„Du bist die ganze Zeit über nicht von meiner Seite gewichen."

„Wo hätte ich auch hingehen sollen?", brummelte er.

Kate lächelte. „Ja, wohin?" Sie runzelte die Stirn. „Dominic?"

„Hm?"

„Als du mich gefüttert hast … aus irgendeinem Grund warst du mir böse."

„Ja, weil du deine eigene Gesundheit vernachlässigt hattest."

Er schaute sie an. Ihre Augen waren groß und dunkel und strahlten jene Unschuld aus, die ihn von Anfang an gefesselt hatte. Dominic sehnte sich danach, Kate in seine Arme zu schließen, so lange, bis sie keine Schmerzen mehr verspürte. Doch wenn er das tun würde, gäbe es kein Zurück mehr. Um der Versuchung zu entgehen, machte Dominic erneut Anstalten, Kate seine Hand zu entziehen.

Kate ließ es nicht zu. „Ich wäre bestimmt im Meer gestorben, wenn du nicht bei mir gewesen wärst, mich nicht …" Sie verstummte, ein Schauer überlief sie.

„Deshalb ist es besser, mit einem Partner zu tauchen."

„Hättest du dich später nicht weiter so sehr um mich gekümmert, hätte ich die Verletzung womöglich nicht überlebt."

Dominic zuckte die Schultern und versuchte zu ignorieren, dass sie sein Gesicht streichelte. Sie hatte es früher oft getan, bevor sie sich geliebt hatten. Oder danach. Jedenfalls hatte sie sein Gesicht so abgetastet, als wollte sie sich seine Züge für immer einprägen.

Er konnte ihre Liebkosung nicht länger ertragen, umfasste ihre Handgelenke und zog ihre Hände hinab. „Die Verletzung war nicht lebensgefährlich", sagte er leichthin.

„Ich habe noch nie einen solchen Rochen gesehen." Kate zitterte.

„Denk nicht mehr darüber nach. Es ist vorbei."

Vorbei. Nichts schien wirklich für alle Zeit vorüber zu sein. Kate blickte Dominic in die Augen. Vier Jahre lang hatte sie sich bemüht, Freude und Leid zu vergessen und sich eingeredet, ihre Liebe zu Dominic mit Routine überdecken zu können, mit dem Zeitplan, den sie ihrem Leben aufgezwängt hatte. Nun erkannte sie, dass das alles vergebens gewesen war. Dominic schien ihr Schicksal zu sein …

„Halt mich fest", bat sie leise.

Er erwiderte ihren Blick. Etliche Fragen schossen ihm durch den Kopf. Versuchte sie, ihn aus dem Gleichgewicht zu bringen? Wollte sie wissen, ob sie noch Macht über ihn besaß? Was ging in ihr vor?

„Kate", sagte er schließlich. „Du solltest wieder schlafen. Morgen …"

„Ich will nicht an morgen denken", unterbrach Kate ihn. „Nur an diesen Augenblick. Und jetzt brauche ich dich." Jäh schlang sie die Arme um Dominic und schmiegte ihren Kopf an seine Schulter.

Kate spürte Dominics Widerstand, sein Zögern. Und dann spürte sie, dass er sie an sich drückte, atmete tief durch und schloss die Augen. Wie sehr hatte sie seine Zärtlichkeiten entbehrt! Niemand hatte sie je so liebevoll umfangen gehalten wie er.

Seltsamerweise habe ich es damals nie als Gegensatz empfunden, dass Dominic auf der einen Seite hochmütig und leichtsinnig sein kann und auf der anderen einfühlsam und verständnisvoll, dachte sie verwundert und suchte nach einer Erklärung.

Wahrscheinlich hatten seine Sorglosigkeit und seine selbstsichere Art sie anfangs fasziniert, seine Liebkosungen aber einen tieferen Eindruck bei ihr hinterlassen. Erst jetzt verstand sie es, erst jetzt akzeptierte sie ihr Verlangen, das stets auf ihn gerichtet gewesen war. Gehörte es nicht auch zu ihrem Leben, dieses Verlangen zu stillen?

Dominic gab sich seinen Empfindungen hin. Kates Leib war so schlank, so fest unter dem dünnen Nachthemd. Ihr weiches Haar lag ausgebreitet über seinen Armen. Er fühlte ihre Handflächen auf seinem Rücken. Ihre Hände waren so fein und schmal. Sie schienen eher zu einer Künstlerin, einer Pianistin zu passen als zu einer Lehrerin. Kates Atem ging ruhig, und ihre Haut, ihr Nachthemd dufteten so unverwechselbar und verführerisch.

Mit einem Mal zog Ruhe in Dominics Herz ein. Es erfüllte ihn eine Zufriedenheit, nach der er sich lange Zeit unbewusst gesehnt hatte. Die Anspannung wich aus seinen Muskeln, er wurde freier, vergrub sein Gesicht in Kates Haaren und schloss ebenfalls die Augen. Es erschien ihm wie eine Ewigkeit, seit er zuletzt ein so stilles Glück erfahren hatte. Ob Kate ahnte, dass er ebenso sehr einen Halt brauchte wie sie?

Kate fühlte, wie sich Dominic entspannte. Sie fragte sich, ob sie der Anlass für seine Verkrampfung gewesen sei und ob er durch ihre Nähe jetzt ruhiger geworden war. Hatte sie ihn einst stärker verletzt und waren seine Gefühle für sie tiefer, als sie je vermutet hatte?

Kate schob die Fragen beiseite und dachte über die Regeln

nach, die sie beide kannten und nach denen sie sich dieses Mal würden richten müssen. Plötzlich war sie bereit, diese Regeln zu akzeptieren. Gut, sie würde nicht mehr erwarten, als Dominic ihr geben konnte. Was er ihr bot, war auf jeden Fall viel mehr als das, was sie in langen, düsteren Jahren ohne ihn gehabt hatte. Dafür wollte sie ihm ihre Liebe schenken.

„Es ist genau wie früher", flüsterte Kate. Sie legte den Kopf in den Nacken und sah Dominic an. Ihr langes Haar glänzte seidig, und ihre Augen blickten ernst und ehrlich.

„Kate …"

„Ich habe es nicht für möglich gehalten, dass ich genauso wie damals empfinden würde", unterbrach sie ihn. „Sonst wäre ich wohl nicht zurückgekehrt. Ich hätte nicht den Mut dazu gehabt."

„Kate, du bist krank." Dominic sprach langsam, so als müsse er sich selbst und Kate überzeugen. „Du hast viel Blut verloren, hattest Fieber. Das hat dich sehr geschwächt. Es wäre das Vernünftigste, meine ich, wenn du versuchen würdest, wieder zu schlafen."

Kate fühlte sich nicht schwach. Sie fühlte sich frei und leicht und war voller Verlangen. „Neulich während des Sturms hast du gesagt, ich würde zu dir zurückkommen." Sie ließ ihre Hände an seinem Rücken emporgleiten, bis sie seine Schultern erreichte. „Du hattest recht. Ich bin zu dir zurückgekommen. Liebe mich, Dominic, hier in dem Bett, in dem wir uns zum ersten Mal geliebt haben."

„Kate, dir ist nicht gut."

„Gut genug, um zu wissen, was ich will", erwiderte sie. Mit den Lippen strich sie über Dominics Kinn, auf dem raue Bartstoppeln wuchsen. Dann fuhr sie fort: „Gut genug, um zu wissen, was ich brauche. Ich brauche dich, Dominic." Sie verstärkte den Druck ihrer Hände auf seinen Schultern. Ihre Lippen befanden sich nur wenige Zentimeter entfernt von seinem Mund. „Immer nur dich."

Dominic vermochte seine Sehnsucht kaum noch zu bezähmen. „Vielleicht bereust du es morgen“, sagte er. Seine Stimme klang heiser.

Kate lächelte ihn an. „Jedenfalls bleibt uns diese Nacht.“

Ihre Wärme, ihr weicher Körper waren unwiderstehlich. Dominics Verlangen wurde übermächtig. Dennoch vergaß er nicht, wie schwach, wie zerbrechlich Kate noch war, und nahm sich vor, sie mit so viel Zartgefühl und Vorsicht zu lieben wie beim ersten Mal vor vier Jahren.

„Ja, jedenfalls bleibt uns diese Nacht“, wiederholte er und drückte Kate sanft in die Kissen zurück.

Dann beugte er den Kopf und berührte behutsam ihren Mund. Kate öffnete die Lippen, begierig, Dominics Kuss zu empfangen. Ohne Eile, ohne Druck kostete Dominic die Süße ihrer Lippen. Und während er mit der Zunge langsam und liebevoll ihren Mund erkundete, stieg ein tiefes Glücksgefühl in ihm auf.

Mit den Fingerspitzen tastete Kate über sein Gesicht. Sie streichelte die rauen Bartstoppeln, die glatte Haut seiner Stirn. Ihr Herz pochte laut.

Dominic flüsterte ihr zärtliche Worte zu. Wenig später küsste er sie erneut voller Zärtlichkeit. Allmählich versank Kate tiefer und tiefer in einem weichen Nebel, als stünde sie wieder unter dem Einfluss des Betäubungsmittels.

Dominic spürte ihren biegsamen Leib, die Hingabe, die sie stets gezeigt hatte. Später würde ihre Liebe wilder, heftiger werden, ihm den Atem verschlagen. Doch solange sie sich in diesem süßen Anfangsstadium befand, ließ er sich von ihrem Zauber gefangen nehmen.

Er strich leicht über Kates Nachthemd. Der dünne Stoff, der seine Haut von ihrer trennte, reizte sie beide gleichermaßen. Kate passte ihre Bewegungen Dominics Liebkosungen an. Jede Berührung, jeder Kuss raubte ihr mehr die Besinnung. Sie vertraute sich bereitwillig seiner Führung an – in der Gewissheit, dass sie höchste Wonnen empfangen würde.

Leise stöhnend ließ Dominic seine Hände über ihren Busen

gleiten. Ihre Haut, der Stoff ihres Nachthemdes waren weich, sodass die harten Spitzen ihrer Brüste einen erregenden Kontrast bildeten. Er verweilte bei den vorstehenden Knospen, liebkoste sie abwechselnd mit den Fingerspitzen. Während Kates Atem schneller wurde, knöpfte er nach und nach ihr Nachthemd auf. Er nahm sich Zeit, schob langsam den Stoff zur Seite, als enthülle er einen kostbaren Schatz.

Dominic hatte nicht vergessen, wie schön Kate war. Er konnte sich nicht sattsehen an ihrer vertrauten zarten Gestalt, betrachtete ihren Leib, berührte ihn mit seinen kräftigen Händen. Seine Haut war braun gebrannt, ihre hell wie Elfenbein. Schließlich drückte er die Lippen auf die Stelle, die er zuvor mit der Hand gestreichelt hatte, und verfolgte mit dem Mund den Weg seiner Hände.

Kate begann sich unter ihm zu winden. Heiß schoss das Blut durch ihre Adern. Ihr Herz schlug rasend schnell. Es schien jahrelang unter einer dicken Eisschicht begraben gewesen zu sein, bis Dominic es zu neuem Leben erweckt hatte. Sie hörte, wie er ihren Namen flüsterte. Die Zeit verlor jegliche Bedeutung. Es gab kein Gestern und kein Morgen mehr. Für Kate zählten allein Dominics Liebkosungen und sein Atem, der über ihren Körper strich. Der Duft seiner Haut, der Geschmack seiner Lippen weckten Erinnerungen an das Meer in ihr. Wie hatte sie all dies einmal besitzen und dann verlassen können?

Dominic hob Kates Oberkörper leicht an und streifte ihr das Nachthemd vollends ab. Danach ließ er sie auf das warme, glatte Laken zurückgleiten. Seine Lippen wanderten über ihre Brüste, ihre Taille, ihren flachen Bauch zu ihrem Schoß und entfachten ein Feuer, das von ihrem ganzen Körper Besitz ergriff.

Hinter ihren geschlossenen Augenlidern sah Kate den Sonnenaufgang über dem Meer, wie sie ihn an ihrem ersten Morgen auf Ocracoke beobachtet hatte. Ihr war, als breiteten sich das rot glühende Licht und die Wärme der Sonnenstrahlen in ihr aus.

Dominic spürte, wie die Leidenschaft Kate mit sich fortriss.

Er schenkte ihr größte Wonnen, indem er mit der Zungenspitze äußerst empfindliche Stellen liebkoste oder sie mit den Fingerspitzen abtastete. Es verlieh ihm ein Gefühl der Macht, Kate in Ekstase versetzen zu können. Flüchtig wunderte er sich darüber, dass er sein eigenes Verlangen unter Kontrolle zu halten vermochte und trotzdem eine überwältigende Lust empfand.

Plötzlich bäumte Kate sich auf. „Dominic", flüsterte sie. „Dominic!" Sie schlang die Arme um ihn, zog ihn fest an sich und rieb sich drängend an ihn. Wie eine Verhungernde presste sie die Lippen auf die seinen und küsste ihn mit ungestümer Begierde. Dann gab sie seinen Mund frei und bedeckte sein Gesicht und seinen Hals mit Küssen. Ihre Hände glitten über seinen Rücken, kneteten die straffen Muskeln.

Irgendwann konnte Dominic seine Erregung nicht mehr bezähmen. „Du bringst mich um den Verstand!", stieß er heiser hervor.

„Komm", wisperte Kate. „Komm ganz zu mir."

„Schau mich an", bat Dominic, bevor er in sie eindrang. „Ich möchte deine Augen sehen, wenn wir uns lieben."

Kate bog sich ihm entgegen. Ein Stöhnen entfuhr ihr, und ihre Augen wurden dunkel und weit vor Lust, während Dominic sie hinabzog in einen schier endlosen Strudel der Lust. Er bemerkte, dass sich ihre Wangen röteten, sah, wie ihre Lippen zitterten, als sie wieder und wieder seinen Namen flüsterte.

Sie bewegten sich langsam miteinander, waren in vollkommener Harmonie vereint. Dominic beschleunigte den Rhythmus. Dabei ließ er Kate nicht aus den Augen. Unaufhörlich strebten beide einem Ziel entgegen und erreichten gemeinsam den Gipfel höchster Ekstase.

9. KAPITEL

Kate schlief noch fest, als Dominic erwachte. Er bemerkte erfreut, dass ihre Wangen nicht mehr bleich waren.

Zärtlich strich er über Kates Haar, legte die Hand kurz auf ihre Stirn. Die Haut war kühl und trocken. Kate befand sich auf dem Weg der Besserung.

Das Glück, das sie ihm in der vergangenen Nacht geschenkt hatte, bedeutete Dominic umso mehr, da Kate ihn freiwillig und ohne belastende Schatten der Vergangenheit geliebt hatte. Er wollte sich dieses Glück erhalten.

Dominic war entschlossen, sie nicht ein zweites Mal ziehen zu lassen. Er hatte Kate vor vier Jahren verloren, hatte sie vielleicht nie richtig besessen. Jedenfalls nicht in der Weise, wie er gedacht, wie er es als selbstverständlich vorausgesetzt hatte. Dieses Mal würde er sich anders verhalten. Er würde Kate geben, was sie brauchte. Einerseits schien sie ihm so hilfsbedürftig, andererseits besaß sie einen starken Charakter, der sie zum gleichwertigen Partner machte.

Nachdenklich schaute Dominic vor sich hin. Warum hatte er ausgerechnet bei Kate das sichere Gefühl, sie wäre die richtige Frau für ihn? Die Antwort auf diese Frage fand er nicht.

Aus Unbeholfenheit, Hochmut und Unerfahrenheit oder was auch immer hatte er seine Beziehung zu Kate einmal aufs Spiel gesetzt. Nun hatte er eine zweite Chance und wollte sie besser nutzen. Er benötigte Zeit dafür.

Vorsichtig stand Dominic auf, zog sich an, ohne Licht zu machen, und verließ das Schlafzimmer.

Allmählich erwachte Kate aus ihrem Schlaf. Eigentlich wollte sie noch nicht wach werden, sondern zurückgleiten in ihren schönen, friedlichen Traum, aber es gelang ihr nicht.

Im Zimmer war es dunkel und Kate noch ein bisschen schlaftrunken. Zunächst wusste sie nicht, woher der dumpfe Schmerz an ihrem Fuß rührte. Wie konnte sie Schmerzen haben, wenn sie so glücklich war? Sie streckte die Hand nach Dominic aus. Aber der Platz neben ihr war leer.

Sofort verflog alle Müdigkeit. Hastig richtete Kate sich im Bett auf. Sie ignorierte das Klopfen in ihrem Bein, das mit jeder Bewegung stärker wurde.

Hatte sie nur geträumt? Zögernd tastete sie über das Laken neben ihr. Es fühlte sich kalt an. War alles nur ein Produkt ihrer Fantasie gewesen, hervorgerufen durch Medikamente? Vermochte sie wirklich in Gedanken so intensive Bilder der Zärtlichkeit, der Leidenschaft heraufzubeschwören?

Sie hatte sich nach Dominic gesehnt. An das starke Verlangen nach ihm erinnerte sie sich noch deutlich. Aber danach? Alles nur ein Traum?

Der Platz neben ihr war leer, das Laken kalt und Kate allein. Alle Anzeichen sprachen dafür, dass sie sich die Ereignisse der letzten Nacht eingebildet hatte.

Die Zufriedenheit, die sie beim Erwachen verspürt hatte, verschwand schlagartig. Kate verspürte fast Dankbarkeit, den Schmerz in ihrem Fuß wahrnehmen zu können. Das war wenigstens Wirklichkeit, während alles andere wie eine Seifenblase zerplatzt war.

„Du bist ja schon wach."

Beim Klang von Dominics Stimme zuckte Kate zusammen. Ihre Nerven waren zum Zerreißen gespannt.

Dominic trat mit einem Tablett ins Schlafzimmer. „Also brauche ich dich nicht aus deinem süßen Schlummer zu reißen. Guten Morgen, Darling. Es gibt Frühstück!"

Er stellte das Tablett auf dem Nachttisch ab und ging zu den Fenstern, um die Jalousien hochzuziehen. Die helle Morgensonne fiel in das Zimmer.

„Wie hast du geschlafen?", erkundigte er sich und kehrte zum Bett zurück.

„Gut." Um ihre Verlegenheit zu verbergen, faltete Kate die Hände auf der Bettdecke und saß völlig ruhig. „Ich möchte dir für alles danken, was du für mich getan hast."

„Das hast du bereits getan. Es war und ist aber nicht nötig." Dominic schaute auf sie hinab und betrachtete sie aufmerksam. „Du hast Schmerzen", erriet er.

„Sie sind nicht schlimm."

„Dieses Mal nimmst du eine Tablette." Dominic platzierte geschickt das Tablett vor ihr. Danach holte er bedächtig eine kleine Dose von der Kommode. „Keine Widerrede", sagte er, um Kates Weigerung zuvorzukommen.

„Dominic, es tut wirklich nicht sehr weh." Fieberhaft überlegte Kate, wann Dominic ihr schon einmal eine Tablette hatte geben wollen. Eine deutliche Erinnerung blieb aus, was ihren Unmut verstärkte. Mit leicht vorgerecktem Kinn wiederholte sie: „Wirklich nicht."

„Es ist egal, wie weh es tut." Dominic setzte sich auf den Rand des Bettes und legte eine Tablette in Kates Hand. „Ich möchte, dass du überhaupt keine Schmerzen erleidest."

Er strich mit seinen Fingern über ihre. Dieser leichte Kontakt löste Wärme in Kate aus und brachte ihr endlich auch Gewissheit. Sie schaute Dominic in die Augen. „Ich habe es doch nicht geträumt."

„Was?" Dominic reichte Kate ein Glas Saft.

„Vergangene Nacht. Als ich vorhin aufwachte … nun …, ich meinte, alles sei nur ein Traum gewesen."

Er lächelte und beugte sich vor, um sie auf den Mund zu küssen. „Hm …"

„Dominic!"

„Wenn es so gewesen ist, habe ich den gleichen Traum gehabt." Er berührte noch einmal ihre Lippen. „Es war wundervoll."

„Dann spielt es keine Rolle, ob es ein Traum war."

„Oh nein, ich ziehe die Wirklichkeit vor."

Kate lachte auf und wollte die Tablette heimlich verschwinden lassen, da umfasste Dominic ihr Handgelenk.

„Du hast Schmerzen", sagte er. „Ich sehe es dir an. Ich kann es an deinen Augen ablesen. Die Spritze wirkt schon seit mehreren Stunden nicht mehr, Kate."

„Ihretwegen war ich den ganzen Tag lang ohne Bewusstsein", erwiderte sie fast trotzig.

„Dieses Medikament ist mild, dient nur zur Linderung der Schmerzen. Bitte, Kate." Sein Griff wurde fester. „Ich musste tatenlos zuschauen, wie du mit hohem Fieber gegen das Gift angekämpft hast, wie du ..."

„Vergiss es, Dominic", unterbrach Kate ihn.

„Wenn schon nicht für dich selbst, dann nimm die Tablette um meinetwillen", drängte er.

„Um deinetwillen?"

Dominic fuhr mit der Hand über ihr Haar, hob dann ihr Kinn hoch und sah ihr in die Augen. „Ich kann dir nicht beschreiben, wie schlimm die Stunden nach deinem ... deinem Unfall für mich waren, Kate. Ich könnte es einfach nicht ertragen, wenn du noch einmal Qualen durchstehen müsstest."

Schweigend senkte Kate die Lider und nahm die Tablette. Während sie den Saft trank, zog Dominic leicht an ihrem Haar.

„Sie hat kaum mehr Wirkung als Aspirin, Kate. Bailey sagte, dass er dir etwas Stärkeres verschreiben würde, wenn es nötig sein sollte. Aber ihm wäre es lieber, wenn dieses Medikament ausreichte."

„Es wird schon gehen. Die Verletzung ist eher unangenehm als schmerzhaft."

Dominic wusste, dass das eine Lüge war. Aber er schwieg, wollte die Stimmung nicht zerstören, den hoffnungsvollen Wiederbeginn nicht im Keim ersticken.

„Hat Doktor Bailey auch gesagt, wann ich wieder tauchen kann?", fragte Kate.

„Tauchen?" Dominic traute seinen Ohren nicht. Er hatte mittlerweile den Teller entfernt, den er über einen zweiten mit Kates Frühstück gestülpt hatte, um es warm zu halten. „Du wirst den Rest der Woche das Bett nicht verlassen dürfen, Kate."

„So lange soll ich ... oh nein, das darf nicht wahr sein!", rief

Kate entsetzt, ohne die große Portion Eier mit Schinken und Toast vor sich zu beachten. „Dominic, ich wurde von einem Rochen gestreift, nicht von einem Hai angefallen."

„Ja, ein Rochen hat dich mit seinem Schwanz getroffen", erwiderte Dominic. „Und deine Widerstandskräfte waren praktisch gleich Null. Doktor Bailey hätte dich fast ins Krankenhaus einliefern lassen, so jämmerlich war dein Zustand. Ich kann mir zwar vorstellen, dass du nach dem Tod deines Vaters einiges durchgemacht hast, aber du hättest wenigstens ein bisschen auf dich achtgeben können."

„Ärzte übertreiben gern."

„Bailey nicht", erklärte Dominic ihr mit fester Stimme. „Er mag ein bärbeißiger Mensch sein, doch er versteht etwas von seinem Beruf. Er sagte mir, dass du dich selbst bis an den Rand der Erschöpfung getrieben, keinerlei Widerstandskräfte und gute zehn Pfund Untergewicht hättest." Dominic nahm die Gabel vom Tablett. „Dagegen werden wir etwas unternehmen, Frau Lehrerin, und zwar sofort."

Kate begutachtete das Essen vor sich. Für diese Portion musste Dominic vier große Eier in die Pfanne geschlagen haben. Außerdem zählte sie sechs Scheiben Schinken und vier Scheiben Toast. „Du meine Güte!", entfuhr es ihr.

„Du musst zu Kräften kommen." Dominic nahm ihre Hand in die seine und drückte sie. „Und ich werde dafür sorgen, Kate, ob es dir gefällt oder nicht."

Sie sah ihn ernst an. „Ich weiß noch nicht, ob es mir gefällt. Aber das werden wir schon herausfinden."

Dominic spießte den ersten Bissen auf die Gabel. „Iss", befahl er.

Kate musste lächeln. Sie war noch nie in ihrem Leben so umsorgt worden. Ihr schien, dass sie sich allzu leicht an diese Fürsorge würde gewöhnen können. „In Ordnung, aber dieses Mal esse ich allein."

Insgeheim beschloss Kate um des lieben Friedens willen, die Hälfte der Riesenportion zu verzehren. Womit sie, ohne es zu wissen, genauso handelte, wie Dominic es vorausgesehen hatte. Wenn er eine kleinere Portion zubereitet hätte, hätte Kate auch von ihr nur die Hälfte und somit viel weniger gegessen. Er kannte Kate besser, als sie ahnte.

„Du warst schon immer ein hervorragender Koch", lobte Kate, während sie ein Stück Schinken zerteilte. „Du kochst viel besser als ich."

„Wenn du ein braves Mädchen bist, werde ich heute Abend eine Scholle braten."

„Wie brav muss ich sein?", fragte Kate. Sie erinnerte sich an die vielen köstlichen Fischgerichte, die Dominic früher für sie zubereitet hatte.

Dominic schmunzelte nur. Er nahm eine Scheibe Toast entgegen, die Kate ihm reichte, und beschmierte sie mit Butter und Marmelade. „Vielleicht werde ich warmen Apfelstrudel aus dem ‚Roost' zum Nachtisch kommen lassen", meinte er dann.

„Hm. Sieht so aus, als müsste ich ganz brav sein, um all die Köstlichkeiten zu bekommen."

„Richtig, richtig."

„Dominic ..." Kate begann in ihrem Rührei herumzustochern. „Gestern Nacht, was passierte ..."

„... hätte niemals zu Ende gehen dürfen", vollendete Dominic ihren Satz.

Kate blickte zu ihm auf. „Ich bin mir nicht so sicher."

„Aber ich", sagte er, beugte sich vor und küsste zärtlich ihre Nasenspitze. „Sprich jetzt nicht darüber, Kate. Wenn es schon kompliziert werden muss, lass uns warten, bis sich andere Dinge geklärt haben."

Kompliziert. Hielt er es für eine Komplikation, was zwischen ihnen geschehen war? Betroffen schaute Kate auf ihren Teller, dachte eine Weile nach. Nein, sicherlich meinte er es nicht so.

„Einerseits habe ich das Gefühl, zurückzukehren zu jenem Sommer vor vier Jahren", sagte sie schließlich. „Andererseits ist es aber ..."

„… wie ein Schritt nach vorn“, führte Dominic ihren Gedanken zu Ende.

„Ja“, stimmte Kate impulsiv zu und ergriff seine Hand. Obwohl Dominic so wenig über ihre Beziehung sprach, schien er sie zu verstehen. Mochte er auch manchmal etwas rau sein, er empfand im Grunde wie sie. „Ich finde es allerdings ein bisschen beunruhigend.“

„Ich habe es eigentlich nicht gern, wenn es im Leben wie bei ruhiger See zugeht. Ein paar Wellen machen die Fahrt interessanter.“

„Mag sein.“

Ob Kate in die Vergangenheit zurückkehrte oder in die Zukunft schritt, war Dominic im Grunde gleichgültig. Wichtig schien ihm nur, dass sie sich auf ihn zubewegte, ihm näher kam.

„Ich kann nichts mehr essen.“

„Das habe ich mir gedacht.“ Dominic nahm eine zweite Gabel vom Tablett und begann die Überbleibsel ihres Frühstückes zu verzehren. „Du hast wahrscheinlich schon mehr gegessen, als du sonst in einer ganzen Woche frühstückst.“

„Allerdings.“ Kate lehnte sich gegen die in ihrem Rücken gestapelten Kissen. Wie gut Dominic es verstanden hatte, sie zu überlisten! Zu ihrer Verärgerung stellte sie fest, dass sie wieder müde wurde. Sie durfte einfach keine Medikamente mehr nehmen.

Ohne diese Mittel und stattdessen mit kurzen Spaziergängen an der frischen Luft würde sie schneller genesen. Sie musste Dominic irgendwie von der Richtigkeit ihrer These überzeugen.

Während Dominic aß, schaute Kate zum Fenster hinaus in die strahlende Sonne. „Ich möchte keine ganze Woche verlieren.“

„Ich werde zum Wrack hinabtauchen“, erklärte Dominic, ohne von seinem Essen aufzublicken. Er wusste nur zu gut, in welche Richtung Kates Blick ging und in welche Richtung ihre Gedanken schweiften. „Morgen und übermorgen auch.“

„Allein?“

Er hörte die Besorgnis in ihrer Stimme. „Ich bin schon oft allein getaucht", beruhigte er Kate und spießte das letzte Stück Schinken auf.

Kate war klar, dass es keinen Sinn haben würde, ihn auf die Gefährlichkeit eines solchen Unternehmens hinzuweisen. Dominic kannte das Risiko, im Übrigen entsprach es seinem einzelgängerischen Wesen, ohne Partner zu tauchen. Sie versuchte also eine andere Taktik. „Wir suchen die ‚Liberty' zusammen, Dominic."

Dominic warf ihr einen prüfenden Blick zu und griff anschließend nach dem Becher Kaffee, den sie nicht angerührt hatte. „Hast du Angst, ich könnte mich mit dem Schatz auf und davon machen?"

„Natürlich nicht. Wenn ich kein Vertrauen zu dir hätte, hätte ich dir erst gar nicht die Karten gezeigt."

„Hm ..." Dominic trank einen Schluck Kaffee. „Wenn ich weitertauche, während du dich erholst, verlieren wir keine Zeit."

„Ich möchte dich aber auch nicht verlieren!", entfuhr es Kate. Abrupt wandte sie sich ab und schaute zur Seite. Sie hatte das nicht äußern wollen, weil ihre Beziehung ohne Bindungen und zeitlich befristet sein sollte. Und nun waren ihr diese Worte einfach herausgerutscht.

Dominic saß regungslos und ließ die Bedeutung ihrer Bemerkung auf sich wirken. Schließlich brach er die Stille. „Du würdest dir wirklich Sorgen um mich machen?"

Wütend drehte sich Kate zu ihm um. Sein zufriedener, selbstgefälliger Gesichtsausdruck brachte sie noch mehr auf. „Nein, ich würde mir keine Sorgen machen. Dummköpfe wie du haben im Allgemeinen einen guten Schutzengel."

Dominic stellte das Tablett auf den Boden neben dem Bett und lächelte Kate schelmisch an. „Kate, ich hätte es gern, wenn du dich um mich sorgtest, wenigstens ein ganz klein wenig."

„Es tut mir leid. Den Gefallen kann ich dir nicht erweisen."

„Deine Stimme klingt immer sehr gouvernantenhaft, wenn du böse bist", sagte Dominic. „Mir gefällt das."

„Ich bin keine Gouvernante."

Dominic strich über ihr offenes Haar. Er musste ihr recht geben. Sie sah viel sanfter und attraktiver aus. „Deine Stimme klingt so, als gehöre sie zu einer dieser hübschen, wohlerzogenen Damen, die in früheren Zeiten in ihrem Salon saßen und Tee aus feinem zerbrechlichen Porzellan tranken", zog er sie auf.

Kate schob seine Hand fort, wollte sich nicht von seiner Nähe beeinflussen lassen. „Sollte ich stattdessen schimpfen?"

„Das gefällt mir auch. Manchmal. Aber am liebsten ist es mir, wenn du mich anlächelst." Er küsste sie auf die Wange. „So, wie du sonst niemanden anlächelst."

Kate versteifte sich ein bisschen. Wenn sie nicht aufpasste, würde sie von ihrem Vorhaben abgelenkt werden. „Ich würde mich hier schrecklich langweilen", sagte sie. „Mir graut vor der Vorstellung, hier Stunde um Stunde herumsitzen zu müssen und nichts tun zu können."

„Ich besitze eine Menge Bücher." Dominic nestelte an Kates Nachthemd.

„Ach …"

„Du könntest auch Kreuzworträtsel lösen."

„Nein, vielen Dank."

„Unten habe ich sogar einen Gedichtband von Byron."

Obwohl sie fest entschlossen war, nicht auf Dominic einzugehen, musste Kate ihn bei dieser Eröffnung anschauen. „Byron?"

„Ich habe das Buch gekauft, nachdem du fortgegangen bist. Es sind wundervolle Verse." Dominic hatte die drei Knöpfe ihres Nachthemdes so geschickt geöffnet, dass Kate es kaum bemerkt hatte. „Ich höre noch immer, wie du mir damals Gedichte vorgetragen hast. Besonders erinnere ich mich an eine Nacht am Strand. Es war Vollmond. Ich weiß nicht mehr, wie der Titel des Gedichtes lautet, aber ich weiß, wie es beginnt und wie es klang, als du es aufsagtest. ‚Ich zähl', ob nicht …'", begann er und lächelte Kate an.

„‚Ich zähl', ob nicht in alter Zeit'", fuhr Kate fort, „‚ein Tag vorüberschwebte, den ich um alle Herrlichkeit noch einmal gern erlebte'." Sie hielt inne. „Du hast nie großes Interesse an Byrons Technik gezeigt", warf sie Dominic unvermittelt vor, um die romantische Atmosphäre, die die Zeilen hervorgerufen hatten, zu zerstören.

„Obwohl du dir alle erdenkliche Mühe gegeben hast, sie mir nahe zu bringen."

„Er war einer der bedeutendsten Dichter seiner Zeit."

„Hm." Dominic knabberte spielerisch mit den Zähnen an Kates Ohrläppchen.

Seine Liebkosungen lenkten Kate ab. Dennoch fuhr sie hartnäckig fort: „Er war fasziniert von Themen wie Krieg und Konfliktsituationen, trotzdem enthalten seine Gedichte mehr Liebesgeschichten als die von Shelley oder Keats."

„Und wie war er als Mensch?"

Kate schloss die Augen und genoss die Berührungen von Dominics Zunge. „Er ... er zeigte beißenden Zynismus und konnte andererseits die schönste Lyrik schreiben. Wenn man seinen ‚Don Juan' liest ..." Ihre Worte verloren sich in einem Seufzer.

„Ich höre dir sehr gern zu, wenn du Vorträge hältst." Dominic schlug die Bettdecke zurück und fuhr mit den Fingerspitzen äußerst zärtlich über Kates Oberschenkel. „Habe ich dich etwa unterbrochen?"

„Ja."

„Schön." Behutsam zeichnete er die Konturen ihrer Lippen nach. „Ich dachte, ich könnte dich auf diese Weise beschäftigen." Er strich über ihre Hüften und ihren Busen. „Nur, um der Langeweile vorzubeugen. Möchtest du mir nicht mehr von Byron erzählen?"

Kate holte tief Luft und schlang die Arme um Dominics Nacken. Das Thema Byron war inzwischen bedeutungslos geworden. „Nein, aber ich werde mich auch ohne Vorträge oder Kreuzworträtsel nicht langweilen."

„Nein? Vorhin sagtest du ..."

„Dominic", fiel sie ihm ins Wort. „Vorhin ..."

„Entspann dich." Dominic sagte es leise, doch bestimmt. Um

seinen Worten Nachdruck zu verleihen, küsste er Kate lange und intensiv.

„Mir bleibt gar keine andere Wahl“, flüsterte sie danach. „Entweder machen mich die Tabletten benommen oder du.“

„So ist es.“

Dominic schwieg einen Augenblick, bevor er fortfuhr: „Es gibt so vieles, was ich von dir möchte.“ Er hob den Kopf und blickte Kate in die Augen. „So vieles, was ich von dir brauche.“

„Du sagst mir nie genau, was, Dominic.“

Er legte seine Stirn an ihre. „Jetzt jedenfalls möchte ich, dass es dir gut geht.“ Er schaute sie wieder an. „Ich bin kein selbstloser Mensch, Kate. Ich möchte dich lieben. Es war meine volle Absicht, dich wieder in mein Bett zu bekommen. Allerdings gehörte es nicht zu meinem Plan, dass du vorher das Bewusstsein verlieren solltest.“

„Es spielt keine Rolle, was du beabsichtigtest. Ich treffe meine eigenen Entscheidungen.“ Kate strich mit den Fingerspitzen über sein Gesicht. „Es war meine Entscheidung, dich gestern Abend zu lieben. Und es ist heute wieder mein Wille.“

Dominic lachte. „Frau Lehrerin, glaubst du im Ernst, dass ich dir die Wahl ließe? Wir mögen uns zwar nicht so gut kennen, wie wir eigentlich zu diesem Zeitpunkt sollten, aber das müsstest du wissen.“

Nachdenklich fuhr Kate mit dem Daumen über seinen Wangenknochen. Die hohen Wangenknochen passten zu Dominic, genau wie das unrasierte Gesicht. Aber passte sie selbst auch zu ihm? Gehörten sie und Dominic trotz aller Gegensätze zueinander?

Körperlich ergänzten sie einander perfekt. Doch das reichte für eine dauerhafte Beziehung nicht aus. So sehr sie es auch abstreiten mochten, es genügte nicht. Irgendwann würde die sexuelle Anziehungskraft nachlassen, und dann … ach, sie wollte jetzt nicht weiter darüber nachdenken.

„Wenn du dir etwas nimmst, das dir nicht aus freien Stücken gegeben wird, hast du nichts davon.“ Kate berührte die rauen

Bartstoppeln an seinem Kinn. „Wenn ich aber freiwillig gebe, bekommst du alles, was du brauchst."

„Wirklich?", flüsterte Dominic an ihrem Mund. „Und du? Wie ist es mit dir?"

Kate schloss die Augen. „Ich bin zufrieden ..."

Wie lange? ging es Dominic durch den Sinn. Er stellte diese Frage nicht laut. Irgendwann würden sie ausführlich über alles miteinander reden, nach einer Lösung all ihrer Probleme suchen müssen. Doch nicht jetzt. Jetzt war Kate so entspannt, wie er es beabsichtigt hatte.

Dominic begann Kates Leib sanft und zärtlich zu streicheln und ihr die Wonnen zu bereiten, die nur er ihr zu schenken vermochte. Nie hatte er so wenig für sich selbst verlangt und doch eine so vollkommene Befriedigung seiner Sehnsucht erfahren.

Er lauschte ihren leisen Atemzügen und betrachtete sie liebevoll. Ihr friedlicher Gesichtsausdruck spiegelte seine eigenen Gefühle wider. Sie befanden sich in völliger Eintracht und Harmonie.

Die vier Jahre der Trennung zerrannen zu nichts. Sie hätten vierzig Jahre voneinander getrennt leben können, es hätte nichts daran geändert, dass sie einander begehrten. Dominics Streicheln genügte, um Kates Verlangen neu zu erwecken.

Beim Liebesspiel mit Dominic fühlte Kate sich frei und ungezwungen. Dieses Gefühl, dass Erotik richtig und natürlich ist, stellte sich nur beim Zusammensein mit Dominic ein. Nach jenem Sommer war es für Kate nie mehr selbstverständlich gewesen, sich einem Mann bedingungslos zu schenken, und so hatte sie sich in sich verschlossen.

Während Dominic jeden Zentimeter ihres Körpers liebkoste, dachte Kate daran, wie feurig und leidenschaftlich sie sich früher geliebt hatten. Sie hatte die Ekstase in seinen Armen gesucht, und es hatte sie jedes Mal von Neuem überrascht, dass sie einen derartigen Rausch erleben konnte, ohne den Verstand zu verlieren.

Nun spürte sie sein geduldiges, fürsorgliches Streicheln. Kate hatte bisher nicht gewusst, dass Dominic ein solches Einfühlungsvermögen besaß. Die Erkenntnis trug dazu bei, ihre Liebe zu ihm zu vertiefen. Sie wollte das Feuer der Lust in ihm schüren, doch er ließ es nicht zu. Sie wollte ihm seine Wünsche erfüllen, doch er äußerte keine. Stattdessen schien er nur darauf bedacht zu sein, sie glücklich zu machen.

Er stellte keine Forderungen an Kate. Obwohl die Berührung mit ihrer weichen Haut ihn über alle Maßen erregte, hielt er sich zurück. Nur bei Kate hatte er das Bedürfnis, zärtlich zu sein. Nur bei ihr hatte er erfahren, dass wahre Liebe Geben und Nehmen bedeutet. Und sie gab ihm viel, stillte nicht nur sein körperliches Verlangen, sondern brachte ihm auch seelische Harmonie.

Schließlich drang er in sie ein, leicht und ohne Hast. Allmählich steigerte er seinen Rhythmus, beschleunigte seine Bewegungen und führte Kate auf den Gipfel der Erfüllung.

Dann schlief sie ein, und Dominic überließ sie ihren Träumen.

10. KAPITEL

Als Kate erwachte, fühlte sie sich nicht benommen, aber schwach. Ihre Hilflosigkeit ärgerte sie. Es war bereits Nachmittag. Sie benötigte keine Uhr. Ihr genügte ein Blick zum Fenster, um am Einfall der Sonnenstrahlen die Zeit bestimmen zu können. Schon wieder waren mehrere Stunden verstrichen, die sie einfach verschlafen hatte.

Kate tastete nach ihrem Nachthemd und streifte es über. Vermutlich würde Dominic bald erscheinen und verlangen, dass sie wieder eine Tablette einnahm. Aber sie wollte keine Arzneimittel mehr schlucken, wollte nichts mehr an sich heranlassen, was ihr die kostbare Zeit stahl.

Vorsichtig rutschte Kate an den Rand des Bettes und stand auf. Ein Schwächeanfall zwang sie dazu, nach dem Bettpfosten zu greifen, sonst wäre sie rücklings aufs Bett zurückgefallen. Sie führte den Schwächeanfall auf die Medikamente zurück, die ihr Körper hatte aufnehmen müssen. Trotzig presste sie die Lippen zusammen und belastete den verletzten Fuß. Wie ein Blitz schoss der Schmerz ihr durch alle Glieder und vertrieb den letzten Rest Müdigkeit.

Kate wartete ab, bis der Schmerz nachließ und zu einem dumpfen Pochen wurde. Dies würde sie ertragen können. Langsam ging sie zu dem Spiegel, der über Dominics Kommode hing.

Ihr Anblick missfiel ihr sehr. Ihr Haar war stumpf, ihr Gesicht blass, und ihren Augen fehlte jeglicher Glanz. Vergeblich versuchte sie, durch kräftiges Reiben Farbe auf ihre Wangen zu bringen. Ihrem jetzigen erbarmungswürdigen Zustand würde eine warme Dusche, der Duft eines milden Shampoos und frische Luft abhelfen. Und sie würde das durchsetzen – auch gegen Dominics stärksten Widerstand.

Kate straffte die Schultern und machte den ersten Schritt in Richtung Zimmertür. Als sie schließlich die Hand nach der Klinke ausstreckte, wurde die Tür von der anderen Seite geöffnet.

„Warum bist du nicht im Bett?“

Genau diese Frage hatte Kate erwartet, aber von Dominic, nicht von Linda.

„Ich wollte bloß …“

„Willst du, dass Dominic mich bei lebendigem Leibe röstet?“, fragte Linda und scheuchte Kate zurück. In den Händen trug Linda ein Tablett, auf dem eine Tasse köstlich duftender Suppe stand. „Also, du sollst dich ausruhen und essen, anschließend essen und dich ausruhen. Das ist ein Befehl.“

Kate hielt in ihrem Rückzug inne. „Wessen Befehl?“

„Dominics. Und“, fügte Linda hinzu, bevor Kate etwas erwidern konnte, „Doktor Baileys.“

„Ich brauche mir von keinem der beiden etwas befehlen zu lassen“, begehrte Kate auf.

„Mag sein“, erwiderte Linda ungerührt. „Aber ich habe keine Lust, mich mit einem Mann herumzustreiten, der sich um einen geliebten Menschen sorgt, oder einem, der mir im zarten Alter von drei Jahren eine Spritze in den Po gab. Beide können nämlich äußerst unangenehm werden. Also tue ich, was sie mir sagen. Jetzt leg dich bitte wieder hin.“

„Linda …“ Kate seufzte. „Ich habe nur eine kleine Verletzung am Fuß und bereits ungefähr achtundvierzig Stunden in diesem Bett verbracht. Wenn ich nicht bald eine warme Dusche nehmen und frische Luft atmen kann, werde ich verrückt.“

„Haben wir etwa schlechte Laune?“ Linda verkniff sich ein Lachen und biss sich leicht auf die Unterlippe.

„Ja, haben wir!“ Kate machte ihrem Unmut ungehindert Luft. „Schau mich einmal an“, murrte sie und hielt eine Strähne ihres Haares hoch. „Ich fühle mich, als hätte ich achtundvierzig Stunden im Kohlenkeller zugebracht.“

„Schon gut. Ich vermag es mir vorzustellen. Nachdem ich von Joy entbunden wurde und sie der Hebamme zurückgegeben hatte, wollte ich auch nichts anderes. Ich war damals den Tränen nahe.“ Linda stellte das Tablett auf dem Nachttisch ab. „Ich gebe dir zehn Minuten für eine Dusche. Das kann ich verantworten. Danach musst du essen, während ich den Verband wechsle. Ich habe Dominic versprochen, alles daran zu setzen, dass du die Suppe ganz aufisst." Sie stemmte die Hände in die Hüften. „Abgemacht?"

„Dominic übertreibt", sagte Kate. „Es ist absurd. Ihr braucht mich nicht wie ein Baby zu behandeln."

„So kannst du reden, wenn du nicht aussiehst, als könnte dich der leiseste Windstoß umblasen. Komm, ich helfe dir beim Duschen."

„Nein, danke sehr. Ich bin durchaus in der Lage, allein zu duschen", entgegnete Kate patzig und stürmte aus dem Schlafzimmer, ohne die heftigen Schmerzen in ihrem Bein zu beachten.

Nachdem die Tür hinter ihr ins Schloss gefallen war, lachte Linda laut, setzte sich aufs Bett und wartete.

Eine Viertelstunde später kehrte Kate zurück. Sie fühlte sich erfrischt und schämte sich ihres Verhaltens. Sie hatte Dominics Morgenmantel angezogen und rieb mit einem Handtuch ihr Haar trocken, während sie Linda schuldbewusst anblickte.

„Linda, es tut mir leid, dass ich vorhin …"

„Du brauchst dich nicht zu entschuldigen", wehrte Linda ab. „Wenn man mich zwei Tage lang ans Bett fesselte, würde ich wahrscheinlich nicht anders reagieren. Übrigens", bemerkte sie schlau, „wenn es dir wirklich leidtut, iss bitte die Suppe ganz auf, damit ich mir keine Schelte von Dominic einfange."

„Okay." Kate kletterte ins Bett und stellte das Tablett auf ihren Schoß. In die Kissen zurückgelehnt, kostete sie und ließ es geschehen, dass Linda ihren Verband entfernte. „Sie schmeckt hervorragend."

„Fischsuppe ist eine unserer Spezialitäten. Oh, du Ärmste", entfuhr es Linda, nachdem sie den Mullverband abgewickelt hatte und die Wunde begutachten konnte. „Das muss schrecklich wehgetan haben. Kein Wunder, dass Dominic ganz außer sich ist."

Kate nahm ihren Mut zusammen und beugte sich vor, um ebenfalls einen Blick auf die Verletzung zu werfen. Die Haut war nicht rot und aufgequollen, wie Kate befürchtet hatte. Die Wunde maß mindestens sieben Zentimeter, war aber sauber und nicht entzündet. Beruhigt lehnte Kate sich wieder zurück.

„Es ist nicht so schlimm“, sagte sie. „Die Wunde hat sich nicht entzündet.“

„Oh Kate! Mich hat auch einmal vor Jahren ein Rochen erwischt. Es war ein kleiner, und ich hatte eine Wunde von circa zwei Zentimetern. Ich habe geheult wie ein kleines Kind. Und da behauptest du, deine Verletzung sei nicht so schlimm!“

„Na ja! Ich habe die meiste Zeit geschlafen und nichts gespürt.“ Kate bewegte den Fuß und zog plötzlich scharf die Luft ein.

Linda entging das nicht. Prüfend betrachtete sie Kates Gesicht. „Dominic hat mir die Tabletten gegeben, die du nehmen sollst, wenn du Schmerzen hast“, sagte sie dann.

„Du tätest mir einen großen Gefallen, wenn du sie fortwerfen würdest.“ Kate wandte sich wieder ihrer Suppe zu. „Ich habe keine Lust, mit ihm oder mit dir Diskussionen anzufangen, aber diese Tabletten nehme ich nicht mehr. Es freut mich, dass Dominic sich so lieb um mich kümmert, aber dieser ewige Schlaf muss ein Ende haben.“

„Er macht sich Sorgen um dich. Er fühlt sich für dich verantwortlich.“

„Verantwortlich für meine Unachtsamkeit?“ Kate schüttelte den Kopf. „Es war ein Unfall, und wenn irgendjemand Schuld hat, dann bin ich es selbst. Ich war so sehr damit beschäftigt, möglichst viele Stücke zu bergen, dass ich nicht die mindeste Vorsicht habe walten lassen. Ich bin praktisch über den Rochen gestolpert.“ Kate nahm einen weiteren Löffel Suppe. „Dominic hat viel schneller reagiert als ich. Er hatte mich schon fast außer Reichweite gezogen. Wenn er nicht gewesen wäre, würde es bedeutend unangenehmer ausgegangen sein.“

„Er liebt dich.“

Kate krampfte ihre Finger um den Löffel und legte ihn dann langsam und mit übertriebener Sorgfalt neben die Suppentasse.

„Linda, es besteht ein großer Unterschied zwischen Interesse und Anziehung, sogar zwischen Zuneigung und Liebe."

Linda nickte und antwortete ernst: „Das ist mir bekannt. Aber ich bleibe dabei, Dominic liebt dich."

Kate lächelte nervös und wandte sich dem Tee zu, den Linda zusammen mit der Suppe aufgetragen hatte. „Das sagst du", erwiderte sie leise. „Dominic nicht."

„So erging es mir mit Marsh. Er hat mich fast in den Wahnsinn getrieben, aber ich habe nicht locker gelassen. Und schließlich hat er mir seine Liebe doch gestanden."

„Ich bin nicht du." Kate trank von dem Tee und setzte die Tasse ab. „Und Dominic ist nicht Marsh."

Abrupt stand Linda auf, ging ungeduldig zum Fenster und zurück. „Menschen, die einfache Dinge so kompliziert machen, regen mich auf."

„Und andere vereinfachen das Komplizierte."

Linda stieß einen unmutigen Seufzer aus. „Ich kenne Dominic Silver von klein auf. Ich sah, wie er von einem hübschen Mädchen zum anderen wanderte und danach von einer attraktiven Frau zur nächsten, bis ich den Überblick verlor. Dann kamst du." Linda beugte sich über das Fußteil des Bettes und schaute Kate an. „Mit einem Mal veränderte Dominic sich völlig. Vom ersten Augenblick an hast du ihn fasziniert."

„Fasziniert." Kate zuckte die Schultern und wich Lindas Blick aus. „Faszination, Begeisterung hat nichts mit Liebe zu tun."

Linda gab sich nicht geschlagen. „Ich glaube nicht an Liebe auf den ersten Blick. Liebe wächst allmählich. Wenn du gesehen hättest, wie Dominic sich verhielt, nachdem du ihn vor vier Jahren verlassen hattest, wüsstest du …"

„Sprich nicht von Dingen, die vier Jahre zurückliegen", unterbrach Kate sie. „Was damals geschah, ist vorüber. Dominic und ich sind heute andere Menschen. Unsere Erwartungen haben sich geändert." Sie holte tief Luft. „Wenn es dieses Mal zu Ende geht, wird es mir nicht wehtun, weil ich jetzt die Grenzen kenne."

„Ihr fangt gerade erst wieder neu an, und du sprichst schon vom Ende und von Grenzen." Linda fuhr sich mit den Händen durchs Haar und setzte sich neben Kate aufs Bett. „Was ist nur mit dir los? Hast du verlernt zu träumen und Wünsche zu haben?"

„In solchen Dingen war ich nie sehr gut, Linda." Kate hielt inne und suchte nach den rechten Worten. „Ich darf von Dominic nicht mehr verlangen, als er zu geben bereit ist. Ich muss nach diesem Sommer in meine Welt zurückkehren. Es gibt keine Brücke, die uns verbindet. Vielleicht ist es Schicksal, dass ich ein zweites Mal auf die Insel gekommen bin und wir jetzt Gelegenheit haben, das Leid wieder gutzumachen, das wir einander zugefügt haben. Wenn wir uns dieses Mal trennen, möchte ich, dass wir als Freunde auseinander gehen. Dominic ist …" Kate strich sich über die Stirn, bevor sie fortfuhr: „Dominic hat eine sehr wichtige Rolle in meinem Leben gespielt."

Linda schwieg einen Augenblick, dann schüttelte sie den Kopf. „Das ist mit Abstand der größte Unsinn, den ich je gehört habe."

Kate musste über diese unverblümten Worte lachen. „Linda …"

„Nein." Abwehrend hob Linda die Hände. „Ich möchte nicht mehr mit dir über dieses Thema reden. Ich werde sonst noch verrückt, und dabei soll ich doch auf dich achtgeben." Sie stellte das Tablett beiseite. „Ich begreife einfach nicht, wie jemand, der ansonsten so klug ist, in dieser Beziehung so dumm sein kann. Je länger ich darüber nachdenke, desto klarer wird mir, dass du und Dominic füreinander geschaffen seid."

„Das klingt ziemlich grimmig."

„Das bin ich auch."

„Ach ja." Kate presste die Lippen fest aufeinander, um nicht erneut loszulachen.

„Schau nicht so selbstzufrieden drein, nur weil es dir gelungen ist, mich so wütend zu machen, dass ich nicht mehr mit dir diskutieren möchte." Linda warf Kate einen vorwurfsvollen Blick zu. „Vielleicht sollte ich tatsächlich Dominic mal genau meine Meinung sagen, wenn er nach Hause kommt“, überlegte sie laut.

„Tu, was du nicht lassen kannst.“ Kates Stimme klang heiter. „Wo ist er überhaupt?“

„Zum Tauchen.“

„Allein?“ Kates Heiterkeit verflog.

„Mach dir keine Sorgen“, beruhigte Linda sie und ärgerte sich über ihre Gedankenlosigkeit. Warum war ihr nicht irgendeine Notlüge eingefallen? „Er taucht oft allein.“

„Ja, ich weiß.“ Kate starrte unmutig vor sich hin. Sie würde sich trotzdem um ihn ängstigen, bis er wieder zu Hause war.

„Ich komme mit dir“, sagte Kate äußerst entschieden.

Es war ein schöner Tag. Die Sonne strahlte von einem wolkenlosen Himmel. Durch die Gittertür drang der Geruch des Meeres, und man konnte deutlich die Schreie der Möwen von dem Rauschen der Brandung unterscheiden.

Dominic wandte sich um. Er stand am Herd, wo er sich gerade eine Tasse Kaffee zubereitet hatte. Schweigend musterte er Kate von Kopf bis Fuß.

In den knappen weißen Shorts und der zartblauen Bluse wirkte sie auf Dominic eher wie eine Schülerin als eine Lehrerin.

Es entging ihm nicht, dass sie sich mit etwas Rouge zu einem gesünderen Aussehen verholfen hatte. Am Vorabend war es nicht nötig gewesen, künstlich Farbe auf ihre Wangen zu bringen. Sie hatte ihm Vorwürfe gemacht, weil er allein zum Wrack getaucht war. Dominic hatte aber gewusst, wie er sie von ihrer Verärgerung ablenken konnte.

„Du hättest dich gar nicht erst anzukleiden brauchen“, eröffnete er ihr. „Du wirst dich wieder ins Bett legen.“

Kate konnte dickköpfige Menschen nicht ausstehen, Menschen, die keinerlei Argumenten zugänglich waren und ihre Ansichten stets als richtig voraussetzten. In dieser Frage wollte sie selbst allerdings auch nicht nachgeben.

„Nein“, erwiderte sie mit oberflächlicher Ruhe und trat näher. „Ich komme mit."

Im Gegensatz zu Kate war Dominic immer bereit, seine Kräfte zu messen. Er lehnte sich gegen den Herd und trank von seinem Kaffee. „Gegen die Anweisungen eines Arztes nehme ich niemanden mit zum Tauchen."

Kate hatte diesen Einwand erwartet. Sie öffnete den Kühlschrank und holte eine Flasche Orangensaft heraus. Dabei überlegte sie, wie sie ihren Standpunkt weiterhin vertreten sollte. Noch einen Tag tatenlos im Bett zu verbringen würde sie nicht überstehen. Sie brauchte dringend Bewegung, Beschäftigung für ihren Geist, Sonne und frische Luft. Vielleicht sollte sie energisch werden?

Kate verwarf das, denn auf die Weise erreichte sie bei Dominic gewiss überhaupt nichts. Wahrscheinlich würde sie ihren Willen nur mithilfe eines Kompromisses bekommen, aber zuvor … Sie straffte die Schultern.

„Ich könnte ein Boot und eine Ausrüstung mieten und allein tauchen." Kate goss den Saft in ein Glas und drehte sich zu Dominic um. „Du kannst mich nicht zurückhalten."

„Nein? Tja, versuch's." Seine Stimme klang ruhig und gelassen. Aber Kate spürte, dass Dominic durchaus nicht ruhig und gelassen war. Wenn sie das Feuer schürte …

„Ich habe ein Recht darauf, genau das zu tun, was ich möchte, Dominic, oder?"

„Natürlich."

„Siehst du."

„Ach, Kate …" Er seufzte.

„Ja? Was?"

„Kate, nimm Vernunft an. Du bist noch nicht in der Verfassung, um wieder zu tauchen." Dominic blickte sie über den Rand seiner Tasse hinweg an. „Du kannst nicht so uneinsichtig sein, Kate. Du weißt, dass du es noch nicht schaffst. Und du weißt auch, dass ich es nicht zulasse."

„Ich habe mich lange genug ausgeruht. Es geht mir gut." Kate trat auf Dominic zu und bemerkte mit Genugtuung, dass er die

Stirn runzelte. Er hatte offenbar erkannt, dass sie ein bestimmtes Ziel verfolgte – ihn heute auf jeden Fall zu begleiten, nicht mehr und nicht weniger. „Was das Tauchen anbelangt, so bin ich bereit, es dir auch in den nächsten Tagen noch allein zu überlassen", fuhr sie fort. „Aber ..."

„Aber?", hakte Dominic nach.

„Ich will mit dir auf der ‚Wirbelwind' hinausfahren. Und zwar gleich."

Dominic lächelte. Kate hatte nie die Absicht gehabt zu tauchen, sondern nur damit gedroht, um ihren Willen durchzusetzen. Er hatte volles Verständnis für ihre Ungeduld. Als Vierzehnjähriger musste er längere Zeit mit einem gebrochenen Bein das Bett hüten. An die Schmerzen erinnerte er sich kaum noch, deutlich jedoch an sein Bedürfnis, sich frischen Wind um die Nase wehen zu lassen.

„Du wirst dich in der Kabine hinlegen, wenn ich es dir sage."

Langsam schüttelte Kate den Kopf. „Ich werde mich in der Kabine hinlegen, wenn ich es für nötig halte."

„Himmel!" Dominic knirschte mit den Zähnen. Dann knurrte er: „Okay, brechen wir auf."

Dominic ließ Kate keine Zeit, ihren Triumph auszukosten. Es dauerte nur wenige Minuten, bis er seinen Wagen an der Anlegestelle im Silver Lake Hafen geparkt hatte und die „Wirbelwind" startklar war. Zufrieden nahm Kate neben Dominic am Steuer Platz und freute sich darauf, Sonne und Wind spüren zu können.

„Ich habe gestern Abend einen Lageplan des Wracks angefertigt", sagte Dominic beiläufig, während er das Boot aus dem Hafen manövrierte.

„Einen Lageplan?", wiederholte Kate und strich sich einige lose Haarsträhnen aus dem Gesicht. „Warum hast du ihn mir nicht gezeigt?"

„Weil du geschlafen hast."

„Ich habe die letzten Tage zu achtzig Prozent verschlafen", murmelte Kate.

Sie fuhren auf die offene See hinaus. Dominic legte seine Hand auf Kates Schulter. „Du siehst heute viel besser aus. Keine Schatten mehr unter den Augen, keine Anspannung. Das ist die Hauptsache."

Sekundenlang schmiegte Kate ihre Wange an Dominics Hand. Es berührte sie tief, dass er sich wieder so fürsorglich zeigte. Aber sie wollte keinesfalls, dass sein Mitgefühl den Grund für ihr Zusammensein in Vergessenheit geraten ließ. Fürsorge konnte sich in Mitleid verwandeln. Es war jedoch wichtig, dass Dominic sie als gleichwertige Partnerin anerkannte. Solange sie seine Geliebte sein würde, mussten sie trotzdem auf gleicher Ebene stehen. Und wenn sie ging … Wenn sie Ocracoke verließ, würde es keine Reue geben.

Kate hob den Kopf, reckte das Kinn vor. „Ich brauche nicht mehr umsorgt zu werden, Dominic."

Er warf einen Blick auf den Kompass, bevor er antwortete: „Nein? Schade. Dich zu umsorgen hat mir Spaß gemacht."

Dominic spürte ihren Widerstand dagegen, behütet zu werden. Er verstand und akzeptierte das, gleichzeitig empfand er Bedauern. Es stimmte, er hatte sich gern um Kate gekümmert. Aber wie sollte er ihr klarmachen, dass er um ihretwillen einerseits wünschte, sie brauche seinen Beistand nicht, sich andererseits aber freuen würde, wenn sie sich in Zeiten der Not an ihn wenden, seinen Beistand und seine Hilfe suchen würde?

Dominic hatte in den Tagen, seit Kate auf Ocracoke weilte, nicht richtig mit ihr über ihre Beziehung sprechen können. Es fiel ihm schwer, sich zu gedulden und vorsichtig zu handeln. Als Taucher wusste er, dass Vorsicht lebenswichtig war. Aber als Mann ließ er sich lieber von seinen Impulsen und Instinkten leiten.

Zärtlich strich er mit den Fingerspitzen über Kates Nacken, bevor er die Hand wieder aufs Ruder legte. Im Umgang mit Kate musste er vorgehen wie bei einem gefährlichen Abstieg in die Tiefen des Meeres. Es galt, auf Strömungen achtzugeben und auf Unvorhergesehenes.

„Der Plan liegt unten in der Kabine." Dominic knüpfte an ihr vorhergehendes Gespräch an und schaltete den Motor aus. „Du kannst ihn studieren, während ich unten bin."

Kate nickte und verfolgte stumm, wie Dominic sich aufs Tauchen vorbereitete. Sie hatte Angst um ihn, ließ sich jedoch nichts anmerken. Es würde zu nichts führen, wenn sie ihn nochmals darauf hinwies, wie gefährlich es war, allein zu tauchen.

Dominic hatte seine Ausrüstung angelegt und kontrollierte die Sauerstoffflaschen. Unauffällig warf Kate einen Blick auf ihre Armbanduhr und merkte sich den Zeitpunkt, wann er spätestens wiederkehren musste.

„In der Kombüse sind kalte Getränke." Dominic rückte die Tauchermaske zurecht und kletterte über die Reling. „Bleib nicht zu lange in der Sonne sitzen."

„Pass gut auf dich auf", entfuhr es Kate.

Dominic lächelte ihr zu und verschwand.

Kate eilte zur Reling und beugte sich vor. Aber es war zu spät. Sie konnte Dominic nicht mehr sehen. Lange Zeit stand sie regungslos da und schaute auf die glatte Wasseroberfläche. Sie stellte sich vor, wie Dominic mit kraftvollen, regelmäßigen Schwimmzügen tiefer und tiefer tauchte, den Druck ausglich und schließlich auf dem Meeresboden beim Wrack ankam.

Gestern hatte Dominic die Suppenschüssel, den Schöpflöffel, die Bruchstücke weiteren Geschirrs und die Takelage geborgen. Die Gegenstände befanden sich nun teils im Schlafzimmer, teils im Erdgeschoss seines Hauses. Bisher waren von Dominic also lediglich die Dinge heraufgeholt worden, die sie bereits gefunden hatten. Heute würde er Neuland erkunden. Kate bedauerte, seine Freude beim Auffinden neuer Gegenstände nicht teilen zu können.

Sie drehte sich um, traurig darüber, ausgeschlossen zu sein. Plötzlich kam ihr der Gedanke, dass sie fast ihr ganzes Leben lang Zuschauer gewesen war, jemand, der Vorgänge und Handlungen analysierte und erklärte. Diese Schatzsuche war die erste wirkliche Gelegenheit, diesen Zustand zu ändern, selber aktiv zu werden. Ihre Verletzung aber warf sie zurück.

Kate vergrub die Hände in den Taschen ihrer Shorts und betrachtete den Himmel. Sie sah ein paar Wölkchen, dünne, weiße Gebilde, die nichts Böses bedeuteten.

Seufzend und deprimiert stieg Kate zur Kabine hinunter. Ihr blieb nichts anderes übrig, als zu warten – auf Dominic.

Dominic entdeckte zwei weitere Kanonen und markierte deren Position. Falls er nichts anderes finden würde, was Aufschluss über die Zeit gab, in der das Schiff untergegangen war, mussten die Kanonen nach der Bergung von einem Sachverständigen auf ihr Entstehungsdatum hin untersucht werden.

Obwohl es höchst unwahrscheinlich war, durch die dicke Rostschicht auf ein eingestanztes Datum zu stoßen, versuchte Dominic es eine Zeit lang. Leider ohne Erfolg. Dennoch war er zunächst zufrieden und schwamm in nördliche Richtung.

Sollte er keine weiteren Erfolge an diesem Tag verzeichnen können, wollte er wenigstens die Größe des Gebietes genauer bestimmen. Vielleicht hatte er Glück und der Bereich, in dem die Teile des Wracks und seine Ladung verstreut lagen, beschränkte sich auf die Größe eines Fußballfeldes. Das war allerdings unwahrscheinlich. Die Überbleibsel hatten sich vermutlich über mehrere Quadratkilometer verteilt. Aber bevor man ein Bergungsschiff mit an der Suche beteiligte, sollte so viel Vorarbeit wie möglich geleistet worden sein.

Wir werden nicht mehr ohne Werkzeuge auskommen, ein Metalldetektor ist unerlässlich, ging es Dominic durch den Kopf. Bisher hatten Kate und er nur irgendein Wrack entdeckt, auch wenn Kate noch so sicher war, dass es sich um die „Liberty“ handelte.

Im Augenblick bestand keine Möglichkeit, den Ursprung des Schiffes herauszufinden. Er musste mehr Ladung finden. Dann ließ sich eventuell auch der Schatz aufspüren.

Und danach? Würde Kate ihren Anteil Gold und die übrigen Gegenstände nehmen und nach Hause fahren?

Nein, das durfte er nicht zulassen.

Sobald die Suche nach dem Schatz vorüber war, sobald er aus dem Meer geborgen worden ist, werde ich mich intensiv um unsere Beziehung kümmern, nahm Dominic sich vor. Es musste doch möglich sein, einen Schatz zu retten, der vier Jahre lang verloren war, wenn man sogar etwas ans Tageslicht befördern konnte, das zweieinhalb Jahrhunderte lang auf dem Meeresboden lag.

Dominic beleuchtete mit der Lampe auf seinem Kopf den Meeresboden. Ohne Werkzeuge vermochte er wirklich nichts auszurichten. Das Meiste dessen, was von dem Schiff übrig geblieben war, verbarg eine dicke Schlammschicht. Er brauchte das von ihm, Dominic, konstruierte propellergetriebene Gebläse. Dieses Gerät ermöglichte es, Schichten aus Sand und Schlamm zentimeterweise abzutragen. Es war eine langsame, aber sichere Methode, auch zerbrechliche Gegenstände freizulegen. Allerdings wäre eine weitere Person erforderlich, die das Gerät vom Boot aus betrieb.

Dominic dachte an Kate, verwarf diesen Gedanken aber sogleich wieder. Obwohl kein Zweifel daran bestand, dass sie die technische Seite des Unternehmens nach einmaliger Erklärung verstünde, würde sie niemals zustimmen, nur an Bord der „Wirbelwind" zu arbeiten. Also blieb ihm wohl wirklich nichts anderes übrig, als Marsh in das Abenteuer einzubeziehen.

Dominic warf einen Blick auf seine Uhr. Seine Zeit war fast abgelaufen, er musste in Kürze an Bord gehen, um die Sauerstoffflaschen gegen neue auszutauschen. Dennoch verweilte er am Boden des Meeres. Mit leeren Händen wollte er nicht zu Kate zurückkehren.

Wenn ich ihr etwas mitbringe, werden ihre Augen strahlen, dachte er.

Es dauerte eine Weile, bis Dominic endlich etwas fand. Als er die völlig heile Glasflasche in den Händen hielt, malte er sich Kates begeisterte Reaktion aus, und die Vorstellung war ihm alle Mühe wert.

Es handelte sich um gewöhnliches Glas, kein wertvolles Kristall, aber Dominic konnte keinerlei Pressnähte entdecken. Folglich war die Flasche mundgeblasen. Im Laufe der Jahre hatte sich eine dicke Kruste auf der glatten Oberfläche gebildet. Vorsichtig befreite Dominic den Boden der Flasche von dieser Schicht. Sollte die Flasche am Boden kein Datum tragen, würde es anhand der Kruste möglich sein, ihr Alter zu bestimmen.

Er dachte bereits daran, die Flasche ins „Corning Glasmuseum" einzuschicken, das in solchen Dingen große Erfahrung hatte, da sah er das Datum. Mit einem zufriedenen Lächeln barg er die Flasche in dem Beutel an seinem Gürtel.

Nun war es wirklich allerhöchste Zeit für ihn, wieder aufzutauchen.

11. KAPITEL

Die Zeit ist abgelaufen. Fast jedenfalls. Dominic hätte schon längst wieder auftauchen müssen, wenn er auch nur im Mindesten auf seine Sicherheit bedacht wäre!

Diese Überlegungen gingen Kate durch den Kopf, während sie von Backbord nach Steuerbord und wieder zurück eilte. Warum spielte er nur immer mit dem größten Risiko, wenn es um ihn selbst ging?

Kate hatte es nicht lange unter Deck ausgehalten. Nachdem sie den von Dominic gezeichneten Lageplan studiert hatte, war ihr ein Buch über Schiffswracks aufgefallen, das Dominic kürzlich gekauft haben musste. Das gleiche Buch befand sich im Nachlass ihres Vaters.

Es beinhaltete eine ausführliche Anleitung zur Identifizierung und Bergung von Wracks, wobei besonders auf übliche Fehleinschätzungen und Gefahren hingewiesen wurde. Die Passagen über die Gefährlichkeit hatte Kate nur überflogen, weil es ihre Angst gesteigert hätte, darüber nachzudenken, solange Dominic unten war. Trotz der einfachen, sachlichen Ausdrucksweise vermittelte das Buch viel von der abenteuerlichen Atmosphäre bei einem derartigen Unterfangen. Kate hatte es mit an Deck genommen und gelesen.

Spanische Galeonen, holländische Handelsschiffe, britische Fregatten. Allein die Liste der Wracks vor der Küste von North Carolina war sehr umfangreich. Diese Schiffe waren allesamt entdeckt worden, ihre Geschichte schon ausführlich beschrieben. Das Abenteuer der Entdeckung gehörte der Vergangenheit an. Eines Tages würde auch die Arbeit ihres Vaters belohnt werden und ihr Entschluss, seinen Traum zu verwirklichen, sich als richtig erweisen. Dann nämlich würde die „Liberty" in diese Liste aufgenommen.

Ungeduldig wartete Kate auf Dominic. Ihre Gedanken kehrten zu ihrem Vater zurück. Auch er hatte sich einmal über das Buch gebeugt, Pläne geschmiedet und Berechnungen angestellt.

All seine Nachforschungen hatten ihn nicht weitergebracht und mit seinem Tod ein jähes Ende gefunden. Warum hatte er sich ihr, Kate, nicht anvertraut, sie nicht teilnehmen lassen an seinen Forschungen?

Kate seufzte. Darauf würde sie niemals eine Antwort erhalten.

Sie dachte über ihr Leben seit dem Tod ihres Vaters nach. Ihre erste Entscheidung war die Rückkehr nach Ocracoke, ihre zweite die bedingungslose Hingabe an Dominic gewesen. Ihr nächster Entschluss würde sein, ihn wieder zu verlassen.

Während sie auf die ruhige Fläche des Meeres schaute, kamen Kate Zweifel daran, dass ihr Verstand ihre Schritte bestimmt hatte. War es nicht vielmehr so, dass sie sich von ihrem Herzen leiten ließ?

Endlich entdeckte Kate eine Kette von Luftblasen. Erleichtert sah sie, wie Dominic auftauchte, sich an der untersten Stufe der Leiter festhielt und seine Tauchermaske hochschob.

„Wartest du auf mich?"

Ihre Erleichterung vermischte sich mit Verärgerung über seinen beiläufigen Ton. Schließlich hatte sie voll Sorge ausgeharrt und sich geängstigt. „Es war sehr knapp."

„Ja." Dominic reichte ihr die Sauerstoffflaschen hoch. „Ich konnte nicht widerstehen, dir ein kleines Geschenk mitzubringen."

„Mir ist nicht nach Scherzen zumute, Dominic", sagte Kate, während Dominic an Bord der „Wirbelwind" kletterte. „Du würdest mit mir schimpfen, wenn ich so lange unten geblieben wäre."

„Überlass es Linda, andere zu bemuttern", erwiderte Dominic leichthin und zog den Reißverschluss seines Taucheranzuges auf. „Von ihr bin ich es gewöhnt."

Dann trat er auf Kate zu, schlang die Arme um ihren Körper und presste die Lippen auf ihren Mund. Sein Kuss schmeckte nach dem Salz des Meeres.

Als Dominic sie freigeben wollte, hielt Kate ihn fest und setzte den Kuss fort. Eine Welle der Wärme und Zärtlichkeit durchflutete sie beide.

Schließlich legte Kate den Kopf in den Nacken und sah Dominic an. „Ich habe mich um dich gesorgt, Dominic", sagte sie leise. „Das möchtest du doch hören, oder nicht?"

„Hm …" Dominic überlegte einen Moment. „Eigentlich wäre es selbstsüchtig, wenn ich mich über deine Angst freute."

Hastig machte sich Kate frei. Sie befürchtete plötzlich, zu viel von sich selbst preisgegeben zu haben. Sie musste sich an die Regeln halten, und diese verlangten von ihr, Abstand zu wahren. Darum versuchte sie die Angelegenheit abzuschwächen.

„Ich bin wohl etwas überempfindlich geworden", meinte sie. „Man empfindet die Zeit anders, wenn man im Meer ist."

„Ja." Nachdenklich betrachtete Dominic sie. Warum verschloss sich Kate jedes Mal wieder, wenn sie tiefere Gefühle für ihn gezeigt und sie geäußert hatte? Er wollte sie nicht drängen und schluckte seine Frage hinunter. „Ich habe noch weitere Anhaltspunkte für den Lageplan entdeckt."

„So?" Kate befeuchtete ihre Lippen.

„Es handelt sich um zwei weitere Kanonen. Ihrer Größe nach zu urteilen muss es ein kleines Schiff gewesen sein. Es ist unwahrscheinlich, dass es ein Kriegsschiff war."

„Nun, die ‚Liberty' war ein Handelsschiff."

„Hm, ja. Ich werde den Metalldetektor mit hinunternehmen. Mal sehen, was ich mit ihm ausfindig machen kann. Was wir bisher gesammelt haben, lässt darauf schließen, dass das Wrack nicht allzu tief liegt."

Kate nickte. Es fiel ihr leichter, über Dinge zu sprechen, die das Persönliche außer Acht ließen. „Ich würde gern ein Stück Holz und einige Glasstücke zur Analyse einschicken. Ich meine zwar, dass Glas mehr Aufschluss gibt, aber es kann nicht schaden, so viel wie möglich untersuchen zu lassen."

„Ja, gut. Bist du nicht neugierig auf das Geschenk?"

Kate lächelte zu Dominic auf. „Ich dachte, du machst einen Scherz. Was ist es denn? Hast du mir eine Muschel mitgebracht?"

„Ich hoffe, dieses hier wird dir besser gefallen." Dominic langte in seinen Beutel und beförderte die Flasche ans Tageslicht. „Schade, dass sie nicht mehr verkorkt ist. Wir hätten sonst zu Erdnussbutterbroten Wein trinken können."

„Oh Dominic, sie ist nicht zerbrochen!", rief Kate begeistert und streckte die Hände nach dem Fund aus.

Aber Dominic hielt die Flasche außer Reichweite. „Augenblick", bat er, drehte die Flasche um und zeigte Kate die Unterseite.

Aufmerksam betrachtete sie den Flaschenboden. „Sie ist mit einem Datum versehen", flüsterte sie ungläubig. „1739. Das Jahr, bevor die ‚Liberty' versank." Vorsichtig nahm sie Dominic die Flasche ab.

„Es könnte genauso gut ein anderes Schiff sein", gab er zu bedenken. „Aber immerhin wird hiermit der Zeitraum etwas klarer."

„Fast zweihundertfünfzig Jahre alt. Glas ist so zerbrechlich, doch diese Flasche hat so lange Zeit unbeschadet überstanden." Kate blickte Dominic an. Der freudige Ausdruck ihrer Augen belohnte ihn für seine Mühe. „Es muss möglich sein herauszufinden, wo diese Flasche hergestellt wurde."

„Sicher. Aber die meisten Glasflaschen, die aus Schiffswracks des siebzehnten und achtzehnten Jahrhunderts geborgen werden, wurden sowieso in England hergestellt. Damit wäre nicht bewiesen, dass es sich um ein englisches Schiff handelt."

Kate schaute plötzlich enttäuscht drein. „Du hast dich vorher gut informiert."

„Ich lasse mich niemals auf eine Sache ein, ohne die geringste Ahnung zu haben", erwiderte Dominic und kniete nieder, um die neuen Sauerstoffflaschen zu kontrollieren.

„Gehst du wieder hinunter?"

„Ja, ich möchte die Karte so ausführlich wie möglich vorliegen haben, bevor wir uns mit umfangreicherer Ausrüstung hinunterbegeben."

Durch die Lektüre der Aufzeichnungen ihres Vaters und

durch die Beschäftigung mit der Thematik wusste Kate, wie wichtig ein verlässlicher Plan des Fundortes war. Dennoch konnte sie ihre Ungeduld kaum bezähmen. Es kam ihr sinnvoller vor, die Zeit darauf zu verwenden, die Schlammschicht abzutragen.

Früher war sie immer die Vorsichtige gewesen. Jetzt schienen die Positionen vertauscht, und Dominic ging Schritt für Schritt vor, ohne sich zu unüberlegten Dingen hinreißen zu lassen. Wahrscheinlich würde sie eher einsehen, dass dererlei Arbeit auch notwendig war, wenn sie sich an ihr beteiligen könnte.

Nachdem Dominic die Sauerstoffflaschen auf seinem Rücken befestigt hatte, griff er nach einer Messingstange.

„Wozu ist das?“, wollte Kate wissen.

„Dies ist die Halterung für dieses Ding.“ Dominic zeigte ihr ein Gerät, das wie ein Kompass aussah. „Es handelt sich um eine Seitenrichtskala. Mit ihr kann man auf verlässliche Art und Weise ein Gebiet abzirkeln. Ich werde sie in den mutmaßlichen Mittelpunkt des Wracks stecken. Sie dient dann als Richtpunkt. Anschließend wird der Kreis magnetisch auf Norden ausgerichtet, und mit einer Schnur messe ich den Abstand zu den Kanonen oder was immer ich vermessen möchte. Sobald das erledigt ist, komme ich wieder hoch und hole den Metalldetektor.“

Kate hatte aufmerksam zugehört. Sie verspürte erneut Unmut. Dominic übernahm die interessante Arbeit, während sie selbst nur die Hände in den Schoß legen konnte. „Dominic, ich fühle mich ausgezeichnet. Ich möchte helfen …“

„Nein.“ Dominic schnitt ihren Versuch rigoros ab, ihr Abkommen zu ändern. Ohne ihr Gelegenheit zu geben, ihre guten Gründe vorzutragen, weshalb sie mit ihm tauchen wollte, kletterte er die Leiter hinunter und verschwand auch schon wieder unter der Wasseroberfläche.

Es war Nachmittag, als Dominic und Kate die Heimfahrt antraten. Dominic war es gelungen, im Meer weitere wichtige Informationen für die Karte zusammenzutragen. Er hatte auch noch andere Gegenstände gefunden und in seinem Beutel mitgebracht: einen Krug sowie Löffel und Gabeln.

Kates Annahme, dass sie die Kombüse entdeckt hatten, verdichtete sich zur Gewissheit. Sie fertigte eine Liste all ihre Funde an und beschäftigte sich mit der detaillierten Beschreibung der Dinge, da sie im Augenblick nichts anderes zu tun hatte.

Ihre Laune hatte sich ein wenig gebessert, denn in der Zeit, in der Dominic zum zweiten Mal zum Wrack hinuntergetaucht war, hatten drei große Fische an ihrer Angel angebissen. Kate wollte sie selbst zubereiten, auch gegen Dominics Willen, und im Esszimmer essen, nicht im Bett.

„Du bist wohl sehr zufrieden mit dir, stimmt's?“, fragte Dominic, während sie in Richtung Silver Lake Hafen fuhren.

Kate lächelte ihn an. Sie fühlte sich ein wenig müde, empfand das jedoch als angenehm. Es war nicht diese Benommenheit, die sie in den vergangenen Tagen im Bett kaum verlassen hatte. „Drei Fische in der kurzen Zeit sind Grund genug, stolz zu sein“, antwortete sie.

„Zugegeben. Ich möchte das schon deshalb nicht bestreiten, weil ich Appetit auf die Hälfte deines Fanges habe.“

„Ich werde die Fische grillen.“

„Kate ...“

Sie blickte ihm fest in die Augen. „Ich habe sie gefangen, ich werde sie auch zubereiten.“

Dominic fuhr mit gleichmäßiger Geschwindigkeit und schaute Kate prüfend an. Sie wirkte ein wenig erschöpft. Vielleicht gelang es ihm, sie zu einer Ruhepause zu überreden, wenn er behauptete, er lege selbst Wert auf ein Nickerchen.

Kate erholte sich gut. Und außerdem hatte sie recht. Er brauchte sie eigentlich nicht länger zu umsorgen. „Ich könnte mich eventuell dazu herablassen, die Holzkohle für dich anzuzünden.“

„Darüber lasse ich gern mit mir reden“, stimmte Kate zu. „Ich hätte übrigens auch nichts dagegen, wenn du das Säubern der Fische übernehmen würdest.“

Dominic lachte und fuhr ihr burschikos durchs Haar. Einige

Nadeln lockerten sich.

„Dominic“, protestierte Kate und hob ihre Hände, um den Schaden zu beheben.

„Du kannst dein Haar im Hörsaal hochgesteckt tragen“, sagte er unbeirrt, zog vier, fünf Nadeln heraus und warf sie über Bord. „Ich finde es äußerst schwierig, dir zu widerstehen, wenn dein Haar offen und ein ganz klein wenig zerzaust ist.“

„Tatsächlich?“ Kates Verärgerung verflog. Sie entfernte die restlichen Nadeln, schüttelte ihr Haar und ließ es lose im Wind flattern. Dann trat sie näher an Dominic heran, sodass sich ihre Körper berührten, ließ die Hände unter sein T-Shirt gleiten und lächelte über den erstaunten Ausdruck in seinen Augen. „Warum schaltest du nicht den Motor ab und zeigst mir, was geschieht, wenn du nicht widerstehen kannst?“

Das langsame Kreisen ihrer Fingerspitzen auf seiner Brust und ihr verführerisches Lächeln verfehlten ihre Wirkung auf Dominic nicht. „Du weißt, was dann geschieht“, flüsterte er.

„Wie wäre es, wenn du meinem Gedächtnis etwas nachhelfen würdest?“ Ohne seine Antwort abzuwarten, drosselte Kate die Geschwindigkeit des Bootes, bis es nur noch leicht auf den Wellen schaukelte. „Du hast mich gestern Nacht nicht geliebt.“ Sie fuhr mit den Händen über seine Hüften und seinen Rücken.

„Du hast geschlafen.“ Es überraschte ihn angenehm, dass Kate die Initiative ergriff und ihn am helllichten Tag und mitten auf dem Ozean zu verführen versuchte. Er genoss es und wünschte sich nichts sehnlicher, als diese neue Erfahrung mit Kate ganz auszukosten.

„Jetzt schlafe ich nicht.“ Kate stellte sich auf die Zehenspitzen und strich mit den Lippen über seinen Mund, aufreizend leicht und langsam. Sie spürte den starken Schlag seines Herzens und ergötzte sich an dem Gefühl einer Macht, die sie zuvor nie bewusst ausgeübt hatte. „Oder hast du es eilig, nach Hause zu fahren, um … hm … die Fische zu säubern?“

Sie forderte ihn heraus. Wie kam es nur, dass er früher nie bemerkt hatte, was für eine betörende kleine Hexe sie sein konnte?

Dominic spürte, wie Verlangen in ihm emporstieg. Als er Kate jedoch an sich pressen wollte, zog sie sich zurück. Nicht viel. Nur Millimeter. Genug, um ihn anzustacheln.

„Wenn wir uns jetzt lieben, werde ich nicht sanft sein, Kate."

Kate fuhr sich mit der Zungenspitze über die Lippen. „Ist das eine Warnung?", flüsterte sie. „Oder ein Versprechen?"

Ein leichtes Beben fuhr durch Dominic. Er stellte es überrascht fest. Nie zuvor hatte er gezittert, selbst bei Kate nicht. Sein Verlangen wuchs. „Ich bin mir nicht sicher, ob du weißt, was du tust, Kate."

Sie lächelte ihn wieder an. Für sie zählte nur noch der Wunsch, in seinen Armen zu liegen. „Komm mit hinunter in die Kabine. Dann werden wir es herausfinden." Kate löste sich von ihm und ging voraus.

Dominic holte tief Luft und schaltete den Motor des Bootes aus. Er bemühte sich, seine Selbstbeherrschung zurückzugewinnen. Seit Kate und er wieder zueinandergefunden hatten, hatte er Angst, sie irgendwie zu verletzen. Und er befürchtete, Kate ein zweites Mal zu verlieren. Es war anstrengend, immer Vorsicht walten zu lassen. Doch Dominic zwang sich dazu. Zu viel hing davon ab.

Als Dominic die Treppe hinabgestiegen war und in die Kabine kam, sah er, dass Kate ihre Bluse aufgeknöpft, aber nicht ausgezogen hatte. Sie lächelte ihm entgegen, ein wenig unsicher. Doch das Bewusstsein eines berauschenden Machtgefühls überwog. Sie fühlte sich stark genug, Dominic zu verzaubern, ihn zu führen, mit ihm die Tiefen ihrer Leidenschaft ganz auszuloten.

Dominic blieb stehen. Kate trat auf ihn zu und bemühte sich, ihm das T-Shirt abzustreifen. Er half ihr dabei.

„Deine Haut fühlt sich wunderbar an", flüsterte sie. „Ich fand sie immer aufregend." Zärtlich streichelte sie Dominics entblößten Oberkörper. „Ich fand dich immer aufregend." Ihre Hände zitterten nicht, als sie den Reißverschluss seiner Jeans öffnete. Ohne Hast entkleidete sie Dominic, nahm sich Zeit, seinen Körper Zentimeter für Zentimeter zu erkunden. „Niemand hat je ein so großes Verlangen in mir geweckt", sagte sie leise.

Er legte die Hände auf Kates Schultern. Ahnte sie, wie die leiseste Berührung ihrer langen schlanken Finger ihn erregte? Wie ihr ruhiger Blick die Glut in ihm schürte?

„Kate …" Er beugte sich vor, um sie zu küssen.

Sie wich aus und presste ihre warmen Lippen auf seinen Hals. Dann schmiegte sie sich an ihn. Dort, wo ihre Bluse offen stand, trafen ihre nackten Körper aufeinander. Schließlich tastete Kate mit dem Mund über seine Brust, ließ ihre Hände an seinem Rücken hinab zu seinen Hüften gleiten.

Wie ein Blitz durchzuckte Dominic heiße, feurige Lust. Gleich würde es um seine Beherrschung geschehen sein. Kate trieb ihn dazu, alle Vorsicht aufzugeben. Sie wollte es nicht anders.

Wenig später lagen sie auf einer der schmalen Liegen. Die Bluse war über Kates Schultern herabgerutscht. Dominic spürte die festen Rundungen ihres Busens auf seiner Brust. Kate knabberte an seinen Lippen, reizte ihn mit ihren Küssen weiter. Sie ist wie eine Flamme, schoss es Dominic durch den Kopf. Mit den Fingerspitzen, mit dem Mund übertrug Kate das Feuer auf ihn, Dominic, bis er schließlich vor Begierde glühte …

Sie bewegte ihre Hände leicht und schnell. Wo immer sie ihn berührte, rief sie Wonnen in ihm hervor, deren Intensität ihm bald schier unerträglich erschien. Er begann, Kate ebenfalls zu liebkosen. Sie bäumte sich auf, strich über seinen Schoß.

Da umklammerte er jäh ihre Oberarme. Sein Griff war fest und stark. Kate stöhnte leise. Doch sie sehnte sich nach seiner Stärke, wünschte, dass Dominic sie beide mit seiner Kraft auf den Gipfel der Lust tragen würde.

„Du", wisperte sie. „Du …" Sie rollte sich auf den Rücken, hob Dominic die Hüften entgegen.

„Du und ich … wir!"

Dominic drang in sie ein und spürte, wie die Erregung ihren Leib durchzuckte. Jetzt konnte ihre Liebe nicht mehr langsam und genießerisch sein. Sie hatten sich gegenseitig zum Äußersten getrieben … Dennoch rührte er sich zunächst nicht in ihr.

„Dominic!“, flehte Kate.

„Ja, Darling.“

„Dominic, bitte …“ Heftig pulsierte das Blut durch ihre Adern. Sie hörte selbst, wie sie noch einmal seinen Namen rief.

Endlich bewegte er sich in dem Rhythmus, der ihre Anspannung löste. Gemeinsam erlebten sie einen ekstatischen Höhepunkt.

Die ganze Zeit über während ihrer Genesung war keine Sekunde vergangen, in der Kate sich nicht in Gedanken damit beschäftigt hatte, erneut zu tauchen. Sie hatte es kaum erwarten können und sich kräftig genug gefühlt. Jedes Mal, wenn Dominic einen weiteren Gegenstand mitbrachte, war sie aufgeregt und enttäuscht zugleich gewesen, weil sie an seiner Entdeckung nicht teilnehmen durfte. Wie eine Schülerin, die die verbleibenden Tage bis zu den Sommerferien am Kalender abstreicht, hatte Kate die bis zu ihrer vollständigen Heilung gezählt.

Doch nun fühlte sie sich plötzlich alles andere als stark.

Es war jetzt eine Woche seit dem Unglück verstrichen. Kate stand an Deck der „Wirbelwind“. Ihre Hände zitterten leicht, während sie ihren Taucheranzug überstreifte. Zum Glück befand sich Dominic bereits im Wasser.

Er befestigte das selbst gebaute Gebläse an der Schiffsschraube des Bootes. Marsh beugte sich am Heck über die Reling und beobachtete ihn bei der Arbeit.

Gut, dass Marsh sich bereit erklärt, einige Stunden seiner knapp bemessenen Freizeit für die Bergungsarbeiten zu opfern, dachte Kate. Im selben Moment wurde ihr klar, dass Linda ihn gedrängt hatte, Dominic und ihr zu helfen.

Kate nutzte den unbeobachteten Augenblick, sich zu sammeln.

Es ist ganz natürlich, dass ich Angst davor habe, wieder in das Meer hinabzutauchen, in dem ich eine solch böse Erfahrung gemacht habe, sagte sie sich.

Trotz dieser logischen Erklärung zitterten Kates Hände noch immer, als sie den Reißverschluss zuzog. Ein Reiter, der nach einem Sturz wieder auf sein Pferd stieg, empfand gewiss ähnlich.

Ihre Nervosität blieb. Kate biss die Zähne zusammen. Sie würde tauchen. Nicht einmal ihre eigenen Ängste würden sie davon abhalten, ihr Ziel zu verfolgen.

„Dominic ist soweit!“, rief Marsh, nachdem er von seinem Bruder ein Zeichen erhalten hatte.

„Ich bin auch gleich fertig.“ Kate befestigte den Gürtel mit den Gewichten und beugte sich herab, um den Beutel aufzuheben, in dem sie kleinere Gegenstände bergen konnte. Wenn ihnen das Glück weiterhin hold war und das Gebläse seine Aufgabe erfüllte, würden sie bald andere Methoden anwenden müssen, um ihre Funde an Bord zu transportieren. Die Beutel reichten dann nicht mehr aus.

„Kate?“, sprach Marsh sie an.

Sie schaute nicht auf, sondern hakte den Beutel an ihren Gürtel.

„Du hast Angst, richtig?“

Stille.

Marsh berührte mit der Hand leicht ihre Schulter, aber Kate reagierte nicht darauf, intensiv befasste sie sich mit dem Festschnallen ihres Tauchermessers.

„Du könntest auf den Motor achtgeben, während ich Dominic unten helfe, Kate.“

„Nein!“ Ihre Antwort kam nur etwas zu schnell und zu heftig. „Es ist alles in Ordnung, Marsh.“ Sie zwang sich zur Ruhe und hängte die Unterwasserkamera um ihren Nacken, die sie am Vortag gekauft hatte. „Ich … ach, irgendwann muss ich doch …“

„Aber nicht unbedingt heute“, unterbrach Marsh sie.

Kate lächelte ihn an. Im Vergleich zu Dominic hatte sein Bruder ein ausgesprochen ausgeglichenes Wesen.

Warum hatte sie sich nicht in Marsh verliebt? Es hätte mehr Sinn ergeben, wenn sie sich zu einem beständigen Menschen hingezogen gefühlt hätte, als sich einem unablässigen Wechselbad der Gefühle bei Dominic auszusetzen.

„Doch. Bitte.“ Bevor Marsh etwas erwidern konnte, legte sie die Hand auf seinen Arm. „Sag Dominic nichts“, bat sie inständig.

Bedächtig nickte Marsh. Er war davon überzeugt, dass Dominic auch ohne einen Hinweis von ihm zu deuten wusste, was in Kate vorging, wenn er ihre Miene sah.

„Lass den Motor einige Minuten lang mit voller Kraft laufen, Marsh!“, rief Dominic, bevor er wieder an Bord kletterte. Er strahlte Energie und Tatendrang aus. „Wir müssen das Gerät zunächst testen. Vielleicht ist es nicht groß genug, um uns bei der Tiefe überhaupt irgendwie zu nutzen.“

Marsh ging zum Steuerruder. „Hast du schon einmal daran gedacht, einen Pressluftförderer zu verwenden?“

Dominic brummelte irgendetwas Unverständliches. Natürlich hatte er diese Möglichkeit bereits in Erwägung gezogen. Es handelte sich um ein Metallrohr, das auf den Meeresboden gesenkt wurde und in dem ein andauernder starker Luftsog zur Oberfläche hin herrschte. Es war eine schnelle und wirkungsvolle Methode, schlammige Böden freizulegen. Aber eventuell würde sich ein Pressluftförderer erübrigen, möglicherweise leistete das selbst gebaute Gerät ja gute Dienste. Wenn nicht, konnte man noch immer einen Pressluftförderer einsetzen. Vermutlich würde dann auch ein größeres Schiff mit besserer Ausstattung und mehr Kraft vonnöten sein.

Die endgültige Entscheidung über die Anmietung eines solchen Schiffes wollte Dominic von den heutigen Funden und Erkenntnissen abhängig machen.

Dominic holte eine kleine Harpune aus der Kabine, die er beabsichtigte mit hinabzunehmen. Er wollte beim Tauchen mit Kate keinerlei Risiken mehr eingehen.

„In Ordnung, jetzt kannst du den Motor auf das Minimum drosseln!“, rief er Marsh zu. „So sollte es die ganze Zeit über bleiben. Ich möchte keinesfalls, dass Kate und ich von umherschießenden Kanonenkugeln getroffen werden."

Kate hatte mehrmals tief ein- und ausgeatmet. Als sie jetzt sprach, klang ihre Stimme fest. „Könnte das Gerät wirklich eine solche Kraft haben?", fragte sie.

„Nicht bei der Geschwindigkeit." Dominic setzte seine Maske auf und nahm Kates Hand in seine. „Bist du bereit?"

„Ja."

Er gab ihr einen Kuss. „Du hast Mut, Frau Lehrerin", flüsterte er. Dann ließ er seinen Blick aufmerksam über ihr Gesicht gleiten. „Es ist eine deiner aufregendsten Eigenschaften." Er drückte ihre Hand, wandte sich ab und stieg die Leiter hinab ins Wasser.

Dominic hatte die Angst in ihren Augen gelesen. Mit seinen Worten hatte er Kate aufmuntern wollen.

Sie strich sich über die Stirn und ging ebenfalls zur Leiter. Während sie hinabkletterte, schaute sie zu Marsh, der seine Rechte zum Gruß hob. Kate nickte ihm zu und ließ sich dann ins Meer fallen.

Kaum war sie untergetaucht, ergriff sie Panik. Ihr Herz klopfte heftig, und Verwirrung bemächtigte sich ihrer. Je tiefer sie vordrang, desto auswegloser erschien ihr ihre Situation. Das Wasser beengte sie plötzlich, und sie rang verzweifelt nach Luft. Fluchtartig wandte sie sich um, dem Licht zu.

Da hielt Dominic sie zurück. Sein Griff war fest. Kate wehrte sich, aber Dominic ließ nicht locker, bis ihr Widerstand gebrochen war. Schließlich berührte er ihre Wange und wartete darauf, dass Kate ihn anschaute. Sie begegnete seinem Blick, erkannte die Kraft und Herausforderung darin. Unter Aufbietung ihrer ganzen Willensstärke überwand Kate ihre Angst. Allmählich verlangsamte sich ihr Puls. Sie atmete regelmäßig und fand sich damit ab, dass der Sauerstoff aus der Flasche auf ihrem Rücken kam.

Dominic bemerkte die Veränderung und führte Kates Hand an seinen Mund, so als wolle er sie küssen. Die letzte Anspannung wich von Kate. Sie war nicht allein.

Mit einem Kopfnicken bedeutete sie Dominic, dass sie sich besser fühlte. Danach zeigte sie mit dem Daumen nach unten. Hand in Hand setzten sie den Abstieg auf den Grund des Meeres fort.

Als sie dort ankamen, hatte die Wirbelbewegung des Wassers, die Dominics Gerät verursachte, bereits einiges von den Ablagerungen beseitigt. Ein Blick genügte Dominic, um festzustellen, dass sein selbst gefertigter Apparat mit dem Antrieb einer einzigen Schiffsschraube nicht ausreichen würde, sollte das Schiff tiefer als einen Meter unter dem Schlamm liegen. Für den Augenblick genügte das Gerät jedoch. Obwohl Dominic sich dazu zwingen musste, bewahrte er Ruhe und Geduld, was ihm jetzt wichtiger erschien als Schnelligkeit. Nicht nur bei dem Wrack musste er Vorsicht walten lassen.

Dominic schätzte, dass der Wirbel ungefähr zwei bis drei Zentimeter pro Minute entfernte. Er und Kate hätten heute sowieso keinen Nutzen davon gehabt, wenn das Gerät schneller gearbeitet hätte. Sie konnten nicht viel ausrichten.

Während er den Apparat überprüfte, schwamm Kate zu einer der Kanonen, um sie für ihr Verzeichnis der Funde auf Zelluloid zu bannen. Als sie zurückkehrte und erneut die Kamera hob, um Dominic zu fotografieren, musste er lächeln.

Sie war nun völlig entspannt, hatte ihre Angst vergessen. Er konnte es an ihren Bewegungen feststellen.

Kate ließ die Kamera sinken und gesellte sich zu Dominic. Sekunden später wurde ein fester Gegenstand zusammen mit Sand und Schlamm aus dem Loch hochgeschleudert, den der Wasserstrudel in den Boden bohrte. Kate fing den Gegenstand geschickt auf. Bei näherem Betrachten erkannte sie einen Kerzenständer. Ungläubig drehte sie ihn wieder und wieder in der Hand.

War er aus Silber gefertigt? Hatten sie nun den eigentlichen Schatz entdeckt? Eine schwarze Oxidationsschicht überzog den Kerzenständer und gab keinen Aufschluss über das Material. Dennoch verspürte Kate Begeisterung. Nach langen Tagen, in denen sie dazu verurteilt gewesen war, untätig zu warten, nahm sie wieder aktiv am Abenteuer teil.

Sie schaute zu Dominic, der nun auch aufgewirbelte Gegenstände einsammelte und in den Korb aus Drahtgeflecht legte, den er bereits am Tag zuvor heruntergebracht hatte. Es waren weitere Kerzenständer darunter, auch Tischbestecke, allerdings nicht mehr so einfache und schlichte wie die, die sie anfangs aufgespürt hatten.

Schnell griff Kate nach der Kamera und machte gewissenhafte Aufnahmen von allen Stücken. Für sie bestand kein Zweifel daran, dass sie einen Silberstempel entdecken würden. Dann hätten sie die Gewissheit, um mit Bestimmtheit sagen können, dass es sich tatsächlich um ein britisches Schiff handelte. Gewöhnliche Seeleute hatten kein Besteck aus Silber benutzt, nicht einmal aus Zinn. Diese Funde gehörten auch nicht mehr zur Kombüse. Dominic und sie, Kate, waren weiter vorgedrungen und standen doch erst am Anfang ihrer Ausgrabungen.

Als Dominic das erste Stück aus Porzellan fand, gab er Kate ein Zeichen. Die Vase hatte zwar im Laufe der Zeit durch den Wasserdruck gelitten und war zerbrochen, aber auf der Hälfte, die erhalten war, prangte deutlich der Stempel des Herstellers.

Kate umfasste aufgeregt Dominics Arm. „Whieldon“, las sie.

Also englisches Porzellan. Und dieser Porzellanhersteller hatte seine Kunst an die Manufaktur Wedgwood weitergegeben. Kate nahm die Scherbe so vorsichtig in die Hand, als handle es sich um einen empfindsamen kleinen Vogel.

Dann blickte sie Dominic triumphierend an. Sie ärgerte sich darüber, im Meer zur Sprachlosigkeit verdammt zu sein, und deutete mehrmals mit dem Zeigefinger auf den Stempel.

Dominic nickte und bedeutete ihr, die Scherbe in den Korb zu legen. Nur widerwillig trennte sich Kate von dem kostbaren Stück. Doch dann packte sie der Ehrgeiz, mehr zu finden. Sie schwamm zum Fundort zurück und traf Dominic dort wieder mit vollen Händen. Er hatte nur Bruchstücke eingesammelt, aber der Form nach handelte es sich um Teile von Schüsseln,

Tassen oder Tellern.

Das bewies zwar nicht eindeutig, dass das Wrack ein Handelsschiff war. Es ließ allerdings den Schluss zu, dass die Offiziere und vielleicht auch Passagiere des Schiffes auf ihrer Reise in die Neue Welt auf ein kultiviertes Mahl Wert gelegt hatten. Englische Offiziere. So viel stand für Kate fest.

Sie brachte auch diese Scherben zum Korb und hielt nach weiteren Dingen Ausschau.

Plötzlich schoss erneut ein größeres Teil durch die Wucht des Strudels vom Boden empor. Diesmal ergriff Dominic es. Er stellte fest, dass es sich um eine verkrustete schmutzige Kanne handelte, die für Tee oder Kaffee verwendet worden war. Sie mochte unter der Schmutzschicht, die sie im Laufe der Jahre überzogen hatte, zerbrochen sein, doch, im Gegenteil, diese Schicht hatte sie die ganze Zeit zusammengehalten. Dominic klopfte an seine Sauerstoffflasche, um Kate auf seinen Fund aufmerksam zu machen.

Ihr genügte ein Blick, um zu wissen, dass Dominic eine Kanne von unschätzbarem Wert in den Händen hielt. Kate bezähmte ihre Ungeduld und bedeutete Dominic, die Kanne für ein Foto hochzuhalten. Er kam ihrer Aufforderung nach, kreuzte die Beine zum Schneidersitz und mimte, dass er sich eine Tasse Tee eingoss.

Kate schmunzelte. Obwohl er gerade einen Gegenstand geborgen hatte, der Tausende von Dollars Wert sein mochte, konnte Dominic Witze machen. Nichts schien ihm ernst genug zu sein, um sich nicht einen Spaß damit zu erlauben. Kate betätigte den Auslöser ihrer Kamera und empfand mit einem Mal die gleiche Ausgelassenheit wie er. Sie schwamm zu Dominic und streckte die Hand nach der Kanne aus, um sie zu untersuchen.

Mit den Fingerspitzen strich sie über die Oberfläche. Bei genauem Hinsehen entdeckte sie ein feines Muster unter der Schmutzschicht. Dies war wirklich keine gewöhnliche Keramik, kein normaler Gebrauchsgegenstand. Es handelte sich um feinstes, schon zu seiner Zeit kostbares Porzellan.

Dominic hatte die Bedeutung und den Wert dieser Kanne natürlich ebenfalls erkannt. Vorsichtig nahm er sie Kate ab. Dann bedeutete er ihr, dass es Zeit wurde, die Funde dieses Morgens hinaufzutransportieren. Er zeigte auf seine Uhr, womit er ausdrücken wollte, dass sich der Inhalt ihrer Sauerstoffflaschen dem Ende zuneigte.

Kate erhob absolut keinen Widerspruch. Sie würden ja schnellstmöglich zurückkehren, und die „Liberty" wartete auf sie.

12. KAPITEL

Kannst du dir vorstellen, wie ich mich fühle?", fragte Kate, nachdem sie und Dominic aufgetaucht waren.

„Ja." Dominic hielt sich mit einer Hand an der Leiter zur „Wirbelwind" fest und wartete, bis Kate ihre Sauerstoffflaschen abgenommen und an Bord gehoben hatte. „Ja, das kann ich sehr gut."

„Die Teekanne." Kate kletterte an Bord. „Dominic, sie ist unbezahlbar. Es ist, als hätte man inmitten eines großen Abfallhaufens eine herrliche blühende Rose gefunden." Bevor Dominic etwas erwidern konnte, lachte Kate übermütig auf und rief Marsh zu: „Es war fantastisch. Einfach unglaublich."

Marsh schaltete den Motor ab und kam herüber, um die Ausrüstung und den Korb an Deck zu hieven. „Ihr beide arbeitet schnell und gut." Er beugte sich über den Korb und berührte mit einem Finger die Kanne. „Mein Gott, sie ist ja noch heil."

„Sobald sie gesäubert ist, werden wir das Datum bestimmen können. Schau dir das einmal an." Kate holte das Teilstück der Vase hervor. „Hier ist der Stempel eines englischen Töpfers. Englisch", wiederholte sie, an Dominic gewandt. „Er hat Wedgwood ausgebildet, und Wedgwood hat erst um 1760 herum mit seiner eigenen Produktion begonnen. Wir haben demnach …"

„… ein Teil gefunden, das mit aller Wahrscheinlichkeit aus dem Zeitraum stammt, der uns interessiert", beendete Dominic ihren Satz. „‚Liberty' oder nicht", fuhr er fort und ging neben Kate in die Hocke. „Es sieht ganz so aus, als wären wir auf ein Wrack aus dem achtzehnten Jahrhundert gestoßen, das vermutlich britischen Ursprungs ist und das bisher nicht entdeckt wurde." Er griff nach ihrer Hand und drückte sie. „Dein Vater wäre stolz auf dich."

Plötzlich überschlugen sich ihre Gedanken. Ihre Hand begann leicht zu zittern. Schnell legte sie die Porzellanscherbe zurück in den Korb und richtete sich auf.

„Ich gehe hinunter“, stieß sie hervor und verschwand.

Stolz. Kate lächelte vor sich hin, während sie die Treppe hinunterlief. Den Stolz und die Liebe des Vaters. Hatte sie sich nicht immer danach gesehnt? Konnte es sein, dass sie nach seinem Tod das erhielt, was sie sich zu seinen Lebzeiten gewünscht hatte?

Kate setzte sich auf eine der schmalen Liegen und bemühte sich, ihre Empfindungen unter Kontrolle zu bringen. Sie war entschlossen, die „Liberty“ zu finden, den Traum ihres Vaters Wirklichkeit werden zu lassen. In einem Museum sollte sein Name an den Funden stehen.

Aber es gab noch einen anderen Grund für sie, fortzufahren. Um ihrer selbst willen musste sie weitersuchen. Es war ihr erster eigener Entschluss gewesen, nicht länger passiv zu bleiben, sondern selber tätig zu werden.

Für mich selbst, wiederholte Kate im Stillen.

„Kate?“

Sie wandte sich um in dem Glauben, nach außen hin Ruhe auszustrahlen, aber Dominic las in ihren Augen, welche Gefühle sie bewegten. Er wusste nicht recht, wie er reagieren sollte, und daher beschränkte er sich auf das Praktische.

„Es wäre besser, wenn du jetzt deinen Taucheranzug ausziehen würdest.“

„Wieso? Wir gehen doch ein zweites Mal hinunter.“

„Nein, das tun wir nicht.“ Wie um seinen Worten Nachdruck zu verleihen, fing er an, seinen Anzug abzustreifen.

Als jetzt auch noch Marsh den Motor anließ und das Boot wendete, begehrte Kate auf.

„Dominic, wir haben noch genug Sauerstoffflaschen. Es gibt keinen Grund, nicht weiterzumachen …“

„Diese eine Stunde heute dort unten hat die meiste Energie verbraucht, die du in der vergangenen Woche aufgebaut hast“, unterbrach Dominic sie. „Wenn du auch morgen tauchen möchtest, solltest du dich heute nicht überanstrengen.“

Aufgrund ihrer labilen Stimmungslage konnte Kate die Situation nicht vernünftig sehen. Ihr Zorn über die vermeintliche Bevormundung brach sich unvermittelt Bahn. „Zum Teufel noch eins!“, platzte sie heraus. „Ich bin es leid, andauernd so behandelt zu werden, als würde ich meine Grenzen, meinen Verstand und meinen Körper nicht kennen.“

Dominic ging zur Kombüse und holte eine Dose Bier aus dem Kühlschrank. Zischend entströmte die Luft, während er den Verschluss zurückbog. „Was redest du für einen Unsinn?“

„Dominic, ich musste fast vier Tage lang das Bett hüten und danach untätig herumsitzen, weil du und Linda und alle anderen, die um mich herum waren, mich dazu genötigt haben. Ich dulde es nicht länger, dass andere über mich bestimmen.“

Dominic strich sich das tropfnasse Haar aus der Stirn und setzte die Dose an den Mund. Nachdem er getrunken hatte, sagte er: „Du wirst das so lange dulden, wie ich es für richtig halte.“

„Du?“, stieß Kate hervor und sprang auf. Mit vor Zorn geröteten Wangen trat sie auf ihn zu. „Ich muss mir weder von dir noch von sonst jemandem vorschreiben lassen, was ich zu tun oder zu lassen habe. Ich glaube, es wird höchste Zeit, dass du dir vor Augen hältst, wer das Sagen bei dieser Bergungsaktion hat.“

„Ach? Meinst du?“

„Ja. Ich habe dich angeheuert. Fünfundsiebzig Dollar pro Tag und fünfundzwanzig Prozent. So lauten die Bedingungen. Wir haben nicht vereinbart, dass du mein Leben bestimmst.“

Dominic presste die Lippen zusammen. Eine Ewigkeit schien zu verstreichen, in der nur der Lärm des Motors und Kates heftiger Atem zu hören waren. Dollars und Prozente. Der Gedanke erfüllte Dominic mit Bitterkeit. Nur Dollars und Prozente.

„Und das soll alles sein?“, fragte er schließlich.

„Wir haben eine Vereinbarung getroffen. Ich habe die Absicht, dir deinen Teil zu geben. Ich lasse mir aber nicht von dir sagen, wann ich tauchen darf und wann nicht. Du hast nicht zu beurteilen, wann ich mich wohlfühle und wann nicht. Ich bin es endgültig leid, mir Anweisungen erteilen zu lassen. Und ich werde es nicht mehr dulden – weder von dir noch von anderen. Nie wieder."

Dominic krampfte die Finger um die Bierdose in seiner Hand. „In Ordnung. Du kannst machen, was du willst, Frau Lehrerin. Aber dann such dir gefälligst auch einen anderen Taucher. Ich schicke dir meine Rechnung mit der Post." Er drehte sich um und verließ die Kabine.

Kate setzte sich wieder auf die Liege und presste die Handflächen fest gegeneinander. So verharrte sie, bis der Motor abgeschaltet wurde. Mühsam verbannte sie alle Gedanken und Gefühle, stand auf und ging an Deck.

Alles war so, wie sie es zurückgelassen hatte – der Drahtkorb mit den Funden und die fast aufgebrauchten Sauerstoffflaschen. Nur Dominic war fort.

„Du kannst nicht alles allein tragen." Marsh kam vom Bug herbei.

Kate zog ein langes T-Shirt über ihren Taucheranzug, das ihr bis auf die Oberschenkel reichte. „Ich wäre dir dankbar, wenn du mir helfen würdest, die Sachen in mein Hotelzimmer zu schaffen. Dort werde ich mich um den Versand kümmern."

„In Ordnung." Anstatt jedoch den Korb vom Boden hochzuheben, griff Marsh nach ihrem Arm. „Kate, ich erteile nicht gern Ratschläge, aber ..."

„Dann lass es auch", unterbrach sie ihn. Im gleichen Moment bereute sie ihre Barschheit. „Es tut mir leid, Marsh. Ich bin nervös."

„Ja, das ist mir klar. Ich weiß auch, dass mit dir und Dominic nicht immer alles glatt verläuft. Du musst wissen, dass er sich oft verschließt und nicht sagt, was er denkt. Oder schlimmer noch", fügte er hinzu, „er sagt das Erstbeste, was ihm in den Sinn kommt."

„Dominic kann tun und lassen, was er will. Ich bin hergekommen, um die ‚Liberty' zu finden und auszugraben. Wenn Dominic und ich auf geschäftlicher Ebene nicht miteinander zurechtkommen, muss ich es eben ohne ihn tun."

„Hör mal, er hat eben so seine Eigenheiten ..."

„Marsh, du bist sein Bruder. Es ist ganz klar, dass du zu ihm hältst, doch ..." Sie verstummte und zuckte die Schultern.

„Ich mag auch dich sehr. Wenn ich dir irgendwie helfen kann ..."

Kate wehrte sich gegen das Gefühl der Dankbarkeit, weil sie befürchtete, es könne sie beeinflussen. Sie straffte die Schultern. „Ich weiß dein Angebot zu schätzen, Marsh, danke. Sag mir bitte, wo ich mir kurzfristig ein Boot und eine Taucherausrüstung leihen kann. Ich will heute Nachmittag wieder aufs Meer hinausfahren."

„Kate ..."

„Ich fahre", wiederholte sie. „Mit oder ohne deine Unterstützung!"

Den Rest des Vormittags verbrachte Kate damit, alle Funde in ihrem Hotelzimmer zu ordnen und sich auf die zweite Ausfahrt am Nachmittag vorzubereiten. Sie musste dann noch eine längere Diskussion mit Marsh überstehen, der erneut versuchte, sie von ihrem Vorhaben abzubringen. Kate lehnte seinen Vorschlag, sie zu begleiten, rigoros ab. Mit der Drohung, sie werde sich woanders ein Boot mieten, setzte sie ihren Willen durch.

Schließlich stand sie am Steuer der „Möwe" und fuhr allein aufs Meer hinaus. Es war fast eine Trotzreaktion, dass sie mit Vollgas über die Wasseroberfläche sauste. Sie grübelte nicht über die Gründe für ihr Tun nach. Sie hatte einfach das Bedürfnis, schnell zu fahren.

Kate wollte nicht an Dominic denken und daran, weshalb sie ihn angeschrien hatte. Ihre Worte mochten hart gewesen sein, aber sie waren sicherlich notwendig gewesen.

Diese Überlegung tröstete sie. Viel zu lange – ein Leben lang – hatte sie unter dem Einfluss anderer Menschen gestanden, fremde Erwartungen erfüllt.

Kate erreichte ihr Ziel und schaltete den Motor ab. Danach

legte sie ihre Ausrüstung an und prüfte sie wieder und wieder. Sie war noch nie allein getaucht. Jetzt wollte sie es wagen. Diese Erfahrung zu machen schien ihr für die Entwicklung ihrer Persönlichkeit mit einem Mal sehr wichtig.

Nach einem letzten Blick auf den Kompass kletterte sie mit einem Drahtkorb über die Reling ins Wasser.

Je tiefer sie kam, desto größer wurde ihre Aufregung. Hier hielt sich außer ihr kein Mensch auf. Sie war ihr eigener Herr, völlig auf sich selbst gestellt.

Kate hatte es nicht eilig. Sie wollte den Rausch genießen, unabhängig zu sein und allein im Meer zu schwimmen, abgesehen natürlich von einigen neugierigen Fischen, die hin und wieder ihren Weg kreuzten. Niemand machte ihr Vorschriften, niemand gängelte sie. Sekundenlang schloss sie die Augen und ließ sich treiben. Dann setzte sie ihren Weg zielstrebig fort.

Schließlich erreichte sie den Meeresboden. Unbändiger Stolz erfüllte sie, dass sie ohne ihren Vater etwas verwirklichen konnte. Sie gab sich diesem triumphalen Gefühl hin, ohne über die Hintergründe nachzudenken. Zweieinhalb Jahrhunderte lang lag das Schiff schon auf dem Meeresboden, dann hatte sie es entdeckt. Kate schwamm im Kreis um das von Dominics Apparatur geschaffene Loch und begann mit den Händen zu fächern.

Zuerst fand sie einen Teller mit einem zarten Blumendekor am Rand. Nach einer Weile hatte sie ein halbes Dutzend dieser Teller freigelegt, von denen zwei völlig heil waren. Auf der Rückseite entdeckte sie das Zeichen eines englischen Töpfers. Später stieß Kate auch auf Tassen aus feinem Porzellan, die vielleicht einmal den Tisch eines wohlhabenden Kolonialherren hätten zieren sollen. Sie hätten Erbstücke werden können, die ihrem Besitzer sicher lieb und wert gewesen wären, hätte die Natur nicht ihre ureigenste Macht. Die ehemalige Form der Tassen war überwuchert mit Muscheln und Kalk. Kate aber glaubte, durch diese Schicht hindurch die wahre Schönheit der Gegenstände zu erblicken.

Sorgfältig fächerte Kate weiter. Dabei hätte sie fast ein Teil übersehen, das wie eine dunkle Muschel wirkte. Sie schwamm näher heran. Bei genauerem Hinsehen erkannte sie eine Silbermünze. Sie konnte nicht feststellen, um welche Währung es sich handelte. Das war aber auch völlig nebensächlich. Warum sollte es nicht eventuell ein spanisches Geldstück sein?

Sie hatte gelesen, dass die spanische Währung von allen europäischen Nationen benutzt worden war, die Kolonien in der neuen Welt unterhalten hatten.

Es zählte nur, dass es sich unzweifelhaft um eine Münze handelte. Die erste. Obwohl sie aus Silber und nicht aus Gold gestanzt war, konnte Kate ihr Glück kaum fassen. Sie hatte die erste Münze entdeckt! Und zwar allein.

Gerade wollte Kate ihren Fund in den Beutel an ihrem Gürtel stecken, da wurde sie am Arm herumgerissen.

Jähe Angst erfüllte sie. Die Harpune befand sich an Bord der „Wirbelwind". Kate war unbewaffnet.

Sekunden später erkannte sie, dass ihr keine Gefahr drohte. Dominic umklammerte ihre Schultern.

Ihre Angst machte einer ohnmächtigen Wut Platz. Musste er sie derart erschrecken? Musste er sie ausgerechnet jetzt stören? Sie versuchte sich seinem Griff zu entwinden und gestikulierte wild, dass er sie allein lassen solle. Doch Dominic schlang nur den Arm um ihre Taille und schwamm mit ihr zurück zur Oberfläche.

Kate gelang es nicht, sich zu befreien. Dominic hielt sie so fest, dass ihr nur die Wahl blieb, entweder nachzugeben oder ihre eigene Luftzufuhr durch heftige Bewegungen abzuschneiden.

Sobald sie mit den Köpfen über Wasser waren, riss Kate ihr Mundstück heraus. Bevor sie allerdings einen Ton hervorbringen konnte, schrie Dominic sie an.

„Bist du verrückt geworden?" Er zog sie mit sich zur Leiter. „Kaum bist du einen Tag richtig auf den Beinen, traust du dir zu, allein in einer Tiefe von fünfzig Metern zu tauchen. Ich weiß nicht, wie ich jemals auf den Gedanken verfallen konnte, du hättest Verstand."

Schwer atmend hob Kate ihre Sauerstoffflaschen an Bord. Sie wollte erst einmal festen Boden unter den Füßen spüren und dann … dann …

„Ich brauche dich nur ein paar Stunden aus den Augen zu lassen, und du wirst größenwahnsinnig. Du wärst schuld daran gewesen, wenn ich Marsh vor Wut umgebracht hätte!“, schimpfte Dominic.

Da stellte Kate fest, dass sie an Bord der „Wirbelwind“ geklettert war. Marshs Boot war verschwunden.

„Wo ist die ‚Möwe‘?“, fragte sie.

„Marsh war vernünftig genug, mir zu sagen, was du im Schilde führst. Er ist mit mir hinausgefahren und bringt die ‚Möwe‘ in den Hafen zurück.“ Dominic stand jetzt vor Kate und schaute auf sie herab. „Denkst du wirklich kein bisschen nach?“

Kate warf den Kopf zurück. „Und du?“

„Verflixt, wir reden nicht vor mir“, fuhr Dominic sie an. Dann begann er, Kate den Taucheranzug auszuziehen. „Ich tauche, seit ich sechs Jahre alt bin. Ich kenne die Strömungen.“

„Ich kenne die Strömungen auch.“

„Du hast einige Tage lang im Bett gelegen.“

„Nur deswegen, weil du so überempfindlich warst.“ Kate schüttelte seine Hände ab. Da er ihr das Oberteil des Taucheranzuges bereits abgestreift hatte, zog sie den Rest ebenfalls aus. „Du hast kein Recht, mir vorzuschreiben, wann und wo ich tauchen darf, Dominic. Selbst wenn du stärker bist, kannst du nicht einfach daherkommen und mich hinaufschleppen!“

„Zum Teufel damit, wozu ich ein Recht habe und wozu nicht!“ Dominic fasste Kate bei den Oberarmen und schüttelte sie heftig. Er machte seinem Zorn über ihren Unverstand rücksichtslos Luft. Er kannte die Gefahren, die im Meer lauerten. „Ich schaffe mir meine eigenen Rechte. Du wirst nicht mehr allein tauchen. Und wenn ich dich anketten muss, um dich davon abzuhalten.“

„Du hast mir gesagt, ich solle mich um einen anderen Taucher kümmern!“, stieß Kate hervor. „Solange ich keinen habe, tauche ich ohne Partner.“

„Du hast mir dieses Abkommen vorgehalten, Kate. Miese Prozente und ein Tageshonorar. Weißt du, wie ich mich da gefühlt habe?“

„Nein!“, rief Kate aus und machte sich frei. „Nein, ich weiß nicht, wie du dich gefühlt hast. Ich weiß nie, wie du dich gefühlt hast. Ich weiß nie, wie du fühlst. Du sagst es mir nie.“ Sie fuhr sich mit den Händen durch ihr nasses Haar und wandte sich ab. „Wir haben die Bedingungen vereinbart.“

„Das war vorher.“

„Vor was?“, fragte Kate. Sie spürte, wie ihr Tränen in die Augen stiegen, aber sie schaffte es, sie zurückzuhalten. „Bevor ich mit dir geschlafen habe?“

„Kate.“ Mit wenigen Schritten war Dominic bei ihr und hielt sie zwischen der Reling und seinem Körper gefangen. „Versuchst du, mich für etwas zu bestrafen, das ich vor vier Jahren getan oder nicht getan habe? Ich weiß nicht einmal, was es ist. Ich weiß nicht, was du von mir willst oder was nicht, und ich bin es leid, ständig herumzuraten …“

„Ich möchte nicht in die Enge getrieben werden“, erwiderte Kate heftig. „Das ist das eine. Dann möchte ich nicht, dass immer von mir erwartet wird, mich mit Aufgaben zu betrauen, die sich andere für mich ausgedacht haben. Das ist das zweite. Und ich möchte nicht, dass einfach vorausgesetzt wird, dass ich keinerlei persönliche Ziele oder Wünsche haben darf. Oder nicht in der Lage wäre, mich um mich selbst zu kümmern!“

Dominic knirschte mit den Zähnen. Er zog seinen Taucheranzug aus und warf ihn zur Seite. „Du verkennst die Lage, meine Liebe. Ich erwarte nichts von dir und setze nichts voraus. Früher vielleicht einmal, aber heute nicht mehr. Es gab nur einen einzigen Menschen, der dich in die Enge getrieben hat, und ich war es nicht.“ Er riss seine Maske vom Kopf und schleuderte sie zu Boden. „Ich war derjenige, der dich gehen ließ.“

Kate versteifte sich. Selbst aus der Entfernung, in der Dominic jetzt zu ihr stand, bemerkte er, dass ihr Blick eisig wurde. „Ich will nicht mit dir über meinen Vater sprechen.“

„Immerhin hast du schnell gemerkt, von wem die Rede ist.“
„Du konntest ihn nicht leiden. Du …“
„Hör auf!“, unterbrach Dominic sie. „Statt mir Vorwürfe zu machen, solltest du lieber mal darüber nachdenken, wie du zu ihm gestanden hast.“
„Ich habe ihn geliebt“, antwortete Kate leidenschaftlich. „Mein Leben lang habe ich versucht, es ihm zu zeigen. Das begreifst du nicht.“
„Wieso bist du dir da so sicher?“, fragte Dominic. „Meinst du, ich erkenne nicht, was du empfindest, wenn wir dort unten etwas finden? Hältst du mich für so blind, dass ich nicht merken würde, wie du dich mit dem Gedanken quälst, einst nicht seinen Erwartungen und Vorstellungen entsprochen zu haben? Ob du es glaubst oder nicht, es tut mir weh, mit anzusehen, wie du dich selbst dafür bestrafen willst, nicht so zu sein, wie er dich vielleicht haben wollte. Und ich habe es satt“, fuhr er fort und holte tief Luft, „gründlich satt, mit einem Mann verglichen und an ihm gemessen zu werden, den du geliebt hast, ohne dass du ihm jemals wirklich nahe gewesen bist.“
„So ist es nicht.“ Kate bedeckte ihr Gesicht mit den Händen. Sie wollte nicht zeigen, wie tief seine Worte sie getroffen hatten, und konnte sich doch nicht dagegen wehren. „Ich möchte nur …“
„Was?“, fragte Dominic. „Was möchtest du?“
„Ich habe nicht einmal geweint, als er starb“, sagte Kate und ließ die Hände wieder sinken. „Ich habe nicht geweint, auch nicht bei seinem Begräbnis. Ich war ihm doch Tränen schuldig, Dominic!“
„Du bist ihm nichts schuldig. Du hast dich dein Leben lang nach ihm gerichtet, dich auf ihn eingestellt.“ Dominic fuhr sich mit den Fingern durchs Haar. „Kate …“ Sein Zorn verflog plötzlich. Langsam trat er zu Kate und nahm sie in die Arme.
„Ich habe nicht geweint …“
„Dann weine jetzt“, flüsterte Dominic und küsste ihre Schläfe. „Wein jetzt.“

Heftige Krämpfe schüttelten Kate. Sie ließ ihren Tränen freien Lauf. Die angestaute Enttäuschung und Trauer über die Tatsache, dass ihre Sehnsucht nach Liebe, nach Verständnis von ihrem Vater unbeantwortet geblieben war, brachen sich ungehindert Bahn.

Dominic hielt Kate fest umschlungen. Vorsichtig zog er sie hinab auf die Bank. Er fand keine tröstenden Worte. Es fiel ihm schwer, Trost zu spenden. Er konnte Kate nur sein stummes Mitgefühl anbieten.

Schließlich verebbten ihre Tränen, doch sie barg weiterhin ihr Gesicht an Dominics Schulter. Sie war dankbar für seine Zärtlichkeit.

„Ich konnte nicht um ihn trauern“, flüsterte sie nach einer Weile. „Ich weiß nicht, warum.“

„Du musst nicht weinen oder trauern, Kate.“

„Nein, vielleicht nicht“, erwiderte sie nachdenklich. „Vielleicht nicht. Doch du hast recht. Ich habe all dies für ihn tun wollen, weil er keine Gelegenheit mehr hatte, seinen Plan selbst zu Ende zu führen. Wahrscheinlich verstehst du es nicht, Dominic, aber ich hatte das Gefühl, hiermit alles für ihn zu tun, was ich kann. Für ihn, und für mich.“

„Kate.“ Behutsam schob er sie ein Stückchen zurück, sodass er in ihr Gesicht blicken konnte. Ihre Augen waren rot umrändert. „Ich brauche gar nicht alles zu verstehen. Ich will dich nur lieben.“

Er spürte, wie Kates Muskeln sich anspannten, und schalt sich im Stillen einen Dummkopf. Warum brachte er es nicht fertig, sich so auszudrücken, wie man es in solchen Fällen erwartete? Kate war eine Frau, die sanfte, leise geflüsterte Worte hören wollte, und ihm fiel es unendlich schwer, sie zu finden.

Lange Zeit blieb sie völlig regungslos in seinen Armen.

„Stimmt es?“, fragte sie schließlich leise.

„Was?“

Warum war es nur so schwierig, ihn dazu zu bringen, diese einfachen Worte auszusprechen? „Liebst du mich?“

„Kate." Ungeduldig hielt er sie ein wenig auf Distanz. „Ich weiß wirklich nicht, wie ich es dir anders zeigen könnte. Möchtest du Blumen, Champagner oder Gedichte? Verflixt, das ist nicht meine Art."

„Ich möchte eine Antwort", beharrte sie.

„Ich habe dich immer geliebt", sagte er dann fast unwillig.

Langsam löste sich Kate aus seiner Umarmung, stand auf und stellte sich an die Reling. Eine Weile schaute sie aufs Meer hinaus.

Die Bojen, die die Lage des Wracks auf dem Meeresboden markierten, tanzten auf dem Wasser. Warum konnte es im Leben keine Bojen geben, die einem die korrekte Richtung wiesen?

„Du hast es mir nie gesagt, Dominic."

„Kate, ich kann nicht einmal die Zahl der vielen Frauen nennen, zu denen ich das schon gesagt habe." Als sie sich umdrehte und ihn verwundert anblickte, erhob Dominic sich. „Damals fiel es mir leicht. Es ist nicht schwer, wenn es total bedeutungslos ist. Aber es kommt einem nicht so leicht über die Lippen, wenn man es ernst meint. Und wenn man befürchten muss, dass sich der andere zurückzieht."

„Ich hätte es nicht getan."

„Nein?"

„Gewiss nicht."

„Kate, vor vier Jahren bist du fortgegangen, als ich dich bat zu bleiben", warf Dominic ihr vor. „Ich ..."

„Du wolltest, dass ich bleibe", fiel sie ihm ins Wort. „Du wolltest, dass ich nicht nach Connecticut zurückkehre, sondern zu dir ziehe. Einfach so. Ohne Versprechungen, ohne Verpflichtung, ohne irgendein Zeichen, dass du die Absicht hattest, dich zu binden, dein Leben auf Dauer mit mir zu teilen. Das konnte ich nicht, Dominic. Ich hatte zudem Pflichten."

„Die Pflicht, das zu tun, was dein Vater wollte."

Kate schluckte. „Gut, meinetwegen", entgegnete sie. „Wie auch immer, du hast mir nie gesagt, dass du mich liebst."

Dominic machte einen Schritt auf sie zu. „Ich sage es dir jetzt, Kate."

Sie nickte beklommen. „Und ich ziehe mich nicht zurück. Ich weiß bloß noch nicht, ob ich in der Lage bin, den nächsten Schritt zu tun. Bei dir bin ich mir auch nicht sicher."

„Soll ich dir ein Versprechen geben?"

Kate verneinte. „Ich brauche Zeit. Wir beide brauchen Zeit. Ich glaube, dass wir viel nachzudenken haben."

„Kate!" Dominics Stimme klang ungeduldig. „Über manche Dinge muss man nicht nachdenken. Manche Dinge zerstört man durch zu viele Gedanken." Mit wenigen Schritten überbrückte er die Distanz zwischen ihnen und nahm Kates Hände in seine.

„Du hast dein Leben auf deine Art und Weise gelebt, und ich habe mein eigenes Leben geführt", sagte sie. „Dominic, ich habe gerade begonnen, mich zu verändern, diese Veränderung in mir zu spüren. Ich möchte keinen Fehler begehen, nicht bei dir. Du bist mir zu wichtig. Wenn du mir Zeit lässt ..."

„Kate, wir haben vier Jahre verloren", unterbrach er sie. Dominic wollte nun schnell eine Antwort auf die Frage, die ihn seit Langem quälte. „Ich kann nicht länger warten. Ich muss wissen, wie du empfindest."

Kate hatte unwillkürlich den Atem angehalten. „Ich liebe dich, Dominic. Ich habe nie aufgehört, dich zu lieben. Ich habe es dir damals nicht gesagt, als ich es hätte tun sollen."

Ihr Eingeständnis nahm eine große Last von seiner Seele. Er umfasste mit beiden Händen ihr Gesicht. „Du machst mich glücklich."

Liebe. Kate hatte Hunderte von Gutachten über dieses Thema gelesen. Sie hatte sie studiert, analysiert und die Erkenntnisse an ihre Schüler weitergegeben. Unzählige Zeilen aus Büchern, Theaterstücken und Gedichten umschrieben dieses eine Wort – Liebe. Die Handlungen zahlreicher Romane wurden durch dieses Gefühl bestimmt.

Nun hatte Dominic ihr seine Liebe gestanden. Liebe, Liebe,

Liebe. Die Bedeutung mit all den Konsequenzen schien ihr mit einem Mal unfassbar, unverständlich.

Dominic hatte nicht Byrons Art, mit Worten umzugehen, oder Keats romantische Ausdrucksweise. Er sagte, was ihn bewegte, schlicht und geradeheraus. Die Bedeutung blieb die gleiche, aber Kates Verstand tat sich schwer, sie anzunehmen.

Sie begriff, welche Empfindungen sie selbst bewegten. Seit jenem Sommer, in dem sie in Dominics Armen das Glück erfahren hatte, sich einem anderen Menschen bedingungslos und ganz zu schenken, liebte sie Dominic.

Aber was fand er an ihr, das ihm liebenswert erschien? Kate stellte sich diese Frage nicht etwa aus Bescheidenheit. Dahinter steckte vielmehr der Wunsch, alle Dinge klar und logisch zu erfassen, um mit ihnen fertig werden zu können. So war sie erzogen worden. Jede Wirkung hatte ihre Ursache. Jede Reaktion war auf eine Aktion zurückzuführen.

Dies hielt sie für einen unumstößlichen Grundsatz.

Sie hatte also Dominics Liebe gewonnen – aber wieso?

Kate verspürte keinerlei Minderwertigkeitskomplexe, was ihre Intelligenz anbelangte. Wenn sie auf irgendetwas stolz war, dann auf ihren Verstand, was dazu führte, dass sie ihre übrigen Eigenschaften unterbewertete.

Dominic steckte voller Tatendrang, war ein ruheloser, sprunghafter Mensch. Sie hingegen betrachtete sich als ausgeglichen und überlegen. Während sie ihr Leben nach einem bestimmten Schema einrichtete und Beständigkeit, Routine schätzte, zog Dominic Risiken, das Unerwartete vor. Eigentlich seltsam, dass er sich ausgerechnet zu ihr hingezogen fühlte. Und doch war es so.

Um diese Tatsachen annehmen zu können, musste sie eine Lösung finden. Liebe zog Verpflichtung nach sich. Und hier lag offenbar das größte Problem.

Dominic lebte auf einer relativ einsamen Insel, weil er als Einzelgänger seinem persönlichen Rhythmus folgen, seine Zeit frei einteilen wollte. Sie als Lehrerin hatte einen festen Stundenplan. Ohne die Genugtuung, Wissen zu vermitteln, würde sie unzufrieden sein. Und Dominic würde in einer wohlgeordneten Welt verrückt werden.

Kate vermochte sich keinen Kompromiss zwischen diesen beiden Extremen vorzustellen. Deshalb fasste sie den Entschluss, mit dem sie schon ihre Beziehung zu Dominic erneuert hatte. Sie wollte diesen Sommer so nehmen, wie er sich ihr anbot. Vielleicht ergab sich schließlich von selbst eine Lösung der Probleme.

Dominic und Kate sprachen nicht mehr über Prozente. Kate gab ihr Hotelzimmer auf und siedelte in Dominics Haus über.

Die Tage vergingen wie im Flug. Dominic und sie arbeiteten gemeinsam, entweder mithilfe des propellerbetriebenen Apparates oder nur mit ihren Händen. Langsam und mühselig deckten sie weitere Wrackteile auf. Es hatte sich herausgestellt, dass die Kerzenständer aus Zinn gefertigt waren und es sich bei der Münze um ein spanisches Silbergeldstück handelte, welches die Jahreszahl 1732 trug.

In der folgenden Zeit bargen sie zahlreiche Gegenstände. Darunter ein schweres, aufwendig gearbeitetes Silbertablett, weitere Porzellanteile und in einem anderen Gebiet etliche Nägel und Werkzeuge.

Kate hielt jedes Stück sorgfältig auf Film fest. Sie brauchte dieses ordentliche, gut organisierte Vorgehen bei der Bestandsaufnahme. Außerdem wollte sie mit diesen Fotos Erinnerungen bannen. Später würde sie ihre Empfindungen wachrufen können, die sie hatte, während Dominic die Teekanne oder einen oxidierten Krug für ein Foto präsentierte. Sie würde anhand der Bilder die Minuten lebendig werden lassen, in denen Dominic und ein harmloser Fisch herausfinden wollten, wer die größere Ausdauer beim Anstarren des anderen bewies. Dominic war in diesem Wettkampf natürlich unterlegen gewesen.

Mehrmals hatte Dominic angeregt, ein größeres Schiff für die Bergungsaktion zu besorgen. Sie sprachen über die Vorteile dieses Vorschlages, setzten ihn aber nicht in die Praxis um. Denn eigentlich verspürten beide nicht das Bedürfnis, schneller voranzukommen. Es genügte inzwischen selbst Kate, langsam zu arbeiten, weitgehend mit den eigenen Händen.

Wenn dies einmal nicht mehr ausreichen sollte, konnten sie immer noch eine Entscheidung treffen.

Die Kanonen und die schweren Teile der Holzkonstruktion des Schiffes vermochten sie ohne fremde Hilfe nicht zu bergen. Also ließen sie diese vorerst unberührt. Sie benutzten auch weiterhin nur Sauerstoffflaschen zum Tauchen, sodass sie nach einer gewissen Zeit an die Oberfläche zurückschwimmen mussten. Eine Luftschleuse, die ihnen unbegrenzt Sauerstoff zugeführt hätte, würde ihnen Zeit erspart haben. Aber sie hatten ja keine Eile …

Ihre Arbeitsmethoden konnten nach professionellen Gesichtspunkten nicht als wirkungsvoll bezeichnet werden. Doch sie passten zu ihrer unausgesprochenen Vereinbarung, die Zeit zu zweit zu strecken, ihr Zusammensein so lange wie möglich andauern zu lassen.

Nachts lagen sie in dem großen Bett in Dominics Schlafzimmer, besprachen die Funde des Vortages, schmiedeten Pläne für den Morgen, liebten sich und kosteten jede Sekunde aus. Die fernere Zukunft war von ihren Gesprächen ausgeschlossen. Was nach diesem Sommer sein würde, mochte ihre Gedanken beschäftigen, aber sie rührten das Thema nicht an. Und schließlich verdrängten beide die Frage, was nach der Bergung des Schatzes aus ihnen werden sollte.

Die Suche war der Mittelpunkt. Sie widmeten sich ihr mit Energie, um nicht an Dinge denken zu müssen, die sie nicht verkraften konnten.

13. KAPITEL

Es war Mitte Juli und ein außergewöhnlich heißer Tag. Die Sonne brannte erbarmungslos von einem strahlend blauen Himmel, während Dominic und Kate sich aufs Tauchen vorbereiteten. Heute war Kate genau einen Monat lang auf Ocracoke. Trotz aller Nüchternheit war der heutige Tag, der Wendepunkt des Sommers, für Kate ein besonderes Zeichen.

Schweiß stand auf ihrer Stirn, als sie den Reißverschluss ihres Taucheranzuges hochzog. Sie freute sich auf die Kühle und Frische des Wassers. Die Sonnenstrahlen wurden von dem Metallgehäuse der Sauerstoffflaschen reflektiert.

„Warte." Dominic hob das Gurtwerk mit den Flaschen hoch und befestigte es auf Kates Rücken. Er prüfte die Ventile. „Im Wasser werden wir uns himmlisch fühlen."

Marsh schaute beinahe neidisch drein. „Denkt einmal an mich, während ihr euch da unten amüsiert."

„Gib nur wenig Gas, Bruderherz", scherzte Dominic und kletterte über die Reling. „Wir bringen dir auch eine Belohnung mit."

„Ja. Etwas Rundes, Glänzendes mit einem aufgestempelten Datum", rief Marsh ihm nach und winkte, als Kate Dominic ins Wasser folgte. „Viel Glück."

Das Geräusch der Schiffsschraube durchdrang die stille Welt unter Wasser, beeinträchtigte ihren Zauber jedoch nicht. Trotz der technischen Hilfsmittel und Geräte blieb das Meer ein Rätsel, das Schönheit und Gefahr eng miteinander verband. Tiefer und tiefer drangen Dominic und Kate vor, bis sie das Gelände erreichten, das durch ihre früheren Grabungen bereits zahlreiche Löcher aufwies.

Sie hatten nach ihren Funden die verschiedenen Abteilungen des Schiffes bestimmt. In einem fest umrissenen Bereich hatten sie eine Schnupftabakdose entdeckt, einen silbernen Kerzenhalter zur Befestigung an der Wand und ein verziertes Schwert,

Dominics liebstes Fundstück. In dieser Abteilung waren ihrer Meinung nach die Offiziere und Passagiere untergebracht gewesen. Die von ihnen aufgespürten wenigen Schmuckstücke deuteten darauf hin, dass sie einst zum Privatbesitz eines Passagiers oder eines höher gestellten Besatzungsmitgliedes gehörten und nicht zur Ladung, zum Schatz.

Zwar wollten sie diesen Bereich gründlich durchforschen, aber eigentlich lag ihnen mehr an der Auffindung der Ladung. Die Passagierkabinen und die Kombüse dienten ihnen als Anhaltspunkte für die mögliche Lage des Schiffshecks, und darauf konzentrierten sie ihre Bemühungen.

Ballaststeine lagen ihnen im Weg. Sie mussten an Stellen geschafft werden, die sie bereits durchsucht hatten. Es war eine langwierige, wenig erquickliche Aufgabe, aber eine notwendige. Und Kate fand selbst daran Vergnügen, große Felsbrocken fast mühelos bewegen zu können. Die relative Schwerelosigkeit unter Wasser machte es möglich, dass sie Dominic bei dem Transport der Steine behilflich sein konnte, wozu sie an Land kaum in der Lage gewesen wäre.

Dominic streckte wieder einmal die Hände aus, um einen Stein wegzuschaffen, da berührte er flüchtig einen kleinen, harten Gegenstand. Neugierig fächerte er eine dünne Schicht Schmutz fort und hob den Gegenstand auf, der zunächst wie der Verschluss einer Bierdose aussah. Er brachte ihn näher an seine Augen und stellte fest, dass der Gegenstand sehr viel kunstvoller war. Trotz des Schmutzes, der den knopfartigen Teil über dem Kreis bedeckte, glaubte er zu wissen, was er in seinen Händen hielt. Sein Herz pochte heftig vor Aufregung.

Nie hätte er sich träumen lassen, durch einfaches Ausstrecken der Hand in den Besitz eines Diamantrings zu kommen. Behutsam entfernte er den Schmutz, soweit das ohne Gewaltanwendung ging. Obwohl er kein Experte war, schätzte er den Diamanten auf mindestens zwei Karat. Er klopfte auf Kates Schulter, um ihr den Fund zu zeigen.

Ihre Augen weiteten sich vor Staunen und Freude. Gemeinsam betrachteten sie den Ring von allen Seiten. Er war stumpf und verschmutzt, aber der Stein ruhte noch in der Fassung.

Die vielen Teile, die sie aus dem Meer bargen, hatten alle ihre eigene Geschichte, die sie nie erfahren würden. Vielleicht hatte eine Frau diesen Ring getragen, während sie mit dem Kapitän speiste. Oder ein britischer Offizier hatte ihn auf dem Weg nach Amerika in seiner Westentasche aufbewahrt, um ihn der Frau zu überreichen, die er dort heiraten wollte. Er konnte einer älteren Witwe gehört haben, oder einer jungen Braut. Das Geheimnis, das diesem Ring anhaftete, machte ihn noch wertvoller.

Nach einer Weile hielt Dominic Kate den Ring hin und bedeutete ihr, ihn einzustecken. Bei ihrer bisherigen Suche waren sie wortlos übereingekommen, dass derjenige, der einen Gegenstand auffand, diesen auch in seinem Beutel aufs Boot brachte, wo alles sorgfältig registriert wurde.

Unschlüssig schaute Kate auf das kleine, im Wasser stumpf gewordene Stück Vergangenheit. Wollte Dominic ihr den Ring schenken, weil er zum Schmuck einer Frau gehörte, oder bot er ihr mit ihm etwas anderes an? Schließlich schüttelte Kate den Kopf und zeigte auf den Beutel an seinem Gürtel. Wenn Dominic ihr etwas mitteilen wollte, so musste er es ihr mit Worten sagen.

Dominic ließ den Ring in seinen Beutel fallen, verschloss ihn und begab sich wieder an die Arbeit.

Für vieles von dem, was Kate ihm gesagt hatte, brachte Dominic kein Verständnis auf. In mancherlei Hinsicht blieb sie für ihn so rätselhaft und geheimnisvoll wie das Meer.

Was wollte sie von ihm? Liebe? Er schenkte sie ihr! Zeit? Ihr Zusammensein näherte sich dem Ende. Manchmal war sein Bedürfnis übergroß, sie zu fragen, zu drängen. Ihr Blick hielt ihn dann davon ab.

Kate hatte ihm eröffnet, dass sie sich verändert habe, dass sie ihr eigenes Leben führen wolle. Er konnte verstehen, dass sie es auskosten wollte, verstand auch den Drang nach Unabhängigkeit. Aber … Dominic war sein Leben lang unabhängig gewesen. Auch er erfuhr eine Veränderung. Er benötigte Kates Hilfe dabei, sich Grenzen zu setzen, Anhaltspunkte zu schaffen. Konnten sie nicht auf halbem Wege zueinander treffen? Wann war der richtige Augenblick dafür? Würde es ihn jemals geben?

Dominic sehnte sich nach Kate und brauchte sie. Nicht nur einen Sommer lang, sondern für immer. Warum begriff sie das nicht?

Sie liebte ihn. Nachts, wenn sie schläfrig war und sich an ihn schmiegte, flüsterte sie diese Worte. Er wusste, dass sie ihren Gefühlen entsprachen, spürte aber auch, dass Kate einen Teil ihrer selbst vor ihm verschloss, als fürchte sie, sich ihm völlig auszuliefern. Dieser Zustand zerrte an seinen Nerven. Er wollte Kate ganz besitzen!

Dominic nahm sich vor, alles daranzusetzen, das zu erreichen. Mit grimmiger Entschlossenheit rüttelte er an einem Felsblock und schaffte ihn schließlich zur Seite.

Kate beobachtete, wie Schlamm und Sand vor dem Gebläse aufgewirbelt wurden. Sie war unruhig und nicht bei der Sache. Ihre Gedanken drehten sich um Dominic. Dachte er an eine Heirat? Hatte er dies durch den Ring sagen wollen?

Die Vorstellung erfüllte sie mit Unbehagen. Sie hätte nie von Dominic erwartet, dass er eine derartige Bindung, eine dauerhafte Beziehung anstreben könnte. Vielleicht hatte sie sich in ihm getäuscht. Nun ja, es war fast unmöglich, die Absichten eines anderen Menschen genau zu durchschauen.

Eine Heirat …

Ein solcher Schritt bedurfte vieler Überlegungen. Dominic würde das nicht verstehen. Er traf seine Entschlüsse spontan und stellte sich dann den Folgen. Er käme gewiss niemals auf den Gedanken, alle Möglichkeiten zu erwägen, Fragen nach dem Wieso und Warum zu stellen. Kate hingegen sah keinen anderen Weg. Sie musste alles in Betracht ziehen.

Der Wirbel bohrte ein tassengroßes Loch in den Meeresboden. Symbolik?

Ach, Unsinn, sagte sie sich. Dennoch beeinflusste das Geschehen sie.

Würde die Beziehung zwischen ihr und Dominic dem Druck ihrer unterschiedlichen Lebensweisen standhalten? Was würde aus Dominic und ihr, Kate, werden, wenn ihr Beruf sie forderte und er seine Freiheit suchte? Würden sie sich voneinander entfernen? Würden Gemeinsamkeiten Schicht für Schicht zerstört werden? Wie viel konnte sie von sich selbst, von ihrer eigenen Persönlichkeit aufgeben?

Kate erkannte die Gefahren durchaus. Sie musste sich vor ihnen hüten. Vielleicht brachte die Zeit wirklich Antwort auf ihre Fragen. Nur ... der Sommer würde bald vorüber sein ...

Durch die Kraft des Gebläses wurde aus der Sandschicht so etwas wie ein dunkler Faden hochgewirbelt. Kate griff danach.

Was war denn das? Offenbar eine dünne Schnur mit spitz zulaufenden Enden.

Himmel! Etwa ein Schnürsenkel?

Gerade wollte Kate Dominic ihren sonderbaren Fund zeigen, da lösten sich weitere „Fäden" vom Meeresboden. Sie runzelte die Stirn. Schnürsenkel?

Ja, tatsächlich! Schnürsenkel. Dutzendweise.

Mehr und mehr dieser „Fäden" drehten sich vor ihren Augen in dem Wirbel empor und verteilten sich im Wasser. Hunderte.

Hastig begann Kate sie einzusammeln. Es müssen mehr als Hunderte sein, dachte sie aufgeregt.

Tausende. Tausende von Schnürsenkeln umgaben sie!

Dominic wurde auf das Geschehen aufmerksam. Kate hielt ihre vollen Hände hoch und schaute ihn triumphierend an.

Sie waren auf den Laderaum gestoßen. Auf der Ladeliste der „Liberty" standen Schnürsenkel. Fünftausend Paar. Kein anderes Schiff hatte seinerzeit Schnürsenkel transportiert.

Der Beweis! Er war erbracht. Es handelte sich um die „Liberty"!

Kate bewegte die Arme hin und her. Die Enden der vielen Schnürsenkel in ihren Händen wanden sich.

Der Beweis! hätte sie gern laut gerufen. Unter ihnen befand sich die Ladung. Und der Schatz.

Dominic gesellte sich zu ihr und nahm ihre Hände in seine. Er wusste, wie ihr zumute war. Unter seinen Fingerspitzen fühlte er Kates rasenden Pulsschlag. Er freute sich für sie, gönnte ihr die Genugtuung, die entscheidende Entdeckung gemacht zu haben.

Plötzlich wurde Kate die Komik der Situation bewusst. Um Dominic und sie herum schwebten Schnürsenkel. Fünftausend Paar Schnürsenkel wiesen ihnen den Weg zu dem Schatz, zu der Kiste mit dem Gold! Wenn das nicht komisch war … Nur mit Mühe konnte sie ein Kichern unterdrücken.

Dominic zwinkerte ihr zu. Dann ließ er sie los, deutete mit dem Zeigefinger auf sich, danach mit dem Daumen nach oben.

Kate begriff, dass er hinaufschwimmen wollte, um Marsh zu bitten, den Motor abzustellen. Eine Zeit lang durften sie nur noch mit den Händen weiter vorgehen.

Sie nickte und beobachtete, wie Dominic nach oben schwamm, bis sie ihn nicht mehr sehen konnte. Seltsamerweise freute sie sich über die Minuten des Alleinseins. Die erste Begeisterung über ihren Fund war verflogen. Nun brauchte sie Gelegenheit, das Neue voll zu erfassen und in sich aufzunehmen.

Unter ihr befand sich die „Liberty", das Schiff, nach dem ihr Vater gesucht hatte. Er konnte seinen Traum nie mehr verwirklichen. Ließen sich Träume überhaupt realisieren? Kate verdrängte den Gedanken.

Fest stand, ihr Vater hatte Recherchen betrieben und Berechnungen gemacht, um ein gewisses Ziel zu erreichen. Ein Traumziel.

Freude vermischte sich mit Trauer. Kate steckte eine Handvoll Schnürsenkel in ihren Beutel. Für ihren Vater. In diesem Augenblick hatte sie das Gefühl, ihm alles gegeben zu haben, was sie ihm jemals schuldig zu sein glaubte.

Mehr aus persönlichen Gründen denn für ihre Bestandsaufnahme, machte Kate Aufnahmen mit ihrer Kamera.

Tage, Wochen und Monate oder Jahre später würde sie die Bilder in Händen halten, die aufwirbelnden Sand, Schnürsenkel und schwebende Teilchen zeigten, und sie würde sich an die Augenblicke der ganz alleinigen, erlebten Befriedigung immer erinnern.

Plötzlich war es ruhig um Kate herum. Sie stutzte, dann wurde ihr klar, dass das Gebläse abgeschaltet worden war. Dominic musste die „Wirbelwind“ erreicht und Marsh entsprechende Anweisungen gegeben haben. Nun, da das Wasser nicht mehr aufgewirbelt wurde, sanken nach und nach Sand, Schnürsenkel und schwebende Teilchen auf den Boden zurück.

Kate betrachtete die Mulde auf dem Grund des Meeres. Sie hatten es fast geschafft! Sie war versucht, allein weiterzuarbeiten, doch dann sagte sie sich, das sei unfair. Dominic und sie hatten gemeinsam begonnen, und sie sollten das Unternehmen auch gemeinsam zu Ende führen.

Während Kate auf Dominic wartete, bemerkte sie über sich eine Bewegung. Kam er schon zurück? Dann hatte er sich aber beeilt! Sie hob den Kopf, wollte winken – und erstarrte. Das Blut schien ihr in den Adern zu gefrieren.

Das Geräusch des Gebläses hatte die Meerestiere ferngehalten. Nachdem Ruhe eingekehrt war, kamen die ersten Neugierigen hervor. Zwischen Schwärmen harmloser Fische glitt still und unheimlich die grau glänzende Gestalt eines Haies …

Kate wagte kaum zu atmen aus Angst, dass die Luftblasen seine Aufmerksamkeit erregen könnten.

Der Hai bewegte sich ohne Eile, schien nicht an ihr interessiert zu sein. Vielleicht hatte er an diesem Tag bereits erfolgreich gejagt. Aber selbst ein Hai mit vollem Magen griff alles und jeden an, der sein launisches Wesen reizte.

Er war etwa drei Meter lang. Trotz ihrer Furcht fasste Kate klare Gedanken. Es handelte sich um einen Grauhai, und für diese Sorte war er ein relativ kleines Exemplar. Grauhaie konnten gut und gern doppelt so groß werden. Dennoch durfte sie die Gefahr nicht unterschätzen. Die mit messerscharfen Zähnen bestückten Kiefer konnten so oder so tödlich sein.

Wenn sie sich still verhielt, würde der Hai möglicherweise auf der Suche nach ereignisreicheren Gewässern weiterschwimmen. Kate hatte einiges über Haie gelesen, kannte solche Situationen aus Büchern. Und Dominic hatte ihr gesagt, was in solchen Fällen zu tun sei. Damals hatten sie an Deck seines Bootes gesessen. All das schien so weit entfernt, so unwirklich zu sein, als sie emporschaute und das glatte Raubtier zwischen sich und der Oberfläche beobachtete.

Bewegung zog ihn an. Das wusste sie. Die Bewegungen der Arme und Beine eines Schwimmers.

Nur keine Panik. Kate zwang sich dazu, ruhig zu bleiben, völlig regungslos zu verharren.

Er war kaum fünf Meter von ihr entfernt. Kate konnte die kleinen schwarzen Augen sehen, bemerkte die gleichmäßig arbeitenden Kiemenspalten.

Sie atmete flach und wandte den Blick nicht von dem Hai ab. Sie brauchte nur zu warten, bis sich der Räuber entfernen würde.

Dominic. Sekundenlang setzte ihr Herzschlag aus. Kate spähte in die Richtung, in der Dominic verschwunden war. Er würde wiederkommen, jeden Augenblick konnte er herabschwimmen, ohne zu ahnen, was hier lauerte.

Der Hai würde die Bewegung des Wassers mit dem unfehlbaren Gespür des Jägers erfassen. Dominics Schwimmzüge würden ihn anziehen, bevor sie, Kate, auch nur die Gelegenheit hätte, Dominic zu warnen.

Er wusste nichts von dem überaus gefährlichen Meeresbewohner, er wäre ihm hilflos ausgeliefert. Kate wagte nicht, ihre Gedanken zu Ende zu führen. Sie musste etwas unternehmen. Sie konnte nicht untätig mit ansehen, wie Dominic dem sicheren Tod entgegenschwamm.

Ihr Blick fiel auf die Harpune. Sie lag etwa einen Meter von ihr entfernt. Gesichert. Aus Gründen der Vorsicht.

Sicherheit, schoss es ihr durch den Kopf. Sie hatte noch nie mit einer Harpune geschossen. Ohnehin musste sie erst einmal an die Waffe herankommen. Es gab nur diese eine Möglichkeit der Rettung. Ihr blieb keine Zeit, ihre Nerven zu beruhigen. Also begann sie, ihren Plan in die Tat umzusetzen.

Zentimeter für Zentimeter bewegte sie sich auf die Harpune zu, wobei sie den Hai fest im Auge behielt. Im Moment schien er ziellos umherzugleiten. Er schaute nicht einmal in ihre Richtung. Vielleicht verschwand er, bevor Dominic wiederkehrte? Aber auf diese Möglichkeit durfte sie sich nicht verlassen. Sie musste an die Waffe heran. Mit leicht zitternden Fingern tastete sie nach dem Schaft. Die Zeit schien dahinzuschleichen.

Kates Bewegungen waren langsam, wie in Zeitlupe, kaum wahrzunehmen. Doch ihre Gedanken überschlugen sich förmlich.

Endlich konnte sie mit den Fingern die Harpune umklammern. Aus den Augenwinkeln sah sie einen Schatten, der von der Oberfläche herabtauchte. In diesem Moment wandte sich der Hai nach links, Dominic zu.

Nein! Der stumme Schrei dröhnte in Kates Kopf. Blitzschnell brachte sie die Harpune in Anschlag. Nur der eine Gedanke leitete sie: den geliebten Mann zu retten. Ohne Zögern schwamm sie los, um zwischen Dominic und den Hai zu gelangen. Sie musste näher herankommen.

Kate war jetzt völlig ruhig und kaltblütig. Zum zweiten Mal sah sie die kleinen ausdruckslosen Augen des Hais. Diesmal waren sie genau auf Kate gerichtet. Sie wirkten auf Kate abgrundtief böse. Es waren die grausamen Augen eines mörderischen Raubtieres.

Der Hai kam mit einer solchen Geschwindigkeit auf sie zu, dass es ihr den Atem verschlug. Er riss sein Maul auf, und Kate schaute in eine tiefe, finstere Höhle.

Dominic tauchte schnell von der Wasseroberfläche herab. Er hatte es eilig, zu Kate zurückzukehren, die Suche gemeinsam mit ihr fortzuführen. Der Schatz hatte sie wieder zusammengebracht, und mit seiner Hilfe würden sie in der Lage sein, ihre Zukunft unabhängig und frei zu gestalten. Vorfreude erfüllte ihn, während er tiefer schwamm.

Da erblickte er den Hai. Der Schrecken fuhr ihm durch alle Glieder. Sofort hielt er inne. Obwohl er im Kampf gegen ein solches Raubtier mit einem Messer so gut wie nichts ausrichten konnte, langte er vorsichtig nach dem Tauchermesser, seiner einzigen Waffe.

Urplötzlich schoss Kate vom Boden empor. Entsetzt starrte Dominic zu ihr hinüber. Hatte sie den Verstand verloren? Erkannte sie die Gefahr nicht? Jetzt blieb keine Zeit mehr, darüber nachzudenken. Mit aller Kraft schwamm Dominic auf sie zu.

Er war zu weit von ihr entfernt. Er würde es nicht rechtzeitig schaffen. Der Hai würde Kate erfassen, bevor er nahe genug war, dem Tier sein Messer in den Leib zu stoßen.

Als Dominic sah, was Kate in ihren Händen hielt, und er ihre Absicht erkannte, ergriff ihn panischer Schrecken. Er beschleunigte seine Bewegungen noch, soweit das möglich war. Alles schien in Zeitlupe abzulaufen, und trotzdem dauerte es nur einige Sekunden lang. Jetzt hatte der Hai Kate fast erreicht.

Zum ersten Mal in seinem Leben schickte Dominic ein Stoßgebet zum Himmel.

Kate betätigte den Auslöser, und die Harpune wurde losgeschleudert, bohrte sich tief in das Fleisch des Hais. Instinktiv ließ Kate sich hinabsinken, als der Hai vorschoss. Wut und Schmerz trieben das Tier voran. Es würde die Verfolgung aufnehmen. Daran konnte kein Zweifel bestehen. In nur wenigen Augenblicken würde es wieder bei Kate sein, wenn sie es nicht an entscheidender Stelle getroffen hatte. Dominic sah, wie Blut aus der Wunde spritzte. Die Verletzung reichte nicht aus, den Hai außer Gefecht zu setzen. Das Tier fuhr herum, als wollte es die Harpune abschütteln, und verlangsamte dabei etwas seine Bewegungen. Es genügte Dominic, um sich ihm auf den Rücken zu werfen und das Messer, so schnell es im Wasser möglich war, wieder und wieder in den grauen glatten Leib zu stoßen. Außer sich vor Wut bäumte der Hai sich auf. Unter Aufbietung all seiner Kräfte folgte Dominic seinen Bewegungen. Er rammte dem Tier das Messer in den Leib und schlitzte ihn auf.

Aus geringer Entfernung beobachtete Kate den Kampf. Ihr Gehirn und ihr Körper waren eine Weile wie betäubt. Das Blut des Tieres vermischte sich mit dem Wasser.

Plötzlich kam sie zu sich, zog hastig ihr Tauchermesser aus der Scheide, um Dominic zu helfen.

Doch der Kampf war vorüber. Der Hai sank schwer und leblos auf den Boden herab. Kate blickte ein letztes Mal in seine Augen.

Da wurde sie fest am Arm gefasst. Erschöpft und willenlos ließ sich Kate ziehen. Nur ein Gedanke beherrschte sie: Dominic war gerettet.

Stark nach Luft ringend zog Dominic sie zur Leiter und half Kate, mit ihrer kompletten Ausrüstung hinaufzusteigen. Kaum an Deck, rutschte Kate aus und fiel hin. Bevor Dominic sich über die Reling schwang, bemerkte er aus den Augenwinkeln zwei graue, Unheil verheißende Rückenflossen, die plötzlich nach unten verschwanden. Ein weiterer Hai, den nun das Blut anzog!

„Was, zum Teufel …“ Marsh sprang auf und lief zu Kate, die heftig atmend auf dem Boden lag.

„Später“, unterbrach Dominic ihn und kniete neben Kate nieder. „Ich musste sie sofort hochbringen.“ Er hob mit der Hand ihren Oberkörper an und streifte das Gurtwerk der Sauerstoffflaschen von ihren Schultern. Danach befreite er sie von den anderen Ausrüstungsstücken. „Kate, wie fühlst du dich? Ist dir schwindlig? Hast du Schmerzen?“

Kate setzte sich auf und schüttelte den Kopf. „Nein, nein“, brachte sie mühsam hervor. „Mir geht es gut.“ Sie gab sich Mühe, gleichmäßiger zu atmen, damit Dominic beruhigt sein konnte. „Wir waren nicht mehr so tief, nachdem … als wir … nun, du weißt schon.“

Er nickte. Sie hatte also nicht unter der schnellen Druckveränderung gelitten. Er erhob sich und nahm seine Sauerstoffflaschen ab. Dann legte er die Ausrüstungsstücke sorgfältig auf den dafür vorgesehenen Platz. Seine Hände zitterten plötzlich.

„Könnte mir endlich jemand verraten, was passiert ist?“, sagte Marsh und sah von einem zum anderen. „Ich bin nur so weit mitgekommen, dass Dominic irgendetwas von Schnürsenkeln fantasierte.“

„Ladung“, antwortete Kate, „wir haben die Ladung gefunden.“ Sie hatte die Knie angezogen und die Stirn dagegen gelehnt.

„Aha.“ Marsh warf seinem Bruder einen fragenden Blick zu. „Aber eben seid ihr dort unten auf unliebsame Gesellschaft gestoßen, nehme ich an. Stimmt's?“

Dominic trat an die Reling, legte die Hände darauf und schaute starr übers Meer. „Du hast recht“, erwiderte er schließlich. „Ein Grauhai … es hätte nicht viel gefehlt, und Kate wäre von ihm getötet worden.“

Bevor Marsh etwas erwidern konnte, wandte Dominic sich um und fuhr Kate an: „Hast du eigentlich alles vergessen, was ich dir beigebracht habe?“ Seine Angst um sie war in Wut über ihren vermeintlichen Leichtsinn umgeschlagen. „Du hast es geschafft, einen Doktortitel zu erlangen, doch daran, dass man in der Nähe eines Hais seine Bewegungen auf ein Minimum reduzieren soll, erinnerst du dich nicht. Ich habe dir mehr als einmal gesagt, dass Arm- und Beinbewegungen Haie reizen. Aber du schwimmst einfach auf einen Hai zu und ruderst mit den Armen, als wolltest du ihm zur Begrüßung die Hand reichen. Und mit der Harpune hast du seine Wut verstärkt, statt ihn zur Strecke zu bringen. Wenn ich nicht gerade heruntergekommen wäre, hätte er dich in Stücke gerissen.“

Kate hob den Kopf. Was immer sie bis zu diesem Augenblick bewegt hatte, war schlagartig vergessen. Dominics ungerechtfertigter Vorwurf traf sie tief. „Dominic, du verkennst die Tatsachen.“

„Dass ich nicht lache!“

Langsam stand Kate auf. „Lach nur. Wenn du nicht gerade in dem Moment heruntergekommen wärest, hätte ich keinerlei Grund gehabt, auf den Hai zuzuschwimmen."

Nach diesen Worten drehte sie sich um und stieg die Stufen zur Kabine hinab.

Minutenlang herrschte absolute Stille an Deck der „Wirbelwind". Schließlich ging Marsh zum Steuerruder. An diesem Tag konnten Dominic und Kate gewiss nicht mehr hinabtauchen.

„Dominic?"

„Ja, was? Ach, lass mich in Ruhe!", antwortete er gereizt.

„Es ist üblich, dass man sich bei seinem Lebensretter bedankt", bemerkte Marsh über die Schulter hinweg und warf den Motor an, ohne eine Erwiderung seines Bruders abzuwarten.

Dominic fuhr sich mit beiden Händen durchs Haar und starrte dann auf seine Finger. Er war sprachlos. Es war nicht aus Leichtsinn geschehen. Kate hatte absichtlich die Aufmerksamkeit des Hais auf sich gelenkt. Seinetwegen. Sie hatte ihr Leben riskiert. Dominic holte tief Luft. Seinetwegen. Der Gedanke ließ ihn nicht mehr los.

Als er in die Kabine hinabkam, saß Kate auf einer Liege. Sie hielt ein Glas in der Hand. Zu ihren Füßen stand eine Flasche Brandy. Ihre Hand zitterte leicht, als sie das Glas an die Lippen hob. Unter der sonnengebräunten Haut war ihr Gesicht bleich. Kate sah abgespannt und erschöpft aus.

Niemand hatte je so selbstlos und bedingungslos an ihn gedacht. Dominic schluckte und suchte nach Worten. „Kate ..."

„Ich bin nicht in der richtigen Verfassung, mir wieder Vorwürfe machen zu lassen", unterbrach sie ihn, bevor sie erneut von dem Brandy trank. „Wenn du dich abreagieren willst, such dir bitte jemand anders."

„Ich werde nicht schimpfen." Das Erlebnis hatte ihn genauso erschüttert wie Kate. Und so setzte sich Dominic neben sie, nahm die Flasche vom Boden und hob sie an den Mund. Die feurige Flüssigkeit tat ihm gut. „Du hast mich zu Tode erschreckt."

„Ich habe nicht die Absicht, mich für mein Tun zu entschuldigen."

„Nein, Kate, nein, das brauchst du auch nicht. Ich sollte dir dankbar sein." Dominic nahm wieder einen Schluck direkt aus der Flasche. „Es ist nur so, dass du nicht so hättest handeln dürfen. Es war reines Glück, dass nichts Schlimmes passiert ist."

Kate schaute ihn an. „Ich hätte also in Sicherheit bleiben und in aller Seelenruhe mit ansehen sollen, wie der Hai dich angegriffen und du dich abgemüht hättest. Mit deinem Tauchermesser", fügte sie hinzu.

Dominic sah ihr fest in die Augen. „Ja."

„Hättest du dich im umgekehrten Fall so verhalten?"

„Das ist etwas anderes."

„Ach ja." Kate stand auf. Mit dem Glas in der Hand stellte sie sich vor Dominic hin und musterte ihn. Sie ließ den Blick über seine markanten Gesichtszüge gleiten, sein schwarzes Haar und seine grünen Augen. „Würdest du mir bitte diese Logik erklären?", fragte sie betont langsam und deutlich, um ihn zu provozieren.

„Da gibt es nichts zu erklären. So ist es nun einmal." Wieder stürzte Dominic Brandy in sich hinein.

„Nein, so einfach ist es nicht, und das ist eines deiner größten Probleme, Dominic."

„Kate, hast du überhaupt eine Ahnung, was passiert wäre, wenn ich es nicht geschafft hätte, den Hai in Rekordzeit zu erreichen?"

„Ja." Kate setzte ihr Glas auf dem Schrank ab. Sie hatte sich etwas gefasst, hatte ihre Angst und ihren Zorn unter Kontrolle. „Ja, die habe ich sehr wohl! Und jetzt gehe ich nach oben zu Marsh."

„Nein, warte bitte." Dominic verstellte ihr den Weg. „Begreifst du nicht, dass ich es nicht ertragen könnte, wenn dir etwas passierte? Ich möchte mich um dich kümmern. Ich muss dich beschützen."

„Und alle Risiken auf dich nehmen?", fragte sie. „Stellst du dir so eine ausgewogene Beziehung vor, Dominic? Du der Mann, ich die Frau. Ich backe Brot, und du gehst auf die Jagd?"

„Verflixt, Kate, sieh es doch nicht so klischeehaft."

„Dominic, darauf läuft es hinaus", meinte sie. Sie war jetzt ruhig und trug ihre Worte präzise und mit Bestimmtheit vor. „Du willst, dass ich still und zufrieden bin und mich in deine Pläne und Vorstellungen für mein Leben füge. Du willst, dass ich tue, was du sagst, mich deinem Willen beuge. Dabei weiß ich, wie du über meinen Vater denkst."

Dominic setzte zu einer Erwiderung an, aber Kate ließ ihn nicht zu Wort kommen.

„Ich habe mein Leben lang getan, was er für richtig hielt", fuhr sie rasch fort. „Es gab keine Meinungsverschiedenheiten, keinen Widerspruch und keine Probleme. Vater schien zufrieden. Aber echten Respekt oder wirkliche Zuneigung habe ich niemals von ihm erfahren. Und jetzt verlangst du von mir, mit dir in der gleichen Art weiterzumachen." Kate strich sich über die Stirn. „Wie kommt es bloß, dass die einzigen beiden Männer, die ich je geliebt habe, von mir verlangen, dass ich mich völlig ihrem Willen unterwerfe?"

Dominic legte die Hände auf ihre Schultern. „Das stimmt nicht, Kate. Ich verlange das nicht von dir. Ein solches Leben wünsche ich nicht für dich. Ich möchte lediglich auf dich achtgeben."

Kate schüttelte den Kopf. „Wo liegt denn der Unterschied, Dominic?", flüsterte sie. „Wo, zum Teufel, liegt er?"

Ohne eine Antwort abzuwarten, schob sie Dominic zur Seite und ging an Deck.

Dominic arbeitete in seinem Schuppen. In ihrer ruhigen bestimmten Art hatte Kate ihn gebeten, sie allein zu lassen. Er hatte sofort zugestimmt, denn auf diese Weise fand er Zeit, um nachzudenken und seine Vorstellungen neu zu erwägen.

Aus Angst um Kate, aus dem Bedürfnis heraus, sie zu beschützen, hatte er ihrer ohnehin schon angespannten Beziehung einen schweren Schlag versetzt.

In gewissem Sinn hat Kate mit ihren Vorwürfen genau ins Schwarze getroffen, überlegte Dominic. Es lag in seinem Wesen, Menschen, die er liebte, umhegen zu wollen. Vielleicht hatte er die Fürsorge bei Kate übertrieben. Es lag ebenfalls in gewisser Weise in seinem Wesen, anderen seinen Willen aufzuzwängen. Er wollte mit Kate zusammen sein. Ehrlicherweise gestand er sich ein, dass er die Bedingungen für ihr gemeinsames Leben bereits festgelegt hatte.

Die Einflussnahme Hardestys auf Kate hatte ihn, Dominic, erzürnt. Doch wenn er aufrichtig gegen sich selbst war, musste er zugeben, dass er nicht anders handelte. Er mochte nicht so gelassen, so feinsinnig vorgehen wie Edwin Hardesty, an den Tatsachen änderte es nichts. Allerdings handelte er aus anderen Motiven. Er wünschte, dass Kate bei ihm war, sich ihm anpasste. Sie sollte ihr Leben nach dem seinen ausrichten, ja, aber sicherlich würde er es schaffen, sie auf seine Art und Weise glücklich zu machen, wenn sie ihn nur ließe.

Plötzlich ging Dominic auf, dass er bei seinen Überlegungen außer Acht gelassen hatte, Kate könne eigene Forderungen und Bedingungen stellen und eigene Wünsche haben. Bisher hatte er sich keinerlei Gedanken darüber gemacht, wie er sich seinerseits Kate anpassen könnte.

Der Morgen graute bereits, als Dominic die letzten Pinselstriche an dem Namen seines neuen Segelbootes vollführte. Den größten Teil der Nacht hatte er im Schuppen gearbeitet und Kate und sich selbst Zeit zum Nachdenken und Abstandfinden gegeben.

Nun war die Nacht vorüber, und Dominic zog Bilanz: Er liebte Kate. Er hatte sich vor Augen geführt, dass dies nicht genug sein konnte. Obwohl er große Ungeduld über die unklare Situation zwischen ihnen beiden verspürte, wollte er sich zurückhalten. Vielleicht muss er es Kate überlassen zu bestimmen, was aus ihnen werden sollte.

In den nächsten Tagen würden sie sich auf die Bergung der

Schiffsladung konzentrieren, die vor zweihundertfünfzig Jahren versunken war. Je länger die Suche andauerte, desto klarer wurde der Schatz für Dominic zum Symbol. Die Hebung des Schatzes bedeutete für sie beide das Ende ihrer Suche. Sie würden dann das erreicht haben, was sie erstrebt hatten. Kate hätte den Traum ihres Vaters erfüllt, und er, Dominic, würde die Genugtuung haben, dass sich Kate aus ihrer Abhängigkeit von ihrem Vater lösen würde.

Dominic schloss die Tür des Schuppens und wandte sich dem Haus zu. Er war noch einige Schritte vom Haus entfernt, als er den Duft gebratenen Schinkens und frisch aufgebrühten Kaffees roch. Schnell betrat er die Küche.

Kate stand am Herd. Sie trug ein langes T-Shirt über ihrem Taucheranzug, war barfuß und hatte das Haar offen. Das Licht vom Küchenfenster fiel auf ihr Gesicht, auf die Sommersprossen auf ihrer Nase und auf ihre sanft geschwungenen Lippen.

Jähe Sehnsucht erfasste Dominic bei ihrem Anblick. Unwillkürlich blieb er stehen.

„Kate …"

„Ich dachte, wir sollten uns vor einem langen Tag mit einem reichhaltigen Frühstück stärken." Kate wandte sich kaum nach ihm um. Seine Nähe gefährdete ihre mühsam gewahrte Fassung. Deshalb sprach sie kurz angebunden und sachlich. „Ich möchte früh aufbrechen."

Dominic sah zu, wie Kate mehrere Eier in die Pfanne schlug. Unter leisem Brutzeln festigte sich der weiße Rand.

„Kate, ich möchte mit dir reden."

„Ich habe überlegt, ob es nicht das Beste wäre, nun doch ein Bergungsschiff zu mieten." Kate ging nicht auf ihn ein. „Vielleicht sollten wir auch noch andere Taucher anheuern. Die Ladung allein auszugraben wäre für uns zwei eine zu langwierige Angelegenheit. Außerdem ist es an der Zeit, geeignete Hilfsmittel einzusetzen."

Die Sonne und Salzwasser hatten Kates hellbraunes Haar gebleicht. Es wies jetzt die verschiedensten Schattierungen auf und erinnerte Dominic an das weiche Fell eines Rehkitzes. „Ich möchte nicht über geschäftliche Dinge mit dir reden."

„Wir können es nicht länger aufschieben." Geschickt ließ Kate die Eier aus der Pfanne gleiten, verteilte sie dann auf zwei Teller. „Wir sollten die Bergung beschleunigen und nicht weiter hinauszögern."

„Mein Gott, Kate, nun hör mir doch wenigstens ein paar Minuten zu!" Dominic trat näher, schaltete die Herdplatte aus, nahm Kate die beiden Teller ab und stellte sie auf den Tisch. „Kate, ich muss etwas tun, aber ich bin nicht sicher, dass ich es sehr gut kann."

Sie ging zum Schrank, holte Bestecke aus der Schublade und legte sie neben die Teller. „Was?"

„Mich entschuldigen. Dir etwas erklären." Als sie ihn anschaute, stieß Dominic einen lauten Seufzer aus. „Nein, ich bin wirklich nicht gut in solchen Dingen."

„Es ist nicht nötig."

„Doch. Setz dich hin, Kate."

Sie blieb stehen.

Dominic rückte einen Stuhl zurecht. „Bitte, setz dich hin. Bitte."

Wortlos nahm Kate Platz, und Dominic ließ sich ihr gegenüber nieder.

„Du hast mir gestern das Leben gerettet, Kate."

„Ja?"

„Ich hätte den Hai niemals mit einem Messer erledigen können. Es gelang mir bloß, weil du ihn geschwächt und abgelenkt hattest."

Kate nahm ihre Kaffeetasse in beide Hände und schaute in die dampfende schwarze Flüssigkeit. Sie wollte nicht schon wieder an die Gefahren erinnert werden. „Ja?", erwiderte sie deshalb lediglich zum zweiten Mal.

Dominic senkte den Kopf. „Du hast nicht die Absicht, es mir leichter zu machen, hab ich recht?"

„Ja."

„Ich hatte nie zuvor solche Angst", gestand er. „Nicht um mich und auch nicht um einen anderen Menschen. Doch gestern … Himmel, Kate, fast hätte der Hai dich erwischt." Dominic schaute auf und begegnete Kates Blick. „Ich befürchtete, zu weit entfernt zu sein, um dich noch retten zu können. Wenn …"

„Manchmal ist es besser, nicht so lange über irgendetwas nachzudenken."

„Das sagst gerade du? Du, die du alles und jedes in Gedanken sezierst?"

„Ja, gerade ich."

„Oh Kate …" Dominic nahm ihre Hand in seine. „Kate, wie auch immer, das Bewusstsein, dass du dich in Gefahr begeben hast, um mich zu beschützen, ist überwältigend. Doch der Gedanke, dass dir etwas hätte zustoßen können und es meinetwegen geschehen wäre, ist mir unerträglich."

„Du hast mich auch beschützt."

„Ja, aber …"

„Es sollte kein ‚Aber' geben, Dominic."

„Vielleicht sollte es das wirklich nicht", stimmte er zögernd zu. „Ich kann allerdings nicht versprechen, dass es immer so sein wird."

„Ich habe mich verändert." Kate sprach leise, so wie zu sich selbst. „Viel zu lange habe ich meine eigenen Wünsche unterdrückt. Ich hatte angenommen, dass Zustimmung gleich Liebe sei. Jetzt weiß ich es besser …"

„Ich bin nicht dein Vater, Kate."

„Nein, doch bisher hast du ebenfalls versucht, mir deinen Willen aufzuzwingen. In gewisser Hinsicht bin ich wohl selbst schuld daran." Kate hatte die letzte Nacht über auch nicht geschlafen. Sie hatte wie Dominic über ihre Beziehung und sich selbst nachgedacht und nach den richtigen Antworten gesucht. Vieles war ihr klarer geworden. „Vor vier Jahren habe ich zuerst deinem Drängen und später dem Wunsch meines Vaters nachgegeben, dich zu verlassen. Es hat mir fast das Herz gebrochen. Inzwischen habe ich erkannt, dass ich in erster Linie meine

Persönlichkeit festigen muss, bevor ich Entscheidungen treffe." Kate stand auf und trug ihren fast unberührten Frühstücksteller zur Spüle. „Ich liebe dich, Dominic", sagte sie. „Aber ich muss zuerst zu mir selbst finden, ehe …" Sie verstummte.

Dominic trat hinter sie und legte die Hände auf ihre Schultern. Er spürte Kates Entschlossenheit, bewunderte ihre Stärke und fühlte sich trotzdem unzufrieden, weil sie noch nicht zu einer endgültigen Lösung gekommen waren.

„Einverstanden", erwiderte er sanft. „Sag mir, wann du soweit bist, dich entscheiden zu können."

„Sobald ich es kann." Kate drehte sich um und legte Schutz suchend den Kopf an seine Brust. „Sobald ich kann", wiederholte sie.

14. KAPITEL

In den nächsten drei Tagen beschäftigten sich Dominic und Kate intensiv mit der Freilegung der Ladung. Mit den Händen arbeiteten sie sich weiter vor und machten erstaunliche Entdeckungen. In Übereinstimmung mit der Ladeliste der „Liberty" kamen als Nächstes mehr als achttausend der insgesamt zehntausend verzeichneten Pfeifen zum Vorschein. Mindestens die Hälfte war zu Kates großer Freude völlig intakt. Es handelte sich um langstielige Pfeifen mit verzierten Tonköpfen. Einmal hob Dominic übermütig eine der Pfeifen an den Mund, und Kate hielt diesen lustigen Anblick mit ihrer Unterwasserkamera fest.

Bei Versteigerungen würden allein die Pfeifen mehr Geld erbringen, als Kate bisher in die Suche nach dem Schiff gesteckt hatte. Je weiter sie forschten, desto umfangreicher wurde auch der Anteil, den Kate im Namen ihres Vaters einem Museum stiften wollte. Das Wichtigste war allerdings, dass die Existenz so vieler Pfeifen in dem Wrack ihre Behauptung stützte, es handele sich um die „Liberty".

Sie fanden zudem Tabakdosen, wiederum in riesiger Stückzahl, sodass für Kate effektiv kein Zweifel mehr daran bestand, dass unter ihnen die „Liberty" lag. Geschirr gehörte ebenfalls zu ihren Funden. Manche Teile waren elegant und kostbar, andere reine Gebrauchsgegenstände.

Auch diese Menge war zu groß für den normalen Gebrauch an Bord eines Schiffes. Es war alles Handelsware. Die Auflistung des geborgenen Gutes wurde so umfangreich, wie Kate es sich nie hatte träumen lassen. Doch noch hatten sie keine Spur von der Kiste mit Gold entdeckt.

Abwechselnd transportierten Dominic und Kate die Fundstücke an Bord der „Wirbelwind". Das Meiste stapelten sie jedoch auf dem Boden des Meeres. Sie arbeiteten mittlerweile wieder ohne Marshs Hilfe. Wie am Anfang wurde jede Entdeckung zum persönlichen Triumph.

Kate konzentrierte sich auf die Bergung der Tabakdosen. Sie legte sie in die Drahtkörbe. Während dieser Arbeit fasste sie den Entschluss, einige der Dosen selbst zu reinigen. Sie stellte es sich aufregend vor, Schicht um Schicht abzutragen und zu sehen, was darunter zum Vorschein kam. Es war ihr gleichgültig, ob es Kostbarkeiten oder weniger wertvolle Dinge sein würden. Hauptsache, dass sie sie gefunden hatte. Tee, Zucker und andere Lebensmittel, die das Schiff an Bord geführt hatte, existierten nicht mehr. Dominic und Kate legten die beständigen Gegenstände frei, die zweihundertfünfzig Jahre auf dem Meeresboden überdauern konnten. Pfeifen und Tabakdosen, die für Menschen des achtzehnten Jahrhunderts in der Neuen Welt bestimmt gewesen waren, hatten ihr Ziel nie erreicht. Dass sie, Kate, heute diese Dinge sehen und berühren durfte, erfüllte sie mit Stolz und Genugtuung.

Als sie mehrere noch aufeinandergestapelte Tabakdosen aufhob, löste sich in der Nähe plötzlich ein Gegenstand. Erschrocken zuckte Kate zurück. Zu frisch waren noch die Erinnerungen an den Rochen und an andere Gefahren, die hier unten zuweilen lauerten. Das kleine runde Etwas sank zurück auf den Boden und schlug mit einem metallischen Klang an eine der Tabakdosen.

Kates Herz begann schneller zu schlagen. Kaum wagte sie, die Hand auszustrecken.

Als sie aber dann die Goldmünze zwischen ihren Fingern spürte, war ihre Freude riesengroß.

Die Münze glänzte wie an dem Tag, an dem sie geprägt worden war. Kate wusste aus Büchern, das Gold Jahrhunderte unbeschadet überstehen konnte, selbst unter Wasser. Da sie aber das Geldstück aus Silber mit einer schwarzen Oxidationsschicht aufgefunden hatte und andere Metallteile fast bis zur Unkenntlichkeit mit Rost überzogen waren, hatte sie nicht damit gerechnet. Fassungslos starrte sie auf die blinkende Münze in ihrer Hand.

Sie stammte aus England. Der abgebildete König war schon

seit langer Zeit tot, doch sein Bildnis noch deutlich und klar. Das aufgestanzte Datum der Münze lautete 1730.

„Dominic!“, rief Kate.

Obwohl der Laut vom Wasser gedämpft und absolut unverständlich war, drehte Dominic sich um. Kate war zu ungeduldig, auf ihn zu warten. So schwamm sie ihm entgegen. Sobald sie ihn erreicht hatte, ergriff sie seine Hand und drückte die Münze hinein.

Dominic wusste sofort, was Kate entdeckt hatte. Ein Blick in ihre Augen genügte. Kate hatte ihr Ziel erreicht. Sie hatte gefunden, wonach sie gesucht hatte.

Seltsamerweise konnte er sich nicht uneingeschränkt mit ihr freuen. Er verspürte plötzlich eine große Leere. Behutsam legte er das Goldstück zurück in Kates Hand und schloss ihre Finger fest darüber. Das Gold gehörte ihr.

Zusammen schwammen sie zu der Stelle, wo Kate die Münze entdeckt hatte. Zu zweit fächelten sie Schichten des Sandes fort. Sie verfügten noch über Sauerstoff für zwanzig Minuten. In dieser Zeit spürten sie nur fünf weitere Münzen auf. So vorsichtig, als wäre es zerbrechliches Glas, barg Kate sie in ihrem Beutel. Dann nahm jeder einen Drahtkorb, und sie kehrten zum Boot zurück.

„Sie ist es, Dominic!“, rief Kate, während Dominic die Drahtkörbe über den Bootsrand hievte. „Es ist die ‚Liberty‘. Wir haben den endgültigen Beweis erbracht.“

„Ja, es ist die ‚Liberty‘“, stimmte Dominic zu. „Du hast das Werk deines Vaters vollendet.“

Sie kletterten an Bord der „Wirbelwind“.

„Ja.“ Kate löste ihre Sauerstoffflaschen. „Ich habe es geschafft.“ Mehr als nur das Gewicht der Flaschen schien von ihren Schultern genommen. Sie langte in den Beutel an ihrem Gürtel und holte die sechs glänzenden Münzen hervor. „Diese lagen lose herum. Wir haben die Kiste noch nicht gefunden. Ob sie überhaupt noch existiert?“

Dominic war sich dessen nicht sicher. „Vielleicht wurde

die Kiste in einen anderen Teil des Schiffes verfrachtet, als der Sturm aufzog", gab er vorsichtig zu bedenken. Diese Überlegung war eine von vielen Möglichkeiten.

Kate betrachtete das funkelnde Gold. „Es ist auch möglich, dass sie die Kiste in eines der Rettungsboote geschafft haben. Der Bericht des Überlebenden gibt keine klare Auskunft über das, was nach dem Auseinanderbrechen des Schiffes passiert ist."

„Es ist schwierig, Genaues zu sagen." Dominic strich leicht über Kates Wange, bevor er seinen Taucheranzug auszog. „Mit ein wenig Glück und mehr Zeit könnten wir alles finden."

Kate ließ die Münzen zurück in ihren Beutel fallen und lächelte. „Dann könntest du dir das Boot kaufen."

„Und du nach Griechenland reisen." Nur mit seiner Badehose bekleidet, ging Dominic zum Steuerruder. „Wir sollten zwölf Stunden Pause einlegen, bevor wir erneut tauchen, Kate. Wir waren heute sehr lange unten."

„In Ordnung." Ohne Hast streifte Kate ebenfalls ihren Anzug ab. Sie würde die zwölfstündige Unterbrechung gut brauchen können …

Während der Heimfahrt sprachen Kate und Dominic nur wenig. Eigentlich hätten sie in Hochstimmung sein müssen. Obwohl Kate es versuchte, gelang es ihr nicht, den kurzen Augenblick überschwänglicher Freude nachzuerleben, der ihr beim Auffinden der Münze beschieden war.

Plötzlich hätte sie die Zeit gern zurückgedreht zu den Tagen, in denen sie mit der Suche nach der „Liberty" begonnen hatten.

Dominic und Kate verbrachten den restlichen Tag damit, ihre Funde von der „Wirbelwind" ins Haus zu bringen, sie zu sortieren und Rat bei Experten einzuholen.

Und Kate würde Dominic alles von dem geborgenen Gut überlassen, was er haben wollte. Ihre ursprüngliche Abmachung hatte längst keine Bedeutung mehr für sie. Verlangte er die Hälfte des Fundes, sollte er sie bekommen. Für sich selbst wollte sie im Grunde nur die zuerst entdeckte Schüssel, die angelaufene Silbermünze und das Geldstück aus Gold, das sie als Erstes gefunden hatte.

„Vielleicht sollten wir ein kleines Elektrolyseband kaufen." Dominic drehte einen Gegenstand in der Hand, den er für eine silberne Tabakdose hielt. „Vieles könnten wir selbst reinigen." Er legte die Dose auf den Tisch zurück. „Wir benötigen ein größeres Schiff und andere Ausrüstung. Am besten kümmern wir uns in den nächsten Tagen um diese Dinge und tauchen nicht. Wir suchen jetzt seit sechs Wochen, und soweit ich es beurteilen kann, stehen wir erst am Anfang der Bergungsaktion."

Kate nickte stumm. Aus unerklärlichen Gründen hatte sie das Bedürfnis zu weinen. Er hatte recht. Sie mussten weitere Schritte überlegen, Pläne fassen.

Wie aber sollte sie Dominic klarmachen, dass sie nichts mehr wollte, wenn sie es sich selber nicht erklären konnte? Während die Sonne tief am Horizont stand, saß Kate neben Dominic und beobachtete, wie er genau Buch über ihre Funde führte.

„Dominic …" Unentschlossen brach Kate ab. Sie fand nicht die Worte, ihm ihre Gefühle – Traurigkeit, Leere und Sehnsucht – zu beschreiben.

„Was ist?"

„Nichts." Kate griff nach seiner Hand und stand auf. „Komm mit nach oben", bat sie leise. „Liebe mich, bevor die Sonne untergegangen ist."

Unzählige Fragen drängten sich Dominic auf, doch er hielt sie zurück. Er sah den flehenden, sehnsüchtigen Ausdruck in Kates Augen und schwieg. Hand in Hand gingen sie hinauf.

Die letzten Strahlen der Sonne fielen flach ins Schlafzimmer. Der Himmel färbte sich rot, als Dominic sich neben Kate auf das Bett setzte. Sie streckte ihm die Arme entgegen und schlang sie fest um ihn. Dann bot sie ihm die Lippen.

Sie nahmen sich Zeit, sich gegenseitig auszuziehen. Schließlich lagen sie nackt nebeneinander. Lange intensive Küsse ließen sie ihre Umwelt vergessen. In diesen Minuten verloren die Fragen und die Unsicherheit ihre Bedeutung, zählten nur noch die süßen Empfindungen.

Kate entspannte sich, ihr Leib war weich und biegsam. Mit den Lippen suchte sie wieder und wieder Dominics Mund und küsste ihn hingebungsvoll.

Niemand anders konnte sie so mühelos in eine andere Welt entführen. Niemand anders hatte ihr ein so deutliches Bewusstsein ihres eigenen Körpers gegeben. Eine leichte Berührung seiner Fingerspitzen setzte sie in Flammen und brachte ihr Blut in Wallung.

Kates Verlangen wuchs, ihre Lust steigerte sich. Es war, als schwebe sie frei und schwerelos im Wasser. Die Gesetze der Schwerkraft schienen aufgehoben.

Dominic streichelte sie, und Schauer der Erregung durchliefen ihren Leib. Auch sie tastete mit den Fingern über Dominics Körper. Sie verweilte an seinen Schultern, spürte das Spiel seiner Muskeln und genoss jede Bewegung, jede Veränderung. Seine Haut war glatt und fest. Seine Hände waren zärtlich und kraftvoll.

Wieder ließ sie die Fingerspitzen über ihn gleiten. Sie hatte das Bedürfnis, jede Einzelheit mit allen Sinnen aufzunehmen. Hier hatten sie sich zum ersten Mal geliebt, und hier liebten sie sich zum letzten Mal. Gedanken an Dominic würden immer untrennbar mit der Vorstellung von Abenddämmerung und dem entfernten Rauschen der Brandung verbunden sein.

Dominic spürte das Verlangen, das Kate trieb. Er verstand ihr Drängen nicht ganz, aber er wollte ihr seine ganze Liebe schenken. Mit unendlicher Zärtlichkeit ging er auf ihre Wünsche ein.

Schließlich wand Kate sich unter seinen Liebkosungen wie im Rausch. Dominic fand ihre intimste Stelle und streichelte sie mit den Fingerspitzen. Lustvoll stöhnte Kate auf und rang nach Luft.

Dominic beobachtete, wie sie sich aufbäumte. „Du bist so weich!“, stieß er heiser hervor. Dann umfasste er ihre Hüften und drang mit der Zunge in Kate ein. Sie umklammerte seine Hände und gab sich den Wonnen hin, die er in ihr hervorrief.

Heiße Wellen der Lust stiegen in ihr auf.

„Du bist wundervoll. Kate, sag mir, dass du mehr willst."

„Ja", flüsterte sie mühsam. „Ich will mehr."

Und so liebkoste er Kate weiter mit der Zungenspitze. Er sah die Verzauberung in ihren Augen, spürte, wie sie die Hüften anhob, und hörte, wie sie seinen Namen atemlos hervorstieß. Er hatte sie völlig in seiner Gewalt. Sie war sein.

Als Kate erbebte, ließ er seine Hände an ihrem Leib emporwandern. Sein heißer Atem strich über ihre Haut.

Da löste sich Kate plötzlich von ihm und legte sich auf ihn. Sie glühte, war voller Feuer. Begierig auf die Vereinigung mit ihm, übernahm sie die Führung. Ihre Bewegungen waren heftig und leidenschaftlich. Die geflüsterten Worte waren unverständlich. Ihr Rhythmus wurde wilder. Sie verfolgten beide nur das eine Ziel – dem anderen höchste Wonnen zu schenken.

In enger Umarmung erreichten sie schließlich den Höhepunkt.

Die Morgendämmerung zog herauf. Kate lag ruhig neben Dominic, der noch schlief. Ihr Entschluss stand fest. Das Schicksal hatte Dominic und sie ein zweites Mal zusammengeführt, nun wurde es Zeit, dass sie ihr Schicksal selbst in die Hände nahm.

Sie hatte ein Abkommen mit Dominic geschlossen, ihm einen Anteil am Gold für seine Erfahrung und seine Fähigkeiten angeboten. Anfangs hatte sie geglaubt, sie wollte den Schatz, brauchte ihn, um sich alle Türen zu öffnen, die ihr verschlossen waren. Nun lag ihr überhaupt nichts mehr daran.

Alles Gold der Welt würde nichts an den Gegensätzen zwischen ihr und Dominic ändern.

Sie liebte ihn. Und auf seine Art liebte er sie auch. Hob dieses Gefühl die Unterschiede auf? War sie, Kate, in der Lage oder willens, ihr eigenes Leben aufzugeben und sich Dominic anzupassen, oder konnte sie das Gleiche von ihm verlangen? Nein.

Ihre Welten hatten sich einander nicht genähert. Ihre Wünsche stimmten heute so wenig überein wie damals vor vier Jahren. Sollte Dominic den Schatz bergen und behalten, sollte er damit anfangen, was immer er wollte. Sie brauchte den Schatz nicht.

Wenn sie bliebe ... Kate vermochte nicht zu widerstehen und berührte leicht Dominics Wange. Wenn sie bliebe, würde sie ihre Persönlichkeit opfern. Irgendwann würde sie sich deswegen verachten – und Dominic sie auch. Es war auf jeden Fall besser, die Erinnerungen an diese schönen Wochen mitzunehmen, selbst wenn die Trennung noch so sehr schmerzte.

Der Schatz war für Dominic wichtig. Er hatte große Risiken auf sich genommen, und er hatte hart gearbeitet. Sie wollte lediglich ihrem Vater ein bleibendes Andenken schaffen. Alles andere sollte für Dominic sein. Lautlos stand Kate auf und kleidete sich an.

Kate brauchte nicht lange, um ihre Sachen zu packen. Leise zog sie die Tür hinter sich zu und trug die Koffer hinab. Unten im Wohnzimmer begann sie, die Keramikschüssel sorgfältig in Zeitungspapier einzuwickeln. Dann steckte sie die schwarze Silbermünze und die glänzende Goldmünze in ihre Geldbörse.

Auch die Filme mit den Fotos, die sie bei ihren Arbeiten unter Wasser aufgenommen hatte, nahm sie mit. Kate hatte bereits markiert, welche Stücke dem Museum übereignet werden sollten. Sie ließ die Liste auf dem Tisch zurück.

Obwohl sie sich sagte, dass es besser sei, keinen Abschiedsbrief zu verfassen, zögerte sie. War sie es Dominic nicht schuldig, ihm ihr Tun zu erklären? Nur wie?

Nachdem sie das Gepäck in ihren Wagen gebracht hatte, kehrte Kate ins Haus zurück. Sie nahm die fünf goldenen Münzen, ging ins Schlafzimmer und legte sie auf Dominics Kommode. Nach einem letzten Blick auf den schlafenden Mann im Bett verließ sie das Haus zum zweiten Mal.

In der kühlen Morgenluft schlug Kate den Weg über die Dünen ein. Dann stand sie still und schaute hinaus auf das weite, endlos erscheinende Meer. Die Wellen schlugen gleichmäßig an den Strand, und die schmalen weißen Schaumränder versanken im hellen Sand. So würde sie das Meer um Ocracoke stets in Erinnerung behalten. Und besonders an die Welt unter der Oberfläche würde sie oft zurückdenken. An die Augenblicke des Friedens und der Begeisterung, die sie mit Dominic geteilt hatte. Einen Sommer lang. Doch im Leben gab es vier Jahreszeiten.

Kate wandte sich vom Meer ab. Sie ließ ihren Blick über die Uferlinie der Insel gleiten bis hin zum Leuchtturm. Sie hatte vieles in den vergangenen Wochen hinzugelernt. Endlich würde sie ihr eigenes Leben führen. Sie würde ihren Weg im Leben finden.

Auf dem Rückweg zum Auto schaute Kate nicht mehr zum Haus. Sie brauchte es nicht noch einmal zu sehen, um sich an jede Einzelheit erinnern zu können. Sie streckte ihre Hand nach dem Griff der Wagentür aus. Bevor sie ihn herunterdrücken konnte, wurde sie am Arm gefasst und herumgerissen.

„Was, zum Teufel, soll das?"

Von Angesicht zu Angesicht mit Dominic geriet Kates Entschluss fast ins Wanken. Dominic war noch nicht ganz wach und trug lediglich Jeans. Sein Haar war zerzaust vom Schlaf.

Kate verschränkte die Arme vor der Brust und hoffte inständig, ihre Stimme möge nicht zittern. „Ich wollte eigentlich schon fort sein, bevor du aufwachst."

„Fort?", wiederholte Dominic. „Wohin?"

„Ich fahre nach Connecticut zurück."

„Das …" Dominic verstummte, war sichtlich um Fassung bemüht. Er wollte nicht alles mit einem Wutanfall zerstören. Es hätte für sie beide tragisch enden können. „Warum?"

Kate schluckte. Er hatte die Frage ruhig gestellt. Aber an dem Ausdruck seiner Augen erkannte sie, wie wenig fehlte, seinen Zorn zum Ausbruch zu bringen. „Du hast es gestern selbst gesagt, als wir vom Tauchen hochkamen. Ich habe geschafft, was ich mir vorgenommen hatte."

Dominic streckte die Hand aus. Die fünf Goldmünzen glänzten in der Morgensonne. „Und was hat das zu bedeuten?"

„Sie sind für dich." Kate befürchtete, dass sie dieses Verhör nicht lange würde durchstehen können, ohne zu verraten, dass ihr Entschluss nicht leichten Herzens gefasst worden war. „Der Schatz bedeutet mir nichts. Auch ihn kannst du haben."

„Das ist aber außerordentlich großzügig von dir." Dominic drehte seine offene Hand um, sodass die Münzen in den Sand fielen. „So viel bedeutet mir das Gold, Frau Lehrerin."

Kate schaute auf die funkelnden Münzen. „Ich begreife dich nicht, Dominic."

„Du wolltest den Schatz", hielt er ihr vor. „Mir war er immer gleichgültig."

„Du sagtest aber …", begann sie und brach hilflos ab. „Als ich dich um Hilfe bat, hast du wegen des Schatzes zugesagt."

„Ich habe deinetwegen mitgemacht. Du warst hinter dem Gold her, Kate."

„Nein, es ging mir nicht so sehr ums Gold." Kate fuhr sich mit der Hand über die Augen.

„Dann war dein Vater der Grund."

Kate nickte. Sie sperrte sich nicht länger gegen die Wahrheit. „Ich habe zu Ende geführt, was er begonnen hat. Und ich habe dadurch für mich persönlich viel gewonnen. Ich brauche kein Gold mehr, Dominic."

„Warum läufst du wieder vor mir davon?"

Langsam schaute Kate zu ihm auf. „Wir sind vier Jahre älter als damals, aber wir sind dieselben Menschen geblieben."

„Glaubst du das wirklich?"

„Dominic, als ich damals wegging, geschah es halb meinem Vater zuliebe. Ich dachte, ich sei ihm etwas schuldig. Wenn ich allerdings hätte sicher sein können, dass du mich – mich", betonte sie, „wolltest und nicht eine Person, wie du sie dir wünschst, und wenn ich zudem hätte sicher sein können, dass eine gemeinsame Zukunft nicht gescheitert wäre, wäre ich damals nicht gegangen. Und ich würde heute nicht gehen."

„Verflixt, Kate. Woher nimmst du das Recht, darüber zu urteilen, was ich möchte, wie ich fühle?" Dominic wandte sich ab. Er befürchtete die Fassung zu verlieren, wenn er Kate weiterhin ansah. „Vielleicht habe ich Fehler begangen, vielleicht habe ich vor vier Jahren zu viel als selbstverständlich vorausgesetzt. Aber, Kate, ich habe für diesen Fehler gebüßt, jede Minute, seit du fortgingst, bis zu dem Tag, an dem du zurückgekehrt bist. Ich habe mich dieses Mal so sehr bemüht, vorsichtig zu sein, nicht zu drängen, nichts vorauszusetzen. Und da wache ich vorhin auf und muss feststellen, dass du ohne ein Wort verschwinden wolltest."

„Es gab nichts mehr zu sagen, Dominic. Ich habe immer viel zu viele Worte benutzt – und du zu wenige."

„Du bist in solchen Dingen besser als ich."

„Gut, dann werde ich dir etwas sagen. Ich liebe dich." Kate wartete, bis Dominic sich wieder zu ihr herumgedreht hatte. „Ich habe dich immer geliebt, aber ich kenne meine Grenzen. Und deine glaube ich auch zu kennen."

„Kate, nein. Du denkst zu viel über Grenzen nach und nicht genug an Möglichkeiten. Ich habe dich damals ziehen lassen. Diesmal nicht, Kate, diesmal nicht."

„Ich brauche die Möglichkeit, ich selbst zu sein, Dominic. Ich möchte nicht den Rest meines Lebens so leben, wie ich es bisher getan habe."

„Wer verlangt denn das von dir?", platzte Dominic heraus. „Wer möchte denn, dass du anders sein sollst? Hör endlich auf, Liebe mit Verantwortung gleichzusetzen, schau dir die andere Seite der Medaille an! Liebe bedeutet auch teilen, geben und nehmen. Wenn ich dich bitte, mir einen Teil von dir zu schenken, so erhältst du dafür einen Teil von mir, Kate."

Dominic ergriff sie bei den Oberarmen und hielt sie fest, als hoffe er, seinen Worten durch die Berührung Nachdruck zu verleihen. „Ich will keine Ergebenheit von dir", fuhr er fort. „Und auch nicht, dass du dich mir verpflichtet fühlst. Es gefiele mir ganz und gar nicht, mit dem Gedanken durchs Leben zu gehen, dass du alles, was du tust, nur tust, weil du annimmst, ich erwarte das oder jenes. Verdammt, Kate, auf die Art von Liebe kann ich gut verzichten."

Mit großen Augen starrte Kate ihn an. Dominic hatte noch nie so klar mit ihr über ihre Beziehung gesprochen. Hoffnung regte sich in ihr. Doch leise Zweifel blieben. Bisher hatte Dominic lediglich gesagt, was er nicht wollte. Womöglich zerrann ihre Hoffnung letztendlich doch zu nichts.

„Sag mir, was du willst", bat sie.

Er reichte ihr die Hand. „Komm mit mir."

Dominic führte Kate in den Schuppen hinter dem Haus. „Ich habe damals mit dem Bau des Bootes begonnen, weil ich meinen Plan endlich ausführen wollte. Dann gewann alles eine andere Bedeutung." Er drückte die Klinke herunter und öffnete beide Türflügel.

Im ersten Moment konnte Kate nichts erkennen. Allmählich gewöhnten sich ihre Augen an das Dämmerlicht im Schuppen, und sie ging hinein.

Das Boot war so gut wie fertig, der Rumpf geschliffen, versiegelt und angestrichen. Es brauchte nur noch aus dem Schuppen geholt zu werden, damit der Mast befestigt werden konnte. Es war ein wunderschönes Boot, strahlend weiß. Jetzt schon konnte sich Kate vorstellen, wie es im Wind leicht über die Wellen gleiten würde.

„Es ist herrlich. Dominic. Ich habe mich immer gefragt ..." Abrupt brach sie ab, als ihr Blick auf die geschwungene Schrift am Heck fiel.

Dort stand: „Zweite Chance".

„Mehr erwarte ich nicht von dir", sagte Dominic und deutete mit dem Zeigefinger auf die beiden Wörter. „Das Boot gehört dir. Anfangs dachte ich, ich baute es für mich selbst. Dann habe ich erkannt, dass ich es für dich tat, weil ein solches Boot unser gemeinsamer Traum war. Für mich will ich nur, was draufsteht, Kate. Für uns beide eine zweite Chance."

Kate fand keine Worte. Sie beobachtete, wie Dominic sich über die Steuerbordseite lehnte und eine Schachtel hervorholte.

„Ich habe dies hier reinigen lassen. Ich hoffe, diesmal nimmst du ihn." Dominic öffnete den Deckel der Schachtel. Sie enthielt den Diamantring, den er gefunden hatte. Der Stein funkelte und strahlte.

Kate wollte etwas sagen, doch Dominic hob abwehrend die Hand. „Warte, ich bin noch nicht fertig. Ich weiß, dass du unterrichten willst. Ich verlange nicht vor dir, deinen Beruf aufzugeben. Ich bitte dich nur darum, ein Jahr mit mir auf der Insel zu bleiben. Hier gibt es zwar keine Universität, aber immerhin auch eine Schule. Sie kann mit Yale natürlich nicht Schritt halten, doch immerhin …" Er zuckte die Schultern. „Nur ein Jahr, Kate. Wenn du danach der Ansicht bist, dass du hier nicht leben kannst, gehe ich mit dir zurück."

Kate sah ihn überrascht an. „Nach Connecticut? Du würdest nach Connecticut ziehen?"

„Ja, wenn es nötig ist."

Der Kompromiss. Die lang ersehnte Lösung, fuhr es Kate durch den Kopf. Dominic schlug vor, sein Leben an das ihre anzupassen. „Und wenn du dich dort nicht zurechtfindest?"

„Dann werden wir es an einem anderen Ort versuchen, Kate. Wir werden irgendwo in der Mitte ein Zuhause finden. Vielleicht müssen wir in den nächsten Jahren ein Dutzend Mal umziehen. Das ist völlig nebensächlich."

Ja, es war tatsächlich gleichgültig. Wichtig war allein, dass er ihr seine bedingungslose Liebe anbot, worauf sie ihr Leben lang gewartet hatte.

„Ich möchte dich heiraten, Kate." Diese einfache Erklärung berührte Kate tief. „Am liebsten schon morgen, aber wenn du mir versprichst, ein Jahr zu bleiben, werde ich warten können."

Sie lächelte, vermochte sich nicht vorzustellen, dass Dominic geduldig warten würde. Sobald er ihr Versprechen hatte, ein Jahr mit ihm auf Ocracoke zu leben, würde er mit sanfter Gewalt auf sie einwirken, bis sie sich mit ihm vor dem Altar wiederfand.

„Nein", erwiderte sie laut. „Ich werde nur dann hier bleiben, wenn du mir den Ring ansteckst und mich so schnell wie möglich heiratest."

„Abgemacht." Glücklich ergriff Dominic ihre Hand. „Sitzt der Ring erst einmal an deinem Finger, gibt es kein Zurück mehr, Frau Lehrerin." Er holte den Ring aus dem Etui und schob ihn so schnell auf ihren Finger, als befürchte er, sie könne ihre Meinung ändern. „Oh, verflixt, er ist zu groß."

„Das macht nichts. Ich werde die Hand in den nächsten fünfzig Jahren einfach nicht mehr öffnen." Lachend warf sich Kate in seine Arme. Alle Zweifel waren verflogen. Sie war nun sicher, dass sie beide gemeinsam ihren Weg finden würden.

„Wir werden ihn ändern lassen", flüsterte Dominic und küsste ihre Schläfe.

„Nur, wenn ich den Ring dafür nicht abnehmen muss", entgegnete Kate. Sie schloss kurz die Augen, selig vor Glück. „Dominic, und die ‚Liberty'? Der Schatz?"

Dominic legte zärtlich den Zeigefinger unter ihr Kinn und sah ihr in die Augen. „Wir haben unseren Schatz bereits gefunden."

– ENDE –

Lesen Sie auch:

Susanne Schomann

Eine Spur von Lavendel

Band-Nr. 25691
8,99 € (D)
ISBN: 978-3-86278-769-2

Nachdem er einige Minuten untätig in der Eingangshalle gewartet hatte, erschien Linda auf dem obersten Treppenabsatz, verharrte dort oben eine Sekunde und kam dann zögernd zu ihm herunter. Seine erste Reaktion – ein warmes Prickeln, das ihm beim Anblick dieser Frau über den Rücken lief – überraschte ihn. Er registrierte dennoch sofort, dass sie heute kein Schwarz trug, sondern eine enge, verblichene Jeans und ein lavendelfarbenes T-Shirt. Trotz dieser legeren Kleidung wirkte sie überraschend elegant, aber gleichzeitig auch zart und ungeheuer jung.

„Herr Hellberg, was kann ich für Sie tun?“

Wie er es erwartet hatte, war der Blick aus ihren Augen ebenso kühl wie der Klang ihrer Stimme.

„Entschuldigen Sie die Störung, aber ich musste einfach noch einmal herkommen, Frau Michaelsen. Hätten Sie vielleicht einige Minuten Zeit für mich?“

Linda musterte ihn kurz, bevor sie mit erhobenem Kopf an ihm vorbeiging und ihn mit einer Handbewegung in das Wohnzimmer bat. „Bitte.“ Sie deutete auf die ausladende Couchgarnitur und setzte sich.

Alexander nahm ihr gegenüber Platz und verschränkte seine Hände. „Sie haben mich nicht angerufen“, stellte er lakonisch fest und verfluchte sich sofort wieder dafür.

„Ich sagte Ihnen ja bereits, dass ich sehr gut alleine zurechtkomme, Herr Hellberg.“

Es kostete ihn eine ordentliche Portion Konzentration, ihr weiterhin direkt in die Augen zu sehen. „Ich habe mich heute mit einem Kollegen unterhalten, der den Mord an Frank untersucht. Er hat mich auf den neuesten Stand der Ermittlungen gebracht.“

Linda Michaelsen zog missbilligend ihre Stirn kraus. „Soweit ich es weiß, gibt es keinen neuesten Stand, weil Ihre Kollegen noch immer auf der Stelle treten. Außerdem“, fuhr sie fort, „wusste ich nicht, dass auch Sie sich mit dem Tod meines Mannes befassen.“

Er winkte ab. „Nein, ich gehöre auch nicht direkt zum ermittelnden Team, aber ich bin ebenfalls bei der Mordkommission. Da ich früher sehr eng mit Frank befreundet war, hat mich mein Kollege sozusagen zur Sache vernommen."

„Herr Hellberg, das, was Sie offenbar einmal mit meinem Mann verbunden hat, liegt doch sehr lange zurück. Was sollten Sie über Frank sagen können? Und vor allem, warum sind Sie hier?"

Sein Blick strich unweigerlich über ihren Mund, während sie sprach. Er spürte ein Kribbeln in seiner Unterlippe und zog sie kurz zwischen seine Zähne. Lindas goldene Augen ruhten erwartungsvoll auf seinem Gesicht. Ihm wurde heiß. Er öffnete den Reißverschluss seiner Jacke und schluckte trocken. „Sie wussten niemals, wohin Frank ging, wenn er das Haus verließ?"

Was er hier tat, war vollkommen verrückt, und das wusste er.

„Haben Sie vor, mir jetzt noch einmal all die enervierenden Fragen zu stellen, die ich ihren Kollegen bereits einige Male beantwortet habe?" Linda erhob sich abrupt.

Automatisch stand auch Alexander auf. Sie ging hinüber zur Terrassentür und wandte ihm den Rücken zu. Er folgte ihr und blieb direkt hinter ihr stehen. Sein Blick fiel auf ihr Haar, das seidig glänzend auf ihre schmalen Schultern fiel. Reflexartig schob er die Hände tief in seine Hosentaschen, um so den übermächtigen und aberwitzigen Drang besser bekämpfen zu können, dieses wundervolle Haar zu berühren.

„Ich kann nicht verhindern, dass ich mir meine Gedanken mache, Frau Michaelsen. Auch ich bin Polizist, und ich habe Ihnen bereits beim letzten Mal gesagt, dass Frank trotz allem ein wichtiger Teil meines Lebens geblieben ist. Egal, ob wir in den vergangenen Jahren noch Kontakt hatten oder nicht. Sein furchtbarer Tod ist mir sehr nahegegangen, das versichere ich Ihnen."

Ihre offenkundige Ablehnung machte ihn plötzlich wütend, und dadurch fand er für einen kurzen Moment zu seiner abgeklärten Professionalität zurück. Seine Stimme wurde eine Spur härter. „Ich verstehe es nun einmal nicht, dass eine Ehefrau nicht weiß und offenbar auch nicht wissen will, mit wem und wie ihr Mann seine Freizeit verbringt, wenn er das Haus verlässt."

Sie schoss zu ihm herum, blitzte ihn aus wütenden Augen an und machte damit seine gerade zurückerlangte Selbstsicherheit wieder zunichte. „Es ist mir verflucht egal, ob Sie das verstehen oder nicht, Herr Hellberg! Was mich betrifft, sind Sie jedenfalls ein vollkommen Fremder, und mein Leben geht Sie überhaupt nichts an!" Sie betonte jedes einzelne Wort. Der Zorn verlieh ihren Wangen einen rosigen Hauch.

„Sie sind …"

Mein Gott!

Beinahe hätte er etwas sehr Dummes gesagt. Ihr Anblick raubte ihm sprichwörtlich den Atem, und sein Gehirn funktionierte nicht mehr richtig. In diesem Moment erschien sie ihm unbeschreiblich anziehend – und es dauerte einige Sekunden, bevor er sich dieses Gefühl selber eingestand. Langsam zog er seine Hände aus den Taschen seiner Jeans und ballte sie zu Fäusten. Sein Puls beschleunigte sich, und er wandte sich rasch von ihr ab, um sich nicht auch noch lächerlich zu machen, indem er sich verriet. Es ist einfach töricht, sagte er sich, dass ich so stark auf diese vollkommen fremde Frau reagiere. *Töricht und dumm!*

Linda konnte nicht wirklich sagen, warum plötzlich ihre Wut verrauchte, während sie ihm ins Gesicht gestarrt hatte. Seine rauchgrauen Augen hatten sich wie unter einem stechenden Schmerz kurz zusammengezogen, bevor er sich von ihr abgewandt hatte. Eine Art Schuldbewusstsein drängte sich in ihren Kopf, und sie suchte verwirrt und ergebnislos einen Grund dafür.

„Es … ähm … es tut mir leid, Herr Hellberg. Ich habe mich offenbar gehen lassen. Ich wollte Sie auf keinen Fall so anfahren. Das war äußerst ungerecht von mir. Es ist nur …" Ihre Stimme begann leicht zu zittern und wurde eine Spur leiser. „Es ist im Augenblick alles nicht so einfach für mich."

Sofort drehte Alexander sich wieder zu ihr herum und folgte seinem Gefühl. Er griff nach ihren Händen und hielt sie in den seinen fest. „Dann lassen Sie sich doch einfach ein wenig von mir helfen. Es würde mir wirklich viel bedeuten", sagte er so sanft, wie es ihm möglich war.

Linda blickte zu ihm auf und studierte sein Gesicht. Es wirkte überraschend offen, und sein Blick war ruhig auf sie gerichtet. Der Mann strahlte Wärme, Stärke und vor allem Ehrlichkeit aus. Sie fühlte, wie sie unter seinem dunklen Blick eine Sicherheit empfand, die ihr schon seit ihrer Kindheit nicht mehr vertraut war. Unwillkürlich huschte ein sanftes Lächeln über ihr Gesicht.

Dieses unerwartete Lächeln brachte Alexander vollkommen aus dem Konzept, und es blieb ihm nichts anderes übrig, als es zu erwidern.

Verlegen entzog ihm Linda ihre Hände und trat einen Schritt zurück. „Wie wäre es mit einer Tasse Kaffee?", fragte sie nahezu beiläufig, als wäre er ein alter Bekannter und gerade erst angekommen. „Bevor Sie kamen, wollte ich mir gerade einen aufbrühen."

Verwirrt räusperte er sich. „Sehr gern, danke."

„Kommen Sie. Wir trinken ihn in der Küche."

Alexander folgte ihr durch die Eingangshalle zur anderen Seite des Hauses. Die Küche passte zum Rest der Villa: ein riesiger Raum mit einer weißen, sehr schlichten, aber unübersehbar teuren Einbauküche. Der Fußboden und die Arbeitsflächen waren aus dem gleichen rosafarbenen Marmor wie im Wohnzimmer. Linda Michaelsen wirkt verloren und zweifellos deplatziert in diesen übergroßen Räumen, befand er.

Er ließ sich auf einen der hohen Hocker des Küchentresens nieder und schaute zu, wie sie mit geübten Griffen die Kaffeemaschine in Gang setzte. Anschließend nahm sie zwei weiße Porzellanbecher aus einem der Schränke und kam ebenfalls zum Tresen herüber. Ihm gegenüber rutschte sie auf einen der Hocker. Bevor er es schaffte, dagegen anzukämpfen, musste er schmunzeln.

„Ja, ich weiß, es sieht jedes Mal urkomisch aus, wenn ich mich auf eines dieser monströsen Dinger setzen will. Ich bin eben ziemlich kurz geraten."

„Tut mir leid. Ich wollte nicht …"

Sie winkte ab und schenkte ihm ein weiteres Lächeln. „Machen Sie sich nichts daraus, aber zur Strafe werden Sie gleich den Kaffee holen, wenn er fertig ist, damit ich nicht noch einmal auf diesen Berg klettern muss."

Sein breites und einnehmendes Grinsen wirkte befreiend auf beide.

„Abgemacht."

Nachdem beide Becher gefüllt waren, prosteten sie sich wortlos zu. Der Kaffee tat Alexander gut, obwohl er von der bleiernen Müdigkeit, gegen die er noch vor weniger als einer halben Stunde gekämpft hatte, inzwischen nichts mehr bemerkte.

„Erzählen Sie mir von Charlotte, Linda." Er empfand eine fast alberne Befriedigung dabei, sie mit ihrem Vornamen anzusprechen.

Ihre Miene wurde ernst, aber ihr Blick blieb zu seiner großen Erleichterung freundlich. „Nun, sie ist ein Teenager. Was erwarten Sie?"

„Das ist eine recht schwierige Zeit für alle Eltern. Haben Sie große Probleme mit ihr?"

Sie dachte einen Moment ernsthaft darüber nach, ihn einfach anzuschwindeln, doch letztendlich entschied sie sich dagegen. „Es ist in der letzten Zeit nicht immer einfach mit ihr, denn sie hat den Eigensinn und den sprichwörtlichen Dickschädel ihres Vaters geerbt. Ich muss zugeben, dass ich mich manchmal etwas überfordert fühle, aber im Grunde ist sie ein liebes Mädchen und … Ich bin auch sehr stolz auf sie. Sie ist sehr gut in der Schule."

„Gymnasium?"

„Ja, sie ist jetzt in der neunten Klasse."

Eine Weile schwiegen sie, und Alexander füllte unaufgefordert ihre leeren Kaffeebecher nach. „Darf ich Sie noch etwas über Frank fragen, Linda?"

Sie überlegte kurz und nickte schließlich. „Sie würden es ja doch tun, oder? Früher oder später, meine ich."

Das klang fast, als hätte sie sich bereits mit seiner Anwesenheit in ihrer Nähe abgefunden. Er lächelte zufrieden in sich hinein.

„Wie war er so als Vater?"

Lindas Gesicht veränderte sich fast unmerklich. „Wollen Sie eine ehrliche Antwort, Alexander?"

Seinen Vornamen aus ihrem Mund zu hören, bereitete ihm fast noch mehr Vergnügen, als den ihren auszusprechen. Wieder spürte er diese unwillkommene Hitze in sich aufsteigen. Er setzte seinen Kaffeebecher an die Lippen und nickte.

Linda rutschte nervös vom Hocker und lehnte sich stehend gegen die Schmalseite des Küchentresens, sodass sie ihm jetzt um einiges näher war. Ihr Duft stieg ihm in die Nase. Wieder dieser Hauch von Lavendel. Leicht blumig, ungeheuer feminin und betörend. Seine Kehle wurde trocken und seltsam eng.

„Frank war ein lausiger Vater. Mehr ist dazu kaum zu sagen. Ich schätze, Charlotte war ihm ebenso egal wie ... ich."

Sein vernebelter Verstand brauchte eine Weile, um sie richtig zu verstehen und die damit verbundene Kettenreaktion in seinem Gehirn zu verarbeiten.

„Das klingt sehr bitter, Linda."

„Das ist nun einmal die kalte Wahrheit. Sie wollten doch sicherlich keine beschönigende Lüge hören, oder?"

„Nachdem Sie mir vorhin fast die Tür vor der Nase zugeknallt haben, wundere ich mich nun allenfalls über ihre schonungslose Offenheit."

Sie duftete wirklich himmlisch, und er rückte unauffällig noch ein Stück zu ihr hin.

Linda blickte versonnen und unverwandt auf ihre Hände, die ineinander verschränkt auf der Marmorplatte des Tresens lagen, deshalb bemerkte sie es zunächst nicht.

„Das entspricht eben meiner Natur. Es liegt mir nicht, einen einmal gefassten Entschluss rückgängig zu machen. Ich habe mich überzeugen lassen, mit Ihnen zu reden, und das tue ich jetzt, Alexander.“ Sie blickte zu ihm hoch und sah sein Gesicht unerwartet dicht vor sich. Plötzlich schien der Raum um sie herum förmlich zu vibrieren.

Sie fühlten es beide.

Seine dunklen Augen hielten für mehrere Sekunden ihren Blick fest, und er registrierte darin ebenso eine gewisse Überraschung wie auch eine unübersehbare Panik. Sie atmete hörbar aus und machte einen großen Schritt von ihm weg.

Für einen kurzen Moment hatte er geglaubt, sein Herz werde aussetzen. Seine Hand war bereits auf dem Weg zu ihrem Kopf gewesen, um endlich dem verrückten Bedürfnis nachzugeben, ihr Haar zu berühren, bevor sie so ruckartig zurückgewichen war.

„Ich glaube, Sie sollten jetzt besser gehen“, durchbrach ihre zitternde Stimme die verlegene Stille zwischen ihnen.

Er räusperte sich, aber die ungeheure Spannung wollte noch immer nicht nachlassen. „Ja, ich … Das sollte ich wirklich.“ Er stand auf und machte instinktiv einen Schritt auf sie zu. Linda hob abwehrend beide Hände und schüttelte leicht ihren Kopf.

„Bitte, Alexander, geh jetzt.“

Unschlüssig blickte er sie einen Moment lang an. „Darf ich wiederkommen?“

Während sie ihm noch den Rücken zuwandte, nickte sie stumm.

Er fand allein den Weg hinaus.

Zwei ganze Tage und Nächte hielt er sich zurück, dann gab er seinem inneren Drang schließlich doch nach und rief Linda an. Sie war sofort am Apparat.

Er meldete sich mit seinem Namen, doch sie antwortete nicht. Also redete er einfach drauflos. „Linda, ich wollte Sie … dich fragen, ob … Wie wäre es mit einem guten, italienischen

Essen? Heute Abend?"

Sie blieb noch einen weiteren Augenblick stumm, bevor er endlich wieder ihre sanfte Stimme hörte. „Ja, warum nicht. Ich würde mich freuen."

Das klingt zwar schon wieder ein bisschen distanziert, aber sie hat schließlich zugestimmt, überlegte er. „Darf ich euch um halb acht abholen?"

Wieder Stille.

„Uns?"

„Ich dachte, vielleicht würde deine Tochter gerne mitkommen. Die machen eine sensationelle Pizza da."

Er lauschte auf ihren Atem und berauschte sich daran. Diese Reaktion stufte er sofort als äußerst übertrieben ein und schüttelte über sich selbst den Kopf.

„Ich werde Charlotte fragen, Alexander."

„Bis heute Abend, Linda. Ich freue mich."

„Ja."

Das Klicken in der Leitung teilte ihm mit, dass sie aufgelegt hatte. Alexander hielt noch einige Augenblicke den Hörer in der Hand, bevor er ihn zurück auf die Ladestation gleiten ließ. Er schloss kurz die Augen und atmete bewusst einige Male tief ein und aus.

Sie ist seine Frau.

Nein, sie war seine Frau, verbesserte er sich in Gedanken.

Als Alexander um Punkt halb acht aus seinem Auto stieg, stand Charlotte mit einigen Freundinnen draußen vor der Haustür. Offenbar hatte sie sich gerade von ihrer Mutter verabschiedet. Lachend winkte das Mädchen ihm zu. „Hi, Alexander Hellberg, danke für die Einladung, aber ich habe leider schon was vor." Wie bisher jedes Mal, so entlockte Lindas Tochter ihm auch jetzt ein breites Grinsen.

„Ich werde es irgendwie überleben müssen, Kleine", sagte er augenzwinkernd.

Charlotte und ihre Freundinnen enttäuschten seine Erwartungen nicht und brachen daraufhin in ein albernes Teenagergekicher aus, bevor sie endgültig das Feld räumten.

Linda stand noch immer in der Haustür und sah ihm entgegen.

„Sie werden allesamt heute Nacht von dir träumen", sagte sie lächelnd.

„Nun, das will ich doch hoffen!"

Sein Blick glitt bewundernd über ihre Erscheinung. Der schlichte dunkelblaue Hosenanzug stand ihr hervorragend. „Du siehst sehr schön aus", entfuhr es ihm.

„Danke. Offenbar hast du dir für heute vorgenommen, allen weiblichen Wesen den Kopf zu verdrehen."

Sie verhielt sich ihm gegenüber vollkommen natürlich – und er war dankbar dafür. Lächelnd geleitete er sie zu seinem Auto und hielt ihr die Beifahrertür auf.

Beide genossen das Essen, den Wein und ihre erfreulich unverkrampften Gespräche. Ihre eigenen Vorbehalte gegen Alexander Hellberg erschienen Linda bald ebenso albern wie dumm.

Es war viel zu lange her, dass sie sich so gut unterhalten und amüsiert hatte. Solange sich ihre Beziehung auf einem rein freundschaftlichen Terrain bewegte, fühlte sich Linda sicher und konnte den Abend genießen. Den Gedanken an die wenigen Sekunden, in denen sie sich so unerwartet stark zu ihm hingezogen gefühlt hatte, verdrängte sie einfach. Wahrscheinlich hatte sie sich das sowieso nur eingebildet, weil sie gerade in einer äußerst melancholischen Stimmung gewesen war, beruhigte sie sich. Trotzdem würde sie vorsichtig bleiben, denn sie hatte sich einmal geschworen, sich nicht noch einmal auf einen so attraktiven Mann einzulassen.

Und sie musste zugeben, dass Alexander Hellberg zur besonders gut aussehenden Sorte gehörte. Vielleicht war sein Mund eine Spur zu sinnlich, aber seine vollkommen ebenmäßigen Gesichtszüge, die gerade Nase und das energische Kinn wirkten klassisch maskulin. Die überlangen dunklen Wimpern – für die jede Frau sofort Haus und Hof gegeben hätte – und die leicht geschwungenen Brauen verliehen seinem Gesicht jedoch mildernde Sanftheit und ließen seine rauchgrauen Augen geheimnisvoll strahlen. Dieser Eindruck wurde durch das dichte dunkelbraune Haar noch verstärkt. Eine beunruhigend elektrisierende Aura schien ihn zudem zu umgeben, wenn er sprach. Seine Stimme war tief und klang ein wenig heiser. Der Mann war ohne Zweifel das, was man gemeinhin als ausgesprochen sexy bezeichnete.

Es wunderte Linda überhaupt nicht, dass Alexander mit seinen siebenunddreißig Jahren noch nicht verheiratet war. Sie konnte sich nicht vorstellen, dass es überhaupt einer einzigen Frau gelingen konnte, einen Mann mit dieser auffälligen Ausstrahlung an sich zu binden.

„Bekomme ich noch einen Abschiedskaffee?", fragte er, als er sie schließlich wieder zu ihrer Haustür begleitete. Linda überhörte die warnende Stimme in ihrem Kopf und lächelte.

„Wie wäre es mit einem weiteren Espresso? Ich besitze auch so eine fauchende Teufelsmaschine, mit der man ihn herstellen kann."

„Fein", nickte Alexander und folgte ihr ins Haus.

„Geh doch schon mal voraus ins Wohnzimmer. Ich werfe die Maschine an und sehe dann kurz nach Charlotte. Wenn ich zurück bin, bringe ich unseren Espresso mit."

Einige Minuten später erschien sie mit einem kleinen Tablett im Wohnzimmer. Alexander beobachtete jede ihrer auffallend grazilen Bewegungen.

„Hast du mal getanzt?", fragte er aus einem Impuls heraus.

Linda blickte erstaunt auf. „Ja, ich habe zwölf Jahre lang ernsthaft Ballett gemacht. Ich wollte sogar Tänzerin werden. Besser gesagt, Primaballerina. Aber ich glaube, das wollen alle Mädchen irgendwann einmal. Übrig geblieben ist allerdings lediglich meine unerschütterliche Liebe zu dieser Kunst. Warum fragst du?"

„Ich dachte nur ... Man sieht es daran, wie du dich bewegst. Das wirkt immer so fließend und elegant."

„Oh – danke schön! Ich nehme das als sehr nettes Kompliment."

„Es war auch absolut ernst gemeint." Er trank seinen Espresso ziemlich schnell aus und räusperte sich. „War mit Charlotte alles in Ordnung?"

„Ja, sie liegt brav in ihrem Bett und schläft."

Nach einer Weile stand er schließlich etwas unbeholfen auf. Die Stimmung zwischen ihnen war deutlich anders geworden, seit sie miteinander allein waren. Die Leichtigkeit ihres Zusammenseins war verflogen. „Du bist sicher müde, Linda. Ich werde jetzt besser fahren."

Widerspruchslos begleitete sie ihn in die Eingangshalle. „Es war ein sehr schöner Abend, Alexander. Ich danke dir für deine nette Einladung", sagte sie leise, als sie nebeneinander vor der Haustür standen.

„Ich danke dir. Ich fand es auch sehr schön. Wir sollten das beizeiten wiederholen." Sein Blick glitt langsam über ihr Gesicht. Er konnte den drängenden Impuls fast mit Händen greifen, der sich jäh in ihm breitmachte.

Alexander Hellberg hatte schon vor Jahren seine eigene Art entwickelt, mit Frauen umzugehen. Wenn er ein Ziel vor Augen hatte, vergaß er irgendwelche komplizierten Umwege und ging direkt darauf los. Normalerweise funktionierte diese Taktik perfekt.

Aber in diesem besonderen Fall kämpfte er für den Bruchteil einer Sekunde länger mit sich. Der Drang blieb jedoch so stark, dass er ihm schließlich seufzend nachgab. Blitzschnell schob er seine rechte Hand in Lindas Nacken und zog ihren Kopf zu sich heran.

Sein Mund lag bereits auf ihren Lippen, bevor sie seine Bewegung überhaupt realisierte.

Es war ein kurzer Kuss, weich und sanft. Fast ruckartig löste er sich wieder von ihr, weil er spürte, dass er nicht länger behutsam bleiben würde, wenn er sie auch nur noch eine Sekunde länger geküsst hätte. In seinem Magen schienen Naturgewalten zu toben, und sein Verstand war ihm irgendwie abhandengekommen.

Sie bewegte sich nicht, blieb vollkommen starr. Nur ihr Mund hatte ihn berührt, doch die Wirkung dieses Kusses war offensichtlich umfassend. Nach Atem ringend, sah er in ihre goldenen, zutiefst erschrockenen Augen, und ihn ergriff sofort das Gefühl, sich bei ihr entschuldigen zu müssen.

„Tut mir leid, ich …“

„Gute Nacht, Alexander.“

„Gute Nacht, Linda.“

Nora Roberts
The Sound of Love
Band-Nr. 25647
8,99 € (D)
ISBN: 978-3-86278-502-5
400 Seiten

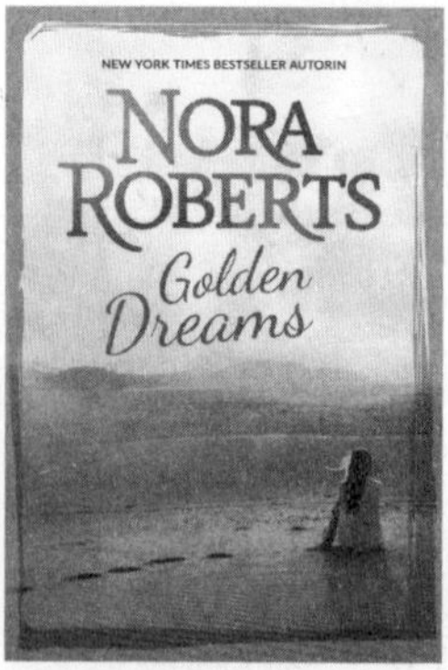

Nora Roberts
Golden Dreams
Band-Nr. 25629
8,99 € (D)
ISBN: 978-3-86278-476-9
448 Seiten

Nora Roberts
Glamour & Love
Band-Nr. 25609
8,99 € (D)
ISBN: 978-3-86278-343-4
368 Seiten

Deutsche Erstveröffentlichung

Claire Garber

Die Liebe ist ein Dieb und der Pirat der Träume

Im Namen der Liebe geben wir Lebensziele auf, vernachlässigen Freundinnen und nehmen zu – und was bleibt, wenn die Liebe dann gestorben ist? Dieser Frage geht Redakteurin Kate Winters alias Piratin Kate in ihrer vielbeachteten Rubrik der Zeitschrift „True Love“ nach. Aber bis Kate erkennt, dass man wahre Liebe finden kann, sind viele Anschläge auf ihrer Computer-Tastatur und noch mehr Küsse von ihrem Jugendfreund Peter Parker nötig …

Band-Nr. 25658
8,99 € (D)
ISBN: 978-3-86278-707-4
416 Seiten

Sheila Roberts

Schokolade für dich

Samantha's „Sweet Dreams Chocolates“ steht vor der Pleite. Weder mit geballtem Charme noch mit ihren süßen Kreationen kann sie den Bankdirektor Blake Preston verführen. Jedenfalls nicht zu einem Kredit. Trotzdem gibt sie nicht auf. Ein großes Schokoladen-Festival soll Geld in die leeren Kassen bringen. Erstaunlicherweise wird sie bei der Planung von Blake tatkräftig unterstützt. Logisch, dass man sich dadurch näherkommt. Aber niemals würde Sam sich in einen Banker verlieben – auch wenn er noch so sexy ist …

Band-Nr. 25653
8,99 € (D)
ISBN: 978-3-86278-509-4
eBook: 978-3-86278-594-0
400 Seiten

Deutsche Erstveröffentlichung